二宮正之 訳
Ninomiya Masayuki

アンドレ・ジッド集成

I

André Gide

筑摩書房

アンドレ・ジッド集成　Ⅰ☆目次

アンドレ・ジッド集成 I

アンドレ・ヴァルテールの手記

作者序文　［一九三〇年刊行の「決定版」に寄せた］[1]

私の第一作が再版される運びになったが、自分から大いに乗り気になって、という次第ではない。私とてもこの作品をまったく認めないのではないし、ここには私のほぼ全貌がすでに見えていると言ってくれる人々の言葉を信じたいとも思う。ただ、とくに気になるのは、この作の短所であり欠点なのである。それは、私をよく顕わすことも多いのであるが、時に歪めもする。つまり、抵抗を断念するよりも努力を続けるほうが自分にとってずっと誠実で自然な行為であるような者の場合、その人の本性は、弱点によってさらけだされるときまったものではなく、時には弱点に打ち克つことによっても示されるからである。

要するに、私は、この『アンドレ・ヴァルテールの手記』を、苦痛を覚えずにひもとくことができない。それは一種の苦行でさえある。*

弁解めくが、アンドレ・ヴァルテールの頃の私は、まだ二十歳にもなっていなかった。その年頃の私はものの書きかたを知らなかったし、自分のうちに表現すべき新しいことのあるのを感じていたからこそ、模索していたとも

1　André Gide, *ANDRÉ WALTER CAHIERS ET POÉSIES*. Édition définitive augmentée d'une préface. Georges Crès éditeur, Paris, 1930

*　これに反して、この『手記』に併せて再び上梓する『詩集』の何篇かは、今でも歓んで読むことができる。ほとんどすべてを、『手記』の出版後まもなく一週間足らずで書いたので、〔『アンドレ・ヴァルテール　手記と詩』という〕総題はそこから来ている。アンドレ・ヴァルテールという想像上の人物の作品ということにしたのである。もっとも、彼はすでに私の中で死んでいたのだし、『手記』のアンドレ・ヴァルテールにこういう詩を書くことができたとも思えない。私はすでに彼を超えていたのだった。

言えるだろう。私は言葉を折り曲げようとしていた。言葉に合わせて自分を折り曲げるほうがずっと多くを学べるということが、まだわかっていなかったのだ。また、規則というものは、最初は邪魔に感じられ、精神が反抗して投げ捨てたいと思うにしても、それこそが立派に自分を教育してくれるものだということもまだ知らなかったのである。しかし、それはたいしたことではない。

『手記』を再読して私がもっとも苦痛を感じるのは、自分に迎合している点である。そのために、どの文もまことに精彩のないものにとどまっている。結局のところ、自分の欠点をはっきりと認識するためには、こうして、それが自分の文章に投影されているのを見たことがよかったのであろうし、この第一作を書かなかったら、その後の作品はもっと下手な文章になっていたかもしれない。自分に対立するためには、最初に自分を知る必要があり、まずは誘いに乗ってみなければならなかったわけだ。しかし私はもっと隠れた欠点のことも考えているのだ。私が自分自身のもっとも誠実な表われだと思っていたものが、実は、多くの場合、私の受けた清教徒的精神形成によるものでしかなかった。それは自分の生まれながらの傾向に逆らうことを教えるものだったから、それに従うことによって闘いと見かけのよい厳格さとを好む気持を満足させていたのである。闘いを必要とするこの気持と努力とはたしかに誠実なものだったのだが、しばらくすると、自分がそれを用いて対処していた問題自体が、それほど決定的な重要性を帯びたものではないのではないか、と思われてきたのである。当初はそれこそが自分の取り組むに値する唯一の問題のようにみえていたのであったが。闘う努力を他の所に向けている今日、自分が勝利を収めたのか敗北を喫したのかを知ることは私にとって重要ではない。実を言うと、闘いそのものもしばらくすると空しいものに思われ、勝利の結果として出てくる誇りも有害なものとなり、そうなると私は勝利を望むこともなくなってしまったのである。そうしているうちに、もっとも聡明な勝利とは、この分野では、打ち負かされるままにすること、もはや自己に対立するのをやめることだ、とわかってきた。この発見については『一粒の麦、もし死なずば』で述べた[2]が、私にとってはこの上なく重要なものであった。そして、この発見がそのような重要性を持ちえたのは、私が最初に闘うのがよいと信じた、まさにそのお蔭なのではなかろうか。だから私は後悔などは少しもしない。そして、初めに飲むことを拒まなかったら、あれほどまでに激しく喉の渇きを味わうことはなかったろう、と了解している。人に応じてその人の渇きの価値も定まるのだ。

さて、いくつかの文章のなんとも生気に欠けること、構文上のいくつかの倒置、そしてさきに迎合とよんだすべてのものが、今日の私にとっては我慢ならないのであるが、それがいかに耐えがたいものであるにせよ、あえて手直しはせずに再刊しよう。改善しようとすればどうしても作為に満ちたものとなり、当時の私が知らなかった明確さを求める気持に応えることになってしまうであろうから。しかし、あまりにうぶで影響を受けやすい読者が、書き方の、感じ方の、あるいは考え方の手本を本書に求めたりしないように、少なくともこのはしがきだけは警告として書いておこうと思ったのである。アンドレ・ヴァルテールという人物は非常に悪い手本であり、彼の『手記』はかなり凡庸な忠告であると、私はみなしている。こう言うと、私がそのようなものに何らかの重要性を認めることに驚く人がいるかもしれない。しかし、私は、警告するために書くのだ、向上させ、教えるために書くのだ。そして、読んだ人を読後も元どおりにしておくような書物を失敗作と呼ぶのである。

2 『一粒の麦、もし死なずば』の第二部の冒頭に、この発見と変貌についてのくわしい叙述がある。

編者注記[3]

「この手記はピエール・C＊＊＊に贈る。僕が狂気に捉えられたら、死者の思い出をけがすまいなどと、いたずらに気をつかわずに、ぜひとも公刊してくれるように」

アンドレ・ヴァルテールがこの一行半を書き残さなかったならば、ここに出版するこの手記は、秘められたままで終わったであろう。彼の熱情に魅了されるごく少数の人を別にすれば、どれだけ多くの人たちが、今のように懐疑に染まった生ぬるい時代にあって、彼の熱狂的信仰を笑いものにし、また彼が確信を持っておよそアイロニーなどというものより遥かに高いものとみなしていたこの世離れした情熱を、あざけることであろう。そして、彼の恐らくは率直すぎる告白はどれだけ多くの人たちの顰蹙《ひんしゅく》を買うことであろう。これは、一切の迂回を卑怯であり偽善であるとする彼の本性が、ほとんどむりやりに書かせたものなのだ。「僕ひとりのために、あるいは、そのような人がいるとするならば、僕が苦しんだのと同じ苦悩をいだき、まさに僕がそうであったように、苦しんでいるのは自分だけだと思いこんで絶望している人々のために」と彼は言う。その何人かの人たちがこの本を読むだろう。

アンドレ・ヴァルテールは一八七〇年十二月二十日にブルターニュ地方で生まれた。父親はサクソン系で、母親はコルヌアイユ[4]の出であった。ドイツの影響が形而上学的色合いを彼の性格に与え、それは彼の文体にたえず影をおとしている。彼は母方から、まさにブルターニュのものである猛き心と謹厳なしばしば宗教色を帯びる意志とを、引きついでいた。父親は彼にプロテスタントの教育をほどこした。

彼の生涯について何を語ることができるだろうか。「事件などまったくない。常に内なる生活――すべては魂の中で起こった。外には何も表われなかった」と、彼は書いている。ひとつの情熱が彼の存在を満たしていた。それを彼はあえて愛とは呼ばなかったが、他のすべての情熱はそれに拠っていた。しかし、その情熱を彼は見事に秘めていたので、もっとも親しい友人でさえもまったく気づかなかった。

一八八九年三月、母親の亡くなったのち、アンドレ・ヴァルテールはブルターニュに引きこもった。仕事をしに行くのだと言い、手紙はくれないようにと言い残して行った。久しく前から文学上の野心が彼を酔わせていたのだ。時折、彼は書きたい本について語ったものだ。「科学的であると同時に情熱的な」特異な作品だというのだった。それを書くために、彼はこもっていたのだろう。皆、手紙を出すのは遠慮した。

十カ月の後、彼が狂気におちいったという知らせがあり、ついに死亡したとの通知が来た。脳炎にかかり、一月もたたぬうちに帰らぬ人となってしまった。

その十カ月ほどの間に、アンドレ・ヴァルテールはここに上梓する手記と、こちらは決して出版されない一編の小説[5]とを書いた。引き出しの中には、それまでの数年間の日付を付した原稿があった。それは、オーヴェルニュを旅したときの紀行文と、数編の小品の草案と、何編かの詩である。

これらの文章は、もし読者の関心をひくなら、追って公にすることもできるであろう。

P. C.[6]

3　この覚書は、本作品の一八九一年刊行の初版（*Les Cahiers d'André Walter, Œuvre posthume.* Paris, Librairie académique Didier-Perrin et Cie, 1891）に載り、その後は一九三二年刊のN.R.F.版『全集』第一巻にのみ再録された。

4　フランスの西北部ブルターニュ地方の一部で、古代末以来、神秘的傾向の強い特有の文化を継承してきた。悲劇的な愛の極致をテーマとする「トリスタンとイゾルデ」の源泉はこの地の伝説にあるという。ジッドは一八八九年に同地を旅行し紀行文を残したが、その一部は本作に直接とりいれられている。

5　話者アンドレ・ヴァルテールが書き続けた作中作『アラン』をさす。二二頁、八七頁参照のこと。

われわれの判断で、ここに手記の全文をそっくり掲げる。

6　アーノルド・ナヴィルは、この文章は遺作としての装いをさせるために、ジッド自身が書いたものとするが、ピエール・ルイスの自筆原稿が存在することから、クロード・マルタンは、P.C.（ルイスの最初に使ったペンネーム Pierre Chrysis の頭文字）、つまりルイスの筆によるものという解釈に傾いている。文中ここかしこに＊印で示した原注は、編者P.C.の介入という形をとっているが、これはジッド自身の細工であろう。

白いノート

待ちたまえ。

悲しみのもう少し和らぐのを——かわいそうに、つい昨日までの闘いに疲れ果てた、魂よ。

待ちたまえ。
泣きつくし涙も涸れたら、
希望はまた花開いてくれるだろう。
今はただ、まどろむがよい。

ゆりかごの唄、ふらここ、バルカロール、
泣き女たちの歌はもの憂く落ちを和らげる。

☆

今宵お前はおとなしく祈りをあげ、信じなくてはいけない。それはお前のうちに残り、お前から取り去られることはない。お前はこう唱える。主は私の分け前、私の嗣業である。すべての人が私を見捨てても、主は私を孤児にはしない、[7]と。

そのあとはもう眠るがよい。——まだ思案はしないがよい、苦い思いの日々が、十分に遠のいていないのだから。

夢のまにまに思い出を眠り込ませるように。

さあ、おやすみ。

木曜日

何通か手紙を書いた…………

何か読もうとした、考えようとした……疲れが悲しみを弱めてくれる。あれは夢の中でのことだったと思えるほどに。

今は、木のしたで、

木蔭は心を癒してくれる。

☆

何と静かな夜だろう。眠り込むのが恐ろしいほどだ。ひとりきりだ。考えは黒幕のようなものの上に投影される。来《きた》るべき時は暗闇の底に一筋の空間としてあらわれる。生まれ出た幻影《ヴィジョン》から注意をそらすものは何もない。僕はもうそれ以外の何物でもなくなる。

魂がメランコリーにみちた夢想のうちに物憂く力を失ってはならない——今や目を覚まし、ふたたび生きなくてはいけない。

☆

7　前半は『詩篇』第十六章五、後半は『ヨハネによる福音書』第十四章十八。

＊＊＊　いつかまた、夜、時をさかのぼり、僕は弔いの言葉をふたたび言うだろう。今はそれを書くのも胸がむかつく。文章はそういうことには向いていない。口にするにはあまりに純粋な感動──修辞が、もともと無力な修辞が、冒瀆してしまうのを、僕は恐れる。かつて好みすぎた言葉、それに対する憎悪から、今はことさらに悪文が書きたい。諧調など、たとえ偶然に生じたものであっても、こわしてしまおう。

母上、どうか心やすらかにおやすみください。ご遺志は守られました。たしかに、この二重の試練から来る苦渋に今でも僕の魂は動顚しています。ただ、さほどの悲しみは感じません。打ち克ったという誇らしさが心を占めているのです。求められている徳が極端のものであることがアンドレを昂揚させて、それが度をこえたものであればこそ、アンドレはなおのこと実行するだろう、とお考えになったとすれば、お母様は僕を本当によく知っていらっしゃったのです。僕が険しく危険な道にひかれること、僕の意志が、夢みるからこそ、常軌を逸した追求をしたがること、僕の誇りを満足させるには多少の狂気が必要だということを、お母様はご存知でしたね。

僕ひとりに話されるために、他のひとびとを、皆、部屋から下がらせましたっけ──亡くなられるわずか数時間前のことでした。「アンドレ」と母上はおっしゃいました。──「いいわね、おかあさんは安心して死んで行きたいの」何がおっしゃりたいのか僕にはわかっていましたので、力を奮い起こしました。母上は言葉を急いでおられた。非常に疲れておいでだったのですね。「エマニュエルとは別れるほうがいい……お前たちの愛情は兄妹のものなのだから──思い違いをしてはいけません……ずっといっしょに暮らしてきたから生まれた情愛なのです。あの子は姪だけれど、実の親がいなくなってからは自分の娘のように育ててきました。それを後悔させないでくださいよ。──お前たちの好きなようにさせておいたら、お前の気持にひきずられて二人とも不幸せになるのではないかと、それが心配なのです──なぜかはわかるでしょう。エマニュエルはもうずいぶんと苦しんだ。あの子には、本当に幸せになってもらいたいの。自分の幸福よりも相手の幸せを好むほどに、愛していますか」

そして、母上は、悲しい知らせに駆けつけてきたT＊＊＊のことを話されました。――「エマニュエルはあの人を尊敬しています」と言われた――それはよくわかっていました。僕が黙り込んでいると、母上は「お前を当てにしすぎたのかしら――それとも心静かに死ねるのだろうか」と続けられました。

僕はそこしばらくの試練で疲れ果てていました。――「はい、お母様」と答えはしましたが、自分でも何を言っているのかわかりませんでした。とにかく行けるところまで行きたいという気持でした――真っ暗な夜に身を投ずるという感じだけはたしかでした。

僕は外へ出ました。呼び戻されて行くと、ベッドの脇にエマニュエルがいました。手をT＊＊＊にゆだねているのでした。僕らは、皆、ひざまずき、祈りました。僕は何を考えることもできませんでした。――そのあとで母上は眠り込まれたのでした。


何かと気苦労な葬式の間は気がまぎれていたが、そのあとで、僕らは共に陪餐を受けた。エマニュエルは僕の前にいたのだが、僕は見ないようにしていた。彼女のことを考えないために、そして夢想に耽らないために、僕は繰り返していたのだ。「あの人を失わなければならないのですから、神さま、せめては、あなたをふたたび見出せますように――そして、私が狭い道を辿った[8]ことを祝福してくださいますように」と。

その後、僕は旅立ち、ここに来た。留まっていることはできなかったのだ。

☆

木曜日

8　『ルカによる福音書』第十三章二十四に「力を尽して狭き門より入れ」とある。後の『狭き門』につながる。

仕事をした。精神が無聊《ぶりょう》にくるしまないように。努力をしてこそ精神は生きていることを感じる。――過去を思い出させる、今までに書いた文章を全部取り出してみる。このすべてを、読み返し、整理し、写し、もう一度生きたい。かつての思い出に、僕は新しい頁を書き加えよう。

思考を以前の夢想から解放し、新たな生を糧に生きたい。思い出が言い尽くされてしまえば、魂は軽くなるだろう。逃れ行く思い出を僕はつかまえよう。何事も、忘れられないうちは、完全に死んではいないのだから。青春の間ずっとあれほどまでに僕を魅了したはずのものから、かえりみもせずに、立ち去りたくはない。――それに、一度決心した以上、どうしてその理由を求めたりするのか。そんな決心をしたことの言いわけをするとでもいうように。僕は書きたいから書く――それだけのことだ。意志決定に理由の裏づけなどすれば、意志はそれだけ弱々しいものになる。行為はおのずからなされるべし。

それに、これはむしろよいことなのだ。野心がふたたび燃え上がって、あんなにも長い間夢見ていた書物、『アラン』を書こうという気持がまた目覚めたことは。

☆

四月二十日 ［原注。一八八九年。以下［　］内割注は原注］

今朝はあまりにも晴れやかな天気なので、我にもなく魂は希望をいだく――そして歌う。祈ろうとして憧れでるのだ。

E pero leva su ! Vinci l'ambascia
Con l'animo che vince ogni battaglia
Se col suo grave corpo non s'accascia ...

E dissi : « Va, ch'i' son forte e ardito » …

（さあ、立ち給え、すべてのものと争って勝つ／意志の力が、もし重い肉体のため弱ってないなら、／それで、呼吸の困難にうち勝ち給え。［……］そこで私は［……］いった、「進んでください／私は元気で、勇敢なのですから」[9]）

☆

四月二十一日

事件などまったくない。常に内的な生活――それなのに、かくも激しい生活。すべては魂の中で演じられた。外には何も表われなかった。それをどう書いたらよいのか。考えの手がかりになるものは何もなく、情熱は、遂にはあのようにも深くなったが、どこから生まれたものともしれず――初めからあったかのように――いつのまにか強度を増したのだ。

⁂ ひとつの魂の教育。自分に合わせて魂を形成すること――愛する魂、愛される魂、自分に似ていて自分を理解してくれる魂、しかも、いかに遠くからでも理解し、なにものも両者を引き離すことはできないのだ。編み上げること、しかもゆっくりと、かくも複雑な数々の結び目を、共感からなるこのような網を。二つの魂はもう離れることができず、ずっと保たれる習慣の力によって、平行して進んで行く。

9 ダンテ『神曲』「地獄編」第二十四歌五十二―五十四句、および六十句。野上素一訳、『ダンテ』「筑摩世界文学大系11」、東京、筑摩書房、一九七三年、七九貞。

☆

月曜日

僕らはすべてをともに学んだ。喜びは君と分かち合うものとしてしか考えられなかった。そして、君は君で、僕についてくるのが好きだった。さまよいがちな君の精神にも知識欲はあった。

初めは、ギリシアの古典だった。その後も、ずっと、それは僕らの何よりも好きなものだった。『イーリアス』、『プロメテウス』、『アガメムノン』、『ヒッポリュトス』――そして、意味を取りおわったのち君が詩句の諧調を聞きたいと言うので、僕は朗誦した。

…………………………Τενέδοιό τε ἶφι ἀνάσσεις
Σμινθεῦ……………………
　Τέκνον, τί κλαίεις; τί δέ σε φρένας ἵκετο πένθος;

Αἴρετέ μου δέμας, ὀρθοῦτε κάρα:
λέλυμαι μελέων σύνδεσμα, φίλαι.
Αἰ, Αἶ,
πῶς ἂν δροσερᾶς ἀπὸ κρηνῖδος
καθαρῶν, ὑδάτων πῶμ' ἀρυσαίμην……

（……テネドスを稜威も高くお治めになるスミンテウスよ……

私の子よ、何を泣いているの、どういう嘆きがおまえの胸に来たというのかえ
（わたしを起こして、倒れないように頭を真直ぐに支えていて。
からだの力がなくなってしまったの
おまえたち、この腕をとっておくれ。
ああ、
澄んだ泉の
清水を汲んでのどを潤《うるお》し……）[11]

その次は『リヤ王』。

海からの風は山櫨子《さんざし》を抜けて吹き……[12]

シェイクスピアの容赦ない苛烈さは僕らを熱狂させ心を千々に打ち砕いた。現実の生活にはこのような昂揚がない。

10 ホメーロス『イーリアス』第一巻、三十八―三十九句および三百六十二句。呉茂一訳、『ホメーロス』「筑摩世界文学大系2」前出、一九七一年、五―六頁、一二頁。
11 川島重成訳、エウリーピデース『ヒッポリュトス』百九十八―二百句および二百七―二百九句、『ギリシア悲劇全集』第五巻、東京、岩波書店、二〇〇七年、二八四―二八五頁。
12 シェイクスピア『リヤ王』第三幕第四場四十六行。当時のジッドは英語を知らなかったせいか、原語の引用はない。

『ある信者の言葉』[13]は、その予言的息吹で僕らを揺り動かした。もっとも、後になって、君はラムネの雄弁は少々卑俗だと言っていた。それはその通りだと思うのだが、そんなことを言われて僕は恨めしく思った。――それらの頁からは感動が溢れ出ており、感動はいつでも美しいのだから。

ついで僕らは子供の頃に読んだものをもう一度取り上げた。初めに読んだときには、定石通り、感心するばかりで感動をともなわない読み方をしたのだったが。パスカル、ボシュエ、マシヨン［引用文削除］……しかし、『四旬節説教』の見かけのよい魅力よりも、弔辞の律動豊かな言葉遣いや、ジャンセニストの厳しさを僕らは好んでいた[14]……

その他にも、実に多くのものを――その他のすべての作品を。

⁂ 次に、いよいよはっきり意識され出した作家志望の野心をもって、ヴィニー、ボードレール――常に好ましい友であるフロベール！ 僕らは彼の用いる巧妙な律動に驚いた。ゴンクール兄弟の修辞上の精緻さは僕らの精神を研ぎ澄ました。スタンダールはそれをもっと軽快に、もっと理屈好き［一語空白］……にした（？）。

ΣΥΜΠΑΘΕΙΝ　共に苦しむ――共に情熱を燃やす。

《リビアの方へ逃げ去って行くスフィンクスを私は見た。それは金狼《シャカル》のように疾駆《ギャロップ》して行った[15]》

僕は朗々と声を上げて朗誦した、はじめは広がりを強調し、次にすぐさま、長短短格を浮き出させて。僕らは二人とも文章の素晴らしい躍動に震えるほど感動した。

君からの手紙は言う。先日、夕べになって、T＊＊＊が、デュ・カンとフロベールの『オリエント紀行』を朗読してくれました。大好きな調子よく呼びかけるあの件《くだり》も読んでくれたのです。でも、T＊＊＊が読んでくれるにせよ私が自分で読むにせよ、私はあの文章をいつもあなたの声を通して聞いているのです。

⁂ これもまた『誘惑』からだった「おお、キマイラよ、私の悲しみの気を晴らすように、お前の翼にのせて、連れて行ってくれ」[16] ――「エジプトよ！ エジプトよ！ お前の不動の巨大な神々は鳥の糞で白くなった肩をしている、そして砂漠を吹く風はお前の死者たちの遺灰を運んで行く！」[17] ――「春はもう二度と来ないのだろう。おお、とこしえの「母」よ！」[18] ――「お前は私たちの辿った長い道を想像することもできないだろうねえ。緑の服を着た使者たちが乗ってきたこの野生のロバを見るがよい、疲労のあまり息絶えてしまったではないか[19]……」

……………………………………………………………………………

そして、それ以外にも数多くの作品を……。僕らは繰り返し朗読し、含まれているあらゆる諧調を響かせたものだが、それに疲れた後も、震えるような思い出はいつまでも尾を引いてつきまとい、憑きもののように頭を離れな

13 フェリシテ＝ロベール・ド・ラムネ著、一八三四年刊。翌年、ローマ法王庁より禁書処分を受ける。ジッドは本作品の構想が生まれかけた一八八八年の日記に「レオパルディの涙と慨嘆調をラムネの焼きつくようなことばで翻訳したい」と記している（AGJI. p. 14）。

14 マシヨンは『四旬節説教』で雄弁家として認められた。ボシュエの追悼演説・弔辞は音楽性が高い。パスカルのジャンセニストとしての「厳しさ」も、ここでは文体上の特徴としてとらえるべきだろう。

15 フロベール『聖アントワーヌの誘惑』第五章。母と妻の本性を帯びたエジプトの女神イシスの科白。« J'ai vu le Sphinx qui s'enfuyait du côté de la Libye : il galopait comme un chacal. » フロベールの原文には「リビアの方へ」はない。長短短のリズムとはギリシア・ラテン詩の韻律でフランス語の文章には厳密にあてはまらないが、文末のシャカルが短短ということか。

16 同書、第七章、スフィンクスが、通り過ぎていくキマイラを引きとめようとしていう科白。キマイラ（フランス語ではCHIMÈRE、つまり妄想）は、獅子頭羊胴竜尾の怪物。

17 同書、第五章。イシスの科白。

18 同右、女性の受胎能力・多産性を象徴するシベルの愛を拒み、男性であることを嘆く牧人アティスの科白。

19 同書、第二章。サバの女王がアントワーヌに言う科白。

い繰り返し句を、僕らは互いに相手の唇の上に読み取るのだった——それも無言のうちに。

⁂ 僕は自分の野心を君に語った。君は、そんなことは信じられないという振りをしようと、無理にほほえんでみせたね。僕が夢見ている本は『アラン』という題にしようと思うんだ、と言ったものだ……

……………………………………………………………………

『アラン』！　夢見た書物。——はじめはメランコリックなロマンチックな作品を考えていた。その頃の僕は、感覚が目覚めたばかりで、森の中をさまよい、未知の不安をいっぱいに抱えて、孤独を求めていた。枝をゆする松風の音が、朗誦する詩句のまにまに、自分の物憂い心を歌うように思え、落ちる木の葉に、沈む夕日に、小川の流れ行く水に涙をそそぎ、海のざわめきに、ひもすがら、夢を追っていた、その頃のことだ。

次に、形而上学的で意味深い作品を考えた。精神が懐疑に目覚め始めた頃で、それは幼い懐疑であったかもしれないが、僕をすでに非常に強く動揺させていた。疑う方法にあれこれの違いはない。

はじめ、僕はこの書物のうちに、ある性格を展示することだけを考えていた。連続性も筋立ても度外視して。

次に、僕らの愛を見つめているうちに、こういう考えが浮かんだ。うつろな一人物にそういうことについて詠じさせるよりは、自ら経験した情熱をもって、それらのことどもをもう一度生かし、じかに活動させたらどうか、と。

☆

四月二十五日

この本は、もっぱら幸福を希求する人たちにはわからないだろう。魂は幸福では満足しない。至福の中で魂は眠り込んでしまう。それは休息であって、目覚めていることとはちがう。目覚めていなければいけないのだ。行動する魂、これこそがのぞましい。——そして、魂は、幸福のうちに自分の幸福を見出すのではなく、激しい行動をしているという感じそのもののうちに幸福を得る。——従って、喜びよりも、むしろ苦痛がよい。苦痛は魂をより生き生きとさせる。魂が平伏しない場合、様々な意志が激昂する。それは苦しい。しかし、力強く生きているという誇りが意気阻喪から救う。強烈な生、これこそが最良のものだ。僕は自分の生を、他のいかなる生とも交換しない。僕は、そこでいくつもの生を生きた。そして実生活は、その中でもっとも価値の少ないものだった。

生を強烈にすること、そして魂を注意深く保つこと。そうすれば、魂はもう、ふがいなく嘆いたりせずに、自分の高貴さを楽しむであろう。

☆

§　精神と肉体の両方に生じる大いなる戦慄、それが崇高なものに接した時に僕らを震えさせる。しかし、君も僕も、震えているのは自分だけだと思って、相手には言わなかった。——僕らが互いに相手も同様だったとわかった時、何という喜びを感じたことか。それは非常に大きな感動を引き起こした。のちになって、本を読みながら共に同じ戦慄を経験したが、それはまた何という歓喜の泉となったことか。同じ昂揚のうちに、僕ら二人は結びつくように感じた。やがて、この戦慄を、僕らは互いに相手をとおして感じるようになった。手に手を取って身を寄せ合い、我を忘れて融合した。

そして、時には朗々と時には陶酔した声で本を読む時、共にしびれるような好きな個所にかかると、僕は抑揚のつけ方を心得ていた。

思慮なき者よ！　お前たちもまた、私を信じなかったのだろう。

…………………………

プリアモス一族に好まれたスカマンドロス、シモエイス。[20]

――このような名前だけでも、語尾の豊かに広がるギリシアの名前は、僕らに実に素晴らしい思い出を引き起こし、そのはじけるような響が、心中に潜んでいた昂揚を、ことに先がけて、かきたてるのであった。

それはある夏の宵のこと、僕らはH＊＊＊から戻ってくるところだった。ふたりだけで車の上段にすわっていることができた。ほかの人はみな下段の車内に閉じこもってしまったのだ。道のりは長く、夕闇は急速に迫ってきた。一枚のショールにふたりでくるまっていたから、僕らは額を寄せ合うかたちとなった。

「ねえ、『福音書』を持っているのだけれど、まだ少し明るいうちにいっしょに読まない？」と僕はたずねた

――「読みましょう」とエマニュエルが答えた。そこで声を出して読んでやってから――「よかったら、妹よ、いっしょにお祈りをしない」と誘ってみると――「いいえ、お祈りは声をひそめてしましょう。そうでないと、神様のことよりも自分たちのことを考えてしまうから」と言うのだった。そして、僕らは口をつぐんだ。しかし、僕はあいかわらず君のことを思っていた。

もう夜になっていた。――「何を考えているの？」とエマニュエルがたずねた。そこで、僕は朗詠した。

「親しき黄昏は谷間に眠る」

すると、エマニュエルは続けた。

「さらば、ゆるやかな旅路よ。はるかに聞こえる物の音よ。

道行く者の笑い声、おくれがちな車輪のめぐり。
上り下りの坂道の思いがけない回り道、
たまたま出会った友人ひとり、数刻は時を忘れ
夜も更けて人跡稀な地に着く望み……」

そこで僕が引き取って、

「しかし、お前、くったくのない旅の女よ、
私の肩に額を寄せて、夢見たいとは思わないのか[21]」

そして、もう夜も更けていたので、僕らは二人とも、眠り込んだ、夢見ながら、身を寄せあって、手に手を取って……

……、と、突然、夢を破られたように、荒々しい目覚め。行く手に定かには見えないが荷車があって、もろにぶつかる——叫び声、鎖の音、が、何も見えない——犬の吠え声——ぼんやりした光の中にそばの農家の窓ガラスらしきものが浮かび出る。僕らはふたりとも、かるく震えながら、さらに身を寄せあい、ひしと抱き合う。

20 ルコント・ド・リール「復讐の女神たち」三百九句、二百八十六句。
21 アルフレッド・ド・ヴィニィの長詩「羊飼いの家——エヴァに捧げる」の三十六句、百十五—百十九句、三百二十三—三百二十四句。一九四九年にジッドは、長文の序をつけて、*Anthologie de la Poésie Française*（『フランス詩精華集』）を編んだ。『アンドレ・ヴァルテールの手記』には数多くの詩句が引用されているが、その大部分が晩年の精華集に収録されており、ジッドの詩に対する趣味が、長い生涯を一貫して流れていることを示す。この「羊飼いの家」もその一つである。以下、同詩集収録作には題名に続いて、#を付ける。

重く黒々とした何台もの荷馬車を思いうかべながら……それは、夜、
農家の軒先を轟々と通り過ぎ、
犬どもを夜陰の中で吠えさせるのだ[22]……

僕らが眠っている間に、ランプが灯されていた。僕らは、気ばらしに、こんもりした茂みが通り過ぎるにつれて夜陰から立ち現れるのを、眺めていた。見覚えのある形を見いだしたいと思っていたのだ。旅路がまだ長いのかどうか言ってくれるだろうから。――と、足音が聞こえる。夜遅くまで出歩いていた人が、激しく揺れる光に照らされて、突然浮かび上がる。――そしてまた、前方を照らして路上を逃げ去って行く光線の縞目の中に、角灯の覆いガラスにぶつかった蛾の影が見える。――僕は思い出す。何も植わっていない畑を横切っていた時、空気が生温かくなって、耕された湿った土の匂いと共に、優しい愛撫のように、僕らの額を撫でて行ったことを。蛙の歌が聞こえてきたっけ……

――そうして、やっと到着。ふたたび笑い声、暖炉、ランプ、からだの温まるお茶――しかし僕らふたりはもっと秘められた親密な思い出を心に懐いていた。

☆

風景そのものではなく、それによって引き起こされた感動を[23]。――何度も沈んで行くのを見た夕陽、幾度もあじわった夕べの安らぎが、今でも僕の魂を満たしている。平原を照らす陽光の穏かさよ。

食後すぐに、僕らは沼に向かって走って行った。沼は、雲を映して、虹色を帯びていた。

（八六年六月）

《それは甘美な詩だ。すべては和やかになる。風は静まり、まどろんだ沼にはやがてさざなみも立たなくなる。牛たちが水を飲みに来る時刻だ。牛の脚が水を騒がし、波目模様が広がる。子供がひとり、牛を追う。——日が沈んだ。色そのものはなくなり、ただ色調と金色の反映のみ。その反映を水が事物に投げかえし、一切を包んでいるのだ。すでに一方の岸は、さだかならぬ、神秘に満ちた蔭に沈む。夜が谷底から立ちのぼる。——やがて、すべては蛙の夜の歌に眠り込む[24]》

☆

覚えているだろうか、L＊M＊＊＊で、夕暮れに僕らはメンヒルのところまで行ったね。おそくまで刈り入れをしていた農夫たちが、収穫をいっぱいに積んだ荷車に乗って帰るところで、彼らの掛け合いで歌う声が呼応して、やがて遠ざかるにつれて消えて行った。麦の間では、蟋蟀《こおろぎ》がしきりに鳴いていた。——僕らは、影が、紫色の海に広がり、谷底からもうひとつの満ち潮のように徐々にあらゆる形を呑み込みながら立ち昇ってくるのを、永い間、眺めていた。遠くの海岸では、ひとつまたひとつと、灯台が明かりを灯し、空では、はるかに遠い星々が、もっと明るく、ひとつまたひとつと、輝き始めるのだった。金星は燦然ときらめいていた、その親しみある光に目を愛撫

22　ヴィクトル・ユゴ「昂揚」#（『東方詩集』四）の最後の三句 Songeant aux chariots lourds et noirs qui, la nuit/Passant devant le seuil des fermes avec bruit,/Font aboyer les chiens dans l'ombre... ジッドは原文の J'aime ces chariots（……を好む）を Songeant aux chariots（……を思いうかべて）にかえている。

23　風景と感動との相関関係は当時の象徴主義作家の通念。

24　この一節は、一九三二年の版以来削除された。ほぼ同文が、一八八九年夏に書かれた詩的散文「サン＝タンヌ・ドレイへの巡礼」の一節にある。

されながら、僕らはゆっくりと帰ってきた……

……そして夜は恍惚境の僕らの魂におりてくるのだった。[25]

☆

朝、君は家事で忙しかった。長い廊下を明るい色の君の前掛けが動き回るのを僕は見ていた。君が来るのを僕は台所の入り口で、あの階段の上で待っていた。君の手伝いをして、君がてきぱきと事を運ぶのに接するのが好きだった。僕らは、あのだだっ広い納戸にのぼって行くこともあった。――そして時には、君が布類をかたづけている間に、ついていって読みかけた本を朗読し続けることもあった。

そういう時、僕は君を「マルト」と呼んでいた。君は「実に多くのことに忙しがっていたから[26]」。

でも、夜になると、君の名はふたたび「マリー」になった。君の魂は、昼間の雑事をすませて、ふたたび瞑想的になるのだった。

☆

……君にはかつてのリュシー〔リュシーはアンドレ・ヴァルテールの姉で、八五年に死んだ。〕の部屋があてられていた。いとしい死者はその部屋を完全には去っていないようだった。君が来ると、かつてリュシーの持っていたものが君を彼女かと思い、ふたたび彼女との生活を始めたようだった。僕はすべてをまた見出した。テーブルも本も――大きなカーテンがベッドの上に投げかける翳りも、僕が本を読みに行っては腰をおろした椅子も――僕が君のために摘んだ花を生けた花瓶も……

そういうもののただ中で、君はすでに過ぎ去り遠い昔の生のような生活をしていた。まわりのいたるところに広がる彼女の名残で、君は物思いにふけりがちだった。夜になると、傾げられた君の頭の影のうちに、僕は亡くなった彼女のプロフィルを見るのだった。――君が喋ると、その声は僕を思い出にさそった。やがて君たち二人の思い出は、渾然とひとつに溶け合ってしまった。

みなは僕らを信用していたし、僕らは互いに相手を信頼していた。僕らの寝室は隣り合わせだった。——覚えているだろうか、あの美しい宵を。お休みなさいと言ってみなと別れてから、僕は君のところへ戻って行ったのだった。

☆

（八七年八月）

《僕らのまわりではすべてが眠っているが、星々に向って広く開け放った窓からは、この夏の夜の憩いのうちで、夜鳥の悲しげな鳴き声や、風が吹いてかすかにそよぐ濡れた木の葉の音がよく聞こえてくる。それは愛のささやきかと思うほどにやさしい。

僕らは二人だけで君の寝室にいる。優しさと熱い信仰心のうちにわれを忘れて。風の愛撫のうちで、秣《まぐさ》や菩《ぼ》提樹《だいじゅ》や薔薇の匂いのうちで、時の神秘のうちで、夜のしじまのうちで、何か筆舌に尽くせないものの働きで涙が流れ、魂は体を離れようとし、接吻のうちに溶け去ろうとする。

同じひとつの戦慄に包まれるほどひしと寄り添って、五月の夜をたぐいまれな言葉で歌い、やがて一切の言葉が沈黙

25　ヴィクトル・ユゴ「幻」＃にEt la nuit augmentait sur mon âme ravie.（そして夜は天に召された私の魂の上でなおも深まるのだった）とあるが、天使に魂を奪われたユゴの「私」とここで恍惚としている恋人とは別物である。

26『ルカによる福音書』第十章三十八—四十二にイエスの話をじっと聞いているマリアと、もてなしのために忙しく立ち働くマルタとの対比がある。「マルタよ、マルタよ、あなたは多くのことに心を煩わせ、かき乱されている。しかし必要なのは〔ただ〕一つなのだ。マリヤムは善いものを選んだ。これは、彼女から取り去られることはないだろう」（佐藤研訳）。

すると、この夜が永遠に続くものと信じて、永い間、同じひとつの星に目をとどめ、頰に頰を寄せて涙の流れるにまかせ、物質を超えた接吻のうちに二人の魂を溶け合わせる》

☆

ほかの人たちより早く起きて、天気がよいと、僕らはいそいそと林に駆けて行った。林は爽やかな露の下で戦慄していた。草は斜めに射す陽光に煌いていた。朝霧が立ちいつもよりさらに深くさらに現実離れしたものになっている谷間は、まさに心を奪うものだった。すべてが目覚め、新しい時の到来に歌っていた。魂は渾然と憧れていた。こういうものに陶酔し次第に興奮して、僕らは日の出を見たいと思った。夜のとても短い頃だったのだから、それは、とんでもない考えだった。朝まだきに、僕は君の寝室の戸をそっとたたいた。君の眠りは浅かった。君は起きて、急いで身支度をした。しかし、家のものはまだ眠っていた。扉は全部閉まっていて、外へ出ることができなかった。――そこで、僕らは君の部屋に戻り、澄んだ爽やかな外気に窓を開け放って、寄り添ってはいるものの少々凍えながら、消え残った星々が色あせ、朝霧の色づくのを、永いこと眺めていた。そして、淡い色合いが光に変わり、いよいよ鮮紅色になりきると、最初の光が射したところで、僕らは眠りに戻った。歓喜のめまいにやや呆然とし、頭は少し疲れ、からっぽで、朝の歌のように鳴り響いていた。

☆

火曜日

感動を増殖すること。自分一人の生、自分一人の体に閉じこもらないこと。自分の魂がいくつもの魂を迎え入れるようにすること。自分の魂が他者の感動に合わせて、自分の感動する場合と同様に、振動することを承知していること。魂は、自分だけを見つめることをやめれば、苦痛を忘れるだろう。外部の生活は十分に激しくはない。もっとも辛酸を極める戦慄は、内面の昂揚から来る。賛嘆の念が魂を上昇させるようにしなければいけない。魂が誇り高いものであればあるほど、振動はもっと大きくなるだろう。現実よりはむしろ幻影を。詩人たちの想像力は、事象の背後に隠されている理想《イデア》の真理をよりよく浮き彫りにする。

魂が二度と無為に落ち込まないように。昂揚を糧にして、もう一度魂を養わなければいけない。

（一八八七年）

☆

《行動方針。〔のちに見つかった頁（アンドレ・W自身による注記）〕

自由、理性はそれを否認する。——たとえそのようなものはないとしても、それを信じなければならないだろう。さまざまな影響はたしかに僕らを象る。だから、選別しなければならない。至る所で意志が優先するように。自分の欲する自己を形成すること。影響を選択しよう。すべてが僕にとって教育となるように》

（八七年六月三日）

《僕は、いろいろなことについて語りたい。ところが、すべてが同時に押し寄せてくるのだ。形をとり始めた自分の象徴体系をまとめてみたいと思った。……それから、ノートル・ダム寺院でのあのイメージ、祭壇の格子越しに見た短い白衣を着た聖歌隊の少年たちの姿、ランプに照らされていたっけ。皆が歌っていた。どれも明るい歌だった。天使の合唱という感じ——ただ、執拗に繰り返される短調の落ち、それはいつも意表をついて、穹窿まで立ちのぼって行くのだった……——そしてまた……を語りたいとも思った……しかし、僕の考えは不安定に波打っている、聞かれた四重奏曲[27]の最新の響きに揺られて。——詩が魂から溢れ出るので僕は書く——しかし、言葉はそれについてなにも言えないだろう。感動は思考の遥か上方を飛翔する。——調和だけが……

そこで、出てくるのは単語、前後の脈絡もない単語、震えるような文、何か音楽のようなもの。

真夜中だ、眠いけれど、眠れないだろう。僕は、愛で燃え尽きる。まわりでは、すべてが眠っている。——僕はひとりだ、そして泣いている。空気は生温かい。そとでは雨が降っている。自然全体を孕ませる春の雨。そして夜中に思い出すあのチェロのメロディー。それは、僕の狂乱を弱め、和らげ、静め、慰めてくれる。思考は安らいで眠りこむ。苦痛、狂気、愛、恍惚！……

……諦めるがよい、魂よ。お前を酔わせるこの穏やかな夜を通して、長々と泣きかつ祈ること。泣いて、諦めるがよい、魂よ、祈るがよい！》

…………………………………………

（一八八七年）


《……あるいは、それは肉欲なのだが、変装しているのだ。いたるところにそれは見つかる、不純なものよ！　肉欲は見かけよく装っている。

たしかに、詩を生みだすものを考えてみると……何と激しく欲情が発動していることだろう！　そして神経は、存在の中にわずかばかり散在する神秘的流体故に、色の魅惑にあんなにも奮えたっているのだ……ああ、何という散文的な現実！　それらすべての底には、何と汚らわしい卑近な現実が潜んでいることか。

とはいえ、それが花を作り出すのだ、草木の至高の詩である花を……そして、色とりどりの花びらは、すっくと立った雄蕊のもとに、無自覚な愛欲の豪奢な寝台のように広がっているではないか。おお、詩人の無自覚なこと！——自分を脅かしているのは思春期の欲情なのに、霊感を与える女神などをやみくもに信じるとは！　果ては、月夜ともなれば夜毎に外をほっつき歩き、抱えた幻を理想とばかり詠い称え……、詩が浮かばないと、娼婦に抱かれて恋の戯れ、重荷でかなわぬ詩の流れに捌け口を作る。なるほど、この気晴らしは崇高だ！――さはさりながら、なんたることか！　人間の分際で神と思いこむとは！――そこで月の美しい夜ともなれば……詩句とは反射作用の表われさ（ミュッセ）……月明かりを見れば、犬でも吠えるものを！

§　純粋なものと穢すもの――それは識別しえない。二つの本質は実に精妙に関連し、それらの原因はかくも密接に混ざりあっている――片方を動かせば、必ずもう一方に響く。血液が豊富なら、寛大なこころを作る。もしスウィフトが恋を知ったら、雅歌を書いたかもしれない……　それなのに、友よ、君は言う。体のことなど気遣うな、体など好きなところに行って腹を満たしていればよい、と。――しかし、ひとたび堕落した肉体は魂を堕落させる！　腐りかかっている器に純粋な葡萄酒を容れることはできない！　肉は、もし霊が最初に支配しないならば、霊を自分に合わせてしまう――霊が肉を隷属させなければいけないのだ。

――そこで、ロマンチックということになる、なにしろ僕の血は沸き立っているのだから……　仕方がない！　理想像の幻とはよいものだ、僕はそれを保ち続けたい》

（プバズラネック、八七年九月）

27　一九四九年―五〇年にジャン・アムルーシュを相手に録音したラジオ放送で、老大家ジッドは若書きの悪文の好例としてこの文章を引いている。「あれはひどい悪文だと思いますよ……それで苛々してしまうわけです。あの「聞かれた四重奏曲」（quatuor entendu）ときてはまったく嘆かわしい……しかし、まあ、事柄自体はかなり正確に捉えられている……せめて、「近ごろ聞いた四重奏曲」とでもすればよかったんだが……「聞かれた四重奏曲」ではねえ！」

《君の忠告は立派なものだ、おお、Ar＊＊＊よ。――そして、君の行動原則はどうだ！「肉体に欲するものを与えて、魂を解放せよ！」と君は言う。――僕がそれを実行したら、君は僕をより高く評価するだろう……　しかし、友よ、肉体が受け入れ可能なものを要求するのでなければいけない。もし僕が、肉体にその欲するものを与えたら、君は、真っ先にスキャンダルだと叫ぶだろう。――しかも、僕は、肉体を満足させられるかどうかわかりはしない。

立派だ、君の平静さは！　君はこう思ったわけだ、「闘って何になる？　魂は自分にふさわしからぬ戦いのうちに疲弊してはならない」――そして、君は、初めから服従してしまって、闘いをまぬかれた。――しかし肉体の壊疽《えそ》が魂を犯すことを知らないのか。――僕はと言えば、魂全体が揺さぶられないような肉欲はひとつも知らない。

§　そして、君は自分を模範にしろと言う。――たしかに、君は素晴らしいと思うよ。君の考えは偉大だ。そして君は生活を、多分生活がしまいには僕をほしいままにしてしまうような具合に、思い通りにしている。――ただ、君のいとも好ましい平穏を乱さないために僕が言わなかったことは、君が決して知ることのないことは、君がそういう一切を語った時に、僕の夢がすっかり崩壊したこと、君にすっかり幻滅してしまったということなのだ。――ああ、僕は君がもっと気位の高い人物だと思っていた……　そして、傷つけられた自分の誇りに涙を流したのだが、生まれて初めて、その誇りなるものも虚栄ではないのかと思った。胸がむかむかした、そう、吐き気がするほどに。生活を眺めて、生きなければならないこの生活を見てね。――僕は自分の夢のほうを好む、――僕の夢を！……

君はそう言いながらほほえんでいた。僕はそれを聞きながらほほえんでいた。しかし、僕はもう君の言っていることがわからなかった。ただひとつの考えが僕の心を涙で酔わせていた。この男はその娼婦のところにもう一度行ったのに、娘のほうは彼が誰だかわからなかったのだ！――誰だかわからないなどと、神よ、そんなことがありうるのでしょうか？……それを思って、僕の魂は、一晩中、泣いた。――こんな悲しみが何になる？　そういうことはあるに違いないじゃないか。どうして女は、あの男だと認めることができるだろう？　あれ以来、ほかの男をあんなに大勢知ったのだから。――それに、面影などは、いやでも薄れてしまう。――男はお前にすべてを与えたのに！　お前は少なくともそれを知っていたのだろうか。男はお前にあえてそう言う勇気があったのだろうか。――これは、何と気のめいる話なのだろう、なんとも気がめいる！　ああ、いまいましい！　生きなければならない人生がこんなものだとするならば……

僕は自分の夢のほうを好みます、神様！　自分の夢のほうを好むのです》[28]

（八七年七月）

《ああいう代物《しろもの》が近づくだけでも、僕はぞっとする、舌先鳴らして耳元に囁きかけるあの言葉、野卑なあるいは精妙なイントネーション、吸血魔女とセイレンとの（あるいはそのどちらかの）声。僕は憎悪する。僕は憎悪する！　こういう一切合財を憎悪する。――町を歩く時、僕は歩道から下りて、車道をそそくさと走る。娼婦たちが振りかえったり、行ったり来たりしているのを遠くから見る。とはいえ、ああいう女たちの身振りや言っているらしいことには好奇心を引かれる――知りたいと思う……

二年前のことだ。あれが初めてで、しかも唯一の経験だ。今は用心して、彼女たちから遠く離れたところを歩くから。――ひとりの女が悲しげな歌を繰り返していた。すこしからかうような調子だったが、優しく口ずさんでいた。かよわい、物憂い声だった……　僕がそばを通ると、女は振り向いて、歌い続けながら合図をした。――それは初めてのことだった、ようやく春めいた最初の夜だった。空気は生温かく、メロディーは聞いただけでめろめろになりそうなものだった。……　涙が溢れ出た。思わず、僕は身をかわし、遠く離れた。女は声高く笑った。まわりをぶらついていた別の女が、声高に言った。「そんなに怖がることないわよ、かわいい坊や！……」僕は胸がどきどきして、気を失うかと思った。顔に血がのぼった。恥ずかしくて真っ赤になった。女たちを恥ずかしいと思ったのだ。

――穢されたという感じ、彼女らの言葉を聞いたというだけで。こめかみはぴくぴくし、目は涙でいっぱいになった。

28　本作品にノヴァーリスの思想が色濃く影を落としていることはあきらかで、夢を重視するこのくだりに、『青い花』の「世界は夢となり、夢は世界となって……」Die Welt wird Traum, der Traum wird Welt（今泉文子訳『ノヴァーリス作品集第2巻』、ちくま文庫、二六〇頁）の共鳴を聞くこともできよう。ジッドは、一八九三年八月の日記に、「Heinrich von Ofterdingen『青い花』を即刻翻訳しなければならない」と記している。但し、訳稿は発見されていない。

僕は逃げ去った。――

しかし、思い出すだろう、ひどく生暖かくて物狂おしい春の宵、ガス灯に照らされて花盛りのマロニエの下で歌っていた人影を。それに、はじけるようなあの笑い声、何か物が壊れるように鋭い声だった。――そして、自分の流した涙を。そう、僕はいつまでも覚えているだろう。あれは、類まれな詩であった！

こういうことを今夜書くのは、ちょうど今も同じ季節で、同じように生暖かく、すべてが思い出させるからだ。その前に、忘れもしないショパンのスケルツォを弾いたのだった。それから、音色とハーモニーとに酔ったように、野原を駆け回った。月は出ていなかったが、明るい星空だった。雲はないのに、雨が降り始めた。生温かい露のような雨だった――

すると、香りが立ちのぼってきた、夏の土ぼこりの濡れた匂いが》

金曜日

そのことを、我にもなく、憑かれたように考えていたので、昨夜、こんな夢を見た。僕は闇に縁取られた道を歩いていた。両側で、素裸のアベックが何組も、体をよじって、キスをしているのだった。体そのものが見えたわけではないが、抱きあっていることは想像がついた。僕は激しい眩暈に捉えられて、よろめかないように道の真中を歩いて行った。一人で、背筋を伸ばして、何も見ないために目を上に向けて、両手を頭よりも高く伸ばして。空には星がいくつか輝いていた。闇の中にキスの音が聞こえた。

☆

『黙示録』に神秘的な約束の言葉を読んだ。

お前のそばに、その衣を汚さなかった人が、数人いる。彼らは白い衣を着て、歩みを続けるであろう。彼らはそれにふさわしい者である。勝利を得る者は、このように白い衣を着せられる。――勝利を得る者には、隠されているマンナを与えよう。また、白い石を与えよう。この石の上には、これを受けるもののほか誰も知らない新しい名が書いてある……[29]

そこで、僕は瞑想に耽り、徳行の決心をした。

(一八八六年三月)

☆

僕のかずかずの夢は高邁なものであった。僕はこんなことを書いた。

《二十一歳、情熱が奔流するこの年齢にあって、僕はその情熱を、狂ったような、しかも陶然とさせる労働によって、調教したい。他の人々が歓楽やお祭りや安易な放蕩を追い求めている間に、僕は僧院生活の狂暴な官能を味わいたい。一人で、一人だけで、あるいは何人かの白衣のカルトゥジオ会修道士、数人の苦行求道者に囲まれて。崇高な厳しい土地の、原野のただなかにある、人里はなれたカルトゥジオ会修道院に身を置くこと。飾りのまったくない僧坊がよい。板の上にじかに寝て、頭の下には馬の尻尾の毛を詰めた枕。脇には、祈禱台。簡素な、大きなものだ。台には、聖書が常に開かれている。その上には、常に灯されたランプ。――そして、眠れぬ夜には、自分をすっぽり包み込む、恐ろしい夜の中で、我を忘れて聖書の一節に没頭し、強烈な恍惚状態を見出すこと。――何の物音もしない。時折、例外的に

29 『ヨハネによる黙示録』第三章四―五、第二章十七。

聞こえるのは、ごうごうたる山鳴り、氷河のたてる陰鬱な音、あるいは徹夜しているカルトゥジオ会修道士たちが抑揚をつけずに単一音で唱える深夜の頌歌だけだ。

深く生きること、もはや時に追われることなく。――勤めを果たしたのち、空腹を感じたら食べ、眠りたい時に眠る。僕は白い法衣をまとい、頭巾をかぶり、サンダルをはくだろう。僧坊には、樫のテーブル。それはじつに大きなもので、上には、両開きにした本が何冊か。大きな書見台は、立って仕事をするためのもの。そこには、一冊の本が開けてある。ベッドの上の方には、本が何冊も並べてある。僕は、聖書を、ヴェーダを、ダンテを、スピノザを、ラブレーを、そしてストア派の思想家を読むだろう。ギリシア語とヘブライ語とイタリア語とを身につけよう。――そして僕の思考は、自分は生きている、と誇らしげに感じるだろう。このように過剰なまでに学問をして、精神は、驚愕し、打ち砕かれて、出てくるだろう。ヤコブが天使と格闘した時のように。しかもヤコブのように、勝者として出てくるのだ。そして、激昂した肉体が、欲望の衝動に突き動かされて、この拷問に反抗するなら、――その時は、懲らしめの鞭が肉体を打ちのめし、苦痛のうちに黙らせるだろう！――あるいはまた、山に登り、岩を越えて雪のところまで狂ったように登攀する。肉体は、疲れ果て、打ち負かされて、喘ぎ喘ぎ情を請うだろう……。あるいはまた、深い雪に身を沈め、凍りつくこの接触に、何か並外れた戦慄を覚えるだろう》

☆

§　まだごく幼い子供だった頃、おぼろげに予見はしていたもののことの実体は知らなかった頃、――「大きくなったら」と僕は思った、「大きくなったら、女の愛人など持たないだろう。僕の愛は、そっくり諧調《ハーモニー》に捧げよう」と。僕は、オルガンの前で過ごす夜毎の愛を夢に描いていた。旋律は、ほとんど手に触れることのできる幻《フィクション》のように、雲間のベアトリーチェのように思われたのだ。

fior gittando sopra e d'interno[30]

（彼の上に　また　周囲一面に　花をまきながら）

サファイア色に映える長い裾を引き、空色の深い襞をもち、青白い微光をはなち、ゆるやかな音楽的なかたちをなす、そのような衣をまとった、物質を超えて純粋な、選ばれた婦人のように。僕は彼女が自分の愛情のすべてを受け入れてくれることを望んでいた。子供だったので、魂のことしか考えていなかった。すでに、夢の中で生きていたのだ。魂は肉体から解放されていた。このように最良のものを夢見るのは甘美であった。その後、肉体と魂とを切り離しすぎてしまったので、もう僕はどちらも思い通りにすることができなくなった。魂も肉体もそれぞれに自分の行きたい方向に進んでしまうのだ。魂はますます純粋無垢な愛撫を夢み、肉体は流されるままになる。

叡智は、両者を共に導き、両者の追求するものを合致させ、魂が肉体の参加しないようなあまりにもかけ離れた愛を求めないようにするところにあるのだろうが。

☆

《彼らは、人を憐れまずに、非難する。説明はしないで、有罪を宣告する。彼らが絶対に理解しないのは、「信じる」ためにどれほど闘わなければならないかということだ。闘っても、さらに何らかの理性が反抗するならば、それがときに不可能のこともあるということだ。彼らは欲しさえすればよいと思っている……そして、もっとも驚嘆すべきことは、彼らが理性をもって信じているつもりになっていることだ。とくに僕を迷わせるのは、偽りの宗教だ。盲信的信心とまやかしの神秘主義とはときに本当の宗教の存在を疑わせる。盲信している人たちは、彼らの例が、真実の神を本当に渇望している者にどんなに害を及ぼすか、想像すらできないのである。彼らは、静謐のうちにあって、しばしば自分たちこそがスキャンダルのもとであることに気がつかない……》

30　ダンテ『神曲』「煉獄編」三十歌二十行。正しくは、*e fior gittando e di sopra e dintorno*。

（八七年十二月三十日、深夜）

☆

《書く……一体、何を？——僕は幸福だ。

僕は忘れるのが怖い。——時を超えて、自分の幸福だった思い出が存続するようにしたいものだ。

墓の中の倦怠にあって、絶えず人生をもう一度生き、ちょうど真夜中の夢のように、苦い思いと歓びとを、優しく思い起こすことができたら。しかもそれは遥かに遠く隔たった感じで、苦痛の思い出の場合と同じように、もう苦しむことはないのだ。——僕は忘れるのが怖い。

この紙に定着しておきたい、かすかな残り香が思い出させてくれる押し花をとっておくように、過ぎ去って行く僕の青春の思い出を固定しておきたい、後になって思い出すように。

今日、僕は彼女に語った。光り輝く僕の夢と素晴らしい僕の期待とを語った。今日、僕には彼女が今でも僕を愛していることがわかった。僕は幸福だ！……何を書いたらよいのか。

僕は書く。忘れるのが怖いから。

そして、それらはすべて、もはや思い出の中にしか存在しない……

しかし、昔の事どもの思い出は、墓を超えて、今でも存在し続けているのではあるまいか》

☆

それは、惨めな部屋の中でのことだった。気の毒な人々は彼らの亡き子を惜しんで泣いていた（八七年二月七日）。僕は彼女には言わないで行ったのだった——彼女は後になってこのことを知るように。少しお金を持って行った。慰めてやりたいと思ったのだ。彼らに話しかけようとした。が、僕はあまりにも高邁な考えをいだいていたので身動きできなくなっていた。彼らを見て僕の感じた悲しみは誠実なものであったのだが、あまりにもかけ離れたものだった。僕は謙虚になることができない。彼らに天について語ることはできなかった。自分自身十分に信じていないのだから。心は溢れ出ていたのに、僕はぐずぐずとぎごちない態度でいた。――と、その時、ドアが開き、エマニュエルが入ってくる。――「君か、エマニュエル！」彼女は驚いた風もなく僕の前を通る。僕など目に入らなかったかのように。すぐに、子供の安置されている寝台の脇に行き、その青ざめた顔を見つめる。彼女の目には涙がこみあげてくる。――そこで僕は近づき、彼女の手を取ろうとする。――彼女は僕を退けて、「止めて」と言う。それから、ひざまずいて、とても悲しいお祈りを、声をあげて唱える。僕は、陰に退いて、自分をほんとうにとるに足らぬものに感じるのだった。……その後、彼女は出て行き、僕もついて行く。歩きながら、僕は思いがけなく出会ったことについて彼女が何か言うのを心待ちにしていた。しかし、彼女はあまりに激しく心を打たれていて、そんなことに驚くゆとりがないのだった。――ただ、自分が唐突に部屋を出てしまったことを説明するかのように、あるいは、むしろ黙っているのが気づまりになってか、彼女は「あの人たちはそうっとしておきましょう」と言った。「悲しんだほうがいいのよ。まだ慰めないほうがいいわ。慰めの言葉などは誠実なものではないかもしれないから。あの人たちも涙を流した後でなら、希望も役に立つでしょうから。――もう一度行かなくてはいけないわね。――善い行いは始めただけで放り出してはいけないわ。最後まで続けるのが、義務でしょう……」――しかし、家に帰るとすぐに、彼女は僕の頬に額を寄せて、「お兄さん」と囁くのだった。彼女の感動は今は溢れ出ていた。彼女が目をあげて僕の方を見ていたので、僕は彼女が涙にぬれているのに気がついた。――こちらは愛情のあまり気が遠くなりそうだった。しかし、彼女がこれほどに傷つきやすく弱いのを見ると、自分は強くなければいけないと思うのだった。

僕はひどく遠慮がちにたずねた。僕らは、二人とも、そういうことに関して過度に羞恥心が強かったのだ。一緒にもう一度行こうか、とたずねたのだ。――そこでの彼女は、優しさ、忍耐強さ、熱意において賛嘆すべきものだった。そして、僕のことはまったくかまわなかった。ところが僕のほうは、彼女のことしか念頭になかった。もっぱら彼女に微笑で報いてもらえることをしようと心を砕いていた……。しかし、それは長続きしなかった。彼女は一度こう言った。「用心なさいよ。あなたは、あの人達のためよりも私のために動き回っているのだわ」、と。それに、僕はまたまた彼女から引き離されてしまった。

☆

§　神の摂理。彼らの生活は、すべて、ひとつの仮定に基づいている。もし彼らが思い違いをしているということが証明されるならば、彼らの存在理由はなくなるだろう。しかし誰がそれを証明するだろうか。彼らは信じたのは誤りであったと悟ることは決してないだろう。もし、何も証明しないならば、彼らは決して気がつかないだろう。——当面、彼らは信じている。彼らは幸せであるか、あるいは希望によって自らを慰めている。彼らから見れば、疑いをもつ魂などは迷っているのだ——

§　《哲学する？——何と傲岸なことか！　一体、何をもって哲学すると言うのだ。理性？　しかし、理性の正しいことを誰が保証するのか。ひとが理性に付与する権威は、何に依拠するのか。僕らにとって唯一の保証はそれが摂理ある神によるものであると信じることだろう。——ところが、この理性は、その神を認めないのだ。

もし、理性が、ゆるやかな変化によって、現象に次々に適応していくことによって、おのずから生まれたと言うのならば、理性は現象について論ずることはできるだろう。しかし、それを超えたものに関しては？……

たとえ理性が神から来たと認めたとしても、その正しいことを証明するものはない。

人間は、意見を持つことしかできない。断言は罪である。それは、自分を押しつけようとし、周囲のものを叩き壊す。——自分の真理のみが正しいと信ずるとは何と狭量なのだ！　真理はいくつでもある、無限にある、それを信じる精神の数と同じだけある。——人間の精神の外ではそれらが否定しあうことはない》

§《誰でも、みな、正しい。物事は真理に**なる**のだ。[31] それを考えさえすればよいのだ。――われわれの中にこそ現実はある。われわれの精神が自分の**真理**を作る。しかも、最上の真理は、とくに理性が承認するものではない。人間を導くのは感情であって、観念ではない［リボの説］[32]。樹木の価値はその実によってわかる。[33] ――教義はその呼び起すところによって見分けられる。

最良の教義は、愛の言葉を語って人が歓びをもって献身するようにするものである。それは、苦渋のうちにあっても、泣いている人々に約束された至福を示すことによって、支えとなるものである。それは、苦しみを**試練**と呼び、魂が、何はともあれ、希望を懐き続けるようにする。最良の教義はもっともよく慰めてくれるものだ。主よ、私たちは誰のところへ行きましょうか。あなたは永遠の命の言葉を持っておられます[34]！

そして理性は嘲笑うだろう。しかし、たとえ哲学が抗議しても、心は常に信じることを求めるであろう》

《ΣΥΜΠΑΘΕΙΝ――共に苦しむ、共に震える。

想像力、それこそがもっとも強力なものだ。心の動きの場合でもそうだ。なぜなら、心を慈悲深いものにするのは、他人の苦痛を自分のうちに想像し、自分のものとする力だからである。魂の生命はこれで何倍にもなる。そして、苦痛は同情されていると感じることによって軽くなる。

すべての人の感動と共に振動する心、それも空間と時間の隔たりを超えて。それは自然に生じる傾向ではあるが、意志されたものでもある。これこそが必要なことだ》

31　クロード・マルタンは、ここにノヴァーリスの魔術的観念論の影響を見る。
32　テオデュル・リボ（一八三九―一九一六）の『記憶の病気』（一八八一）、『意志の病気』（一八八四）に見られる。
33　『マタイによる福音書』第七章二十。「それゆえ、あなたたちは、彼らの〔さまざまな〕実から彼らを見分けるであろう」（佐藤研訳）。
34　『ヨハネによる福音書』第六章六十八（小林稔訳）。シモン・ペトロのイエスへの返答。

☆

秋の夜毎に、朗読する。皆は暖炉とランプの間に集まっている。そこで読んだのはホフマン、そして、ツルゲーネフ。

皆が聴いていた。が、僕の声は君のためだけに抑揚を帯びていた。他の人たちを越えて、僕は君のために読んでいた。

☆

僕らは、ドイツ語をすでに知ってはいたのだけれど、一緒に勉強した。それは僕らにとって本を読む口実になった。しかも同じ本に額を寄せて。翻訳するために、等価値の表現を見つけようと、僕らは精妙な修辞を求めて頭を楽しませた。

こうして、僕らは続けた、*die Braut von Messina, die Heimkehr, die Nordsee* と。[35]

ドイツ語にはひそひそと囁くような頭韻法があり、模糊とした夢想を語るのにフランス語より適しているのだった。

☆

ある雨の夕べ、僕らは皆集まってもう永いことお喋りしていた。——「アンドレ、ちょっと朗読してくれない」とV＊＊＊が言った。僕は、**彼女**のまだ知らなかった「贖罪」という詩を読み始めた。

これはたしかにもっとも甘美なことのひとつだ。声を出して読む言葉の精妙な抑揚によって、友なる魂に昂揚を引き起こし、遂にはそれを溢れさせる。ΣΥΜΠΑΘΕΙΝ、共に情熱を燃やすこと。

僕からは君の姿が見えなかった。君は暗がりにすわっていたから。でも次の詩句を読んだ時、僕は君の視線を感じた【「そして僕の目は暗がりのうちに君の瞳を感じていた」（ボードレール「露台」）】。

「そして彼ら兵《つわもの》の魂は青銅のラッパの響きのうちに歌っていた！」

日が沈みかけていた。夕闇が部屋に入り込んできた。読むには暗くなりすぎたので、僕は本を閉じて、暗誦した。

「退くものはただの一人もいなかった。眠れ、雄々しき死者たちよ！……[36]」

ランプが運ばれてきた時、僕らは夢から醒めたような気がした――

☆

「考えの運びにしっかりついて来てよ」と僕は君に言った……。

それは、永いこと気にかかっていたドイツ形而上学の難しい問題で、それを君に提示したかったのだ。――思考を追おうと努めて君が額に皺をよせるのが見えた。しかし、思索上の障害をすでに全部乗り越えて、考えを追究することに逸《はや》っていた僕は、かまわずに喋り続けた。僕は、僕らの精神《エスプリ》があらゆる小道をいっしょに辿ることを望んでいたのだ。僕には君なしで何かを知ることが苦痛だった。君をそこに感じる必要があった。君が感嘆すると、自分自身が感嘆する以上に僕の心は震え立つのだった。しかし、そこはあまりにも空気の希薄な空間だった。君の精神はむなしく羽をうち、疲れていた。

35　シラーの悲劇『メッシーナの花嫁』、ハイネの『歌の本』から「帰郷」および「北海」。
36　ヴィクトル・ユゴ「贖罪」＃二、十二句および五十四句（『懲罰詩集』五部十三）。

僕はつぎのことにひどく苦しんだものだ。君がそこにいないのにとても感動して喋らずにはいられないような場合、君のように無条件の忍耐力のない母は僕の話にすぐに退屈してしまうのだった。程なく母の気が散っているのを感じ、僕は黙ってしまう。そして僕の魂は羽をたたみ、孤独に震えるのだった。

その頃の僕は子供だった。精神など何でもないこと、それは過ぎ去って行くものであることがわかっていなかった。そして、精神が去っても、魂は残っていることも、わかっていなかった。

☆

精神は変化し弱まる。精神は通り過ぎ、魂はとどまる。

人は、魂とは何かと問うだろう。

魂、それは僕らのうちにある、**愛する意志**だ。

僕らはまだ、兄妹として呼びあっていた。しかし、それは微笑を伴ってのことだった。僕らの心は、もう思い違えたりしてはいなかった。ただ、君は自分自身を騙そうとしていた。君は生まれたばかりの不安が遠くまで行き過ぎることを心配して、それをすでに価値の決まっている言葉によって惑わし、紛らわそうと思ったのだ。君は言葉が事物を引きずって行くと思ったのだろう、あいかわらず、兄妹と呼びあうことで、そういう愛情関係だけが続くと考えたのだろう。しかし、君の意に反して、僕ら二人の意に反して、兄妹という呼び名に見知らぬ抑揚が介入してきた。その親密さは、互いに声をひそめて呼びかわすときに、さらに優しく、さらに秘められたものとなった。君が「お兄さん」と言い、僕が「妹よ」と応える時、僕らの心は親密な声の、意図せぬ優しさに震えたものだ。


秋の永い日々、——外では雨、暖炉のそばに集まる、——何時間も読書に没頭……

そして君は、前屈みになっている僕の肩越しに、時折、読みに来るのだった。

僕は『黄金のロバ』[37]を読んでいた。君はそれまでによくしたように、僕の肩越しに読もうとした。――「妹よ、これは、君の読むものではないんだ」君を押し戻して僕は言った。――「じゃあ、なぜ読むの」君はちょっとからかうようにほほえんだ。――そこで、僕は本を閉じた。

☆

……人生の最初の数年間に共にした遊び、共に見た景色、永い対話、読書、まだすべてが見知らぬもので、共に発見する頃のこと……

他の人々にとっては何の価値もないそのようなことが、僕らを徐々に形づくり、僕らはこんなにも似通ったものになった……――

それなのに、エマニュエル、他人だというのかい？

愛する死者たちの思い出、赤の他人がそのようなものを懐きうるだろうか。

おお、彼はあの人たちを知らなければよかった！　おお、そういう人たちの微笑など見なければよかったのだ！　そうすれば、君が亡き人たちのことを話そうとしても、彼にはわからないだろう。――そこで、君は黙ってしまうだろう、自分の孤独を感じて――

(未完)

☆

僕はもう、それがどこであったことなのか、いつのことだったのか、覚えていない。

37　アプレイウス『転身譜』。ロバになった男の目から世相を描く鋭い諷刺文学。

それは、夢の中でのことだった。

ある夜、僕は僕らふたりの身の上を思って泣いていた、すると——君の愛しい影が僕のほうに寄って来た。そして、君の優しい微笑に照らされて、君の手は僕の額に置かれた。

しかし、僕が泣き続けていたので、「でも、そうじゃない！……、アンドレ、あなたさえよいと言えば？……」と君は唇を動かさずに言った。君のほほえみは僕の魂を明るく照らしていた。

魂のうちに僕は君のことばの音楽を保ち続けた。そして、額には君の爽やかな愛撫の名残を。

☆

五月二十八日

この三日、君にもらった手紙を読み返した。全部とっておいたのだ。——これだけが僕に残された君の思い出だとすれば、ずいぶん君に似つかわしくないイメージを与えてしまうだろう。君は、皮肉屋で、やや不実でさえあり、絶えず人をはぐらかし、僕から遠ざかろうとしているように見えるだろう。君の才気《エスプリ》ばしった精神が魂を追い払ってしまっているのだ。

でも、時折、魂は僕を求める。そうなると、まるで囚われの身のように嘆くのだ。——「お願いですから、お兄さん、愛情を取り上げたりしないでください。私には、それが何よりも大事なのですから」——そしてさらに後には、しばらく別れていた後、「あなたなしの生活なんて、どうしても考えられないわ」とも言う。——その他にも、いろいろあった。ただ、それはつかのまの優しさなのであった。才気がすぐに手酷くそれを脅しあげる。そこで、次の手紙では、君お得意の皮肉のすべてを発揮して、君は自分自身を嘲笑する。そして僕がへたに君を信用しようものなら、僕をもあざわらうのだった。

——つまり、僕から離れていると、またまた、君の才気が魂を牛耳ってしまうのだ。

§　そう、君の魂は、時折、君から脱け出てきた。そのような時に魂が語ると、その熱烈さは僕をも驚かすのだった。僕は君の愛情を疑うこともあった。なぜなら、君は自分自身にさえそれを告白することを拒んでいたから。僕はもっと強く君を愛していると思っていた。

永い間別れなければならないことになった日の前夜、僕は嘆きながら、そのようなことを君に言った。それは誠実な気持からではあったが、真意を知りたいという意図も含んでいた。——なぜなら、ほんの幽かな期待より外に、君の誠意を保証してくれるものはなく、疑いにとらえられて、僕はこの別離が心配でたまらなかったのだから。——ところが君は、とうとう黙っているのにも飽きると、涙ながらにこう叫んだ。「ああ！　アンドレ、どんなに愛していたか、あなたは決して分からないのね！」

§　専制君主のように頑固な君の才気《エスプリ》。——それは君が支配する者であることを欲していた。君はからかわれると逆らうのだった。ああ、唇をつりあげた君のふくれっつらときたら！　僕は大急ぎで服従しなければならなかった。さもなければ、君は僕から遠のいてしまい、僕が降参するまで黙り込んでしまう。君は僕が必ず君の方に戻ってくることを知っていた。それが君の強みだった。僕は君のこころにそれほど強く確信を懐いていなかったので、すぐに譲歩するのだった。——それに、こういうことがあった後に和解するのは、実に快かった。前よりももっと親密になっているのだ。こうして、魂は一度引きとめられた後には、以前よりもいっそう深く愛しあうのだった。

君の才気《エスプリ》ばしった精神！　僕はそれを弾劾しよう。実際、あれにはいらいらしてしまうのだ。僕が一番よく知っているのは君の才気なのだが、僕ら二人の間に、才気の点では、類似点が少しもないのだ。君は価値判断せずに感嘆することを恐れる。理性をいつもしゃんと立たせておきたいのだ。過度なことは君を脅かす——僕はそれに惹かれる。君がルターの壮大な思想をまえにして震え立たなかったことを僕は遺憾に思う。僕は君が女であることを感じ、苦しんだ。君は物事を理解しすぎ、十分に愛さないのだ。——それに反して、僕らの魂はこんなにも似通っていると思うのに、お互いに知り合うことができないでいるとは！……

僕はピエールに書いた。

……《いいではないか、あの人たちには信じさせておきたまえ。いかなる権利があって、信仰の至福を彼らから奪い取ろうというのか。そのかわりに何を与えるというのか。彼らは、たとえ誤っているとしても、百倍も理に適っている。所有していると信じることは、所有するのと同じように快いのだ。……それに、所有とは、いつの場合にも、幻想でしかないのではないか。永遠という蜃気楼が彼らに幻覚を与え、期待が彼らを昂揚させる。生が終わった後には何もないとしても、そんなことを彼らに言うために誰が戻ってくるだろうか。彼ら自身、死んでしまえば、無など感じもしないだろう。自分たちが永遠の生を得られなかったなどと、気がつきもしないだろう。ただ、今は、彼らの確信を何物も乱してはならないのだ。それこそ彼らが幸福であるための条件なのだから》

彼女にこの文章を見せたことを僕は思い出す。――「ああ、アンドレ！」と彼女は声をあげた。「もしあなたの言うとおりだとしたら、信仰は欺瞞ということになってしまうわ。真理だけが信じるに値するのよ、たとえ人を絶望させる真理であっても。私は虚偽を信じるくらいなら、信じないことに苦しむほうがいいわ」――ああ！　プロテスタントよ！

☆

君の高く静かな考えは、あまりにも穏やかな静謐を帯びている。君の落ち着きはらった信仰は僕を悩ます。僕はそれによろめいてもらいたいのだ。おお、君の魂が虚空の中で悲鳴をあげてくれたら！　僕の魂は、君がまだ共にいてくれるとわかって、これほどに惑いはしなかったであろうに。僕の魂は君に同情されていると感じたかもしれない。そうして、君はあれほどまでに昂然とはしていなかったかもしれない。ところが、君はあまりにもまっすぐで、僕を見る時には見下すのだ。

そうして、ある日のこと、僕らはスピノザを読んでいた。——ああ、こういう思い出に、僕は疲れてしまう。——僕らはその秩序立った入神の思考に感嘆していた。僕は君に言ったものだ、「エマニュエル、こういう正統を外れたものを読んで、君は乱されない？」——君は言う、「あら！　すべての疑いは精神の中にあるのよ。何かを読んだからといって、それで疑いが生じるなんてことはないわ！」

——君のかわいい魂よ。誰がそれを知りえよう？

僕らの精神は互いに相手を知り尽くしていた。互いに、もう神秘はないのだった。僕らは自分たちのすべての考えをそれが口にされる前に知り尽くしていて、相手がそれをどんなふうに言うかも知っていた。僕はそれを楽しんだものだ。二人で話している時、言われるはずの言葉を君の唇にいちはやく読み取り、唇が開かれる前に先取りするのだった。その上の方で、魂となると、これは精神が互いに知り尽くしているのと反比例して未知のものであった……魂は、相手の魂の後を追って飛び立つのであったが、ふたりのどちらにおいても後から後から出てくる似よった考えを追うことによって方向をあやまり、見せかけの類似性に惑わされて、絶えず思い違いをするのだった。そこには、魂はなかった、それは軽薄な精神でしかなかった。——それは、ちょうど、伝説に語られる水の妖精オンディーヌに恋する者と同じだ。ある夕べのこと、オンディーヌを追い求めて、沼の上に漂う鬼火のうちに、その変わりやすい姿を見出したと思いこみ、変幻出没の魅惑に誘われるままに、鬼火めがけて身を投げ、結局は幻影が指の間を滑り落ち砕け去ってしまうのを嘆くのだった。

《魂はもろもろの考えの後ろに身を引いていた。そして、いとしい人が跳びかかると、つるつるした表面を滑って行くことになるのだった。さまざまな思想のなす斜面はとても魅力に富んでおり、それを繋ぎ合わせてゆくのはとても容易だったので。彼女は、僕ら二人のうちに次々と連続して出てくる同じ考えを、もっとも安易なかたちで追って行くこと

に、絶えず引きつけられるのだった》

§　僕らはできるだけ遠い思い出の中に、共に迷い込んでゆくのが好きだった。時空を超えてごく微《かす》かなつながりで結ばれた考えを追い、思いがけぬ関係を見いだし、たったひとつの言葉で、実に多くの夢をひきおこすのに十分だった。なぜなら、それは単なる一語ではなかったのだから。僕らにとって、そのような言葉は、ひとつの由来を含んでおり、しかもそれはふたりに共通のものなのだった。それは、過ぎ去った心のときめきを、読書を、数多く呼び起こすのだった。そして、いつそれを言い、いつ読んだのかを。——それは、単なる言葉には決してとどまらなかった。かつてのことを呼び覚ますのだった。僕らが詩人を引用するのをあんなにも好んだのは、そのためだった。詩人たちを通して、僕らが何かを感じ取ることができたからではなく、何よりも彼らが多くのことを思い出させてくれたからなのだ！

それに、ひとつの言葉は、僕らだけが知っている、僕らだけが耳にしたひとつの文章になることがおおかった。——他の人たちにとっては、ひとつの単語でしかなかったのに。ひとつの言葉であっても、それは詩句の始りであり、考えの発端であった。僕らの一方が始めると相手が終えてくれるのだった。宵になって、僕らが家の外に出た時、僕は始めたものだ。

《聞くがよい、恋人よ……

すると、君はこう聞きとるのだった、

聞くがよい、歩みゆく静かな夜を》[38]

§　そのうち、それは重荷になり、遂には強迫観念になって、つきまとった。この親しい想念を、しかも……二人とも同じ考えだと初めから分っているのに、常に窺い、見つけ出そうとするとは。僕らはもう自分では考えずに、相手の考えるのを眺めているのだった。そして、それは同じことなのだ。しかし、ふたりの考えが相似ていることを自らに証す必要がどうしてもあった。そこで、お互いに自分の考えを相手に言うのだった。黙っているか、あるいは無言のうちに言うこともできたであろうに。

僕らは一連のことばが出来てくるのを予見していた。それが口にされる前に、まさに言おうとしている唇の上に盗み読みするのだった。——そして、ひとつの考えが相手のうちに生まれてくるのを待つという、そのことだけから、時には、その考えが二人のうちに同じ考えとして生まれ出てくるのだった。

夏の宵は、ショパンや、ボードレールと一緒だった……

《今宵、月はいつにもまして怠惰に夢見る》[39]……

《どんなにかお前は私の気に入るだろう、夜よ、お前の星がなかったならば》[40]……

しかし、詩句は中途で倦み果てた唇から消えさり、あとは眼差しの歌うのにまかされるのだった。視線は、僕らのいきいきとして常に欲情に満ちた愛情をよりよく言い表すことができたから。

☆

38　ボードレールのソネ「瞑想」。
39　ボードレール「月の悲しみ」（『悪の華』）。
40　ボードレール「妄執」（『悪の華』七十九）。*Comme tu me plairais, ô nuit ! sans tes étoiles...* 正確には、ces étoiles（これらの星）。

周りのある者は、とうとう心配し始めた。僕らがあまりにも似通っていて、それが常にありありと目に見えるので。そこで、僕らのあいだに介在し始めた。あれこれと障害を考え出したのだ。しかし、それはもう遅すぎた。僕らは、他の人々には見えない、感知することのできない符合でわかりあっていたのだから。彼らはむしろ僕らを無言の言語の神秘に興奮させ、彼らの真っ只中で、僕らに一種の孤独を作り出した。僕らの欲求を拘束することによって、逆にその存在を教えてくれたのだった。

《すべての現象は符合である。その背後にある諸々の意志の表現である。意志だけが大事なのだ。意志を理解しなければならないのだろう。

　理解する、そんなことは何でもない。――自分を理解させること！　そこにこそ悩みと苦悶とがある。魂は激しく脈打ち、相手にそれを知ってもらいたいと思う。――ところが、それはできない相談なのだ。そこで、自分は閉じ込められていると思う。そして、身振りや言葉が出てくる。測りがたい昂揚の物質的な表象、不器用な代弁者として。――そして、それに絶望する魂。

　それもまだ、何でもない。最悪の苦しみは互いに近づくことのできない二つの魂の苦痛だ。「あなたは、わたしのまわりに、壁をめぐらして、出ることのできないようにした」（エレミヤ）[41]――二人の魂は、垣《かき》に沿って行くのだが、垣に隔てられて平行に進むことしかできず、垣に突き当たり深く傷を負うのだ》

§《言葉でも、考えを象《かたど》る身振りでもなく――そうしたものはすべて軽佻な精神から出てくるのだ――むしろ感動した声の抑揚、面持ち、とくに眼差し。そこにこそ魂の雄弁術はある。魂はそこに自らを顕わす。そのようなものを学び、柔軟にし、従順な通訳にしなければならない。

　鏡の前でそれを練習すること。彼らが見たら笑うだろう。視線は視線を探る。そして、夜になると、底深い瞳の絶えず変わる動きに催眠術にかけられたようになる。泣き濡れた眼差し、あるいは輝く眼差しのうちに、感動の中から立ち昇ってくるものを探り出そうとして。熱情の、昂揚の、あるいは悲しみの言葉を伴うには、どのように瞼を合わせるか、どのように眉をひそめるか、どのように額に皺をよせるか……

役者？　そうかもしれない……ただし、僕は僕自身を演じるのだ。もっとも巧みな者がもっともよく理解される》

§《そのうち、それは苦痛になる。言葉、身振り、そしてとくに眼差し、さらに僕の魂の秘められたあらゆる動揺をよりよく顕わす声の抑揚、そういうものを不安げに探し求めて、決して目をはなさないのだから。——そうなると、感動していることを顕わそうという気持が、しばしば、誠実な感動を押しのけてしまう。エマニュエルよ、君のそばで、自然に湧き出た現実の感動がそれを外に示そうという過大な努力のために逃げ去ってしまうのを僕は何度感じたことだろう。——苦しみはそこにある。自分を顕わすことができず、やっとそこまで辿りつけたとしても、その時には、もはや何も言うことがないというところに》

☆

わかりあうなどというのは、何でもない。実現すべきは、魂と魂が抱擁しあうことなのだろう。

僕はぜひとも愛撫したい。実行されない愛撫は、特定の誰にも与えられずに、あらゆる物の上に漫然と拡散されている。僕の愛撫とは強く抱きしめることだ。僕は本能的に抱擁の身振りをする。

悲しいことに、僕はそれでひどく苦しんだのだが、魂は自分の優しさを表わすのに、羞恥を欠いた欲情の徴でも

41　『哀歌』第三章七に「柵を巡らして逃げ道をふさぎ、重い鎖でわたしを縛りつける」とある。『哀歌』は現在ではエレミヤの作とはされていない。

ある愛撫という方法しか持っていない。そこで、魂は思い違いをし、思い悩む……すると、突然、その動作が僕のうちにある思いを呼び起こすのだった……

それならば、冷静を保ち続けることだ、たとえ自分の魂のものであっても思い違えなどのないように、――なぜなら、ときには……ただ握ってそのまま放してしまう手、頬ずりなどしないでただお休みとだけ言うこと。……そして心は、望むならば、恍惚とするように（ただし、密かに知られることなく）。

恋の、憧憬の、熱情の愛撫がしたい、僕はその欲求に取り憑かれている。一切を呑み込むような抱擁、完全に包み込まれる状態、あるいは忘我の境地、身も世も忘れた恍惚を可能にするものが、僕はほしい。――それだからこそ、僕は彫像の美しさの前でこんなにも苦しむのだ。自我は、それに融合することなく、対立するのだから。

……« *Quoniam nihil inde abradere possunt,*
Nec penetrare et abire in corpus corpore toto »
（恋人たちは抱擁している体から何も奪い取ることができず
また、すっかり入り込み溶け込むこともできないのだから）[42]

そこには肉感もまだ混ざっている。この大理石はほのかに光を透す柔肌さながらなのだ。所有したいという欲求が僕を苦しめる。それが不可能と感じて、僕は身も心も恐ろしく苦しむのだ。――「棘《とげ》を抜くもの」、「蜥蜴《とかげ》を殺すアポロン」、「憩えるディアナ」の腕を欠いた胴――視覚は僕を酔わせないで――渇きを覚えさせる。

……« *Nec satiare queunt spectando corpora coram* »
（恋人たちは愛する者の体を目にするだけでは渇を癒せない）[43]

それにまた、そういう彫像は僕の愛撫を感じもしないと思うと、僕は苦しくなる。

「度を越えた仮借ないすばらしさ、
ああ、美よ！　お前は何と私を苦しめることか[44]」

「不可能なのだ、魂と魂とが肉体を通じて結びつくことは、
くちづけにさいなまれる[45]………」

これは見事だ。おお！　僕はこうしたことにひどく苦しんだのだ！――そこには魂があまりに深くかかわっているので、希求しているのが魂なのか、あるいは憧憬といった姿に変装しているのが肉欲なのか、わからないくらいだ。

「それほどまでに魂はかの神秘の床に押しやられ[46]」

42　ルクレチウス『事物の本性について』*De Rerum Natura*　第四の書一一一〇―一一一一句。
43　同、一一〇二句。
44　シュリ・プリュウドム『むなしき愛』（一八七五）所収の「美」の一句と二句。
45　シュリ・プリュウドム『孤独』所収の「愛撫」三句と五句。五句の引用は不完全で何がさいなまれるのか不明だが、原文によれば、「みじめな生きもの」つまり恋人たちであることが分る。*L'impossible union des âmes par les corps./Vous êtes séparés et seuls comme les morts,/misérables vivants que le baiser tourmente !*
46　ヴィクトル・ユゴ「女の聖別」（『世紀の伝説』所収）。イヴの理想の肉体を歌い上げるくだり。

愛撫は軽く触れ、通り過ぎて行く
私の魂は奮い立つ、くちづけの音に……

Et non erat qui cognosceret me…（私を認める者はひとりもいない）[47]……そして僕も他の人々以上に心をとめはしない――魂は互いに認めることができないのだ。もっとも似通った魂でさえ**平行状態**にとどまるだろう。

《実際、僕は君を欲望の対象としては求めない。君の肉体に僕は困惑する、肉の交わりというものに僕は仰天してしまう。僕らは、理に適ったかたちで愛しあう人たちの当然するような具合には愛しあっていないのだ。君が僕のものになることはできないだろう。僕らの欲するものは互いに相手に属することはないのだ》

六月十二日

ピエールから手紙と数冊の本が届いた。彼はパリの様子を語る、そこでの戦いと、さっそく収めた勝利のかずかずを……静寂も静謐な思索もさらばだ。熱を帯びたこの息吹に僕は陶然とする。そこにかずかずの栄光が潜んでいるのを感じるのだ。僕の野心は孤独のうちに眠っていた。それが一斉に目覚めた。そこで、自分の閉塞状態に対する憤怒となる。あちらで彼らは昂揚している、互いに鍛えあっている――成功に向かって殺到していくのだ。僕が戻って行く頃には、もう遅すぎるのだろう。僕はもう加われないだろう。

それに、この手紙は僕にとってよいものだった。僕の誇りは猛り狂う。が、それで意気阻喪はしない。それは、血が流れるまでに全精力に拍車をかける。――おかげで僕は今までよりも速く走るだろう。おお、僕は自分のうちに淋漓《りんり》たる力を感じる。

突然、やって行くこと、そして、予定されてもいなかったのに、高らかにラッパを吹き鳴らすこと、――あるいはむしろ、知られぬままに、作品の賞揚されるのを聞いていること――僕は名乗り出はしないのだから。

熱狂して、*improbe*（猛烈に）、仕事をしなければならない。[48]――作品を終えるまではここから出まい。そうして、もう何事にも煩わせられないように、書簡は架空の宛先へ送らせよう。

ピエールの筆致は、非情なまでに完璧で、完全無欠で、凍りついている。――これにはがっかりさせられる、なぜかというと、僕の表現は、もっと流動的で、拘束のないもののように感じられるのだから。僕はそれを律動を帯びた形に引き締めたい。――しかし、感動がいつでも文章を破裂させてしまう。僕はその破片しか書かないのだ。

送ってきた本はといえば、ヴェルレーヌの作品だ。僕はヴェルレーヌを知らなかった[49]！

47　『詩篇』第百四十二章五。ダヴィデの祈り。
48　クロード・マルタンは、ここに、ウェルギリウスの『農耕詩』第一巻百四十五―百四十六句の labor omnia vicit improbus（猛烈な労働はすべてをやりおおせる）の影を見る。もっとも、小川正廣の訳注によると、ウェルギリウスの原文は「鉄の時代の人間に際限なく課せられた苦難・苦労の意味に解するべきで、「不屈の労働」と肯定的にとると重要なニュアンスが失われる」というから、ジッドも現代のジッド学者もウェルギリウスの本意をとらえていないことになる（ウェルギリウス『牧歌・農耕詩』京都大学学術出版会、二〇一〇年、八四頁、注7。
49　ジッド自身は、一八九〇年一月にピエール・ルイスともども、パリのブルッセ病院にヴェルレーヌを見舞ったと、『日記』の冒頭に記している。

今夜、時刻はずいぶん進んでいたが、ピエールが本と一緒に送ってくれた紙を切って、整えた。白い紙を見ると陶酔してしまう。――やがて、黒い小さいしるしでこれを埋めよう。それは、僕の考えを表わし、後になって読み返す時、今の感動をそっくり言ってくれるだろう……

想念があまりに騒然と沸き立っていたので、眠ることができなかった。潜在していたこの創造力、その圧力を感じていたのだ。――霊感は手応えのあるものとなり、作品のイメージは、すでに完成したもののように目を眩ませた。後光の何という輝かしさ、何と手ごたえのある曙の光だろう……ついで、額は焼きつくようになり、自分の偉大さに思いは乱れ、支離滅裂になる――よろめくような感じ、失墜――何かが、今にもこなごなに砕ける……ああ！ 気が狂ってしまう！――そして、思考が自分の埒外に飛び去ってしまうのではないか、このような先の約束は一挙にはじけてしまうのではないか、という言いがたい恐怖に襲われて、突然、きわめて敬虔に、激しく努力をして――「主よ、お許しください、私は子供でしかないのです、惑わしに満ちた小道に迷うほんの稚い子供なのです。おお、主よ、どうか狂気から私をお守りください！」

文体は、味わいのはっきり出るものにしたい――そして、これは造形美術ではないのだから、音楽がしっかりと感じられるものにしたい――詩節に分けたらどうだろう――わるくないのではないか。

君の手を僕の手にゆだねたまえ、
僕らの指と指とが絡み合うように、
頭を僕の肩にもたせかけたまえ、
心と心とが互いの鼓動を感じるように、
額を額に寄せたまえ、
僕らの視線が溶け合うように。

でも接吻までは行かないでおこう、
愛に気を散らされないように。

喋らずに、こうしていよう、
君の魂の歌うのが聞こえるように
そして、溶け合った指と指とを通して、僕の魂が応えるように、
寄りそう心と心、呼びあう視線と視線……。
話さずにいよう——黙想。

☆

⁂

君の魂は君の暗い目の中で歌う。
親しい君、目をもっと近づけて、
君の魂はいつも遠すぎるように感じられる。

もっと近づけて、ああ!　もっと近く——
君の眼差しは、何と僕をかき乱すことか!
眼差しはほほえんでいるのに、君の魂は泣いているようだ。
魂は瞳のさらに遠くうしろにいるのだね。

君の目の潤んだ影のうちに
欲望に満ちた僕の魂は飛び込んで行くのだが、
いつもさらに遠く君の魂は退いて行く
　　君の瞳の裏側で。

《愛する女《ひと》よ、君の目を、僕を狼狽させるその目を、
僕からそらしておくれ[50]》

☆

（対案、**シューマン**）

僕を見ないで――むしろ話してくれたまえ――僕は聴く。
　おお！　話してくれれば、君を想い描こう
優しい声の抑揚にも似た君の姿を。

言葉などどうでもよいから――とりとめもなく話して
ひたすら階調に思いを馳せて、ゆっくりと話して、
それが君の魂を明かしてくれるだろうから。

⁂

君の言葉に揺すられて、僕は眠り込もう。

☆

捉えがたい魂を追うなどとは欺瞞だ、と時折思うこと。そして、それは、精神のよりすばやい顕われでしかなく、それだからこそ理性がそれをよろこべと勧めるのだ、と考えること。

——（そこで、才気をてらった詮索がはじまることになる）

……《僕の魂が君の魂に到ろうと試みるこの努力は、本能に導かれた自然のものであるべきだろう。——努力は無意識になされ、魂は無私の状態でなければならぬ、さもなければ……己を見つめることによって》

さらに詮索。

☆

§《互いに呼び求め、眺めあうが、僕らの魂は混じりあいはしないだろう。身体から脱け出て、どちらも欲求に駆られて相手をめがけて跳躍するとしても、ぶつかりあうか擦れ違うかであって、ともどもに安らぐべき場を見出せはしない》

§　故に、二つの魂は同じ崇敬の念のうちに出合い、賛美する対象のうちに溶け合う。かくして、魂は自らを忘れ、思い惑わせる眼差しのうちに不安を覚えることなく、互いに呼びあう努力に憔悴することもないであろう。

こうして、僕は時に僕らの魂の融合するのを感じたものだ。二人で読書に耽り、共に感嘆していた時に、——リ

50　『雅歌』第六章五。

ユシーの死を悼んで寝室で互いに相手のために祈った時に、そして最後には、花咲ける五月の宵に、寄せあった頬に涙のまじりあうままに、己の魂を相手の魂にゆだねつつ、同じひとつの星を眺めていた時に。

さらに詮索——嘲笑を好む精神の陥穽。

§《僕らの合一はまだ完全ではない。

僕らの魂が渾然と接していることは感じるが、融合しているとは感じられない。

僕の魂が君の魂と渾然一体となるためには、僕は自分の魂が外力に抵抗するものとして存在するという考え、魂としての自意識を失わなければならない。その時、魂は受身になる。

こうして涅槃《ニルヴァーナ》が善きものでありうるのは、生の放棄自体のうちに無を味わう場合に限られる。そこには否定がある。合一は決して完全ではありえない。あるいは、完全に一つになれば、それは感知しえない》

☆

むしろ、ハーモニーだ——音楽！　音楽こそは魂の波動を相手の魂まで波及させる。

肉体は僕にとって邪魔だった。魂を見えなくしてしまうのだ。肉は何の役にも立たない。[51] 要は非物質の水位での抱擁なのだろう。

肉体を所有すること、——これはアランにとって二者《あれか》択一《これか》の問題だ、——そして、僕にとっても、それをよしとするには、自分を説得しなければなるまい。

＊＊＊

夜、肉体が活動を止めると、魂は脱け出る。これが睡眠である。――魂は遥かな愛のもとに急いで飛んで行き、非物質の水位で愛を自分のものとする。肉体は夢見る。

朝が来る。目覚めだ。肉体は立ちあがり、――かよわい魂を捕え、ふたたび檻に入れる。人々は、懐かしい恋人を遥かに遠く思い出し、惜しむ――それはただ夢に見ただけのものと思うのだ……なぜなら、彼らは、哀れな魂よ、肉体が君を伴って行くことに慣れきっているのだから！――彼らは肉体なしには愛撫というものを思い描くこともできない……――ああ！　彼らがもし知っていたら！　でも、彼らはみな盲目なのだ！

そうして夜毎に僕の魂は、いそいそと君のもとに飛んで行く、自分の愛している君のところへ。軽やかな鳥のように、僕の魂は君の唇の上にとまった、すると、優しく震えながら、君の唇はほほえみ始めた。

憧れに満ちた *sehnsuchtsvoll*[52] 叫びを上げて、僕の魂は君の魂を呼んだ。こうして、二つの炎が混ざりあうように僕らの魂は溶け合ったかと思うと、彼らの生き生きした羽ばたきにつれて諧調[53]をなす空間を奥深く進んで行った。

僕らの魂は、その空間で勢いを得た。――夜だ、それに月が美しい。眠り込んだ広大な森から、霧が立ち昇る。しっ

51　『ヨハネによる福音書』第六章六十三に「霊こそが生かすものであって、肉は何の役にも立たない。私があなたたちに語ってきた言葉は霊であり、命である」（小林稔訳）とある。

52　ノヴァーリスをはじめドイツ・ロマン派やハイネにしばしばみられる表現。

53　ジッドは s'enharmoniser という通常の仏語辞書には見られないきわめて稀な言葉を使っている。エンハーモニーは音楽用語でテトラコードに四分の一音を含む古代ギリシアの音階をさす場合と、音高が一コンマ異なる二つの音をさす場合がある。ただし、平均律のような固定音階の場合には、たとえば嬰ハと変ニのように実際には同一の音を二つの異なった名前で呼ぶことを指す。ここでジッドは、エマニュエルとアンドレという二つの名を持つ魂が一つになることを述べているので、あえてその意味を表に出して、エンハーモニー的空間と解することも可能かと思うが、やはり深読みに過ぎるだろう。むしろ enharmonique のラテン語語源 enharmonicus 《調和のとれた、よいハーモニーをなす》にひきつけて、訳しておく。

かりと抱き合って、僕らはもっと優しい空の下へのがれて行く、もっと温かい微風に愛撫されることを求めて飛んで行くのだ。――風の歌う松林を抜けて――流れるような露にしっとり濡れた森の中で、僕らに涙をそそぐ小枝の下で――見渡す限り広がり、僕らが通ると風に吹かれて沖の波のように頭を下げる麦の畑を越えて――ようやく喉を潤した思慮深げな花たちの花冠が遠い星々に向けて恍惚とした自分等の夢を芳香に包んで送り出す湿りを帯びた牧場の斜面で。――夜のしじまのうちに、僕らの魂は遁走する――優しく、すばやく、飛翔して。


死が来ても僕らの魂を引き離しはしない。

墓の彼方に魂は飛び立ち、ふたたび結びつく。

引き離された身体は魂を孤独にはしないのだから。

この世は肉体を引き離すことができるだけだ。

恋する魂は何物にも引き止められない。愛はすべてに打ち克ったのだから。

愛は死よりも強い[54]。

☆

《理性》！　と彼らは言う。――何と傲慢不遜な連中だ！　しかし、彼らの《理性》は、一体何をしたのか。

それは、常に魂に対立する。心が飛び立とうとすると、理性が引きとどめてしまう。

こうして、一切の献身は理性の気に入らない。崇高なものは必ず常識はずれとされる。大胆な行為や詩のように、まさに生きるに値するものは、気違い沙汰だと言うのだ。理性は我々が自己保存することを望むらしい。それは実用に役立つが、生きることを魂にとって耐えがたいものにしてしまう。

こうして、大いなる愛は理性を軽蔑する。なぜなら恋するものは、もはや自分のためには生きないのだから。彼の生は、愛するための手段でしかなくなる。もしより良い手段が見つかって、さらに内密な合一が可能になるなら、彼はその手段のために、自分の生をないがしろにして、それを放棄するかもしれない。自分の生命など忘れてしまうのだ。

僕はいままでに自分の理性の承認しない幸福しか味わったことがない。


（八八年八月）

☆

《もう遅い時刻だった。みなは、疲れて、腰をおろして僕らを待っていた。

苦労して丘に攀じ登ってみると、向こう側はゆるやかな下り坂をなしていた。太陽は平野を黄金色の光でのどかに満たしていた。川の迂曲したところに、スレート葺きの館。まわりには、それよりも低く白い農家の屋根。ふんわりとした靄の下に、薔薇色の原野、そして、頂のそそり出た灰色の岩山。

二本の栗の木の葉叢が、僕らの頭上で、ひとつに混ざりあっていた。牧場の斜面では、農婦たちが干し草を稲塚のように積み上げていた。大気は愛のざわめきに震えていた。そして、空高くたなびき、ありとあらゆる物を包み込んで、輝かしい晴朗さが、沁みこむような優しさが、夕暮れになって立ち昇る干し草の匂いと共に、さまざまなものから発散してくるようだった。僕らの魂はそれに渇きをおぼえていた。

「主よ」、と僕は叫んだ。——「わたしたちがここにいるのは素晴しいことです。よければ、——ここに天幕をはりましょう[55]」すると君はほほえんだ。しかし君のほほえみにはあまり悲しみがこもっていたので、僕はそこに見捨てられた君の魂を感じた。僕の魂は一瞬それに震えおののいた……君にはそれがいやというほどよく分かった。おずおずと、急

54　『雅歌』第八章六—七に「愛は、死のように強く、情熱は、冥府《よみ》のように苛酷なのです。〔……〕大水も愛を消し去ることはできない。大河もそれを流し去ることはできない」（勝村弘也訳）とあるが、ジッドはそれをさらに強めている。
55　『マタイによる福音書』第十七章四。ペトロのイエスに言った言葉。「主よ、わたしたちがここにいるのは、すばらしいことです。もしお望みなら、私はここに三つの幕屋を造りましょう。あなたに一つと、モーセに一つと、エリヤに一つです」（佐藤研訳）。

いで目をそらして、君は苦しい思いをして、魅惑から自分を引き離した。君の手は、それをずっと握り締めていた僕の手をふりはらった。――「さあ、みなが待っているわ。これはもう終わりにしなくてはいけないわ……」、と君は言った》

☆

エマニュエルと僕は彼女に歌ってくれと頼んだ。僕等三人の他には誰もいなかった。V＊＊＊はピアノに向って、自分で伴奏しながらシューマンの「魔女」[56]を歌い始めた。彼女の声は、息吹そのもの、感動のきゃしゃな器以外のものではなかった――それは純粋感動であった――それを容れる物とてないくらいで、物質ならざるものとして湧き出てくるのであった。魂がそこには透けて見えた。魂自体が歌っていて、声は無用のような感じであった。――蠱惑的な嘆きのくだりで、かぼそい超高音のメロディーにのせて、*Es ist schon spät : es ist schon kalt*（はや夜もふけて、はや寒さが身に沁みる）[57]と歌う時、それは何か打ち砕かれたもののように震え戦慄していた。

君の感動は強すぎた。涙が溢れ出た。それから、この心の動揺を恥じて、心にもなく魂がこのようにも震えたつことに怖気づいて、君はそそくさと逃れ去った。僕は後を追った。君は自分の寝室へ走って行った。――「ああ！放っておいて。お願いだから」と君は言った。

僕は外に出て、野原の中を夕刻までさまよった。記憶に次々に蘇ってくるハーモニーに合わせて波打つ、限りない昂揚に揺れ動く心を抱えて。

☆

どうか僕の魂が生きていると感じられるように、しかも自ら求めた戦いにおいて勝とうとする努力によって。――そこから、不可能なものへの夢の数々、純潔、信仰が生まれてくる。ついで、力を得て、魂は、君の知性《エスプリ》の闘争癖にもかかわらず、君の魂を自分のものにしようと、さらに勇敢になるだろう。

君の知性！　ああ！　かつて僕はどんなにかそれに対して悪しかれと願ったことか。魂の動揺に怖気づき、その昂揚を静めようとばかり努める君の哀れな知性。君は、君自身に抵抗するために、何と激しい戦いをしたことか。しかも、絶え間なく！　君は自分の意志が支配することを望み、満ちてくる優しさに対峙させた。――「私は何ものにも支配などされない！」と君は思っていたのだ。

僕はそういうことの一切を正しく認識していなかった。ただ分かっていたのは、君の知性が僕から君の魂を奪うのであって、君の魂自体は僕を欲しているということだった。

☆

僕はときに君の魂が密かに呻くのを聞く。ところが、支配欲に満ちた君の知性が魂を打ちのめすのだ。よし！君の魂が知性によって嘆きの声を封じられずに叫ぶようにしてみせるぞ……

よし！　君の哀れな魂に喋らせてみせるぞ……

音楽を、――音楽を。ハーモニーの嘆きのうちに、君の魂は動顚して自分の嘆きを聞き分けるだろう。そして、堪《こら》えに堪えてきた啜り泣きが湧き出るであろう。ところが、僕が弾き始めると、君はすぐにおずおずと逃げ去ってしまう。

** ある夏の夜、素晴しい一日の後に来た、雷雨をはらんだ燃えるような夜――外では、そよとも吹かずに、す

56 Die Zauberin 作詞はヨーゼフ・フォン・アイヒェンドルフ。
57 シューマン作曲、アイヒェンドルフ作詞の「ロマンス」。原文は《es wird schon kalt》。

べてが沈黙していた。――魂は期待していた。

君はテラスに出た。他の人たちはサロンに残っていた。君が逃げ出すことはもうできないと見てとった僕は、窓を大きく開けて、ピアノに向った。音は波浪のように君まで寄せていった。――僕はショパンの「スケルツォ」第一番を弾き始めた。まずは手慣らしという調子で、乱暴に、大きな音で、弾いた。はじめは君の魂を脅かさないように。*piu lento*（やや緩やかに）のところに来て、僕は弱音ペダルを踏んだ。メロディーは嫋々と泣き、病的なまでに甘美になった。吹き上げられた噴水の水滴が真珠さながらに粒を連ねて崩れるように、音は上の方から落ちてくるのだった。それは執拗に同じ音であるが、ハーモニーが変化するにつれて、雄弁に表現が変わる。――僕は、ふたたび *agitato*（激しく）に戻り、今度は自分の情熱の限りをこめて、不協和音の不安をかきたてた。――僕は君が魅惑から脱け出られないうちに、はたと演奏を止めた。そして、君のそばに行った。君は震えていた。涙はなく、目はらんらんと輝いていた。――「アンドレ、どうしてあの曲を弾いたの?」と君は言った。君の声は妙に変わっていた。それがあまりにひどいので、僕は恐ろしくなり、もう何も言えなかった。――僕らは黙っていた。――すると、君は、心ここにあらずという調子で、言った。――「この夜をご覧なさいよ。自然のものとは思えないわ」稲妻が音もなく遥か地平線で脈打っていた。空気は菩提樹の花粉と花盛りのアカシアの香りとを一杯に帯びていた。僕は君の手を取った。燃えるように熱かった。しかし、君は僕を押し戻した。――そこで、ふたたび口を開いたが、とても低い声で、僕の方へ顔を寄せて言うのだった。――「おお、アンドレ! 今夜は卑怯なやり方をなさったわ」雨が降り始めた。僕らは室内に戻った。

その夜、激しい雷雨が来た。君は苦しんでいた。熱が出て、ほとんど錯乱状態だった。

翌日、君は床についていた。僕に会おうとはしなかった。「ほんのささいなことでも気が立ってしまうの」と君は言った。

☆

（木曜日）

《ほとんど一晩中、思案に暮れていた。眠れなかったのだ。「おお、アンドレ！　今夜は卑怯なやり方をなさったわ」……そして僕は、君が僕の脇でこんなにも脆弱で繊細なことを……こんなにも壊れやすく、まるで懇願するような姿でいるのを、突然、感じた》

《僕のしたことは罪深かった。君を不安に陥れるとは――そして君の魂を動揺させようとは。……しかも、このように変えたのち、僕は君の魂を満足させることができるのだろうか……》

……あなたは卑怯なやり方をなさった！――

彼女の軽蔑！――ああ！　どうか僕を軽蔑しないで！――しかし、今となっては？》

（十月五日）

《僕はこの日一日、限りない悲しみのうちに、灰色のものに囲まれて過ごした。

萎れてしまった希望の一つ一つを拾いあげ、そのそれぞれに涙をそそいだ。

僕の力はそれにつれてすっかり消え去ってしまった！

僕にはもう君を遥かに望む気力もなくなった》

《君の魂を追い求めることは止めよう。

僕は待っていよう。――僕はそこにいよう――変わらずに。君がほんの少しでも欲求を示すなら、君のもとに駆けつけて行こう――でも、呼びかけられる前には動くまい。僕は待っていよう》

（日曜日）

《今日、僕は彼女のもとで過ごした。しかし、僕らの視線は求めあわなかった。僕は君に近づかなかった。ほとんど終日、僕は考え込んでいた。

待つこと。

僕らは、並行して、道を辿って行くだろう。かつて、僕は、それに絶望していたのだった》

《また聖書を読み始めた。坂をふたたび登って行かなければならない。そうとは知らずに下ってしまったのだ。

おお！　何と難しいのだろう》

……………………………………

ここで何ページか飛ばす――唐突な筆の運びになるだろうが、何もかも繰り返して言うのには飽き飽きした。

僕は新しいことを欲する――そして、実に輝かしいことが見えているのだ……

あの時、僕は悲しかった……この「あの時」は何と遠くなったことか！　戸外では、春が来ようとしている――

そして、僕は歌いたいのだ。

夜は白み　はや暁は　来たのだから58

（十月十八日）

《自己を高く評価すること。魂の中における満足！　美徳の素晴らしさ、初めはそれを君のために求めたのだが、次第にそれが輝かしいものに見え、それ自体に惹きつけられるようになった。もっと質の高い感動、もっと高貴な熱狂、もっと崇高な昂揚というものがある。魂は進化する》

（十月二十二日）

《自分だけのために！　自分だけのために！

彼らにはわからないだろうが――それが僕にとって何の意味があろう。

僕の心は溢れ出る。歌わなくてはいけない。

言葉よりは、むしろ、多少のハーモニーを――体裁のよいことばではない――おお、美辞麗句よ！　おお、彼らにわからせるための美辞麗句ときたら！

「わが心は善き言葉にわきたっている」[59] 僕の魂は、波動のような旋法の変化にのって、逃れ行く翼の不安に満ちた飛翔さながら舞い上がっては常に落ちてくるが決して解決にはいたらない砕かれたアルペッジオにのって、揺れ動く。情熱は律動をなし、拍子をとって歌い、静まる……情熱は眠り込み、魂は瞑想に耽る》

☆

58　ヴェルレーヌ『優しい歌』四の一句。

59　『詩篇』第四十五章による。

《アラン。

彼女の純粋さを乱さないために、愛撫は一切控えよう。――彼女の魂を不安に陥れないように――しかも、もっとも純潔な愛撫、手に手を絡み合わせることさえも……それで彼女がそれ以上に望むようになり、自分が応えられないと困るから……そして彼女の視線から自分の目を逸らせよう。彼女が視線をさらに近づけることを望み、自分が、我にもなく、接吻するところまで行ってしまうと困るから。

こうして、僕らの魂は、相手の魂が呼びかけるのに、おずおずと心配していることになるのだろう……》

（十月二十五日）

《魂は瞑想を続ける。

努力なしに得られる徳はない。――僕の慈愛は徳行ではない。僕は愛するのが快いから愛するのが好きなだけだ。そして、自分が愛しているのと同じように愛してもらいたいから、僕は愛する……。しかしそこに努力はない。

――あるいはこう言ってもよい。敢えてした努力は、他者に称賛されることを、かの人の称賛を得ることを期待している。それではまだ価値があるとは言えない。報いられる望みなど持たずに努力しなければいけない。

僕は徳のありかを求めていると言うのか？

徳とは、彼女にはそうと気づかれぬ善行ではないだろうか……　そうなのだ、後になって、彼女にむかってより高く評価される権利があるなどと主張することなしに……

そうとは気づかれぬ、だって？……しかも意識して気づかぬなどということができるものだろうか。行動を始める前に、まず自分自身で、彼女には何も告げない決心をすべきだろう、彼女にそれを喋るおそれのある者にも何も言わないで――行動を自分の心のうちに埋蔵すること。――そこで神を考え出すことが必要になる、僕はそれを心のうちの生贄として神に奉げるように行動すべきなのだろう。その煙は人々に見られることなく神のところまで立ち昇って行くだろう。——僕はそれを君には最後まで隠さなくてはいけない！……

しかし、こういう考えも浮かんでくる。「で、それは何の役に立つのか。だって彼女は知ることがないのだから」これでは、報酬目当ての傭兵もいいところだ！　善の報いは、善自体のうちに見出さなくてはいけない——人間どもから褒賞などを期待しないことだ——そうして、彼女の尊敬に値するという褒美を得る。彼女に近づく時に、自分が（少なくとも、前よりはほんの少しでも）彼女に値すると感じること。おお！　何も言わなくても、彼女は、僕の目のうちに、目を通して魂の底にまで、それを読みとるだろう……「いいわよ、黙っていても、私は感じるのだから」と彼女は言ったっけ。

……そうとすれば、またもや彼女に評価されたいと思っているわけだ。これで一歩前進したことにはなるが、まだまだこれで全てではない。では、他に何がある？

——彼女からだけであってもよい、中傷されるままにするのだ。そして自尊心の憤慨するのを押さえる。身に覚えのない非難を甘受する。弁解しようともせずに。それで彼女は僕を実際よりももっと悪いやつだと思うだろう。そうなれば、素晴らしいだろう！　そうなれば闘いがあり、引き裂かれる思いがあり、勝利がある！

しかし、それで彼女が僕を今までのように愛さなくなってしまったらどうする？……

いいじゃないか！　まさにそこに試練がある。そこにこそ徳がある。彼女の考えているのよりも自分がもっとましな人間であると感じること。彼女が思っているのよりも自分はもっと価値があると思うこと。彼女が前より冷たくなるかもしれないって？——かまうものか！　僕はもっと愛してやる。それが僕の貰うご褒美なのだ。思い違いなどはしまい。自分自身のために評価を必要とする気持が、つまり自尊心が僕を行動させるのだとよくよく承知していよう。しかし、堂々とあっさりと、それを自分の運命として受け入れよう。自分自身に対して無意味な道徳上の戦いなど挑まずに。

そうなのだ！　彼女に過小評価されること！　そこに徳がある。それこそすべきことだ。——でもどうやって？——自分自身で自分を中傷するような虚偽を犯して？——いやいや、行動は徹頭徹尾純粋でなくてはならない。一番良いのは事の成り行きにまかせることだ、単純に、平凡に。それは僕がもっとも苦心するところだ。なぜなら、試練の最中に自分がやや芝居がかったことをまじえてしまい、それに励まされたりするところがあるのだ——そこで僕は、単純に平凡に、物事によって、周りの者全員によって、非難されるにまかせるだろう。彼らは小意地の悪い、行き当たりばったりの、際限もない非難で僕を取巻いていて、僕の自尊心は苦痛をかきたてられて跳び上がるだろう。でも、僕は自尊心を引きとめる。そして夜になったら、孤独と平静の窮みにおいて、祈るのだ。僕は、専制君主にして至高なる僕の自我を、ゆっくりと、これらの微小な傷によって殺すだろう。

そして、それ故に、妹よ、僕は君をいっそう深く愛するだろう。君をいっそう強く祝福するだろう、なぜなら僕は声を低めて言うだろうから、僕がより良き者になるのは、まさに君のお蔭なのだと（もっとも、これを君に言ってはいけないのだろう）。

君から遠ざかることによって、いっそう君に値するものになること——（おお！　これでは文体も何もない）。

「わたしがあなたがたを愛すれば愛するほど、あなたがたからますます愛されなくなるのであろうか[60]」

（二十八日）

☆

《自分だけのために！　自分だけのために！

彼らには理解できないだろう……　かまうものか。

いとしい愛の涙よ、僕はいつでも必ずお前たちを認めるだろう、こうしたすすり泣き、このような叫び、これらの呟きは、他の連中には不可解としか見えないが、その下にお前たちが潜んでいるのを……

涙だって？　……なぜ涙なのだ？

だって僕は幸福なんじゃないか……彼女は僕を愛している——……ただ、僕の魂は暮れ方になると身震いするのだ。

町を彼らは笑いながら通り過ぎて行った。誰が歌っていたのか知らないが、やたらに艶っぽい声だった。——それから夕暮れになった。何もかも静まり返る。薔薇色に染まった空が水に映える。そしてすでに、橋の下は、すっかり暗くなっている。

そして僕はもうなにがなんだかわからなかった――気が違ったように歩いていた。頭は歌でいっぱいだった。

それから夕暮れになった。何もかも静まり返る……影が忍び込んでくる。――そして青ざめた空には、夜が……

大いなる夜が立ち昇って行く。

涙だって？　……なぜ涙なのだ？　愛の涙、恍惚の涙！

僕は泣く。夜が美しく、希望が魂を満たすから》

☆

（深夜、アンティーブで、十一月五日）

《夜だ。眠れない。――エマニュエル、君は何をしている？　君がまだ起きていることは分かっているんだ。バルコンに、君の寝室の光が、君のカーテンの刺繍を影絵の花のように描き出しているから。――君は何をしている？　もう遅いのに。他の人たちは皆寝てしまった。

それに、今夜、君はどうしたって言うのだろう。ひどく考え込んでいるようだったけれど――妹よ、君は一体なにを考え込んでいたんだい？――おお！　僕に君の魂を読む勇気があったら……エマニュエル、それは本当なのだろうか？……だけど僕は知るのが恐ろしい――もうしばらく待っていよう。

ああ！　エルサレムの娘たちよ。
愛がおのずから望むまでは――
ことさらに呼び起こすことも、
覚ますこともしないように。[61]

60　『コリント人への第二の手紙』第十二章十五。

☆

** 僕はピアノの前にすわった。先日の夜以来、君の前で弾こうとはしなかったのだ。……すべてを恐れ、疑いにとらえられて。――たまたま、シューマンの『ノヴェレッテ』を弾いた。君たちは皆バルコンに出ていた。夜がふけても、まだひどく暑かった。僕はたまたまその曲を弾いていたのだ――すると、どうだろう――君が聴きに来たのだ。君が来たのに、僕は気づかなかった。突然、かすかな衣擦れに、君がすぐそばにいると感じた。驚きにすっかり動揺して、僕はぶるぶる震え、もう何もすることができなかった。「ご覧。君がこうして聴きに来ただけで、あんまり感動したものだから……僕は震えてしまう」と言った。――「あら！　どうして、アンドレ？」――君はもの問いたげにほほえんでいた。――君は立ち去らなかった。すぐ脇にいて――僕を見ていた。――僕は、目では見ないでも、君の視線を感じていた。

君の目を、ぼくを狼狽させるその目を、ぼくからそらしておくれ。[62]

君はひどく考え込んでいた。何を考え込んでいたのだ？　エマニュエル。
こんなに夜遅く、君は何をしているのだろう？――もう眠る時刻ではないか。――

☆

それから……しばらく後のことだが、僕らは腰をおろしていた――皆で明かりを囲んで。君は立ちあがって何か縫い物をとりに行った、そしてまた腰をおろす前に、近づいてくる、僕は額に君の手を感じる、華奢な君の手がそっと額を撫でる。――そこで僕は君を見つめた。僕の方に身をかがめて、優しく君はほほえんでいた。ただ、とても悲しそうに、物思いに沈んでいるように……エマニュエル、一体、何を考え込んでいたのだい？

——今、こんなに夜遅くなって、君は何をしているのだろう？　多分、君の魂も同じように待っているのだろう。そして君は祈っているのだ》

（十一月六日）

《初めて君の眼差しを夢に見た。——それは微笑していたけれど、からかうような感じだった。僕は、見まいとして手で目を覆った。——でも、手を透かしてまだ見えるのだった》

《君は手に接吻してこう言った。「アンドレ、今夜、私は私たちふたりのためにお祈りしたのよ」と。——そこで僕は言う。「愛しい妹よ、僕がまだ知らないでいたとでも思っているの」と。するとと君の眼差しは曇った。君は何か言おうとして、結局、黙った。——一体、何が言いたかったのだろう》

（十一月二十六日）

☆

《彼らは僕らを見張っている。はっきり感じるのだ。なかでも母は観察している。母はそうとは思いたくないのだ。彼女は、知らないでいる——知ることを恐れている。とくに、このところずっと僕が君から離れている理由がつかめないので、戸惑っているのだ。昨日、ピアノを弾いていて、君が近づいてきた時、僕は母の不安をありありと見た。

61　『雅歌』二章七、三章五、八章四にこれに近い文句が繰り返される。
62　『雅歌』第六章五。

そこで、昨夜、こんな夢を見た。奇妙な甘美な夢だった。僕らは、宵になって、明かりのまわりに集まっていた。いつもの宵と同様に、お喋りをしたり、本を読んだりしていた。しかし、僕は、周りじゅうの者が、僕らのふるまいを暗黙のうちに窺っているのを感じた。夢ではそういうことを直感的に感じるのだ。

恐れをなして、僕は自分の動きに注意していた。君が近づいてくると困るので、君から遠く離れたところにいた。君は、ぼんやりしていて、他人の視線にも気づかぬように、僕の方に来るではないか。僕は逃れることができない。君は、僕の手を握る。僕はなんとか手をはなそうとするのだけれど、どうしようもない。握った手を、君は、ゆっくりと、優しく愛撫する。

周りでは、連中の輝く目、頷く頭、意味深長な微笑。「ああ！　やっぱり！　そうだと思っていましたよ、そうに違いないとね」それはとても辛い嘲笑だった。

君は目を伏せていた。僕は、頑固に愛撫を続ける君の手を押し戻そうとしたのだけれど、できなかった。

そして、それは奇妙に甘美だったので、僕は、悪夢から目覚めるように、目を覚ました》

☆

ここで、書いてあった頁は終わる。――そして母が病気になる。君と僕とは、ふたりして枕もとに付き添い、揺り籠を揺するように、優しく母を看病した。僕は母の額を湿し、君は飲み物を与えるのだった。僕らは同じひとつの祈りのうちに没入していた。その他の一切は忘れられていた。僕らの魂は、もはや敬虔な気持以外のものではなく、義務を果したいという以外には何も望まず、忍び寄る死の上で、ひとつになっていたが、そこには世俗の喜びはなく、二つの魂があんなにも希っていた抱擁の歓びが遂に実現したことに対する驚きもないのだった。――そして、じっと見据えた徳の輝きにどちらも目を眩ませられて、僕らの魂は、お互いに相手を見ていないかのように、その徳に向って光に満ちて飛び立とうとするのであった。――その他の一切は忘れられていた。それほど、僕らの考えは高いところにあった。――夜、君は僕の手に手をゆだねて、祈った。それから、母が静かに眠っていると、君は、手のことはそのままに忘れて、今は亡き愛する人が眠り込むのを眺めていた。僕らは、永い間、そうしていた。

☆

母の最期をみとった夜、僕らはいまわの際の母のまどろんでいる部屋に、二人でいた。僕らはすぐそばに、しかし相手を見ないでいた。——それは最高度に達していた。魂は成長するのだ。何も言わずに、まるでまどろんでいるように、僕らは思いに耽っていた。——何という思いであったことか！ 徳は、初めは君のために求めていたのだが、いまでは眩く輝き、それ自体として僕を惹きつけるのだった……

現実なるものの限界は消えてなくなり、僕は夢を生きていた。

その翌日、母は僕に言った。その時の言葉はすでに記した……しかし、犠牲は僕の心の中ですでに奉げられていた……

……それから、母は彼ら二人を婚約させた。エマニュエルとT＊＊＊とが、手に手を取って、ベッドの足元にいるのを見たこと、母が二人を祝福したことを僕は知っている。——ただ、それ以外のことは何も思い出せない。

——苦痛は、あまりに強くて、現実のこととは思えなかったのだ。僕はそれを夢に見ているのだと思っていた。

——そこには苦い気持さえなかった。

——そして、今でも残っているのは、歓喜なのだ……

（六月二十八日）

いつの日か、夜、時をさかのぼり、弔いの言葉をふたたび言うだろう。——しかし、今日は空があまりに陽気に輝き、あまりに多くの鳥が歌っている。頭には春が、そして爽やかな歌が一杯にみなぎっているのだ。そこで君の名は、実に優しく韻になって出てきて、花々の名と頭韻をなす。それは、甘美なメロディーだ。フルートが歌い——まるで鳥が囀《さえず》っているみたいだ——それに葉蔭では、明るい影の中で、羽ばたきの音がする。——おお、フルート！——舞い上がるオーボエ——


喪と死とを超えて、愛が悠々と飛翔する。

——こうして勝利のアレルヤが泣き女たちの声をかき消すであろう。

慕わしい母上に、神の恵みあれ。母上の末期の床の遥かに上方で、僕らの魂はふたたび一緒になったのです。

母上は僕らの肉体を引き離すことしかできなかった。そして、僕らは三人とも徳を全うして静謐の内に憩ったのです。しかし、それよりももっと高く、秘められていた意志によって、僕らを引き離すかに見えた最初の苛烈な徳は、僕らの魂の無垢な欲求を成就させることによって、まったく光輝あるものになったのです。

僕は従うことによって、また彼女に出会ったのです。——僕らの意に反して、というのは、それはそうなるべきものであったからです。


それから、僕は立ち去った。——喪があけるとすぐに、彼らの結婚が披露され、……彼らの結婚だって？……僕は立ち去ったのだ……

僕は家を離れて、この孤独のうちに閉じこもった。なぜなら、僕はもう誰も知らないのだから……使徒が言った、肉に従って知る、という意味においては[63]。

そして僕の本を書くのだ。

わが魂よ、お前は何と変わったことか！

先ほどは泣いていたが、今は微笑しているではないか。

自分を見つめたりはしないことだ。――何も説明しないこと――感情のいうなりになっているがよい。――それから――先を制することだ。すべてのものは新たに生まれてくる……


僕は魂に言った。

何をほほえむことがあるのか、お前の孤独は絶望すべきものではないか。今や、お前のかつての恋人は、お前にとって、いないのも同然ではないか。そんなふうに姦通を夢見るようなことこそ、止めるべきではないのか。むしろ泣くがよい。彼らは行ってしまった。お前が愛したものは皆行ってしまい、お前はひとりだけ取り残された。泣くがよい。お前の恋はもう過ぎ去ってしまった。愛の季節はもう終わったのだ……

――「ほんとうにそう思う?」と魂は応じ、なおもほほえみつつ、繰り返してこう言うのだった。

「喪と死とを超えて、愛が悠々と飛翔する。深い嘆きはまどろみ、泣き女たちは口をつぐんだ」――わが魂よ、新たな曙に歌うがよい。

すべての希望がふたたび花開いた。

63 『コリント人への第二の手紙』第五章十六。「かくして、私たちは、今後は、誰をも肉に従って知るということはしない。たとえ私たちが肉に従ってキリストを知ってしまっていたとしても、しかし今はもはや〔そのようには〕知るということをしない」(青野太潮訳)。ここで使徒とはパウロをさす。

黒いノート

かくして、私たちは、今後は、誰をも
肉に従って知るということはしない。

『コリント人への第二の手紙』第五章十六

Pro remedio animae meae……
（わが魂の償いのために）[64]

時間と空間とを超えて、これらの夢見るような言葉を君に送る。遠いこだまが君まで届くように。知っていたのだろうか、エマニュエル、僕らが愛しあっていたことを、知っていたのだろうか。――君の愛が僕の魂のすべてを占め、今、君に向って、僕の魂は芳香を放つ。――今、僕は、君がくれたものを返す。君の音楽と君の詩とを。僕の魂は歌う。聞きたまえ。魂は過ぎ去ったことどもを――今はもう昔のことになったことを――語る。僕らの根強い愛がいかなるものであったのかを、ようやく君に知らせるために。そして、それさえも過ぎ去ってしまうことのないように、僕はこれらの狂った頁を創造神の息吹にゆだねる。それは僕らの魂の純潔な欲求を全うし、僕らの魂の永遠の婚約をたたえる交響楽を奏するだろう。

☆

八九年七月一日

驚くべし――二年も前から夢見ていた仕事に、ついにとりかかるとは。

五日、金曜日

ここで、アンドレ・ヴァルテールが小説『アラン』執筆のために書き残した最初の覚書が始まる。手稿の全体像を保つために、これらのメモも刊行すべきだと思うのだが、内容が日記の本体とはかなりかけ離れたものなので、本文とは区別した形で示す。

——P.C.

§ 二人の行為者としては**天使**と**獣**、対立する敵役だ——霊と肉。

（文学上の話だが）唯物論は、観念論同様に、存在しない。あるのは両者の闘いだ。実在論はこれらふたつの本質の繰り広げる闘争を求める。これこそ呈示すべきことだ。

§ 実在論にもとづく一真理ではない。それは、避けがたく偶然性を帯びる。そうではなくて、理論上の真理、（少なくとも人間の水位で）絶対の真理。

§ そうなのだ！ テーヌが定義した意味での、観念的《イデアル》なもの。観念的なものとは、そこから観念《イデア》が純粋な形で出てくるものをいう。それが作品から突然発現するようにしなければいけない。これは一つの表示なのだ[65]。

ゆえに、単純な線——図式的な配列。全てを**本質的なもの**だけに切り詰めること。行動は限定された厳密なものにする。人物はたった一人だけにする。——そして、ドラマは心の中でだけ生起するのだから、何も外には表われない。ただひとつの事象も、たったひとつのイメージも、場合によって象徴として表われるかもしれないが、それ以外には、出てこない。現象としての生は不

64 古代末期以来、キリスト教徒が、献納など自分の行為の動機を示すために用いた常套句で、中世には法テクストにもその正統性を示す表現として頻繁に用いられた。ジッドは、本作の草稿で、中世の大聖堂に請願の決まり文句として刻まれたこの表現を自作の冒頭に掲げ、さらに et ut meum cognosces amorem（汝が愛の何たるかを知りうるために）と付け加えたいと言っていたが、決定稿では後半を削った。AGRRI. p. 138, p. 1251 参照。

65 テーヌは『芸術における観念的なものについて』（パリの美術学校での講義録）の冒頭で、次のように語っている。「前に述べたように、芸術作品の目的は、現実のものがなすよりもさらに完全にさらに明確に、そのようなものの本質的な（あるいは顕著な）性格を明示することにある。そのために芸術家はこの性格について自分なりの観念を懐き、その観念に従って、現実のものを変形する。このように変形されたものは観念に適合する、別の言い方をするなら、観念的なものになる」H. Taine, *De l'idéal dans l'art: leçons professées à l'École des Beaux-arts*. Éditeur: Germer Baillière, Paris, 1867, p. 2.

新しいノートに書き始めた。ここには本のことだけを記そう。昨日、全体の構成を書き、大筋をざっと記した。ただ、いくつかの結論はすべてあいまいな未定状態にしておいた。事の運びは予断不可能という観点に徹して、進展を辛抱強く追い、徐々に発見していくようにしたいのだ。――第一、この悲劇をどこまで突き詰めることができるのか、どのようにして止めることができるのか、またなぜそうするのか、まだよく分からないのだから、なおさらそういうことになる。

真実は、思うに、結論はない方がよいということだろう。それは、とくに目立つ山場などを必要とせずに、話しの進み具合からおのずから出てくる。物事は決して結論などにいたらない。あれこれと結論を引き出すのは人間なのだ。

八日、月曜日

昨日は歩いた。仕事にうんざりしていたのだ。魂は肉体の重みに押しひしがれていた。

在――ただ、本体あるのみ。――従って、生彩に富んだ絵のような効果は無用で、一切無差別の背景のみ。何時であっても、何処であってもよい。時間と空間との外。

人物は一人だけ、しかも、これということのない人、さらに言うなら、その頭脳はドラマが展開する公共の場、敵対者が攻撃しあう閉ざされた場でしかない。この敵対者というのは、競いあう[66]ふたつの情熱でさえない。単にふたつの実体的存在（?）、つまり**霊**と**肉**であるにすぎない。――しかもその闘争は、天使としてふるまうという唯一の情熱、唯一の欲求の齎すものなので、必然的な帰結として、すでに設定された前提の結論として、出てくるのだ。

§　前提

肉体と魂、それは**人間**そのものである。魂は上昇しようとし——**肉体**は重い。それだけのことだ。

§　スピノザの『エチカ』の配列、それを「**小説**」に移すこと。幾何学的な線。小説は、ひとつの定理だ。

§　非常に抒情に満ちた、震えるような形にしたいので、線が非常に硬いにもかかわらず、詩が溢れ出てくる。おお、これらの直線ときたら！——まるで添え木だ！　ただ、その回りに絡みつく朝顔や伸び放題の葡萄がほしい。抒情的な形、詩節——しかし、そこには韻律も脚韻もない——ただし、拍子をつけて揺り動かすように読む——むしろ音楽のようなもの。

しかも言葉のなす階調というよりは、思想の作り出す音楽なのだ——なぜなら、思想にも神秘に満ちた畳韻法はあるのだから。各文章の律動が、単に響きのよい言葉の連続に拠りかかる外面的な取ってつけたようなものではなく、精妙な相関関係にしたがって韻律をなす思想の曲線を追って波打つようにする。

正しい語の綴り！　はじめはそれに従うべきだと思った。やがて、そのようなこしらえものの拘束に反抗した。——そこで、自分が主人になってやろうとした。が、綴字法は僕の言うことをきかなかった。——そして、どちらも譲ろうとしないし、僕もあまり気にかけなかったので、とうとう放り出してしまった。自分の思い通りになる言語を作った。フランス語だって？　いや、僕は音楽で書きたいのだ。

§　魂。

この言葉の効果は繰り返すにつれて弱まる。天使というべきだ。——しかも、語源など無視して。そんなもの、誰が知ろう？

§　天使となれば、上昇したいという欲求がますます強くなる。天使にはひとつの目標が必要で、それを目指して行くのだ。それは、エマニュエル、君に向ってなのだ、君は観念の上でよりすぐれているのだから。（そこでは一切の小説は不可能となる）

肉体に目標は無用だ。重力として作用するだけだ。*Quod pulvis est*（あなたは塵だから）[67]、天使の飛翔を引き戻す。——ただし、なんらかの進展は必要だ。

66　ブレーズ・パスカル『パンセ』「人間は天使でも獣でもない。ただ、不幸なことに天使のように振舞おうとするものは、獣の行為をしてしまう」（ブランシュヴィック版三五八）。

67　『創世記』第三章十九。神ヤハウェがアダムに言った言葉、「あなたは塵だから塵に戻る」。

Se col suo grave corpo non s'accascia.

（肉体の重みに弱ることさえなければ）[68]

何物にも気を散らされないように、夜になってから歩いた。しかも広い道をつたって行った。空は暗く、風はひんやりした露を吹きよせてきた。

はじめてのことだが、君がまだ生きているという事実に思い至った。それで歓びが増しはしなかった。――僕ではない別の男が君を所有していることも思った。嫉妬は感じなかった。何に嫉妬するというのか。

そして、僕らはいつも同じ時に同じことを考えたのだから、かつての気持を思い出す時も同じように思い出すのではあるまいか、と思った。――

エマニュエル、君も思い出していたのだろうか。

君はいつでも僕のことを考える癖になっていたのだから、こんなにわずかの間に、君が、そういう癖から離れて行けたはずはもちろんない！　君が気をゆるめると、習慣になった夢想がふたたび現われるだろう。僕の思い出は数多くのイメージに結びついている。それは、他の人々にとっては偶然且つ無意味なものでしかないが、君にとってだけは喚起する力がある――過ぎ去った時を喚起する力が。

すべてが、僕ら二人のことを、休みなく君に語り、思い出させる。ひとつの香りは、僕が君のために摘んだ一輪の花を、ひとつの言葉は、ともに読んだものを、ひとつの動作は、愛撫を。おお、君は思い出す、エマニュエル！君は思い出す、僕を愛しているのだ。ものごとは、忘れられない間は、完全に死んではいない。君は僕らの愛を忘れられはしない。君はまだ僕を愛している、エマニュエル――それも、自分の意に反して。なぜって、君の今負っている義務は思い出に対立し、君がそれで身を護ろうとする理性は、乱暴に痛めつけられて君の愛情のあげる嘆きをなんとか押さえこもうと手を尽くすのだから。

君のしていることが分かれば、君の思っていることを想像しうるだろうに。

火曜の夕べ

物の影が長くなり、広がった。煌煌《こうこう》とした陽光が平原をまばゆく照らした。日が沈んだ――夕べの歌――かつてのように。かつて……僕らの魂は、お互いの恍惚を反映しあって輝いていた。君のうちに、僕は自分の無言の憧憬のこだまを聞いていた。

それから、夜が来た。――僕は始めた。

「聞くがよい、恋人よ……」

すると、君は

「聞くがよい、歩みゆく静かな夜を[69]」

68 ダンテ『神曲』「地獄編」二十四歌五十四句。すでに「白いノート」でも引用。注9参照。
69 注38参照。

と聞きとるのだった。——一緒に読み覚えた作品の繰り返し句が、過ぎ去った時から思い出を伴って立ち昇ってくる。

「蒼白き宵の明星、黄金の光は
美しきキュテラのウェヌスの……
……おお、闇夜に浮かぶ鮮やかな姿よ！[70]」

それは夜だった。あの同じ春の夜、僕らはふたりで君の部屋にいた。——僕は思い出す、僕らはこの同じ星を眺めていた、二人一緒に——そうして、我を忘れて見つめている僕らの視線は、あの遥かに遠い幻のうちで一緒になるのだった——溶け合った魂の交わす物質を超えた接吻。

そして、もっと後になって、他にも何回かの夜の思い出。僕らは遠く離れていたけれども、やはりこの星を眺めながら、僕らの魂は互いに相手を想ってまだ瞑想に耽っていた。相手も、同じ想いで眺めていると知っており、ほとんど再会したような気持でいたのだ。

信じやすい二人の天使の、いかにも幼い出会いではあった！　信じられるだろうか！　視線のうちで出会うなど と！

では、言おう！　僕は、今でも君をみつめている、闇夜に浮かぶ鮮やかな姿を。

それにもっと他の幾夜も——妹よ、君は思い出すだろうか。今から三年前、S＊＊＊でのこと。一日中、僕らは皆の陽気な雰囲気に包まれて、笑った。それは、実に快い笑いだった。ただ、笑いはいつでも心の底である種の優しさを傷つける。その後のことだ。——夜、僕らはそれぞれ自分の部屋に戻った。いかなる悲しみに捉えられたのか、僕らは、夜更けまで涙を流し祈っていた。リュシーをはじめ今は亡きすべての愛する人たちを想ってそれまで陽気にふるまっていたことに動顛し、あまりにも高邁な考えに精神を昂揚させて、長いこと思索を凝らした『伝道の書』[71]の筆者さながらに悲嘆にくれ、欲望の空しさに途方にくれ、涙と祈りとになって溢れ出る無限の愛に、心は打ち砕かれていた。

僕は君が祈っているとは知らなかった。そして、君は僕が泣いているとは知らなかった。しかし、魂の不思議な直観によって、うすうす感じてはいた。そして、翌朝になると、何も言わないのに、互いに目の底まで視線を伸ばして、(それは透明ではあるが、僕らにとっては、魂にまで到るのだ)、互いに、長い夜を眠らずに、泣き且祈ったことを読みとったのだった。

否、肉体は不可欠の仲介者ではない。もっと精妙な融合、肉体の知らない接吻というものはあるのだ。もっとも甘美な愛撫は空間を超えたところで交される——しかも肉体が休んでいる時に。

今宵、僕は星を眺めた——多分、君もそうしたことだろう。エマニュエル! 過ぎ去った夜を思い起こしながら、君は新しい夜を夢見る。

何を嘆くことがあろう、僕が何を失ったというのだ?

十一日、金曜日

70 ピエール・ド・ロンサール『オード集』第四部、「オード」#第二〇、一—二句および六句。« *Pâle Vesper, lumière dorée /De la belle Vénus Cythérée…/… O claire image de la nuict brune !* »正しくは、*Brune Vesper, lumière dorée, /O Vesper honneur de la serée/ Vesper, dont la belle clairté luit / Autant sur les Astres de la nuit…* であるから、ヴァルテールの記憶は正確ではない。第六句は原文どおり。

71 旧約聖書『コーヘレトの言葉』とも。人事一切の空を見すえ、万事の意味づけは神に帰するとする。

『世界』［ショーペンハウアーの『意志と表象としての世界』］の第一部読了。第二部を読む関係で、カントの『論理学』[72]と『三段論法について』[73]を、ノートを取りながら再読。

　論理はそれ自体として学ぶべきものではない。これは、人を熱中させるゲームである。精神はそこで力を得る。スチュアート・ミルは『体系』[74]ではこれがとてもうまかった。ただ、今その本は手元にない。

「すべてを知っており、誰にも知られていないのは、《主体》である。ゆえに、それは世界を支える柱である[75]」

……

　何と昂揚することか。この文章を大声で読み上げて、この誇り高い考えに没入すること。

ピアノに向って

夜――まどろんだような優しいメロディーが、ごく弱い音で、夢想を揺する――彼女を現存するものと感じ――物事はすべて忘れ――夢見る。

　神経を掻き立てるこの種の陶酔に、長いあいだ捉えられていた。今年になってはじめて暑くなり、アカシアの香りが開け放った窓から入り込んできた。

七月十二日

　一番よいのは、思いつくままに書くことだ。しかし、それは、もうできない。作品の未来像《ヴィジョン》が頭を離れないのだから。僕はすべてをそれに従わせる。あれは幸せな時期だったが、もう過ぎ去ってしまった。はやりたつ考えを引きとめておくのに頭が疲れて、ひたすら書くために書いていたあの時期は。

　今は、すべてが関係付けられている。目標は精確に定まっている。すべてがそこに収斂する。……風のまにまに同じような歌を口ずさみ、そのまま失われてしまってもそれはそれまで、という時代とは、もうおわかれだ。

しかし、どうなるのか、成り行きを見なければいけないのだろう。春になったばかりだというのに、はや、僕の心は震えている。未知の恍惚がやってくるのを感じているかのように——新しい歌がつぎつぎと湧き起こるかもしれない。

あてもなく出かけたいから出かけるのさ
ヴェルレーヌ[76]

肉体全体が落ちつかず、あまりに神経がたかぶったので、——ただ単に出かけたいから——出かけた。仕事を離れてふらふらと窓際に行き、遠く広がる野原を、誘いかける谷間の曲線を、招いてくれる芝生を求めて。

私はどうなるのでしょう、神よ、春にこれほどまでに乱されるとは。私はもう解放されたものと思っていました。……確かに純粋さは美しく、そのすばらしさに魅惑されます。——ああ！　それに、何だそんなもの！　しかし、もし僕がすっかり燃え上がり、夢に焼き尽くされるとしたら……？

神よ、あなたの求められることは、実現不可能なのでしょうか？——

「あなたがたを襲った試練で、人間として耐えられなかったものはなかったはずです。そして、真実なる神は、それと同時に、それを克服するための力も備えてくださるはずです[77]」

72　カント『純粋理性批判』中の「超越論的論理学」か。
73　ジョン＝スチュアート・ミルの著作。
74　ジョン＝スチュアート・ミル『論理学体系』*A System of Logic*.
75　ショーペンハウアー『意志と表象としての世界』。
76　ポール・ヴェルレーヌ『優しい歌』第一、四句。

日曜日

野原は花盛りだ。

Placatumque nitet diffuso lumine cælum......
（そして和らいだ空は、光に満ちて輝く……）[78]

詩を一篇書かなければならない――一句十二音綴《アレクサンドラン》で――一節五句、女性韻、それを八音綴だけからなる最後の句で念押しする。

《おおみかみ　色も情けも　なくもがな！　恋に憑かれた　わが魂よ！[79]》

声を張り上げたりせずに――単旋律の聖歌のように――新しい樹液がむやみに溢れ出てくる現象にこうして引きこまれていることに対する胸のむかつく思いと、純粋な思考と抽象的な思弁に満ちた高貴な生活に逃げ込みたいという気持とを――これも淡々と――表現すること。

§　ギリシア語文法と代数をふたたび取り出した。――欲情の熱が上がって心を乱す時、数学は至高の良薬だ。外から繰り返される呼びかけに気を散らされないためには、勉学に没頭していなければならない。

《*Sei ruhig Pudel ! renne nicht hin und wieder !*》
（おとなしくしろ、むく犬よ！　そうあちらこちらと駆け回るな！[80]）

火曜日

数は数で眩暈を引き起こす。われわれはそこに絶対を垣間見る。絶対に触れるのだ。意志は興奮し、問題の解決を追い求める。憩いが後に来ることは承知している。不動なもののうちに平穏な落着きの来ることを。しかし、それに手が届きそうになると、その静けさに恐れをなし、あいもかわらぬ渇きを覚えて、新たな問題解決に乗りだす。結果そのものを眺めれば驚嘆せずにはいられない。そこに眩暈が生じるのだ、発見が鎮めるかわりになおも刺激するこの飽くなき好奇心のうちに。

よく整った方程式には非常に美しい調和があり、それ自体として僕を魅了する。

七月十八日

『エチカ』をふたたび開く。第四の書を筆写する。ただし、全体をよりよく理解し、命題のつながり具合を把握するため、注解は無視する。

77 『コリント人への第一の手紙』第十章十三。青野太潮訳では「人間的〔な試練〕以外の試練があなたがたを捕らえたことはない。神は真実〔な方〕である。その神は、あなたがたが〔耐え〕得ないような仕方で試練に会うようにはせず、むしろあなたがたが〔それに〕耐えることができるために、試練とともに出口をも造って下さるであろう」とある。

78 ルクレチウス『事物の本性について』第一の書九句。

79 一八八九年五月三十日の日記では、この一句に続いて《ことばの処女性、ものの処女性》とあり、春になって色恋に浮かれるブルジョワの浅薄な風潮に対する嫌悪（「恋は、大勢の馬鹿者のこころを経てまるで売春したようだ」）と、それに対して、精神の昂揚、形而上学的瞑想、人間を超えた思弁を志向する自分の理想とを記している（AGJI, p. 72）。

80 ゲーテ『ファウスト第一部』一一八六行。 wieder は wider の誤記。

スピノザ——僕の理性は汝の天才のもつ静謐のうちでうっとりする。汝の閉じこもった建造物のすばらしさたるや！　汝は自らの作品を通して世界を眺め、そこに投映された自分の思想をいつまでも観照していた。

私たちは、皆、このように事物を夢想してその中で生きている。私たちの発散する雰囲気が私たちの魂を包み、事物に関して私たちのいだくイメージを知らず知らずのうちに彩る。そして、この雰囲気は貫通不可能なので、私たちは孤独に囲まれることになる。——また、その彩りはまちまちなので、事物ひとつひとつのとる姿は見る人によってそれぞれに異なる。——人は自分の世界しか目にしない。しかもそれを見るのはその人だけなのだ。これは幻影である、蜃気楼である。プリズムが私たちの中にあり、光を様々な色に彩るのだ。

これら個々の姿のうち、どれひとつとして絶対に真実であると主張することはできない。断固として譲らないのは、常軌を逸した傲岸である。——しかし、偽りのものはないにしても、より好ましいものはある。それも、それ自体として価値があるのではなく、それの引き起こす感動によって、より好ましく思われるのだ。樹木の価値はその実によってわかる。

スピノザの神々しい安らぎには、選ばれた魂のみが近づき得る。僕がスピノザで感心するのは理性そのものというよりは、あの力強さ、あの調和、特に、あの意志、そして構成の生み出す律動である。僕は、それが真実であるか否かなどは意に介さずに、『イーリアス』と同じように賛嘆する。

しかし、僕には、もっと魂のこもったものが、震え立つものが必要だった。説明はより少なくてよい、逆に、そこでは心は愛し、魂は戦慄し、理知は不安を覚えるのだ。……そして、行動、闘い、何か狂気じみたこと。そこでは、想像力が遅疑を殺し、精神が肉体をねじ伏せる。——音楽のような、そこから詩が迸りでてくるような何かが欲しかった。

ショーペンハウアーを読み終えたら、『種の起源』を読もう。ベルリオーズの『回想録』とミシュレの『フランス史』の第二巻を読了。

ああ、この人物に会えたとしたら、どんなに強い好感を覚えたことだろう。苦痛に満ちたすばらしい叫び。「私の場合、私の情熱は、私の魂がこのあわれな肉体に落ち込んだ日に始まったのだ、これを書くことによって使い果たそうとしているこの肉体に……」[81]

何という陶酔だろう！　――僕は絶え間ない超興奮状態のうちに生きている。外ではすべてが花盛りだ。夏は溢れ出る光に輝いている。

土曜日

書くのには厭きた。いったい、何を書くというのか。それぞれに自分の形を求めるこれらすべての感動のうち、他をさしおいて、なぜあるひとつを選ぶのか。ただ、書く必要はある。さもなければ、蓄積された感動の圧力で、僕の頭は破裂してしまうだろう。

……

……走り書きの形でさえ書くことができないのは、感動の数が多いということよりも、一つ一つの感動がどうにも解きほぐしがたいほど錯綜していることだ。――じっと固定している事実を言うのだったら、それに形を与えることもできるだろうが、外界をほんのすこし知覚するだけでも、僕のうちでは無限に複雑な振動のシステムが揺れ動き、肉体の上でも魂のうちでもさまざまな振動が応えあい、――それまで眠っていた考えを呼び覚まし、新たな感動を貫いて、こだまが長いあいだ鳴り響くのだ。

81　ジュール・ミシュレ『フランス史』第九章。

……しばしば思うのだが、自分を囲む大気が、暗闇で、物音もせず、無言の静けさに満ちていたらどんなによいだろう。脇にはランプがあるが、壁に影を落とすこともない――そして時は、砂時計も振子時計もない時、瞑想し筆写するための無限定の時……

……………………………………………………………………………………

☆

深夜

夜の息吹の優しいことよ、夜風にのって
ひろがる愛撫。そしてまた、愛の囁き――

……彼らは、二人ずつ、つぎつぎに木蔭に入って行った。あの蒼白い若者たちは――そして風は、木の葉の香りとともに、キスと笑いのこだま、交される愛撫のなにがしかを、僕のところまで運んでくるのだった。

外には出まい。部屋に閉じこもり、眠気に捉えられるまで、読書をし、そして祈ろう。

永遠者、神よ！　私はあなたのうちに難を避けます。[82]　私が打ち負かされることなど決してないように！　しかし、主よ、永遠なるものよ！　いつまで、本当にいつまで、私を放って置かれるのですか。いつまで、私は、あなたを身近に感じて打ち克つことのできぬままに、闘いつづけるのでしょう……で、その先は？……闘いはどのように終わるのだろうか……

日曜日の夕べ

全身に、そして魂に、僕は限りない動揺を覚える。僕は夢見る――そこかしこ、周り中に感じられる愛撫が僕を熱っぽくする。泣いているのだが、なぜかは分からない。この香りは温めた葡萄酒のように僕を酔わせる――眠い。僕の魂は優しい愛情を求めて打ち萎れる。――おお、君の肩に頭をもたせかけたい、それに君のひんやりした手を――

《O leave your hand where it lies, cool
Upon the eyes whose lids are hot...》
(おお、手をそのままにしておいてくれ、ひんやりと瞼の燃える目の上に[83]……)

かつては!……
僕はひとりきりだ。
過ぎ去った日々を、昔の日々を思い出す。そして涙にかきくれる。[84]思い出の吐息があやすように僕を揺する。そして、その思いは

海のように、僕を捉える[85]――

82 『詩篇』第七章の二、他。
83 ダンテ=ガブリエル・ロセッティ「歌と音楽」冒頭の二句。
84 ポール・ヴェルレーヌ「秋の唄」(『サチュルニアン詩集』)。
85 シャルル・ボードレール「音楽」#(『悪の華』)。

§　おお！　幸福のすぐそばにいながら、もう触れさえすればよいというところで——そのまま通り過ぎるときに覚える、感動。

魂は常に欲求を抱えているべし。魂は望みを懐いているべし。期待のうちにこそ、生はある。欲求が充足されれば、生は衰える。——賢い処女たち[86]は思慮深くあるべし。悔いの悲しさは、特に所有にまで到らなかった場合、実に甘美なものになる。この悲しみは、過去を喚起し、思い出させる。たえずそこにたち戻って、対象が消え去ってしまってからも求めつづけることになる。

夏の宵、祭りの夜、マロニエの木の下で、また古代を想わせるテレビンの木蔭で、歌と酩酊のざわめきとのうちで——遊び女たちが呼びかけた、うろつきまわる娼婦たちが。遠くで、彼女たちの笑いさざめくのが聞こえた……しかし、僕らは安易な情事を敬遠した。

そこで、ランプを灯し、扉を閉ざして、孤高の勉学という次第だ。

§　Ar＊＊＊のところから、帰ってきた夜のことも思い出す。腹蔵なく話し合い共に笑った後、誰もいない路上でくたびれた冗談を大声で交した後、彼らは言った。「来ないか　遊びに行こう！」と。——僕は彼らと別れ、ひとり、自分の部屋に戻ると、ピアノに向い、夜がふけるまで、夢見るようなもの憂さにゆすられながら、弾きつづけ、さらに長いこと、眠りこむ前に、ベッドの枕元に頭をもたせて、疲労のせいか、あるいは悲しみのためにか、なかば眠りこんだ状態で、泣く——悔んで泣くのではない……ただ、彼らの言うことを理解したかったのだ。

§　純潔！

……そして、そのために苦痛のうちに激烈な欲求充足。*Surgit dulce aliquid*……（何か甘美なものが現われる）[87]

僕はオーヴェルニュを、ひとりで、徒歩で旅行した。唯一つ望んでいたのは持続する苦行を自分に課することであった——さすらいがちな青春の不安定な心を統御するために。——日に照らされ、雨に晒され、街道のほこりの中を、長いこと歩く。精神は働かず、身体は静まる。肉体は満足し——夜には、すぐに、獣のように眠りこみ、夢も見ない。

そして、朝になると、また出発。体力を消耗し尽くす疲労のうちに、自我の安息を追求すること。

§　シャルトルーズを訪問しようと、はじめて行った時、あの母修院のあるグランド・シャルトルーズのことだが、——すぐそばまで行きながら、サン＝ロランからサン＝ピエールへ行く道で、僕は長いあいださまよっていた。谷間の襞になっているところを、たえず眺めてはいた。そこは、見えないけれども深く入りこんでいて、僧院に到るのだとわかっていた。——しかし、こんなにも長いあいだ大事に温めてきた夢の花を踏みにじることになるのを怖れて、そこには近寄らなかった。夜になって僕は街道を下ってしまった。甘美なまでに悲しく、前にもまして夢をふくらませて、引き上げたのだ。

おお！　感動！　もう触れさえすればよいというところで——そのまま通り過ぎるのだ……。

さまよえるユダヤ人！

——「さあ、——いらっしゃい。そういうことはすっかり捨て去って！」と君は言った。

R＊＊＊で、出発の前日だったが、夕方になって、僕は丘に上った。僕はそういうことはすっかり捨て去ろうとしていた。眼下に広がるトーヌの谷間には、遠く延びて行く見知らぬ街道が見えた。僕はその道を辿って、——も

86　『マタイによる福音書』第二十五章「十人のおとめのたとえ」。ジッドはここで聖書の教えとは逆に「おろかなおとめたち」の生き方をヴァルテールに擁護させている。

87　ルクレチウス『事物の本性について』第四の書一一三四句は *dulce* でなく *amari*。ルクレチウスは快楽の底からなにやら苦いものが立ちあらわれると言う。ヴァルテールはそれを逆転させている。

っと遠くへ行けたかもしれないのだ！　もっと遠くには、ふたたび、流れがあり、山が重なり、雪が見え、森や村があった。そしてそういうものの名前がある。僕はそれを繰り返し唱えて、ますます苦い悲しみを感じた。サランシュ、ラ・ジエタス――ブリュッフィ[88]、これは、フィヨルドの名前みたいだ。寒い、極北の、霧に青くかすんだフィヨルドの……その後、僕はそれ以上には何も見ずに、その地を去った。うしろに優しさをたなびかせてとでも言おうか。

おお！　知ることのなかった事どもを惜しむ苦味はまたなんと甘いことか！――

☆

夜はなんと静かなのだ、まるで祈っているとでもいうように。

眠い。――君の足元に横たわり、君の膝に、おお！　頭をあずけられたら。

……私のものだったこの親しい手……
おお、このふたつの手、憧憬してやまない手……
そのひんやりした影を私の目の上に……
その沈黙を私の思いの上に[89]……

眠りこむ――君のドレスの深い襞。
夢見る――ひとりきりのことを忘れる……
……**エマニュエル。**

二十二日　月曜日

☆

『アラン』のために、──いくつもの情熱の並行関係。

すべての情動は常に相互に依存している。それは並行して進展する。敬虔な愛と「かの女《ひと》」への愛とは、しばしばひとつに混合している。少なくとも、このふたつの愛の間には、恒常的な相関関係がある。──かくして、思考への熱意、学習への情熱もしかり──そして、さらには、屈服しない肉欲の熱気、すべてはこれにかかっているのかもしれないのだ。しかも、肉体は廻り来る春に依存しており、さらにそれは、どこまでゆくのか知れない。

理性による哲学。──それはなるほど知る必要がある。──ただ、その上で情動が起きたら、瞬時に意識してそれを無視する、あるいはすっかり忘れなくてはならない。──理性には、理性に属するものだけを任せておくこと。

§　従って、『アラン』においては、情熱の進展は非常に理路整然と秩序付けられていて、それらの情熱はそれぞれ他の情熱との関係において姿をあらわし、いわば互いに反映しあうように、相互に照らしだすようにしなければいけない。

これを一枚、あれを一枚と書くのではなく、総合して……一断片が全体を顕わすようにし、……全体を復元するには一頁あれば十分というようにする、云々（キュヴィエ）[90]。

88　いずれも、フランスの最高峰モン・ブランから西に二、三〇キロ離れたオート・サヴォワの村落名。
89　先に引いたロセッティの詩をふくらませたもの。

少なくとも、肉体が精神を興奮させるのか、精神が堕落させるのかを知りたいものだ――まずどちらを相手に闘うべきかが分かるように。

それから、僕がアランのために書くことは、自分自身にも言わなければいけない――君に対する僕の愛は、敬虔な祈りのうちに成長するだろう。信心ぶかい魂は、人を愛する魂なのだから。

宗教は愛のものだ。

☆

木曜日

ただひとつ必要なのは、直観による認識だ。複数の偶然性を帯びた現象を超えて、言葉では表現できない真理を観ずること。――その場合、理性は無用となる。理性など追い払ってしまわなければいけない。騙すことに長けた理性が、我々の幻覚に眩んだ目の前にやってきて、不明瞭な論議を展開したりしないように。学問は危険だ。理性を意気軒昂にするから。そうなると、理性は声高に語り、権威を示そうとする。読書は理性を傲慢にする……一体、何によって？　理知が読む時、心は眠くなる――そして、心の熱情は、学識の埃のもとになまぬるくなる。

従って、今後は、『聖書』を大いに読み、誰か古典的な賢者のものをひもとく以外には、読書をしないことにする。

Ἱερουσαλήμ, Ἱερουσαλήμ — ποσάκις ἠθέλησα ἐπισυναγαγεῖν τὰ τέκνα σου, ὃν τρόπον ὄρνις ἐπισυνάγει τὰ νοσσία ἑαυτῆς ὑπὸ τὰς πτέρυγας ; καὶ οὐκ ἠθελήσατε. Mat., XXIII, 37.
（ああ、エルサレム、エルサレム、［……］めんどりが雛を羽の下に集めるように、私はおまえの子らを幾度集めようとしたことか。それなのに、おまえたちは応じようとしなかった。『マタイによる福音書』第二十三章三十七）

かつての倍餐の思い出。

「知りません。——何も知りません。——呼ばれたから、来たのです。私はあなたを知らない。あなたが誰なのか、存在しているのかどうかも知らない。それでも、私はあなたの下に来た。あなたが存在していて、私を望む場合、神なる御心を私ゆえに傷めてはいけないと思って」

そして、また

「主よ、もし私があなたを知ったならば、心の底からあなたを愛したことでありましょう。——そして、今でも、あなたを知らないにもかかわらず、あなたを愛しております。あなたがたとえ存在しなくても、私はあなたを愛します。なぜなら、少なくとも私の思いのうちではあなたは存在し、私の前にお姿が見え、それを私の崇敬の念がとりまくのですから。——主よ、もし私があなたを知ったならば、心の底から愛したことでありましょう」

実際にこれ以外ではありえないのに、信じていると殊更《ことさら》に自分を納得させようとする心の詭弁。——真の信仰は、それが価値のあるものだなどとは知らない——信じるとはごく簡単なことだと思っている。

§　意志は自らを殺さなければいけない。意志にもとづいて自分を消去する必要がある。徳は、闘いのうちにのみ、

90　ジョルジュ・キュヴィエは一八一二年に、身体構成要素の相互連関性を説き、骨の断片から動物の全身を再構成しうるとした。『四足動物化石遺骸の研究』（一八一二）参照。

打ち克つための努力のうちにのみある。初めの頃の熱を帯びた心は価値あるものとはいえない。今になってみるとよく分かる。理性が口をきかないうちは、信じるための闘いなどはない。愛するだけでよいのだ。ひとえに崇拝すること。

おお、青春に酔う時期の最初の頃の熱烈な信仰心よ！　恍惚、――それがしばしば官能的なものであることを、僕はよく知っている。彼らもそれは承知している。そしてそのために、太い蠟燭や香やオルガンがある。あれはほとんど弛緩状態のことが多いではないか、《十字架にかけられたイエス・キリスト》の両腕に彼らがうっとりと身を委ねる姿は。

謹厳な信仰とそっけない雰囲気の礼拝堂とが、僕をそのような偽りの祈りから護ってくれた。僕は偶像など崇敬しなかった。

☆

日曜日

Quia absurdum（不条理なるがゆえに[91]）

裁くことなかれ[92]。
他人だけでなく自分に関しても。
――人間だけでなく事物に関しても。
自らなる生
直観による認識
信仰

二十九日、月曜日

☆

《何よりもまず音楽を……
なおもまた音楽を……》[93]

音楽は夢想を満たし、導き、優しく揺する。——理性は眠りこみ、心は覚めており、——魂は？——魂はあますところなく震える。

理性を眠りこませる、これこそなすべきことだ。そして感性が昂揚するように。

そうは言っても、意志が注意をおこたらず、努力が継続されるためには、やはり練習曲がよいだろう。——音階はあまりにもふざけているようだ——しかし、大きく広がるアルペッジオと、息もせわしいシンコペーション、分断された和音、カデンツァは、一度始められた思考に拍子を与え、リズムを打たせ、牽引していく。——あいまいで追従的なメロディーだと、神経が弛緩したり激昂したりするから、それよりも練習曲がよい。

91　Credo quia absurdum est（不条理なるがゆえに我信ず）。最初のラテン教父テルトゥリアヌスにより、聖アウグスティヌスが言ったとされる言葉。ただし、文献上の確証はない。

92　『マタイによる福音書』第七章一、「人を裁くな。あなたがたも裁かれないようにするためである」。このイエスの言葉は、ジッドにとって重要な意味を持ち、後に『重罪裁判所の思い出』、『ルデュロ事件』など一連の文章を生む。

93　ポール・ヴェルレーヌ「詩法」#。

ああ！　パオロとフランチェスカ[94]！　どうしてそれは永遠の責め苦だったのだろう、あのように彼らの肉体の影が永久に抱擁しあうことは？――彼らがもう互いに相手の体を求めていなかったからだ。生涯にわたって相手を所有することは、はじめは彼らの肉を酔わせたが、今になっては魂に嫌悪を感じさせていた……

僕は、いつまでも変わらずに、君を欲し、君を求めるだろう。――だから、僕にとっては、この融けあったふたつの魂の惑いつつ逃れ行くさまは、夢のような無限の幸福である。

しかし君の肉体は魂を捉えて放さない。そして君の精神は常に魂を支配している……もしかしたら、夢の中で、体が弛緩し、精神が眠りこむことがあるのかもしれないが……

三十日、火曜日

お喋りの音たちが、いよいよ敏捷になった指の下で目を覚まして、面白そうに大はしゃぎ。

僕は強引に練習した。かきたてられたハーモニーが震え立つような雰囲気で取り囲む。それから、緊張しきった弛まぬ努力。この三日で、『平均律クラヴィア曲集』のプレリュードとフーガとを、どちらも二曲、あらたに暗譜した。

理性はまどろんでいるのに、思考はなんとよく活動することか！　そして、非現実の世界をなんとよく旅することか！

ショーペンハウアー。

八月一日

自分と事物との関係を意識しなくなること。表象は純粋な形で現われ、いかなる外的な知識も直観による認識から気をそらさず、見え始めた映像《ヴィジョン》から急にまた目覚めたりしないようにすること。

もし幻影を十分にしっかりと見据えて、幻に眩まされた僕の目が周りの現実などに一瞥も与えなくなるならば、このようにして作り出された幻影は僕にとって十分に現実の物となるであろう。もし、呼び起こされたイメージがかつての日々に属するものであるならば、僕は、それがかつてのものであることを忘れて、それを完全に現在するものとし、もろもろの現実にとってかわるものに仕立て上げるであろう。欠けているのは継続した注意力である。それは機能を十分に果たさないことがあまりに多く、喚起されたイメージがすぐに幻に戻ってしまう。

音楽が介入してこなくてはだめだ。

昨夜、長いあいだピアノを弾いた。なにも物音のしない時刻になって、わずかに、細かく震える弦のみが、静かな空気を震わせていた。徐々に、とくに考えもせずに、恍惚感に酔い痴れていると、幻影を見る目前で、夜は明るくなってきた。「ここだ、幻《キマイラ》よ、止まれ![95]」

音楽には喚起する力がある。最高の魔術師だ。天翔ける夢を支えてくれる。

そして僕はこんなことを想像した。いつかの夜のように、君が聞きに来た。——そして、そのままそこに留まっているのだった。思いに耽って、何も言わずに。僕が少し身をそらせると、額に君の息が感じられた。すると、君が言った。無言で言ったのだ。それは、考えというほどのものではなかったのだから。「どうして泣いているの?

94 ダンテ『神曲』「地獄編」第五の歌。ここでヴァルテールは、有夫のエマニュエルを思い続ける者として、夫の兄弟パオロと姦通し、地獄でもパオロ共々責苦にあうフランチェスカの話に、とくに死後もふたりの魂のはなれられないことが責苦になる点に、関心をいだいている。
95 フロベール『聖アントワーヌの誘惑』第七章、奇怪な姿と動作で面前を通るキマイラにスフィンクスの言う科白。

私はここにいるわ。過ぎ去った日々はもう行ってしまった。――今あるものが存在しつづけるのよ」

涙は流れていたけれども、翼を得たメロディーにのって、新たな微笑が輝いていた。開け放した窓から、春の息吹が流れ込んでいた。振りかえれば、君が見えただろう……

★

眠りにおちた林の上に、夜が広がり、
何もかも安らいで、夕べの歌も静まった。
鳥たちははや塒《ねぐら》にもどり、何もかもまどろんでいる……　夜……
風の吹かない林の縁を、樹林の中に不思議に開く空き地をぬけて、
　　静まりかえる月夜の中を
　いまは亡き魂たちは、行ってしまった
　恋人だったむかしのように、
　かつて辿った小道をぬけて。

恋人たちは、死ぬとすぐには天国に行かない。まだ長いあいだ、彼らの魂は、さまよいつづける。神秘に満ちた夜が来ると、かつて好んだ場所を端から端までめぐり歩くのだ。

夜になると、魂たちは飛んでいく。――見分けもつかぬカップルになって、物質を超えた次元で抱擁しあい、あるいはまた一人で、欲求に燃えて。――静まりかえった月明かりの中を、亡き者となった魂たちはそよ風のように歩き回る。

空にいく道で、魂たちは佇んでいた。かつての恋に引きとめられて。放浪好きのそよ風のように、魂は――かつて辿った小道を通って野原を――めぐりめぐる。そして、何も言わずに、魂は思い出す。――魂の反芻する思い出は、かつ

ての恋を新たな恋として蘇らせる。

夜、牧場の傾きはよりゆるやかになり、木立は奥行きがより深くなる。谷は霧を帯びて銀色になる。

おお！　瞑想にふけるために、夜は——美しい夜は、かつての日々よりも——なんと静かなのだろう。

星々の優しいほのめきはさらにひそやかな愛撫となり、白んだ暗闇の中で、彼らの恋は星のように光る。

亡くなった魂はヒースの原をさまよう。あるものは、沼のほとりで、夢の中でするように、眠りこんだ花を摘み、あるいは、人気のない小道で、まぼろしの菊の花びらを一枚また一枚と毟りとる。

親愛な、恋する魂は、約束された空から遥かに離れたところにいつまでもいる。——彼らは地上で愛しすぎた。

——それで、もう別れることができないのだ。

☆

……一方は愛そのもので、他方は優美そのものの頃。

……思い出すのだが、彼女は——本を読む時、頰杖をつく癖があった。よく——頭を少し肩の方に、傾《かし》げていたっけ。——でも時には、僕の方に身を乗り出して、保護するような雰囲気のときもあった。——彼女を見ようと目を上げると、伏せられた彼女の目に出会うのだった。

彼女を自分のうちに再現すること。

それ以上に何が要る？——過ぎ去った事どもの思い出、瞑想、祈り、敬虔な魂の穏やかな歓び、そしていや増しに君を愛すること……

おお！　君の魂が囚われているのでなかったら！……

（つぎの一枚は白紙のまま草稿の内にのこされた）

八月四日

［エマニュエル・T．夫人は七月三十一日夜死去。アンドレ・ヴァルテールは三日後になってそれを知った。］

⁂ ⁂ ⁂

涙、薫り、祈り、花、
おお、花撒き散らせ、白い花を。
揺るがされた地の上に、ほぐして散らせ、花の飾りを、
そして、歌え、歌え、僕は眠りたいのだ。
……さまざまな薫りが祈りのように立ち昇る。

もはや僕の見ることのできない彼女の愛しい姿に涙を注ぐ。

……君の魂は逃れ出て、今は自由だ……

☆

Gefühl ist alles :
Name ist Schall und Rauch
Umnebelnd Himmelsgluth.

（心だけがすべてなのさ。
名前なんぞは雑音と煙で
天の輝きを蔽ってしまう）[96]

☆

八月六日

むしろ沈黙を。言葉は俗だ。なぜ喋るのか。気の利いた言葉など何になる？……それに、書くとなると、誠実ではいられまい。あるひとつの感情を拡大して他の感情を犠牲にしてしまうだろう。僕の感じたこと、今でも感じていることは、口にはできない。――心にもなく、自分の実際には感じもしなかった悲しみを装うことになるだろう。それなのに無理に書こうなどとはしないことだ……。この優しい思いをどうして固定する必要があるのか？　感情の彷徨する方がずっと甘美なのだから。

一晩中じっと動かないでいた、自分の体を忘れて、悲しくも、嬉しくもなかった、何も考えていなかった、ただ、異常なまでに統覚が働いていた。

明け方に聖書をすこし読んだ。ピアノに近づいてみたが、弾く気にはなれなかった。ハーモニーはあまりにも精確すぎるから。

水曜日、夕方

敬虔な読書をしてから瞑想、その後は祈り、そして、無垢な心を感じる優しい心持、穏やかに信じたいと思っている魂の心地よい平穏と安心感。――その他のものなど、何になろう。何になろう？

君は消え去ってしまったのに、僕はまだ愛しているのだから……

木曜日、朝

必要なのは、とても謙虚な、ひたすらに信じる、素直そのものの信仰なのだ。結局のところ、信仰が目を見えなくするとか、イエスを信じるのは狂気の沙汰だとかいうのは、確かなことなのか。おお、神よ！　あなたを見るためには盲目にならねばならぬとか、よくよく見ようとすればかえって観ずることができぬとかいうことは、確かなのだろうか。

トマスは確信しようと思った時に確信した。なぜ、常に新たな疑いを懐かなければならないのか。彼らユダヤ人は、「あなたがキリストであるのなら、そうとはっきり言ってもらいたい」とイエスに迫った時、すでによく知っていたのだ。それに対してイエスは答える。「あなたがたはそう言った」と。[97]

本当に簡単なことなのだ。

☆

木、夕べ

希望と慈愛、――注意深い、よく見守るこころ――忠実な魂――善き志、そして、敬虔そのものの思念。

詩篇――そして祈った後、祈りの成就を期待すること。

そして、その思念――それと共に生き――それを愛し、恍惚のうちに没入すること……

96　ゲーテ『ファウスト』第一部三四五六―八、ファウストがグレートヒェンにいう言葉。

97　『ヨハネによる福音書』第十章二十五に「あなたがたに言ったのに、あなたたちは信じようとしない」とある。

九日、金曜日

神よ、私の心は定まりました。私の心は定まりました。私は歌い、楽器を鳴り響かせます。
我が魂よ、目覚めよ、竪琴よ、琴よ、目を覚ませ。私は曙を呼び覚まそう！[98]
……神よ、私の魂はあなたに頼ります。あなたの翼の蔭を私の避け所とします。[99]
……神に望みを託せ、私は神をなおも讃えるだろうから。神は私の救いにして、私の神なのだ。[100]

☆

八月十日

目の欲望、肉の欲望　資産の誇示……

ἡ ἐπιθυμία τῶν ὀφθαλμῶν, ἡ ἐπιθυμία τῆς σαρκός,— καὶ ἡ ἀλαζονεία τοῦ βίου.

——世とその欲望は過ぎ去る[101]……それなのに、なぜ別のものを欲するのか。今度も、新たな愛情をいだき、新たな喪にふし、またもや幻滅を味わい——過ぎ去ったことを忘れようと努める羽目に陥るのではないか…………

否、求めるべきは、祈りと孤独、忠実な魂の純潔な愛。——

それに、愛する者がみな逝ってしまった時、魂にどうしろと言うのか。

ずっと忠実であること。

τὸ μὲν πνεῦμα πρόθυμον, ἡ δὲ σάρξ ἀσθενής
（心は燃えていても、肉体は弱いのだ）[102]

だから、まだ闘わなくてはならないのだろう。主よ、私は解放されたと思っていたのです。この弱い肉はいつまでたっても黙らないのだろうか。精神が迅速に働くだけでは十分でないのだろうか。

不断に、闘わなくてはならない。

そこで、規則に適ったお勤めと儀式となった祈りとが、夢見がちな肉体を暇なく働かせることになるだろう。——と同時に、彷徨癖のある僕の精神が散漫に気を散らしたり、なにかと難癖をつけたりしないためにも、僕は、そこに救いを求めるだろう。なぜかと言うと、この古から情熱を生み出してきた酵母は、精神をも昂揚させるのだから。精神は、悔恨の念をいだくべきところに種々の熱情を求める。そこで、精神の熱気を調整するためにも、理性に適ったお勤めが必要になる。

信仰の躍動ではなく、落着いた信仰を求めること。

98 『詩篇』第五十七章八—九、「わが心は確かです、神よ、わが心は確かです。私はうたい、ほめ歌おう。目覚めよ、わが栄光よ、目覚めよ、竪琴よ、琴よ、私は目覚めさせよう、曙光を」に対応するが、文字通りに一致してはいない。

99 同右、第五十七章二、「神よ、私を憐れんでください、あなたのもとに逃れますから、わが魂は。あなたの翼の蔭に私は逃れます」に対応。

100 同右、第四十二章六「神を待て、私はなお、かれを讃えたいのだ、かれの顔の救いを」に対応。

101 『ヨハネの第一の手紙』第二章十六—十七。ジッドは十六にはギリシア語を引用。十七は仏訳のみ。

102 『マタイによる福音書』第二十六章四十一。ゲッセマネの祈りの際に、イエスがペトロに言った言葉。「霊ははやっても、肉が弱いのである」。

月曜日

「主よ、――私を憐れんでください。――すべてが、ふたたび堕ち込んでしまったのです。――罪人である私を憐れんでください。[103]――私を憐れんでください、主よ、私を憐れんでください……」

☆

情欲に身を焦がすよりは[104]……

しかし、どうしたらよいのだろう。――そういうことには怖気《おぞけ》をふるい、僕はいつも目をそむけていた。――僕は何も知らない――滑稽なほどに無知なのだ。

では、どこで？　巷で客を漁っている女の一人が近づき、引っ張っていく――そこで、彼女の住処かどこかで、女は、冷ややかに、身を任せる。女を金で買い、女のなすところを眺める。そこで、こんな胸のむかつく思いをすっかり味わったあとで、まだ欲求を感じることなどできるのか？

――そうだ、感覚が目を回すような、すばやい抱擁はよい。――ところが、のろのろし慣れきったこの労苦ときたら！

――それから――なんだって？――また、する？　おお、恥を知れ！

☆

十三日、火曜日

朝、悲しい霧を頭いっぱいに湛えて、起きる。思考は靄のように混濁し、涙に濡れたけだるさに怖気をふるう。

なかば眠りこんだように、遠くから戻ってくるこだまのように。そして、数々の勇気が挫折し無に帰したところで、涙は痛々しく流れる、――そして、罪を犯したという、むかつくような気持が口元までこみあげてくる。

Eripe me de luto.
（泥沼に沈まぬよう私を助け出してください）[105]

κύριε, σῶσον ἡμᾶς, ἀπολλύμεθα
（主よ、お助けください。私たちは溺れて死にそうです）[106]

そして僕は思った。春の夜毎に魂のうちで数々の希望の歌うのを聞くようなことはもはやあるまい、と……

☆

八月十四日……………………………………………………

八月十五日……………………………………………………〔ここ二日の文章は作者によって削除された。〕

103 『ルカによる福音書』第十八章十三「神よ、罪人なる私めにお慈悲を」という徴税人の言葉。
104 『コリント人への第一の手紙』第七章九。独身が理想だが情欲に身を焦がすよりは、結婚するほうがよい、という件。
105 『詩篇』第六十九章十五。
106 『マタイによる福音書』第八章二十五。

そして、山の頂はふたたび現われた。[107]――

高くて登れないあの巌の上まで私を導いてください。[108]

☆

十六日、金曜日

八月十七日、土曜日

それぞれの仕事はあらわになるであろう（『コリント人への第一の手紙』、第四章十三[109]）

それぞれの仕事だって！　――僕にとって、何たる不幸だ！

こんなところで、僕は一体何をしているのか。孤独に浸りきって、自分の夢を追って瞑想に耽り、――自分を消耗していく。そこからは何も生れでないだろう。

不毛だ、大いなる希望などは！　誇らしげな顔を天に向けさせるような、思考も、探求も、仕事も不毛だ。

――不毛だ、優しさの表現も。僕の涙は僕自身に注がれるので、誰の慰めにもならない。

不毛だ、僕の肉体も。意志によって、苦労して、空しい純潔を求めて不毛にしているのだ。

無用なのだ、――何もかも。何もしなかったとは――何もしない……おお、かつていだいていた数々の理想よ！

――常に崇高なことを夢見て、何一つ実現しない。

そして、今は、なんだかんだと絶望している。これこそは――卑劣な後悔というものだ！

起き上がれ、眠れる者よ。立ちあがれ、死人たちの中から。[110]

『アラン』がそこにあるではないか。仕事をせよ、反撥せよ――もう振り向くな……

土曜日の夕べ

自分の本を書き上げるまでは、ここを出まい。狂気に捉えられたように、書かねばならぬ。

――しかし、逃れ去った考えを摑みなおすのは、なんと難しいのだろう。

日曜日、朝

外界の何物にも気を紛らわされないように、いかなる音もいかなるイメージも部屋に……ように、窓のカーテンを閉めた。――昼間なのにランプを灯し、自分の周りではすべてが――一切の音、一切のイメージが――眠っている夜中に仕事をしているような幻想を引き起こすこと。

部屋の雰囲気は静かで、そっと忠告を与えてくれる。そしてさらに徹底して、振り子時計も懐中時計も止めてある。――これは一切無差別の時なのだ。時間も空間もない絶対の水位での仕事。――時間などはもう過去の話なのだから、時刻に関係なく――食べたり眠ったりするのに必要な物、――そして、真夜中に消えてしまうと困るから、ランプのための灯油。

――壁にものの影は映っていない。周りを囲む暗闇の上に投映されて思念が輝くのだ……

107 『創世記』第八章五。
108 『詩篇』第六十一章二。
109 めずらしく本文中にジッドが典拠を示したが、この出典は誤り。正しくは『コリント人への第一の手紙』第三章十三。他にも、引用の誤記はいくつかあるが、ヴァルテールの精神状態を示すために、作者が意識的に作中人物に間違えさせたのか、作者自身が誤ったのかは、不明。
110 『エフェソ人への手紙』第五章十四。

§ 『アラン』。――愛のプラン。

すべての構図が引かれている。

魂だけで自分を同じように愛しているひとつの魂を愛する。そしてそのふたつの魂は、徐々に行われた教育によって、あまりにも似通ったものになり、ついには相手と自分との区別もつかないほどに知り合う。彼らは、まず、話し合うのに暗黙の言葉以上のものを必要としないだろう。肉体は彼らを当惑させるだろう。なぜなら肉体には、また、べつの欲求があるだろうから。

魂は物質でできているのではないから、事物なしにすませるだろう。肉体が眠っている時、魂は夢の中に逃れ出るだろう。――そして、友なる魂は、相手を認めるだろう、誰一人そんなことは思ってもいないのだが。そして、肉体が目覚めると、理性が逃れた魂を呼び戻すだろう。それは、――エマニュエル、かつて、僕らがあんなにも愛しあっていた時、――昼も夜も行われていたことだ。なぜ君の結婚の話などをするのか、そんなことはすべて、今では過ぎ去ったことだ。残っているのは、僕らの愛だ。

それから死が来て君を解放する。そして、魂は不死なのだから、かくも貴重な恋愛関係は続いていくだろう。他のものはすべて立ち去った。精神も理性も。これから先、残っているのは、恋する君の意志だけだ。――もはや、何物もそれを引きとめはしまい――。


僕は愛そのもの、君は優しさそのものであるだろう。

魂は肉体にもまして、狂ったように抱擁することを知っている。(フロベール[111])
従って、アランは肉体によって魂を知るだろうが、やがて魂だけを愛し、肉体を必要としなくなる。肉体が生きている限り愛は制約されるが、死が来るや、魂はあらゆる拘束に打ち克つであろう。

霊《エスプリ》こそが生かすのであって、肉は何の役にも立たない。[112]
Τὸ πνεῦμά ἐστιν τὸ ζῳοποιοῦν, ἡ σὰρξ οὐκ ὠφελεῖ οὐδέν.

肉は死ぬ。故に、霊は肉を所有する……それはそうなのだが、アランはまだ生きている。彼は、人間業を超えたことを要求しているのだ。肉は復讐するだろう。彼の魂は、いや増しに緊密な融合を希求するだろうが、肉体は接吻を強く求めて魂を脅かし、嘆かせるだろう。——魂の飛翔が崇高なものであればあるほど、肉はそれを卑しめるだろう。

それに加えて、ありとあらゆる疑いが生じる。現実に倦み果てた気持が彼を自分の夢想の虜とし、彼はそこから出ることができないだろう。

行きつく先には狂気が待ち構えている。

☆

彼はそこから出られないだろう。

——かまうものか！　行きつくところまで行こう。

——母は言ったものだ。「生活を自分の夢に合わせることはできませんよ。アンドレは自分を人生に合わせなければならないのよ」と。

111 『聖アントワーヌの誘惑』第四部。プリスシラの科白。
112 『ヨハネによる福音書』第六章六十三。

だから、どうだと言うのか！　合わせることなどできないのだ。生活などに合わせることは！……
私は愚か者になってしまった。あなたがたが私に強制したのだ。（『コリント人への第二の手紙』十二）[113]

☆

月曜日

――「人生を自分の夢に合わせて送ることはできない」
かまうものか！　闘うのだ。闘いは美しい、たとえ勝たないにしても。勝つあてのない闘争こそもっとも気高いものなのだ。それに、そのような闘争にあえて身を投じた豪胆さのうちにすでに勝利の味わいはある。魂は事物の押し付ける拘束に抗議しなければいけない。自分自身と神にだけ従えばよい……それに加えて何かだって？　ヤコブは天使相手に闘った――しかも、りっぱに勝利を収めたではないか、肉体は傷だらけにされたにしても。そうなのだ。勝ち誇る魂のもとに辱められる肉体。肉は不平をつぶやくだろうが、霊の熱い信仰心によって馴致されるだろう。[114]
行為を管理する意志、これはもう相当によろしい。しかし、夢にまで導いていくとしたら――これこそ賛嘆に値する。意志に服する夢、そして夢の内の人生。
この私はなにごとによっても支配されることはないであろう。[115]
生よりも強く……また、死よりも強い。愛が死を打ち負かしたのだ。欲求を帯びた魂の懐く愛が。死ぬのは肉体だけだ。魂は活力が強い。

ποῦ σου, θάνατε, τὸ κέντρον ;
ποῦ σου, ᾅδη, τὸ νῖκος ;

おお、死よ！　おまえのとげは、どこにあるのか。おお、墓よ！　おまえの勝利はどこにあるのか？[116]
なぜなら僕は君を夢見ているから。――幻想の、なんと強力なこと！
すべてを支配する、しかも魂の情熱のみによって。
昂然としていなければならない。

☆

Philosophieren（哲学スル）

……我らの死すべき肉体のうちに、明らかにされるために。（『コリント人への第二の手紙』、第四章十一）[117]
私たちは明らかにするために生きているのであって、生きるために生きているのではない。――目的と手段、そこに違いがある。道徳とは、それ自体として求められるべきものと、私たちにとってはそこに到るための手段でしかないものとを、識別するところにある。
人生は手段でしかない。目的ではないのだ。僕は生を生自体として求めはしまい。
私たちは明らかにするために生きている。しかし、それは意志にもとづかず、無意識のうちに行われ、しかも私

113　ここでも、ジッドが明記した典拠は誤り。正しくは『コリント人への第二の手紙』第十二章十一。
114　『キリストのまねび』第三章十二、二十三。
115　『コリント人への第一の手紙』第六章十二。
116　『コリント人への第一の手紙』第十五章五十五。
117　『コリント人への第二の手紙』第四章十一。「私たち生きている者は、イエスのゆえに、常に死へと引き渡されているのだからである。それはイエスの生命もまた、私たちの〔この〕死ぬべき肉において明らかにされるためである」（青野太潮訳）

たちの知らない真理のためであることが多い。なぜなら、私たちは自分の存在理由を知らないのだから。

☆

——それに行動など、必要なのだろうか。
マルトはせかせかと働き、マリアはじっと観ている。ペテロとヨハネとが舟から岸辺に主の姿を見出した時、ペテロは駆けつけ——ヨハネは動かずに祈る。マリアは、あのマグダラのマリアで、ヨハネはキリストの愛弟子であった。

僕の魂よ、くよくよするな。祈りの数々を思い起こすがよい。

☆

あらゆる現象は、神の言葉だ。

現象が多様なのは見かけにすぎない。現象が、時間においても空間においても次々に現われるのは、私たちの理性にとってのことにすぎない。それらの現象の通り過ぎていく多様性を超えて、真理が顕われる。それらの真理は、現象によって説明がつき、発展する。私たちは、単なる観客にとどまらない時には、私たち自身もその意味を知らないままに、ひとつの芝居の役者になる。意志とは無関係にそうなるのだ。私たちは自分の行為の第二の意味を知らない。非物質の次元で自分たちの行為がどこまで延びていくのかを知らない。私たちの行為は私たちが思っているところには止まらないのだ。——魂のほんの僅かな振動も魂の周りの空間を長いことかき乱す。ほんの微かな叫びも非常に遠いところに反響を引き起こす。存在するものの間の神秘的な関係を変化させれば、かならず報いがある。一度始まったものは、けっして消えさらず、けっして死なない。すべては継続してゆき、無限に広がっていく——微動が音波のように拡大してゆく。

最初に歌われたある恍惚の歌、その繰り返し句が僕の魂を未知の憧憬へと誘っていくのだ……

☆

二十日、火曜日

敵は心中にあり。恐ろしいのはこの点だ。逃げ去ることはできない。不安に駆られ、さまよい、絶望する。——寝室に閉じこもる。ところが、敵も一緒に閉じこもるのだ。——そうなると、どうしてよいか分からず、惑乱する……あるいは、際限もない悲しみ、とても卑怯な投げやりな姿勢、すべてを終わりにしたいという気持。

罪は戸口で待ち伏せており、その欲求がお前を罪に誘う。しかし、お前は罪を抑えなければいけない。(『創世記』第五章七[118])

☆

水曜日

最悪の不安のひとつは、どうしてよいのか分からないことだ。誰も僕を導いてくれない、忠告してくれない、また、慰めてもくれない。

希求している目標が、人間にとって到達可能なのかどうか分からないこと——何もかも、病もそれに対する治療法も、一切分からないこと。未知の敵に、たった一人で立ち向かうとは!

僕はこう書いたのだ。

118　正しくは第四章七。

「ああ！　ああ！　地の塩よ！

僕は自分自身に怖気をふるう！　なぜなら、もし塩のききめがなくなったら[119]……　何よりも、皆の愛撫と、まさに彼らが知らずにいることを示す好意に満ちた言葉とを、逃れたい。そして、彼らの思い違いと、僕自身の病から来る孤独とに、同じように苦しむ。――誰にもそうとは知られずに！

おお！　たった一人で苦しむのだ！……

立ち直ることはできないように思われた。皆に、自分のずっと続けている努力を隠さねばならなかったのだから。ただ、たった一言の優しい言葉が僕を助け、闘いの支えとなってくれるだろうとは思っていた……

しかし、常に微笑を浮かべながら人生を歩みつづけること、おしゃべりをし、冗談を言い、自分の役を演じること。なぜなら、自分が死んでいくことを感じとり完全に死に絶えることを感知している魂の断末魔の苦しみは、誰にも気取られぬようにしなければいけないのだから。

自分の悲しい勉学を続けること、自分はいくつもの人生を生きることができると思っているような男の果たさねばならぬ愚劣な雑務のうちに時が過ぎ去っていくのを感じること、そして、実際には、明日にもすべてが終わり、深い闇のうちに崩壊するかもしれないと想像すること。おお！　完全に死に絶えるとは、主よ、憐れみたまえ！

こんなにも多くの歌が、倦み果てた僕の頭の中で、まだ鳴り響いているのに!!　唯一の望みは、大声をあげて絶叫することだ……　皆に聞こえるように！》

また、僕はこうも書いた。

《僕を責めさいなむ病に、他の人々が、僕の愛していた人々が、僕と同じように苦しんだかどうかを知るためになら、僕は惜しみなく何でも与えるだろう。――おお！　そうではない。僕は、彼等の視線のうちにそれを見、彼らの言葉のうちにそれを感じたであろう……彼らも苦しんだのならば、彼らは現にしているような調子ではそのことを口にしないだろうし、彼らが現に笑っているような具合には笑わないだろう！……

……それだからこそ、僕はこの本の中で、とうとう心のうちを思いきり叫びたくなったのだ。——自分一人のために——あるいは、もしそういう人がいるのなら、僕の苦しんでいるのと同じ苦悩を抱え、苦しんでいるのは自分ひとりだと思って絶望しているような人々のために。

そして、力いっぱい打ちのめすのだ、純潔を愚行のようにあざわらう者どもを、徳を弱さと見なして揶揄する連中を……

このようなことはあえて断言しなければいけないのだ》

子供の頃の僕は、すべてが言葉で言い得るものと思っていた！——ところが、言葉そのものが存在しないようなのだ。言語表現は中ぐらいの感動にしか役立たない。極端な感動はそれを表わそうと努力しても逃れさってしまう。何事においても常に過度な僕に、どうしてそれを語ることができるだろう。たとえ語ることができるとしても、どうして語ったりするだろう、あの人たちには分かるはずがないのに。——彼らは「頭がおかしいんじゃないか」と言うだろう。あざわらい、あきれたように肩をすくめて背を向けるだろう。……僕に大胆さが欠けているのではない。ただ、そういうことを語れば、僕にとって親しい何人かの弱者を悲しませることにもなるだろうし、ある人々にとって、僕はスキャンダルのたねになるだろう。……だから、そういう事を僕は魂のうちにじっと抱えているのだ。彼らが欲しているのは、知らずにいることだ。そうして、抹殺したつもりでいたいのだ。

とすれば、黙り込むこと、自分のうちに閉じこもり、他人には微笑をうかべていること。彼らは仮面の方を好む、しばらくそうしていれば、仮面を現実と思いこむ！

119 『マタイによる福音書』第五章十二。

されば孤独のうちに閉じこもり
されば絶望にこそ身を任せ……

§　容易なことだ、魂の最初の昂揚、自然に生まれる熱情などは。容易なことだ、最初の恍惚は！　今それを冒瀆する者の多くも、いくらでも体験したはずだ。
しかし、一度去った後に摑みなおした信仰、疑いが荒らし尽くした後に意志の再建した信仰……そしてその信仰を、理性が揶揄し、それに対して肉が荒れ馬のように逆らい、自惚れがそこに閉じこもることをいさぎよしとしない信仰を、高く保つこと……　それこそが高貴な信仰、自分を意識している信仰、意志にもとづく信仰なのだ。それこそが立派なのだ。

禁欲の苦行

——なぜなら、このような悪霊は、祈りと断食とによらなければ、追い出すことはできないのだから。[120]
霊《エスプリ》がたえず支配するように。一瞬たりとも足元を崩してはならない。それが燃えている限り、肉は服従する。——しかし、それが弱まらないようにおさおさ注意を怠らないことだ。——「誘惑に陥らないように、目を覚まして祈っていなさい」[121]夜になって、目前に幻想が現われると、おお！　獲物をあさってうろつく悪魔にインク壺を投げつけたルターよ！[122]

☆

二十二日、木曜日

肉を手荒く扱うべし。

苦行帯と苦行衣との剛毛は、魂を甘美なまでにくすぐる。断食で軽くなった頭は、極めて恍惚に近い眩暈を覚える。燃え立つ信仰心――そして肉が弱まった時、その時には力ない腰を鞭打つ冷水と濡れた下着、となれば、苦痛で神経は打ち砕かれ、肉体は一時鎮静する、――ああ！　こうしてついに、神々しい夢想のうちに眠りこむことができる。

自分を手荒く扱わなければ、あなたは自分に打ち克つことができないでしょう。（『キリストのまねび』第一章二十二）

☆

八月二十三日

かまうものか！　闇の中で繰り広げるこの闘いは実に崇高だ。――一対一で、取っ組みあうのだ。……そして、勝利を収めたのちには、誇らしい気持が傲慢なまでの陶酔をもって顔に出ることもある。この闘いはこちらを打ちのめすか不思議なまでに気宇壮大にするかの、どちらかなのだ。これは至高の試練で、僕を消耗しつくすか、さも

120　『マルコによる福音書』第九章二十九に「この類《たぐい》のものは、祈り以外の手段では出て行かせることができない」（佐藤研訳）とある。

121　『マタイによる福音書』第二十六章四十一。

122　マルチン・ルターがヴァルトブルク城に隠遁して聖書を翻訳中に、イエスや聖アントニウス同様に悪魔の誘惑を受け、追い払うためにインク壺を頭めがけて投げつけ、その跡がいまでも城の一室の壁に残っている、という伝説で有名。テオフィル・ゴーチエ『幻想小説集』の「オニュフリウス」にも語られている。

なければこの上なく昂揚させる。
私がそれに値すると認められたとは、主よ、なんと誇らしいことでしょう！

☆

二十五日、日曜日

主よ！　私は純潔です！　純潔です！　純潔です！

☆

二十六日、月曜日

魂《それ》が足枷をあまりに強く揺するので、足枷が壊れるか、さもなければそれ自体が壊されるか、どちらかなのだ。魂は天に誘われるが、天には到達しえない。常に一層崇高な跳躍を夢見て、自分を束縛している絆を忘れて、飛び立つ……そして、破れて再びたたまれる大きな翼から、精霊の風に吹かれて、羽根が舞い上がる。それは歌だ。血と涙とにまみれて、舞い上がる羽根——旋律豊かなこの羽根は。

☆

§　ああ！　彼らは気高い心の動きを求めるという！　高貴な生活を説く。*Sursum corda*（心を挙げよう）[123]、とのたまう。しかし、高貴な魂は、生まれ出たにしても、生きつづけうるものとしては生まれはしない。生はそのような魂を拒絶する。はじめから死の宣告を受けているのだ。
幸いにも、それはごくわずかしかない。そのような魂は滅びるのだから。

☆

あなたの僕《しもべ》たちは逝くのです、おお、永遠なる神、
闘いの神よ、兵《つわもの》はついに斃《たお》れるのです。[124]

――しかし、まずその翼を切り詰めなくてはいけない。これは、まず間違いなく、家禽なのだから。

それに、彼の霊を打ち負かすのは「精霊」ではない、また、ヤコブの天使でもない。それを栄誉に思ったりすると困るから。

そうではなくて、破廉恥のテクラ[125]なのだ。なぜなら、神は知者たちを恥じ入らせるために、この世の愚かなものを選び出されたのだから。[126]

☆

《*Continûment*（連続的に）闘わなくてはならない。》――*Continu*（連続した）と*continuel*（継続的な）というふたつの表現がある。――副詞形としては*continuellement*（継続的に）というが、*continûment*（連続的に）といえるだろうか。よく分からない――辞書が必要なようだ[127]……

123　『哀歌』第三章四十一。「天にいます神に向かって、両手を上げ心も挙げて言おう」

124　『詩篇』第十二章二。「お救い下さい、ヤハウェ。忠実な者は絶えたのです、信実な者たちがひとの子らから失せたのです」に対応か。

125　聖女テクラは婚約者との縁を切って入信し、聖パウロに従った。とくに処女の純潔を称揚し、貧者の治癒に貢献し、数々の奇跡を引き起こし、崇敬された。その名を引きながら、ジッドは、ピエール・マソンも指摘するとおり、ストリンドベリの『債権者』（鷗外訳によると『債鬼』）の女主人公を念頭に置いている。男から男へ心変わりし、男を骨抜きにする吸血鬼のような人物である。聖女と破廉恥な女を結びつけたところに、当時のジッドの女性観がうかがわれる。

126　『コリント人への第一の手紙』第一章二十七―二十八。

Douloureusement（苦痛のうちに）――誇張しすぎ、スペイン色が強すぎる――これは外側からいう表現で――内密の感覚に欠けている――*douloureusement*（苦悩のうちに）と言うべきだ。この方が秘めやかに泣く感じがよく出る。

☆

二十八日、水曜日

もっと喘ぐような、もっと叫ぶような、そして偶発的なことを、――しかたがないではないか！　あとで選別することにしよう。今まで書いてきたことはあまりにも《断片的》だ。自分を知ろうとする気持が強すぎるのだ。おそるべきは自己分析だ。

そうなのだ――情熱の叫び。言葉がそれを仕上げたりしてはならない。――とげとげしさや、割れた痕や、荒々しさが残っていることを、僕は望む。――そして、すぐには分からないような人に説明しようなどと気を使わないこと。D…が何と言おうと、全体像を示すものにすること。

それから、新しい心の動きに導かれるに任せて、それを既成の枠の中に納めようなどとしないこと。

☆

§　主語―動詞と属詞。

常にそこに戻っていかなくてはいけない。それは避けがたい関係なのだ。ただ、それだけでは満足がいかない。万事がこのように宿命的な従属関係にあるのではない。もっとニュアンスに富んだ相関関係も存在する。

この露骨な文章構造は従属関係を強調してしまう。そういう関係はほんのかすかに示すようにしなければならない。

色ではなくて色合い《ニュアンス》のみを[128]

とすると、ニュアンスは言葉と言葉との関係のうちにあり、センテンス全体の中にあるのではないことになる。

Kühl bis ans Herz hinein......

（心の底まで凍りつき）[129]

ふたつの本質の結合——完璧だ。

しかし尚、それにもまして、頭韻を踏む律動であり、総合文（ペリオッド）の波動であり、——断続的に呼び起こされる半諧音である。

そして、もし統辞法が反抗するなら、そんな強情っぱりは打ちのめさなければいけない。——思考を統辞法に委ねるなどということは、非常に卑怯だと思うのだ。

事物に譲歩してはならない。——

☆

127 ジッド自身が、エミール・リトレの仏語辞典をとくに愛用していたことはよく知られているから、手元に辞書がないとするあたりは、作者が自分の分身とも見られるヴァルテールとの距離を具体的に示すための細工。因みに、ピエール・ラルース『十九世紀大事典』（一八六六）も、リトレ『仏語辞典』（一八七三）も continûment を見出し語として採用している。また、アンドレ・ヴァルテールとアランの狂気の度が上がるにつれ、ここで外面的で強烈過ぎると言っている表現 douloureusement（苦痛のうちに）を用いるようになる。

128 ヴェルレーヌ「詩法」。

129 ゲーテ「漁夫」の一句。hinein は原典では hinan。水の精に惹かれて溺れる漁夫がテーマ。

あの遠くから来るような、あの穏やかな、あの重々しい声に、あの女《ひと》は
もはや黙ってしまったいくつものなつかしい声の調子をこめている。[130]

これこそ散文ではできないことだ。正常な韻律法をまもりながら、句切れは定石を無視している。しかし、服従はしないぞとみせて規則はまもっており、一風変わったリズムを際立たせる。

… Et calme, et grave, elle a
（…あの穏やかな、あの重々しい声に、あの女は）

この三度までも交互に繰り返される白と黒との頭韻法で、[131]確固として遠ざかっていくゆるやかな歩みが示される。ついで、最後の二語を捉えなおして、詩句は延びていく。句切れもなく、十四音綴の長い句として。

Elle a
（あの女は
L'inflexion des voix chères qui se sont tues.
もはや黙ってしまったいくつものなつかしい声の調子をこめている）

これは墓のかなたに地平線の引く漠たる線を、「**あの女**」の言葉のうちに垣間見たのである。しかし、散文では規則が必要だろう。まずそれを身につけて、その後で規則違反を犯すために。

☆

僕はピアノを弾いていた。――酷使されてピアノはすべての弦を震わせていた。振動が激しすぎたため、突然、線が一本切れた。――その金属弦の切りつけるようにはじけた音に身震いして、僕は弾く手を止めた。――その弦は黙り込んだ。しかし、協和音の波が音階の端まで波打っていくように、もっともかけ離れた倍音さえもが、苦痛のうちにかきたてられ、長いあいだ、応えるのだった。ついで、音波は空中に立ち昇り、さらに微妙に広がっていった。――すべてがふたたび眠りこむ。一瞬のあいだ引き裂かれた静寂はふたたび帳《とばり》を下ろし、僕を恐怖と孤独感とで包む。

僕は震えていた。沈黙した鍵盤上に、息絶えた一音の喪を呼び覚ますことを怖れて。僕は何か読もうと思った。夢見ようとした。――そして、今こうして書いていても、夜を通してたえず聞こえるのは、すすり泣く声なのだ。――断ち切られた竪琴の弦。

☆

雲のように多くの証人に囲まれているのであるから。[132]

〔『ヘブル人への手紙』第十二章一。〕

隠喩的、ユゴ[133]

130　ポール・ヴェルレーヌ「よく見る夢」（『サチュルニアン詩集』）の最後の二句。

131　フランス語ではeとaとが繰り返される。それを「白と黒との頭韻法」というのは、ランボーの「母音」の第一句、「A黒、E白……」によるか。

132　この先、「すべての重荷と絡みつく罪をかなぐり捨てて、私たちの前に置かれた競走を忍耐をもって走り続けようではないか」（青野太潮訳）と続く。

我々が夜の闇と思いこんでいるもののうちで、我々の周りには不可視の明かりが漂っている。魂は燭光のように光る。すでに死んだ魂、あるいは未生の魂。非物質の空間はこうした光にこまやかに震え——そして、人は、上は神にまでつながる無数の軍勢によって囲まれている……

（光が強すぎる、修辞、思いよりも大げさな言葉、——人間との関係において、——神秘のそれとなく感じられてくるような薄暗がりが必要なのだ）

象徴的…… 紺碧の原に、身を傾けて眺め入る大きい天使たち[134]……

☆

魂にも、同じように、共鳴の法則がある。ひとつの魂が震え始めると同一音を出すことのできるすべての魂が周囲で直ちに一斉に動き出す。精微な和音をなす振動に突き動かされるのだ。それらの魂は常に調和状態にある。——おそらくそれは数学的なものなのだ。——それぞれの魂は独自の音を立てる。なぜなら、それぞれに自分の倍音を持っているのだから。そして、神はつぎの点にそれぞれの魂を認める。つまり、非常に純度の高い水晶のように、もっとも優れた魂はこの上なく明晰な音を出すのだ。

そのようなわけで、僕らは時に神秘的な愛情の表現に感動を覚えることになる。それは空中に散在している和音が僕らの魂を震えさせるのだろう。精微な歌が、感覚には捉えられずに、魂のうちで、潜在している畳韻の可能性を呼び覚ましたということなのだろう。

三十日、金曜日

神の摂理が必要なのだ。神が存在するだけでは足りない、神が認めてくれなくてはいけない、いや、それでもまだ足りない、神が愛してくれなくてはだめなのだ。そうなれば、他の一切はどうでもよい。すべてのことを、ひとつまたひとつ、と犠牲にする。義務を喜んで果たそうという気持から、自分の幸福を切り詰めることは可能だ。そして、有徳の、崇高な人間になる。ごく僅かな人しかそれを知らなくても、それはそれでよい。――君さえ知っていれば、たとえそれがすでに死んだ君であっても、――いや、それすらどうでもよい。自己を完全に犠牲にするのだ。……しかし、少なくとも神だけは存続するように、他のすべてが破滅した後の、最後の逃れ場として――神がしっかりと見て、努力を祝福してくれること。さもなければ、彼の生は一切空無と化し、そうと分かった時には、物狂おしい驚愕の叫び声が暗黒のうちに響くだろう。

「永遠なる神よ！　永遠なる神よ！　何度私はあなたに向って叫び声を上げたことか、子供が父親に救いを求めるように。しかし、あなたは答えてはくれなかった」[135]

恍惚の三段階。

「わが手は夜差し伸べられて萎《な》えず、
わが魂は励まされることをこばむ。
私は思い起こそう、神を。そしてうめこう、

133　ピエール・マソンに従って、ヴィクトル・ユゴの『オードとバラード』*Odes et ballades*,、「旅人よ、知っているか、なぜ、翳をはらって／暗い夜に無数の明かりが輝いているのか」（I, VIII）のこだまを聞こう。AGRRI, p. 1256 参照。

134　前注同様、ここにもユゴの「微笑を浮かべた天使たちは身を傾けて彼の本を覗き込む」『静観詩集』*Les Contemplations*, I, XXIV の影が見られる。

135　『ヨブ記』第三十章二十。

思いに沈もう、わが霊がおとろえ果てるまで[136]」

永遠なる神よ！　主よ！　ああ、どうかあなたの存在を示してください。――長いあいだひざまずいていると、魂が祈りの新たな抑揚を探しているあいだに、体は不安に捉えられているのです。そして、魂は永遠に独り言を続けているのに仰天することもあるのです。――おお！　耳を澄ませて何も答えてくれないのを聞くこと、ただひたすらに信じること。安心させてくれるものの一切ない信仰。――待ち、祈り、この期待すらすでに自分を迷わせるものであると承知していること。――そして、それらの一切にかかわらず、なおも祈ること、なぜなら、もしかしたら……

§　対案第一……*ὠρέξατο χερσὶ φίλησιν, οὐδ᾽ ἔλαβε.*

（彼は両手を差し伸べたが、何も摑むことはできない[137]）

あるいはまた、魂は錯覚して幻影を懐きうるとしても、肉体の方が何も抱擁できないことに絶望し、魂までをも悲嘆に暮れさせる。――《*Noli me tangere*》（私にしがみつくのはやめなさい[138]）……主よ！　私には我慢できません。あなたにさわらないではいられないのです。全身があなたを待ち望んでいる。あなたを希求して私は苦しむ。夜、私は両手を差し伸べるのですが、何も摑めぬままに空しくふたたび手を閉じる、私の手は絶望して組み合わされるのです……　私を憐れんでください、私はほんとうに不幸せなのです！

§　第二案。あるいはまた、賢く祈禱し、神を夢見ることから何も気を散らさないように、手で目を蔽う。自分のまわりに神を感じる。――……そして、急に振りかえり、自分がひとりきりであることを感じる。――これはまた実に陰湿な愚弄だという気持……いやいや、そうではない。気を取りなおし、恍惚感をふたたび得ようと思う。――さらに強く、声を出して祈る。しかし、出てくるのは疑いだ、皮肉だ、精神は憔悴し、神経は引きつる。そして祈りは、かすかにつぶやく唇の上に絶え入りそうになる。――さあ、今夜はこれで終わりにしよう。自分の神を得ないままに寝なければならない。もう、二時だ。ああ！　たえず**不可視の神**を求めることに僕の頭は倦み疲れている！　――そして今は、涙を流すこと。……すると理性が魂を馬鹿にしてひそひそ囁く、「お前はそんなに長いあいだ祈ってはいけなかったのだ。俺はうんざりしてしまうぜ」、と。

☆

アラン。
彼は宗教にそれが与えることのできる限界以上のものを求める。それゆえに彼は衰弱し、疑いにさいなまれるのだ。

――恍惚の真っ只中の疑い。
《そして、もはや、何も分からぬままに、ひざまずいていること……　等々……》
――宗教心に対する食べ物の影響――人為的恍惚――不可避の媒体としての肉体――神経的原因。
（書き上げること）

☆

しかし、それと同時に、やっと恍惚状態に至った時には、なんという歓喜を覚えることか、それは、辛抱強く努

136　『詩篇』第七十七篇二―四。
137　『イーリアス』第二十三巻、九十九―百。アキレウスが死んだ友パトロクロスに空しく手を差し伸べる場面。
138　『ヨハネによる福音書』第二十章十七。イエスがマグダラのマリアに言った言葉。

力したことに対する甘美な褒美のようだ。祈りに憧憬が続く時、一夜を熾烈な闘いに過ごした後に祈禱文の繰り返し句に揺すられて明け方になってから眠りこむ時。

☆

九月一日

アランは夢見る。

《エマニュエルただ一人というのではない。母もまだいるし、リュシーもいる。僕の愛したすべての魂が僕の周りをさまよい、僕を見つめている》

彼はそれに強い歓喜を覚える。自分の孤独になつかしい眼差しをした今は亡き人々[139]を住まわせているのだ。この思いが彼を支えるように。

父なる神よ！　私のいるところに、あなたが私に遣わしてくださった者が皆いるようにしてほしいのです[140]！――おお！　それに値するものであること！　闘いに勝った後、彼らの優しい微笑が闇を照らすのを感じられるように。あの人たちがそれを喜び、もっと後になって、お前はよく闘った。――神は――あらゆることにおいて――お前が忠実であることを認められた、と言ってくれるように勇敢であること。

☆

二日、月曜日

夜、鏡に向って、自分の姿に眺め入った。闇から立ち現われたように、繊細な姿が形をなし、固定する。まわりでは、光を浴びた影の中で、闇が一層深みを増す。僕は鏡に映った姿の目を自分の目でぐっと覗きこむ。そして僕の魂は、この二重の現われのあいだを、定かならぬ態で浮動する。ついには、呆然としたように、どちらがどちらの反映なのか、この**僕**こそが映像で、実体のない幽霊なのではあるまいか、と疑いだす。この二者のどちらが眺めているのか分からず、まったく同一の眼差しがもう一方の眼差しに応えているのを感じとって。目は、互いに覗きこんで、延びていく——そして、彼の深い瞳のうちに、僕は**僕**の考えを探す……

アランは鏡の姿《イメージ》の上に大きなシーツを広げてかぶせた。——イメージはその下に捉えられている。——もう見えない。——しかしシーツの下で、鏡のガラスの裏に、それがまだ生きているのを僕は感じる。——その眼差しが恐ろしいので、僕は蔽いをあえて取り除けはしないが、背を向けると、それが僕を見ているのを感じる。背中に息を感じるのだ。

激昂して、アランはそのイメージを引き裂きかねない。——ただ、そんなことをして幽霊に穴をあけ、打ち砕かれた表層の下に空無の現われるのが恐ろしいので、彼は思いとどまる。

☆

幻覚——テーヌ。[141]

神経の中枢が動揺させられるだけで十分なのだ。その場合、神経中枢を揺すぶるのは、感覚つまり外側の知覚だ

139　ボードレール「妄執」#（『悪の華』七十九）の最終句。

140　『ヨハネによる福音書』第六章三十九。

141　ジッドは芸術創造上の想像力の働きと幻想・幻覚とを同一視する趣のあるイポリート・テーヌの理論を知っていた。フロベールは、テーヌに宛てた書簡（一八六六年十一月）で、自分の経験に基づいて、芸術創造につながる幻想と病的幻覚とは、深淵によって隔てられた別物であると述べている。さらに数日後には、創造的想像力と意志の関係にも触れ、自分は意志によって創造的幻想を引き起こそうと試みたが成功しなかった。意志は幻想を厄介払いするのには有効だった、と言う。その点、ヴァルテールとは異なる。ジッドは、フロベールの書簡に関心を持ち、読書ノートによれば、本書執筆中の一八九〇年七月から、出版後の一八九一年にかけて、断続的に読んでいる。

けではなく――イメージをそれらの感覚によって作り出す内側の意志も作用する。

長いあいだ、意志は自分を鍛え、実行してみるが効果は得られない。なぜなら、意志は自分を意識しすぎており、努力という考えをなかなか排除できないからだ。しかし、突然、思ってもいない時に、このゆっくり続けられた鍛錬によって身についた習慣のお蔭で、はじめは故意に引き起こしたのだが今では自然なものになった連鎖反応によって、――喚起しようと望んだ映像がおのずから現われてくる。

黒いヴェールをかぶった君が、夕暮れに、僕の枕もとで肘をついているのを、僕は見た。影のように、沈黙していた。君の頭は、倦み疲れたように、手に支えられていた。――頭は、未亡人のかぶる縮みのヴェールに蔽われていた。

身の毛がよだった。するとその姿は消え去った。

五日、木曜日

「かくも快くかくもかぐわしい花に接吻すれば、どんな痛みもすっかり癒されてしまう。(どれほど悲しい目にあっても、この接吻を思い出せば、楽しみや喜びで満たされないはずがない。)ところが、薔薇に接吻して以来、わたしは数々の苦しみをなめ、幾晩もつらい夜を過ごすことになったのだ[142]」


君の愛撫を思い出して、心を悩まされる……

あれは夕方だった。ピアノを弾いていると、その脇へ、君が聞きに来た。――そして、ほら、君の手が、ひんやりとした君の手が、優しく僕の額を愛撫する。――どうして？

今夜はあんまり暖かいので、僕は泣いてしまう。空気の愛撫が君の愛撫を思い出させたのだ。額に置かれた君の手を思い出し、今宵、僕は魂の底まで物憂い思いに捉えられる。

☆

金曜日、六日

白い外套、白い肩衣[143]……その下で、常に閉ざされた心の中で、常に無言の生活の中で、激しく動いているものを誰が知ろう。すべては、人と神とのあいだで起こるのだ。そこに繰り広げられる崇高な闘い、至高の熱情は、一切、外には表われない。

カルトゥジオ会修道僧たちは祈った。やがて、死が来て、彼らは憩う。

今は、徹夜の祈禱だ。真夜中、明かりを灯した礼拝堂で、回廊の暗いアーチの下で、修道僧は聖歌を歌う。僧院の聖なる静謐よ！　修道院の憩いよ！　回廊の安らぎよ！

「ひざまずいて祈り、闘うことなき者は、幸いなるかな[144]」

☆

九日、月曜日

早朝に起きる。曙は光に満ちている。——朝の祈りの爽やかさ。夜遅く寝る。夜毎の平穏はよき忠告者だ。

142 『薔薇物語』三四六〇—三四七五句。篠田勝英訳、ちくま文庫、二〇〇七年刊。
143 カルトゥジオ会修道僧の衣装。
144 ルコント・ド・リール『夷狄詩集』「カイン」三四〇句。

――静かな刻々は悦楽に満ちている。

単調な昼下がりの退屈を避けるために、日中に寝ること、暑さの耐え難い時刻に。あるいは、夕刻に眠りこむこと。そして、鈴の音が、突然、真夜中に、眠りを破る。起きあがり、すぐさまひざまずく。その時、祈りはとても純粋だ。精神は、夢で働きが鈍くなり疑うことを忘れているから。読み、働き、朝を待つ。――そして曙が来ると、おとなしくまた眠りこむ。

☆

これが、この三晩、僕のしたことだ。床についた時、空は薔薇色だった。

水曜日

視覚だけが幻覚を覚える。聴覚も時々――ただ、触ろうとすると、幻は消え去ってしまう。

君の影を捉えられないとは！　僕はこの孤独に凍える。心の中で、魂の中で、愛情の欠如に寒くて身震いするような具合なのだ。おお！　君にすがりつき、君の足元に座り込み、君の暖かさに包まれて、君の服の深い襞の中で、君のひざに頭を凭せかけ、額に君の温かい息の優しさを感じること。

☆

十二日、木曜日

おお！　何か言ってくれ！　愛する魂よ。――僕はひとりきりなのだよ。――そして、僕を導いてくれるものは何もないのだ、困憊しては萎《な》えてしまう相も変わらぬこの信仰を除いては。愛にふたたび生気を与えるものとして、忠実な自分の魂の熱意以外には何もない状態で、思い出と期待とだけで生きるなんて。

おお！　なんとか言ってくれ！　僕によく分かるように。

☆

夜の数刻

夜、窓から身を乗りだして、空気を！　ああ！　息が詰る。――空気を！　ああ！　熱があるのだ。――冷たい空気を、ああ！　喘ぐ僕の胸をすっかり冷ましてくれ。頭が燃えるようだ、ああ！　額を窓ガラスに当てて、手のひらをしっとり濡れた壁石に置こう。――ああ！　やっと息がつける。

肉体が汗を流し激しく喘いだのちに、ゆったりと広がった夜蔭のもたらすメランコリックな鎮静――小康状態。

――もっと夢見がちにしてくれないか――君、無言の友よ、――君の群雲から流れ出る蒼褪めた君の光に向って想いを馳せるように。

――もっと放埒にしてくれないか――遥かかなたにいる君よ――君の発する微光が銀色に彩る大雲のゆるやかな曲線に寄り添っていくように。

――もっと恍惚とさせてくれないか、欲求を和らげられたというよりは、もっと夢見るものにしてくれないか――君の沈黙によって――無言のひとよ――君のおぼろな明るさに向かって。

そうなれば、君の子守唄にあわせて眠ることになるだろう。

夜、窓から身を乗りだして、僕は、ゆったりと広がった夜を、ロマンチックな月光に照らされた影たちの蒼白い魅惑を、眺める。

おお！　魂が知ったら……

静寂。――

＊＊

魂はそれを知ると、叫び立てた。

「堕落した肉体よ――なお一層、呪われてあれ。おお、呪われた者よ！　お前は、呪われているがよい！」

それから、魂は、もはや祈りの言葉を見出せないので、呻き声を上げた。――そしてまた、祈るための言葉が、おぞましい愛撫をあのようにも激しく求めた同じ唇から発せられなければならないことを嘆いた。言葉は通るときに穢れてしまう。祈りはもう立ち昇らない。

魂は言う。

「そうなのだ！　そうなのだ！　私はお前をまた失ってしまった、新鮮な真っ白な純粋よ、あんなにも辛苦を重ねて取り戻したというのに。数々の約束も、すべて往ってしまった。そして、お前を愛情に満ちた思い出として呼び戻したのに、それもみんな往ってしまった、往ってしまった！」

それから、魂は自分を責めた。

「何故、お前まで往ってしまったのだ、ふらふらとさまよい出て！――いつもながらのお前の夢想を追っていったのだな！　お前は、肉体のそばに留まって、見張っているべきだったのだ。――今になって恥ずかしいのだろう。ぐじぐじと嘆いて、泣くがよい」

そこで魂は嘆き、且つ泣いた。なぜなら魂は自分がふしあわせだと思ったので。

☆

十四日、土曜日

一晩中祈った。ひざまずいて、振り向きもせずに。眠り込む気になれないのだ。――おお！　暗闇の恐ろしさよ！　それは消え去ったすべての影像の喪なのだ。かつて僕が加護を祈った証人たちのもたらす恐怖。――隠れること……おお！　この世のか弱い子供に対して怒りたつ彼らの眼差しは、どうだろう！　なんと悲しそうなのだろう、彼らの眼差しは！　なんと悲しげなのだろう！――皺を寄せた彼らの額の穏やかさは……

一晩中、僕は泣いた。涙は敬虔だ。数多くの罪を犯し、恥じ入っている時に、あえてあげることのできる唯一の祈り。

おお、暗闇のうちにこぼれおちる涙……

☆

彼は自分の呼び起こした群がるような証人に恐怖を覚える。

「永遠なる神よ、私を憐れんでください！　私は夜が怖いのです！　あの人たちは往ってしまった、私の愛する人たち、私の徹夜の祈りに立ち会っていた人たちはみんな往ってしまったのです。――私はたったひとり残された、あの人たちは私を見捨てたのです。私は夜が怖い。夜のしじまは、さまざまな危険を思い描いてわなないているのです。私は振り向く勇気もない。怖いのです！　怖いのです、神よ。――おお！　私は子供です！　幼い子供なのです」――彼はすすり泣く。

……なぜならそれは十分な光を持っておらず、それが物に示す愛着はみんな病んでいるのだから。（『キリストのまねび』第三章五十五[146]）

仕事をしなければいけない。

☆

九月十五日

事の運びはいつも同じである。精神が昂揚する、夜を徹して見張ることを忘れる、肉体がまた堕する。目を覚ます。ついで、悪しき雑念を紛らわすために過度に仕事をする。仕事で疲れる、こんなことをしても徒労だ！　と思う、祈る、恍惚を求める。――そして同じ過程が始まる。

何回かこの経過を繰り返すと、もはや驚くこともない。まったく絶望せざるを得ない。ただし、これは単なる循環運動ではない。常に広がっていく螺旋運動なのだ。その輪は中心から次第に離れ、拡張してゆく。跳躍はさらに乱暴になり、飛躍はさらに物狂おしいものになる。

☆

十六日、月曜日

彼は考える。
ルソーは十八時間も仕事をした。――
バルザックは夜の十二時から朝の八時まで。――

フロベールは……等々。

彼は徹夜しようとする。――肉は弱い……（見事なものさ）。抵抗しても、どうしてもやってくる眠気を語ること。――テーブルに肘をついて彼は眠りこむ……

☆

《倦み疲れた僕の頭で》

火曜の夕べ

肉体は言うだろう。

「さあ、私たちをエジプトに連れ戻してください！　あちらでは滋味たっぷりの玉葱を食べていた、私たちは豊かに暮らしていたのです。――それなのにあなたは私たちを水もなく不毛な砂漠にさまよわせる、ここでは何もかも不足していて、私たちはさまざまなことに苦しむ[146]」

……嘆きがちな肉体のうちで、かつて味わったかずかずの官能の喜びがまだすっかりは眠りこまずにこだまするのだ。そこにはなおも、繰り返し句が消え去らずに残っていて、また呼びかける。――するとイメージが立ち表われる。人を堕落させるイメージが、意に反して呼び出されてくる。

☆

145　「それ」とは「自然に備わっている理性」la raison naturelle. アダム以来、悪に傾いていく自然の本性のうちで、わずかに残っている理性、の意。ここで光とは「真理の」光。
146　『出エジプト記』第十六章三、『民数記』第十一章四―六。

形而上学的瞑想。

「時間と空間とは人間の理性にとってしか存在しない」[147]——身を乗りだしてこの深淵を見つめ、眩暈に達するまで凝視すること。過ぎ去った悲しみのゆるやかな魅力。——現在の苦痛は、すでに遠く去ったものとして思い浮かべ、それで苦しんでいる自分を、苦しんでいるのがこの自分だとは思わずに眺め、それを、苦痛の思い出でもあるかのように、甘美な悲しみに転化させること…………………諸々の現象の生み出す幻影。なぜなら死は生き延びている理性にとってのみ偶有性にもとづく出来事なのだから。魂は、死の直後に、もはや死に気づくことなく、死を忘れる。過去の記憶は死んだ理性と共にいってしまったのだから。魂は死を通り過ぎる、無関心のままに。

変わるのは、体だけだ。体は、塵埃に戻る。——(それも現象としての話だが)。死は結論ではない。物語《ロマン》はそこでは終わらない。そもそも、どこかで止まるなどと誰が知っているのか。……それが生と共に始まるのかどうか、誰に知れよう。——ある時点で始まるものなのかどうかさえ、分らない。——魂が永遠に旅を続けるものではなく、また、たえず新たになり流れ去る形態を通して、数多くの生を通して、その本質を表明するために、不安な移転を続けるものではないなどと、誰に言えよう。……もしかしたら、現世以前に経たすべての生が、魂にこの無限の倦怠を感じさせるのではあるまいか。——あるいはまた、魂はまだごく若いのかもしれない。それで、このように無限の欲求を懐くのかもしれない。

ああ！　いつになったら知ることができるのか！——ああ！　解明はいつ来るのだろう！　なぜなら今日に到るまでおなじ覆いが顔を蔽っているのだから。——しかし、いつの日か、私たちは、私たちがはっきり知られていたように、はっきり知ることができるだろう。[148]

§　そうなのだ！　しかし、私たちが知る時、私たちはそうと気づく理由もないのだ、そうしたいと望む必要もない。私たちはそうではないかなどと思うことなしに、驚いて魅了されることもなく、ただ知るだろう。それに気がつきもしないだろう。あまりにも長いあいだ未解決の状態にあったひとつの和音が解決されたのだが、もはやそれを聞く耳がない、というようなものだ。——そして、私たちは、立ち昇る偉大な光明の耀きを見る目を、もう持たないだろう。私たちは、無限の幸福に浸るのだが、それを私たちに感じさせることのできる唯一のもの、つまりこの自我の苦痛に満ちた抵抗はもうないであろう。

§ 対案。驚嘆すべき涅槃。そこでは《我》がすっかり溶けてしまい、悦楽に深く浸かりこむのだが、自分が消滅するという意識だけは意志して保ちつづけるだろう。それは官能の歓びを通じて感得される空無とでもいおうか。

⁂ 抽象的思弁。風を追う、幻を追いかける——おお！ 生きているあいだに、生のかなたの物象を蜃気楼のように思い……

☆

十八日、水曜日

何よりもこの熱意が冷めないようにしなければいけない。——さもないと、すべてが、すぐに、また崩れ落ちてしまうだろう。そんなことは考えもしないようにしないといけない。彼の全生涯が空無であったという考えが僕の魂にふと浮かんでくると困るから。——魂が、新しい恍惚をたえず求めて、常に燃え立つようにしておかなくてはいけない。

木曜日

147 カント『純粋理性批判』の考えに対応。

148 『コリント人への第二の手紙』第三章十四、及び『コリント人への第一の手紙』第十三章十二にこれに対応する文章があるが、完全には一致しない。

過度に仕事をしている。『アラン』は進展している。すばらしい！　それに毎日新しい創作計画が生まれてきて、すぐにも書きたくなる。――特に哲学的コント、つぎに「「避難所」論」――「さまよえるユダヤ人」という詩……

思考があまりに生き生きと活動しているので、眠りこむ時には、まるで体が痛いように苦痛を感じる。あたかも生存中断といった感じなのだ。そう思っただけで耐え難くなる。毎日床につく時刻を遅らせる。――そして、暗くなるとすぐに、恐ろしい不安に捉えられてしまう。眠りこみたくないのだ。ただ理性は眠るべきだと言う。徐々に思考は止まる、緩慢になる。――思考は絶え入りそうになる。しかし、生が何度か躍動して、まだ長いあいだ思考を奮い立たせる。――ゆるやかに意識を失っていくのをあまりに強く感じるので、恐怖を覚えるのだ。――そうでない時には、苛立たしい妄想がつきまとう。

眠りたいと思っても眠れない夜がいずれは来るだろう。

***音楽。シューマンとバッハだけ。――（ワグナーは圧倒しすぎる）。――諧調にまつわる強迫観念。

バッハでは、執拗なフーガ。――シューマンでは、小節の区切りを乱暴に破り、拍子を無視して続く頑固なリズム。それから、強度の不安がやってくる。――低音部はシンコペーションで抗議し中高音部は引き裂きあう。そして、ようやく各声部が調子を合わせると、何やら倦み疲れたものが残り、苦痛を覚える。

日曜日

それはつぎのように始まる。

夜のしじまのうちに、横になり、蠟燭を吹き消すとすぐに、眠気のかわりに出てくるのは、ひとつの旋律だ。その旋律は、短くて単純なもので、フーガに仕立てることができる。まず初めには、単純に発展し、やがて反復する時には、こだまのように、最初の旋律と並行する隣接声部がカノンの形で発展する。それから三番目のが三小節目で接続され……四番目のも乗りだそうとする。それは、一番目の旋律に絡みつく。同音であるが、音色が異なり、僕には聞き分けられる。――それぞれの声部が急ぎ出す。――すべてがこんがらがる。――やりなおさなければならない。――最初のが装飾音を試みる、二番手が続く、それから三番手……――一番目のが速度を上げる――他の連中がスケルツォで追いかける……やがて、それは耐え難い強迫観念になる。僕は起き上がり、それを押し隠すために、ピアノで手当たり次第に和音をいくつか激しく叩く。――すると、苛立たしい旋律がいやがうえにも強く鳴りだして、叩かれた和音にぶつかり、**現実に**不協和音を立てる。

――あるいはまた、半音階進行が、僕の意に反して、止めようもなく、何オクターブも何オクターブも昇っていく。

夜毎に、新しい強迫観念がつきまとう。

昨夜は――ひとつの音階が、許容しがたい高さに到るまで全音域を駆け巡って、限りなく逃れさっていくのだった。それはなおも動きを続けていた。が、出し抜けに跳び下がって、もっと低いところから、もう一度上昇を再開しなければならなくなる。――しかし、どこへ？　その音階は断ち切られなかったようだったのだ。――そして、僕の注意ぶかい耳は、一体何音程跳び戻ったのかを正確に捉えようとして、苛立つ。――動きが速すぎる、躍起になって急いでいく――僕は引き止めたいと思う――しがみつく――やっと、その動きが僕を目くるめく自失状態に引きずり込む。眠気が来る――

＊＊＊　二重音韻――最後の句は韻律がはっきりしないままにある。それに先立つ二音綴は浮動している。前に勢いよく上がっていったふらここが、なんとなく停止して、やがて落下運動で下がってくるように。それは微風に揺れ動く枝の感じを出すためなのだ。――

☆

《眠れ、眠れ》

しだれ柳、絹柳、僕の頭をやさしく巻いてくれないか。
ゆるやかにゆれうごく細枝をゆったりと広げておくれ。
　揺する息吹は、おお！　なんとひめやかなものではないか、
枝葉の奥の暗い神秘の蔭で。――投げかけておくれ
　お前たちの木蔭の愛撫を。

⁂

僕は苦しい、僕は眠い。水のやさしいせせらぎよ、
流れゆく水のせせらぎよ、そっと歌え、とりとめもなく歌え、
　お前たちの細い流れのささやきを。
逃れ去るものを――僕のこころは聞いている、時を忘れ、
　刻々の流れ去るのをいつまでも聞いている。

⁂

眠りこんでしまいたい、愛しい君よ、君の愛撫のもとに、
はじめてこころを打ち明けた、はるかな想いに身を任せて。
　喋ってはいけない、ただ、ゆだねるように、

君の手を、ひんやりした手を、僕の手に。——こうして
　夢のまにまに、君の姿が戻ってくるように。

「投げかけておくれ」*lancez* は最低だ。こんな唐突な言葉では、つぎの愛撫が不可能になる。

☆

二十四日、火曜日

『アラン』の中でうまく書くためには、思考が常軌を逸する微妙な時を、まず自分の身のうちに観察しなければいけない。この〔一字空白〕の特徴は、それが感じられないということだ。しかし、意志をぐっと集中して、それが感じられるようにしなければいけない。——夜の静寂と暗闇の中で、僕は自分の考えが次々と繋がるさまを追った。

——これは、実に面白い。ある警句《アフォリスム》を出発点にして、僕は自分の思考がなんの拘束もなくさまように任せる。

——そして、考えがこれは面白いなという考察に到った時、僕は最初の警句とこの最後の考察とをもっともらしく関係づけ結びつける細い糸を辿って、考えをひとつまたひとつと溯る。さらに、僕は、並行して、同時に、ふたつの思考の連鎖を追うように練習する。観念連合は、その場合、実に奇妙なものになる。結びつけられた諸観念のふたつの体系が不断の関係を保ちながら進展するのだ。

☆

水曜日

よし、まさにそうなのだ！　精神は病的になる……（観察すべし）。

精神はもはや観念を追い求めようともしない。その間ずっと、いくつかの言い回しやら規則的に畳韻法を踏む詩

句やらを口ずさんでいる……それから、努力をして観念のあとを追ってみても、精神は自分の考えていたことすら思い出せない。――空を摑むような印象――しかし、そのあとでは、とても深い疲労を覚える。

（森の木蔭で）金曜日

精神は休まなくてはならない。

昨夜は、ほとんど眠らなかった。思索があまりに強烈だったのだ。とてつもない遠歩きと強烈な疲労とを夢に見た。様々な映像《ヴィジョン》のいっぱいに詰まったひとつの夢では、黄金色の平野や谷の斜面が続き、柳が影をなす川の流れが遠くまで延びて、涼をもたらしていた。そして、その川の中には＊＊で見かけた子供たちがまた出てきた。子供たちは、水を浴び、ほっそりした上体と日に焼けた手足とを、包み込むような爽やかさに浸している。――僕は自分が彼らの仲間でないことに憤慨していた。なぜ僕は、彼ら街道のろくでなしのひとりでないのか。連中は、一日中、日光を浴びて作物や家禽を盗み回り、夜ともなれば寒さも雨もおかまいなしに、壕のなかに寝そべり、熱が出れば素裸で冷たい川に跳びこみ……しかも何も考えないのだ。

そこで今朝は、五時から外を歩いていた。川に沿って行くと、水面には岩と見渡す限り続く森の巨木とが映っている。すべてがしめやかな霧に沈みこんでいるが、霧は蒼褪めた色調をかもしだし、谷間に神秘的な深みを与えてこころを誘う。太陽は広がった霧にまだ隠されていて、大地は雲間に浮いているような感じだ。大気に愛撫されて僕は気も狂わんばかりに酔っていた。まるで精神が錯乱しているような状態で歩いていた。研ぎ澄まされた感覚が異常なまでにふるえ、恐ろしいほどだった。さまざまな色彩は僕を喜ばせると同時に、じかに触れたように傷つけもした。

僕は露で重く垂れた低い枝の下を駆けだした。通り過ぎる時、枝から額に露が滴り落ちるのだった。僕は泥酔した者のように進んでいった。耳には、「ハ短調」の猛り立つスケルツォが、オーケストラのトゥッティのように、鳴っていた。
森は、さらに高く、さらに崇高に、開かれた。葉叢の下は洞窟の中のような冷気が漂い、大聖堂にふさわしい瞑想を湛えていた。限りない心の昂揚に僕は震え、唇には詩句が溢れ出てきた。僕はそれを声高く歌った。孤独を痛いまでに享受していた。それは愛する人々への想いでいっぱいだった。——目の前で、子供たちのしなやかな姿が、はじめはためらいがちに、揺れていた。彼らは浜辺で遊んでいるのだが、その美しさが僕につきまとうのだった。できることなら、僕も彼らのそばで水浴したかった。そして、自分の手で、彼らの茶色い肌の柔らかさを感じたかった。しかし、僕はひとりだった。そこで、強い戦慄に襲われた。夢がとどめようもなく消え去っていくのに、僕は涙を流した……

……歩いて海辺までいった。

土曜日、ル・P＊＊＊で。

一日中、彼らを笑わせた、抱腹絶倒させたのだ。やがて、夜になった。ひとり寝室に戻った。僕は腰を下ろした、精神がまったく働かないままに。
すべてが眠りに沈みこんだ。僕はひとりだけ眠らないでいるのだと思った。真夜中だった。明かりはつけてなかった。外では風が海上を吹き渡っていた。すると、あんなに陽気にふるまったのはいかにもわざとらしい行為だったという思いに胸がむかつき、それが唇の先までこみあげてきた。頭はすすり泣きでいっぱいだった。この悲しみにうち沈んで、揺すられるままに、シーツに顔をうずめて、僕は子供のように泣き崩れた。錯乱していたのだと思う。考えが次々に吹き寄せて、風が麦の穂を吹いて靡《なび》かせるようにやってくるのを感じていた。それがあまりに強烈なので、頭がひどく揺さぶられ、恐怖に捉えられた。とうとう気が狂うのだと思った。

そこで、起き上がった。部屋の中を歩こうと思ったのだ。裸足だった。激しい戦慄が襲ってきた、実に甘美な戦慄だった。海の面を突風が駆け回り、廊下では風が蕭々と鳴っていた。外を見ると、喪にふさわしい薄明かりが万象の上に広がっていた。遥かに遠くまで見えた。どこにも色調というものがなかった。海はかたわらで荒れ狂い、浜も波も鼠色だった。黄昏時の、死に絶えるような鼠色だった。寂しかった。死んだ太陽が万物を喪に服させているように。――おお！　黄昏の喪のヴェールよ。

そして波たちは、死んでしまった陽光と今は亡き光のことを、あの世のもののような声で語り合っていた。

僕のこころは、倦怠で凍りついていた。

三十日、月曜日

そんなことはすべて、滑稽な時間の浪費だ。――そして、少しも休息させてはくれない。僕はもう眠れない。――どちらが速いか、競わなくてはならない。

☆

十月一日

『アラン』。――作品は完了しなければならない。――しかし、発狂は差し迫っている。

ジレンマが生じる。――

休息する？　――それは地歩を失うことになる。――それに、狂気の歩みを妨げることにはなるまい。――第一、僕は休息などできない。

では、急いだらよい！　猛烈に仕事の速度を上げるのだ。——しかし、それだけ狂気の来るのを早めることにもなる。

出口はない。

仕方がない！——無我夢中で競うことになるだろう。

☆

十月二日

おお！　何か残すこと。——完全には死なないこと。『アラン』が完成しないか、あるいは僕があまりに早く狂気に陥る場合、その時にはこのノートがある。

ここにはっきりと書いておく。

この二冊の手記はピエール・C＊＊に贈る。僕が発狂したら、死後に僕の思い出をけがすまいなどと、いたずらな気遣いをせずに、ぜひとも公刊してくれるように。……もっともこの手記もすでにあまりに狂気じみているという場合には、話は別だ。——その場合には、ピエールの判断に任せる。

彼女が恐らくそう望んだであろうように、一冊は白、もう一冊は黒。君も大好きなベナール[149]の水彩画を挿絵にしたいと思っていたが、実現する方法はないだろう。それはそれだけのことだ。

149　Albert Besnard（1849－1934）は印象主義の風景画、ソルボンヌ、プチ・パレ等建築物の装飾画などで知られる。ジッドはアンドレ・ヴァルテールを執筆している頃、隣人としての付き合いがあった。

手記を出版するのなら――『アラン』はピエールが手元にとっておくように。――刊行するのは、どちらかひとつだ。

彼には、この一切について感謝している。

十月四日

狂気への競走。――どちらが先につくか、アランか僕か。僕はアランに賭ける。自分のほうは抑制し、手綱をぐいと引く。[150]――彼の方は、急きたてて、陣痛を早め、決着を急がせる。自分が気違いになる前に、彼を狂気に陥らせなくてはいけないのだ。どちらが、相手を制するのだろう。――この競走は実に面白い。賭ける者、闘技する者、その相手方……すべてを自分ひとりで供給するのだから。――褒賞は、休息だ、仕事を成し遂げたあとの憩いだ。

神様、神様は私を祝福してくださるでしょう?――さもなければ、私はすべてを失ったことになるのです、いいですか、義務を好みすぎたために、忠実であろうとしたために、――そして、闘ったために。そうでしょう、神様、神様は隠してあったマンナと純なる者のために用意しておかれた白衣とを私にくださる。[151]セラフィム(熾天使)は言うでしょう、「あの人はどこから来たのか。どうしてあんなに蒼ざめているのか。見神の人のように、なんと不思議な目をしていることか」と。――すると、あなたはおっしゃるでしょう、「彼はよく闘った。――彼には棕櫚の栄冠を与えなさい。[152]――」と。

日曜日

田園で出会う知らない人たちに対して、滑稽なほど心優しくなる。――休んでいるひとりの子供に対して……単純な幸福感……「静かに流れるシロアの水」[153]。
もう出歩いてはならない。あるいは、外出は夜だけにすること。

七日、月曜日

夕方まどろむ、ある夢想を追う。夜の帳《とばり》が降りてから目覚め、外へ出る、月が沈むまで歩き、部屋に戻る。自分が孤独なことを感じる、魂はなんとそれに震えることか。
それから、朝まで、震えつづけて、思考は息絶え、日が昇る頃になってやっと横になる。なぜなら、眠りこむ勇気がないので、――そして、闇の中にあって自分には見えないものの一切が――恐ろしいので。

水曜日の夜

この小節は三拍からなる。四分音符、その音符が四つ続く、従って、四番目の音符はつぎの小節の第一拍に位置し、本来小節の冒頭にあるべき音符を二拍目に追いやる。それでも続ける、今度は三拍目に来る――それから、もう一度、冒頭の位置に戻る。――また同じことを始める。

150　ジッドは enfréner という近代フランス語にはない古いつづりを用いている。
151　『ヨハネの黙示録』第三章四―五、「サルディスには、自分たちの着物を汚さなかった者たちが幾人かいる。彼らは私と共に、白い着物を着て歩むであろう。彼らはそうするにふさわしいからだ。勝利する者は、同じように白い着物を着せられる」（小河陽訳）。
152　『テモテへの第二の手紙』第四章七―八、「私は立派な戦いを戦ってきたし、走るべき道程は走り終え、信仰も守り通してきた。あとは私に用意されているのは義の栄冠だけだ。これは主がかの日に私に与えてくれるものである」（青野太潮訳）に対応か。
153　『イザヤ書』第八章六。

この小節は四拍だ、五つの音符のグループが来る。――僕は計算する。四掛ける五は二十。従って、二十の音符と四小節で振り出しに戻る。

もう一度始める。

七音符のグループと三拍子。全部で二十一……と。

これを夜のあいだ何時間も、眠りもせずに、続けなければならない、――そして、悪夢になるまでそれにつきまとわれること。

☆

木曜日の夜

考えは、縦揺れに弄ばれる船の船橋のように揺れ動く。――それは耳を聾する音を立てて転落する。それから、またぐぐっと持ち上げられる。そして、幻覚としては、ぐっすり眠りこむ前に見るある種の夢のように、行きつ戻りつするブランコ――そして、印象といえば、奮いたって上昇する度に、まるで何かが頭の中で外れてしまうような感じ。底波のようなこの動きに疲労困憊して、やがて僕は夜の中へ出ていく、歩こうと思って、――何もかぶらず、焼けつく額に夜露をのせて――しかし、空があまりに広いので、眩暈を覚える。――

多少なりと眠気を見出すためには、朝まで歩かなくてはならない。

☆

深夜

おお！　お願いだから、何か言ってくれ。――エルサ、エルサ！　孤独に押しつぶされ、僕はうろたえる。いろいろな幻想で孤独を満たしてはいるものの、僕はぞっとするほど一人ぼっちだ。――何か言ってくれ……

夜が特に恐ろしい、徹夜の夜は、なんとも長い……その間、恐怖が影で僕を包み込む、僕は子供のように震え、かつ泣く。

……あるいはまた、オルガンに向って、ゆっくりと、自分の不安をこらえるために、宗教曲のサラバンドを、重々しいリズムで、落着いた音色で――音そのものに愕然とするまで、無言の孤独のうちに茫然自失する者のように……

魂はみな孤独だ！
魂はみな孤独だ！

☆

日曜日

私は――あなたに薔薇を持ちかえりたかった。
でも、しっかり締めた帯にたくさん挿しすぎて、
かたく締めた結び目はそれに耐えられなかった。
結び目ははじけ、薔薇は飛び散って、
風に乗って、みんな海に飛んでいった。
水のまにまに流れ去って、もう戻ってはこなかった。[154]

154 マルスリーヌ・デボルド＝ヴァルモール「サーディの薔薇」。第一句のヴァルテールが思い出せない言葉は、ce matin（今朝）。

それにショーペンハウアーも読み終えなかった。第四の書、全部！
仕方がない！　僕は厭世主義は嫌いだ、――何はともあれ陽気でなくてはいけない。

ああ！　ああ！　これが墓碑銘だ……

自分には魂があると思いこみ
気のふれたアラン、ここに眠る

そして、聖書から一句。

私たちはキリストのゆえに狂人になっている。（『コリント人への第一の手紙』第四章十。）[155]

火曜日

今朝、僕はすわっていた……とても面白いのだ。――窓が開いて閉じ込められていた鳥たちが逃げ去るように、突然、どこかの囲いが破れて、放浪好きの思索どもが飛び去るのを、僕は見た。それは背景の黒幕の上を明るい映像が通り過ぎていくとでもいった具合だった……僕がしばしば喚起するなじみのイメージとは違うものだった。――そうではなくて、それらの想念はここを去って、もはや戻って来ないことを、僕は、感じとっていた。――はじめ、それはとてもゆっくりと通り過ぎた。僕は永久の別れのように悲しかった。どの想念にも見覚えがあった。それはかつて見た風景であり、なつかしい動作であり、微笑であった。――できることなら、すべてを引きとめたいと思った。しかし、それらの遁走を悼みながら、僕は動かなかった。その光景を面白く思っていたのだ。それから、それらの想念は慌ただしく速度を上げ、人生の大きな断片がいくつも突然明らかになり、——ついには、暗黒のうちに飛び込んでいくのだった……

☆

アラン。

彼は考える、いかなる**非物質的な形態**の下に（旋律）、彼女[156]（が彼の魂にとって**直観的に知覚可能なもの**になりうるのかを。（ベルリオーズ[157]）。

（Rittardendo《ママ》　徐々に緩やかに）

《————————！　————————！　おまえをふかく　あいしたろうに！》

三音綴にする必要があるだろう。[158]——感情はその時、無限の悲しさを帯びる。

155　日本語の聖書では、「狂人」ではなく「愚か者」と訳されているが、ここではアランおよびヴァルテールにひきつけてフランス語の fous をあえて「狂人」と訳す。

156　原文の elle は限定がむずかしいが、「彼女＝エマニュエル」と解釈する。Walter Geerts: *Le silence sonore La poétique du premier gide entre intertexte et métatexte*, Presses universitaires de Namur, 1992, p. 110–111 参照。

157　ジッドはベルリオーズの『回想録』を熟読しており、本作品九八頁に言及があるが、愛と音楽とを緊密に結ぶジッドの考えの背景に、同書末尾の一文「なぜ愛と音楽を分けるのか？　それは魂の双翼ではないか」等々の影響を見ることができよう。前注の Geerts 説を参照のこと。

……真っ白なサンザシの花、僕はその花咲ける枝を君のために折ろう

Gajo（陽気に）

☆

金曜日（?・）

奇妙な夢想。

君の存在は今どうなっている？　僕の中にだけあるのだ。君が生きているのは、僕が君のことを夢見るからなのだ。僕が君のことを夢見る時、その時にだけ君は生きている。君の不死とはそういうものだ。

君は僕の思いの中でのみ生きている（音楽）。

愛しい魂よ、お前がひたすら生気溢れる僕の愛のお蔭で生きているというのはなんと快いのだろう！

僕によって君は生きている、僕によって！　僕が君を愛しているからこそ！……

そして、同じように、君の愛が僕の思考をすっかり満たしているのだから、君の愛が、それだけが僕を生き長らえさせているのだ。

僕は君の愛によってのみ生きている。

君によって僕は生きている、君によって！　君が僕を愛しているからこそなのだ！

君は僕が君のことを夢見る時にのみ生きており、その僕は君の愛によってのみ生きている、ということは、僕が君は僕を愛していると夢見る時、その時にのみ僕は生きているという以外に、何を意味するだろう。

僕が君を愛することを止めたら、君は生きるのを止めるだろう。――僕らは二人とも、互いに相手のことを思わなくなったら、死ぬだろう。今になって僕は分かった、なぜ僕の愛がこんなにも魂を満たしているのかが。それが

僕ら二人にとって存在の必要条件なのだ。僕らは愛しあうことを止めることはできない、僕らの愛は不死である、しかも僕らの意に反してさえも。なぜならこの愛が死に絶えるためには、魂が死ななければならないのだから。永遠に、僕らは互いに相手の自分を欲求する気持のうちに存在しつづけるだろう。互いにたえず相手を創造することによって。僕らはお互いの関係のうちにのみ存在する。
　僕はたえず君を愛さなくてはならない。

夕刻

神秘を帯びた和音が次々に天空の頂きから響いてくる、
ほの暗い林の奥から来るかにみえる愛撫が
夜と共に、花の香りと共に、立ち昇る、
聞きなれぬ声のつぶやく洗練された言葉……

《目には見えない程の弱い光が机の上をかすかに照らすだろう》……そして僕は、夜、蒼白い星がさらに遠く沈みこんでいくのを見まもる。――このように静寂でなかったら、歌いもしただろう。が、すべてが黙り込んだ時、人はただ聞く、――夜を、大いなる夜を……《聞くがよい、恋人よ》[159]……
　これは君の愛撫だ、ねえ、ふんだんに立ちこめるこの香りは、君の愛撫だ！――調和のとれた君の姿は、分散和音のように、壊れてしまった。あれは偶然の諧調だったのだ。

158　原文では、十二音節《アレクサンドラン》の句の前半が三音綴ずつの沈黙（休止符）になる。
159　ボードレールのソネ「瞑想」＃（『悪の華』）。注38、注69にも引かれた。

なんという明るさだろう、丘の上は――待っている――そうか、月だ。――そして霧は銀色になる。

夜、僕は逃れ出た幻影を見た、過去の幻が消え去るのを見た。思い出は逝ってしまう。僕は思い出が逃げ去っていくのを見た。過去の思い出、幻影、なつかしい姿、――何もかも逝ってしまったら、夜は真っ暗になるだろう。星の輝く空をイメージが舞っていく。全部飛んでいってしまったら、ああ！　僕も眠れるだろう。

もっと先の生活、それはいくつかの新たな愛情からなるのだろう。――なぜかだって？――僕はさまよえるユダヤ人のように、人生を旅していくだろう、心の底に、後に残ったすべての人に対する沈黙の喪を秘めて。――そして僕は、旅路で偶然に出遭うすべての仲間に向かって微笑を浮かべるだろう、そして彼らを愛するだろう、そして、何事も消え去るのだから、新しい愛情が以前の愛情の喪失を癒してくれるのではないか？　ああ！　なぜそうなのだ？

そして、もっと後になって、それでもやはり、かつての優しい気持を思い出して、泣いている僕を子供たちは目にするだろう。――その子たちにどう言えというのか？　彼らは僕の愛した人々を知ることはないだろうから、僕らの涙がどこから来ているのかを知ることはできないだろう。

それから、彼らにとっても、後に、僕が彼らを去っていく時、出てくるのはやはり涙だろう。――そして、引き裂かれた共感はいつでもひとりひとりの心にずきずき痛む傷を残すのだから、彼らもまた、僕が他の人たちとの関係で懐いていた無言の喪を、僕に対して懐きつづけるのだろう。そして僕は、我にもなく彼らに愛されるままにして、慰め得ない苦痛を後に見捨てていくことを悔いながら、彼らと別れていくだろう。

すべての苦は、だから、執着から来る、と悟ったものは、――孤独のうちに逃避する。――忠実であること――**死に到るまで**……どうか思考が停止するように、眠るために――しかも永遠に。――思考が重く痺れていくのを感じる。――ごく短時間、思考が停止する、**死**だ。僕は長いこと、何も考えないように努めた。それでも考えを捉えることはできる、直観によって……。

――今夜はなんと明るいのだろう。蛾がランプのまわりを飛びまわり、炎が羽根を焦がす。明かりに惹きつけられた蛾は、苦痛のうちに落ちる。

——何という静けさだ。我にもなく、観照に耽る。濡れた木の葉の下を過ぎゆく微風の呟きがかすかに聞こえる。すべてが黙る。僕は夜のうちに星の落下を探す……

僕は眠るまい。——物の影があまりにも美しい。

☆

日曜、朝

ブリュッフィ、——氷河の名、雪崩《なだれ》の名。雪の中に青い滝。

……信じようと努めること——そして嘆くこと——そしてさらにまた。

☆

月曜日

本当に眠り込むまえの神秘に満ちた時、其の時、感覚はやっと眠りかけた状態で、まだ漠とした知覚はある。——そして、現実が夢と重なる。目を閉じる前に見た最後のイメージはまだ残っているが、不気味に奇妙な変形をする。

先夜、彼女の視線が貫くようにじっと見据えていて、僕はまるで剣をつきつけられているかのように苦しんだ。——そこでなんとか視線を逸らそうとしたのだが、それはどこまでも追ってくるのだった。それから彼女のほほえみは蠟人形のもののようになった。実に醜悪だった。滑稽なえくぼとえくぼの間にぐっと開かれた唇の間に、歯が全部剝き出しに見えるのだった。――僕は彼女を押しのけようとした。ところが、伸ばした手で、彼女に穴を開けてしまった。体にはぎっしり砂が詰っていた。彼女は砂袋のように空っぽになってしまった。そして僕は絶望的な気持を味わっていた。しぼんだ彼女の体は、崩れ落ちるあいだに、実に惨めな姿勢をとった。

☆

おお！　夜はいつ来るのか？……………………………………………………………

……………………………………………………………

おお！　その夜はいつ来るのか？　一息つかせてくれる一夜は
考えを追い、思い出を追う責め苦をひとまず止めて。
月のない一夜、夢のない一夜は。

おお！　その夜はいつ来るのか、こころ長閑なその夜は
僕はぐっすり眠りこむだろう――夜よ、ゆるやかに
揺すってくれ、ゆるゆると時間をかけて来たように。

その夜が来た時には――ぐっすり眠りこむこともできように。

そして、魂がその時に生を惜しまないなどと、いったい誰に言えよう？

二十三日、水曜日（？）

木曜日

☆

アラン。——彼は終極に達した。
彼は、もう気が狂った、——これはすごい。

悪夢。

彼女が現われた。とても美しく、金襴のローブを着ていたが、それは頸垂帯《ストラ》のように、ずっと足元まで襞もなく下がっていた。彼女は真っ直ぐに立っていて、ただ頭だけ傾けて、作り笑いを浮かべていた。一匹の猿が、飛び跳ねながら近づいた。房飾りを揺すってマントを持ち上げた。僕は怖かった、目を逸らしたいと思った、でも、我にもなく、見てしまった。

ローブの下には、何もなかった。真っ暗だった、穴のように真っ暗だった。僕は絶望してすすり泣いた。すると、両手で、彼女は自分のローブの裾を摑み、顔のもっと上まで撥ね上げた。彼女は袋のように裏返しになった。その後はもう何も見えなかった。夜蔭が、ふたたび彼女を包みこんだ……

僕は目を覚ました。それほどに恐ろしかったのだ。——夜はあいかわらず真っ暗で、夢の中の夜がずっと続いているのかどうか分からないくらいだった。

ついで、欲求が常軌を逸していく。その成り行きは、実に奇妙だ。肉体は、鈍感で無関心なのだ。頭だけが放蕩する、しかも猛烈に……しかし、どうすることができよう？

激昂した幻が立ち現われるのだが、それは自然の限度を超えて倒錯したものだ。魅惑に満ちた幻想は、体にとってはあまりに現実離れしていて、肉欲が濫用するいつもの愛撫に対しては越えがたい嫌悪を覚える。以前は現われすぎて嫌になるほどだった女の肉体のイメージなど――今はたとえ実物を得たところで、どう始末してよいか分からないだろう！　悲しいことには、魂も、この怪物染みた享楽の夢で、精彩を失ってしまうのだ。

あまりに高きを望んだために、神様！　これはまたなんと低きに身を投げ出すことになるのでしょう！

☆

そうなのだ、「虚栄」だ、純潔などというものは！　虚栄だ――それは変装した傲慢だ。自分の方が上だ、他の連中に較べて遥かに高貴だ、などと思えるとは。――疑いの余地はないだろう、この純潔というやつは自分の何たるかを知らない……

……それでも、勝利を収めるのだったらまだしも、それで何を消し去るわけでもない。――悪魔は、一度罠にかかっても、すぐに姿を変えてしまう。古代のプロテウスとおなじことだ、その無数の姿のうちの、ひとつまたひとつと、一面に打ち勝てるだけなのだ。――すぐさま悪魔は、悠々と場所をかえて、もっと見た目に美しく、もっと精妙な享楽の形に転じ、さらに巧緻な官能の誘惑に満ちた展望を拓く。――常軌を逸した禁欲！　倒錯として、これはなかなか微妙なものだ！――主よ、私から冒瀆を退けてください。

☆

§　それに、情念が互いに闘うなどというのは、まだ幸せというものだ。――この誘惑、最悪のもの、おお、オリゲネスのあれ[160]、ありがたいことに傲慢さがそれからは救ってくれる……　*Fuis l'infâme!*（恥ずべきものから逃げ出せ[161]！）

そうなのだ、「虚栄」だ、純潔などは！


それに僕には分らない、あれはあれで、なかなかに美しかった。

僕の過ちなのか、後になって、裏切ったのが神ならば？――

　　　　黙るがよい、魂よ！

☆

……天使が来て、夜明けまでヤコブと取っ組み合いをした。天使はヤコブに勝てないのを見て、ヤコブの腿つがいにさわったので、組打ちするあいだにそれがはずれた。天使は言った、「夜が明けるからもう帰らせてくれ」。ヤコブは答えた、「祝福してくれないなら、放さない」。天使は言った。「名前はなんという」。彼は答えた、「ヤコブ」。そこで、天使は言った、「お前はもはやヤコブという名前ではなく、イスラエルと呼ばれるだろう。神と力を争って、**勝者**となったからだ」。ヤコブはたずねて言った、「どうか名前を知らせてください」。――天使は「なぜ名などを聞くのか」と言い、彼を祝福した。

そこでヤコブはその場所をペニエルと名づけたが、それは「**神の顔**」という意味である。ヤコブの言うところによると、「私は顔と顔をあわせて神を見たけれども、私の魂は救われた」からである。

彼がペニエルを去る時、日が昇った。[162]

160　古代キリスト教のギリシア教父。禁欲を徹底させるため自ら去勢したといわれる。
161　ヴェルレーヌ『叡智』第七歌四句。
162　『創世記』第三十二章二十五―三十一。

……………………………………………………………………………………………

§　そうなのだ、こうあるべきなのだ。

《天使が来て、夜明けまでヤコブと取っ組み合いをした。……》そう、終末がこれでほぼ描かれた。それに冬でもあるし、ちょうど先日は、雪も降っていた。――月の光に照らされた、蒼白い雪、これにはもう、僕自身も惹きつけられる。――これ以上には行けぬ最後の一夜、ありとあらゆる欲求に彼はうろたえ、もはや本当にどうしてよいか分からなくなる。度を失い、祈りもせぬ魂をかかえて、彼はただ歩くために、夜の中に出ていく。地面は雪で白い。彼が何をしたかは分からない。――が、翌朝、雪の中に横たわった半裸の死体となって発見される……

　子供の頃、僕は書いた。

《……多分、深い雪の中に身を埋めて、凍りつくこの接触に異常なまでの戦慄を見出すこと》と。

……あなたが天使たちのために用意しておかれた白いマント……――

なぜなら死んだ者は罪から解放されるのだから。[163]

　そして、訓戒が必要だから、言っておこう。

死人を葬るのは、死人に任せるがよい。[164]

おお！　生きている者の上に、あなたの魂から溢れ出る苦痛に満ちた愛情を注ぎなさい。死を超えたその先に、より精妙な合一《コミユニオン》を、より甘美な情愛を求めたりしないように。それ以上に悲しい囮《おとり》はないのだから。――　――

――

それに、教訓など要らない。

☆

日曜日

私は打ち克ちました。主よ！　祝福してください。

アランは発狂しました。——私はまだです。——

少なくとも、もう一度祈りを奉げられましょう、使命をはたして、主よ、私はようやく休めるでしょう。——本当に疲れました……——

☆

多分、秋だろう。夕方。明々と燃える暖炉の火とランプ。目を上げると、皆の親しみのある視線、ほほえみ。そして君は、——僕の肩越しに覗きこんで、時々僕の読んでいるものを見に来るだろうね。

不思議な静けさ、無限がはじまるというように。

「そうすれば、あなたがたの魂に休みが与えられるであろう」

163　『ローマ人への手紙』第六章七。
164　『マタイによる福音書』第八章二十二。

καὶ εὑρήσετε ἀνάπαυσιν ταῖς ψυχαῖς ὑμῶν.[165]

☆

ああ！　君か、いとしい魂よ！
本当に長いあいだ待っていたのだ……

…………………………………………………………

…………………………………………………………

あなたがたは知らないのか、私たちは御使をさえ裁く者である。（聖パウロ[166]）

…………………………………………………………

［この頁は十月の二十八日か二十九日に書かれたものらしい。その直後に脳炎の徴候が現われ、我々の友は帰らぬ人となった。この数行と、アンドレ・ヴァルテールの最後に書きつけた次の文章との間には、三週間の空白がある。］

☆

誰が秋だと言ったのだろう。――でも、本当だ。雪が降っている！――一体、何日なのだろう？――ずいぶん日が経ったものだ！――どうもよく分からない――まあ、しかたがない！　分かろうとするとひどく疲れる。

僕のベッドの周りに何人居たのかもう分からないけれど、大声で喋っていたので、頭が割れそうだった。彼らは言っていたっけ。「アンドレは眠らなければいけない、明かりは要らない。全部消してください」──そこで、僕を眠らせるために、彼らは僕の頭から文章をすっかり引き出した。──僕は長いあいだ眠ったらしい。──なんと、とても優しいことに、エマニュエルがずっと僕の枕もとで見守っていてくれた。──飲み物をくれさえした。──最初、僕はエマニュエルとは気がつかなかった。──これは傑作だ！　彼女は死んだものとばかり思っていたのだ。彼女にそう言って、ふたりで大いに笑った。──

今、エマニュエルは僕をひとり残していった。隣の部屋にいる。僕はそっと起き上がった。聞きつけられてはいけない──書かせまいとして、やって来るだろうから。彼らに禁じられているのだ。──そのために彼らは僕から文章を全部引き出したのだ。──彼らは寝室の暖炉の火をいっぱいに掻き立てた──寒い！

なんて白いんだろう、雪は！──僕は雪を一片一片数えたいと思った、でも時間がかかりすぎた──地面は真っ白だ。──なんて美しいんだろう！　そう言えば、昨日、エマヌエルが雪をもってきて、額にのせてくれたっけ、──でも、すっかり融けてしまった……雪の中なら眠るのにどんなによいだろう。──ひんやりして──よい夢を見るということだ。雪は純潔だ。

………………………………………………………………………………

………………………………………………………………………………

165　『マタイによる福音書』第十一章二十九。

166　『コリント人への第一の手紙』第六章三。

アンドレ・ヴァルテールの詩[1]

一

ことしは春が来なかった　いとしい君よ
花蔭に歌うものなく　軽やかに咲く花もなく
四月《うづき》も笑い声も　次々に姿を変えるもの《メタモルフォーズ》もなく
僕らは　薔薇の飾り紐さえ編まずじまいになるだろうよ[2]

ランプの火影で　僕らはずうっとうつむいていた
あいもかわらず　冬に読んだ本をずらりと並べて
ふと気がつくと　はや九月《ながつき》の日差しに驚かされた
おずおずと赤くなった　磯巾着《いそぎんちゃく》のようなお日様なので

君は言った「あら　もう秋なのね
私たち　ねむっていたのかしら
これからもこんな二つ折りの大判のお相手だとしたら

1　手書き原稿では、副題として「象徴的遍歴」とあるが、初版以来、印刷されたことはない。
2　ジッドは、ジャン・アムルーシュを相手に一九四九年にしたラジオ対談で、この最初の四句を例にとって朗読しながら、当時の自分が詩に何を求めていたかを説明した。自分の詩は、旧来の一句十二音綴、アレクサンドランの詩句の様に詠んではいけない。英語の詩、とくにドイツ語の詩のように、強弱をはっきりつけて、大きなうねりを感じさせる、あたらしい音律を求めていたのだ、と言う。

つれづれすぎてこまるわね

たぶんもう　ことしの春は
過ぎてしまったのね　来たともしらずにいるうちに
曙が来たらすぐに声をかけてくれるように
すっかり開けてくださいな　窓のカーテンは」

雨が降っていた　僕らはランプの炎をかきたてた
赤々とした日のひかりに　すっかりあおざめて見えたので
そして僕らは　また望みをもった
やがて来る　明るい春を待ちわびて

二

新しいランプが燃え尽きたランプに置き代わる
一夜たち　新しい一夜があとを継ぐ
そしてわびしい砂時計の空になってゆく
その音が　夜ふかく流れ去るのが聞こえてくる

僕らはまやかしの三段論法をつぎはぎ細工

三位一体についてくだくだしく論駁する
しかしこれではなんとも抒情味不足
おまけにランプはどれもひかりが弱すぎる

頭痛が嵩じたら休めるように
天井の低い寝室の奥に並べてある
幅の狭いふたつの簡易な寝台に
僕らは子供のようにあどけなく横になる

おきまりの短い祈りをとなえたあとで
ともしびはみな吹き消される
すると僕らのまぶたの上で
墓穴の中のせまくるしい夜が閉じられる

ところがうろたえ乱れた瞳の前で
たいそうな一概念が是非にも死のうともだえている
そして僕らは眠り込むのを恐れている
おたがいに自分を見つめる相手の目を感じるので

三

ひどく重々しい古い本から目を上げて
ある夜　僕らは頭をもたげた
松の梢を蕭々と嵐が吹きぬけて
月下の眺めは不思議な朝を思わせた

君は言った「さあ　街道に踏み出す時が来た　よくって?
私たち　もう永いこと　閉じこもっていたのですもの
外では風が海のように鳴っている　ほら　聞こえて?
お前　みせかけだけの暁よ　またも私たちを魅惑したの

でも　また眠り込んでしまわないうちに
自分たちがいったい何なのか　知るべき時が来た
いっしょに歩きましょうよ　道の招きに従って
月のひかりに照らされて　さあ　外に出て」

僕はまた本に向かってうつむいていた
月のおかげで少しは見えるので
ほれぼれとした僕の目は読もうとしていた
ほのかに光を浴びた未知の符号をながめて

ド　しかし君は大声を上げるだろう「もう止めて
チ　そんな抽象的な教義論は！
ラ　おお！　いいこと？　いつも本ばかり読んでいるなんて
カ　私　ほんとうに頭が痛くなってしまうわ
二　どうして曙を待たなくてはならないのでしょう
者　私たち　もう十分に永いこと閉じこもっていました
択　外では　夜がすすり泣いている……
一　また本を読み始めるってことないでしょう！」

……………………………………………………

……そこで僕らは窓ガラスに額を押し当てた
そこでは夜がすすり泣いていた……

四　月蝕

ある夜　僕らは天井の低い寝室から外へ出た
外はとても暖かいようだったから
倦み疲れた手にそれぞれほのかに照らす松明を持っていた

僕らは進んで行った　自分の手にした光を目で追いながら

ところが外では生温かい風に炎を吹き消されて
僕らは暗がりのなかをさまようのだった
外には大きな木の枝があって
露をそそいで僕らのひたいを濡らすのだった

すると君は妙な身振りをして立ち止まり
すっかりわかっているかのようにしゃべり始めた
思い出したことをなぞっているかのように
熱に浮かされたうわごとのように——君はしゃべるのだった

「月は　ああ！　月は
今夜はあまり高くはのぼらないでしょう
もしこういう月がおいやならば
私たち　腰をおろすほうがよいでしょう

夜は星を惜しんで泣いているわ
流れ星をね　アーメンと言わなくてはいけないわ
星はみんな行ってしまった……」
君がどこでそういうことを知ったのか　僕は不思議に思っていた

五

何かが起きたにちがいなかった
僕らが眠っているあいだに　よくわからないでいるあいだに
ここでは死ぬほど退屈なのに！
ああ！　転生はいつになったらもどってくるのだ

僕らはどこかで道をまちがえたにちがいない
でも誰も注意してはくれなかった
僕らは季節をいくつも通り過ぎてしまった　いいかい
いとしい君　僕らは理不尽の時を生きているのだ

僕らは森の中に捨てられた幼い子供で――
星のない空の下で途方にくれる船乗りなのだ
僕らは兄弟たちの逃げ去るような飛翔のあとで
その跡を見うしなってしまった燕《つばめ》なのだ

他の人はみなどこに行ってしまったのだろう
きっと誰か使徒にでもついて行ったのだろう

たぶん　使徒にみちびかれるままに
まがりくねった道にも迷わずに

彼らはまともな言葉を取り戻したのだろう
いつの夕べか僕らもそれは聞いたのだろうが
僕らの狂った脳髄が
無頓着に聞き流してしまったのだろう

六

ひとつの魂がある動作を伴うことを僕は知っている
そこからは独特の色のある一音が響き出て
それは　よく調和のとれたかたちで
十全の明晰さが証明している

ひとつの景色は特徴を強調したものになる
魂のもつかずかずの動機のままに
そして大気は律動を帯びたものになり
はるか彼方の地平線にその魂を結びつける

ただなぜか知らないが　僕らの力ない魂はさまよい歩く
自分がえらんだのでもない　見慣れぬ空のもとを
しかも横柄な野原を　横切って行く
そこでは従順な動作しかできないものを

だから僕らにはもう力がない以上
決まっているのだ　景色が勝者になることに……
せめては　と願いもしよう
景色が僕らの心にしたがって勝つように

そして僕は　日の照らす原を探し求める
そこでこそ君は言うだろう「あなたが好きよ」と――
ところが広い平野ときたら　月だけがただ白々と
いつにかわらぬあおい光で　照らしている

七　夜想曲

僕は森の縁にそってさまよって行った　運を天にまかせて
鳥一羽いないさびしい森だった
不気味な思いにたえかねて

何か言わずにはいられないような時刻だった

枝葉におおわれた道のはてに
ぽっと月があらわれた
いかにも愁い顔で青ざめたそのさまに
僕らは月とも気づかないほどだった

困ったように君が言うには
「ほんとうに　いつもと同じ月だと思うこと？
今日はひどく病気なのだわ
かわいそうなお月様　ほんとうにお色がわるいこと！」

なまあたたかい風が枝を吹きぬけると
枝は　赤茶けた葉をあわれげにざわめかせた
苔むす地面にそって視線をのばすと
僕らの色あせた小さな影が　あわれに横たわっていた

僕はふさいで君に言った
「今日はひどく病気なのだね
月はほんとに病気なのだね――」
さあ今日は　もうこれでたくさんだ

八

僕らはちっぽけな哀れな二つの魂なのです
もう幸福も温めてはくれないのです
哀れな二つの魂なのです
もう幸福になることはできないのです

明るい空では黄金の太陽が輝いています
僕らの寒がりの魂を少しでも温めようと
でも　やさしいこの温かさに包まれようと
魂はやはり震え続けているのです

ほほえむべきだとわかってはいるのです
空が青くまた金一色に輝くときには
でも僕らはうしなってしまったのです
そのように晴れやかにくつろぐならいは

かつてはこの太陽が僕らを温めてくれたでしょう
かつてはこの幸福のうちに笑いもしたでしょう

でも今の僕らにはもうわからないのです
どうして小山や丘があのように悦ばしそうなのか

君は言った「いいこと？　私　思うのだけれど
私たちの魂は秘め事が好きなのよ
きっと魂はしあわせなのよ
私たちには知らせないのだけれど」

九

かつて僕らは美しくほほえむことができた
かつて僕らの魂は手に手をとったものだった
僕らの魂は他人のように挨拶を交わしたものだ
僕らは歩調をとって道を進んで行くのだった

昼になると大通りを散策したものだ
晴れ晴れしく左右の均整がとれ　限りなく美しい大通りで
夜ともなれば　僕らの温かい魂は裸で沐浴《もくよく》したものだ
影の泉水　青い泉水　透きとおった泉水で

朝になると　僕らの魂はすっかり新しいものに思えた
まるでそれが初めてのことのように
僕らの魂は　力強く兄弟のように　抱き合うのだった
まるでそれが初めてのことのように

僕らそれぞれに固有の魂！　ああ！　それはまさに春のものだった！
僕ら共有の魂　それは二重だと思っていた！　まだそのころは
僕の二重の魂　それはまだ僕に慣れ切ってはいなかった
そして自分の影を端から端まで追いまわしていた　まだそのころは

はじめのうち　僕はそれがもうひとつ別のものだと思っていた
ところが僕らはあまりにもよくわかりあってしまうのだった
ああ！　どうして僕はあの男ではありえないのか
自分の影を売ることのできたあの男ではありえないのか

十[3]

それでもある朝　日の光が斜めにさしこんできた
　僕らの寝室の窓から
それが実に悦びにみちていたので　まだ眠っていた僕ら共有の魂も

さっそく上体を起こした
すると　またたく間に　魂はすっかり若返ったように感じ実にしあわせになった
あっという間に
あまりにしあわせになったのでそれが新たな悦びなのか　あるいはかつての幸福の思い出なのか
わからなくなるほどであった
そして僕らそれぞれの魂は互いに相手をすぐには認めなかったので
今朝は挨拶を交わした
久方ぶりに再会した者のように挨拶を交わした……
一度はそれぞれに分かれていることができたかのように

十一

それでもある朝やって来た
僕らの待っていた暁が
君は言った「夜は残り少なになりました
日が昇るわ　眠らずにお祈りしましょうか」
僕らは窓際に腰を下ろしていた
朝の颪に蒼い顔をして
そして手に手をとっていた

日の昇るのを見ようとして

大輪の太陽が平野の上にのっと出た
朝霧で赤くなった太陽だった
君は言った「道をたどって踏みだす時だわ」
そこで僕らは平野のほうにおりていった

十二　広い並木道

リズミカルな散歩道は高く空に向かってひらけ
並木の幹が均斉をなして並んでいる
櫟《いちい》と菩《ぼ》提樹《だいじゅ》とが赤茶や緑の葉をつけ
たそがれのなかをどこまでも続いている

どのようにして僕はここに連れてこられたのか——いったい何に魅せられたのだ

3　原稿では、欄外に「二行からなるこれらの詩節は、散文のように印刷すること。ただし、指示したように、二行目を引っ込めて」とある。一八九二年の初版には、「この詩が草稿でしかないのか、アンドレ・ヴァルテールが十分に仕上がったものとみなしていたのかは不明。（P.C.）」という脚注がある。この詩集が、アンドレ・ヴァルテールの遺稿であるとする体裁。因みに、この初版では表紙に「遺稿詩集」と明記していた。

それはわからないし――本当に説明のしようがないではないか
この夢の通い路にどのような悪いリズムがまぎれ込んでいたのだ
僕のあわれな魂はひとりでそこをさまよっていたのだが

枝が一本動いたのか　あるいは月がようよう昇ったせいか
いくらか光がさして　君の姿が見えた
そこに君を見出したのに驚いて　僕ははっと声をのんだのだが
君は僕といっしょにいることに一向に気づかぬようだった

君の白い衣装が木の枝越しに現われて　そこに
言うなら純白な明るさを投げかけていた――
そしてその路はまた同じように整然と続いていった
君がそこで立ち止まりなどしなかったかのように

君の両手は運命を告げる身振りのように開かれた
輝く月に両の掌を差し出して
その間一羽のナイチンゲールがからくりもどきの声を張り上げて
夜に穴をいくつも穿《うが》っていた

十三

ひりひりと静かに焼けつく唇の下に
じわりと熱が出はじめた
僕らは冷たい水のなかに降りていった
もの悲しい氷河から滴りおちる水に

引き裂かれた君の上着の襞のあいだに
真っ赤な傷口が見えていた
僕らは純粋な水の中に入っていった
蒼く冴える月影のもとに

上着を染めていた血は
神秘の水のうちに流れ続けた
そして　散り去る夜霧さながらに上着は
冷たい水のまにまに流れさった

僕らの哀れな魂は　病弱でしかも衣を剝ぎ取られて
まだ温もりがあるのさえ　恥ずかしく思った
僕らの魂は水の中に横たわった　素裸で
自分たちの傷口をまともに見る気力もなかった

ただ　流れる水が傷をふさいではくれた
熱に焼かれるような感じは消えさった
僕らは純粋な水の中に入っていった
止血効果のある漣《さざなみ》の中に

十四　夏至

角笛が　よく響く空中に　朗々と鳴り渡った
僕らはもう動いてはならぬとわかった
角笛の音はやんだが　振動はさらにのびてゆく
金管の赤銅色をおびた地平に向かって

黄金の藪《やぶ》が麦畑のほうに傾斜して
畑には黄色い藁塚《わらづか》が並んでいた
死んだような太陽が遠景を照らして
森が高くそびえ立っていた……

山毛欅《ぶな》林のはずれのあたりに
まだ眠りたくない小ガラスが何羽もいた
こみいった枝の間に

通りかかって立ち止まった鹿が何頭も見えた

なぜ静寂の内に鳴り響いたのだろう　あの角笛は
あの太陽が眠らないとは　一体いま何時なのか
夕べの揺する藪にとまっている小ガラスは
あのカラスどもは黙ることはないのだろうか……

またも泣きくれるとは！　ああ！　これではあまりに単調だ
今宵　僕らは家にいればよかったのに
ああ！　もうはや秋の枯葉だ
渦をまいて舞っている　夕風のまにまに……

十五　庭園

小さい門が閉ざされていると気づいたとき
僕らはながいこと泣いていた
それがあまり役に立たないとわかったとき
僕らはゆっくりと帰途についた

日一日　僕らは庭の塀にそって歩いていった

ときおり話し声や笑い声が漏れ出てくる
芝草のうえで宴をひらいている
そう思うと僕らはメランコリーに捉えられた

夕方になると太陽が庭の塀を赤く染めた
僕らには何も見えなかったので　中の様子はわからなかった
塀越しに枝の揺れ動いているのが見え
ときおり木の葉が落ちてくるのだが　そのほかには何も見えなかった

十六　山々

光を隠し持つ水があり
闇に包まれると光りだす

山よ！　僕らのよじ登った山よ
辛苦にたえて日陰の斜面をたどり
展望を得ようと僕らは登り　そしてまた下った
夕まぐれ　暗くなった斜面をつたって

山よ！　お前の頂からは他の山々が見えた

遥か向こうに紺碧の光を浴びていた
金色の平野と光あふれる田園とが見えた
僕らはそこには行かないだろうが　淡く純粋な一国の全景が見えた

恍惚とした僕らの目はお前たちの光を心ゆくまで飲むだろう
それは天のものなのだ　僕らの歩むことのない金色の平野よ！——
そのあとで僕らは祈りの地へと下りてくるだろう
突風が吹き荒れて　涙にひたる僕らの土地へ

十七　干潟

小羊が　一匹さまよっている
なんとも哀れな平野を

灰色の空　おきまりの緑の軟泥
それに緑青色の草
ただ寒々と　虹色を帯びた波の上で
羊が何匹か牧草を食《は》んでいるのさ
しおれた地平線すれすれのところで

太陽は色あせる
僕らの悲しみは泣きくずれる
景色を織りなす見覚えもない線のうちで

まどろみがちの水が滴り落ちて
自分の流れる音に聞きいっている　羊が一匹
頭をたれたまま食み続ける
緑の泥があちらこちらに広がるなかで……

十八　二重に映った曠野

君の魂は鏡に映る自分の姿を愛するだろう
誰かべつの人を見ているのだと思うだろう

薔薇色のヒースに覆われたこの曠野は
僕らが腰を下ろしに来てみると――
姿を変えるのだ　この曠野は
斜めにさしこむ返照のもと

これはあたかも鏡のようで

そこには薔薇色の雲が咲き誇る――
これはまた水晶でできた静かな平野のようで
僕らの感傷的な魂が草を食む

夕照が薔薇色に染めるこの空は
ヒースの生えた曠野のようだ――
伴侶を失った僕の魂がほそぼそと糧を食む
さかさに映った平野のようだ

十九　岬

宵になるまで僕らは海の方へさすらっていった――
断崖！　その上からは何か違うものが見えるように思うのだ……
夕日が薔薇色の荒野に沈んだ時
僕らは海のほとりに道を失ってしまった

砂浜は流れ動いて行ってしまった
たそがれに溶け込んだ　灰色の海へ
それに潮騒も聞こえなかったのだ……
僕らの素足はぬるぬると泥にはまりこんだ

おお　華奢な肌に汚れがついた！――澄んだ水が少しばかり欲しい
そのむきだしの両足をひたしたいのだ　満ちてくる海に――
波だ　もうそこには夜が来たのであろう
しかし　開かれたお前の指をすり抜けるように
お前を洗い清めた薄明の水が流れさる

生温かい水はわびしくざわめいていた
人影もない浜にそって

二十

なおも単調な道もない湿原が広がり丘と丘の間を延びてゆく　藺草《いぐさ》と藪　たそがれがすっかり宵闇にかわるまでさまよう……

鐘が突然鳴った　丘の上を灯りがいくつも走って行くのが見える――遠くの明かりをともした教会で奏《かな》でられるオルガンの響きにむかって

すると君が「急がなくてはいけないわ」と言った　しかし僕らの軽すぎるランプは消えてしまった　それで僕らは暗がりを歩いていった　疲れた足が藪の中で縺《もつ》れた
……巨大な教会の――閉ざされた扉の前に到るために　しかも僕らのランプは消えているのだから　人目に

はとまらないのだ
階段の上で泣きながら僕らは聞く　大オルガンの音楽が扉の下から迸りでるのを　それに人語の響きも加わる　焼き絵ガラスの光が夜の中に静かに流れ出てくる

このようなことは　なにもかも　夢なのかもしれない
そして僕らは　いつか目を覚ますのかもしれない

君は言った
「私はあなたの　あなたは私の　夢の中に生きているのだと思うわ　だから私たちはこんなに従順なのよ」
こんな状態がいつまでも続くことはありえないのだ
「私たちにできる最善のことは　何とかして　もう一度眠りこむことだと思うわ」

水仙《ナルシス》の論（象徴の原理）

ポール・ヴァレリーに

Nuper me in littore vidi
Virgile.
（かつて浜辺で私は自分の姿を見た[1]
ウェルギリウス）

書物は、おそらく、それほど必要なものではないのであろう。いくつかの神話だけで、はじめは十分であった。ひとつの宗教が、そこには、そっくり含まれていた。衆生一般は寓話の外見に驚き、わからぬままに崇敬していた。祭司たちは、注意深く、かずかずの形象の深みをのぞきこみ、象形文字の秘められた意味にゆっくりと沈潜していくのであった。やがて、人々は説明したいと思い立ち、諸々の書物が神話を大きくふくらませることになった。――しかし、いくつかの神話で十分であった。

さて、ナルキッソスの神話は、こうだ。ナルキッソスは完璧なまでに美しかった。――そこで、純潔をたもっていた。ニンフなどには目もくれなかった――自分自身に惚れていたのである。風は、そよとも吹かず、泉を乱すことはなかった。静かに、水面をのぞきこんで、ナルキッソスは、ひねもす、自分のイメージに見とれていた……――話はご存知の通り。だが、私は、もう一度語ることにしよう。なにもかもすでに言いつくされたのではあるが、誰も聞こうとしないのだから、何度でも語りなおさねばならない。

もはや岸辺も泉もない、変身も水面に映える花もない。――在るのは、ただ、ナルシス《スイセン》のみ。[2] 夢見る一茎の水仙《ナルシス》、

1 ウェルギリウス『牧歌』第二歌二十五句。ただし、ここで語っているのは牧人コリドンであって、ナルシスではない。

2 フランス語の Narcisse/narcisse は、固有名詞としては神話の人物ナルキッソスであり、普通名詞としては具体的にスイセンをさすと同時に自己偏愛者を意味する。この後者の意味でナルシストは外来語として日本語にとりいれられているが、ナルシスと聞いて草花のスイセンのイメージが浮かばない。本論は、もちろん園芸学のスイセン論ではないが、本書の初版の表紙には、Narcisse という言葉に代わってピエール・ルイスの描いた一茎のスイセンが書名に組み込まれているし、ジッドは他の様々な作品においても動植物の名前を象徴的に活用しているので、あえてルビを利用する。

灰色一色の背景に孤影をしめすナルシスのみ。いたずらに単調な時の内にあって、かれは不安を覚える。かれの不確かな心は自問する。自分の魂はどのような形をしているのか、それが知りたくなったのである。魂は、度外れにすばらしいものであるに違いない。感じでわかるのだ。ながく尾をひくその震えようからみて、そう思われる。しかし、その顔は、その姿はどうなのか！　ああ、自分が自分を愛しているのかどうかを知らないとは……自分の美しさを知らないとは！——線というものがなく、遠近が諸々の面を限定することもないこの風景のうちに、私は溶解してしまう。ああ！　自分を見ることができないとは！　鏡！　鏡！　鏡！　鏡がほしい！

そこでナルシスは、自分の姿かたちがどこかにあることをすこしも疑わずに、立ち上がり、出かけてゆく。望みにかなう輪郭を見つけて、いよいよ自分の偉大な魂を包もうと。

時の流れのほとりで、ナルシスは立ち止まった。宿命の幻の川、そこでは歳月がひたすらに逝き、流れ去る。ただ岸であるというにすぎぬ両岸は、水を嵌め込むだけで原材そのままの枠、裏箔のない見透かしの鏡。その向こう側には何も見えないだろう、そこには、虚ろな倦怠が広がってゆくだけだろう。暗鬱な、昏睡したような運河、ほぼ完全に水平な鏡。それが流れていることを感知しないなら、このくすんだ水を色彩のない周囲から識別させるものは何もないだろう。

遠くから見て、ナルシスはこの川を道だと思った。そして、灰色一色のなかにたった一人で退屈しきっていたので、そこを通るものを見ようと思い、近づいて行った。枠に両手をかけて、いま、かれはのぞきこむ。古来伝えられたあの姿勢である。そこで何が起きたのか。かれが眺めると、水面に、突然、形象がうっすらと表われ出る。——両岸の花々、木々の幹、青空の断片が水に映り、それらのイメージがすばやく流れ去ってゆく。それは、存在するために、かれの到来だけを待っていたので、かれの視線のもとではじめて色彩を帯びるのであった。ついで、丘がいくつもあらわれ、谷間の斜面にそって、森が次々に連なる——この映像は、水の流れにしたがって波打ち、波動によって多様に変化する。ナルシスは、すっかり魅惑されて目をみはる。——しかし、よくはわからない。かれの魂が波動を導くのか、あるいは波動が魂を導くのか、どちらとも言いきれないので。

ナルシスが眺めているのは、現在の時点においてなのである。この上なく遥かに遠い未来から、まだ潜在するにすぎない事物が存在に向かって押し寄せてくる。ナルシスはそれを眺め、事物は過ぎ去る。そして、過去に流れ込む。やがて、ナルシスはいつも同じことだと思うようになる。かれは問い、かつ瞑想する。いつも同じかたちが通りすぎてゆく。波の躍動のみがそこに差異を生み出す。——なぜいくつもあるのか、あるいは、なぜ同じものがいくつもあるのか。——それは、それらのかたちが不完全なので、何度となくやり直すからである……どれもこれも、とナルシスは考えた。原初の唯一のかたち、失われてしまった、楽園の、結晶のようなかたちを取り戻そうと努めて跳びあがるのだ、と。

ナルシスは「楽園」を夢見る。

一

「楽園」は広くはなかった。かたちはそれぞれに完璧で、只一度しか開花しないのであった。一つの園がそれらすべてのかたちを収めていた。――楽園があったにせよ、なかったにせよ、どうでもよいではないか、ただ、あったとするならば、このようなものであったはずなのである。すべては、必然の開花として結晶するのであった。そして、すべては、完璧に、しかるべきものであった。――すべては不動であった。よりよくなりたいと願うものはなかったからである。ただ静かな引力がゆるやかに全体を回転させていた。

そして、「過去」においても「将来」においても何らかの躍動が終わるということがないのだから、楽園は「成った」のではなかった――ただ、初めからずっと、「ある」のだった。

純潔な楽園《エデン》よ！「イデア」の園よ！ そこでは、律動を帯びた確実なかたちが、やすやすとそれぞれの諧調《ノンブル》を実現し、それぞれの事物は表われるがままのものであった。証明は無用なのであった。

楽園よ！ そこでは、美しい旋律をなす微風が予定の曲線にしたがって波打っていた。空は左右対称の芝生のうえに紺青を広げ、鳥たちは時の彩りを帯び、胡蝶らは花の上で神々しい調和をかもしだしていた。そこでは、薔薇は薔薇色であったが、それは花潜り《はなむぐ》が緑色であるためで、それでまた、花潜り《はなむぐ》は薔薇に止まりにくるのであった。すべてがひとつの諧調《ノンブル》のように完璧で、ごく自然に拍子をあわせてうたっていた。旋律線の関係からは和音が立ちのぼり、この庭の上方には常に響きのよい楽の音がたなびいていた。

楽園の中央で、対数の木・イグドラシル[3]は、地中に深くその生命の根を伸ばし、周りの芝生の上に、枝葉の濃い影を這わせ、そこには唯一の「夜」が広がっているのであった。影の中に、幹にもたせかけて、「神秘」の書が置いてあった。――知っておくべき真理[4]が書いてあるのであった。そして風は、木の葉の茂みを吹きぬけて、終日、その書の、不可欠の象形文字を、ゆっくりと読み解いていた。

アダムは、敬虔に、聞いていた。まだ両性に分かれない、唯一の存在として、かれは大樹の蔭にすわっていた。人間だ！　神《エロヒム》[5]の自存者《ヒュポスタシス》、「神性」の実体！　かれのために、かれによって、すべてのかたちは表われる。動かず、この妖精劇の最中にあって、かれは、その進行してゆくさまを、眺める。

しかし、自分には常にただ観るという役しか振り当てられない芝居の、余儀なき観客に常にとどまることに、かれは飽いてしまった。――すべてはかれのために演じられている、それはわかっている。――しかし、自分自身は……――自分には自分が見えないのである。とすれば、それ以外のものなど自分にとって何の意味があろう。ああ！　己を見ること！――たしかに、かれは強力である。かれは創造し、世界全体はかれの視線に掛かっているのだから。――しかし、その力が自分の目で確認されないかぎり、自分の力についてかれは何を知っているといえるのか。――かれは、それらの事物をあまりにも永いこと眺めすぎたために、それらと自分とを区別することができなくなってしまった。どこで自分が止まるのかわからない！――どこまで自分が延びていくのかわからない！　そ

3　北欧神話エッダの重要な要素で全宇宙を貫いてそびえる生命の大樹とされる。「対数の木」とは不思議な表現であるが、ここにピタゴラス主義の完璧な宇宙構成の中心的象徴をみることができる。Catharine SAVAGE BROSMAN, « *L'arbre du monde: Ygdrasil, arbre de la connaissance, arbre souverain* » dans *Etudes Valéryennes, Paul Valéry–André Gide: Correspondances,* L'Harmattan, Paris, 2003, p. 47-50 参照。

4　『創世記』第二章九。ヤハウェはエデンの「園の中央には生命の木と善悪を知る木とを、生えさせた」。

5　ヘブライ語のエロヒム Elohim は旧約聖書でしばしば使われる神の名。文法上はエロア Eloah の複数形であるが、複数で単一神を指すことはよくあり、ここでも、エロヒムはすべての支配者、創造者としての唯一神。その hypostase とは、キリスト教の三位一体説で言えば、父・子・聖霊の三位それぞれが神の三つの姿であり、三つの自存者《ヒュポスタシス》とされる。イエスは、神の一「自存者」である。また「実体」と訳したフランス語の suppôt は、現在では古語とされるが、ジッドが熟読したパスカルやライプニッツでは substance の意味で用いられている。

れでは結局のところ、奴隷の状態ではないのか、一切の調和をつぶす気でなければ、身動き一つしえないとは。——それに、しようがないではないか、こんな調和は気に障るんだ、おまけに常に完全協和音ばかりときてはねえ。身動きしてみろ！　試しに、ほんのちょっと動いてみろ！——不協和音だって？　勝手にしやがれ！——おい、してみろよ！　ちったあ、思いがけないことを。

　ああ！　つかむこと！　イグドラシルの小枝を慢心しきった指でつかむこと、そして折ってしまうがよい……

よし、やったぞ。

　……まず初めは、ほとんど目につかないほどのひび割れ、軋り、しかし、それは芽をだし、広がり、激しく昂じ、耳をつんざいて鳴り響き、やがては嵐となってうめきたてる。イグドラシルの木は生気を失い、よろめき、割れる。微風の戯れていたその枝の葉は、震え、ちぢこまり、吹き起こった突風に遠く吹き飛ばされて、激しくひきつる。——風が、夜の空の未知なるものの方へ、あてにならぬ停泊地の方へと、運び去るのであるが、そこでは、大聖典からちぎりとられた頁も、ばらばらに逃げ惑っている。

　天にむかって蒸気が立ち昇る、涙が、雲が生じる。雲は、落ちては涙となり、また立ち昇っては叢雲となるだろう。時が生まれたのである。

　そして、驚愕した「人間」、男女に分裂した両性具有者は、新しい性を備えると同時に、自分のうちに、飽くなき欲求が湧き出るのを感じて、極度の恐怖と嫌悪とにおののいた。自分とほぼ相似た半身、そこに突然出現した女[6]、かれはその女を抱きしめ、引き戻したいと思う。——女は、自分を通じて完全な存在を再び造り、こんな族《やから》には終止符を打とうと、やみくもに努めるうちに、新しい種属の未知なる者を胎内に生動させ、やがて新たな存在を時のうちに押し出すのではあるが、それもまた未完の代物であって、自足はできないであろう。

　たそがれの薄明と祈りとにおおわれたこの地上に四散していく悲しい種属よ！　失われた楽園の思い出が、お前の恍惚状態をだいなしにするであろう。お前はこの楽園をいたるところに捜し求め、——預言者たちはお前にその話をしに来るであろうし――詩人たちは、これこの通り、記憶の限りをさらに超えてもっと古い「書物」から引きちぎられた頁を、敬虔に拾い集めるであろう。そこには、知っておくべき真理が書いてあったのである。

二

ナルシスは振り向きさえすれば、見られたであろうに、と私は思う。なにがしかの緑の岸辺と、おそらくは空も、「木」も、「花」も――要するに、なんらかの安定したもの、持続するものを、見ることができたであろう。しかし、それは、水面に映ると砕かれ、うつろいやすい波動によってさまざまに変えられてしまうのである。

一体いつになったら、この水は遁走を止めるのであろうか。ついに諦めて、停滞した鏡となり、イメージの常に等しい純粋さにおいて――宿命によって決定された最終のかたちと――ついにそれと融合するまでに――ついには、それ自体となるまでに――等質となり、水はそのような形を明らかにするのであろうか。

一体いつになったら、時は、逃れ去るのを止めて、この流れが憩うに任せるのであろうか。もろもろのかたち、神のものであり永続しうるかたちよ！　お前たちは、憩いさえすれば再び表われる。おお！　いつになったら、いつの夜に、いかなる静寂のうちに、お前たちは再び結晶するのか。

楽園は常につくりなおさなければならない。それはけっしてどこか遥かなるトゥーレ[7]にあるというようなものではない。それは目に見えるかたちの下にひそんでいるのである。個々の事物は、自分の存在の内的な調和を、潜在させている。塩が、自分のうちに、自分の結晶の原型を保っているように。――そこで、暗黙の了解で定められた

6　『創世記』第二章二十一―二十二、神が肋骨から造り上げた女。
7　トゥーレはギリシア人、ローマ人が大西洋の島に与えた名。既知の世界の最北端にあると考えられ、ひいては神話的・伝説的性格を帯びた。

夜の時が来て、よりいっそう濃密な水が降りてくるならば、けっして乱されることのない深淵のうちで、秘められたピラミッド型の塩の結晶が咲き誇るであろう……

　万物は失われた自分のかたちを取り戻そうと努める。それは垣間見ることができるのであるが、汚れ、歪んでおり、絶えずやり直すところをみると、万物がそれで満足しているとはいえない。それぞれに表われようとひしめいている隣接したかたちに、押しまくられ、わずらわされ、――存在するだけではもう十分ではなく、自己の存在を自分に証明しなければならないのである。――そして、傲慢な気持からそれぞれがうぬぼれる。過ぎ行く時がすべてを動顛させるのである。

　時は事物の流失によってのみ流れ去るのであるから、個々の事物は、しがみつき、緊張しきって、少しでも時の流れをゆるやかにし、よりよく表われようとする。そこで、いくつかの時期ができる。事物がよりゆるやかに成りゆく時期、時が憩い――と想像するわけだが――動きの停止と共に音が止むので――すべてが黙り込む時期。ただ待つ。悲劇的な一瞬にあること、身動きしてはならないことは自明である。

「天には静寂が生じた[8]」、終末の前ぶれである。――そう、悲劇的なのだ、悲劇的な時なのだ、新たな時代が始まり、天と地とは瞑想に耽り、七つの封印[9]をされた書が開かれようとし、万物が永遠の姿勢のうちに固定しようとする……そういう時なのである。しかし、なにかごうごうたる喧騒が湧き上がって時ならぬ邪魔立てをする。選ばれた高原で「時」が終焉に達すると誰もが思うその時に、かならず、貪欲な兵卒どもが出てきて、衣類を分捕りあったり、聖衣を誰のものにするかを賽子《さいころ》できめたりする――恍惚状態が聖女たちを不動にする時、帳が裂けて神殿の秘密を明かそうとする時[10]、全被造物に見守られたキリストが「すべては成し遂げられた[11]」と最後の言葉を口にしながら、至上の十字架に凝固しようとする時に。

　……ところが、そうはいかない、すべてをやり直さなくてはならない。永遠にやり直さなくてはならないのである。――なぜなら、賽子でキリストの寛衣を誰が所有するかを決めようとしていた男の一人がそのむなしい動作を止めなかったがために、あるいは、一人の兵卒が衣を一枚手に入れたいと思ったがために、あるいはまた、ある者がしかるべく見ていなかったがために。

なぜなら誤りはいつも同じで、楽園はそのつど失われるからである。「受難」が秩序だって進行する間に、自分一個の利を夢見る者が、端役のくせに傲慢で、全体の動きに従わないのである。*

8　『ヨハネの黙示録』第八章一。「子羊が第七の封印を開いたとき、天は半時間ほど沈黙に包まれた」とある。この後で、ラッパを持った六人の天使が、次々にラッパを吹き鳴らすと、終末の大惨事が続くが、七人目の天使のラッパで、神の摂理が実現する。

9　『ヨハネの黙示録』第五章一—五に、七つの封印をされた小巻物をひらける者が居ないが、最後に、七つの角と七つの目をもった小羊によってひらかれる。

10　『ルカによる福音書』第二十三章四十四—四十五にイエスの最期が語られるが、「さて、すでにほぼ第六刻になった。すると闇が全地を襲い、第九刻に及んだ。太陽が光を失ったのである。また神殿の幕が真中から裂けた……」（佐藤研訳）とある。

11　『ヨハネによる福音書』第十九章二十八—三十。

＊（原注[12]）一切の「真理」は「かたち」——つまり象徴——の裏にかくれている。すべての現象は、ひとつの「真理」の「象徴」である。その唯一の義務は、真理を明らかにすることである[13]。その唯一の罪は、自己を優先させることである。

私たちは、明らかにするために生きている。道徳と審美とのルールは同じである。明らかにしないすべての営みは無用であり、ひいては悪しきものである。明らかにしないすべての人間は無用であり、悪しきものである。（やや観点を高めてみるなら、すべてのものが明らかにしていることはわかるであろうが——それは後になってわかることなのである。）

「イデア」を明らかにする人は、皆、自分の明らかにするイデアよりも自分自身を好む傾向がある。自己を優先させること——これは過ちである。芸術家や学者は、自分の表現したい「真理」以上に自己を好んではならない。そこにかれらの道徳のすべてがある。ひとつひとつの言葉や文章を、自分の見せたいと思う「イデア」以上に好んではならない。そこに美学のすべてがあると言ってもよい。

しかも、私はこの理論が新しいものだなどと主張しはしない。諦観の教理はこれ以外のことを説いてはいない。

芸術家にとっての道徳の問題とは、かれの明らかにする「イデア」の道徳性の度合いや、他の者にとって有用であるか否かの度合いにかかわるのではない。問題は、「イデア」をうまく顕わしているか否かにある。——なぜなら、すべては、この上なく不吉なことでさえも、明らかにされなければならないのである。「自分を通して躓きのもたらされるものは禍いだ」。だが、「躓きはも尽きることのないミサ、毎日、キリストをふたたび苦悩におとしいれ、会衆は祈りの姿勢をとり……会衆だって！――人類全体をひざまずかせる必要があるのに。そのときにはミサは《一回で》十分であろうに……私たちが注意深くあることを知り、観ることを知っていたら……

三

「詩人」とは、観る者である。では、何を観るのか。――「楽園」だ。

なぜなら、「楽園」はいたるところにあるのだ。仮象に惑わされてはならない。仮象は不完全なのである。それは包蔵している真理を小声でつぶやく。「詩人」は言葉半分で理解しなければならない。――そして、それらの真理を言い直すのである。「学者」もそれ以外のことはしないのであろうか。かれもまた、事物の原型とそれらの継続を司る法則とを求める。要するに、観念の点では単純なひとつの世界、そこではすべてが正常に秩序をなす世界を、再構成するのである。

しかし、このような原初の「かたち」を、「学者」は、無数の例を通じて、ゆるやかな臆病ともいえる帰納によって探し求める。なぜなら、かれは明らかになったかたちに立ち止まり、確証を求めて、推測を自らに禁じるからである。

「詩人」はといえば、自分が創造することを知っているから、一つの事象を通じて推測する。――しかも、事象は、象徴として、ひとつあれば彼にとっては十分にその原型を明らかにするのである。外観は口実でしかなく、原型を隠す衣類であって、凡人の目はそこに止まってしまうけれども、実はわれわれに「それ」がそこにあることを示しているのだ、と詩人は知っている。*

「詩人は」敬虔に観照する。身をかがめて象徴を覗き込み、沈黙のうちに、事物の奥底まで、潜入して行く。――そして、この幻視の人は、「完璧な形《イデア》」が、「存在」の調和のとれた内奥の「諧調《ノンブル》」[15]が、不完全なかたちを支えているのを見出すと、それを捉え、過ぎ去る時のなかでそれを覆っていた仮のかたちには気をとめずに、それに永遠のかたちを与えることを知っている。それこそは、ついに得た、真の、そして宿命によって定められたその存在《独自の》「かたち」であり——楽園にふさわしい結晶体である。

たらされねばならない」のである。[14] ——芸術家、人間の名に値する真の人間、つまり何かの為に生きている者は、前もって自己を犠牲にしておかなければならない。かれの全人生は、それをめざして進んでゆくことにほかならない。

　では、いま、何を明らかにしようというのか。——それは沈黙のうちにのみ分かることである。

（この注は一八九〇年に、小論の本文と同時に記された）

12　このテクストにジッドはふたつの原注をつけているが、それは単なる補足以上の意味を持っている。数葉残された自筆草稿の第一枚目に、献辞に続いて、次の但し書きが、推敲の上、記されていたのである。「この論文は二つの注記を支えるために——それを不可欠のものにするために書いた。注などはないがしろにしてもよいと考えるよりは、むしろ注だけを読んでいただきたいものである」。たしかに、この注には、ジッドの原点ともいうべき芸術観が明確に示されている。Réjean ROBIDOUX, *LE TRAITÉ DU NARCISSE (Théorie du Symbole) d'André Gide*, Editions de l'Université d'Ottawa, 1978, p. 94-95 参照。

13　「真理を、イデアを明らかにする、顕わす」manifester という考えはジッドにとってきわめて重要で、日記においても、『アンドレ・ヴァルテールの手記』においても、繰り返し述べている。「私たちは明らかにするために生きているのであって、生きるために生きているのではない。——目的と手段、そこに違いがある。道徳とは、それ自体として求められるべきものと、私たちにとってはそこに到るための手段でしかないものとを、識別するところにある。」（『アンドレ・ヴァルテールの手記』一二七頁）他。

14　「躓きがやって来ないということはありえない。しかし、禍いだ、自分を通してそれがやって来る、その当の人は」（『マタイによる福音書』第十八章七、『ルカによる福音書』第十七章一）。ジッドは聖書の前後関係を逆転させ、禍いをも引き受ける芸術家の覚悟を語る。

＊（原注）私が象徴と呼ぶのは——すべての顕れるものであると承知おき願いたい。

15　Nombre とは文字通り、「数」であるが、ある統一体の構成要素の間の均整のとれた調和関係、とくに律動的・和声的調和から生じる美をさすことが多い。

なぜなら、芸術作品とは結晶体なのである。――それは楽園の一部分をなすものであり、そこでは「イデア」がその尋常を超えた純粋性のうちに再び咲き出でる。また、そこでは、失われた楽園《エデン》でそうであったように、正常かつ必然の秩序があらゆるかたちを相互に均斉の取れた依存性のうちに配置するのであり、言語の驕りが「思想」に取って代わることがない。――そこでは、――これも象徴ではあるが、純粋な象徴である――律動的で確実な文が、また、ことばが、透明となり、啓示力を持つ。

　このような作品は静寂のうちでしか結晶しない。しかし、群集の真っ只中にも、ときに、静寂はある。そこに、芸術家は避難し、シナイ山上のモーゼのように、[16] 一人だけになり、事物からも時からも遠ざかり、無数の雑事の遥か上方で光にみちた雰囲気をまとうのである。芸術家のうちで、ゆるやかに、「イデア」は憩う、そして、移ろう時々刻々の圏外に、明らかに開花するのである。そして、イデアは時の中に位置しないのだから、時はイデアに対して何も干渉することができない。さらに言を進めようか。「楽園」とは、それ自体、時の外にあるのであり、そこにのみ、つまりイデアとしてのみ、存在したのではあるまいか……。

　その間、ナルシスは、恋するこころによって変形される幻影を、岸辺から眺めている。夢見ているのである。子供のこころをもつ孤独なナルシスは、壊れやすいイメージに夢中になっている。自分の恋の渇きを癒そうと、愛撫したい気持にかられて、流れに向かって身をかがめる。かれはかがみこむ、と、突然、夢幻の光景はかき消える。流れの面に、かれは、自分の唇にむかって差し出される二つの唇、自分を見つめている二つの目、それはかれの目だが、それしか認めない。かれは、それが自分自身であること――自分が一人きりであること――そして自分が自分の顔に惚れていることを、さとる。まわりには空虚な紺青が広がり、かれの青白い腕がそれを破る。欲情に突き動かされた腕は打ち砕かれた外観を貫いて差し伸べられ、未知の要素の中に突き入れられる。

　そこでかれは、すこしばかり、身を起こす。顔は離れる。水の面は、前のように、彩られ、幻影がふたたび現れる。しかしナルシスは自分に言い聞かせる、抱擁はできない、――イメージを自分のものにしようと欲してはならない、所有しようとして少しでも動けばイメージは破れてしまう、と。自分はひとりだ。――どうしたらよい？

ただ、観る。
重々しく敬虔に、ナルシスはふたたび落ち着いた自分の姿勢をとる。かれは留まる――拡大してゆく象徴だ――そして、身をかがめて「世界」の仮象を眺め、幾世代もの人間が通りがかり、自分のうちに、吸収されるのを、漠と感じるのである。

この論文はおそらくさほど必要なものではないのだろう。いくつかの神話だけで、はじめは十分であった。ところが、やがて、説明したいと思った。神秘を明かし自分が崇敬されたいという祭司の驕りといおうか、――あるいはまた、神殿の最も秘められた宝を、自分ひとりで崇めているのを心苦しく思い、他の人々にも賛嘆してもらいたいと願うあまり、開帳することによって、露呈し冒瀆してしまう、使徒によくみられる愛、そして生き生きとした共感といおうか。

16 『出エジプト記』第十九章。

ユリアンの旅

《*Dic quibus in terris...*》
Virgile.
（「言いたまえ、これはいったいどこの国だ」
ウェルギリウス[1]）

序章

思索と研究と神を思う法悦とに捧げられた苦い夜が終わったとき、私の魂は、夜来、孤高のうちに信心ひとつに燃えていたのだが、ようよう曙の近づくのを感じ、呆然と倦み果てて、目覚めた。いつのまにか、ランプの灯は消えており、曙に向かって十字格子《じゅうじごうし》の窓は開かれていた。私は額を窓ガラスの露に湿し、燃えつきた夢想を過去へと押しやると、曙光に目をすえて、諸物の転生を続ける狭隘《きょうあい》な谷間を、足にまかせて進んで行った。

溢れ出る曙光よ！　大海のもたらす驚きの数々、東方の豊かな光、それらを夢見て、あるいは追憶して、夜もすがら、旅を求める気持が、微風と音楽とを欲する思いが、私たちの労多き考究に付きまとっていたのだ！　長い間、夢を辿って行くように、この悲劇に満ちた谷間を歩いて行くと、峨々《がが》と聳える岩山が開けて、ついに、紺青の海が姿を現わした！　そのときに私の覚えた歓喜を、一体誰が表現しえよう。[2]

お前の波の上を！　お前の波の上を！——と私は思った——永遠の海よ、未知の運命に向かって、私たちは進んで行くのであろうか。あまりにも稚い私たちの魂は、こうしておのれの剛毅さを求めるのであろうか。

1　ウェルギリウス『牧歌』第三歌の末尾（百四句と百六句）で牧人ダモエタスとメナルカスが謎を掛け合い、二人ともこの表現で問いを始める。あれこれの珍奇な現象の見られるのはどこだ、とたずねるのである。

2　曙の到来とともに、ランプの明かりのもとで過ごした思索と創作の一夜を閉じる設定は、すでに『アンドレ・ヴァルテールの手記』にも見られたが、そのような密室での禁欲的思弁をはなれて、冒険を求め大海に乗り出そうという本作は、マラルメの詩「海の微風」の流れを強く感じさせる。

浜辺には巡礼仲間が待っていた。私は彼らをひとり残らずあれは誰と認めることができた。皆にどこかですでに会ったのかどうか、それはわからなかったけれども、私たちは同じ徳を分かち合っているのだ。太陽はすでに海上高く昇っていた。仲間は明け方から来て、寄せてくる満ち潮の波を眺めていた。私が待たせたことを詫びると、皆了解してくれた。彼らは、私が道々また何らかの教義上の細部にこだわり躊躇《ちゅうちょ》していたために遅れたとでも、思ったのだろう。それで、もっと気軽に来ればよかったのに、と小言を言いもした。私が最後で他に待つべき人はなかったので、私たちは船が出帆の装備をしている大きな港町へ歩いて行った。町の喧騒は浜辺の私たちのところまでも聞こえてくるのだった。

私たちがその晩のうちに乗船することになっていた町は、陽光と喧騒と祭りの騒ぎとで、真昼の白熱した昂揚の下に、沸き返っていた。海岸通りの大理石にサンダルは焼けるようだった。祭りは彩り豊かだった。二艘の船が、前夜、到着していた。一艘はノルウェーから、もう一艘は素晴しいアンティル諸島から来たのだ。人々は、三艘目の船が威風堂々と港に入るのを見ようと、群がって走って行った。奴隷と真紅の染料の大包みと天然の金塊とを積んで、シリアから来たのだった。船橋の乗組員たちは皆忙しく働いていた。操作のために合図を交わす叫び声が聞こえてきた。帆柱の上で綱を解いている水夫がいる、また別の水夫は波立つ水面の近くで太索《ふとづな》を投げかけている。しぼんだ帆布は襞をなして、幟を何本も広げた大帆桁に掛かっていた。岸壁よりの海が十分に深くなかったので、船は接岸することができなかった。艀舟《はしけ》が何隻もやって来て、まず女奴隷を乗せた。女たちが陸に降ろされるとすぐに、人々はそれを見ようとひしめいた。女たちは美しく全裸にちかい姿だった。しかし、いかにも悲しげだった。ついで水夫らは香と高価な布とを降ろした。真紅の染料の包みは海に投げ入れた。それは陳腐な商品なのだ。波が堤防に沿って運んで来ると、かがみ込んだ男たちが竿で梯子のほうへ導くのだ。アンティル諸島からは、ありとあらゆる珍しい木と目もあやに色のうつろう鳥と幸せな浜辺に寄せる波の歌の聞こえてくる数々の貝とが到来していた。人々はそれを競り合って買いあさった。市は鳥籠でいっぱいだった。それより繊弱な鳥は大きな鳥小屋に放されていたが、そこには料金を払って入るのだった。皆、囀《さえず》り、商人たちはお祭り気分で浮き立っていた。掛小屋では、軽業とパントマイムをしていた。ある壇上では、道化役者が跳んだり跳ねたりして、短刀と炎を投げかわしていた。

その先には町の氷室があり、氷霧におおわれて戻って来たノルウェーの船が氷を供給するのだった。地下倉は地中深く広がっていた。が、どこもかしこも氷で一杯だった。それで、この船は、その重い積荷を港に降ろし、山のように積み上げた。それは緑色で透き通るような感じで、涼気に包まれていた。喉の渇いた船乗りたちは、そこに蔭を味わいに来て、濡れた氷の壁に燃えるような唇と手とを押し当てるのだった。サフラン色の肌をした男たちが、血に染まった腰布をつけただけの姿で、たわむほど板に載せた手押し車何台分もの雪と、海から回収して来た純粋の氷塊とを、後から後から運んで来た。それは一旦船から海へ投げ込まれたのだ。氷も雪も泡も、青い水の上に真紅の染料と共に漂っているのだが、染料が溶けると、水は、寄せては返す波のように間歇的に紫といってもよいほど濃く染まるのだった。

さて、いよいよ夕方になった。真紅の太陽は索具のあいだに消え、たそがれどきの歌が立ち昇る。そして静けさを取り戻した港には、私たちを乗せていくお伽噺から出てきたような船が揺れているのだ！　そこで、私たちは、この日のうちに、これから先に起こりうるあらゆる出来事の味をあらかじめ知ったので、もう過去を眺めることは止めて、これから来るものに目を転じるであろう。こうして、この神秘的な船は、港を、遊興を、沈んだ太陽を、背後に残して、曙に向かって夜深く突入した。

悲愴の大洋

一

洋上の夜。私たちは自分らの運命を語りあった。きよらかな夜。オリオン号[3]は島を縫って航行を続ける。月が断崖を照らしている。青い暗礁がいくつも見えた。見張り番がそれを告げた。見張りは海豚《いるか》のいることも告げた。月明かりに戯れているのだ。暗礁のそばで海豚たちは潜り込んで、もう二度と出ては来なかった。波の下で青い岩が微かに光っている。光を帯びた海月《くらげ》が、ゆっくりと深い海から浮上して来て、夜気に触れて花開き、波に揺られる大海の花々となる。星たちは夢見ている。私たちは船の舳先にいって、索具のそばで波すれすれに身を乗り出して、船員たちにも、仲間たちにも、あらゆる行為にも背を向けて、波浪と星辰と島々とを眺める。——あなたがたは島の通り過ぎて行くのを眺めているのだ、と私たちを少々軽蔑している乗組員は言う。連中は、何と通り過ぎて行くのは彼らなので、こういう物は後々まで残る——私たちが遁走した後も、そのまま残るということを忘れて、顔をあわせるとそんなことを言うのだ。

断崖をなす山塊の変わりゆく相貌、そして延びに延びてついには没してしまう岬！　岸よ！　岸の変貌よ！　私は今、お前たちこそ残るのだということを知っている。私たちが過ぎ去るからこそ、お前たちが過ぎ去るように見えるのだ。そしてお前たちの相貌は、お前たちのいつに変わらぬ忠実さにもかかわらず、私たちの変転ゆえに変わるのだ。夜の見張り番が何艘か船の存在を告げる。私たちは、夕刻から日の出まで波浪をのぞきこんで、永遠の島々の間を通り過ぎる事物を識別することを覚えるのだ。

今夜、私たちは過去を語りあった。誰一人、どのようにして船まで来る次第になったのかはわからなかったが、思索の苦い夜を後悔する者はいなかった。

「どのような暗い眠りから、如何なる墓から、僕は目覚めたのだろう」とアランが言った。[4]「僕は考えに考えていた。そして今も病気なのだ。おお、静まったオリエントの夜よ、神のことを考えるのに倦んだ僕の頭を、お前はついに憩わせてくれるのだろうか」

「僕は征服欲にさいなまれていた」とパリッドが言った。「勇気凛々《りんりん》、自分の寝室のなかを歩き回っていた。しかし、僕は悲しかった。しかも、英雄的行為を絶えず夢見ることに、それを実行する以上に疲れていた。さあ、これから何を征服しにいくのだ。僕らはどんな手柄をたてるのか。どこへ行くのか。教えてくれたまえ。この船は僕らをどこへ連れて行くのか」私たちの誰一人それは知らなかった。しかし、皆が自らの勇気に奮い立っているのだった。

「ここで僕らはいったい何をしているのだろう」とパリッドは続けた。「それに、以前の生活が僕らの睡眠状態だったとするなら、今の生活は何なのだろう」

3　オリオンはギリシア神話にあらわれる巨人の狩人。情欲がきわめて強烈で、その充足のためには人間の女性だけでなく女神たちをも犯そうという乱行をいとわない。その最期は、貞淑の象徴である処女神アルテミスとの関係から語られている。一説ではアルテミスを犯そうとして殺されたとされ、他の一説ではアルテミスがオリオンに恋をし、それを妬んだアポロンによって殺されたと言われる。倫理と審美の理想を求め、自分の生きる道を見出そうと大航海に乗り出すユリアン他の「騎士」たちが乗る船の名として、象徴的な意味を持つと言えるだろう。
4　作中人物のモデル探しはあまり意味のあることではないが、ジッド自身が当時の親友ピエール・ルイス宛の書簡で、明示しているので、紹介しておく。「ユリアンを託してくれたのはアンリ・ド・レニエだ。彼自身はポール・アダムの援助があったのに何もできなかったのでね。エリスはツルゲーネフから想を得た。でも、僕はもっと別の女性にするつもりだ。なにしろキクヂシャのサラダを食べ始めたりするんだからな。君はカビロールという名だ。ドルーアンはイディエかパリッド、モーリス・キヨはトラドリノ。ナタナエルは僕の最上の友人、アランはアンドレ・ヴァルテール」（一八九二年八月一日付書簡）。André Gide/Pierre Louÿs/Paul Valéry, *Correspondances à trois voix 1888-1920*, Gallimard, 2004, p. 619-620.

「きっと僕らは夢を生きているのだ」とナタナエルが言った。「寝室では眠っているわけだけれどね」

「では、僕らの美しい魂の話を語り聞かせることのできる国を探したらどうだろう」とメリアン[5]が言った。

しかし、トラドリノが大声で言った。「きっと、自分が理由をよく知っていることしかうまく実行することができないという思い込みと空しい論理癖とがいまだに君らを捉えていて、それでこういう徒《いたずら》な議論を引き起こすのだろう。僕らがどうしてここに来たのかなど知らなくてもよいではないか。僕らがオリオン号に乗り込んでいることに何やら神秘めかした動機を求める必要などどこにあるのか。僕らは書物を投げ出した、書物に飽き飽きしたからだ。海と本物の空との秘められた思い出があって、それが考究など信用できないという気持ちを引き起こしたからだ。何か別のものが実在していたのだ。バルサムの香る生温かい微風が僕らの窓のカーテンを吹き上げたとき、僕らは意に反して平原の方に降りて行き、歩み続けた。僕らは思考にうんざりして、行動を欲していたのだ。君たちは見ただろう、漕ぎ手から重い櫂《かい》を取り上げて、液体の紺青の手応えを感じたときに、僕らの魂が歓びにみちたその本性を顕《あらわ》したのを。さあ！　今は、成り行きに任せよう！　オリオン号が僕らをどこかの浜辺へ導いてくれるだろう。僕らの内に感じている剛毅な心が自ら偉業を成就させてくれるだろう。すべてを前もって考えたりしないで、ただ待とうではないか――僕らの光栄ある運命が到来するのを待とうではないか。」

その夜、私たちは、船出してきた喧騒に満ちたあの町について、そこの市について、群集について、語りあった。

「なぜまた」とアグロヴァル[6]が始めた。「あんな人々のことを思い出すのか。彼らの目はただ物を見るだけで、驚きさえもしなかった。僕はサーカスの演技にすすり泣いていたボオルダンに好感をもった。何事にせよひとつの儀礼として行うべきなのだろうに、あの連中ときたら何らの荘厳な気持ちもなくサーカスを見ていた」

「ユリアン[7]、君はどう思う？」とアンゲール[8]が言った。

そこで、私は答えた。

「常に表象として顕さなければいけないのだ[9]」

それから、こういう議論は私たち全員にとって耐え難いものになってきたし、また考えることにも疲れてきたので、もう過去については話し合うまい、事毎に理屈をいうことも止めようと約束した。明け方になったので、私たちは別れて、眠りについた。

三日前から陸《おか》は見えなくなっており、私たちは海原の真っ只中を航行していた。すると、いくつもの美しい浮島に出会った。神秘に満ちた海流が延々と私たちのそばまで押し流してきたのだ。永久にざわめいている波のまん中をそのような島と並行して流れて行くと、はじめは、オリオン号が動きを止め、砂上に座礁したのではないかとさえ思われた。しかし島がもっとよく見えるようになって、思い違いに気がついた。私たちは小舟で島のひとつに降りた。島はどれもほとんど同じで、等間隔に連なっていた。その整った形から見て、ビワガライシサンゴ礁ではな

5　聖杯物語の騎士の一人と同名。
6　メリアン同様、聖杯伝説につながる名で、主人公ペルスヴァルの兄弟。
7　この名もブルターニュ伝説に関係がある。ユリアン王は円卓の騎士の一人イヴァンの父。この人物をテーマにマチアス・クローディウス（一七四〇—一八一五）が詩「ウリアン王の世界一周旅行」を書き、それに想を得てベートーヴェンがリートを作曲している« Urians Reise um die Welt », Op. 52-1。ジッドがそのような作品に通じていたという確証はないが、可能性はありそうだ。Jean-Michel WITTMANN, AGRR I, p. 1280, note 7 参照。
8　この名はのちに『地の糧』にも現われるが、その際に、ジッドはヴァレリーに、君の名はこれだ、と言っている。André Gide/Paul Valéry, *Correspondance 1890–1942*, Gallimard, 2009, p. 416.
9　すでにジッドは『水仙の論』において、芸術家・詩人の使命を次のように述べている。「一切の「真理」は「かたち」——つまり象徴——の裏にかくれている。すべての現象は、ひとつの「真理」の「象徴」である。その唯一の義務は、真理を明らかにすることである。その唯一の罪は、自己を優先させることである。私たちは、明らかにするために生きている。道徳と審美とのルールは同じである。明らかにしないすべての営みは無用であり、ひいては悪しきものである」
Représenter（［表象として］顕わす・表現する）という言葉が、ジッドの全作品を要約する一つの鍵になった経緯は、後年の回想録『一粒の麦死なずば』第十章に詳しく述べられている。

いかと思われた。豊かに繁茂した素晴らしい草木がなかったら、かなり平坦に違いなかった。前方はやや切り立った感じで、火山岩のような灰色の珊瑚礁をなし、草木の根が剝きだしに見えるのだった。後方は、髪の毛のように浮いており、根は海のために赤くなっていた。種類もわからない木々、奇妙な樹木が重い蔓植物の下に撓み、弱々しい蘭の花が葉叢にまざって見えた。それは海上の庭園だった。昆虫が後を追って飛び、花粉が波の上に尾を引いていた。——雑木がびっしり生えていて林の中に入れないので、岸に沿って歩かなければならなかった。そして、しばしば、枝が水面の上に伸びていると、ときには、這ったり、木の根と蔓にしがみついたりして、枝の下を潜り抜けて行かなければならなかった。島の後部にしばらく留まってとてつもなく大きい昆虫の飛ぶのを見たいと思ったが、息の詰まるような匂いが島全体から立ち昇り風に吹き付けられてくるので、その匂いに私たちはすでに眩暈を感じて悩んでいたのだが、それ以上に続ければ死んでしまっただろうとさえ思われる。その香りたるや実に濃厚なもので、芳香分子の微粒塵が渦巻いているのが目に見えるほどだった。——私たちは島の反対側に行った。朱鷺《とき》と紅色フラミンゴが眠っていたが、飛び去っていった。私たちは岩礁の岩に腰を下ろした。沖からの風が匂いを吹き払ってくれた。

島は大して厚くないようだった。なぜなら、海の底深く、島のおとす影のもっと先にふたたび光が見えたのだから。そこで私たちは、一つ一つの島は、熟した果実が枝から離れるように、分離してきたのだろうと思った。——生まれ出た岩に深く結びつけるものが何一つなくなったとき、あたかも浮気な行為のように、漂うままに、あらゆる流れに見境もなく乗って、運ばれてきたのだ。

五日目になると、残念なことに、島は見えなくなってしまった。

日が没するとすぐに、私たちは薔薇色と緑色を帯びた海で水浴した。水は空を反映して、やがて金褐色に染まった。生温かい穏やかな波のやわらかさが身に浸み入ってきた。舟の漕ぎ手が待っていた。月が出ると、私たちは小舟に戻った。風がわずかに吹いていた。私たちは帆綱をゆるめ、間切りを最大限にして進んで行った。まだ薄紫色に染まっている雲を眺めたり、月を眺めたりした。月が静かな海に銀色の航跡を標し、そのなかに櫂が光の渦を穿つのだった。前方では、オリオン号が、神秘を湛えて、月の跡を進んでいた。月は、一本の帆柱の向こうに見えていた――が、やがてひとり離れて――朝になると海に没した。

二

七日目になると、私たちは砂浜に接近した。そこは乾ききった砂浜で、いくつもの砂丘の動きで相貌が変わるのだった。カビロール、アグロヴァル、パリッド、それにモルギャン[10]が船を降りた。私たちは彼らを二十時間も待った。真昼時に出て行ったのだが、翌日の朝になって、何やら身振りで合図をしながら駆け戻ってきた。私たちのすぐそばまで来ると、パリッドが叫んだ。

「逃げよう、逃げよう。島にはセイレーンが住んでいる、たしかに見たんだ」

オリオン号がすべての帆を広げて遁走し、彼らも一息ついたとき、語ったのはモルギャンだった。

「僕らは、日一日、青いアザミをかき分けて、流動する砂丘の上を歩いた。日一日、見えるのは動いて行く丘だけという状況で歩いた。風で丘の頂が揺れ動くのだ。足は砂に焼かれ、乾いた空気が燃え上がって唇はかさかさに干上がり、瞼はひりひり痛んだ。（日々に輝くオリエントの陽《ひ》よ、日々に砂上に輝く正午の陽よ、お前の豪華さ、お前の充足ぶりを、誰が表現しえよう！）夕刻になり、とても高い丘の麓まで来たのだが、すっかり疲労してしまい……日の没するのも待たずに、砂上で眠った。

でも、長くは眠らなかった。暁の来るずっと前に夜露の冷たさに目が覚めたのだ。夜の間に砂は移動しており、前夜の丘も見分けられなかった。僕らはふたたび歩き始めた。常に上へ上へと、どこに行くのか、どこから来たの

10　アーサー王物語で、妖精モルギャンはアーサー王の義父姉でセイレーンと暮らしている。

か、船をどこに残してきたのかもわからないままに。しかし、しばらくすると、後方で、空が白み始めた。非常にひろい高原に来ていた――少なくとも初めは非常に広く見えた。――そして、まだ高原を渡り切ったとも思っていなかったときに、突然、土地が切れて、霧のいっぱいに立ちこめた谷が開けた。僕らは待っていた。後方では曙が近づいてきた。曙光が立ち昇ってくると、霧が晴れた。――そのとき、眼前に現われたのだ。広大な平野のほど近くに、驚嘆すべき町が見えた。それは曙色に染まったイスラムの町で、風変りな祈禱時刻を報知する《ミナレ》尖塔がそこかしこに聳え、吊るされたように高いところにある庭園まで階段が次々と続いているのだった。そして、テラスの上では、薄紫の椰子の木が梢を傾けていた。町の上には霧が雲となってたなびき、祈りの尖塔がそれを引き裂いているのだった。尖塔はとても高かったので、そこには大雲が懸かっており、まるで飾り旗のようだった。風はそよとも吹かないのに流動している大気の中で、皺ひとつなく、ぴんとのびた旗だった」

「ところで、僕らの定見のなさはこんな状態だった。キリスト教の大聖堂を前にしては回教寺院の塔を夢見るのだったが、今日、イスラムの祈禱告知塔を前に僕らはキリスト教の教会の鐘楼を想っていた。そして朝の空気のなかで、日に三度祈りのときを告げるカトリック教会の鐘の音を待っていたのだ。しかし、夜もようよう明けたばかりのことで、虚空に消え去る何とも知れぬ微かなざわめき以外に音を立てるものとてなかった。と、突然、太陽が姿を見せ、ひとつの尖塔から、今昇る太陽に最も近い塔から、歌声が発せられた。それは悲壮な異様な歌で、僕らはさめざめと泣くこともできたろう。声は高くふるえていた。そこに、また新たな歌が湧き出た、そしてまたひとつ。回教寺院は、朝日が照らすや否や、ひとつまたひとつと目覚めて旋律を帯びるのだ。やがてすべての寺院が歌った。それは今までに聞いたこともない呼びかけの声だったが、別の声が呼びかけ始めるや否や、高らかな笑い声で終わるのだった。朝ぼらけのうちで、祈禱時刻の来たことを告げる僧たちは雲雀のように応えあっていた。彼らは質問を投げかけるのだが、それには他の質問が続く。そして、一番高い塔の上にいる最高位の僧は、雲に隠れて何も言わないのだ」

「その音楽があまりにも素晴しかったので、僕らは動くこともできず、恍惚としていた。そのうち声が弱くなり優しくなってきたので、町の美しさと椰子の木々の動く蔭とに思わず惹きつけられて、僕らは近づこうとした。声はますます弱くなった。しかし、声が弱まると、町自体が遠ざかり、歌の一節ごとによろめき、崩壊してしまった。尖塔も、ひょろ長い椰子も消え去った。階段も崩れ落ちた。色を失った高台の庭園の向こうに海と砂とが見えてきた。それは歌とともに鼓動を打って、いまは去り行く蜃気楼だった。歌は終わった。魅惑は已み、蜃気楼の町も消えた。僕らは胸が恐ろしく締め付けられて、死に絶える鼓動を聞かんばかりだった。

いまだにトリルとともに踊っている幻の切れ端、と見る間に、ひゅうひゅうと息の音——まさにそのとき、藻の上に横たわっているのが、見えたのだ。セイレーンたちは眠っていた。そこで、僕らは逃げ出した。体が震えて走れない位だった。幸なことに船のすぐそばにいた。船は岬ひとつ向こうに見えたのだ。セイレーンから君たちはたったひとつの岬によって隔てられていただけなのだ。君たちの声を聞きつけられたら、どんな危険に曝されたことか——そこで僕らも君たちのすぐ側に戻って来るまでは大声を上げることができなかったのさ。叫び声で目を覚まされると困るからね。昨日、一体どんな道を辿ったのか、僕にはわからない。あんなに少ししか進まなかったのだから。今になって考えてみると、同じところで足踏みをしていたのだ、足元で移動していたあの動く丘々も、あの高原も、谷も、すでにセイレーンの魅惑にかかっていたのだと思うね」

彼らはそこでセイレーンの数について議論を始め、よくセイレーンの奸智を免れえたものだと、感激していた。

「ところで、セイレーンはどんな風だったのだい」とオディネルがたずねた。

「藻の中に寝そべっていたのだ」とアグロヴァルが言った。「水の滴る髪が全身を覆っていた。髪は緑と褐色で、海草のようだった。ただ、あんまり急いで走ったものだから、よく見ることはできなかった」

「手に水掻きがあったよ」とカビロールが言った。「そして鋼色の腿は、鱗に覆われて光っていた。すごく怖かったんで、僕は逃げ出した」

「僕の見たところでは、鳥のようだった」とパリッドが言った。「嘴の赤いすごく大きい海鳥みたいだった。羽があったよね」

「違う、違う！」とモルギャンが言った。「セイレーンは女にそっくりだった。とってもきれいな女。だから僕は逃げだしたんだ」
「でも、声は、声は、どんなだったのか言ってくれたまえ」（すると、皆それぞれに、それが聞こえたらどんなによかったろうという様子だった）
「声は」とモルギャンが言った「影に閉ざされた谷間、病人に与える冷たい水のようだった」
ここで、各人がセイレーンの特性とその魔力について喋った。モルギャンは黙っていた。そこで僕には彼がセイレーンを惜しんでいることがわかった。

その日、私たちは水浴をしなかった。セイレーンが怖かったのだ。

三

十三日目のことだった。その平原を、私たちは、朝からずっと歩き続け、しかも道がどこにあるのかわからず、迷ってしまったのだが――そろそろ退屈し始めた。すると、そのとき出会ったのはハネガヤ草の生い茂った中にたたずむ一人の小娘だった。その子は、褐色の肌をし、真昼の太陽の下に素裸で、いずれ年頃になるのを待ちながら草を食む駱駝の番をしているのだった。道を尋ねると、町を指さして泣き出すではないか。
……一時間の後、町が見えた。町は広かった、が、死の町だった。私たちは厳粛な悲哀に捉えられた。なぜなら、いくつもの回教寺院は、祈りの尖塔も壊れ、大壁は崩れおち、円柱だけ立っている廃墟となり、町に陰鬱な過去の記念建造物のような感じを与えていたからである。私たちは、瓦礫を避けながら広い通りをたどっていったのだが、その通りは、打ち捨てられたイスラム隠者の墓がいくつもあるところで、その脇に生えている巴旦杏《はたんきょう》の木の下で、やっと野に出た。

それからもまだ一時間ほど歩いた。平野は尽き、丘が始まり、私たちはそこを登っていった。丘の上には今度は村が見えた。村道を歩きまわってみたのだが、どの家も閉ざされていた。どうしてか、人っ子一人見えなかった。住民は畑仕事に出ているのではないか、とアンゲールが言った。通りでは、黄色い塀という塀から、息の詰まるような重苦しい暑さが押しかぶさってきて、耐えがたかった。大きな蠅が何匹も、陽を浴びて、白い扉に羽音を立てていた。とある入り口の前では、階段に腰をおろして、子供がひとりおそろしく醜い陽物をひねくりまわしていた。私たちは村を去った。

ふたたび平野が広がった。さらに一時間というもの、私たちは、陽にさらされて、埃の中を歩いた。どうしてかはわからないのだが、突然、四角い大建造物が、平野にそそり立ち、一つの扉から聞こえてくる叫び声がかなり遠くからすでに私たちをひきつけた。私たちは足を速めた、やっと何かを見ることができると思ったのだ。広いホールに入ると、大勢の人が喚きたてており、はじめは耳を聾せんばかりであった。私たちは話したい、誰かに質問して知りたい、と思った。ところが、誰も耳をかさなかった。皆が狂ったような身振りでホールの中央を指し示し、自分らも眺めているのであった。

壁に背をもたせて爪先立って見ると、群集のまん中に二人の神がかり回教僧が恍惚状態になりかかっていた。彼らは、四人の男がしゃがみこんで演奏している音楽に合わせて(もっとも、音楽は人々の叫び声に掻き消されて聞こえないのだが)、ゆっくり回転していた。そして、器楽演奏が楽句の段落に達したところで、定期的に恐ろしく高音の叫びを喉からしぼりだす。すると群集が熱狂的に足踏みをしてそれに応じるのだった。二人の僧は体半分ほども高い縁なし帽をかぶり、長くてとても幅の広い服をまとっているだけだった。音楽に引きずられて、彼らは段々速く回転し始めた。服は体を軸に広がって、サンダルを履いて跳ね上がる足が見えるようになった。回転がさらに速くなって、回教僧はサンダルを脱ぎ捨て、石の上で、裸足で踊り始めた。服は、広がって、体の周りに持ち上がり、くるくる回る脚が見えた。中心軸を外れてしまって傾いた帽子も、髭も見られたものではなかった。よだれを流し、歓喜のあまり白目をしているのだった。群集はもう自制することもできず、酔い痴れたようにふらふらしていた。ふたりの僧は熱狂して、支離滅裂の叫びをあげながら狂ったように速く回るので、服はますます広がり、ほぼ水平になって、素っ裸の姿を晒し、猥雑の極であった……私たちはそこを去った。

その先もまだ平野が続いていた。そして夜になった。さらに一時間ほど歩いてから、私たちは船に戻った。

水夫たちは生温かい海で水浴した。燃えるような大気が肌をかさかさにしてしまったのだ。宵になったが、爽やかに憩えるわけではなかった。瞼に口づけを感じるような爽やかさはなかった。夜になっても暑すぎて、もう眠ることができない。天のはてで稲妻が音もなく煌き、波の上をぼんやりと燐光が走る。船橋に寝そべって、水夫たちと見習いの少年水夫たちとは、夢見ている。神秘に満ちた夜、手をさしのべて、彼らは欲求に身悶えするのだった。私たちは立ったままでいた。横にはなりかねたのだ。一晩中、彼らの悩ましい息遣いが海の熱っぽい息吹に混ざるのを聞いていた。しかし、もっと真剣なひとつの考えが私たちの謹厳な姿勢から生まれてきた。そして、夜の和らぎが顔を覆ってくれた。

四

二十一日目、私たちは樹木の生えている浜を前に停泊した。海から遠からぬところに町が見えた。ユーカリ並木の大通りがそこまで通じていた。女たちが三々五々散歩していた。並木通りの両側には木々の間に屋台と天幕の小屋が並び、市が立っていた。船からも赤と黄色の斑点が見え、甘口のピーマンとバナナの房だとわかるのだった。

日の暮れる前に、メリアン、ランベグ、オディネルの三人が乗組員の一部と共に上陸した。食料を購入し、道を聞くためだった。翌日、メリアン、ランベグ、オディネルは戻ってきたが、水夫のうち帰って来たのはごく一部分だった。彼らは顔面蒼白で、大きく見開かれた目は、表現しがたいほどうっとりと光っているのだった。彼らは、血の流れる傷口のように真紅の素晴しい果物と今まで知らなかった粉で作った菓子とを持ち帰ってきた。ただ、私たちがいろいろ尋ねようとすると、疲労困憊しているからと言って、ハンモックに寝そべってしまった。それで彼らが海浜の女たちの所にいたことがわかり、私たちはとても悲しかった。他の連中も皆戻って来るまでは出発したくなかったので、夕方、メリアン、ランベグ、オディネルの三人と、前夜彼らについて行った水夫が、また町に行って来よう、と言った。私たちはそれを引き止めることができなかった。また、さらにアルファザールとエクトール[11]が同行するのを断念させることもできなかった。前夜行って来た者が町で何をして来たのかを彼らに喋ったのだろう。夜遊びに疲れた連中がハンモックに揺られているとき、そのそばに、この二人が長い間へばりついているのが目撃されたのだから。

　彼らは翌日皆戻って来た。オリオン号は帆を揚げることができた。連中はまた別の果物を持ち帰ってきた。茄子のように大きくて紫色だった。彼らはとげとげしく血走った目つきをし、唇には厭な皮肉を浮かべていた。口論はその美しい果物をめぐって始まったのだ。彼らは私たちにそれを食べさせようとしたのだ。しかし、果物があまりに見事に輝き、あまりに素晴しいので、私たちは警戒した。そう言うと、彼らはあざわらった。

「本当に勇敢な騎士たちだな。果物すら心配で食べられないとは！　君たちの不毛の徳は要するに禁欲することなんだ、ぐずぐずと疑ってね。永遠に疑おうって言うのか。一体、なぜなんだ？」

　そして、こちらは何もたずねないのに、町でしてきたことを話し始めた。まず、市場、果物購入、そこの女たちの喋る未知の言葉。ついで、光にみちた遊興の庭、木々の葉蔭にかかっている灯籠。長い間、彼らは入らずに、柵越しにダンスと飾り燭台のイリュミネーションを眺めていた。そこに女たちが通りかかり、引っ張り込んだ。彼らは手が触れるや否や一切の抵抗力を失った。初めは恥ずかしかったが、やがて、そんなことは滑稽だと思った。しかし、彼らが夜の媾合を語ろうとすると、アンゲールが怒鳴った。それは必要にはちがいないが、そんないやらしいことをするのに二人がかりでする気がしれない、そんな場合、自分は鏡からも身を隠す、と言うのだった。——

11　二人とも聖杯伝説に出てくる人物名。

降って湧いたこの率直さに、町に行ってきた連中はスキャンダルだと罵声を上げた。するとアンゲールは、自分が女性を好ましく思うのは、ヴェールを被っているときだ、そんなときでさえ、女たちが羞恥心を忘れるのではないか、ちょっとでも優しい気持が昂じると着物が滑り落ちるのを見る羽目におちいるのではないかと心配なのだ、と言う。連中は声を上げて笑い、私たちに背を向けた。その日から、皆が同じ思いに団結しているとは言えなくなった。――そして、自分たちがそうはありたくないものを痛感することによって、自分たちが何者であるのかがわかりはじめた。

彼らはもの悲しい青い水を浴びた。彼らは塩を含んだ泡の中で泳いだ。小舟に戻ってから、長いこと、裸のまま、皮膚が異常に青白く光るのを眺め、海の無邪気な泡を体の熱が乾かすのを待っていた。そして私たちは彼らの為に恥ずかしかった。なぜなら、彼らは非常に美しく、並みの人間以上に幸せそうだったから。

私たちはアルファザールはあまり好きではなかった。なにかと仰々しく怒りっぽかったのだ。しかし、メリアンを失うのは惜しかった。彼は優しくて思いやりというものを知っていたから。

五

美しい海岸が一日中船の前に繰り広げられた。水際の砂地で朱鷺《とき》と紅フラミンゴが蟹を漁っていた。もう少し内陸に入ったところは、断崖が段々に重なっていて、その上まで緑の色濃い森が広がってきていた。暑いので私たちは出帆してきた最初の港の雪を思い出していた。全員船橋に出て、沿岸の繰り広げられるのを眺めていた。私たちが通りかかると紅色フラミンゴが飛び立った。ただ、通り過ぎてしまうと、直ぐに元の場所に舞い戻って休むのだった。こういう鳥の動きを見て、私たちはこの岸辺はどうも信用できないと思うのだった。

私たちは待機していた。そしてつれづれに大きく膨らんだ心は苦い思いで一杯になるのだった。

今度こそ、眼前から消え去らない土地が見つかるのだろうか。あるいは、ついにとどまる地であるとしても、私たちを悪い方へ誘い込まないところに出会えるのだろうか。あるいはまた、船橋から身を乗り出して、海辺の繰り広げられるのをむなしく眺めて、相も変わらず浜から浜へと、ただ眺めるだけでさまよっていくのだろうか。

日も半ばになって、私たちはある町のそばに上陸した。その町は細長く海に沿っていた。海は湾曲して入り江をなし、引き潮のときには、町の前に、広い珊瑚礁の小島が露出する。毎日、漁夫が船に乗って珊瑚や海綿や真珠貝を採りに行くのだ。町には何も興味を引くものがなかったので、一艘の小舟に乗って私たちもこの島に行ってみた。それは海から突然現われた感じで、直ぐ回りは深くて水が澄んでおり、蒼白いポリプ母体からなる海底では、牡蠣の欠伸をしているのが見えた。海綿が岩に沿って生え、緑の蟹が走り回っており、穴の中には、蔭になったところに蛸が隠れていた。海士《あま》がそばを通ると、ぬるぬるした腕をのばして捉えようとする。男は大きく開いたナイフで蛸の腕をスパスパ切りすてる。ところが、腕は男が水から上がっても、まだ手足に吸い付いているのだった。それはサフラン色の肌をした男たちで、素裸だった。ただ、首に網袋をぶらさげていて、それに採った貝を入れるのだ。大きなナイフで貝を採り、袋が一杯になると大急ぎで浮上してくる。息のできるところに戻ってくると、胸がすこし痙攣し、口から血が一筋、金色の肌のうえにいとも見事に流れ落ち、あやうく気絶しそうになるのだった。

私たちは水中にま新しい硬貨を投げ入れた。それがピカピカ光りながら沈んでいくのが見えた。そしてまさに消え去ろうというとき、男たちは小舟から飛び込んで潜り、炎を吹き消すように、硬貨をつかまえるのだった。しかし、海底を眺め男たちの血を見る喜びがなかったなら、この遊びは私たちの気晴らしにはならなかっただろう。しばらくして、私たちは町に戻った。

私たちは温かすぎるプールで水を浴びた。子供たちが泳いで追いかけあっていた。緑の水の底にはモザイクが見え、対称的に置かれた薔薇色大理石の二つの像から水盤に香水が撒かれていた。それは細い滝となって、かすかな音をたてて水中に流れ落ちる。私たちは彫像に近づき、手を水盤の方へ伸ばした。すると香水は私たちの腕をつたって、腰の上を流れるのだった。水中に戻ると、焼けつくような感じがした。半ば透明の天井に向かって香りのよい湯気が立ち昇り、露になっていた。光はそれで青みを帯びており、天井から水面に、その露がぽたりぽたりと落ちる。

そして、私たちはこの生温かい湯気を吸い込んで頭が少しぼんやりしてきたので、動かずに、水に浮かび、身を投げ出して、すばらしい青緑色の水の中で空しく朦朧としていた。水中には陽光がおぼろに射すだけで、華奢《きゃしゃ》な子供たちの腕が光に照らされて紺青に彩られ、天井から落ちてくる水滴が単調な音を立てているのだった。

……夜になると、海は燐光を帯び、水際では波と共に炎が散るのだった。夜は焼け付くようだった。水夫たちと似非《えせ》騎士たちは女を求めて戻っていった。彼らの抱擁を想うと、その夜は、私たちも悩まされた。なぜなら、本当に欲情の溢れるばかりの夜だったのだ。波をぬけ出て赤みを帯びた格別に大きな月が昇り、すでに光に満ちていた海上に月影がただよった。月の光跡を過《よ》ぎって茶色の小舟が何艘か岸に戻っていく。聞こえるのは夜のうちに軽くふれあう波と炎の音だけだった。

その後で、森から広い羽をした大型の吸血蝙蝠が来た。それは眠り込んだ漁夫たちのまわりをうろつき、彼らの素足や唇を襲い、生命を吸い取り、翼を音もなく震わせながら、眠気で打ちひしぐのだった。

六

モルギャンが発熱した。額にのせるために、万年雪が欲しいと言った。

私たちは非常に高い山の聳えている島の前で停泊し、船を下りた。ナタナエル、イディエ、アラン、アクセルと私は雪をめざして歩いて行った。ずっと後になっても私たちはこの島のことを思い出した。静かで魅力のある島だった。谷間まで氷河が下がってきているので、ひんやりするような空気が流れていた。私たちはこんなにも穏やかな気分なのに歓びを感じながら歩いて行った。

半透明の氷河の麓に至った。澄んだ泉が見えた。氷の下から水が静かに滴り出ていた。すべすべした石英が水に穿たれて聖杯のようになり、水を湛えていた。私たちはモルギャンに持っていくために、クリスタルの瓶一杯にその水を容れた。

氷から滴る水よ。お前の純粋さを誰が表現できよう！　私たちはコップで飲んだのだが、水はまだ紺青を保っていた。実に澄んでいて実に青いので、水はあいかわらず深いように見えた。常に真冬の水の冷たさを保っているのだ。実に純粋なので、山のごく早朝の空気のように酔わせる。飲むと、熾天使の軽やかさが私たちを魅了した。私たちはその水に手をひたした。そして瞼を濡らした。すると熱で生気を失っていたのがすっかり洗われ、水の微妙な効能は精神の中にまで浸透し、お浄めの水のような効果を上げた。広野は、その後、前よりも美しく見え、私たちはあらゆるものに驚くのであった。昼頃、海辺に戻り、岸に沿って歩いた。私たちは砂の中に金の小石を、波の打ち寄せためずらかな貝殻を、浜の御柳《ぎょりゅう》の上にエメラルド色の玉虫を、収集した。

海のすぐそばに、花の上にいつも蝶の止まっている木が生えていた。蝶が花弁と識別できないので、花に羽が生えているようだった。――私たちは知っていた。春の蝶、その年初めての五月の蝶は桜草や西洋サンザシのように白と黄色で、夏の蝶はすべての花を集めたように多彩に色が映え、秋の蝶は枯葉色であることを。ところが薔薇色がかった花に止まっているこの蝶は、高山のいただきの方にいる蝶のように透明の羽をしていて、花冠が羽を透して見えるのだ。

私たちは浜辺で不思議な子供に出会った。砂上に腰をおろして、夢見ているのだった。目は大きくて、氷海のように青かった。肌は百合のように艶があり、髪は朝日に匂う大雲のようだった[12]［原注、ノヴァーリス］。子供は自分が砂上に書いた文字の意味を解こうとしているのだった。子供は語った。その声は、朝の鳥が露を払って飛び立つように、唇から湧き出てくるのだった。あの子にだったら快く与えもしただろう、私たちの貝も、昆虫も、宝石も、快く、持っているものの一切を与えもしただろう。それほどに、魅力ある彼の声はこころよかった。子供は限りなく悲しげにほほえんでいた。私たちは船まで連れてこようと思ったのだが、彼はうつむいて砂を眺め、ふたたび静かな瞑想にふけった。

私たちは出発した。この島を散策して、大いに元気が出たのだ。オリオン号がふたたび帆を揚げたとき、私たちは眼前にひらける海を眺めて、心の奮い立つのを感じた。

その日、私たちは水浴をしなかった。

七

船は七回目の停泊をした。その島に私たちは希望に満ちて上陸したのだが、ずっと後になって離れたときには、壮絶な恐怖にすっかり心をひしがれていた。大勢の者にとって旅はそこで終わりになった。私たちは、多くの死亡した仲間と希望とをそこに残して旅を続けたのだが、それまで自分たちを生き生きと目覚めさせてきた素晴らしい光は二度と見出せなくなった。しかし、陰鬱な空の下をさまよいながら、あの町を惜しんでいた。ありとあるあの官能の誘いにもかかわらず、あのようにも美しい町、王の都を。ハイアタルネフュス[13]の王宮はテラスをいくつも備えていたが、そこを散策したとき、私たちはこれはあまり安全ではないぞと心配したのだ、それほどにそれらのテラスは美しかった。——テラスよ！　朝日に映えるバクトリア人[14]の温かなテラスよ、天に吊るされたような庭園、海の見渡せる庭！　あの宮殿はもう二度と見ることがあるまいが、私たちはまだそれを希求しているのだ——宮殿よ！　もしあの島に存在するのでなかったら、お前をどんなに好んだことであろう！

風はすっかり止んでいた。しかし、ある種の偉大さが沿岸の空気をふるわせていたので、おずおずと、まず四人だけが船を下りた。オリオン号から見ていると、四人はオリーヴに覆われた高台に登り、そこから戻って来た。島は幅が広くて美しい、と言う。高台から、高原と煙を吐いている高い山々とが見え、湾曲している海岸の方には町外れの家が並んでいた。四人の目にしたものには、私たちの初めに懐いた危惧の念を正当付けるものは何もなかったので、乗組員も含めて全員が船を離れ、町へ向かって行った。

最初に出会った住民たちは泉のそばで水を汲んでいた。その人たちは私たちを見かけると、すぐに近づいてきた。ずっしりした布地で真直ぐに襞の垂れる非常に豪奢な服をまとっていた。王冠の形をした髪飾りが聖職者のような雰囲気を与えていた。その人たちは、接吻を求めて唇を差し出し、目はみだらな行為を約束して微笑していた。しかし、そっけなく拒絶される憂き目にあい、私たちがよそ者で島の風習を知らないのを見てとると、その女たちは(初めは女だとはわからなかったのだが)、真紅のマントの前を開き、薔薇色に彩った胸を見せるのだった。それでも私たちが拒み続けたので女たちは驚いた。そして手をとって町へと導いた。

通りには見事な体つきの者しか歩いていなかった。子供の頃から、完璧な美を備えていない女性は、非難の重圧を感じて、よそへ逃げ出すのだった。ただ、おそろしく醜い者、ひどく奇妙な者は残り、むしろ大事にされて、異常な官能の充足に用いられる。ところが、大人の男は一人も見かけなかった。いるのは女の顔をした少年と少年の顔をした女だけなのだ。少年たちは新たな不安の種の到来を感じて、男だけが暮らしている島の高原地帯に逃げ出

12　原注は詳細を語らないが、この節は、ノヴァーリス『サイスの弟子たち』の翻案である。対応部分を今泉文子訳で引いておく。「ひとりはまだほんの子供だった。その子供がやってくるや、師はすぐさまこの子に講義を任そうとなされた。空色の目に黒い大きな瞳、肌は百合のように白く輝き、巻き毛は夕空に明るく輝くちぎれ雲さながらだった。その声は、わたしたちみんなの心に深く染み入り、わたくしたちは花や、石や、鳥の羽根など、なんでもかでもこの子にやってしまいたくなるほどだった。いとも生まじめな微笑をたたえており、わたしたちはこの子供と一緒にいると不思議と快い気分になった」『ノヴァーリス作品集』1、ちくま文庫、二〇〇六年、一九頁。

13　『千夜一夜』の人物。後出のカマラルザラン王の二人の妻の一人。

14　現在のイラン北東部、アフガニスタン、パキスタン、中国、タジキスタン、ウズベキスタン等にまたがって位置した古代王国。この地方の商人や物産はジッドの愛読したフロベールの『聖アントワーヌの誘惑』や『サランボー』に何回も出てくる。

していった。カマラルザランの死以来、男たちは皆町を去った。そこで、残された女たちは男ほしさに気も狂わんばかりになり、ときに田園の方まで出かけてくるのだ。私たちが出会ったのはそういう女たちだった。ひょっとしたら高原を降りた男が来るかもしれない。それを誘惑するために変装したのだ。私たちは初めはそのようなことは知らされなかった。知ったのは、宮殿に連れて行かれ、女王に虜にすると告げられてからのことだ。

甘美な捕囚、それは過酷な牢獄よりももっと腹黒いものだ。あの女たちは私たちの愛撫を欲し、接吻を重ねるために私たちを捉えておいたのだ。

最初の日から、水夫たちは皆、誘惑に負けた。他の者も、ひとり、またひとりと、落ちた。しかし、私たち十二人は、どうしても譲ろうとしなかった。

女王が私たちに惚れこんでしまった。私たちに生温かい池で湯浴みをさせ、ミルバン香油をつけさせた。また、豪奢なコートを着せた。しかし、私たちはなんとか愛撫を免れ、出発することしか考えていなかった。女王は無聊に苦しませて打ち負かそうとした。長い日々が続いた。私たちは待機していた。しかし、単調な大洋にはそよとも風が立たないのだった。空気は海同様に青かった。私たちは船がどうなったのか知らないでいた。

正午から夜になるまで狭い寝室にいて、もっぱら眠っていた。ガラス張りの戸を開けると広い階段があって、それは海まで下っていく。夕陽がガラス戸に射すと、私たちは出ていった。空気は、その時刻には穏やかになって、芳香を帯びた爽やかさとでもいったものが海から立ち昇ってきた。それを吸い込んで、しばし恍惚とする。それから階段を下りていく。夕方のこの時刻には、太陽が海に没する。大理石の階段に斜に射す陽光は、透明な深紅にそれを染める。ゆっくりと、十二人そろって、堂々と並び立ち、豪奢な身なりゆえに重々しく、私たちは太陽に向かって、砕けた波のしぶきが衣を濡らす一番下の段まで、下りていく。

別の時刻、あるいは別の日々には、私たち十二人は高い玉座にすわっている。各人が王家の代表のように、海に面して、潮の満ちまた引くのを見ている。待っていたのだ。もしかして、波の上に、帆船が現れるのではなかろうか、あるいは、空に、時宜をえた風によって、大雲がふくらむのではあるまいか、と。気品を保って、私たちは微動だにせず、沈黙をまもった。しかし、夜が来て、光と共に、しぼんだ期待が去ってしまうと、そのときには、激しいすすり泣きが、絶望の歌のように胸いっぱいにこみ上げてくるのだった。すると、私たちの悲嘆を楽しむためにか、あるいは単に事の次第を知るためにか、女王が駆けつけてきた。しかし、彼女が来てみると、私たちはふたたび不動の姿勢に戻り、乾いた目で太陽の消え去った方角を凝視しているのであった。自分らの船のことを思いながら、それがどうなっているのかを敢えて問わずにいることが、女王の目には明らかであった。

私たちは相変わらず誘いにのらず、女王は私たちが日毎にますます謹厳になっていくのを感じた。そこで、私たちの気を紛らそうとした。遊びと宴のうちに、旅のことも宿命の定めた目標のことも忘れるだろうと思ったのだ。その目標は非常に真剣なもので、また精確にきめられているように思われた。そして、誘惑に抵抗することによって、私たちの誇りはますます昂揚した。豪華なマントの下で、光輝ある行動を求める欲望が心の中で溢れんばかりにふくらむのを感じていたのだ。

テラスが段々畑のように重なる豪華な庭園が宮殿から海まで続いていた。海の水が大理石の水路に引き込まれ、水路の上にかぶさるように傾いて樹木が繁っていた。頑丈な蔓が岸と岸とを結び、震える橋を、ブランコを、幾筋も掛けているのだった。その蔓は水路の入り口のあたりでは網をなして浮かんでいたが、とても強靭で、どんな大波にも耐えるのだった。水路のもっと奥まったところの水はいつも静かだった。人々は小舟に乗って散策していた。神秘的な影のうちを魚の泳ぐのが見えた。ただ私たちは水浴する気持にはなれなかった。人を刺すモリュック蟹と獰猛な海老がいたのだ。

海岸では、町のほぼ真下のあたりに洞窟が口を開けていて、私たちは女王に連れて行かれた。小舟はごく狭い隙間から入り込み、入るとすぐに出入り口は見えなくなった。青い水を透して岩の下に射す陽光は波の色を帯びていた。そのたゆたいが壁に映えて、青白い炎を揺り動かした。小舟は二列の玄武岩石柱廊を縫って回遊した。空気と透き通るような水とが混じりあって、区別がつかないのだった。紺青の光のうちに方向感覚を失うようだった。石柱は下に伸びるように見え、水底の砂や藻や岩から模糊とした明るさが出てくるようだった。小舟の影が私たちの頭上で静かに漂っていた。洞窟の奥深いところは砂浜になっていて小波がひたひたと寄せていた。この海の妖精国で泳ぎたいところだったが、蟹と八目鰻が怖いのでその勇気が出なかった。

このように女王は私たちを引き回したが、こちらは譲らなかった。女王としてはこのような不可思議な物を見せて誘惑したかったのだろうが、私たちの心がそれで抒情に満たされることはなかった。夜、小舟に乗って海に出て、自分たちの知っている空のものとは異なる星やいくつかの星座を眺めながら、私たちは歌った。「女王よ、幻想の島々の女王よ、珊瑚の首飾りをした女王よ、貴女が夜明けに来られたのなら、愛しもしたでしょうに。私たちの絶望という絶望の女王よ、美しいハイアタルネフュスよ、ああ！　どうか行かせてください！」と。すると女王は「一体、何をしに？」と問い、私たちは何と答えたらよいのかわからないのだった。女王は言った。「ここに一緒にいなさい。私はあなた方に恋している。ある夜、知っておいでか、あなた方は寝室で眠っていた。私は音もなくあなた方の目にキスをしにいった。すると、あなた方の魂は、私が瞼にしたキスで爽やかになった。ここにいなさい。風は落ち、あなた方の船はもうないのだから。よそへ一体なにを探し求めていくのですか」私たちはなんと答えてよいのかわからなかった。彼女にはそのような一切が私たちの偉大な魂を満たさないことがわからないのだ。私たちは不安に涙を流した。「ああ、何と申したらよいのでしょう。高貴さと偉大な美とは、いつも、私たちに否応なく涙を流させるのです。女王がいかに美しくても、私どもの生ほどには美しくないのです。私たちが、将来、なしとげる筈の数々の勇敢な行為が星のように輝いて見えるのです」ついで、夜であったことと言葉が流暢に流れ出るのとに昂揚して、過去のうちに将来の勇敢な行為の反映を見るように思い、私は滔々と述べ立てた。「ああ、ああ、かつての我々の若さ、国を代表する使節としての生活や、騎馬行進での凜々しい姿をご存知だったら！　森での盛大な狩、輝かしい自己発散、そして宵になれば、おなじ小道を通って土埃を立てて帰還するのです。そして自分らの日々を十分に満たした充足感！　それに、あの疲労！　ああ、よろしいですか、我々のしていた悲しそうな表情といったら！　我々の生はなんと真剣なものなのでしょう！　それに、山の遠走り！　日が沈み谷間に影の登ってくるとき、自分の求める幻がすぐそこにあり、手を伸ばせば捉えられるような気がして、我々の心は軽やかに奮え立ったものです……」

女王は私を見つめていたが、「本当に？」と言うと、目にかすかに微笑を浮かべた。私の方は自分で自分の言葉を信じ込んでいて、答えた。

「おお！　もちろんですとも」

ちょうどそのとき、月がかかっていたので、私は大声で続けた。

「私が月を悲しく思うのは、青白いからなのです」

女王は、

「それがあなたにとってどうだと言うのです」と応じた。すると、急に、それがまったくどうでもよいことに思われたので、私も同意しないわけにはいかなかった。

このようにして、散策か宴会かのうちに、日々は過ぎた。


女王は、小舟から、ある夕べのこと、遊び半分に、指輪のひとつを抜き取って、深い海に投げ込んだ。商品価値はまったくないものだったが、彼女のもっている女王にふさわしい指輪がすべてそうだったように、夫君のカマルザマンがくれたものだった。かなりの年代物で、白味を帯びた金糸を編んだ爪に砂金石が嵌めこんであった。それは、海草が動くと、物思いに耽り思案に暮れた様子で薔薇色の磯巾着《いそぎんちゃく》のいくつも光っている青い砂の上に、いつまでも見えるのだった。潜水服を着て、クラリオン、アグロヴァル、そしてモルギャンが潜っていった。私がついて行かなかったのは——面倒だったからではなく、逆に、欲求が強すぎたからなのであった。それほど強烈に、神秘に満ちた波の底は私をずっと惹きつけていたのだ。彼らは、永い間、水中にいた。浮上してくるとすぐに、私は性急に質問を発した。しかし、彼らは深い眠気に捉えられ、ようやく目が覚めたときには、何にも思い出さないのか、あるいは返事をしたくないかのようだった。

「すっぽり闇に包まれて、何も見ることができなかった」とアグロヴァルが言った。

「初めは、痺れたみたいにぼんやりして頭の働きが半分眠り込んだようになってしまい、そのうち、あのひんやりした水の中で、柔らかい藻に横たわって、光にみちた眠りに身を任せたいという一念しかなかった」とはクラリオン。

モルギャンは黙り込んで悲しそうだった。何を見たのか話してくれとせがむと、話したいのはやまやまだが言葉が見つからない、と答えるのだった。

それからまた、新たに宴が催され、煌々と明かりがともされ、舞踏が行われた。こうしてさらにまた日々が過ぎ行き、私たちは自分らの美しかるべき生が凡庸な暇つぶしのうちに流れ去るのを嘆かわしく思っていた。

私たちは船のことを思い、密かに逃亡の計画を練っていた。宮殿の正面には平野が広がっていた。そして見はるかされる海岸は一端が湾をなしていた。広々とした海にオリオン号のないことは明らかだった。しかし、宮殿の反対側には別の浜がひらけており、オリオン号はそちらにあるに違いなかった。最後のテラスの高い壁は、海に近づくのを禁止しようというかのように、海中に突出していた。秘密の抜け道が海まで通じているに違いなかった。しかし、その入り口を知っているのは女王だけだった。ある夜、強い引き潮で海が壁の下まで来なくなったとき、イディエ、エラン、ナタナエルと私がひそかに船を捜しに出かけた。

それはまだたそがれどきだったが、潮騒は聞こえなかった。私たちはテラスの向こうまで回って行き、町の裏側に出た。町を囲む外壁がずっと続いていて、その下にわずかに砂地があり、そこには下水道が耐えがたい悪臭を放っていた。海が満ち始め夜が更けるので、私たちは急いでいたが、たとえこの通路を海が覆ってしまっても、別の道を通って帰ることができるのではないかと思っていた。壁が尽きると、粘土質の低い断崖になった。水と断崖とを隔てる空間はいよいよ狭くなり、ついに波が断崖の下を濡らすようになった。私たちは、状況がよくわからなくなり、海の様子を知るために足を止めた。まだ上げ潮にはなっていなかった。水面上に頭を出している岩を伝って、道を続けた。岬が延びていた。その向こうには浜が見えるだろうと思った。柔らかい草の上で足が滑った。水は灰色でたそがれをたっぷり吸い込んでおり、どこにあるのかほとんど見分けがつかなかったが、岩の間で微かな音を立てていた。私たちは不安に捉えられた。それほどこの水は干満どちらに転ぶかわからなかった……と、突然、断崖はそこで終わった。私たちの心は危惧の念でいっぱいになった。そこだ、と感づいていたのだ。夜の帳はすっかり下ろされていた。忍び足で、なお数歩進み、最後の岩から身を乗り出して、私たちは眺めた。

広々とひらけた浜の上に月が昇る。紺青の砂が動き、波のようにうねっている。海上には一艦隊が一式揃って浮いている。驚くべき大艦隊で、ゆらゆらと蒸気に覆われ、見たことも聞いたこともないものだった。私たちはもう一歩も進めない。不可思議な物の形が通り過ぎた。その一切が、あまりに淡く、あまりに頼りないので、あわれにもすっかり驚愕した私たちは、月に照らしだされ、度胆を抜かれて逃げ出した。月は、断崖の上空に懸かり、私たちの途轍もない影を、岩の上に、水の上に、と投げかけていた。

私たちの解放はもっと悲劇的なかたちで実現した。それはすでに町で発生して広がりつつあったのだが、はじめは徐々に進んでいた。恐ろしい、嘆かわしいペストのことだ。島全体が、その後では、陰鬱になり、広大な砂漠のようになったわけだが、既に、祝宴に問題が生じていた。

……朝は、テラスで飲む冷たい飲み物、果物、日向を散歩した後にコップで何杯も飲む冷たい水、夕方は、一日の熱気に疲れて、海まで下りていくことのできる香りのよい庭に出て木蔭で食べるレモン味のアイスクリーム、これらのすべて——さらに加えて、いまだに温かすぎる泉水でする水浴びや女たちの魅惑たっぷりの衣装の脇で追う夢想——こんなにも豊富な楽しみを、後にひどく苦しむことになるのを恐れてぐっと控えたのだが、そうしなかったならばやがて私たちも病に先立つあのけだるさを覚えたであろう。だから、ほほえみにも、夜聞こえてくる誘いの声にも、喉をうるおす果物を食べたいという気持にも、庭園の木蔭にも、抵抗してきた。意志の挫けるのを恐れて、もう歌うことさえしなかった。そのかわりに、朝は海の方に下りて行き、日の昇る前に、手足の素肌を健全な水にひたし、海の空気とあわせて生気と励ましとを呑み込んでいたのだ。

人目にはふれない暗渠と共同洗濯場から、夕方になると吐き気をもよおすようなガスが立ち昇って来た。町の人々が怠慢に怠慢を重ねた結果、そこにヘドロが溜まってしまったのだ。そしてこの泥沼の蒸気が死の萌芽を運んでくるのだった。船乗りと女たちはそのために肉体に生じた変調を感じた。それが不安の始まりだった。彼らは香油で口を漱いだ。薄荷の淡い匂いが熱い吐息に混ざっていた。

その夜は、ダンスと音楽さえも疲弊して、とだえがちになってしまった。こんなに生温い風が吹いたことはいまだかつてなかった。波は歌い、魂という魂は狂ったように肉体に執着していた。肉体は大理石で出来ているように美しく、物陰で光っていた。抱擁しようと求め合っていた。しかし、それで輝きが弱まったわけではない。熱はいよいよかきたてられた。彼らは火傷と火傷をすり合わせているのだった。接吻は嚙み傷を残し、手の触れたところからは血が流れだした。

朝になるまで、彼らは自分の熱をまがいの抱擁のうちに消費した。それから朝が来て、彼らを曙光にひたして洗い清めた。そのあとで、彼らはペストに汚れた上着を洗濯しに泉の方に行った。そこでまた、新たな祭りが始まった。軽剽な彼らは、疲れが嵩じて笑っていた。はじけるような陽気さが彼らの響きにみちた頭の中で振動していた。共同洗濯場の水は汚れていた。長い竿で彼らは底のヘドロをかきまわした。泥の雲が立ち昇ってきた。泡が上ってはじけた。彼らは縁石の上にかがみこんで、この沼の臭いを平然と嗅いでいた。彼らは笑っていた。すでに病気に侵されていたからだ。濡れている上着をまた着込んで、寒さに凍え、体が再び引き締まったという幻想に歓んでいた。しかし、夕方になると熱は性質を変えた。彼らは笑うのを止めた。だるさに打ちひしがれ、芝生の上に寝転んで、それぞれにもう自分のことしか考えないのだった……

島にはこんな花があった。その花冠を揉むと凍った薄荷のような匂いがするのだ。草は砂の上に生えていた。彼らはその花の咲いた茎を採集した。そして、一日中その花びらを嚙んでいたが、それを熱いまぶたの上に載せると、乾いた目は甘美な爽やかさで潤されるのだった。この爽やかさは頬を伝った後、脳まで浸透し、半ば無意識のぼんやりした夢で満たすのだった。彼らは苦行僧のようにうつらうつらしていた。彼らが嚙むのを休むとすぐに、それまでの爽やかさは、香辛料あるいは胡椒の香りのする馨香植物[15]に由来するような焼けつく感じに変わるのだった。喉が渇いて、彼らは金物のコップでスグリの酸っぱい汁の味のする水を何杯も飲んでいた。嚙むのを止めるのはもっぱら飲むためだった。

彼らのコートがはだけて胸が見えると、腋の下の、乳に近いところに、薄紫の打ち傷のような斑点があり、そこで病気が芽生えているのだった。ときには全身が紫色の汗に覆われていることもあった。私たち十二人は、皆、黙り込んでいた。あまりに深刻な思いで泣くこともならず、仲間の死んでいくのをただ見つめていた。

ああ！　おぞましかったのは、男たちのやって来たときだ。高原という高原から、男たちが降りてきた。彼らは今でも勇気のある女を見つけ出して、その情欲につけいって、病気をうつそうと思っていたのだ。彼らは、恐ろしく醜悪な姿で、青黒い顔をして、駆け足でやって来た。しかし、女たちの生気のない顔を見て、事の次第がわかると、絶望に慄然とし、町中で叫び声を上げるのだった。或る女たちはそれでも男を欲した。確実に死ぬという思いが彼らに不吉な勇気を取り戻させた。彼らは猛然と抱き合い、可能な限りの歓楽をしゃぶり尽くそうとしていた。渇き、熱狂し、一種殺気立ったその姿は、私たちにとって実におぞましいものであった。彼らは羞恥を覚える暇を抹消しようとしているかのようであった。また別の女たちはすすり泣いていた。男たちの来るのが遅すぎたのだ。

微風が吹き始めた。火山の重い煙を町の方に吹きつけ、抱き合う男女に薄黒い灰を浴びせかけた。疲労困憊して、彼らは身を引き離し、反吐を吐く。今や、入り乱れて草の上をのたうちまわる。彼らの臓腑は溢れ出ようと恐ろしいほどもだえる。彼らはこうして死んでいった。なりふりかまわず、身を捩り、見るも無残に、すでに腐敗状態で。そして町には静寂が入り込んだ。

15　ジッドはいわゆる新語を濫用する作家ではないが古語を活用する傾向はつよい。bénéolent はラテン語の bene olens に依拠する造語、この例が初出で十年後にはユイスマンスの作中にもあらわれる。

そのとき、雲がむくむくと立ち昇った。明け方、冷たい雨が彼らの魂をようやく凍りつかせた。そして、水と灰とが混ざって出来た泥の経帷子で彼らを覆った。

そして私たちは、大帆船を思い、出発を考えはした。しかし、あまりにも長いあいだ、あまりにも単調な期待のうちに過してきた今、何も引き止めるもののない今になってみると、私たちはひどい倦怠感に捉えられ、ひどく動揺し、自分たちのはたすべき任務の重大さをきわめて真剣に受け止め、すべてに疲れ果てていたので、この大きな島を去る前に、さらに十二日という日々を、浜辺にすわり、一言も発せずに、海を前に考え込み、自分たちの意志がまだ固まっておらず、あまりに広漠としているのを感じながら、過ごしたのであった。

結局、私たちを出発させたのは、むしろ屍骸の発する耐え難い臭いであった。

サルガッソー海[16]

サルガッソー海。涙に暮れる暁、そして灰色の水上に漂う悲しみに満ちた明るさ。私に選ぶことができたのなら、たしかに、こんな海域に向かって船を進めはしなかっただろう。倦怠！　なぜそんなものを語るのか。経験しなかった人にはわからないだろうし、経験した者はそんなものからは気を紛らしてくれと言うだけだ。倦怠！　私たちの周辺から栄華も陽光も禁じられて立ち去ってしまったときに、残ったのはお前なのだ。つまり自分の魂を鬱々と吟味すること。陽光は消えてしまい、私たちを誘惑するものもない。魅惑する力の失せた曙のうちで、自分自身のほかに、私たちをかまってくれるものは何もない。

色褪せた日々にたそがれどきの灰が降りそそぎ、倦怠の糠雨が欲求の強い息吹《いぶき》を降りこめてしまう。

心理学！　心理学！　お前は魂の虚妄のすべてを対象とする学問だ。魂よ、そんなものは未来永劫に捨て去るように！　私たちが齧ったかもしれない灰の果実、私たちの歯茎がそれゆえに衰えたかもしれない情欲。おお！　惜しみつつ退けた誘惑よ。かつて私たちはそれを恐れていた。情欲よ、私たちの魂は少なくともお前に抗おうと努め、充実していた。私たちは譲らないで、情欲の立ち去ることを望んでいた。そして、今、それが立ち去ってみると、何という限りもない倦怠が灰色の海に広がっていることか！

どろりとした海に、ゼラチン質のヒバマタ属の褐藻が、ほどけ出るように延びていく。限りなく長い海藻、筏の

16　北大西洋の中央から西側に広がるこの海域は、コロンブスの証言以来、長期にわたる無風状態のために、帆船にとって脅威の的だった。とくに繁茂する浮遊海藻が船にからむこともあって、海藻の虜になった船の墓場、幽霊船等々の伝説を生むことにもなった。

ように浮遊し、水平線に向かって遁走する一筋の線は、曲折がほとんどなく、早暁に見たときには巨大な蛇かと思ったのだが、それですらなく、はるかに遠くまで従順な長い藻以外のものはなかった。

私たちは羅針盤を見た。信念は弱まり、哀しい学問が増長したのだ。緯度を計測して、私たちは、海のあの一点、本当に油のような場所、船乗りたちがその静かさゆえに「暗黒壺《ポ・ト・ノワール》」[17]とよぶ地点に来ていたことを知った。

この海域はここかしこに褐藻類がはびこり、やがて私たちは二筋のホンダワラのあいだを航行することになった。ホンダワラの帯は、はじめは離れていてゆるやかだったのだが、やがて凝結してしまった。それは次第に締めつけるようになり、自由な水が二筋のホンダワラのあいだに作っている水路で、オリオン号は、だんだん縮小され、ついには小型帆船《フルーク》になってしまった。やがてヒバマタ属の海藻類の長い枝は識別できなくなり、柔らかい葉の密集した堆積、植物性のゼリーになった。それは、まだひとつの物質ではあるけれどもほとんど動かず、そのうち、膨れ上がったように、少し浅くなったところで水上に持ち上がり、腐葉土の低い堤をなした。水路はその曲がりくねる堤の間で波打っていた。

三日目になってはじめて河川に生える淡水植物が姿を見せた。船は川のゆるやかな流れをゆっくり溯っていった。

四日目、堤の上で、煙のような色の青鷺が何羽も泥の中に蚯蚓《みみず》をあさっていた。その向こうには平らな芝生が広がっていた。夜になると、残照を浴びて淡く水面に映る雲の下で、また両岸がすっぽり影につつまれているせいで、川は真っ直ぐに流れているように見えた。それで曲がりそこなった船の櫂に、岸の藺草《いぐさ》がからんでしまった。

七日目に私たちは私の親友エリスに出会った。林檎《りんご》の木[18]の下にすわって私たちを待っていた。そこに二週間前から居たという。陸路を来たので私たちよりさきに着いたのだ。彼女は水玉模様のワンピースを着て、桜ん坊色の日傘を持っていた。脇には小さな旅行鞄があって化粧道具と本が何冊か入っていた。タータン・チェックの肩掛けを腕にかけ、『来るべきあらゆる形而上学のための序論』[19]を読みながら、キクヂシャのサラダを食べていた。私たちは彼女を小舟に乗せた。

再会はあまりはずまないものだった。私たちは共通に知っていることしか話題にしないという習慣があったのだが、通ってきた道筋が異なったので何もいうことが見つからなかったのだ。そこで三日間というもの、堤を眺めて黙りこくっていた。その後、新たに田野を横切ったので、それが言葉を交わす機会を与えてくれた。

空は色が淡く、田野も色褪せていた。海緑色の泥でできた堤には緑と灰色がかった草が生えていて、穏やかな鸛《こうのとり》が旅から戻ってきていた。エリスは鳥の脚がいくらなんでも度を越えていると言った。こうして私は、彼女の魂が遺憾にも理解力を欠いていることを知った。しかし、彼女の桜ん坊色の日傘は悲しみに沈んだ景色の中でいかがなものか、私は一言も触れなかった。不適応性の問題は来るべき会話の話題としてとっておくことにしたのだ。

くすんだような両岸は、緑青色で、どこもかしこも徹頭徹尾似通っており、そのあいだを私たちは相変わらず棹《さお》差《さ》していったのだが、あまりに平坦で静かで閉ざされており、私たちの単調きわまる軽挙妄動にあって、あそこよりもここに止まろうという気持を起こさせるものは、皆無なのだった。静かな流れの上を、でんと腰をすえた岸のあいだを行く小舟、それが唯一のエピソードの種で、その舟が私たちと一緒に進んでいくものだから、下船するとなったら、さてどこで降りたものやらわからず、そのままいたのである。それでもある日の夕刻、私たちは、とく

17　とくに凪の続く海域。帆船を何カ月も立ち往生させた記録は二十世紀初頭になってもある。

18　ナルシスの「楽園」に対数の木・イグドラシルと「神秘」の書とを配したジッドは、ここではエデンの園ならぬ不毛の地に、リンゴの木とカントの書を置く。Catharine SAVAGE BROSMAN はリンゴにジッドに親しい地ノルマンディの実利精神の象徴を見るが、そうと限定する必要あるまい。« *L'arbre du monde : Ygdrasil, arbre de la connaissance, arbre souverain* » dans *Études valéryennes, Paul Valéry-André Gide : Correspondances*, L'Harmattan, Paris, 2003, p. 50.

19　カントの *Prolegomena zur einer jeden Künftigen Metaphysik die als Wissenschaft wird auftreten Können*（『学として現われるであろうあらゆる将来の形而上学のためのプロレゴメナ』）。

にそこということもない岸辺に降りたのだが、それはむしろ時刻のせいで、夕暮れが迫っていたからなのであった。ちぎれちぎれの霧が平べったい水の上にぐずぐずしており、岸辺の藺草に引っかかったりしている。私たちは芝草のうえで一夜過すことにした。エリスは舟の番をすることになった。湿気が多いので、彼女は肩掛けで身を包み、旅行鞄を枕にし、押し曲げた葦の中で、舟は岸につないで、うたた寝をした。

夢も見ない一夜の後、なんの心躍ることもない目覚めが来た。曙が空を彩ることもなく、空は、ただ朝になって、身震いし恐縮している暁で白んだだけだった。それはなんともうすぼんやりした明るさで、私たちがまだ暁を待っていると、すでに昇っていた太陽が雲の後ろから顔を出した。私たちはエリスのところへ戻った。船の中に腰を下ろして、彼女は『弁神論』[20]を読んでいた。苛立った私は本を取り上げた。他の者は口をつぐんでいた。非常に辛い当惑のときがあった。それから、如何なる明確な義務も私たち一人一人の目標をひとつに定めてはいなかったので、とるべき道もおぼつかず、私たちの意志もばらばらになった。そこで私たちは、皆それぞれに、ままよと内陸に向かって進んでいった。

私は遠くまで行く気になれなかった。小さな山毛欅《ぶな》林の方に行くのが精々だった。それすら、本当に行き着くことはなく、最初の藪《やぶ》に達するとその蔭に打ち伏してしまった。もう他の誰に見られることもなく、力尽きて、過去が戻ってくるのを感じたので、私は頭をかかえてみじめに泣いた。

吾木香《われもこう》がここかしこに咲く野原の上に、夕闇が降りた。そこで私は簡単にお祈りをし、立ち上がって、放っていた舟に戻った。

エリスは舟の中で『偶然性の問題』[21]を読んでいた。激昂して、私は彼女の手から本を乱暴に引き離し、川に投げ込んで大声で言った。

「知らないのかい、哀れなエリス、本は誘惑[22]だということを？　そして僕らは光輝ある行動のために旅立ったのだ……」

「光輝ある、ですって？」エリスは陰鬱な平野を眺めながら言った。

「おお！　そんな風に見えないことはわかっているよ。君が何を言いたいかだって、すっかりわかっている。黙りたまえ、黙りたまえ！　さもないと僕はまた泣いちゃったということになる」そして彼女から顔を隠すために、川の水を見つめていた。

仲間が一人また一人と戻ってきた。そして皆がまた舟に揃ったとき、皆それぞれに他の連中全員の絶望がいやというほどよくわかったので、誰彼に向かって、君も何も見なかったのかなどとたずねる気にはなれなかった。皆それぞれ、礼儀正しく、自分の見たものの不毛さを空しい言葉で偽装して、

「僕は見た、見たんだ」とアギゼルが言う。「矮小種の白樺が石磐色の塚に並んで植わっていた」

「僕は砂地の原っぱでバッタが苦い草を食んでいるのを見た」とエリック。

「それで、ユリアンは？」とアクセルがたずねる。

「吾木香《われもこう》がここかしこに咲く野原」

「モルギャンは？」

「ある海岸に青々とした松林」

「イディエは？」

「廃坑になった石切り場……」

20　読書録 *Subjectif* 及び日記によると、ジッドは一八九〇年代に『弁神論』、『人間悟性新論』など、ライプニッツに継続的な関心をいだいている。

21　一八九五年、本作の二年後に刊行された『ぬた』《パリュード》の初版は、副題として『偶然性の問題』と記されていた。

22　エデンの園での悪魔の誘惑、聖アントワーヌに対する数々の誘惑など、悪に陥れようとする誘惑につながる。それは、人を試す神の試練にも通じる。本作とほぼ同時期の一八九四年十月十三日の日記に、ジッドは、ライプニッツの『人間悟性新論』を引いて、神のものである真理と人間のものである観念《イデー》とを対比させ、観念《イデー》によって他人を誘惑する（試練にかける）危険を説いている。AGJI, p. 184.

そこで、こんな風にたずねてもなんの意味もなかったので、夜はそこで閉幕し、私たちは眠った。

翌朝、私は遅くなって目を覚ました。他の者は皆すでに起きて、岸にすわっているのが見えた。皆が何か読んでいた。エリスが配った道徳のパンフレットだった。私は彼女の小さな旅行鞄を手に取った。手帳が三冊入っていた。『フランクリンの生涯』[23]、温帯地方の小植物誌、それにデジャルダン氏の『現代人の義務』[24]もあった。鞄の中身をさぐりながら、私は激しい罵りの言葉を用意した。万端整ったところで、私は鞄を投げた。鞄は川に沈んだ。エリスの頬を大粒の涙がふたつ流れた。それが私の心に触れたというのではない。ただ、私たちがともに惨めだと感じた途端に、苛立ちは消えてしまった。非難のかわりに嘆きの言葉が口から出た。

「ああ！　僕らが、今、とても不幸なことは確かだ。本当に、この旅は本当にまずく構想されている。僕らの遍歴の現時点でこんなに陰鬱な平野は何を意味するのだろう。あるいは、こう言おうか。この平野で僕ら自身は一体何を意味するのか。まったく無用な物なのではないかという疑念が生じたら、僕らの魂はすぐに悲嘆にくれて、徳をむざむざ霧散させてしまうだろう。神よ、無用な何物かに対して、私たちは信念も勇気も持てなくなるでしょう。今、私たちは気力が挫けようとしています。――それとも、篤信家の細心謹直な敬虔に落ち込まなくてはいけないのでしょうか。私たちは誇りを糧に生きたのです。私たちの勝利が辛酸をきわめたものであればこそ、私たちの高貴さは更に高まったのです。神よ、私たちの徳は一に抵抗に起因しているのです。ところが、今、私たちの周りでは、すべてが引き下がってしまう、すべてが崩壊してしまう、私たちにはもう自分の勇気が感じられないのです。そうして心のうちでは穏やかな過去が後悔のように立ち昇ってくる。恍惚としてどっぷり浸かり込んでいた厳かな深い夜、真理を語る文章、しばしばそこでは形而上学の炎が震えていた。代数と弁神論、学究！　僕らはもっと他のものを求めて、お前たちを去ったのだ。ああ！　本当に別のものを求めて。ある朝、道を歩き出す。学んでいるうちに、本質を顕現させなければいけない[25]とわかったからだ。世界を巡って、自分を啓示する数々の行為を求めていく。――どんなに暗い谷が、僕らの夢想に耽る天井の高い部屋を、僕らの生きる世界に結びつけるのかを、一体だれが語るのか——その谷は、じつに辛酸を極め神秘に満ちていたので、僕はてっきりそこで死ぬものと思ったのだし、ひどい暗闇に閉ざされていたので、望みの大海原をついに眼前にしたとき、僕の眼は波を光と取り違えさえした。以来、数々の浜辺を、常軌を逸した植物群を、温水の横切るいくつもの庭園を、さまざまな宮殿を、僕らを思いのままにしようとするテラスの数々を（これは思い出すだけで絶望してしまうのだが）、僕らは見た。僕らはありとある微笑を見、あらゆる呼びかけを聞いた。が、応えなかった。ひとをあざむく女王ハイアタルネフュスは香水をふんだんにつけていたが、僕らの精力を征服しはしなかった。僕らは他のことのために力を蓄えていたのだ。計算した段取り、あえて言うなら審美的な段取りに従って、僕らの勇気は僕らの欲求に対応して、僕らの抵抗のもたらす糧によって、増強された。そして僕らは立派に終えるために、最後の波瀾を待っていた。ところが今、僕らの舟は泥の中に沈みこんでいく始末だ。ああ！　本当に僕らの遍歴は、まずく、実にまずく、おっそろしくまずく、構想されている。この先、何がありうるのだろう。すべてが僕らにはどうでもよくなってしまった。それほどまでに、この倦怠は先の先まで伸びていく。僕らの偉大な魂は、自分らの任務に無関心に成り果ててしまうだろう。何が起ころうと、どうせ何の重要性もない。論理的な連鎖は断たれてしまった。僕らは救いをもたらす道をそれてしまったのだ。遊離してしまった島のことを思い出そう。あの島々は、世界ともはや何のつながりもなく、操舵不可能になって漂っていたのだ。これは起こりうる最も悲しいことだ。無用の上に「ねばならぬ」を再開することはできない。僕らはもう完全に駄目なんだ。僕らは僕の不完全な言葉が君らに感じさせるのより、実際にはずっと不幸

23　北極海探検中に遭難死したイギリス人の大航海者、ジョン・フランクリン（一七八六—一八四七）をテーマにしたJ.R. Bellot, *Voyage aux mers polaires exécuté à la recherche de Sir John Franklin. Avec une introduction par* Paul BOITEAU *et accompagné d'une carte des régions arctiques*, Paris, Garnier, 1880か。

24　ポール・デジャルダンの道徳論で一八九二年刊行。

25　ジッドの主要テーマ。注9参照のこと。

なんだ。自分が感じているのより、もっとずっと不幸なのだ。なぜって、まわりの無感動が僕らの魂を鈍感にし始めているのだからね。僕はやたらに長いことしゃべりすぎた。秩序を欠いた事象には、首尾一貫しない文章が必要だ。僕は重韻で話を終えよう。——ここで、もはや呟きでしかないところまで声を急に落として、挙げ句として、私は次のように囁いた。

……すなの　はたはた
　　うたぞ　うたはむ」

皆は岸辺に腰を下ろして最後まで聞いていた。しかし、この結びの句はあまりにも突飛だと思ったようで、あけすけにゲラゲラ笑った。それこそ虚脱状態から抜け出すために、私の望んでいたことだった。エリスは何もわからなかった。私は、彼女に対して急に苛立ちを感じたので、それに気がついた。しかし、そんなことはおくびにも出さなかった。エリスは問いかけるように目を大きくみはっていた。私がまだ話し続けると思っていたのだ。「これで終わりなんだ、エリス」と私は言った。「少し一緒に歩こう。君は今日優しくて麗しい。芝生の上で空気を吸えば、元気が出ると思うよ」

この散策を語るのは退屈極まりないかもしれないけれど、私たちの入り込んだある洞穴のことなら話してもいいだろう。ただ、水がいっぱいに溜まっているところがあって、あまり奥まで行ってみることはできなかった。それでも闇の漂う高い穹窿から、深く延びてゆくと思われる幾筋もの坑路が見えた。所によって壁がまったく垂直に上にのびていくのでなくまるく天井をなしているところでは、この洞窟の果実とでも言った感じで、昏睡状態の蝙蝠のぶら下がっているのが見えた。私はエリスのために一匹捕まえてやった。彼女はまだ見たことがなかったのだ。この洞穴の最大の効用は、ここの重苦しい暗闇のあとでは、外の日差しが多少悲しさを減じたように見えたことだ。

エリスがマラリア熱に罹ったのはこの洞穴の中のことで、彼女が何者であるのかその正体について酷い疑いの生じたのもそのときのことだ。

他の仲間は舟に戻ったけれども、イディエとナタナエルと私は、生きる意欲が少々戻ってきたので、夕刻になって荒地の方へ行ってみた。そのとき、私たちは奇妙な出来事に遭遇したのだが、いまでも考えると不思議でならない。あんな経験は今度の旅の間でも唯一のもので、他の何とも結びつかないのだ。

日はとっぷり暮れていた。荒地の藺草の上を風が滑るように吹いていた。地面が泥炭のところでは、鬼火がいくつも漂っていた。深い水溜りに落ちると困るので、私たちはいやでもゆっくり歩いていった。と、鈴のように鳴る音が、静寂のうちに、聞こえる。驚いて、私たちは立ち止まった。湯気に象られたように、一人の真っ白な女性が生まれ出て、宙にたゆたい、沼の上方に昇っていった。女は萼《がく》とも聖杯とも見える鈴を手にして振っていた。私たちの最初の反応は逃げることだった。しかし、彼女が実に繊細軽妙な様子なのに少々安心して、あるいは私たちの望みを哀願することもできるかとも見えたのだが、女はすでに形の崩れた湯気でしかなく、ぐっと高くなったかと思うとずっと遠くなったりして、立てていた小さな鈴の音もそれとともに消え入ってしまうようだった。しかし、音はそれでもなお続いていた。そこで私たちは疲れすぎて幻覚に捉えられているのではないかと思いはじめた。実際、こちらの方を歩いていると、鈴の音はもっと近く聞こえ、しかもふたたびはっきりとし、地表を這うように、ときにはやや不確かに、進んだかと思うとためらい、ついで嘆くような調子になり、しまいには一声呼びかけるという具合なのだ。そこで、身をかがめて暗がりを覗いてみると、荒地に迷った哀れな羊、途方に暮れて闇にすっかり湿った羊毛のかたまりが見えるではないか。羊は首に鈴をつけていた。私たちは迷える羊を助け上げ、鈴をはずしてやった。――ところが、また新たな音が聞こえ、またもや遺骸を覆う布のようなヴェールを被り動きの緩慢な女が泥から起きあがった。灰色のヴェールは、霧雨が藺草に引っかかるように、裾を引きずって藺草の原を遠ざかっていくのだった。百合の茎が傾いて萼が地面の方に向いた。例の音は種子のようにそこから零れ落ちていた。彼女が逃げ去っていくとき、私は見た。翳りのとくに深いところにかがみこんで、そこに来た羊の首に鈴になった自分の百合を掛けたのだ。私たちは広野でその羊を助けあげた。――と、第三の姿が現われた。顔は屍衣に覆われていた。うしろには引き裾が、引き裂かれた布のように、葦の葉の間に翻っていた。そして、私は見た。彼女がまさに崩れ去る最中に、百合を付けた。困惑しきった羊に、鈴を、消え去って行くその手で、毛のかたまりに結びつけていったのだ。――こうして十二人の女性が現われた。私たちは彼女らの残していった羊を助けあげた。そして牧杖を持っていない羊飼いのようにその群れを手で導いていった。夜を通して、見知らぬ道を、葦の茂みと金鳳花《うまのあしがた》の脇芽とを踏みしだいて。

私たちが舟に戻って来たときには、空が白みはじめていた。エリスは少々体調が悪く、軽い錯乱状態にあった。その日、私は、これがはじめてだと思うが、彼女が完全に金髪であることに気がついた。ブロンド――もうそれ以上に何も言うことのないブロンドそのものであった。

船はまた川をさかのぼりはじめた。そして長い日々が流れた。その単調さは語るに値しまい。岸の眺めがいずこも同じなので、進んでいるとは思えぬほどだった。水の流れは、いつのまにか緩やかになり、止まった。私たちは、淀んだ深い黒い水の上を漕いでいった。どちらの岸も糸杉の並木になっていた。どの枝からも、重々しい、魂にこたえる影が落ちかかってきた。鈍いリズムで櫂が川に下ろされ、次いで、櫂によってすくい上げられた水が重い涙のように水面に落下する音が聞こえた。その他には、何の物音も聞こえなかった。水面をのぞきこんで、皆が、自分の顔が拡大され闇に包まれているのを眺めていた。いつのまにか巨大になった糸杉のせいで、水面に空が映っていなかったからだ。私たちはしばしば黒い水を眺め、しばしば水中の自分の顔を眺めた。エリスは船底でうわごとを言い、予言を唱えていた。私たちは遍歴の至高点に到達したことを覚った。事実、しばらくすると、糸杉が縮小した。しかし、私たちは静寂と影とにあまりにも押しひしがれていたので、面食らうようなできごとにもあまり驚くことができなかった。水がまた流れ始めた、が、何と逆方向に流れ始めたのだ。私たちは、今度は不思議な川の流れを下り始めた。そして、終わりから逆に再読する話のように、あるいは過去の反映のうちにいるかのように、旅を逆に辿るのだった。かつての岸をまた見出し、自分たちの倦怠をそっくりもう一度生きた。あの穏やかな鸛《こうのとり》はふたたび蚯蚓《みみず》を漁り……こんな単調な話を繰り返すことはしまい、一度語るだけでひどく苦労したのだから。ただし、私はこの遍歴談が均斉を欠いているなどと嘆きはしまい。この麻痺したような川が上りも下りも同じように長かったにせよ、私はそれに気がつかなかったのだ。私はもはや、左右の岸や微笑も浮かべずに流れる水を眺めはしなかった。エリスについて考えることだけが時の流れから気を逸らしてくれた。さもなければ、水面を覗き込んで、水に映る私自身を、つまり自分の知らなかったものを眺め、自分の悲しい両目のうちに自分の考えていることをよりよく理解しようとつとめ、唇のひだに唇を皺寄らせる後悔の苦味を読むのだった。エリスよ！　読んではいけない。これは君のために書いているのではない！　君には、僕の魂がどれほど絶望しているか、それがすっかりわかることは決してないだろう。

しかし、倦怠の川は終わった。水はまた澄んできた。低い岸が続き、ふたたび海に出た。エリスは大きくなった舟の中で取りとめもなく錯乱していた。海の水は徐々に透明になり海底の岩が見えるようになった。私は、昨日までの倦怠のすべてを思いやり、香水の匂うかつての水浴を思い、海中に広がる平原を眺めた。私はモルギャンがハイアタルネフュスの庭で波の下に潜り、海藻の間を散策したことを思い出した。話そうと思っていたのだ。砂の上の、藻の間に、紺青を帯びた幻のように、海中に没した町を、私はちらと見た。半信半疑だった。何も言わないで、ただ眺めていた。舟はゆるやかに進んでいた。町の壁が見えた。砂が通りを満たしていた。が、すべての通りというわけではない。いくつかの通りは、高い塀の間に緑を保ち、深い谷のようだった。町全体が緑と青に染まっていた。海藻がバルコンから広場のほうへ傾いていて、広場には矮小種のヒバマタ属の褐藻がのびていた。教会の影が見えた。私たちの船の影が墓地の墓の上を漂っているのが見えた。静かに、緑の苔は眠っていた。海は静かだった。魚たちは波間に遊んでいた。

「モルギャン！　モルギャン、ごらんなさい」と私は大声を出した。

彼はすでに見ていた。

そして「あとで惜しむことになりますかね」と言った。私は返事をしなかった。いつもそうだったのだ。ところが、倦怠を経てきたのでそういうことになったのだろうが、突然、過剰に感激して、私は、町をふたたび見る喜びを、しかも静寂にみちた町を見る嬉しさを、歌い上げた。

「僕らは、ああ！　冷たくて爽やかな水の中で、水に没した教会のポーチにいられたらどんなにいいだろう！　影と湿り気を味わうのだ。波の下の教会の鐘。そして静寂。モルギャン！……　モルギャン、僕が何を悩んでいるか、君にはわからないでしょう。彼女は待っていた。でも、僕は思い違いをしたんです。あのエリスは僕の考えていたものではない。あんな金髪のエリスではない。ぼくは、悲しいことに、思い違いをした。今になって思い出すのだけれど、僕のエリスの髪は黒かった。そしてその目は魂と同じように澄んで輝いていた。彼女の魂は生き生きとしていて激しかった。でも、声はとても落ちついていた。彼女は瞑想に耽る人だった。それなのに僕が岸辺で迎え入れたのは、弱々しい泣きべそかきだった。なぜだろう。彼女の日傘がまず気に障った。それから、あの肩掛け。それに彼女の本がどれもこれも僕を苛立たせた。だって、旅行するのは何も自分の昔の考えを再発見するためではないではないか。おまけに、僕がそういうことを注意してやると、彼女は泣き出したんです。はじめ、僕は、ああ！なんとこの人は変わったのだろう！　と思った。でも今は別人であることがわかっている。このエピソードはこの旅行中の一番突飛なものだ。彼女を岸辺に見出したとき、僕は、彼女が場にそぐわないことをすぐに感じた。でも、今となって、どうすることができるだろう。なぜって、こういうことは、すべて旅から気をそらせてしまう。モルギャン、僕は感傷的な気持が好きじゃないのです」

しかし、モルギャンには私の言いたいことがわからないようだった。そこで私はもっと穏やかにやり直した……

それはその日のことだった。このきわめて深刻な会話のすぐあとで、海上遥かに、最初の浮氷群が姿を現わした。海流にのって温暖水域まで運ばれてきたのだ。それは氷海から来るのだった。氷は融けてはいないようだったが、知らぬ間に流動性を増して、青い空気のうちに、四散しているのだった。氷は霧のように一段と微細になっていた。そこで、最初に出会ったこれらの浮氷は、まだ生ぬるいといってもよいくらいの水温のために、取るに足りない、透き通るような、すでに溶けかけたものになっていて、船は目にも止めずに通り抜けてしまえただろう。私たちは突然ひどく涼しくなったのでそれと気づいたのだった。

夕刻になると、浮氷の数が次第に増し、ずっと盛り上がったのが流れて来た。私たちはそれを貫いて進んでいったが、氷がすこし密になり、船はそれにぶつかって苦労してやっと通り抜けるのだった。夜になった。星の光が、氷を通過して、より大きく、より青白く、より淡く見えるということがなかったら、浮氷は私たちにはまったく見えなかっただろう。このようにして、感じられないほど徐々に進む推移を経て、——それを述べると精確になりすぎてしまうが——素晴しい岸辺と陽光に輝く庭園の後、暗鬱な風土を通って、私たちは終に氷結した海を経て、極地の荒涼とした岸辺に接近しなければならなかったのだ。

そして、これも気づかないほど徐々に、エリスは病にやつれて、日毎に青白くなり、ますますブロンドになり、蒸発したようにたえず存在感が薄くなり、消えてなくなりそうに見えた。

とうとう私は、心準備をさせるために、言った。「エリス、君は僕が神に合体する障害になるのです。僕が君を愛せるとしたら、君も神に合体した場合だけなのです」

そして、船がエスキモーの小屋から薄い煙の立ち昇っている極北の地に近づき、ただちに北極に向かって航行を続けるために、私たちが彼女を浜辺に残したとき、彼女はもうほとんど現実の存在ではなくなっていた。

同様に、私たちは——落ち着いてただちに北極へ航行するために——イヴォン、エラン、アギゼル、そしてランベグも、そこに置き去りにした。彼らは倦怠に病み、半睡状態で今にも死にそうだったのだ。

やや遅い曙の空。赤紫の光が海上にそそぎ、そこでは空色の氷が虹色に染まる。空気がとても澄んでいて、少し身震いするような目覚め。生温かい微風はもう戯れていなかった。前日、蒼白のエリスと病に冒された四人の仲間とを残してきた極北の地は遥かかなたにかすかに見えていたが、ついに消え去ろうとしていた。水平線のあたりで天と最後の波とを結んでいた細やかな霧がそれを抱き上げ、まどろませたかのようであった。八人全員が船橋に集まり、朝の祈りを上げた。真剣な、しかし悲しくはない、静かな讃歌が船から立ち昇った。熾天使さながらの軽やかさが、水晶のように澄みきった水を泉で飲んだ日と同様に、私たちを満たした。そこで、私は、私たちの意欲が歓びに満ちていることを感じたので、その意欲を四散させずに、しっかり捉えるように、そして私たち自身がそのことをよく感じるように、仲間にこう言った。

「厳しい試練は過ぎ去った。僕らが倦怠のあまり死ぬかと思った生気のない岸辺はもう遠いものになった。禁断の歓楽の浜辺はさらに遠い。あのようなものを知って幸せだと思おうではないか。ここに到達するには、あれを経てこなくてはならなかったのだ。至高の国には至難の道が通じている。僕らは神の国に向かって行く。太陽は昨日あまりにくすんでいたので、今は少し薔薇色になっている。僕らの意志はまず抵抗のうちに感じられた。そして灰色の芝生の上で退屈しきったことも、これまた、無益ではなかった。なぜなら、景色は、逃げ去ることによって、僕らの意志をまったく自由にしておいたのだから。倦怠ゆえに、田野では一向に定まらなかった僕らの魂は、じつに真摯なものに成長しえた。そして、僕らが行動するとき、今や、それは間違いなく僕ら自身の道に従ってのことなのだ」

私たちが祈りを始めたとき、陽が昇ってきた。海は光彩を反映して輝き、陽光は波の上を滑っていき、大浮氷群は、照らされ、感動し、奮えたち、ざわめいた。

日も半ばというころ、鯨が何頭か姿を見せた。群れをなして泳いでおり、大浮氷群の前で潜り込んだ。もっと遠くにふたたび現われたが、船には近寄らなかった。

今は氷山を警戒しなければならなかった。まだあまり冷たくない波がその底の部分を徐々に溶かしていたのだ。氷山は、突然覆り、プリズムのような頂が崩壊し、海を揺り動かしてそのなかに消え、嵐のように水をかき立て、中腹から滝のように水を落としながらふたたび現われ、激しく湧き立つ波のただなかでどう治まるか定かならぬまに長いこと揺れるのだった。その墜落する堂々たる大音響は鳴り響く波の上に躍り上がった。ときには氷壁が噴出する飛沫のうちに崩落し、これら動いていく山々は絶えず変形し続けるのだった。

夕方になって、大きくてもはや透明ではない氷山がやってきた。初めは氷河に覆われた新しい陸地だと思ったくらいだ。いくつもの頂から小川が流れ落ち、縁の辺りを白熊が何頭も走り回っていた。船がすぐ側を通ったので、大帆桁が張り出した懸崖に引っかかって、割れやすい氷片を砕いた。

また巨大な岩をいくつも閉じ込めている氷山も来た。離れてきた元の氷河からもぎ取って来たのだ。こうして波の上をどこのものともしれない岩山の破片を運んでいくのだ。

ほかにまた、こんなのもあった。急に親和力が働いて近づいて来た鯨を閉じ込めているのだった。鯨たちは水面よりも高いところに持ち上げられて、空中を泳いでいるようだった。船橋から身を傾けて、私たちは大浮氷群の漂うのを眺めていた。

日が暮れた。夕陽に照らされて山々は乳白色に見えた。あらたに氷山が来た。圧延され、薄く、髪のように長い海藻を運んできたのだ。セイレーンが捕らえられているように見えた。そのあとに網状になっているのが来た。それを通してみる月は、漁師の網にかかった海月のように、真珠色の海鼠《なまこ》のように見えた。やがて月は、解き放され、自由な空中を泳ぎ、紺青色を帯びた。考え深そうな星々は、さまよい、回転し、海中に没入していった。

真夜中ちかく、巨大な船が現われた。月が神秘な光を投げかけていた。船具は不動だった。船橋に明かりひとつ見られなかった。私たちのすぐ脇を通った。が、船の進む音は聞こえず、船員たちの立てる物音もなかった。船が氷に閉じ込められていることがわかった。船をはさんだ二つの大浮氷群がまた一つに凍りついてしまったのだ。こうして、船は、音もなく通り過ぎ、消えていった。

明け方、暁の少し前、微風が強度を増す頃、非常に純粋な氷の小島がすぐ側を漂って来た。中心には、嵌めこまれた果物のように、摩訶不可思議の卵のように、不朽の玉石が光っていた。波に浮かぶ明けの明星。私たちは飽くことなく眺め続けた。それは、「こと座」の光のように純粋だった。曙に、それは歌のように震えた。しかし、太陽が昇るや否や、それをつつんでいた氷は融け、海中に星を落としてしまった。――その日、私たちは鯨を捕った。

ここで、思い出話のときは終わり、日付のない私の日記が始まる。

飛沫と嵐とに目眩まされた深淵のなかへ、そこではいままで誰一人として信天翁《あほうどり》と毛綿鴨《けわたがも》との野生の祭典を蹴散らしたものはなかったのだが、――伸縮自在のロープに吊るされた潜水夫、エリックが降りていった。剝き出しの腕に白鳥を殺すための幅の広いナイフを振りかざして。緑の波がざわめいている下の方から湿った空気が吹き上り、風が泡を吹き払う。大きな鳥たちは怯えて飛び回り、羽をばたつかせてエリックの耳を聾する。私たちは、身を乗り出して、ぴんと張ったロープの結びつけてある岩にしがみついて覗き込んだ。エリックは巣の上方にいる。彼は大騒動の最中に降りていく。雪の色をした羽のうちに、貴重な産毛の中に、ケワタガモの雛が眠っている。殺し屋エリックは一孵りの雛の上に手を下ろす。雛鳥は目を覚まし、立ち騒ぐ。恐怖に捉えられ逃げようとする。しかし、エリックはナイフをその羽の中に突っ込み、自分の手の上を雛たちの生温かい血の流れるのを感じて笑う。血は羽の上を流れ、ばたつく羽は岩を血まみれにする。血は波の上を流れつづける。散り散りになった産毛は真紅の染みを帯びて舞い上がる。驚愕した親鳥たちは雛を護ろうとする。鳥が爪で襲いかかると、エリックはナイフを一振りして打ち倒す。すると波から、海の風に運ばれて、狂い立つ飛沫の渦が、白鳥の産毛のように白い断崖の壁の間を、昇る。それは昇る、昇る、昇る。そして、鳥の羽という羽とともに、どう抗いようもなく追い立てられ、空に、顔を上げると見える青い深淵に、消え去る。

片岩質の断崖の上ではウミガラスが巣を作っている。雌鳥は止まっていて、雄鳥がその周りを飛んでいる。雄鳥はとても鋭い鳴声を立てる。近づくと、その鳴声と羽音とで何も聞こえなくなってしまう。雄鳥は大軍のように群れをなして飛び、頭上を通過するときには、夜のように暗くなる。絶えず旋回しているのだ。雌鳥たちはおとなしく雄を待っている。重々しく、身動きもせず、鳴声も立てない。大岩がやや張り出している広大な山頂に、並んでいる。雌鳥はそれぞれたったひとつの卵を温めている。卵は、巣の中にですらなく、斜めで滑りやすい岩の上に、すばやく置かれる。糞のように生まれるのだ。その卵の上に、雌鳥はすわっている。身をかたくして、まじめに、卵が転がらないように、両脚と尾のあいだに押さえ込んで。

船は、断崖の壁と壁の間を、狭く暗いフィヨルドの奥へ、入り込んでみる。透き通った水の、誰も知らない深みに、岩が真っ直ぐに突っこんでいくのが、見える。ときには、断崖が映っているのではないかと思えるくらいだ。が、深みは薄暗く、断崖は鳥で真っ白なのだ。雄鳥が頭上で猛烈に鳴きたてるので、私たちはお互いの話も聞こえないほどだ。私たちはとてもゆっくりと進んで行った。鳥は私たちに気がついていないようだった。しかし、ぱちんこで石を射るのがうまいエリックが、石をいくつか打ち込み、光の透らないこの雲の中で、それぞれの石が何羽か鳥を殺し、それが船の側に落下すると、雄鳥の鳴声は二倍にもふくらみ、岩の上の雌鳥たちは度を失った。雌鳥は一羽残らず、婚礼の岩を、子孫繁栄の望みを捨てて、恐ろしく甲高い叫びを囂々《ごうごう》と上げて飛び立つ。それは大軍の動顚といったところで、その喧騒を私たちは恥ずかしく思った。とくに、捨てられた哀れな卵が、どれもこれも、もう岩の上におさえつけられていないので、断崖から転げ落ちるのを見て、恥じた。殻が割れて、黄色と白の恐ろしい跡が岩にそってずっとつくのだった。より献身的な何羽かの雌鳥は、飛び立つとき、卵を脚で運んで行こうとした。しかしやがて滑り落ちてしまった卵は青い海の上でぱっくり割れた。波の水は汚くなった。私たちはこの混乱に当惑し、卵の温められていた巣のひどい悪臭が周りじゅうから立ち昇り始めたので大急ぎで逃げ出した。

……夕方、祈りの時刻に、パリッドが帰ってきていなかった。私たちは夜になるまで探し、名を呼んだのだが、どうなったのかついにわからなかった。

エスキモーは雪で作った小屋に住んでいる。平原で見ると、まるで墓のように思えるだろう。しかし、肉体とともに魂もそこに閉じ込められているのだ。煙が少々、小屋から、天に昇る。エスキモーは醜い。体が小さい。彼らの愛情表現には優しさがない。彼らは官能的ではない。彼らの喜びは神学的なのだ。彼らは性悪でも善良でもない。彼らの残酷さは心の動きから来ているのではない。小屋の内側は真っ暗だ。ほとんど息もできない。彼らは仕事もせず、読書もしない。と言って、うつらうつらしているのでもない。灯された小さい明かりが、徹夜の夜に、ちょっと穴を開ける。夜は不動なので、彼らは時刻というものを未だに知らない。急ぐ理由もないので、何を考えるにも遅い。彼らは帰納することを知らない。しかし、わずかに前提として設定された三点から、彼らは形而上学を演繹する。そして彼らの思考は、途中で断たれることなく、神から人にまで降りてきて、この思考の連続が彼らの人生になる。彼らは、思考のどの地点に到達したかで、年齢をはかる。いつまでたっても実存に到れない者がいる。実存に気づかなかった者がいる。エスキモーは共通の言語を持たない。彼らは際限なく計算する。ああ！　私はまだまだ語り続けることができるだろう。エスキモーのことなら、実によくわかったのだから。彼らは発育不全で、鼻がぺちゃんこだ。留意しないからだ。エスキモーの女は病気をもっていない。エスキモーは暗いところで交合する。

私はまともなエスキモーの話をしているのだ。中にはこんな者もいる。荘厳な祝日の暁に、それまで追ってきた三段論法を中断して、凍った海上の、少し雪の融けたところに、大きなトナカイとセイウチを狩にいくのだ。彼らは、また、鯨も捕える。そして、夜になると、新しい脂をいっぱいに担って戻って来る。

どの風土にも悲嘆の種がある。どの土地にも病がある。生暖かい島ではペスト、沼沢地方では無気力症を見た。

ところで、いま、ひとつの病気が、まさに快楽の欠如から生まれかかっていた。塩漬けの食べ物、新鮮な青物の不足、私たちの誇りをいよいよ昂ぶらせる絶えざる抵抗。悪条件の土地で辛い生活をする歓び。そして常に外界にこだわるこの姿勢、魂はそれで喜んで楽しんでいるのだが、これがやがては私たちの力を消耗させ、魂が晴朗な気分で、至高の征服に乗り出したいというとき、私たちは皆、壊血病に苦しみ始めており、自分たちの義務を果たさないうちに死んでしまうことを恐れて震えながら、船橋に打ちひしがれていた。おお！ 最も大切な選ばれた義務よ！ 四日というもの、私たちはこうしていた。待ちに待った土地から遠からぬところで、氷の絶頂が解氷した海の中に落ち込むのが見えた。実際、エリックがエスキモーの小屋でとってきた美味この上ないリキュールがなかったら、私たちの旅はそこで終わったであろう。

私たちの血液は過度に流れやすくなった。到るところから流れ出るのだった。歯茎からも、鼻の穴からも、瞼からも、爪の下からも染み出てきた。それはときに淀んだ体液のようなものでしかなく、ほとんど循環しなくなったのではないかとさえ思われた。ほんのわずかな動作をしても、杯を傾けたように滔々と流れ出るのだった。皮膚の下では、最も柔らかい箇所に、鉛色の染みができていた。私たちは、頭に、嘔吐に伴うあの空虚をあの眩暈を感じた。首筋が痛んだ。歯が弱くなりすぎて、歯槽のなかでぐらつくので、乾パンはどうにも食べられない食料になった。煮ても濃い粥みたいになって、それに歯が抜き取られてしまうのだった。飯粒も歯茎の皮を傷つけた。私たちはほとんど飲むことしかできなかった。そして船橋にぐったりと横たわって、終日、熟した果実を、味のよい新鮮な果肉を、かつての島、危険な誘惑にみちたあの島の果物を想った。しかし、そうなってさえ、私たちはそれを味わうことは拒んだだろうと思う。パリッドがすでにおらず、私たち同様の苦しみを知らずにいられるのをうれしく思った。しかし、止血効果のあるリキュールがこの病にけりをつけてくれた。

最後の日の夕方のことだった。一季節を通じて照っていた太陽は、地の果てにもう沈んでいた。たそがれどきの薄明が、長いあいだ、尾を引いていた。太陽は、最期の苦しみなしに、雲を真紅に彩ることなしに、沈んだ。ゆっくりと消えて行った。屈折した陽光はまだ私たちのところまで来ていた。しかし、すでに厳寒が始まっていた。私たちを囲む海がふたたび凍りつき、船を閉じ込めた。氷は時々刻々に締め付け、船をすぐにも打ち砕きかねなかった。それは私たちにとって避難所のうちでもっとも脆く震えているところに過ぎなかった。私たちは船を捨て去ることにした。しかし、承知しておいて貰いたいが、こう決めたのは絶望したからでも小心翼々として慎重をはかったからでもなく、正気を超えた行為を欲したからである。なぜなら私たちはまだ、氷を割って冬を逃れ、太陽の行ったさきを目指して出発することもできたのであるから。しかし、それでは過去へ戻ることになっただろう。そこで、この上なく過酷な岸辺であってもそれが未来をなすならばそれで良しとして選び取り、自分たちの昼が完遂された以上、夜に向かって歩んでいったのだ。幸福というものが悲しみを捨て去ることによって成り立つのでないことを、私たちは知っていた。誇り高く、心を強く持ち、最悪の悲嘆のかなたに、最も純粋な喜びのあるところに向かって進んで行った。

船の板をはがして作った橇におおきなトナカイをつなぎ、私たちは木と斧とロープとを積み始めた。最後の陽光が消えかかり、私たちは北極に向かって行こうとしていた。船橋の一箇所に、積み重なったロープで隠れている場所があった。私たちはそこには一度も行ったことがなかった。ああ！　その日は悲しい別れになった！　船を去るにあたって、私は船橋を端から端まで歩いたのだ！　ロープが巻いてあったので、それを持って行こうと思って解くと、ああ！　悲しいかな！　これは何だ？——パリッドではないか！——私たちは彼を空しく探したのだった。動くには弱りすぎ、答えるにも病が重すぎ、彼は、死ぬために片隅を求める犬のように、そこに隠れたのだろう。しかし、これでもまだパリッドと呼べるのか？——髪もない、髭もない。吐きだした歯が白々と彼のまわりの甲板に見える。皮膚は古布同様に破れちぎれて、紫色と真珠色になっている。それ以上に見るも無残なものはなかった。目にはもう瞼がなかった。はじめは彼が果たして私たちを見ているのかどうかわからなかった。彼にはもう微笑する力もなかったのだ。口から出る果物のように、歯茎が、やたらに大きく、膨れて、腫れ上がり、海綿のようになって、唇を押し上げ、引き裂いていた。真ん中に立っている白い歯が見えた。最後の一本だ。彼は私に手をさしのべようとした。あまりに脆くなっていた骨は砕けてしまった。私は手を握ろうとした。手は私の指の間に血と腐敗したものとを残して崩れてしまった。彼は私の目に涙を見たと思う。私が涙を浮かべて彼を惜しんでいることがわかったようだった。そして思うのだが、彼は自分の状態にまだ一抹の希望を持っていたのに、私の憐れみの涙がそれを取り上げてしまったのだ。突然、彼は嗄れた叫び声を上げた。それは嗚咽であったのだろう。そして、私が握手しようとして砕いてしまったのではない方の手で、絶望の極みの、悲劇的な、本当にもう駄目だという動作をした。歯と唇を摑み、皮肉をこめて笑っているかのように、一気に、顔の大きな部分を剝ぎ取り、すでに息絶えて倒れた。

その夕方、盛大に弔い、かつ別れを告げるために、私たちは船を焼いた。夜は威儀を正してやってきて、ゆっくりと腰をすえた。炎は勝ち誇って迸り出た。海に火がついた。大きな帆柱も、大梁も、燃えた。そして、船が燃え尽き、真っ赤な炎が消え落ちたとき、償いがたい過去を捨て置き、私たちは北極海に向かって出発した。

雪中の夜の静寂。――夜の、だ。――孤独よ、そして、お前、死の穏やかな安らぎ。時のない大広原、陽光は引き下がってしまった。形という形は凍結した。寂然とした平野は寒気に覆われる。そして不動――そして不動。そして静謐。おお、我らの魂の純粋な恍惚よ！　空中では、何一つ動かぬ。しかし、大浮氷群はこんなにも生き生きとしている。凍てついた光明が宙に浮かぶ。すべてが夜の淡い青に染まっている――月と言おうか？――月だろうか？――すべてから離れて私は祈りを求めた。すると、恍惚とした景色が見える。エリス！　僕の見つけたのではない君、清々しいエリス。君はここで僕を待っていたのか？　僕はもっと遠くまで行くだろう、でも僕は君の言葉を待っているのだ。――そして、そのようなことの一切は間もなく終わる。――私はエリスの失われた姿を探した。――そして私の魂は祈りを唱えた。次いで、夜はその静寂を取り戻し、すべてが静謐に戻った。

なぜ曙を待つのか。いつ来るのかもうわからないのに。時は待つに値しない。夜少し眠った後、私たちは北極に向かって歩いていった。

純粋の石膏！　岩塩の切り出し場！　墓の白大理石！　雲母《きらら》！　これは深い闇の中の白さだ。軽い霧氷、これは日がさせば微笑さながらであろう。夜のつけた水晶の装身具、雪の布！　凍りついた雪崩！――月の塵埃の丘――波の飛沫のうえのケワタガモの羽、――無言の希望を託された氷の尖峰！――私たちは雪の中を歩いた。それも時に急かされることなしに。時はもう流れ去ってしまったのだ。私たちの動作の重々しい緩やかさは荘重さを醸し出していた。七人そろって――アラン、アクセル、モルギャン、ナタナエル、イディエ、エリックそして私――私たちはこうして自分らの果たすべき事に向かって進んでいった。

彼らは眠っていた。小屋は静かだった。外では星のない夜が霧氷におおわれた平原に広がり、平原の上では、その純白さゆえに夜が少し白んでいた。地上には弱い明かりがここかしこに見られた。私は祈りを上げる場所を探した。ひざまずいて祈り始めたとき、エリスが見えた。彼女は、考え込んで、私の側の、岩の上に、すわっていた。彼女の衣装は雪の色だった。髪は夜よりも黒かった。

「エリス！　では、君なんだね」、と私はすすり泣きながら言った。「ああ！　君だということははっきりわかったよ」

しかし、彼女は黙っていた。そこで私は言った。

「君を失ってからどんなに悲しい思いをしてきたか、君の手が僕を導かなくなってからどんなに荒涼とした田野を横切ってきたか、わからないの？　ある岸辺で、ある日、エリスにまた会えたと思った。でもそれはただの女でしかなかった。ああ！　許してくれたまえ。本当に長いあいだ待ち焦がれていたのだ。エリス！　妹よ。北極に近いこの夜を徹してこれからをどこに連れて行ってくれる？」

「いらっしゃい」と彼女は言った。そして私の手をとると、とても高い岩のうえに連れて行った。そこからは海が見えるのだった。私は眺めた。と、突然、夜は引き裂かれ、開き、波の上に極北のオーロラがいっぱいに広がった。それは海に映えていた。そこに見られるのは音もない燐の煌きであり、光線の静かな流れであった。そしてこの見事な輝きの保つ沈黙は、神の声のように耳を聾するのであった。絶えず揺れ動く真紅と薔薇色の炎は、神の「意志」の脈動のように思われた。何もかも黙り込んでいた。まぶしさに眩み、私は目を閉じた。しかし、エリスが瞼に指を一本当てたので、目を開いた。もはや彼女しか目に入らなかった。

「ユリアン！　悲しそうなユリアン兄さん！　どうしていつも私を夢見なかったのでしょう！　昔一緒にした遊びを思い出して下さいな。どうして、倦怠のうちに、たまたま出てきたにすぎない私の似姿などを迎え入れたのかしら？　まだその時ではない、あんなところですでに獲得することはできないって、よくわかっていたじゃないの。私は、時を超えたところで、雪が永遠に消えないところで、お兄さんを待っているのです。私たちが手に入れるのは、花の冠ではなくて雪の冠でしょう。お兄さん、旅はもうじき終わります。もう昔のことなど振り返らないで下さい。まだ他にも大地はある。お兄さんはそれを知らずにおわるでしょう。決して知ることはないのです。そのような大地を知って、なんの役に立つのでしょう？　各人に道は一筋。そしてどの道も神に通じるのです。でも、神の栄光をお兄さんの目が見るのは、この世においてではないのです。かわいそうな女の子を私と見違えたりして――どうして思い違いなどすることができたのでしょう？――お兄さんはずいぶんむごいことを言いましたね。しかも、その後で見捨てたのです。あの子は生きてはいなかったのです。お兄さんがこしらえたのです。今度はあの子を待たなければいけないわ。なぜって、あの魂は自力では神の国に昇れないでしょうから。ああ！　私は、私たち二人で、星のちりばめられた道を辿りたかったわ。一緒に、二人だけで、純粋な光に向かって。でも、お兄さんはあの別の人を導いていかなければならない。あの人と二人で二人の旅を終えるでしょう。でもこの終わりは、本当のものではない。お兄さん、すべては神のうちでしか終わらないのよ。だから、自分が死に臨んでいると思うときにも、どうか勇気を失わないように。空の向こうにはまたもうひとつの空がある。終末は次々と神のところまで退いていくのです。大好きなお兄さん、「希望」をしっかり持ち続けてください」

それから身をかがめて、燃え上がる文字で雪のうえに書きつけた。ひざまずいて見ると、こう書いてあった。

神が約束したものを彼らはまだ手に入れていない――彼らが私たちなしに完全な状態に達しないためである。

【原注、『ヘブル人への手紙』[26]十一章三十―四十】

私はもっとエリスに話したかった。もっと話してもらいたかった。そこで彼女の方に両手をさしだした。しかし、エリスは、夜の最中に、オーロラを指し示し、ゆっくり立ち上がると、祈りを託された天使のように、ふたたび熾天使の道を行くのだった。昇るにつれて、彼女の衣装は婚礼の装いになった。柘榴《ざくろ》石のピンで留められているのが見えた。エリスは神秘の七宝石のすべての光線を放っていた。その輝きは非常に激しくて瞼を焼き尽くすほどであったが、彼女の差し出す手から、まさに天のものなる優しさが流れ出て、私は焼けるような痛みを感じなかった。エリスはもう私の方を見てはいなかった。私は彼女が上へ上へと行くのを見ていた。彼女は炎につつまれた門に到った。雲の向こうに消え去ろうとしていた……そのとき、それよりずっと白い光が私の目を眩ませた。大雲が開いて、天使たちが見えた。エリスはその中央にいた。しかし、私はそうと見分けることはできなかった。どの天使も、両腕を上に伸ばして、先ほど私がオーロラだと思ったものを揺り動かしているのだった。それは不滅の光明の前に下りた帳に過ぎなかった。そして炎と思ったものは、どれも、それを通して「光」の射してくるヴェールだったのだ。天の縁飾りの下をくぐって、強大な光線が滑ってくる――しかし、天使たちが帳を開き、途轍もない叫びが雲の中に湧き立ったので、手を両目にあてて、私は恐れおののき打ち伏してしまった。

ふたたび起き上がったときには、夜がまた閉ざされていた。遠くに海の音が聞こえた。小屋に戻ると、仲間たちはまだ眠っていた。私は、眠さに負けて、彼らの脇に横になった。

北極に向かって前進。事物の過度の白さから、ある種の明るさが生じる。ある輝きが事物を取り巻く。吹雪になり、吹き払われ、吹き上げられた雪は広がり、旋回し、回転し、布か髪の描く曲線のように曲がりくねる。道が絶えず塞がれているため、とてもゆっくりとしか進めない。氷の中に、通路や階段を切り開かなければならないのだ。私たちのした労働のことは語りたくない。それはあまりに辛く、あまりに厳しいものだったので、語るだけで嘆いているように聞こえるだろうから。また、寒さや私たちの苦しみについても話したくない。――私たちは恐ろしく苦しんだなどというのは、人を馬鹿にしているようなものだ。――そんな言葉から人の想像することは、現実にはとても及ばないだろう。この苦しみの辛酸の極みを言葉で表現することは、私にはできないだろう。あの苦しみを十分に辛酸に語って、そこから一種の誇らしさが歓びとして生じるようにする力は私にはない。同様に、寒さについても、狂犬のように噛み付くあの感じは伝えられまい。

北の極限に奇怪な氷の壁が聳えていた。巨大なプリズム状の塊がそこに壁のようにすえられていたのだ。道のようなものがそこまで通じていた。深い雪の峡谷だ。そしてこの氷壁を越えて、いつも同じように吹く風に追われてのことだと思うが、雪が渦巻いて谷に落ち込むのだった。互いに結び付けているロープがなかったら、私たちは雪のなかに沈み込んでしまっただろう。この吹雪の中を歩くのにやがてうんざりしてしまったので、雪の上で寝る危険はわかっていたが、眠るために横になった。氷の塊の後ろにいて風雪からは護られていた。雪は風に吹き上げて氷塊の上を通り過ぎ、氷の壁が洞穴をなしていた。私たちは橇の板と殺したトナカイの皮の上に寝た。

他の連中が眠っている間に、雪が止んだかどうか見ようと、私は一人、洞穴の外へ出た。雪の屍衣を通して、白一色の岩の側に、沈思黙考しているエリスを見たように思った。しかし、エリスは私を見たようではなく、北極の方を向いていた。髪は解かれていた。風に吹かれて乱れ動いていた。彼女があまりに悲しそうだったので、私は話しかける勇気がなかった。本当にエリスだろうかとさえ訝った。悲しみに沈みながら同時にこの旅を終えることはできないので、私は眠りに戻った。

26　実際には『ヘブル人への手紙』十一章三十九―四十。ジッドはこの二節を要約しているが、原文は次の通り。「この人々は皆、信仰を通して証しされたにもかかわらず、約束〔の実現〕は目にしなかった。私たちをさしおいて彼らが全き者とされることのないようにと、神が私たちのために、なんらかのよりよいものを準備したからである」（青野太潮訳）。このパウロの言葉は『狭き門』（本集成第二巻）でも、アリサが二回引用し、重要な役割をはたしている（同書注69、注75参照のこと）。

雪は、今、強風にあおられて、私たちの頭上を通り過ぎる。私たちは大きな壁の下のところにいる。奇妙な通路がそこまで通じているのだ。壁は、鏡のように滑らかで、水晶のように透き通っており、通路の正面で地面にのめりこんでいる。雪が軽すぎて落ちてこないので、そこはちょっと広い空間をなしている。地面も同様に透明である。その壁の上に、そして、まさにそのときに、なにか深い悲嘆の近よるのを感じて身をかがめた私たちは、ガラスにダイヤモンドで記したように、墓から立ち昇る声のように、次の二語を見出したのである。

HIC DESPERATUS
絶望せる者　ここにあり

その後の日付は消えていた。

そして、私たちは、みな同じようにひざまずいたところ、この言葉の下に、見た——透明な氷の中に横たわる屍骸を見たのである。氷が閉じて棺のようにそれを包み、非常に低温に保って腐敗を防いだのだ。顔には驚くほど深い疲労のあとが見られるようであった。片手に一枚の紙を握っていた。

私たちは旅のほぼ終着点に到っていたことを感じた。それでもまだ凍った壁によじ登るだけの余力を感じていた。目的はすでに私たちの後方にあるのではあるまいかと思いながら、それが何であるのかわからないままに。そして、目的に達するためにすべてをなしとげた今、それが何であったのかを知ることはほとんど無用になっていた。私たちはこの見知らぬ人の墓を前になおもひざまずいていた。格別なこころの動きも思いもなかった。なぜなら、私たちは、同時に自分自身にも涙を注ぐのでなくては他人に憐れみを感じられない、自分を支える力が必要なために悲しみからは目をそらす、そういうところまで来ていたからである。心は堅くならなくては勇猛に達することができない。柩を冒瀆しまいという気持からというよりも、むしろこの心理状態ために、私たちは、屍骸の握っている紙に書いてあることを読みたいと思いながらも、氷を打ち割らなかった。短い祈りの後、私たちは立ち上がり、氷壁を苦労して登り始めた。

嵐を引き起こしていた風がどのようにして発生していたのか、私は知らない。大氷壁を越えると、ぱったり風は止み、温暖と言ってもよいような大気だった。壁の向こう側は急に下って丘になり、柔らかくなった雪がゆるやかな坂をなしていた。その後に草原帯になり、その先は、氷の解けた狭い海になっている。まわりの壁は完全に円をなしているのだと思う。斜面は規則正しく階段状をなしていたのだ。それに、この円形空間ではまったく風が吹かないので、湖の水は無気力に淀んでいた。

私たちはこれで終わりだと思った。もうその先に行くことはできない。しかし、岸辺まで降りて行ってもそこで何をしたらよいのかわからないにちがいないので、何らかの決着をつけるために、あるいは決着の動機となる動作をするために、私たちは立ち戻って、誰とも知れぬ遺体を運び、彼の期待していた岸辺に埋葬してやろうという敬虔なことを思いついた。彼はおそらくひとつにはこの岸辺を見ようと思ってそこまで来たのだろうが、目標のこんなに近くまで来ていながら結局到達できなかったのは実に気の毒だと思ったのだ。

そこで、墓のところまで戻って、屍骸を取り出すために氷を割った。しかし、屍骸の持っていた紙を読もうとしたが、紙は完全に白紙であった。この期待はずれは私たちにとって非常に辛いものであった。それで好奇心が失せてしまったのだ。それから私たちはこの死体を極北の狭い浜まで運んで、口には出さなかったが、皆が同じ感想をいだいたのであった。彼は期待していたこの岸辺を見ないでよかったのではないか、生きているあいだは大きな壁が彼を目標から隔てていてよかったのではないか、さもなければ、おなじ言葉を自分の墓に彫りこんだであろうから、と。

色もない暁が来た。そして、私たちは、これが最後の行為として、もうあれやこれやと考えないために、雪と湖の水とにはさまれた草地に墓穴を掘った。

私たちは、もっと花に覆われた地方を見に戻って行きたいとは、もう思わなかった。それはなんの驚きもない過去でしかなかっただろう。生命のほうへふたたび降りていくことはないのだ。これこそが自分たちの見に来たものだと、はじめからわかっていたら、おそらく私たちは歩き始めなかったであろう。そこで私たちは目標を隠してくれたことを神に感謝した。目標をこんなにも奥深く隠してくれたので、それに到達するためにした努力そのものがただひとつ確実なひとつの歓びをすでに与えてくれたのだし、さらに、あのように苦しんだことがあれほどまでに輝かしい結果を期待させてくれたのだから、私たちはそれを神に感謝した。

私たちは、できることなら、新たになにかはかないもっと敬虔な希望を持ちたいと思った。自分たちの誇りをすでに満足させて、自分たちの宿命を全うすることはもはや自分たちの意志の及ぶところではないと感じて、今は、まわりの事物が自分たちにもう少し忠実であることを期待したのだ。

そしてなおもひざまずいたまま、私たちは暗い水面に「自分」の夢見る空の反映を探し求めた。[27]

献呈の歌

奥さま！　私は騙したのです。
奥さまは本気になさらなかった。[28]
私は、庭園も
浜辺に集う薔薇色のフラミンゴも見なかった。
セイレーンが手を差しのべたのは
私たちに向かってではないのです。
私が果物をかじりもせず、
並木の下で眠りもせず、
香水をつけたハイアタルネフュスの
手に口づけもせず、
翌日を常に信じ、
勇気ある行為の数々を語ったのは、

27　本作品にはノヴァーリスの影がしばしば感じられるが、このくだりは『サイスの弟子たち』の次の一文に通じるだろう。「空が水のなかのあるというのは、たんなる反映ではなくて、やさしく睦みあい、近しさの徴なのだ――満たされぬ衝動は無窮の高みに昇っていこうとし、幸福な愛は、底知れぬ深みへと喜んで身を沈めるのだから」(今泉文子訳『ノヴァーリス作品集』1、ちくま文庫、七五頁)。AGRRI, p. 1285, Jean-Michel Wittmann の注15参照。

28　本書の題名 *Le voyage d'Urien*『ユリアンの旅』は、*Le voyage du Rien*『無の旅』とも聞こえる。発音は完全に同じである。

それが蜃気楼に過ぎず、
煙に過ぎなかったからなのです。
実際にそうなっても私は我慢できただろうとは思います、待っていたのです。
しかし、誘惑は私には起こらなかった。

エリス！　許してください！　ぼくは嘘をついたのです。
この旅はぼくの夢でしかない。
ぼくらは自分たちの思索の寝室の
外には一歩も出なかった。
ぼくらはこの生を、まともには
見もせずに、過した。本を読んでいたのです。
君は、朝、来たものです、
お祈りに飽き飽きして。

奥さま！　私は騙したのです。
この本は端から端まで嘘なのです。
大声でがなり立てはしませんでしたが。
つまり夢の中では静かなものなのです。
でもある日、ご存知のように
私は生をまともに見ようとした。
私たちは事物にむかって身を傾けたのでした。

しかし、そのとき、私にはわかったのです、事物とは
かくも真剣な、かくも恐ろしいもので、
至るところからかくも重い責任を負わされているのだと。
私にはそれを言う勇気がなかった。
私は事物から目をそらせてしまった。――ああ！　奥さま――許してください。
私は嘘をつくことを選んだのです。
真実を言ったら
聞いてもらうべき真実を言ったら、
私はあまりに大声で言うことになって
詩を損なうのではないかと心配したのです。
そこで選んだのです、さらに嘘を言い続けることを、
そして、待つことを、――待つことを、待つことを……

ラ・ロックで。一八九二年夏。

恋愛未遂

または、むなしき欲求の論

フランシス・ジャムに

欲求は輝く炎のようなものだ。
触れたものをすべて灰燼と化し、
——微風にも四散する塵埃と変じてしまう。
されば永久《とわ》なるものにのみ想いを凝らそう。

カルデロン『人生は夢』[1]

私たちの書く書物とは、結局、私たちをありのままに語ったものではなかったことになるのだろう。――それはむしろ、私たちの嘆きにみちた欲求、未来永劫に禁じられた数々の人生と実行不可能なありとあらゆる身振り振る舞いとを希求する想いのあらわれなのである。ここに、私は、ひとつの夢を書き記す。それは私の思念をひどくかき乱し、存在する事をつよく求めていたのだ。執拗に幸福をのぞむこころの動きに、この春、私は倦み疲れてしまった。自分がより完璧に開花することを、私は望んだ。それ以外に自分の在り様はないかのように、ひたすら幸福であることを、私は望んだ。あたかも過去が常にわれわれを打ち負かすのではないかのように、人生が悲しさの繰り返しから出来ているのではないかのように、明日という日が昨日の続きではないかのように、――あたかも、私の魂が、ご覧のように、その夢から解放されるや否や、明日も待たずに、いつもながらの物学びに戻っていくのではないかのように。

こうしてみると、どの書物も、先送りされた未遂の欲求でしかないことになる。

1　カルデロン・デ・ラ・バルカ『人生は夢』第二日目に、セジスムンドの言う台詞（二九七九―二九八三句）。スペイン語原文では、「欲求」ではなく、gusto「歓び・快楽」を llama hermosa「輝く炎」にたとえている。その快楽がわずかな微風にもかき消されて灰燼に化すると、言うのである。ジッドは、一八九一年刊の Damas Hinard による仏訳から引用したため、gusto = plaisir（歓び）を désir（欲求・欲情）と読み、カルデロンからは、やや離れている。

確かに、それは、人間どものこうるさい法律でもなく、あれこれの恐れでも、羞恥心でも、悔恨でもなく、私自身とさらには自分の夢々とを尊ぶ気持でもなく、お前、悲しき死でも、墓場のかなたに対する恐怖でもないだろう。自分の欲求するものと私がひとつになることを妨げるのは、そのようなものではあるまい。――それは、誇らしい気持以外の何物でもないのだ。あるものごとが非常に強力であることを承知の上で、自分がそれよりもさらに強いと感じ、それに打ち克つという誇らしい気持。――しかし、そのように高く掲げた一勝利からくる歓びも、――まだ十分に甘美ではない。それは、お前たち、つまりは欲求のかずかずに服従し、戦わずして打ち負かされるほどには快くない。

今年、春が来たとき、私はその妙なる魅力に悩まされた。そして、さまざまな欲求が私の孤独を苦痛に満ちたものにしていたので、私は、朝、野原に出ていった。終日、太陽は平原を照らし、私は幸福を夢見て歩いた。確かに、あるはずだ、と私は思った。自分が魂の牧地としてきた、このようにも白けきった荒野とは別の天地があるはずだ、と。いつになったら、私は、自分の味気ない想念を遠くはなれて、陽光のもとに、歓びそのものを連れ歩くことができるのか。昨日を忘れ、無用な宗教のかずかずを忘れて、やってくるに違いない幸福を、力をこめて、良心のためらいも恐れもなしに、抱擁することができるのか。そこで、その夕べは、新たな不安をつぎつぎに思い描くにちがいないので、あえて家に帰らなかった。私は林に向かって歩いていったのだが、そこでは既に、何度となく、私の悲しみが途方にくれたものだった。――夜になると月明かり。林は静まり返り、不思議な影に満ちた。風が震え立ち、夜の鳥たちが目を覚ました。私は奥深い小道に入っていった。足もとでは砂が光っていた。ずっと続いていくその白さが私を導いてくれるのだった。枝と枝の間が広くなり、風が木々をゆるがすと、小道の上に霞の捉えがたい姿の漂っているのが見えるのだった。そして、真夜中になると、露が木の葉から滴りおちた。さまざまな香りが立ち昇り、森は恋情に捉えられた。草葉は震え立った。それぞれの形が、調和を求め見出し実現し、大輪の花はゆらゆらと揺れ動いた。すると花粉は、霞よりもさらに軽く、微粒となって漂った。枝々のもとに、秘めやかな恍惚とした歓びのざわめくのが感じられた。私は待機していた。夜の鳥がないた。そのあと、何もかも黙り込んだ。暁の来る前の瞑想であった。よい忠告を与える蒼白い夜のもとで、歓びは静謐なものとなり、私の孤独感は激していた。

Qualquiera ventio que sopla.[2]
微風に四散する塵埃。

一

暁がきた。花をかかえて、リュックはまだ夜気の漂う林を出た。朝の涼気にややこごえて、林に沿った小径の斜面に腰を下ろし、日の出を待った。目の前には、しっとりと湿った芝原が広がっていた。そこは、花々で豊かに彩られ、きらきらと陽炎が立っていた。リュックは幸福の一切を、安心しきって、待ち構えていた。幸福は新しい巣に移る蜜蜂の群れがどっと飛んできてとまるようにやって来るだろう、自分の為にすでにすべてが進行し始めたはずだ、と思っていたのだ。曙は無限の歓びに震え、春はほほえみの呼びかけに応えて生まれ出るところだった。歌声が響きわたり、輪舞する娘たちが現われた。

狂ったように、草の露にしっぽりと濡れ、夜のみだれ髪そのままに、娘たちは皆それぞれに花を摘み、スカートを籠のようにはしょって、素足を踊らせていた。と見ると、もう輪舞にも飽きて、野原を駆け下り、泉で身を洗い、水を鏡に姿を眺め、昼の楽しみの身支度をするのだった。

別れていくと、どの娘も仲間たちのことはすっかり忘れた。

ラシェルが戻ってきた。ひとりで、夢見がちに。落とした花を拾い集め、新しい花を摘むと見せて身をかがめたが、それはリュックの近づくのを見ないためでもあった。ラシェルは、金鳳花《キンポウゲ》、秋桐《アキギリ》、マーガレット、そしてあれもこれもと野原の花を摘むのだった。リュックは谷間の胡麻の葉草《ジギタリス》と紫色のヒヤシンスとを持ってきた。彼はラシェルのすぐそばにおり、今、ラシェルは花の飾紐を編んでいる。リュックは自分の花を花飾りに加えたいと思ったが、そうは言い出せないでいた。と、突然、その花を足もとに投げ出して、こう言った。

「これは林の中の地味な花、暗い木蔭で摘んだのです――君のために。だって、その時現われたのは君だったのですからね。ぼくは一晩中探し求めた。君は美しい、今年の春のように。そして、ぼくよりももっと若い。今朝、君の素足が見えましたよ。君は仲間の娘たちと一緒だったから、ぼくは近づく勇気がなかった。でも、今、君はそこにひとりでいる。どうかぼくの花を受け取って、一緒に来てください。ふたりで楽しい歓びを見つけましょう」

ラシェルはほほえんで、じっと聞いていた。リュックは彼女の手をとり、ふたりいっしょに帰っていった。


その日は戯れと笑いのうちに過ぎた。夕方になると、リュックはひとりで自分の家へ帰ってきた。どうにも眠れない夜が来た。暑すぎるベッドを出て寝室の中を歩き回ったり、開け放した窓に身を寄せたりした。リュックは、自分がもっと若く、ずっと美しければよいのに、と思った。ふたりの人間の間で、愛は互いの肉体のすばらしさに対応する、と思ったのである。一晩中、リュックはラシェルを求めた。朝になると、彼は彼女のもとへ駆け戻っていった。

リラの小道がラシェルの家まで続いていた。その先は、低い垣根に囲まれた庭で、薔薇が一面に咲いていた。近づくとすぐに、リュックにはラシェルの歌っているのが聞こえた。彼は夕刻までそこにいた。そして翌日、またやって来た。――毎日、やって来た。目が覚めると、彼は出かけていった。庭で、ラシェルが微笑を浮かべて待っていた。

何日も日が過ぎた。リュックは一向に踏み出さなかった。ラシェルがまず身をゆだねたのだ。――ある朝、いつもの熊四手《クマシデ》の棚の下にラシェルがいないので、リュックは彼女の寝室に上っていくことにした。ラシェルはベッドの上にすわっていた。髪はしどけなく乱れ、ほとんど裸身をさらしていた。わずかに掛けたショールも、はや、す

2　ママ。正しい原文は、cualquier viento que sopla.

っかり落ちていたので。確かに、彼女は待っていたのだ。リュックが来て、顔を赤らめ、ほほえんだ。――しかし、ラシェルのほっそりしたすばらしい脚を見て、そこに一種のか弱さを認めた。彼は彼女の前にひざまずき、その華奢な両足にキスをし、ショールを掛けなおした。

リュックは愛を望んではいたが、肉の所有には傷を負わされることのように怖気をふるうのだった。私たちの受けた悲しむべき教育、それは、官能の充足を、すすり泣き悲嘆にくれるべきもののように、あるいは陰鬱な孤独のもののように、思わせるのであった。実際には、それこそ輝かしく静謐なものであるはずなのに。私たちは、幸福にまで高めてほしいとは、もう神にも願うまい。――ところが、断然、違うのだ。リュックはそんな人間ではなかった。自分の作り出す存在をいつも自分に一致させようとするのは、まったく馬鹿げた偏執ではないか。――という次第で、リュックはこの女を所有した。

ふたりの歓喜を、今になって、何と言おうか。彼らのまわりで、自然も同じような状態にあり、歓喜にみちて、彼らの歓びに加わっていたという以外にあるまい。ふたりの考えることなどは、もはや重要ではなかった。幸福であることだけに没頭していたので、彼らの問いは欲求となって表われ、その充足が答えをなした。ふたりは肉のかわす打ち明け話を覚え、彼らの親密さは日毎により秘められたものになっていくのだった。

ある日の夕方、いつものようにリュックがラシェルを離れて帰ろうとすると、ラシェルは言った。「どうして帰るの？　他に誰かを愛しているのなら、いいわ――お帰りなさい。――私は嫉妬なんかしないから。でも、そうでないのなら、ここにいて。――さあ、いらっしゃいよ。私の褥《しとね》はあなたを待っています」

以来、リュックは毎晩ラシェルのところにいた。

気温があがり、夜はさらに美しくなったので、ふたりは十字格子のついた窓を閉めなくなった。こうして月の光に照らされて眠っていたのだ。――と、花のいっぱいに付いた蔓薔薇が伸び上がってきて、窓を取り巻いたので、かれらは枝を中に取り込んだ。薔薇の香りが室内に生けた花の香りと混ざり合った。合歓の末、ふたりは夜遅く眠り込み、ふたりの目覚めは酔い覚めにも似ていた。——ひどく遅くなって、まだ夜の疲れを引きずって起きるのだった。ふたりは、庭から湧き出る澄んだ泉で顔を洗い、リュックはラシェルが裸になって葉蔭で水浴びするのを眺めていた。——それからふたりは散歩に出かけるのだった。

しばしば、ふたりは草の上に腰を下ろして、何もしないで夕方になるのを待っていた。太陽が傾いてゆくのを眺めているのだった。そうして、ようやく暑さの和らぐ時刻になると、ゆっくりと家に戻るのだった。海はそう遠くはなかった。潮が激しく満ちてくるときには、夜、波の音がかすかに聞こえた。ときには、ふたりで浜まで降りていくこともあった。曲がりくねった狭い谷間をくだっていくのだが、水の流れはなかった。針金雀枝《ハリエニシダ》や金雀枝が生い茂り、風が砂を吹き上げていた。その先に、浜が開ける。そこは湾になっていたけれども、海は確かに静かなのに、小舟も大きな船も見えなかった。ほとんど真向かいのあたりで岸が湾曲して、遠くに島があるように見えるのだったが、ちょうどその箇所に、庭園の豪華な柵のようなものが見え、夕方になると、まるで金のように輝いているのだった。——やがて、ラシェルは砂の中に貝を見つけられなくなり、ふたりは海を前にして退屈していた。

さほど遠くないところに村もひとつあったが、貧しい人々がいるので、ふたりはあまり通らなかった。

雨が降っている時、あるいは投げやりな気持から野原に出ることもしないでいる時、ラシェルは寝そべって、足元にいるリュックに、何かお話をしてくれとねだった。「なにか話してよ。聞いているから。私がうたたねしても止めちゃだめよ。春の庭のことを話して。よく知っているでしょう。それから、あの高台のことも」

そこでリュックは、高台や、マロニエの並木や、平野に臨んで吊り下げられているような感じの庭の話をした。——朝は、幼い女の子たちが遊びに来て、輪になって踊るのさ。お日様は平野のまだ低いところにあって、木々は影も落とさない。

しばらくすると、もっと年上の落ち着いた娘たちが花壇の間にやってきて、花の飾紐をつくり始めた。——ラシェル、ちょうど、君が編んだようにね。正午近くなると、夫婦づれが姿を見せた。——そして、太陽が木の上に回ったので、小枝で支えられた穹窿《きゅうりゅう》が光をさえぎって、下の小道は涼しいらしいのさ。そこを散策する人たちは、もう小声でしか話さなかった。またしばらくすると、照り返しが弱くなったので、平野が見はるかせるようになった。広野には夏があふれかえっているようだった。散歩に来た人々は、欄干に肘をついたり、身を乗り出したりした。ご婦人連がいくつかのグループになって腰をおろし、一方のご婦人は糸枷《いとかせ》の毛糸を繰り出し、もう一方の人たちはそれを使って編物をしているのだった。何時間かのち、放課後の生徒たちがやって来た。子供たちはビー玉遊びをした。日が暮れた。散策する人は独りで来るようになった。でも、まだ寄り集まって、その日のことをもう過ぎ去ったことのように話しあう人々もいた。高台の影が平野に延び、ずっと遠く地平の果てでは、明るい空に、月が出た。ほっそりした清純な月が。――ぼくは、夜、誰もいない高台に来て、さまよった……　リュックはここで口を噤《つぐ》み、ラシェルを見た。言葉のたてる音に、すっかり眠り込んでいた。

ふたりはもっと長い散歩もした。それは春の終わりのころだった。彼らの家のある丘を登っていって、向こう側の中腹に運河を見つけたのだ。ポプラの木が運河の片側を縁取っていた。土手になって道が延びていた。その先はまた斜面になっている。橋があって運河を渡ることができたけれど、日差しが強かったので、ふたりは水に沿って行くことにした。谷間からは熱気が波状に昇ってきた。野原を覆う大気は震えたっていた。遠くには広い道路があって、荷馬車が通ると土埃が立った。ふたりは平野に夏を見た。道も、木々も、運河も、丘の曲線を律儀《りちぎ》に追って続いていた。ふたりは、だから、運河の岸を辿っていった。向こう岸では、小さな林がそこまできて終わるのだった。――それだけだった。ふたりはとても長い間、こうして歩いていった。しかし、限りもなくそれが続いていくのを見て、もうたくさんだというところで、引き返してきた。

二

奥さま――この話は、奥さまにいたしましょう。奥さまは、私たちの悲しい愛が荒地で迷い果てたことをご存知です。そして、私がほほえむのにひどく難渋《なんじゅう》しているのをかつてお嘆きになったのは、奥さまですね。この話は、あなたさまのものです。私は愛の与えるものを探し求めたのです。倦怠しか見つけられなかったとすれば、私のせいだ。あなたは私に幸福である術《すべ》を忘れさせておしまいになった。——書き物にすると、歓びは、なんとあっけなく、なんと手早く語られてしまうのでしょう。悪徳ともメランコリーとも関係のない微笑とは、なんと平凡なのでしょう。それに、他の連中の愛など私たちになんの意味があるのか、他の人々に幸福をもたらす愛など。——彼らにはお気の毒だが、リュックとラシェルは愛し合ったのです。私の話が統一を保つために、彼らはそれ以外に何もしなかった。倦怠といったところで、彼らは幸福の倦怠を覚えたに過ぎない。——花を摘むのは彼らの単調きわまる暇つぶしでした。もっと遠くまで追求するために、ある欲求を退けるということもしなかった。待つことの物憂さもほとんど味わわなかった。彼らは、まさに抱きしめたいと思うものを退けるという動作を知らなかったのです。——私たちは、ああ、奥さま、実によくそういたしましたね。——所有してしまうことを恐れ、悲愴を求める気持から。——彼らは、ほしいと思う花はすぐに全部摘んでしまうのでした。自分たちの生温かい手に握られて、花が早々と萎《しお》れてしまうことなどは一向に気にしないで。——彼らのように、何も意識せずに愛せる者に幸いあれ。それで彼らはほとんど疲れもしなかった。——なぜなら、疲れさせるのは、愛や悪徳というよりは、それを後悔する気持なのですから。そこで彼らは、過去の水の面に漂う自分たちの行為をあまり眺めない習慣を身につけていたのです。彼らの歓びというのは、悲しみを知らないところから来ていた。彼らは何度でも繰り返せる接吻や抱擁のことしか思い出さないのでした。その時には、彼らの生が本当に融合する一瞬がありましたからね。それは、夏至《げし》のことでした。真っ青な大気の中で、彼らの頭上高く伸びた枝々は、崇高な繊細さを帯びていた。

夏よ、夏よ！ これは神の賛歌のように歌うべきでしょう。——五時。——私は起きて（夜が明けたのです）、野原に出て行った。——もし彼らが、草葉にひんやりした露がおりていて、冷たい水で朝の震え立つ足を洗うことができることを、その爽やかさのすべてを知っていたら、もし彼らが、野に差す陽光と平野のもたらす眩暈《めまい》とを知っていたら、もし彼らが、草を踏みしだいて自分に向かってやってくる者を曙がどのように微笑をもって迎えるかを知っていたら、——彼らもいたずらに眠り続けてはいなかったろう、と思いますが、——リュックとラシェルは昨夜の合歓でくたびれていたのです。そして、この愛の疲労は曙が野原に注いだのよりもっと多くの微笑を彼らの夢にもたらしたのでしょう。

それでもある朝のこと、彼らも外へ出ました。ふたりはある春の日に辿っていった谷間と運河のところまで行きました。ただ、丘を登るかわりに回っていったので、運河が広い河に合するところに出ました。運河は引き舟の通路でした。ふたりは閘門のところで水を渡り、右手に運河を、左手に川を見ながら、舟引きの道を辿っていきました。対岸にも道路がありました。そして、この五条の平行した道は、見える限り深いところまで狭い谷間を延びていくのでした。その日のふたりの散歩はかなり長かったのですが、語るにはあまり面白くないものでした。

ふたりは浜がもういちど見たくなりました。そこで、断崖をえぐって海に出る谷をまた下っていったのです。ふたりは、海に向かって腰を下ろしていました。最近の暴風雨の大波で、深海の貝や、なにやらの残骸や、もぎ取られた海藻の切れ端やらが打ち上げられていました。波はまだ高くて絶え間のない潮騒となって耳を聾《ろう》していました。そして、ラシェルは突然不安に捉えられました。リュックが何か考え事を始めたのを感じたのです。先ほどよりも冷たい風が吹いていました。ふたりはぞくっとしました。そして、立ち上がりました。——リュックが先にたって歩いていったのですが、あまりにも足早で、ややわざとらしい感じでした。柱がありました。それは傷だらけで黒ずんでいました。どこやらの基礎杭か、船の破片か、アンティル諸島から来た木材か……　ふたりともその前で足を止めました。それから、リュックは海を眺めました。ラシェルは、必要を感じて、また本能にみちびかれて、リュックにもたれかかり、肩に頭をもたせかけました。リュックのうちに、苦悩と冒険への渇きとが生じるのを、ぼんやりとですが感じ取ったのです。ふたりは立っていました。太陽は立ち去り、湾の向こうに、海峡のもっと向こうに、沈み入ろうとしていました。岬と岬の間に、遠く、海の限りない線が消え去ってゆくのが見えるのでした。

すると、太陽が沈むにつれて、彼らの眼前で、島の上にあるような感じの見知らぬ庭園の柵が、まさに絶えようとする日差しを受けて、輝き始めました。それは、どうにも説明しかねる、超自然といってもよい感じでした。少なくとも、ふたりが互いに一言も言わないところをみると、そう思われるのでした。金というよりは鋼で出来ているらしい柵の棒は、内側から自然に、あるいは過度に磨き立てられた結果として、光を発しているようなのでした。何よりも奇妙だったのは、柵のさらに向こうに、はっきりと名指すことはできないのですが、何かが見えると思ったことです。リュックもラシェルも、互いに、相手が敢えてそれを口に出せずにいると感じ取りました。

帰りの途上で、ラシェルは砂の上に烏賊《いか》の卵をひとつ見つけました。それは、実に大きくて、黒く、ぶよぶよしていて、故意に選んだかのように奇妙な形をしていました。あまりに奇妙なので、ふたりはそれが自分たちにとって重要なことだと思い、その原因を探しました。

この日の思い出はふたりにぼんやりした不安を残しました。そして、しばしば、こころにもなく、この海に面して閉ざされた庭園のことを想いました。惹きつけられ、疑問を懐き、さりとてそこまで乗っていける舟もないので、朝発って、岸に沿って行き、辿り着くまで歩いていこうと決心しました。

ふたりは夜明け前に起きて、道につきました。灰色で、まだ涼しい時刻でした。ふたりは巡礼のように進んでいったのです。自分たちのこと以外の目的があるので、まじめに、黙り込んで、そのことで頭をいっぱいにして。好奇心が弱まると、彼らは一種の義務感を感じていました。——しかし、奥さま、言い過ぎないようにしましょう、このふたりは、私たちの気に入るといってもよいくらいなのですから。——仕方がない。この時ばかりは、彼らもその日の暑さを気にしないで歩いていきました。ある想念に導かれていったのです。——なぜって、それは欲求というようなものではなかったのですから。そしてラシェルは、道の砂利がごろごろしても、砂が動きやすくて踏みしめると足がもぐってしまっても、苦情を言いませんでした。——浜辺を辿り、野原を横切り——川の堤を橋が見つかるまでのぼり、——また降りて——もう一度野原をわたり——ああ、ふたりはようやく塀の下までほぼ辿りついたのです。そこがあの「庭園」でした。——そしてもっと接近できないようにするために、石で固めた堀に海の水を引き込んであり、それが壁の下に打ち寄せて、一切を拒んでいるようでした。しかもこの外壁は突堤になって海に突き出ていて、こちら側からは、石灰岩の陰気くさい岬以外には何も見えないのでした。ふたりは進んでいきました。堀は尽きました。そこで、壁に沿って歩いていったのです。太陽は暑苦しく照り、道は彼らの前方に延びていました。——それは庭の塀が影を落とさない時刻でした。彼らは、閉ざされた小さい戸が、ほとんど蔦の下に隠れているのを見つけました。ほんの心持ち、塀は曲がっていた。そして太陽も、そろそろ日も暮れかけようという頃で曲がったので、ふたりについてくるような感じでした。塀を越えて木の枝がのぞいていましたが、動きはありませんでした。庭の中から笑い声のような音が絶え間なく聞こえてくるのですが、噴水が話し声そっくりの音をたてることもよくあるのです。と、突然、ふたりは海の前に出ました。そこで、ひどい悲しみに捉えられました。しばらく腰をおろしてから、ふたたび歩き出し、帰途に着きました。彼らの前にも、また向こう側にも、石の岬が海に突き出て、壁を延長させていましたが、その壁の下の部分は越えがたい濠の中で海の水に打たれているのでした。そして悲しみは、ほんのかすかなひび割れから、どっと浸透し、ふたりをいっぱいに満たすのでした。——とくに、彼らは歩くのにうんざりしていました、とくに無駄足を踏んだことに。——太陽はいまや庭園の後ろに隠れようとし、ふたりは張り出してくる塀の影の中を歩いていました。その影自体には、一抹の神秘が秘められているように思われた。時々、窓ガラスを指でたたくような音が聞こえるような気がしました。しかし、この音は、彼らが歩みを止めるとすぐに止むので、歩いているうちに感覚がくるって生じたのだと思いました。彼らが家に帰り着いたのはもう夜になって大分たってからのことでした。

その翌日、昼になってもベッドでやすんでいた時、「夏の夜明けの話をしてくださいな。私は怠けて、こうしてあなたの脇にいるのですから」とラシェルが言いました。リュックは始めました。

「それは夏だった。でも、夜明け前だった。鳥もまだ鳴いておらず、森はようやく目を覚ましかけたところだった」

「あら！　森はいやだわ」とラシェルがさえぎります。「広い並木道にしてよ。夜明けになって、まだ鳥が鳴かないとすれば、それは谷が深すぎて夜がなかなか立ち去らないためなのよ。でも、丘の頂のほうはもう明るくなっているの」

「その上方の明るみに向かって」、とリュックが続けました。「ふたりの騎士が危険をかえりみずに進んでいった。夜っぴて谷間を辿ったあげく、あたりを圧する高原に出ようというのだ。騎士たちは寡黙《かもく》で重々しかった。長い間、影の中を進んできたのでね。そして、並木道の丈高い樫の木は、彼らの頭上に枝を広げていた。騎士たちの馬は、まっすぐに切り立った道を、ゆっくりと登っていった。登るにつれて、彼らは次第に光に包まれた。高原に達すると、日が昇った。——高原では、もう一筋の並木道が延びていた。それはさらに幅が広く、最初の道と交叉して、丘の尾根を行くのだった。ふたりの騎士は立ち止まった。そこで、騎士のひとりが言った。「兄弟よ、ここで別れよう。同じ道がわれわれ二人を呼んでいるのではない。——私は勇気が十分にあるので、貴殿の勇気に助けてもらう術を知らない。一方が価値を発揮するところで、もう一方は無用なのだ」——もうひとりの騎士は答えて言う、「さらば、兄弟よ」——ついで、背を向けて、どちらも自分ひとりで果たすべき征服へと向かっていった。——そこで、鳥がいっせいに目覚めた。葉蔭では、鳥たちが愛の対象を追いまわし、空中には虫の輪舞が始まった。蜜蜂の飛び交う音が聞こえ、芝生の上では、新しい花が開いて蜜を吸われていた。甘美な呟きが立ち昇った」

「もっと向こうの土地の尽きるところでは、木の葉しか見えなかった。さらに下のほうでは、闇の薄らいだ谷間に、揺れ動く木々の梢。さらに下には、霞。おお、水を飲みに駆け下りる鹿たちを見ようと、私たちはどんなにかのぞき込みもしたであろう！」

「それで、ふたりの騎士は？」とラシェルが言いました。

「ああ、彼らは放っておこう」とリュック。「それより、並木道を見よう。——お昼頃、一群の若い女性が来た。ちょうど君が仲間と一緒にしていたように手に手をとって歩いていた。笑いさざめいていた。そこへ、絹とおかしな金ぴかの衣装をつけた男たちが現われた。すわり込んで、皆でおしゃべりをした。

その日も終わりになった。彼らはもう黙り込んで、苔の上に影が長く延びていた。彼らは立ちあがって、日の沈むのを見に行った。そして並木道は、不安と呟きに充ちた。すべてが眠り込もうとしていた。——それから、何かも黙ってしまった。宵になり、枝々はゆるやかに揺れた。灰色の幹が影の中に神秘的に見えるのだった。夕暮れの鳥の囀りが立ち昇った。その時、始まったばかりの宵闇のうちに、ふたりの騎士の戻ってくるのが見えた。辿った道の都合で、彼らは互いに歩み寄るかたちになったのだ。彼らの馬は極度に疲労したあとのようだった。騎士たちは背を丸め、徒労のせいで今朝よりもさらに深刻な面持ちをしていた。そして、一言も言わずに一緒になると、丘を降りて行く小道を、枝の下の夜に突き入って、下っていった」

「——では、リュック、なぜ出かけていくの？」とラシェルは言いました。「旅路について、何になるの？　あなたは私の生のすべてではなくって？」

「だけど、ラシェル」とリュックは答えます。「——君は、ぼくの生のすべてではないんだ。まだ、他のものがあるんだ」

三

奥さま、この話に私はうんざりしています。よくご存知のとおり、私が整った文章をつくるのは他の人たちのためであって、自分のためではない。私は、季節と魂の関係を語りたかったのです。それで、秋に到達しなければならなかった。どんなものであれ、やりかけた義務を途中で投げ出すのが、私は嫌いなので。

ふたつの魂が、ある日、出会う。そして、どちらも花を摘んでいたので、自分たちは同じだと思う。手に手をとって、同じ道を進むつもりでいる。しかし、過去から引きずってきたものが、ふたりを引き裂く。手は手を放し、その結果は、過去ゆえに、それぞれ自分ひとりの道を歩む。この別離は必然なのです。同じ過去だけが魂を同じものにしうる。魂にとってすべては継続しているのです。——ご存知のように、いや、奥さま、私たちのよく知っているように、並行して進んで行き、決してそれ以上には近寄れない魂というものがありますね。——そこで、リュックとラシェルは別れました。夏のある一日、ある一瞬だけ、彼らの道筋は交わったのです。——それが唯一の接点で、もう今は、どちらも違う方向を眺めていたのです。

砂浜の波打ち際に腰を下ろし、リュックは海を眺めていた。そしてラシェルは内陸の方を。ふたりは、時に、ほどけてしまった愛の絆を捉えなおそうとしましたが、それはなんの驚きもない快楽でしかなかった。磨り減ってしまったものだったのです。そしてリュックは出立を夢見て幸福でした。ラシェルももう引きとめようとはしませんでした。——それでも一緒に出かけることはありましたが、彼らは夢見ながら歩いていた。——いや、私は、もの思いに耽って、と言いたかったのです。どちらも、相手を思いのたけ眺めるかわりに、自分の前を眺めていた。リュックはもはや愛を夢見てはいませんでした。しかし、彼らの愛は、何か深々とした優しさの思い出とでもいったものを、彼らに残しました。それは、萎れた美しい花の香りといってもよい。——花の飾紐で残っているのはそれだけだったのです——ただし、悲しみはなかった、そう、悲しみはありませんでした。

日によって、ふたりはこのように歩いていました。物憂げに、言葉もなく。秋の葉がすばらしい色を帯びて、水面にじつに美しく映るので、彼らは淀んだ水を好み、その縁をゆっくりと散歩するのでした。林は栄光にみち、豊かに響くのでした。葉が落ちて、地平がひらけました。リュックは壮大な生を夢見ていました。——と言うのは、私自身がそういう夢を見ているからです。リュックもそのように夢見たに違いないと思うのです。——リュックとラシェルにはもういやになってしまいます。奥さま、彼らについてこれ以上に何が言えましょう。

ふたりは見事な柵のあるあの庭園をもう一度見に行きたいと思いました。塀に沿って行くと、隠れた小さい戸がありました。かつてはしっかりと閉ざされていて、しかも鍵がなかったのですが——今は開いているのでした。ふたりは入りました。——そこは廃園になっていました。

どうやってみても、庭の散歩道の色彩豊かな輝きは描き出せないでしょう。芝生の上に、秋が枝や葉を一面に散りばめていました。木の枝は折れているのでした。広い路は草が覆っていました。花をつけた草や稲のような草でした。ふたりはそこで、赤い実の房がいっぱいについた植え込みのそばを黙って歩いていました。そこでは駒鳥がしきりに囀っているのでした。私は、秋の色彩豊かな輝きが好きです。——石のベンチや彫像もありました。目の前に大きな館が聳えたちました。窓は戸板で閉められ、出入り口は石で塞がれていました。——庭には、かずかずの宴の思い出が漂っていました。熟れすぎた実が果樹棚に下がっていました。——日が暮れてきたので、ふたりは帰途につきました……

「秋の話をしてくださいな」とラシェルが言いました。

——「秋は、」とリュックは始めました。「ああ、それは森全体なのさ。それから、森のはずれ近くにある沼。鹿が来て、角笛が鳴る。ほうほう！　ほうほう！　猟犬の群れが吠え立てる。——鹿は逃げ出す。広い林の木蔭を散歩しよう。——狩人と犬がどっと来る。——もう通り過ぎた。——儀杖馬を見た？　角笛の音は遠ざかる。林の中を遠ざかる。——さあ、静まった沼をもういちど見に行こう。そこには夕闇が降りてくる——」

「あなたの話は馬鹿げているわ」とラシェルが言います。「儀杖馬なんてもう言わないのよ。それに私は騒がしいのは好きじゃないの。眠りましょう」

そこで、リュックはラシェルから離れていきました。彼は眠くなかったのです。

このしばらく後に、彼らは別れました。涙も微笑もない最後でした。落ち着いて、ごく自然に。彼らの話はもう終わったのです。——ふたりは新たなことを夢見ていたのです。

奥さま、今、ここも秋なのです。雨が降っています。林は死んだようで、やがて冬が来るでしょう。私は奥さまのことを想っています。私の魂は燃えるようで、静まっています。私は暖炉のそばにすわっています。私のそばには私の本が並んでいます。私はひとりです。ものを想い、物音に聞き入っているのです。――かつてのように、私たちは神秘に満ちた私たちの美しい愛をふたたびはじめるのでしょうか。――私は幸福です。私は生きています、高邁《こうまい》な考えをいだいているのです。

私たちにとって退屈なこの話はこれで終わりにします。今は大きな仕事が私たちを呼んでいます。海の上では、人生という大海原では、光輝ある難破が待ちかまえていることを、私は知っています。――行方不明の船乗りたち、発見すべき島々、そういうものも待っている。――それなのに私たちは、本を覗き込んで身をかがめているのです。そして、私たちの欲求はもっと確実な行為へと向かうのです。それが私たちを他の人々よりも歓びに満ちたものにするのです。私には分かっています。――そうは言っても、時によっては長い間続けすぎた学問に飽きて、私は、雨の中を、林のほうへ下りていきます。秋の終わるのを見に行くのです。――そして、これも分かっているのですが、宵によっては、こういう散策から戻ってきた後で、人生の幸福に酔ったように、陶酔にむせび泣きそうになりながら、自分の想念の中に、実現すべきまじめな作品をいくつも感じとりつつ、暖炉のそばに腰を下ろしたものです。――ぼくは行動する！　行動する。生きるのです。何にもまして私たちは無言の大作品を好んだことになるでしょう。それは、詩であり、物語であり、戯曲であるでしょう。私たちは、人生を覗き込んで身を傾けるでしょう。――妹《いも》よ、あなたが、瞑想に耽り、思わしげに、しばしばしていたように。さあ、私は旅に出よう。どうか、旅の幸福を夢見てください、夢見てください。

しかし、実をいえば――今は、冬なのです――この物語を私たちふたりで続けることができたら、どんなによかったでしょう。ふたりだけで、ある夜のこと、オランダの町に向かって旅立ったでしょう。通りという通りは雪で埋まっていました。凍った運河の面は、氷を掃き清めたようでした。あなたは、長い間、私といっしょにスケートをしたことでしょう。平原の中まで行って、雪のうまれでるのが見られる野原にも行ったでしょう。平原は無限に白く広がっているのです。凍った空気を感じるのはいい気持です。――夜になります。でも雪が明るいのです。私たちは帰ってきます。今、あなたは寝室で私のそばにいるでしょう。暖炉には火が燃えていて、カーテンは閉ざされ、私たちの思考のすべてがそこにあるのです。――そこで、妹よ、あなたは私に言うでしょう。

私たちが道をはなれていくに値するものはありません。通りすがりになにもかも抱擁していきましょう。でも、私たちの目標は、そういう事物よりももっと遠くにあるのです。――ですから、思い違いをしてはならない。――このような物は、動き、去ってしまう。どうか私たちの目標は不動であるように。――私たちはそれに到達するために歩いていくのです。ああ！　障害物を目標と取り違える馬鹿げた魂に災いあれ！　あれこれの目標などはないのです。事物は目標でも障害物でもない。――障害物ですらない。ただ、超えていけばいいのです。私たちの唯一の目標、それは神です。私たちはそれを見失うことはないでしょう。なぜならそれはあらゆるものを通して見えるのですから。今からすぐに、私たちは「神」に向かって歩いていくでしょう。私たちのお陰でのみ輝かしいものとなる小道を通って、右手には芸術作品、左手には景色、正面には進むべき道を見すえて。――そして今、魂を美しく歓びに満ちたものにしようではありませんか。なぜなら私たちの周りに悲しみの数々を芽生えさせるのは、私たちの涙なのですから。

一八九三年夏。

そして私たちの諸々の欲求の対象よ、お前たちはこの滅びるべき凝固物と同じなのだ、指がちょっと圧せば、もう灰塵しか残らない。――*Qualquiera ventio que sopla.*[3]（微風に四散する塵埃）私の思考の風よ、吹き起これ、――この灰塵を吹き散らせ。

3　ママ。

イポールとラ・ロックで。

ぬた《パリュード》[1]

友人ウジェーヌ・ルアール[2]のために
この諷刺文を書きあげたが、一体、何の？

Dic cur hic（言いたまえ、なぜここ［これ］なのか[3]）

私は、自分の書いた本の意味を皆に説明する前に、人々が説明してくれるのを待つ。最初から説明しようとする

1　初版には『偶然性の問題』という副題がついていた。『ユリアンの旅』のエリスの読んでいた書物の題がまさにこれで（同作品、注21参照）、必然と偶然をめぐるジッドの一貫した思索がうかがわれるが、のちの諸版では削除された。
2　Eugène Rouart（1872-1936）　若いころは文学に関心を持ち、小説「主なき館」（一八九八）などを書いたが、農学を学び、後に農地経営に専心、さらに政界に乗り出した。不毛の地を舞台にするこの作品を、農学専攻の友人にささげたところに、面白みがある。ジッドとの交遊は一九三六年に没するまで続き、往復書簡が刊行されている。
3　ラテン語 hic は、「ここ」「これ」「この人・自分」を意味する。この銘句の出典として「（他の流派）」と記した版が流布しているが、ジッドが最後に目を通した一九三二年の全集版では削除されており、新版のプレイアッド版もそれを底本としているので、それに従う。
　この銘句を謎めいたものとして、Alain Goulet, Eric Marty などジッド学者の間で諸論が出されているが、要領を得ない。私としては、ライプニッツの『人間悟性新論』第二部十九章にもとづくものとするのが、ジッドの思想の進展に対応するもっとも明快な解釈だと思う。同書でライプニッツは「夢見る」ことについて、それが、ある種の考えを、それを追う楽しみのためだけに追求する行為であるとし、それ故に、夢想は狂気につながる、と説く。「我を忘れ、まさに《Dic cur hic》を忘れるからだ」と言うのである。ジッドがこの『人間悟性新論』を興味深く読んでいたことは、当時の日記及び読書録に記録されている。また、徹底的に「夢」を追う『ユリアンの旅』の主人公に対して、偽りのエリスを配し、彼女に「リンゴの木」の下でライプニッツの『弁神論』を読ませたことを想起しよう。ユリアンはこの偽りのエリスを見殺しにして、《夢》の成就に邁進したのだが、処女作『アンドレ・ヴァルテールの手記』以来、夢と狂気の問題に全力を挙げて取り組んできた若いジッドが、Dic cur hic という根本的反省を新作の巻頭に掲げたことは、人生と創作とに別の可能性「（他の流派）」をはっきりと意識した証しと言えよう。本作の中心テーマは不毛の沼地に安住して出ようとしない人物に対する諷刺であり批判であるが、この銘句はそのような人物に突き付けた痛烈な問いである。

と、書物の意味はすぐに狭く限られてしまう。私たちは自分が何を言いたかったのかは承知しているにしても、自分がそれしか言わなかったのかどうかはわからないのである。――人はきまってそれ以上を言うものなのだ。――そして、自分の作品で特に興味を引くのは、自分がそうとは知らずに入れたもの――この無意識の部分なので、私はそれを神の持分とでも呼びたいと思っている。――本とは常に協同の作である。筆耕者の持分が少なく、神が寛大にもてなしてくれればくれるほど、書物の価値は増す。――いたるところから万物の顕現されるのを俟《ま》とう。読者によってわれわれの作品が顕現されることを期待しよう。[4]

火曜日

ユベール

五時ごろ、ひんやりしてきた。窓を閉めてまた書き始めた。

六時に親友のユベールが入ってきた。馬場からの帰りだった。

彼曰く、「おや！　仕事かい」

僕は答えた。「『ぬた』を書いているんだ」

「なんだそりゃ」――「本さ」

「僕のために？」――「いや、違う」

「むずかしすぎるのかい……」――「退屈なんだ」

「じゃあ、なぜ書くのさ」――「だって、ほかに誰が書く？」

「また身の上話？」――「そういう色合いはほとんどない」

「じゃあ、何だ」――「まあ腰をおろしたまえ」

そして、彼がすわると、

「ウェルギリウスにこういう二句を見つけた。

4　フーコーやバルトが「作者の死」を声高に主張し、「読者」の主権を強調する数十年前に、ジッドが読者の役割を作品成立上の不可欠の要素として認めていたことは、注目に値するだろう。

……*Et tibi magna satis quamvis lapis omnia nudus*
……*Limosoque palus obducat pascua junco.*

意味はこうだ。——ひとりの牧人がもうひとりの牧人に話しているんだぜ。自分の牧地はなるほど石ころだらけでやたらに湿地が多いかもしれぬ。しかし、自分はこれでけっこうなのだ、これに満足しているのがとても嬉しいのだ、って言うのさ。——牧地をとりかえられないのならば、これにまさる叡智はない、と思わないか」……ユベールは何も言わない。で、僕は続けた。「『ぬた』は、何よりもまず、旅をすることのできない者の話なんだ。——ウェルギリウスではティーテュルスというんだけどね。——『ぬた』は、ティーテュルスの牧地を所有していて、そこから脱け出ようとせず、それどころか、それに満足している男の物語なんだ。わかった?……話すよ。——初日、彼は自分がそれに満足していることを認め、さて何をしようかな、と思う。二日目、水鳥の群れが通りがかり、彼は、朝、クロガモだかコガモだかを四羽殺して、夕方にはそのうちの二羽を藪の小枝をくべた貧弱な火で焼いて、食べる。三日目、暇つぶしに大きい葦で小屋を立てる。四日目、残りのクロガモ二羽を食べる。五日目、小屋を解体し、もっと気の利いた家を建てようと工夫する。六日目、……」

「もう、けっこう！」とユベールが言う。——「わかったよ。——君、書き続けたまえ」彼は帰って行った。

すっかり夜になっていた。僕は原稿を片付け、夕食はとらずに出かけた。八時ごろ、アンジェルのところに入って行った。

アンジェルはまだ食卓についていた。食後の果物を食べ終えるところだった。僕はそばに腰を下ろし、彼女のためにオレンジをひとつむきはじめた。女中がいろいろとジャムを持ってきた。ふたたび二人だけになると、パンにジャムをぬってくれながら、アンジェルが言った。「今日は何をなさったの？」

僕は如何なる行為も思い出さなかったので、まずはよく考えもせずに「何も」と言ったのだが、その瞬間、ふたりの気持ちがまたぎくしゃくして話のそれてしまうことを恐れて、客が来たのを思い出し、大声で言いなおした。

「親友のユベール君が六時に会いに来ましたよ」

「あの方、ここを出ていったところよ」とアンジェルは言い、それにまつわって、昔からの口論を蒸し返してきた。「あの方はそれでも何かしているわ。あれこれとお仕事を見つけて」

こちらは、何もしなかった、と言ったのだ。僕はいらだった。「何ですって？　彼が何をしているって言うんです」とたずねた。……アンジェルはしゃべりだした。

「すごくいろいろなことよ。……まず、馬に乗るじゃない……それに、ご存知でしょう、四つの企業に関係しているのよ。義理の兄弟と雹《ひょう》害保険の会社も経営しているわ。――私、加入したところなの。一般向け生物学講座も聴講しているし、毎週火曜の夜には自作の朗読会もしているわ。事故などの救急の場合に役立つようにって、医学にもかなり通じているの。――ユベールさんはいろいろと慈善事業もしています。いまでも貧困家庭が五世帯もあの方のおかげで生計を立てているのだし、仕事のない職工を職工が見つからないでいた企業主のところに斡旋したりもする。ひ弱の子供たちを、そういう養護施設のある田舎に行かせたりもするし、目の見えない若者を無為に放っておかないために藁の詰めかえ工房もつくりました。――その上、日曜日毎に、狩もするんですからね。――それなのに、あなたときたら！　あなたは何をなさっているの？」

「ええと、僕は」と、やや困惑して言った。「『ぬた』を書いているんです」

「『ぬた』？　何ですか、それ」

僕らはもう食べ終わっていたので、サロンに移ってから話を続けることにした。

ふたりで暖炉のそばに腰をおろすと、僕は始めた。「『ぬた』というのは、沼に囲まれた塔の中に住んでいる独身
5　ウェルギリウス『牧歌』、第一歌、四十七―四十八句。原文の大意は「石ころがやたらに転がっていて、泥沼にイグサの生える原だけれど、それであなたには十分に広いのですね」。牧人メリボエウスが、荒れた湿地で悠々と暮らすティーテュルスにむかっていう言葉であるが、ジッドはそれをティーテュルス自身の言としている。

男の話なんです」

「へえ……」とアンジェル。

「ティーテュルスっていうんです」

「いやな名前ね」

「そんなことありませんよ」と切り返す僕。——「ウェルギリウスにあるんです。どうせ僕は自分では発明できないんですからね」

「なぜ、独身なの」

「ええっと……まあ、そのほうが簡単だから」

「それだけ？」

「いいえ、その男のすることを語るんです」

「で、何をするの？」

「沼地を眺めている……」

しばらく黙ったのち、彼女が言った。

「あなた、なぜ書くの？」

「僕……ですか？——さあね——まあ、行動するためかもしれない」

「そのお話、聞かしてくださるわね」とアンジェル。

「いつでもいいですよ。今もちょうど、四、五枚、ポケットに入っているんです」。で、さっそくそれを取り出して、思い切り無気力に、読んで聞かせた。

ティーテュルスの日記
または、『ぬた』

やや顔をあげると、私の部屋の窓から、今まであまりよく眺めたことのない庭が見える。右手には林があって、木の葉が落ちている。庭の向こうは平野で、左手には沼がある。これについては後に述べる。

庭には、以前は、タチアオイとオダマキが植えてあった。が、私が投げやりだったので、草木が勝手に伸びてしまった。沼に隣接しているので、藺草と苔とが到るところにはびこった。小道は草に覆われ、私の歩けるのは、部屋から野原まで通じる広い通路だけになってしまった。実際、ある日、散策に出かけたときには、そこを通った。夕方には林の獣たちが沼に水を飲みに行くためにこの道を通る。夕暮れだから、私には灰色の影しか見分けがつかない。そしてそのあとは、とっぷりと日が暮れてしまうので、獣たちが坂をのぼって帰っていくのは一度も見たことがない。

「私だったら、怖かったでしょうねえ」とアンジェルが言った。「でも、続けて——とてもよく書けているわ」

僕はこれを読むのにひどく固くなっていた。

「いやあ、これでほぼ全部なんです」と僕は言った。「あとはまだ書き終わっていないので」

「草稿なのね！」とアンジェルは声を上げた——「わあ、読んでくださいよ。それが何より面白いんですから。作者の言いたいことが、書き上げられてしまったものよりも、ずっとよくわかるんですよね」

そこで、僕は続けた——前もってがっかりして、マ、しようがない、いかにも未定稿のような調子で。

塔の窓から、ティーテュルスは糸釣りをすることができた……——「もう一度ことわっておくけど、これ、下書きなんですからね……」

「いいから、続けて」

「ふさぎこんで魚を待つ。餌が不十分なせいか。糸の数をふやす（象徴）。——必然的に、彼には何も獲れない」

「なぜそうなの？」

「象徴が真理であるためにです」

「でも、もしかして、何か釣れたら？」

「その場合は、別の象徴、別の真理ということでしょう」

「真理なんて、もう全然ありはしないじゃないの。あなたは好きなように事柄を按配してしまうんですもの」

「僕は、事象が現実においてよりももっとよく真理に合致するように調整するのです。今ここで説明するには複雑すぎるのだけれど、出来事というものは人物の性格に対応したものであるということを納得しておく必要がある。それがすぐれた小説を生み出すのです。僕らに起きることは、一つとして、別の人間のためではない。ユベールならば、そこでもう、奇跡的な大漁をなしとげたことでしょう。ティーテュルスは何も獲れない。これは心理的真理に属することです[6]」

「そう――まあいいわ。続けて」


「岸の苔が水中にまで伸びていること。水面への反映が定まらぬこと。藻。魚が通る。魚を語るに際して、《不透明な麻痺》などと呼ぶのを避けること」


「そりゃあ、避けるほうがいいわ。でも、なぜそんな注釈を加えるの？」――「友人のエルモジェーヌ[7]が鯉をもうこういう風に呼んでいますからね」

「表現としてあまりうまくないわね」

「まあ、しようがない。続けましょうか？」

「どうぞ。とても面白いわ、あなたのメモ」

「ティーテュルスは、明け方、平原に白い円錐がいくつもできあがるのを見た。塩浜であった。彼は仕事の進むのを見に行った。――景色はなきに等しい。塩田のあいだにごく狭い畦。ピラミッド型をなす塩の結晶はやたらに白い（象徴）。それは霧のかかっているときにしか見ることができない。そこで働く人たちは曇りガラスの眼鏡のおかげで眼炎を免れている。

ティーテュルスは一握の塩[8]をポケットに入れ、自分の塔に戻る。――これで終わりです」

「それだけなの？」

「書いたのは、これで全部です」

「あなたのお話、ちょっと退屈なんじゃないかしら」とアンジェルは言った。

沈黙が続いた。――そのあとで僕はすっかり動揺して叫んだ。「アンジェル、アンジェル！　一体、いつになったら、一冊の本の主題をなすものが何であるかを理解してくれるんです？――僕の生活が与えてくれた感動、僕が表現したいのはそれなんです。倦怠、虚栄、単調さ――僕にとって、それはどうでもよい。だって、僕は『ぬた』を書いているんですからね。――でも、ティーテュルスの生活なんぞまだ何でもない。アンジェル、断言しますが、僕らの生活ときたら、それよりもずっと精彩がなくて凡俗なんですよ」

「私はそうは思わないわ」とアンジェルは言う。

「それは、考えてもみないからですよ。それこそまさに、僕の本の主題なんです。ティーテュルスは自分の生活に不満ではない。沼沢を眺めてけっこう楽しいんですからね。ちょっと天候が変われば変化が生じます。――ところがどうです。自分がどう生きてきたかを見てごらんなさいったら。ほんとうに変化に乏しいんですよね！　こんな部屋に一体何時から住んでいるんです？――家賃が安い！　家賃が安い！――しかもそういう人はひとりじゃない

6　話者が《象徴》として示す《魚、奇跡的な大漁、パンと魚を何倍にも増やすこと》は『新約聖書』によくあらわれる。とくに『マタイによる福音書』第十四章十三―二十一、『ヨハネによる福音書』第二十一章一―十四など。
7　友人アンリ・ド・レニエの『自分のためのコント』（一八九三）の主人公。
8　《塩》も聖書において重要な象徴。『マタイによる福音書』第五章十三他多数。

んです！　窓は通りと中庭とに面している。真向かいには、壁が見える。さもなければこちらを見ている人が見える……それじゃ今度は、衣装のことで恥をかかせてあげましょうか？——それで、僕らは愛し合えたなどと本当に思えるんですか？」

「九時だわ」とアンジェルは言った。「今夜、ユベールさんが朗読をするの。わたし、行きますよ」

「何を読むんです？」と僕は心にもなくたずねた。

「『ぬた』でないことは確かよ！」——彼女は出かけていった。

僕は家に帰って、『ぬた』の冒頭を詩にしてみようとした。——はじめの四句を書いた。

顔をわずかに上げるさい
うちの窓から見えるのだ
かつて浮かれたこともない
ちいさい林のはじまりだ

これで一日を終えたので、床についた。

水曜日

アンジェル

備忘録をつけること。その日その日にすべきことを一週間分書き付けておくこと。これは日々の時を賢明に導くということだ。自分のさまざまな行為は、自分自身できめる。朝毎にその時の雰囲気に左右されないことは、これで確実だ。それらの行為は、前もって、何にも煩わされないで、決定したのだから。備忘録に僕は義務感をくみとる。一旦忘れて、我ながら驚けるだけの時間のゆとりをもつために、一週間前に書いておく。驚きは私の生き方に不可欠なのだ。こうして、毎晩、自分にとって未知であるが実は自分自身ですでに決定した翌日を前に、眠り込むのである。

僕の備忘録には二つの部分がある。まず右の頁に、自分のするはずの事を記入する。そして、毎晩、左の頁に、実際にしたことを書く。それから、比較をする。引き算をする。しなかったこと、つまり赤字は、すべきであったことに変化する。僕は、それを十二月の欄に書き入れる。それは僕にモラル上の反省をうながす。——これは三日前から始めた。——そこで今朝は、六時に起きること、という予定の向かい側に、七時に起きた、と書いた。——そして括弧内に、マイナスの不測事、と記入。——備忘録にはその後にさまざまな事項が列記されていた。


ギュスターヴとレオンに手紙を書くこと。

ジュールから手紙の来ないのに驚くこと。

ゴントランに会いに行くこと。

リシャールの個性について考えること。

ユベールとアンジェルの関係についてやきもきすること。

暇を見つけて植物園に行くこと。『ぬた』用に、小ヒルムシロの変種を調べること。宵はアンジェルのところで過ごすこと。


その後には、次の感想があった（これは、あらかじめ、日毎にひとつずつ書いておくのである。これらの考えによって、僕が悲しむか歓ぶかがきまる）。

「毎日繰り返すような仕事もある。要するに、これといってそれ以上に良い仕事がないからであるが、そこには進歩はなく維持する努力もない――まさか何もしないでいるわけにもいかないではないか……それは、捕囚の野獣どもの空間に示す運動あるいは浜における潮の満ち干のそれを時間の次元で行うことである」――この感想は、歩道にテラスを張り出したレストランの前を通った時に、給仕たちが料理を運んできたり皿を下げたりするのを目にして、得たのであった。――僕はその下に「『ぬた』用」と記入した。そして、リシャールの個性についての思いをいたすことにした。小さな書類机に何人かの最良の友人たちに関して、じっくり考えたことや偶々思いついたことなどを、まとめて入れてある。各人専用の引き出しがあるのだ。僕は束ねた紙を取り出し、読んだ。

リシャール

一葉目。

すばらしい男だ。あらゆる尊敬をささげるに値する。

二葉目。

専心努力を続けて、両親の死後に残された赤貧状態から抜け出ることに成功した。親の母親はまだ存命。もう何年も前からこの人は子供に戻ってしまっているのだが、彼は高齢者に対してよく見られるような敬虔で優しい行き届いた注意をもって彼女の世話をしている。彼は、徳を発揮して、自分よりももっと貧しい女性と結婚し、ずっと忠実に節をまもり、女房を幸せにしている。――四人の子持ち。僕は小さい女の子の名付け親だが、この娘は足がびっこである。

三葉目。

リシャールは僕の父を深く尊敬していた。彼は友人の中でもっともあてにできる人物だ。彼は僕をほぼ完全に知っていると主張する。実際には、僕の書いたものをほとんど何も読まないのだが、おかげで僕は『ぬた』が書ける次第だ。僕はティーテュルスを想うとき、リシャールを念頭に浮かべる。彼を知ることがなかったら良かったろうに、と思う。——アンジェルとリシャールは知り合いではない。このふたりは理解しあうことができないだろう。

四葉目。

僕は不幸にしてリシャールに高く評価されている。そのために僕は何も思い切ったことができない。評価というものはそれにまったく無関心にならぬ限り、なかなか厄介払いできない。リシャールは僕には悪行ができないとしばしば感嘆する。それで、時に行動したいと思うようなとき、僕は抑制されてしまう。リシャールはこのような受身な態度を僕の長所として称揚する。この受動性のおかげで僕は徳の道を踏み外さないのだが、僕は彼に似たような連中によってそこに押し込まれたのだ。彼はしばしば、忍従を徳と呼ぶ。忍従のおかげで貧乏人も徳を得られるからだ。

五葉目。

リシャールは、一日中、事務所で仕事。晩は、女房の脇で、新聞を読む。それで話の種がえられる。「パイユロン[9]の新作をフランス座で観ましたか」とたずねたっけ。新着のものなら、彼は何にでも通じている。僕が植物園に

9　エドゥアール・パイユロン（一八三四—九九）。数ある劇作のうち、最高の成功作は社交界の軽妙な諷刺劇『退屈している人々』（一八八一年）。コメディー・フランセーズ（フランス座）で千回以上も上演された。ジッドが『ぬた』執筆当時の新作としては『大根役者』（一八九四年）がある。

行くと知ると、「新顔のゴリラを見に行くんですか」とくる。リシャールは僕を大きな子供として扱う。我慢ならない。僕のしていることなど、彼にとってはお遊びなのだ。『ぬた』の話をしてやろう。

六葉目。

　彼の妻はユルシュルという名前だ。

　僕は七枚目の紙を取り出し、書いた。

「自分自身にとって利のないキャリアは、どれも醜悪だ。――金しかもたらさない仕事――それもほんのわずかなので、たえずやり直さなくてはならない仕事。停滞もいいところだ。死に臨んで、そういう連中は一体何を成し遂げたといえるのか。彼らは自分の場を占めたことにはなる。――そりゃそうだろう。ご自分と同じくらいちっぽけな場を占めたのだ！」僕にはそんなことはどうでもよい。なにしろ、『ぬた』を書いているのだから。ただ、そうでなかったら、僕は自分についてもああいう連中に関して思うのと同じ事を考えるだろう。実際、生活を多少は変化させるように本気で努めるべきだ。

　ここで、下男が軽食と手紙を持ってきた。――まさにジュールからの手紙もあって、僕は彼の無沙汰に驚くのを止めた。――体重を量った。健康管理のために、今日に限らず毎朝量るのだ。レオンとギュスターヴに数行の書簡を書いた。それから、（湖畔詩人[10]の誰彼にあやかって）日々欠かさぬ牛乳を一杯飲みながら、考えた。「――ユベールには『ぬた』がまったくわからなかった。作家というものは、情報を与えるために書くのでないからといって、必ずしも楽しませるために書くのではないということが、ユベールは納得できない。ティーテュルスに彼は退屈する。社会上の立場でない立場というものが理解できない。自分はやたらに動き回っているので、それとは遠くかけ離れているつもりなのだ。――僕の説明のしかたがまずいということになるのだろう。万事うまく行っているとユベールは思っている。なにしろティーテュルスは満足しているのだから。ところがこの僕は、ティーテュルスが満足している以上、けっしてこちらは満足しまい、と思っている。逆に憤慨しなければいけないのだ。ティーテュルスを軽蔑すべきものにしてやろう。あの男はやたらに諦めてばかりいる……。――ふたたびリシャールの個性について考えようとしているところに、ベルが鳴って、ご本人が、名刺を通じた後、入ってきた。僕はやや困惑した。面前でご当人のことを考える能力が僕にはないので。

「ああ、いらっしゃい！」挨拶の抱擁をしながら僕は大声で言った。「なんて間がいいんだろう。ちょうど今朝は、あなたのことを考えようとしていたんですよ」

「実は」と彼は始める。「ちょっとお願いがありましてね。――いや、なんでもないことなのですが。あなたはこれといって何もすることのない人だから、ちょっと時間を割いて貰えるだろうと思いましてね。ひとつ署名をお願いしたいのです。紹介状に、ですね、推薦人が必要なのです。保証人になってもらいたいので。――道々十分に説明しますが、急ぎましょう、十時には事務所にいなければならないので」

　僕は、無聊と思われるのが大嫌いなのだ。そこで、答えた。

「まだ九時前ですね。よかった。時間のゆとりはある。ただその後は、僕もすぐに植物園ですることがあるんです」――「ははあ！」と彼は始めた。「あなた、あれを見に行くのでしょう、あの新着の……」「いや、リシャールさん」と平静を装って僕は答えた。「ゴリラなど見に行くんではない。『ぬた』のために、小ヒルムシロの変種をいくつか調べる必要があるんです」

　そしてすぐさまリシャールを恨んだ。おかげでばかばかしい返事をしてしまったではないか。リシャールはリシャールで黙り込んだ。われわれの無知ぶりを披露するのが心配だったのだ。リシャールは笑い飛ばせばよいのに、と僕は思った。しかし、彼はそれをはばかる。彼の憐憫《れんびん》の情にはまったく我慢ならない。あきらかに、彼は僕が馬

10　不毛な沼沢に満足する人物を揶揄する作者が、湖水の自然美を歌い上げたイギリス浪漫派詩人と同じく自然の滋養源の代表ともいえる牛乳を飲むところに滑稽の妙がある。

鹿げていると思っている。それなのに、彼は僕に対する感情を隠す。それで、僕も彼に対して同様の感情をぶちまけることができない。ところが、僕らは互いに相手がそのような感情をいだいているということを十分に承知している。僕らの相互評価は、たがいに相手に寄りかかることによって、尊敬のうちに、維持されている。そこで、彼は僕に対する敬意を引っ込めかねている。引っ込めた結果、彼に対する僕の敬意が即座に地に落ちてしまうのが心配なのだ。彼は僕に対して保護者然とした愛想のよさを示す……やれやれ、しようがない。『ぬた』を語ってやろう。——そこで、僕はおもむろに始める。

「奥さん、元気ですか」

リシャールはすぐさまひとりでしゃべりだして、続ける。

「ユルシュル？　ああ、じつに気の毒なのですよ。今度は目が疲れてしまいましてね。——まあ、自分のせいではあるけれど。——話しましょうか、誰にも言えたことではないのだが、——あなたの友情の口が堅いことはわかっていますから。すっかり話すと、こういうことです。私の義兄のエドゥアールが、大いに金に困って、金策する必要があった。ユルシュルは、彼女の義姉のジャンヌがその日に会いに来たので、一切を知っていた。従って、私の引き出しはどれもほぼ空っぽだった。それで、うちの料理女に給金を支払うためには、アルベールのヴァイオリンのレッスンを削らなければならなかった。私は気の毒でならなかった。というのは、長い療養生活でアルベールにはそれだけが慰めだったので。料理女が、どういう風の吹き回しかそれを知って、かわいそうに、あの娘は私たちにとてもなついているのですよ——よくご存知でしょう、あのルイーズですがね——そのルイーズが涙ながらにやってきて、言うのです。アルベールさんを悲しませるくらいなら食べるものも食べないほうがいいって。これは受け入れないわけにいきません。健気なあの娘の気持を害さないためにね。ただ、私は決心したのです。私がよく眠っていると妻の思っている間に、毎晩二時間また起きて、英語の論文をいくつか翻訳し、持ち込み先の心当たりはあるので、気立てのよいルイーズから差し引いた金額をかき集めようってね。

最初の夜は万事がうまく行きました。ユルシュルはぐっすり眠り込んでいたのです。ところが次の晩、私が机に向かって腰を据えたと思うとすぐに、いったい誰が来たと思います?……ユルシュルですよ!――ユルシュルも同じ事を考えたのです。ルイーズに給金を支払うために、妻は暖炉の光避けの小さい翳《かざ》しを作っていたのです、持ち込み先の心当たりはあるというわけでしてね。……知っていますか、ユルシュルは水彩画の才がけっこうにあるのです……なかなか乙なものですよ。私たちはふたりとも非常に感動しました。泣きながら抱擁しあいました。私はユルシュルをなんとか説得して寝かせようとしましたが、駄目でした。――彼女は本当にすぐ疲れてしまうというのに――どうしても聞き入れない。このうえない愛情の証《あかし》として私のそばで仕事をさせてくれと懇願されましてね。――認めないわけにはいきませんでした。――妻は本当に疲れるのですがねえ。私たちは毎晩こうして過ごしているのです――すこし夜更かしの度が過ぎることになりますけれど。――もっとも、一旦寝たふりをすることは無駄だということになりました。だって、もう互いにこっそりやっているわけではないのですから」

「いやあ、お話はひどくこころを打ちますね!」と僕は大声で言った。――そして、駄目! 駄目! こんな男には決して『ぬた』の話はできない、と思った。とんでもないことだ。――そこで呟いた、「リシャールさん、あなたの悲しさは実によくわかりますよ――本当に不幸なひとだなあ」

「どういたしまして」と彼は言った。「不幸ではありませんよ。私にはわずかなものしか与えられていないけれど、わずかなもので私は幸福を得ているのです。同情をひこうと思ってこんな話をしたというのですか?――愛と尊敬とに囲まれ、夜はユルシュルのそばで夜なべ仕事……この歓びは代えられませんねえ……」

かなり長い沈黙があった。僕はたずねた。――「で、お子さんたちは?」

「かわいそうに!」と彼は言った。それみたことか、この男はまったく僕を悲しくするではないか。「子供たちには大気と日を浴びて遊ぶ必要があるのでしょうがねえ。狭い室内では萎れてしまいますよね。私はどうでもよい、年齢も年齢だし、こういうことはあえて甘受したのですからね。――ただ、子供たちがあまり快活でないので、弱っているのです」

「たしかに」と僕は続けた。「お宅ではちょっと空気がこもっているような感じがしますね。――でも、窓を開けすぎると通りの匂いが全部昇ってくるし……、まあ、リュクサンブール公園があるではありませんか……それは、主題でもあるんです、れいの……」しかし、僕はすぐに考えなおした。いやいや、リシャールに『ぬた』の話をすることは絶対にできない。――そこで、脇科白のおわりは、深い物思いにふけるかたちとなった。

しばらくたって、僕が熱狂したようにおばあさんの近況をたずねようとしていた時、リシャールが、ここだという合図をした。

「ユベールがもう来ています」と彼は言った。――「結局、何にも説明しませんでしたね……保証人がふたり必要だったのです。――まあ、しようがない。――わかるでしょう――書類をみることにしましょう」

「お知り合いですよね」とリシャールが付け加えた。僕は大の親友と握手をしていたのだ。こちらは、もうしゃべり始めた。「やあやあ！　で、『ぬた』は？」――僕は手にいっそう力をこめて、小声で言った。「シーっ！　あとで一緒に来るだろう？　そのとき話そう」

そこで、書類に署名をするとすぐに、リシャールに別れをつげて、ユベールと僕は、ふたりで道を続けた。――臨床分娩学講座があって、ちょうど彼も植物園の方へ行くのだった。

「あれはね」と僕は始めた。「こういうことなんだ。君、クロガモのこと、覚えているだろう――ティーテュルスが四羽殺した、と言ったよね。ところがまったくそうじゃないんだ！――そうはできないんだ。禁猟なのさ。すぐさま神父がやってきて、ティーテュルスに言う。『「教会」はティーテュルスさんがマガモを食べるのを見たら大いに悲しむことでしょう。あれは罪深い獲物なのです。用心はいくらしてもしすぎるということはありませんな。罪は到るところで待ち構えている。疑わしい場合は、禁欲する方がよい。――水漬かりの苦行のほうを選びましょう。――「教会」はすばらしいのをいくつか知っていますよ。効果確実なのです。――同信のはらからにあえて助言しましょうか――食べてごらんなさい、イトミミズを食べるんですな』

神父がひきあげたと思うと、すぐに来たのは医者だ。『あなた、マガモを食べるところだったのですね！　知らなかったのですか。ものすごく危険なのですよ。こういう沼では悪性の熱病の恐れがあるのです。血液を適応させる必要がある。*similia similibus*[11]ですな、ティーテュルスさん！　イトミミズ（*lumbriculi limosi*）を食べなさい――沼の本質をなす物質が凝集されているのです。それに非常に滋養豊かな食べ物なのですからね』」

「げっ、げえ！」とユベールが言った。

「そうだろう？」と僕は続けた。「しかもそんなことは、おっそろしく嘘っぱちなんだ。これは猟場あらそいにすぎないにきまってるよね。しかも、最も驚くべきことに、ティーテュルスは試食してみる。わずか数日のうちに慣れてしまう。もうじき、じつに美味《うま》いと思うに違いない。――どうだい、ティーテュルスって、胸糞の悪い奴じゃないか？」

「幸せ者だよ」とユベール。

「では、別の話をしよう」――我慢できなくなって、僕は大声で言った。そこで、突然、ユベールとアンジェルの仲についてやきもきすべきだったことを思い出し、彼にしゃべらせようと誘いをかけた。

「なんて単調なんだろう！」ちょっと口をつぐんだ後、僕は始めた。「かわった出来事などはまったくない！――僕らは生活を多少は活気づけるようにすべきなんだろうが、情熱は作ろうと思って作れるものじゃないからねえ！――それに僕はアンジェルしか知らない。――しかも、僕らは、いまだに、はっきりと心を決めた形で愛し合ったことがない。――僕が今夜彼女に言うようなことは昨日の晩に言ってもよかったことなんだ。進展がないのだね……」

僕は、一句一句、間をおいて喋った。が、ユベールは黙っていた。そこで、僕はとくに意識もせずに続けた。「僕はどうでもいい。『ぬた』を書いているのだから。――ただ、僕にとって耐えがたいのは、彼女がこの状態を解さないことなのさ……それで『ぬた』を書く気になったとも言えるが」

ユベールはようよう興奮した。「アンジェルがそれで幸福だというのなら、どうして君は彼女の気持ちを乱した

11　「似たものには似たものを」与えて治すホメオパシ（同毒療法）の原則。

いんだい」

「でも君、アンジェルは幸福ではないんだ。自分で幸せだと思っているのは、自分の状況に気がつかないからなのさ。君だってそう思うだろうけど、凡庸さが盲目的な状態に結びついたら、いっそう悲しいではないか」

「それで、君が彼女の目を開いたら、君がそんなに努力をして彼女を不幸にしたら、どうなるんだい」

「それだけでもうずっと面白いじゃないか。少なくともアンジェルはもう満足してはいられまい。――彼女はなにかを求めるだろう」――しかし、これ以上に僕は何も知ることができなかった。ユベールがそこで肩をすくめ、黙ってしまったので。

間もなくユベールは口を開いた。「君がリシャールと知りあいとは知らなかったぜ」

これはほとんど質問と言ってもよかった。――僕は、リシャールはティーテュルスなのだ、と言うこともできたであろうが、ユベールにリシャールを軽蔑する資格があるとはまったく思わなかったので、「あれはなかなかの好漢だ」とだけ言った。そして、埋め合わせに、今夜アンジェルにリシャールの話をすることにした。

「じゃあ、失敬」話の途絶えてしまったことに気がついて、ユベールが言った。「急いでいるんだ。――君はどうものろすぎる。」――ところで、今日は夕方の六時に会いに行けないよ」

「そう、それはけっこうだ」と僕は言った。「おたがいに気分が変わるだろう」

彼は離れて行った。僕はひとりで園内に入り、植物のほうへゆっくり進んでいった。僕はここが好きで、よく来るのだ。園丁はみな僕を知っている。彼らは一般公開しない囲いも僕には開けてくれる。僕を科学者だと思っているのだ。なぜって僕は泉水の脇に腰をおろすのだから。絶えず監視されているおかげで、これらの泉水は人手がはいっていない。流水が音もなく水を補っている。そこには選ばれた植物が生えており、昆虫がたくさん泳いでいる。僕はそれを眺めて暇をつぶす。それで少しばかり『ぬた』を書くヒントを得たともいえる。無用に眺め続けるという気持ち、灰色の微妙なものを前にして覚える感動。その日、僕はティーテュルスのために書いた。

——何よりも平らな広く開けた風景が私を惹きつける。——単調な荒れ野——そして、沼沢地帯を見つけるためになら大旅行もしたであろう。ただ、ここにも、私を取り巻いて、それはあるのだ。——だからといって、私が悲しいなどと思ってはならない。私はメランコリックでさえない。私はティーテュルスであり、孤独を好む。風景でも本でも自分の思いから気を逸らさないものが好きなのだ。なぜなら、私の思いは悲しい、まじめなものなのだ。他の人たちのそばでさえ、思いは暗鬱だ。何よりも私はあれが好きなのだ。そして、私が、平野や、にこりともしない沼や、荒れ野をとくに求めるのは、あれを連れ歩くためなのだ。私はあれを優しくそっと連れ歩く。

なぜ私の思いは悲しいのだろう。——そのことで苦しんだのなら、もっとしばしば私もこの問いを発したことだろうが、あなた方に指摘されなかったら、多分、私は気がつきさえしなかっただろう。なぜって、私の思いは、あなた方の関心をまったく引かない様々なことで、しばしば楽しむのだから。あれは、ここに書き連ねたような文章を読み返すのが好きだったりする。あれは、ほんのちょっとした仕事に歓びを覚える。それがどんなものかは言うに及ばないだろう。あなた方はそんなものを認めもしないだろうから……

生温かいといってもよいような風が吹いていた。水面に向かって、かよわい芝草が垂れ下がり、虫たちがそれを折ったり曲げたりしていた。発芽の圧力で石の縁と縁の間が押し広げられていた。水がすこし漏れ出て、根を潤していた。苔が水底のほうまで生えていて、影のある一種の深みをなしていた。海のように青緑の藻が幼虫の呼吸のために水泡をつけていた。ガムシが一匹通っていくところだった。僕は詩的な思いを抑えることができなかった。そこでポケットから紙をもう一枚出して、書いた。

ティーテュルスはほほえむ。

その後、僕は空腹を覚えた。ヒルムシロの研究は後日にまわして、川岸通りにあるとピエールにおそわったレストランを探した。僕はひとりのつもりだった。ところが、レオンがいて、エドガーの話をした。午後、何人かの文士を訪問した。五時ごろ驟雨がきた。帰宅した。生物学の語彙の定義をいくつも書き付け、胚盤葉という言葉に新しい付加形容詞を八つも見つけた。

夕方になるとすこしあきた。それで、夕食後、アンジェルのところに寝に行った。「ところに」と言ったので、「と」ではない。彼女とはままごとのような真似事しかしたことがないので。

アンジェルはひとりだった。僕が入っていったとき、調律したばかりのピアノでモーツァルトのソナチネを正確そのものに弾いていた。もう夜も遅かった。他にはなんの物音もしなかった。彼女はいくつもの燭台いっぱいに蠟燭をともし、細かい格子縞のドレスを着ていた。

「アンジェル」部屋に入りながら僕は言った。「僕らの生活にすこし変化をもたらすようにすべきではないかな。今日僕のしたことをまたたずねるのだろうか」

彼女は僕の言葉にふくまれる苦さがよくわからなかったのだろう。すぐさま、こうたずねたのだから。

「さあ、今日は何をなさったの?」

そこで、しぶしぶと、僕は答えた。

「大の親友のユベール君に会いましたよ」

アンジェルは続けた。

「今、出ていらっしゃったところよ」

「アンジェルさん！　僕らを一緒に迎えることは絶対にできないんですか?」

と僕は声を高めた。

「あの方、それほど気乗りがしないんじゃないかしら」と彼女。「でも、あなたが本当にそうしたいのなら、金曜の夜、夕食にいらっしゃいよ。あの方もおいでよ。で、あなたは詩を読んでくださるでしょう……それはそうと――明日の晩、お招きしましたっけ?　何人か文士の方をお呼びするの。あなたもいらっしゃるわね。――九時に集まるの」

「今日、何人かに会ったんですよ」と文士のことで、僕は答えた。「僕はああいう静かな生活ぶりが好きだな。あの人たちはいつも仕事をしているのに、他の人が決して邪魔にはならないんですからね。会いに行くと、彼らはまったく僕らのために仕事をするのであって、僕らと直接に話せるのならそのほうを好むというような感じがしますよ。ああいう人たちの愛想のよさはじつに魅力がある。彼らは好きなように愛想を調合するんです。いつもすることのある生活なのだけれど、それはわれわれと一緒にすることもできるというような、ああいう生活を送っている人が、僕は好きですね。おまけに、彼らは価値のあることは何もしないのだから、時間を割かせたからって後悔する必要もない。ところで、僕、ティーテュルスに会いましたよ」

「あの独り者？」

「そう、でも現実には、彼、結婚しているんです。――四人の子持ちで、リシャールという名です……今ここから出て行ったところだなんて言わないで下さいよ。あなたは知らない人なのだから」

アンジェルはやや気分を害して言う。「ほらごらんなさい。本当じゃなかったんじゃない、あなたのお話」

「なぜ、本当じゃないんです？――一人ではなくて六人だからっていうんですか！――僕がティーテュルス一人にしたのは、この単調さを凝縮させるためなのですよ。これは芸術上の技巧というものです。まさか、六人にそろって糸釣りをさせろとは言わないでしょうね」

「実際には、その人たち、それぞれに違うことをしているに決まっているわよ」

「もしその活動を描写すれば、違いすぎるように見えるでしょう。語られた出来事というものは、実際の生活でそれらの持っていた価値をお互いの間で保持できないものですからね。真実であるためには、調整せざるを得ないのです。肝心なのはそれらの出来事の自分に与える感動を僕が指し示すことです」

「でも、もしその感動が偽りだったら？」

「感動は、アンジェルさん、決して偽りということがないのです。誤りは判断から来るということを、時々、感じたことはないのですか。なぜ六回も話すんです？　同じ印象しか与えないんですよ――まさに六回ともね……彼らが現実にしていることを知りたいんですか？」

「話してよ」とアンジェルは言った。「あなた、激昂しているわね」

「全然！」と僕は怒鳴った。「父親は筆耕をしている。母親は主婦業。上の男の子は家庭教師をしている。もう一人は家庭教師についている。上の女の子は足がびっこで、末娘は、まだ幼すぎて、何もしていない。――料理女もいる。――母親の名はユルシュル……そして、いいですか、彼らは毎日完全に同じことを繰り返しているんですよ!!!」

「多分、貧乏なのでしょうね」とアンジェル。

「それは勿論！　でも、『ぬた』がわかりますか？――リシャールは学校のかたい椅子をはなれると、すぐに父を失った。――父親は男やもめだったんです。リシャールは働かなければならなかった。財産はわずかしかなくて、それも兄がとってしまった。働くといったって、ばかばかしい仕事です。考えてもご覧なさい。金のためにだけする仕事なんです。事務室で一枚いくらの複写をするなんて。旅行もしないでね。リシャールは何も見たことがない。彼の話は味気ないものになってしまった。新聞を読んで、おしゃべりができるようにはしているのだけれど――それも時間があればのことで――彼の時間はすべてふさがっているのです。――死ぬ前に何か他のことができるかどうか、わかったものではありません。――彼は自分よりももっと貧しい女と結婚したのです。尊厳のためにね。愛してはいないのです。彼女はユルシュルという名です。――ああ、これはもう言いましたっけね。――彼らは結婚してからゆっくりと愛する修行をしたのです。それで大いに愛し合うようになり、僕にまでそれを言う始末です。彼らは自分らの子供たちが大好きで、子供たちは彼らが大好きなのです。……それに料理女もいます。――日曜日の夜には皆で福引き遊びをするのです。……おばあさんを忘れるところでした。――おばあさんもするのですが、もう札がよく見えないので、皆は、小声で、おばあさんはバターみたいなもので勘定に入らないというのです。ああ、アンジェルさん！　リシャールときたら、彼の人生のすべては、穴埋めをするために作り出されたのです。あまりにも大きくなってしまった隙間を塞ぐために。――すべてがそうなんです！　家族だってそうだ。――彼は男やもめに生まれついたんです。毎日毎日が同じ埋め草なのです。実に嘆かわしい。すべてのよりよいものの代用品なのです。――と言って、彼を悪く思ってはいけない。――あれはとても徳の篤い人だ。それに、自分は幸福だと思っているんです」

「あら、あなた！　泣いているんですか」とアンジェルが言った。

「かまわないで下さい――神経のせいです。――ああ、親しいアンジェル――結論として、僕らの生活には本当の冒険が欠けていると思わない？」

「どうしましょう」と彼女は優しく応じた。「ふたりでちょっと旅にでかけましょうか――ほら――土曜日――何も予定はありませんか？」

「でも、それは無理ですよ、アンジェル――明後日じゃありませんか！」

「なぜ駄目なの？　一緒に朝早く出かければいいわ。あなたは前の晩私のところで夕食をなさる――ユベールさんとね。あなたは残って、私のそばで寝る……じゃあ、これで、おやすみなさい」とアンジェルは言った。「私、もう寝ます。遅いし、あなたにちょっと疲れてしまった。――あなたの寝室、女中が用意しましたからね」

「いや、せっかくだけど、泊まりませんよ。――ごめんなさい。ひどく興奮しているんです。寝る前に大いに書く必要がある。ではまた明日。今夜は帰ります」

僕は備忘録を見たかったのだ。ほとんど駆け出さんばかりに急いで帰った。雨が降っていて、しかも傘を持っていなかったので、なおさら急いだ。家に着くとすぐに、僕は、近い将来のある週のある日のために、次の考えを書いたが、これはリシャールに関してだけのことではない。

「つましい人々の徳――忍従。それは彼らに実によく似合うので、ある者の場合、彼らの生活は彼らの魂の寸法に合わせてできていると納得できるような気がする。とくに、彼らの状態を嘆いたりしないこと。彼らの身分は彼らにふさわしいのだ。じつに嘆かわしい！　彼らは、偶然の凡庸さでないとなると、もう凡庸さに気付きもしない。――しかし、僕が飛び上がるようにしてアンジェルに言ったことは真実である。事件というものは、各人に適合した親和性に従って到来する。各人は自分にふさわしいものを見つけるのだ。したがって、自分の持っている凡庸なものに満足しているならば、それが自分の丈に合っていることを証明しているので、それ以外のものは絶対に来ないのである。寸法に合わせて誂えた運命。プラタナスやユーカリが大きくなるにつれて樹皮を破るように、自分の服を成長の圧力ではちきれさせる必要」

「これはくだくだと書きすぎた」と僕はひとりごちた。「四語で十分だったのだ――ただ、決まり文句はきらいなのだ。さあ、アンジェルの驚嘆すべき提案を検討しよう」

　備忘録の最初の土曜の欄を開いた。その日の頁にはこう書いてあった。

「六時に起きる努力をすること。――感動を多彩にすること。

――リュシアンとシャルルに手紙を書くこと。

――アンジェルのために、*nigra sed formosa*[12] の同義語を見つけること。

――ダーウィンを読み切れると期待すること[13]。

――訪問先。――ロール（『ぬた』を説明すること）、ノエミ、ベルナール。

――ユベールを動転させること（重要）。

――夕刻、ソルフェリーノ橋[14]を渡るべく努めること。

――菌性ポリープという言葉の付加形容詞をさがすこと」――これで全部だった。僕はペンを執り、それを全部斜線で消し、かわりにあっさりとこう書いた。

「アンジェルと慰みに小旅行をすること」そして、床に就いた。

木曜日

宴

今朝、非常に寝苦しい一夜を過ごした後、やや気分のすぐれない状態で、起きた。牛乳の大カップのかわりに、変化をつけるため、ハーブを煎じて少々飲んだ。備忘録の頁は空白だった。――それは『ぬた』という意味だ。こうして、仕事のためには他に何も考える予定のない日を当てるのだ。午前中ずっと書いた。書いた文章は以下の如し。

12　『雅歌』一章五。「私は黒いけれども、かわいいの、エルサレムの娘たちよ。ケダルの天幕のように、シャルマの帳《とばり》のように」（勝村弘也訳）。

13　偶発性を重視するチャールズ・ダーウィンの進化論は、ジッドの思想の発展を考えるうえで、重要な要素である。キリスト教による目的論的「創世」、マラルメを師とする象徴主義の「絶対」を希求する文学観の強い影響下にあったジッドは、次第に変異による多様性をみとめ、偶然性のダイナミックな役割に重きをおく世界観・人間観・文学観を発展させた。もっともジッド自身、一八九二年ごろから、ダーウィンを読もうという意志をなんどか日記や書簡に表明しているが、『種の起源』を完読したという記録は、読書録にも見られない。ここで、『ぬた』の話者に読了を「期待」させるところに、ユーモラスな自画像が見られる。Jean-Michel Wittmann, AGRRI, p. 303, note 7を参照のこと。

14　一八五八―五九年にセーヌ川に架けられた橋。パリの中央で、右岸のチュイルリー庭園と左岸のオルレアン駅（現在のオルセー美術館）を結ぶ。当時の橋は一九六〇年に取り壊された。いずれにしても、このような無意味な予定を書き込んだところに滑稽がある。

ティーテュルスの日記

私は、茫々たる荒野を、広大な平野を、無辺の空間を、いくつも横切った。ごく低い丘でも、わずかに盛り上がった土地は、まだ眠り込んでいるようだった。私は泥炭沼のほとりをあてもなく歩き回るのが好きだ。そこには小道があるが、そこは踏み固められた土が、あまり海綿のように柔くなく、他のところよりしっかりしているのだ。それ以外のところでは、土壌が支えにならず、足下で苔のかたまりが沈みこんでしまう。水をいっぱいに含んで、苔は柔らかいのだ。場所によっては、排水作用が密かに働いて、乾いている。すると、その上に、ヒースと丈の低いがっしりした松の一種とが生える。ヒカゲノカズラも伸びる。水は場所によって茶色の淀んだ水溜りをなす。私は窪地に住んでいて、丘の上によじ登って暮らすことはあまり考えない。そこからも他のものは何も見えないとよくわかっているので。濁った空にはそれなりの魅力があるけれども、私は遠方は眺めない。

時に、淀んだ水の面にすばらしい虹のような色合いが広がることがある。最も美しい蝶だって、羽にこれに比肩しうるものを持ってはいない。水面を色とりどりに飾る薄い膜は分解した物質からできているのだ。沼の上では夜が燐光を目覚めさせる。沼沢から立ち昇る火は、これが昇華されたもののようだ。

沼沢よ！　おまえの魅力を誰が語るだろう？　ティーテュルスだ！

筆者としてはこの文章をアンジェルに見せないことにしよう、と僕は思った。ティーテュルスが幸せそうに見えてしまうだろうから。

僕はさらに次のことをメモした。

ティーテュルスは水槽を買う。それを一番緑に満ちた寝室の真ん中に置き、外の景色がすっかりその中におさまると思って喜んでいる。彼はそれに泥と水しか入れない。泥の中には彼の知らない生き物がたくさんいて、けっこうによろしくやっている。それが彼を楽しませるのだ。いつも濁っているこの水の中では、ガラスのそばに来るものしか見えないのだが、光と影との交替が一段と黄色くかつ灰色に見え、それを彼は好んでいる。――閉ざされた雨戸の隙間から入ってくる光線がその水を横切るのだ――水は彼が思っていたよりも常に生命に満ちている……

ここで、リシャールが入ってきた。土曜日に昼食に招きたいというのだった。僕は、あいにくその日には地方に所用がある、と答えられるのが嬉しかった。――リシャールはとても驚いたようで、それ以上には何も言わずに帰った。

しばらくして、僕自身も、軽く昼食をすませた後に、外出した。自作の戯曲の校正をしているエティエンヌに会いに行ったのだ。彼は、僕が『ぬた』を書くのはまことに当然だと言った。なぜなら、彼によると、僕は劇作家としては生まれついていないのだそうだ。僕は彼と別れた。通りでロランと行きあい、アベルのところへ一緒に行った。そこで、クロディウスとユルバンとに出会った。ふたりは詩人だ。彼らはもう戯曲など書くことはできないと言い張っているところだった。どちらも相手のあげる理由には賛成しないのだが、芝居を抹殺するという点では意見が一致していた。彼らは僕が詩を書くのを止めたのはよいことだとも言った。なぜなら僕は詩句ではあまり成功しなかったからと言うのだ。テオドールがやって来た。それからヴァルテール。これは鼻持ちならない男でとても我慢できないので、辞去した。ロランも僕と共に出た。通りに出るや否や、僕は始めた。

「何という耐えがたい生活だろう！　君は我慢できるんですか？」

「まあ、何とか」とロランは言った。「でも耐えがたいとは、なぜです」

「もっと違うものでありうるのに、そうでないからですよ。それでもう十分に耐えがたい。僕らの行為はすべて知れきっているから、代わりの者でもできるだろうし、僕らの昨日の発言を繰り返して明日の発言をなすことだってできるでしょうよ。アベルが客を迎えるのは木曜日です。彼は、ユルバン、クロディウス、ヴァルテール、それに君が姿を見せなかったら、彼が自宅にいないので僕らが驚くのと同じように驚いたことでしょう。いやあ、不平を言っているのではありませんよ。ただもう居たたまれなかったんです。――僕は発ちます――旅に出るんです」

「君が？」とロランは言う。「へええ！　どこへ？　いつ？」

「明後日――どこへだって？　それはわからない……だけど君、いいですか、もし行き先とそこで何をするかを知っていたら、僕は苦しみから抜け出られないじゃないですか。僕は純粋に出かけるために出かけるのです。驚き自体が目的なのです。――思いがけないこと――わかりますか――思いがけないこと！　一緒に行かないかとは言いませんよ。アンジェルを連れて行くんですから――でも、どうして君は君で出かけないんです？　どこへでもいい、治癒不可能の連中なんか放っておいて」

「そうおっしゃいますけどね」とロランが言った。「僕は君とは違うのです。僕は、旅に出るときには、どこに行くかわかっている方がいい」

「ではよろしい、選ぼうじゃないですか！　そうだな……――アフリカ！　ビスクラを知っていますか？　砂上に注ぐ太陽を想ってごらんなさい！　それに椰子の木。ロラン君！　ロラン君！　駱駝ですよ！――想い描いてごらんなさい。この同じ太陽だって、ここでは屋根と屋根との間に、埃を通して町の向こうにちらちら見えるみじめな代物だけれど、この太陽がもう燦然と輝いている、あちらではもう輝いていて、すべてが、到るところで、呼べばこたえる状態なのです！　これでもぐずぐず待ち続けるんですか？　ああ！　ロラン君。ここでは空気不足、おまけに退屈、これでは欠伸も出ますよね。さあ、行きますか？」

「君」とロランは言う。「あちらで非常に快適な思いがけない事が僕を待っているかもしれない――ただ、僕は仕事が多すぎて離れられないんですよ――そんな欲求などいだかないほうがいい――ビスクラには行けません」

「でも、それは、まさに放り出すためなんですよ」と僕は続けた。「君を引き止めているそういう仕事を放り出す。――君は、じゃあ、ずっとそれに拘束されていることを甘受するのですか？　僕としては、どうでもよい。わかりますか？　僕は別の旅に出かけるんですからね。――でも、思ってもごらんなさい。人は一度しか生きないかもしれないのです。それなのに君の馬場はなんと狭いのだろう！」

「ああ、君」と彼は言った。「もういい加減にしてくださいよ――僕には深刻な理由がいくつもあるのです。君の論議には疲れてしまった。ビスクラには行けません」

「そう、それでは止めましょう」と僕は言った。「それにちょうど僕の家の前に来た。――じゃあ！　しばらくのあいだ、さようなら――僕が出かけたってこと、どうか皆に知らせておいてください」

僕は家に入った。

六時に大の親友のユベールが来た。共済何とか委員会からの帰りだった。彼は言った。

「『ぬた』の話、聞いたぜ！」

「誰だい、一体？」興奮して僕は聞いた。

「友人たちさ……いいかい、あれ、あまり皆の気に入らなかったようだ。もっと別のものを書くほうがいいなんて言う奴もいたよ」

「じゃあ、黙っていたまえ」

「いいかい」と彼は続けた。「僕にはよくわからないから、人の言うことを聞いているだけだ。でも、『ぬた』を書くのが君の楽しみである以上……」

「なに、全然楽しみなんかじゃない」と僕は怒鳴った。「僕は『ぬた』を書く、それは……いや、別の話をしよう……旅に出るんだぜ」

「へええ！」とユベール。

15　アルジェリアの首都アルジェの南東約三〇〇キロ、サハラ砂漠の北端に位置するオアシス群の中心。一八四四年以来、フランスが占領。行政の中心であると同時に、快適な風土の避寒地として、ヨーロッパの富裕な旅行者を惹きつけた。ジッド自身は一八九三年にこの地に初めて逗留。人生の転機となる感覚・官能の解放を経験し、以後もしばしば訪れ、『地の糧』、『背徳の人』など作品の舞台に用いることになる。

「そう」と僕。「時にはちょっと都会から出る必要があるからね。明後日、発つ。どこに行くかはわからない……アンジェルを連れて行く」

「ほう、君の年齢でねえ！」

「だけど、君、アンジェルが誘ったんだぜ。君に一緒に来ないかとは言わないよ、とても忙しいとわかっているからね……」

「それにふたりだけで居たいんじゃないか……いいよ。長い間遠くに行っているのかい？」

「いや、それ程でもない。時間も金も限られているんでね。むずかしいのは、パリを離れることだ。都市から外へ出るには、急行列車のような精力的な手段に訴える以外にない。要は、郊外を越えることだ」歩いて自分を刺激するために僕は立ち上がった。「本物の山野に出る前に、なんて多くの駅があるんだろう！　駅ごとに人が降りる。それは競走のはじめのところで転んだようなものだ。客車はがらがらになる――旅行者！　旅行者はどこにいるのか？――まだ車内に残っている者は、仕事に行くのだ。運転士と機関士は、そりゃ終点まで行く。機関車に残っているのだからね。それに、端まで行くと、別の町がある。――山野！　山や野は、いったいどこにあるのだろう？」

「君、そりゃ誇張だよ」とユベールも歩きながら言った。「山野は、町の終わるところに始まるだけの話さ」

僕は続ける。

「ところが、君、まさに、町は終わらないのさ。それに、町の後には郊外が来る……君は郊外を忘れているようだな――それはふたつの町の間にあるすべてだ。いっそう小さくて、間のあいた家々、さらに醜悪なもの……だらだらと根を伸ばしている町、野菜畑！　そして、道路の両側は斜面になっていて、それが道路を枠にはめる。道路！　そこを行かなければならないのだ、誰もかも、それ以外のところではなく、枠をはめられた道を……」

「それは『ぬた』に入れるべきだろうね」とユベールが言う。それをきっかけに、僕は完全に苛立ってしまった。

「君は畢竟なんにもわからなかったということなのかね、気の毒な男だな。詩の存在理由も、その性質も、形成過程もわかっちゃいない。本というものは……しかし本とは、いいかい、ユベール、卵のように、閉ざされた、いっぱいに詰まった、すべすべした物なんだ。そこにはもう何も入れることができない、ピン一本入れられない、力を用いない限りね。しかもそんなことをすれば、形が壊れてしまうだろう」

「じゃあ、君の卵はいっぱいなのかい」とユベールが言う。

「だけど、君」と僕は叫ぶ。「卵というものは徐々にいっぱいになるなんてことはないんだ。卵は生まれたときからいっぱいなのだ……それに、そんなことはもう『ぬた』に入っているよ……それから、僕に向かってほかのことを書くほうがよかろう、なんて言うのも馬鹿げていると思うな……馬鹿げている！　いいかい。……ほかのことだなんて。第一、僕自身、できるならそれに越したことはないと思うね。ただ、ここでも、他のところと同様に、両側を斜面で限られているのだ。僕らの道は強制されたものなのだ。仕事も同様。僕がここに立っているのは、他に誰もいなかったからだ。僕はあらゆる可能性を消去した上でひとつの主題を選んだ。つまり『ぬた』だが、こんな土地に働きに来るほど相続に恵まれない者はひとりもいまいと確信すればこそ選んだのさ。[16] それを次の言葉で表現しようとしたのだ。「僕はティーテュルスであり、孤独を好む」とね。――君にはもう読んでやったのに、気がつきもしなかったんだね……それにもう文学の話はしないようにと何度も頼んだではないか！　ところで」と僕は矛先を転じた。「今夜、アンジェルのところに行くかい？　彼女の招待日だぜ」

「文士連中か……いや、行かない」と彼は答えた。「この種の集まりはやたらにあるけれど、僕は、知ってのとおり、嫌いなんだ。おしゃべりしかしないんだからな。君もああいうところでは息がつまりそうになるのだと思っていたよ」

「それは事実だ」と僕は続けた。「ただ、アンジェルの気分を害したくないのさ、招かれたんでね。それに、そこでアミルカールに会って、息が詰まるぞってことを見せてやりたいんだ。アンジェルの客間はこういう夕べにはまったく狭すぎる。彼女になんとか言ってみよう。端的に「狭苦しい」という言葉を使ってやろう……それから、マ

16　これが、銘句 Dic cur hic（言いたまえ、なぜここなのか）への一つの返答と言えよう。

ルタンに話す必要があるんだ」

「お好きなように」とユベールは言った。「失敬するよ、さよなら」

彼は出て行った。

僕は書類を片付け、夕食をとった。食べながら旅行のことを考えた。「あと一日しかない！」と繰り返した。

――夕食の終わる頃、僕はアンジェルの今回の提案にひどく感動して、次の数語を彼女に書いてやるべきだと思った。知覚は感覚の変化とともに始まる。旅行が必要なのはそのためだ、と。

それから、手紙を封筒に入れ、おとなしくアンジェルの家に向かった。


アンジェルは五階に住んでいる。

レセプションの日、彼女はエントランスの前にいすを置く。もう一脚は三階の踊り場、ロールの家の前に置く。そこで、一息入れる。空気不足にそなえるわけだ。要するに停留所だ[17]。そこで、息切れのした僕は、第一のいすにすわった。そして、ポケットから紙を取り出し、マルタン用に議論の要領をまとめようとした。僕は書いた。

外に出ない、これはよくない。そもそも出ることができないのだ。しかし、それは出ないからだ。――いや、これは駄目だ！　もう一度言い直そう。僕は破り捨てた。――示してやるべきは、人が実際には閉じこめられているのに、外にいると思い込んでいることだ。わが人生の悲惨さ！　一例。――その時、誰かが上ってきた。マルタンだった。彼曰く
「おや、仕事か！」

僕は答えた。

「やあ、今晩は。今、君に書いているところなんだ。邪魔しないでくれたまえ。上の腰掛で待っていてくれないかな」

マルタンは上っていった。

僕は書いた。

外に出ない。——これはよくない。そもそも出ることができないのだ。——しかし、それは出ないからだ。——自分は外にいると思っているから出ないのだ。自分が閉じ込められているとわかったら、少なくとも、出たいと思うだろう。

いや、駄目だ！　駄目だ！　もう一度言い直そう。僕は破り捨てた。——示してやるべきは、人はものを見ないから、外にいると思い込んでいるという点だ。——そもそも見ないのは、盲目だからだ。これは酷いことになったぞ！　もう何が何だかわからない……それに、ものを書くにはここは恐ろしく場所が悪い。紙をもう一枚取り出した。その時、誰かが上ってきた。哲学者のアレクサンドルだった。彼曰く、

「おや、お仕事ですか？」

僕は、考えに没頭して、答えた。

「今晩は。マルタンに手紙を書いているのです。彼は上の腰掛にすわっているのです。——どうぞ、おかけなさい。じきに書き終えますから……あ、場所がないんですか？……」

「かまいませんよ」とアレクサンドルは言った。「シート付のステッキを持っていますから」彼はその器具を広げると腰掛けて待った。

「さあ、終りました」と僕は言った。そして階段の手摺りに身を乗り出し、「マルタン君！　上にいるかい？」と大声でたずねた。

「いるよ！」と彼も叫んだ。「待っているんだ。君のいすを持ってきたまえ」

アンジェルのところなら自宅にいるようなものなので、僕は自分のいすを運んでいった。そして、上の階で、三

17　十字架を負ったキリストの道行における十四の地点はカトリックの用語で「留」というが、フランス語では停留所と同じ用語 station である。

人とも腰をおろすと、マルタンと僕は紙を交換し、その間、アレクサンドルは待っていた。僕の紙にはこう書いてあった。

自分が幸福であると思うために盲目であること。よく見ようなどとしないために自分にはよく見えると思うこと。なぜなら、

自分は不幸にしか見えないものだから。

マルタンの紙にはこう書いてあった。

自分が盲目であることを幸福と思うこと。よく見ようなどとしないために自分にはよく見えると思うこと。なぜなら、

自分を見るのは不幸でしかありえないのだから。

「これは驚いた！」と僕は声を上げた。「まさに、君を喜ばすものを、僕は嘆いているわけだ。そして、僕に理ありと言わねばならない。なぜって、僕は君がそれに喜ぶのを嘆くのだが、君は僕がそれを嘆くのを喜ぶわけにはいかないからだ——やり直そう」

アレクサンドルは待っていた。

「もうじき終わりますよ」と僕は彼に言った。「——あとで説明してあげます」

僕とマルタンは自分の紙を取り戻した。

僕は書いた。

君は次のような連中を思わせる。彼らは *Numero Deus impare gaudet*[18] を「数字2は奇数であることを喜ぶ」と訳して、数字2は本当に正しいと思うのだ。——ところが、たとえ奇数であることがその内になんらかの幸福の可能性——つまり自由の可能性——を宿している場合にも、数字2に対しては、「ああ、気の毒に、君は違うね、奇数ではないね。奇数であることに満足するためには、少なくともそうなろうと努めたまえ」というべきであろう。

マルタンは書いた。

君は次のような連中を思わせる。彼らは *Et dona ferentes*[19] を「私はギリシア人を恐れる」と訳す。――そして贈り物に気がつかない。――ところが、それぞれの贈り物がひとりのギリシア人を隠していて、そのギリシア人がわれわれをすぐさま捉えるとするなら――僕はギリシア人に言うだろう。「よきかなギリシア人、与え、且つ獲れ。それでわれわれは貸し借りなしだろう。私は、実際、お前の臣下になる。しかし、そうでなかったら、お前は私に何もくれなかっただろう。僕がギリシア人と言ったところは、「必然」と了解されたし。必然は与える以上に取りはしない。


僕らは交換した。しばらく時が経った。


僕の紙の下のところにマルタンはこう書いた。

考えれば考えるほど、君の例は愚劣だと思う。なぜかと言うと、結局のところ……

マルタンの紙の下のところに僕はこう書いた。

考えれば考えるほど、君の例は愚劣だと思う。なぜかと言うと、結局のところ……

――……ここで、紙がいっぱいになったので、二人とも紙を裏返した。――ところが、マルタンの紙の裏にはすでにこう書いてあった。

――規則を守る幸福。陽気であること。典型的定食の探求。[20]

18　「神は奇数を好む」　ウェルギリウス「牧歌」、第八歌七十五句。古代ローマ文明では、奇数（とくに3）が神々の気に入るとも考えられていた。Deusを2と訳すのはラテン語の Deus（神）とフランス語の deux（2、古くは deus とも綴った）の混同。
19　ウェルギリウス「アエネーイス」、第二歌四十九句に *Timeo Danaos et dona ferentis* とあり、*et dona ferentes* の意味は「たとえ贈り物を携えてきても」。「私はギリシア人を恐れる」は、その前にある *Timeo Danaos* に対応する。

一、（ユイスマンス氏による）ポタージュ
二、（バレス氏による）ビフテキ
三、（トラリユウ氏による）野菜の盛り合わせ
四、（マラルメ氏による）エヴィアン水の瓶
五、（オスカー・ワイルド氏による）リキュール・黄緑のシャルトルーズ

僕の紙には、植物園で得た詩的な考えが書いてあるだけだった。

ティーテュルスはほほえむ。


マルタンは言った。「ティーテュルスって、誰だい？」

僕は答えた。――「僕だ」

「ってことは、君も時にはほほえむってわけか」

「いや、君、ちょっと説明するから聞きたまえ――（今回だけは思い切り言ってやろう！……）ティーテュルス、それは僕であって僕ではない。――ティーテュルスは馬鹿者だ。僕であり、君である――僕ら全員だ……そう面白がっちゃいけない――君にはいらいらするね。――僕が馬鹿というのは不能という意味だ。馬鹿者は自分の悲惨を常に意識していることができない。さっき僕が言ったのはそのことだ。時々忘れてしまうんだ。ただ、そこに書いたのは、ひとつの詩的想念にすぎないのだから、そのつもりで……」

アレクサンドルは僕らの紙を読んでいた。アレクサンドルは哲学者だ。彼の言うことを僕は常に疑ってかかる。

彼の言うことに僕は決して答えない。――彼はほほえみ、僕のほうを向き、しゃべり始めた。

「あなたが自由な行為とおよびになるものは、お考えによると、何物にも依拠しない行為ということになるようで

すね。一歩進めると、よろしいですか、分離可能ということです。――私の考えの進行具合に注意してくださいよ。それはつまり、消去可能ということです。――そして、私の結論は、無価値ということになる。すべてのものに自分を縛り付けるようになさるんですな。偶然性などを求めてはなりません。そんなものは、まず、手に入らないで

20　五人とも当時のジッドが直接に接していた人物。

ユイスマンス Georges-Charles Huysmans（一八四八―一九〇七）は、自然主義作家でありながらマラルメを世に知らしめ、象徴主義文学を擁立した。ジッドは『アンドレ・ヴァルテールの手記』を出版するとすぐに（一八九一年一月）贈呈し、「現実よりも幻影を描いた」ことを讃えられた。『ぬた』にはユイスマンスの『さかさまに』（一八八四）の影が見られるが、自然主義に息がつまり窓を開けようとしたユイスマンスと、『ぬた』をもって狭い象徴主義から抜け出ようとするジッドの出会いといえよう。ただし、『彼方』（一八九一）以降、密教的カトリシスムに傾くユイスマンスに対してジッドは批判的になる。『ジッド＝ヴァレリー往復書簡』1、二宮正之訳、筑摩書房、一九八六年、一九八頁、二〇六頁他参照。

バレス Maurice Barrès（一八六二―一九二三）は、『自由な人』（一八八九）他、自我礼賛の作で、ジッドを魅了していた。『アンドレ・ヴァルテールの手記』がたまたまバレスの目に触れ、それが機縁で、無名のジッドが、ジャン・モレアスを讃える祝宴に招かれ、マラルメにも紹介された。これがジッドのいわば登竜門になったことはつとに知られている。しかし、バレスが偏狭なナショナリスムの傾向を強める一九〇〇年以降は、歯に衣着せぬ論敵となる。

トラリユウ Gabriel Trarieux（一八七〇―一九四〇）は詩作から始めて、劇作で成功。一八九〇年代から『ケオス島での四月の一夜』（一八九四）などが上演された。後年は、秘教的占星術にのめりこむ。ジッドとは一八九一年以来の知り合い。トラリユウが編集長をしていた月刊誌『芸術と生活』*L'Art et la Vie* にジッドは《キリスト教倫理の諸点に関する考察》（一八九六）などを寄稿した。一方、トラリユウは同誌にジッドの『地の糧』（一八九七）に関し、『ぬた』の著者にはもっと緊密に構成された別のものを期待していた、ここに無秩序に提示される感覚の陶酔は、完成した作品というよりは、作品の生の材料である、と辛口の書評を載せる。

マラルメとジッドの関係については多言を要さないだろう。『ぬた』が末流の象徴主義文学からの脱走を唱えるとは言え、ジッドのマラルメに対する敬愛は一生変わらない。『ジッド＝ヴァレリー往復書簡』1、前出、一六―一九頁、二八―二九頁他、参照。

ジッドは一八九一年の末にワイルドに会い、その人となりと芸術観とに強い印象を受けた。とくに一八九六年アルジェリア滞在中には、ワイルドの仲介もあって、同性との性体験をはじめてすることになる。

しょうし、――たとえ、入手できるとしても、そもそもあなたにとって何の役に立つんです？」

いつものように、僕は何も言わない。哲学者が返事をすると、彼に何をたずねたのかこちらは全くわからなくなってしまうのだから。――誰かの上ってくる足音が聞こえた。クレマンとプロスペルとカジミルだった。――「おや」アレクサンドルが僕らと一緒にすわっているのを見て、彼らは言った。「あなた方、ストア派になるんですか。――柱廊ストア派[21]の皆様、どうぞお入りください」

彼らの冗談は僕には高慢ちきに響いた。そこで、ぼくは彼らの後からでなければ入るまいと思った。

アンジェルの客間はもう人で埋まっていた。皆の真ん中で、アンジェルは歩き回り、ほほえみ、コーヒーとブリオッシュをすすめていた。僕が目にとまると、すぐに駆け寄ってきた。

「あ、いらっしゃい」と小声でアンジェルは言った。――「私、皆さんが退屈しているんじゃないかと、ちょっと心配なの。あなた、詩を朗読してくださるわね」

「でも」と僕は答えた。「そんなことをしたって、どうせ退屈しますよ。――それに、僕にはできないってわかっているじゃないですか」

「大丈夫よ、できるわよ。あなたはいつでも何かお書きになったばかりのものを持っているんですから……」

その時、イルドブランが近寄って来た。

「やあ！　これは、これは」私の手を握って彼は言った。――「お目にかかれて幸せです。まだ最新作は拝読していませんが、友人のユベールが褒めちぎっておりましたよ。それに、今夜はわれわれのために詩の朗読をしてくださるんだそうですね……」

アンジェルはすでに姿を消していた。

イルドヴェールがやって来た。

「ああ！　これは、これは」と彼も言った。「『ぬた』を書いておいでなんですか？」

「どうしてご存知なんです？」と僕は声を高めた。

「いやあ」と彼は（誇張して）答えた。「もうその話で持ちっきりなのですからね。――しかも、この前の作品には似ていないのだそうですね。それも私はまだ拝読していないのですが、友人のユベールがたっぷり聞かせてくれましたよ。――あとで、詩句《しいく》を朗読してくださるんでしょう？」

「イトミミズの飼育《しいく》ではありませんよ」とイジドールがばかな冗談を言った。「――ユベールの話だと――『ぬた』にはうじゃうじゃいるそうですね。これは、どうもいただけませんねえ。――ところで、『ぬた』ってなんですか」

ヴァランタンが近寄ってきた。何人もそろって聞いているので、僕はしどろもどろになってしまった。

「『ぬた』はですね」と僕は始めた。「中立の土地、あらゆる人に属する土地の話です……――もっと適切な言い方をするなら、基準となる人間、各人がそれを土台にして成り立っている、そういう人間の話なのです。――第三人称、つまりその人について他人が喋る人間――われわれ一人一人のなかに生きているのですがわれわれとともには死なない人間――そういう人間の話です。――ウェルギリウスではティーテュルスという名前です――そして、彼は寝そべっている――*Tityre recubans*[22]――とことさらに強調されています。――『ぬた』は、寝そべっている男の話です」

「ほう」とパトラスが言った。「私はどこかの沼の話かと思っていました」

「いやあ」と私は答えた。「表現はいろいろに異なりますが――基本は不変なのです。――おわかりいただけるでしょうか、同じことをそれぞれの人に語るための唯一の方法は――よろしいですか、同じことをですよ――新しい精神に出会うたびに、話の形を変えることです。――今の『ぬた』はアンジェルのレセプションの話ということに

21　ストア学派の祖ゼノンがアテナイのストア・ポイキレ（彩色された柱堂）で講義をしたところから、ストア学派、およびその学説を指す。

22　ウェルギリウス『牧歌』の第一歌第一句をまとめたもの。

なる」

「要するに、考えがまだよく固まっていないようにお見受けしますね」とアナトールが言った。

フィロクセーヌが近づいてきた。

「先生」と言った。「皆が先生の詩を待っているのですが」

「お静かに！　お静かに！」とアンジェルが言った。――「朗読が始まりまぁす」

皆が黙った。

「しかし、皆さん」と私は激昂して叫んだ。「それに値するものなど本当に何も持ちあわせていないのです。これ以上に懇願されないためには、ほんのちっぽけな作品を読まざるをえなくなるでしょうが、ほんとうに何の……」

「読んでください！　読んでください！」と何人かが言った。

「では、皆さん、どうしてもとおっしゃるなら……」

僕はポケットから紙を一枚取り出して、構えずに淡々と、読んだ。

散策

私たちは荒れた広野を歩きまわった。
ああ！　神様、どうか聞いてください！
私たちは広い荒野を迷い歩き、
夜の帳が降りたとき
腰をおろしたいと思った。
私たちの疲労はそれほどに甚だしかった。

皆は黙りこんでいた。明らかに、これで終わりとはわからなかったのだ。皆、待っていた。

「終わりです」と僕は言った。

すると、沈黙の最中に、アンジェルの声が聞こえた。

「あら！　素敵！――『ぬた』にお入れになるといいわ」。しかし、皆が相変わらず黙っているので、

「ねえ皆さん、そうでしょう？　『ぬた』に入れるといいと思いません？」

すると、一瞬の間、一種の喧騒状態が生じた。「『ぬた』？　『ぬた』？――一体、そりゃあなんですか」と訊ねるものがおり、『ぬた』の何であるかを――まだあまりはっきりしたものでないそれを――説明する人がいたからである。

僕は何も言えずにいたが、その時、学のある生理学者カロリュスが、源にさかのぼろうという偏執につきうごかされて、いかにも問いたげな様子で、近づいてきた。

「『ぬた』はですね」と僕はすぐに始めた。――「皆さん、『ぬた』は、暗い洞窟に棲んでいて、目を使わないので視力を失ってしまう動物の話なのです。[23]――さあ、これで勘弁してください。ここはおそろしく暑いので」

すると目の利く評論家であるエヴァリストが「それは主題として少々特異ではないかと気になりますね」と理屈を言った。

「しかし、よろしいですか」と僕は言わざるを得なかった。「特殊すぎる主題というようなものは存在しないのです。*Et tibi magna satis* とウェルギリウスは書きました。[24]それはまさに私の主題でもあるのです。――私はそれを嘆かわしいと思うわけです」

「芸術上の手腕とは、特殊な主題を十分に強力に描き出して、その特殊の依拠していた一般がそれで了解されるよ

23　プラトンの『国家』第七巻の一章―五章の洞窟の比喩が背景にある。
24　ウェルギリウス『牧歌』第一歌四十七句。注5参照。「それであなたには十分に広いのですね」

うにするところにある。これは抽象的な言葉ではどうしてもうまく言えません。それ自体がすでに抽象的な考えなのですから。――しかし、次の例を考えれば、私の言いたいことはよくわかるでしょう。広い景色全体も、目を扉に十分に近づけさえすれば、鍵穴を通りぬけることができるのです。鍵穴しか見ない人も、覗き込むことさえできるなら、その穴を通して、世界全体を見ることができるでしょう。一般化の可能性さえあればよいのです。一般化自体は読者と評論家のすべきことです」

「これはどうも」とエヴァリストは言った。「ご自分の役割をひどく容易になさいましたなあ」

「そうでないなら、あなたの役割を抹殺します」息を詰まらせて、僕は言った。彼が遠のいて行ったので、「ああ、一息つきに行こう！』と思った。

ちょうどその時、アンジェルが袖を引っ張った。「こっちへ来て。お見せしたいの」と言う。

そしてカーテンのところまで僕を連れて行くと、そっとそれを引き上げて、向こうを見せた。窓ガラスの上に大きな黒い染みがあって、それが音を立てているのだった。

「あなたが暑すぎると言って嘆かないように、扇風機[25]を付けさせたのよ」とアンジェルは言った。

「やあ！　ありがとう、アンジェル」

「ただ」と彼女は続けた。「音がするので、前にカーテンを引いて隠さなければならなかったの」

「ああ！　では、これだったのか！　でも、君、これではほんとうに小さすぎますよ！」

「お店の人が、文士用の寸法だって言ったのよ。この上の大きさだと、政治集会なんですって。そうだと、相手の言うことが聞こえないでしょう」

そのとき、モラリストのバルナベが来て僕の袖を引っ張り、こう言った。

「ご友人が何人か『ぬた』について十分に話してくれましたので、あなたの意図はかなりよくわかります。いま、ここで、警告して置きますが、あれは無用で遺憾なものに思われますな。――あなたは停滞しているものが大嫌いなので、人々を行動に駆り立てようとなさる――無理にも行動させようとなさるのだが、彼らが行動する前にあなたが介入すればするほど、それらの行動は彼ら自身によるものではなくなるということを考慮していませんね。あなたの責任はそれだけ重くなり、彼らの責任はそれだけ軽くなるわけです。ところが、各人にとって行為の重要性をなすのは、その責任だけなのです。――行為の外見には何の価値もない。あなたは他の人に欲することを教えることはできませんよ。*velle non discitur.*[26] 影響を与えることができるだけです。その結果、価値もない行動をなにがしか引き起こせたところで、無駄骨じゃないですか！」

僕は言った。

「それでは他人になど関心を持つなとおっしゃるんですね、他人の面倒をみる可能性を否定なさるのですから」

「少なくとも、面倒をみることはきわめて難しいというのです。そして他人に関与するわれわれの役割は、いずれにしても間接的なかたちで介入して偉大な行為を生み出すことではなくて、まさに、ちょっとしたさまざまな行為に関する責任感を次第に大きくしていくところにあるのです」

「行動に対する危惧を増大させるためにですね。――あなたが増大させるのは責任感ではなくて、逡巡の念ですよ。こうしてあなたは自由をますます減少させてしまう。しかるべき責任ある行為は、自由な行為です。われわれの行為はもはや自由ではない。私が生み出させたいのは行為ではない、私は自由を解き放ちたいのです……」

バルナベはこれから言うことを気の利いたものにするために幽かに笑みを浮かべながらこう言った。

「要するに――ご趣旨がよくわかったとするならば――人々をむりやりに自由に縛りつけようということですな……」

25　電気扇風機は一八九三年にアメリカのウェスティングハウス社が売り出したのが世界初というから、一八九四年執筆の本作にそれをとり入れたのは相当の早業である。
26　「意欲は教えられない」。セネカ『道徳書簡』八一、十三。後にショーペンハウアーが『意思と表象としての世界』第四の書六十六で取り上げ、広めた。

「いや」と僕は声を高めた。「自分のそばに病気の人をみれば、心配になります――そして、あなたなら彼ら自身の果たすべき治癒の価値を減少させる、とでもおっしゃるでしょうが、そういう危惧の念から、私とても彼らを治そうとはしないにしても、少なくとも彼らが病気であることを示してやろう――そう言ってやろうとは思いますね」

ガレアスが近づいてきて、こんな愚論を耳打ちしていった。

「病人にその人の罹っている病気を示すことによって、病気を治すことはできません。健康に輝く姿を見せて治すのです。病院のどのベッドの上にも正常な人間を描き、廊下にはファルネーゼのヘラクレス[27]を詰め込むのです」

そこへヴァランタンがやってきて、言った。

「そもそも、正常な人間は、ヘラクレスなどとは名乗りませんよ」。すると、すぐに「しーッ！　しーッ！　ヴァランタン・クノックス大先生のお話がはじまります」という声が起こり、ヴァランタンは続けた。

「良き健康というものは、それほど羨望に値するものとは思えません。それは、ひとつの均衡状態、あらゆるものが凡庸であるという状態に過ぎない。異常発達の欠如です。われわれの価値は、他の人々と相違する点においてのみきまるのです。特異体質こそは、われわれにとって価値ある病気です――換言するならば、われわれのうちで価値があるのは、自分ひとりがもっているもの、他の誰にも見出しえないもの、皆さんのいう正常な人間が持っていないもの――つまりあなた方が病気とよぶものなのです。

従って、病気を欠損状態と考えるのはもうお止めなさい。それどころか、付加されたもの、つまり瘤なのです。人間プラス瘤なのです。正常な状態とは病気の欠けた状態と考えられるほうがよいでしょう。

正常な人間は、われわれにとって重要なものではありません。それは削除しうるものといいたいと思います――到るところに見つかるのですからね。それは人類の最大公約数、つまり、数学でいえば、ようするに数字なのですから、個々の数字からそれぞれの価値を失わせることなく消去することのできるものなのです。正常な人間（この表現には、実際、腹が立ちますが）、これは溶解によって特殊な物質が精錬された後に、レトルトの底に残るあの淬であり原質なのであります。これは、類稀《たぐいまれ》な変種をかけ合わせることによって再びつくり出すことのできる原初の鳩——灰色の鳩——なのです。色鮮やかな羽は抜け落ちてしまい、自分を際立たせるものなどもう全くないのです」

僕は、彼が灰色の鳩の話をしたのですっかり感激してしまい、握手したいと思って、言った。「ああ！　ヴァランタン先生」

ヴァランタンはそっけなく言う。

「文士よ、黙りたまえ。第一に、私は、狂人にしか興味がないのです。それなのに、あなたはおそろしくまともだ」そして、続けた。「正常な人間とは私が通りで出会った人間です。はじめ私は、それが自分だと思って、自分の名で呼びかけたのです。手を差し伸べて、大声で言ったのです。「気の毒にクノックス、今日はまた何と浮かない様子なんだ！　君の片眼鏡をどうしてしまったんだい」そこで驚いたことには、私と一緒に散歩していたロランが、これまた彼自身の名で呼びかけて、私と同時に言ったのです。「気の毒にロランさん！　あなたのあご鬚を一体どこに落としてきたんです？」それから私たちは、この人物が邪魔になったので、何の悔いもなく、抹殺したのです。その男は何も新しいものをもたらさなかったのですからね。それに何も言いませんでした、何しろ惨めな奴でしたから。彼、正常な人間とは何者か、知っていますか。第三人称、それについて他人の喋るもの、なのです……」

ヴァランタンは僕のほうに向いていた。僕は、イルドヴェール及びイジドールの方をみて、彼らに言った。

「だから、言ったでしょう？」

ヴァランタンは、僕を見据えながら、声高に言った。

27　十六世紀に発見されたヘラクレスを象る古代彫刻（ナポリ美術館蔵）。西暦三世紀（？）のアテネの彫刻家グリコンの作とされる。このヘラクレス像は壮健な肉体美の典型としてディドロほかに讃美された。パリのチュイルリー公園、ヴェルサイユ宮殿の庭園などにこれに基づいた彫像がある。

「ウェルギリウスではこの人物はティーテュルスという名です。この男はわれわれと共には死なない。われわれ一人一人のおかげで生き続けるのです」――そして、僕に向かって、声高く笑いながら、付け加えた。「従って、彼を殺しても大したことではないわけだ」すると、イルドヴェール及びイジドールもぷっと吹き出しながら、声を上げた。

「でも、先生、どうぞティーテュルスを抹殺してください！」

そうなると、僕も我慢がならず、激昂して、叫んだ。

「お静かに！　お静かに！　聞いてください！」そして委細かまわず始めたのだ。

「いや、皆さん。違うのです。ティーテュルスも病をもっている!!!――皆そうなのです！　私たちは、一生涯、ずーっとそうなのです。私たちが脅迫症状でやたらに疑ってばかりいるこの腐った時代においても同じことです。――今夜、入り口の鍵を掛けたかな、もう一度見に行こう。今朝、ネクタイを締めたっけかな？　触ってみる。今宵は、ズボンの前ボタンをはめたかいな？　確かめてみる。ほら！　御覧なさい。マドリュスはまだ確認しないでいたってわけです！　ボラースも同様！――ご覧の通りです。私たちは事が完璧に行われていたと十分に承知していた、その点に注意してください――それなのに病気だからやり直すんです。――遡源思考症ってわけですね。すでに一度したから、もう一度、する。われわれが昨日した行為の一々が、今日またわれわれを求める。まるで、一旦、生を与えてしまった以上、以後、何とか生きながらえさせなければならない子供、といったところですね……」

僕は疲労困憊していた。そして我ながらまずい話し方だとわかっていた……

「われわれの引き起こすことはすべて、われわれ自身が維持し続けなければならないようですね。そこから、あまりいろいろなことをしでかすと大変なことになるぞという気持が出てくる。あまりに多くのものに依存することになるのを恐れるのです――なぜなら、それぞれの行為は、なされるとすぐに、われわれを際立たせるものになる代わりに、なかの窪み込んだ寝床になって、そこにわれわれは落ち込んでしまう――*recubans*[28]（寝そべっている）ってわけですから」

「そのお話は随分奇妙ですねえ」とポンスが始めた……

「いいえ、どう致しまして。全然、奇妙ではありませんよ――『ぬた』に入れる必要など全くないと思います……私たちの個性というものは、もはや、私たちの行動様式から派生するものではなく――行動自体のうちにあるのです――私たちのする二つの行為（ここで声をふるわせてトリル）――三つの行為のうちにあるのです。ベルナールとは誰か。それは木曜にわれわれがオクターヴのところで会う人物である――オクターヴとは誰か。木曜にベルナールの訪問を受ける人である――もっと知りたいですって？　それは月曜にベルナールのところに行く人物です――何者なのか……皆さん、われわれは一体何者なのでしょう？　われわれは毎週金曜日の夕べにアンジェルのところに来る人間なのです」

「しかし」とリュシアンが礼儀上言った。「まずは、けっこうなことですな。それに、それだけがわれわれの唯一の接点とお考えになって間違いありませんよ」

「それは言わずもがなですよ」と僕は続けた。「ユベールが毎日私のところへ六時に来る以上、同時にあなたのところには居られないぐらいのことはわかっていますよ。しかし、あなたが毎日訪問を受けるのがブリジットであったところで、一体、何が違うんです？――ジョアシャムが彼女の訪問を三日に一度しか受けないからって、どうだって言うんです？――私は統計でもこしらえているんですか？――違う！　私は、今日は逆立ちして手で歩きたいくらいですよ、足で歩くくらいならね――そんなことは昨日すでにしたのですから」

「しかし、今もそうしておいでのようですよ」とチュリウスが馬鹿正直に言った。

「ただ、いいですか。それこそまさに私が嘆いていることなのです。私は「……たいくらいだ」と言ったではないですか。こうなったらもう、なんとかして街頭でやってみせましょう。気が狂っているっていうわけで、監禁され

28　注22参照。

るでしょうがね。まさにそれが私を苛立たせる点なのです。――つまり、すべて外部というものが、法律だ風習だ歩道だというしろものが、われわれに同じ事を反復させるのであって、われわれが単調なのはそのせいだというような顔をしているではありませんか。――実際には、万事が繰り返しを好むわれわれの性向と非常にうまく適合しているからなのに」

「では、何を嘆いておられるのですか」とタンクレードとガスパールが声を上げた。

「いや、まさに誰も嘆かないことを嘆いているのですよ！　悪を受け入れると、さらに悪くなってしまう。――それは、よろしいですか、ついには悪徳になる。なぜって、それでけっこういい気分になってしまいますからね。私が嘆くのは、皆さん、反抗しないという点なのです。野菜のごった煮くらいを食べてけっこう立派な夕食をしたような顔をしていること、四十スー[29]ほどで粗食をすませたくせにいい顔色をしていること、それを嘆いているんです。人々が反抗して立ち上がらないことをね……」

「おお！　おお！　おお！」と何人かが言った。――「あなた、革命家になったんですか？」

「いや、とんでもない。よろしいですか、私は断然そうではない、革命家ではございません！　どうも話に邪魔が入りますね――私は、人々が反抗して立ち上がらない……と言ったのですが、それはこころの中での話です。私は富みの分配に関して嘆いているのではない。われわれ自体を、風習を嘆いているのです……」

「それじゃあ、こういうことですね」と喧騒が持ち上がった。――「まず、人々が現に生きているように生きることを非難なさる。――その一方で、彼らが違う生き方もできるということを否定なさる。そして、人々がこんな生活をしていて幸福であることを非難なさる。――しかしですねえ、それが人々の気に入っているとしたらどうなんです。――しかし、しかし要するに、いいですか、いったい、何をおーのーぞーみーなんです???」

僕は汗だくで、すっかり狼狽しており、無我夢中で答えた。

「私の望むこと？　よろしいですか、私が望むのは――私、個人としては――『ぬた』を書き終えることです」

すると、ニコメードが一歩ぬきんでてきて、僕の手を握り、叫んだ。

「ああ！　先生、どんなにうまく書かれることでしょう！」他の連中は、これを機に、サッと背を向けた。

「ご存知なんですか」と僕は言った。

「いえ、先生」と彼は続けた。「友人のユベールが盛んに聞かせてくれたのです」

「ほう！　で、何と……？」

「ええ、先生、糸釣りをしている漁師がイトミミズを見つけて、それがあんまりおいしいもので、餌にする代わりに自分で食べてしまい――当然の結果、獲物はなし……という話ですよね。実に面白いと思いますねえ」

この男は何もわからなかったのだ――すべてやり直さなければならない、また同じ事だ。ああ！　僕はもうへとへとだ！　まさにそれこそ僕が彼らにわからせてやりたいことなのだから、――あいもかわらず――なんとかわからせるためにやり直さなくてはならない。僕はもう何が何だかわからない、もうこれが限度だ。ああ！　それは、もう言ったっけ……

そこで、アンジェルのところでは自分の家と同じようなものなので、僕はアンジェルに近づいて時計を取り出すと、大声で言った。

「あれ、アンジェルさん、もうひどく遅いですよ！」

すると、皆がそれぞれに、あっという間にポケットから時計を出して、大声を上げた。「やあ、遅くなった！」

リュシアンだけが、礼儀上、口を出した。「先週の金曜にはもっと遅かったですよ」――しかし、誰も彼の指摘などに注意を払わず（僕はそっけなく「あなたの時計が遅れるんですよ」と言ってやった）、皆それぞれに外套をとりに走って行った。アンジェルは握手をし、また微笑を浮かべ、最後のブリオッシュをすすめていた。それから、降りていく客を見送るために、階段の上で身を乗り出した。――僕は、クッションの上に、腑抜けのようにすわっ

29　一八九〇年ごろ、フランスの労働者の平均月収は五から六フラン、ここで粗食といわれているものの十五食分で月給は尽きる。因みに、牛乳とワインは一リットルで十スー。

て、待っていた。アンジェルが戻って来ると、

「あなたのところの夜会は、本当に悪夢ですよ！」と始めた。

「ああ！　あの文士たち、あの文士たちときたら、アンジェル!!!　皆、耐えがたい連中ですねえ!!!」

「でも、この間は、そうはおっしゃらなかったじゃないの」と彼女は答えた。

「それはアンジェル、あなたのところで会ったのではないからですよ。――それに、おそろしく大勢来たもんですねえ！――ねえ、あんなに大勢、一度に呼ぶものではありませんよ」

「でも、私」と彼女は言った。「皆を招待したわけではないのよ。それぞれ、何人か連れておいでになったんだわ」

「皆の真ん中で、君は呆然としているみたいでしたよ……ロールに上って来てくれるように言えばよかったのに。ふたり一緒なら落ち着いていられたんじゃないかな」

「でも」とアンジェルは言った。「あなたがあんまり興奮していらしたものだから。まるで、椅子でも呑み込んでしまうような勢いでしたもの」

「アンジェル、そうでもしなかったら、皆、ひどく退屈してしまったでしょうからね……君の部屋ではほんとうに息が詰まりそうでしたよ。――この次は、招かれた人だけが招待状を見せて入るようにすればいい――君のちっぽけな扇風機に何の意味があるんです？　だいいち、おなじところでぐるぐる回っているもの以上に僕を苛立たせるものはない。永いお付き合いなのだから、それくらいのことは承知していればいいのに！――それに回るとき、いやな音を立てることといったら！　話を止めると、すぐにカーテンの向こうから聞こえてきましたよ。それで、皆が「あれ、なんだろう？」って思っていましたよ。――まさか「アンジェルの扇風機ですよ！」とも言えないじゃないですか。ほら、聞こえるでしょう、ギシギシ軋んでいるのが。いやあ！　耐えがたいな、君、お願いだ、止めてくださいよ」

「でも」とアンジェルが言った。「止められないんです」

「ああ！　これもおなじことか！」と僕は叫んだ。「では、君、大きな声で話しましょう。――あれ！　アンジェ

ル、泣いているの?」
「泣いてなんかいませんわ」と彼女は言ったが、ひどく顔が赤かった。

「しようがないな!」——そこで僕は、こころが昂ぶって、がらがらの小さい音を覆うために、怒鳴るように喋った。「アンジェル! アンジェル! もう潮時ですよ、こんな我慢ならないところは離れましょう!——ねえ、君、海からどっと浜に吹き寄せる風の音を聞きに行こうじゃないですか——君のまわりにはこせこせした考えしかないことはわかっているけれど、時に、この風が、高く舞い上がらせることもある……さようなら。ちょっと、歩きたいんです。もう明日一日ですよ、考えてもご覧なさい! その先は、旅行です。よく考えてご覧なさい、アンジェル、いいですね!」

「では、さようなら」と彼女は言った。「お休みなさい、さようなら」


彼女と別れ、走らんばかりの勢いで帰宅した。服を脱ぎ、床についた。が、眠るためにではない。人がコーヒーを飲んでいるのを見ると興奮してしまうのだ。じっさい、僕は悲嘆に暮れて、こう自問していた。「彼らを説得するために、自分にできることを、うまくなしとげたのだろうか。マルタンに対しては何かもっとしっかりした論拠を見つけるべきではなかったか……それにギュスターヴはどうだ!——ああ! ヴァランタンめ! あの男は狂人しか好まないのだ——僕を《まともだ》と言ったな——そんなことが可能ですかね! 僕は、今日一日中、おかしなことしかしなかったのに。それが同じ事ではないことは十分に承知しているけれど……ここで、僕の思考よ、なぜ立ち止まるのか、そして唖然と目を剝いたフクロウのように僕を凝視するのか?——革命家か、なるほどそうかもしれないな、結局のところ、その逆を唾棄するあまりね。惨めでなくなろうと欲した結果、人は何と惨めになることか!——自分の考えを理解させられないこと……しかし、本当のことなのだ、僕が彼らに言ったのは——だって、僕はそれで苦しんでいるのだから。——本当に苦しんでいるか?——誓ってそうだ! 時によると、自分が何を欲しているのか、誰を恨んでいるのか、まるでわからなくなる——そのような時には、自分が自分自身の亡霊と戦っているような気がし、僕は……神よ！　神よ！　これは実にこころにのしかかる事態です。そして他者の考えは物質以上に無反応なのです。どの観念も、触れるや否や、われわれに懲罰を与えるような気がする。それは夜な夜な出てくる吸血鬼のようなもので、われわれの肩に取り付き、われわれを食いものにし、こちらが弱った分だけ余計に重く感じられる……他の人々の目により明快になるように、さまざまな思想の等価物を求め始めた以上──もう止められない。遡源思考。──これこそ滑稽なメタファーだ。──僕は、他の人々に対して病気にかかっていることを非難するのだが、それを描きだすにつれて、自分自身が病気になってしまいそうな感じがする。そして、連中にうつすことのできない苦痛のすべてを、こちらで引き受けているのだ。──どうも、僕の病気は、それについて考えると、なおさら重くなり、他の連中は、結局のところ、病気ではないような、そんな感じがする──とすれば、彼らが苦痛を覚えないのは理にかなっており──それを非難する僕のほうが理に反するわけだ。──しかし、僕は彼らのように生活しており、このように生活していることに苦しんでいる……ああ！　僕の頭は絶望の縁にある！──僕は人々を不安にしたいのだ──そのために、非常に苦労している。──ところが、自分を不安にすることしかできない……や！　これは、いい文句だ！　書いておこう」枕の下から紙を一枚取り出し、蠟燭をともし、何ということのない次の言葉を書き付けた。

「自分の不安に惚れること」

　蠟燭を吹き消した。

「神よ！　神よ！　眠り込む前に、もうすこし詮索したいちょっとした問題があるのです……ちっぽけな考えにこだわるねえ──放っておいても良かったんじゃないの……え？……何？……なんでもないよ、僕が喋ってるんだ。──放っておいても良かったんじゃないのって言ったのさ……え？……何？……ああ！　眠り込みそうだ……──いや、眠ってはいけない。僕は、次第に大きくなるこの小さい観念について、もっと考えたかったのだ──進展の経緯がよくわからないな──いまや、その観念は巨大なものになった──そして僕を捉え──生き延びようとする。そうなのだ、僕は観念の生存手段なのだ──この観念は重い──僕はそれを世界に示し、その表象とならなればならない。──それは、僕を捉えて、世界中を担ぎまわれと言う。──それは神のように重い……何たる不幸ぞ！　またひとつ名文句が出てきた！」──紙をもう一枚出し、蠟燭をともし、書いた。

「それ〔観念〕は成長し、私は衰退すべきなのだ[30]」

「これはヨハネ伝にある……ああ！　今のうちに」──僕は三枚目の紙を出した。……

……………………………………………………

「何が言いたかったのか、もう思い出せない……ああ！　しかたがない。頭が痛い……いや、あの考えは失われてしまうだろう……失われて……そして僕は木の足を接がれたように、痛みを感じるだろう……木の義足か……あれはもうどこかへ行ってしまった。感じは残っているのだけれど。考え……考え……。──こんなぐあいに言葉を繰り返し始めると、もうじき眠れるのだ。──もっと繰り返そう、木の義足──木の義足……木の……ああ！　蠟燭を吹き消すのを忘れた……いや、消したよ──僕は蠟燭を吹き消しただろうか？……消したさ、だって眠るんだから。──それに、ユベールが帰ったとき、それはまだ消えていなかった……でも、アンジェルは消えていたと言い張ったっけ……それはちょうど僕が木の足の話をした時だった──泥炭に突っ立ってしまったのでね。僕は決して十分に速くは走れないと彼女に説明していたのだ。「この地面はおそろしくぶかぶかしている！」と言ったのだ。……ヌマチノドテデ《きばのけんぺぃ》　ドジヲフム[31]──いやあ、これは御免だ！……おや！　アンジェルはどこにいるのかな。すこし速く走れるようになったぞ……──これはひどい！　おそろしくはまり込むな……僕はとても十分に速くは走れ

30 『ヨハネによる福音書』第三章三十、「彼〔イエス〕は大きくなり、私〔ヨハネ〕は小さくならなければならない」。

31 ジッドは la maréchaussée（騎馬の憲兵隊）にかけて、la marais-chaussée（沼地の土手道）と造語し、ふざけている。原文にはない「どじを踏む」でふたつをまとめてみた。

ないだろう……舟はどこだ？　こちらの用意はいいか？……飛び乗ろう――よいしょ！――わっひゃあ！……

　では、アンジェル、この小舟に乗って、ちょっとした旅を楽しみましょうか。ただ注意を促したとおり、カヤツリグサとヒカゲノカズラ――小ヒルムシロ――しかありませんよ。そして僕のポケットには何も入っていない――魚にやる食パンがほんの少々入っているだけです……おや？　アンジェルはどこだろう……？　ちょっと、君、どうして今夜はすっかり溶けちまっているんです？……――だって、君、完全に溶けていきますよ！――アンジェル！　アンジェル！　聞こえる？――ねえ、聞こえますか？　アンジェル！……君の形見としてはこのヒツジクサ（僕はこの言葉を今日では正しく評価するのが非常にむずかしい意味で用いているのである）の一枚しか残っていないのですか――流れのほとりに摘みに行こう……おや、これはどう見てもビロードだ！　絨毯そのものだ――しなやかなカーペットだ！……じゃあ、僕はなぜ絨毯の上になどすわっているんだ？　両手に椅子の足を抱えたりして。何とか家具の下からぬけでなくてはいけない！――なにしろ、猊下《げいか》をお迎えするのだから……ここでは息が詰まりそうなのだから、なおさらのこと！……これがユベールの肖像画だな。いかにも華々しいな。暑すぎる。ドアを開けよう。こちらの広間は僕が予想していたものにもう少しよく似た感じだな――ただし、ユベールの肖像画はこちらのほうが出来が悪い。もう一枚のほうがよかった。ユベールは扇風機みたいな顔をしている――本当だ！扇風機そっくりだ。彼、何がおかしいのかな？……さあ行こう。ねえ、アンジェルさん、いらっしゃい。……おや？　どこにいるのだろう？――さっきは手をしっかり握っていたのに。旅の荷物をまとめるために廊下をぬけて行ってしまったんだろう。時刻表を置いていけばいいのになあ……そんなに速く走らないでくださいよ。僕はついて行けませんよ。――ああ！　ひどい！　またドアが閉まっている……さいわい簡単に開くけれど。猊下に追いつかれないように、通ったら、僕はドアを力いっぱい閉める。――アンジェルのサロンの客を総動員して追いかけて来るようだ。いるわ、いるわ！　文士どもが……バタン！――またドアが閉まっている。――バタン！――おお！これではいつまでたっても出られないだろう、廊下からさ！――バタン！――やたらに続いているな！――どこまで来たのか、まるでわからない。……僕は、今、すごく速く走っているぞ！……ああ、お情けです！　ここにはドアがもうひとつもない。ユベールの肖像画はしっかりと掛かっていない――これでは落ちるぞ――ユベールは道化のような顔をしている。……この部屋はまったく狭すぎる――僕はそのものずばり「狭苦しい」という言葉を使ってやるぞ……皆を迎え入れるなんて、絶対に無理だろう。連中がじきに来るぞ。息が苦しい！――ああ！　窓から行こう――通った後で閉めてやろう。――僕は通りに面した方のバルコンまでしょんぼりと飛んで行こう。――おや！　ここは廊下だ！　ああ！　連中が来た。――神様！　神様！　気が狂いそうです……息が詰まる！」

汗をぐっしょりかいて、目覚めた。上掛けの毛布の縁があまりしっかりとマットレスの下に折りこんであったので、まるで結紮《けっさつ》のように僕を締め付けていたのだ。その圧力が胸の上におそろしく重く感じられた。大いに努力してそれを持ち上げ、一挙に全部はねのけてしまった。部屋の空気が僕を取り巻いた。僕は息を整えた――爽やかさ――夜明け――ほのかに白む窓ガラス……こういう一切をメモしておかなければいけない――水槽――これは寝室にすっかり溶け込んでいる……その瞬間、僕は寒気がした。――風邪を引くな、と思った。――きっと風邪を引く――激しく震えながら、起き上がって、毛布をひろいに行った。それをまたベッドの上に持って来て、眠るためにおとなしく縁を折りこんだ。

金曜日

ユベール　または鴨狩

起きてすぐに備忘録を見ると、「六時に起きるべく努めること」と書いてあった。八時だった。ぼくはペンをとり、それを消して、かわりに「十一時に起きること」と書いた。——そして、その先は読まずにまた横になった。おそろしい夜の後、気分が悪いので、牛乳のかわりに、変化をつけようと、煎じたハーブを飲んだ。それも、ベッドで飲んだ。下男に持ってこさせたのだ。備忘録にはカッとしてしまうので、それこそ吹けば飛ぶよな一枚の紙に書いた。「今夕、エヴィアン水の大瓶を買うこと」——そして、この紙を壁にピンでとめた。

——この水を飲むために僕は自宅にいよう。アンジェルと夕食をしには行くまい。それに、ユベールが行くだろう。僕は邪魔になるかもしれないではないか。——しかし、宵のうちに、食事のすぐ後をみはからって行って、僕が夕食に行ったら果たして邪魔であったかどうかを確かめよう。

僕はペンを執り、書いた。

「親しいアンジェル、頭痛がするのです。夕食には行きません。それに、ユベールが来るのでしょう。僕は君たちの邪魔をしたくないのです。でも、宵のうちに、食後まもなく、行きます。とても奇妙な悪夢を見たので、後で話してあげます」

僕は、手紙を封筒に入れ、もう一枚の紙に心静かに書いた。

沼のほとりでティーテュルスは薬草を摘みに行く。彼はルリヂシャや、よく効くウスベニタチアオイや、とても苦いヤグルマギクを見つけた。一束の薬草を持って戻って来る。効用のある植物を集めたので、彼は看護してやるべき人を探す。沼の周りには一人もいない。彼は思う。残念なことだ。——そこで、塩田の方に行く。そこには熱病があり労働者がいる。ティーテュルスは彼らのところに行き、労働者たちに話しかけ、煽り立てて、彼らが病気であることを証拠立てる。——しかし、ひとりは、自分は病気ではないと言う。もう一人は、ティーテュルスが薬草をやると、鉢に植えて、それの伸びるのを眺めている。やっと、もう一人の労働者が熱のあることを認めるが、この男は熱が健康維持に必要だと思い込んでいる。

そして、結局のところ、治りたいというものは一人もいなくて、花もすっかりしおれてしまったので、ティーテュルスは、せめては自分を看病しようと、わざわざ熱を出す……

十時にベルが鳴った。アルシッドだった。彼は言う。「寝ているのか！――病気？」「やあ、いらっしゃい。病気ではないのだけれど――十一時までは起きられないのさ――そう決めたんでね――君、何か用？」と僕。

「行っていらっしゃい、と言おうと思ったのさ。旅に出ると聞いたので……長い間、行くのかい？」「そんなに長い間ではない……わかるだろう、僕の資力ではね……ただ、旅に出ること自体が大事なんだ――え？君を追い返そうと思って言うのではないけれど――その前に、書いて置くことがいろいろあるんでね。――とにかく、来てくれてありがとう。――では、さようなら」アルシッドは、帰った。

僕は紙をまた一枚とり出し、書いた。

Tityre semper recubans[32]

いつも寝そべっているティーテュルス

そしてまた、正午まで眠った。

これを書きとめるのは、興味深い。これというのは、つまり、重要な決意をすると、生活に大変化をもたらすことを決定すると、日常の些細な義務や身辺雑事が実に無意味なことに思われて、そんなものは悪魔にくれてやる、と放り出す力が出てくる点である。

そういうわけで、アルシッドが来て邪魔をした時、そうでなかったら到底言えそうもないような失敬なことをあえて言う勇気が出てきたのだ。――同様に、たまたま備忘録に次の予定を見て、我にもなく眺めたのだが――これを実行しなかったことを歓ぶ力を得た。曰く、「十時。マグロワールに、彼をなぜそれほどまでに馬鹿とみなすの

32　注22及び28参照。

かを説明しに行くこと」。

――「備忘録には良いところがある」と僕は思った。「もし今朝すべきことを記入して置かなかったら、僕はそれを忘れてしまって、実行しなかったことを歎ぶことができなかったかも知れないからだ。僕が否定的意外事という気の利いた表現で呼んだものが自分にとって持っている魅力が、ここにもまさに見られるのである。これはかなり気に入っている。あまり出資する必要がないので、平凡な日常生活において役立つからである。


そこで、夜、夕食後に、僕はアンジェルのところに行った。アンジェルはピアノに向かって、ユベールが『ローエングリン』の長い二重唱を歌うのを手伝っていた。歌を中断させて、僕は愉快だった。[33]

「アンジェル、こんばんは」サロンに入っていきながら僕は言った。「旅行鞄は持って来ませんでしたよ。君がそう言ってくれるから、今夜はここで過ごします。朝早く出かける時刻の来るのを一緒に待つんでしたよね？――もうずっと前からこちらにいろいろなものを置いておいたので、僕の寝室に運んでくれたと思うけど、田舎道を歩くための靴とか、セーターとか、ベルトとか、防水帽とか……必要なものは全部あるでしょう。もう自宅《うち》には戻りませんよ。――旅の前夜である今夜は、工夫を凝らして明日の出発を想い描くべきで、一切をその準備にあてる必要がある。旅の動機を固め、導き、あらゆる点で欲求するにふさわしいものにしなければいけない。ユベールにかつてした冒険談でもして出発の魅惑をかきたててもらおう」

「そんな時間はないよ」とユベールが言った。「もう遅いし、保険会社に行って、事務所の閉まる前に書類を二、三調べて来なくてはならない。――それに、僕は気の利いた話し方など知らないし、どうせ狩の思い出話しかできないのだからね。――ユダヤ地方へ大旅行をしたときのことだけれど――おそろしい話なんですよ、アンジェル、それに僕は話せ……」

「ああら！　ぜひ話してくださいな」

「そんな話が、本当に聞きたいんですね。――では話しましょう。

僕はボルボスと旅行をしていました。――これは君たちは知ることのなかった人物なのですが、僕にとっては大の幼友達でしてね。――アンジェル、詮索はしないで下さい。彼はもう死んでしまった――その最期を話そうというのです。

ボルボスは僕と同じく大の狩猟家でした、ジャングルで虎狩をするのです。それに、自慢屋でしてね、自分の射止めたトラの皮を一頭分使って、悪趣味の毛裏つきマントなんぞ仕立てさせて、暑い日にも着用して、いつも前をぐっとはだけているのでした。――最後の夜もですね、彼はそのマントを着こんでいました……もう暗くてほとんど何も見えないのだし、冷え込みもかなりきつかったので、普段以上に理由はあったのです。知っているでしょうが、ああいう気候帯のところでは、夜は寒い。そして、豹狩はですね、夜間にするものなのです。ふらここ[34]に乗ってするんですが――なかなか面白いものですよ。このイデュメーの山岳地帯では野獣がきまった時刻に通る岩に囲まれた隘路がわかっているのです。そして、豹ほど自分の習慣をきちんと守るものはないのです――それで、狩が可能になるわけです――。豹は上から下に向かって死ぬ――ま、解剖学上そういうふうになっているんですね。そこで、ふらここを使うのですが、ふらここの利点が本当に発揮されるのは、撃ち損なった時なのです。実際、撃った時の反動はかなり強いものでしてね、ふらここはもうそれで十分に揺れるのです。そのために、ごく軽量のふらここを選びます。ふらここは発射と同時にですね、ブランブランと揺れ始める。怒り狂った豹は跳び上がるんですが、とどかない――じっとしていたら、間違いなく跳びつかれるでしょうがね――でしょうがね、だって?……い

33 ワグナー『ローエングリン』第三幕第二場、第一場の「婚礼の合唱」に続いて、エルザと白鳥の騎士の歌いかわす二重唱で延々と十七、八分も続く。ジッドは一八九二年のミュンヘン旅行の頃はワグナーに多少興味を持ったが、後には非常に激しい拒絶反応を示す（一九〇八年一月二十五日の「日記」など、参照のこと）。

34 Escarpolette とはいかにも古風な表現だが、『アンドレ・ヴァルテールの手記』冒頭にも「ゆりかごの唄、ふらここ、バルカロール」として現われ、ジッド好みの用語。

や、実際に跳びついたんですよ！　アンジェル、豹は飛びついたんです！

……この吊り籠は隘路の岩壁と岩壁の間にぶら下げる。僕らはそれぞれ自分の籠に乗っておりました。夜は更け、僕らは時を待つ――豹は眼下を丑三つ時に通るはず――僕はいまだ年若く、やや臆病で、向こう見ず――つまり血気がはやりすぎ。齢《よわい》を重ねたボルボスは、思慮もはるかにありました。狩の運びを知っており、友に対する配慮から、豹のくるのがすぐ見える、最初の籠をゆずります」

「君が詩をこしらえると駄作にしかならないのだから、散文で語りたまえ」と僕は言った。

ユベールは僕の言うことの意味がわからずに話し続けた。

「午前零時、弾薬装塡、零時を過ぐること十五分、満月巌上を渡る」

「どんなにきれいでしょう！」とアンジェルが言った。

「しばらくして、歩行する猛獣特有の軽くものに触れる音がほど近くに聞こえる。零時三十分、僕は見た、長々と伸びたものの姿が、地を這って進むのを――豹だ！　それが真下に来るまで待った――僕は撃った……アンジェル、何と言ったらよいのだろう？　突然、ふらここの上で、後ろに弾き飛ばされるのを感じたんです――舞い上がるような感じ。すぐに僕は手がかりを失った――茫然自失の状態だったけれども、完全にそうだったとは言えない……ボルボスが撃たない！――何を待っているのか？　それがわからなかった。――しかし、僕にわかったのは、こういう狩を二人でするのは慎重を欠くということだった。実際、考えてもご覧なさい、アンジェル。――一人が、もう一人に比べて、一瞬でも撃ち遅れれば――苛立った豹はこの不動の一点を見て――跳びかかるゆとりがある――しかも豹が捕まえるのは、まさに撃たなかった方なのです。――今になって考えてみると、ボルボスは撃とうとしたのだけれども、不発だった。こういう欠陥は最良の銃にもあるのです。――僕が後ろに行ききって前方に戻りかけた時、ボルボスが豹に組み敷かれているのが見えました。彼と豹はいまや激しく動く吊り籠の上にいる。――実際、あれ以上に敏捷な動物はいないのです。

僕は、アンジェル――想像してもご覧なさい、この悲劇に立ち会わなければならなかったんです。――こちらは、ぶらりぶらりと揺れ続けていた――ボルボスもまた今は揺れている、豹に組み伏せられて。――そして、僕にはどうしようもなかったのです！――鉄砲を使う？――不可能だ。どうやって狙いをつけるんです？――僕はせめてその場を離れたいと思った。揺れでおそろしく胸がむかついてきたので……」

「どんなに心を動かされたことでしょう！」とアンジェルが言った。

「では、君たち、さようなら。――これで失敬します。急いでいるのでね。良い旅をしたまえ、楽しむんだね。あまり長く留守にしないでくださいよ――日曜日にまた会いに来よう」

ユベールは帰った。

沈黙がずっと広がった。喋るとしたら、僕はこう言っただろう。

「ユベールは本当に下手な話し方をしましたね。彼がユダヤ地方へ旅行したなんて知らなかった。あの話、本当なのかなあ。――君は、ユベールが話している間、やたらに惚れ惚れしているみたいでしたよ」

しかし、僕は何も言わなかった。暖炉の火元を、ランプの炎を、脇にいるアンジェルを、暖炉のそば近くいる僕ら二人を、――テーブルを――寝室の甘美な薄暗がりを――離れて行かなければならないすべてのものを、眺めていた……お茶が来た。十一時を回っていた。僕らふたりはそれぞれにまどろんでいるようだった。

真夜中を告げる時計が鳴り終わったとき、

「僕も狩をしましたよ……」と僕は始めた。

驚いて、アンジェルは目を覚ましたようだった。彼女は言った。

「あなたが！　狩を！　何を獲ろうとなさったの？」

「鴨ですよ、アンジュル。それもユベールと一緒にね。大分昔のことだけれど……。でも、アンジェル、いいじゃないですか。――僕が嫌いなのは、鉄砲なので、狩そのものではない。僕は、爆発音にぞっとするんです。君は、僕を誤解している、本当ですよ。僕は非常に活発な気性なんです。僕が弱っちゃうのは道具なのでね……でも、ユベールは最新の発明に通じているから、アメデエの仲介で、その冬のために空気銃を入手してくれたんです」

「そうなの。では、すっかり話してくださいな！」とアンジェルは言った。

「それは」と僕は続けた。「それは、まあ、わかると思うけど、大博覧会でしか見られないような、並外れたすごい鉄砲ではありませんよ。──それに、僕は借りただけなんです。こういう器具はおそろしく高いですからねえ。おまけに自宅に武器を置いておくのは嫌なんです。──小さい空気袋があって、それで引き金の操作ができるんです──柔軟なチューブを脇の下に通して、手にはすこしくたびれた梨形の袋を持って──何しろ古い品でしたからね──ちょっと圧力を加えると、ゴム製の梨が弾を発射するのです……君は技術を何も知らないのだから、これ以上にうまくは説明できないなあ」

「それ、見せてくだされればよかったのに」と彼女は言った。

「君、こういう器具はね、本当に特殊な熟練の手でなければ、触れないのです。──言ったとおり、僕は手元に置いておかなかった。第一、梨を消耗しつくしてしまうにはこの一晩の狩だけで十分でした。それほど獲物が多かったんです──まあ、先を聞けばわかります。

十二月の霧のかかった夜でした。──ユベールが「来るかい」と言ったのです。

「用意はできている」と僕は答えました。

ユベールは掛けてあった自分のキャラビンをはずし、僕は自分の銃を持ちました。彼は鳥笛を何本かと長靴を持って行きました。僕らは、ニッケルメッキのスケートも携帯しました。それから、狩人特有の鼻を利かして、暗りの中を進んで行ったのです。ユベールは小屋まで続く小道を知っていました。そこでは、獲物の豊かな沼のそばで、準備された泥炭の火が夕刻から灰に覆われて待っているのでした。それに、黒い樅の木がうっそうと茂った屋敷の庭園を出るとすぐに、夜はむしろ明るいように思えました。ほぼまんまるの月が上空に広がる霧を通してぼんやりと見えました。時によって見られるような、見えたかと思うと隠れ、また現われては雲の上にきらきらと光るという具合ではなかったのです。それは荒れ模様の夜ではありませんでした。そうかといって平穏な夜でもない──それは、無言の、無聊の、湿った夜でした。意志を欠いた、とでも形容したらわかってもらえるでしょうか。

空はそれ以外に何の取り柄もない状態で、裏返しても格別に驚くほどのことはあるまい、まあ、そんな感じでした。――僕がこんなに強調するのは、静かに聞いていてくれる君に、この夜が如何にありふれたものであったかをよく理解してもらいたいからなのです。

経験豊かな狩人は知っているのです。鴨を待ち伏せするにはこういう夜こそ最高なのです。――僕らは堀割に近づきました。その水面が萎れた葦の間から見えましたが、その艶から見て凍っているとわかりました。僕らはスケートを履いて、一言も言わずに進んで行きました。沼に近づくにつれて、泥水は、量も減り、苔と、土と、半ば溶けた雪とが混じり、進みにくくなりました。堀割はそこで尽きるのでした。スケートは邪魔になったので、僕らは歩いて行きました。ユベールは暖をとりに小屋に入ります。僕は、濃い煙が我慢できませんでした……これから話すことは、アンジェル、本当におそろしいことなのです！――だって、聞いて下さい――ユベールは、体が温まるとすぐに、どろどろした水の中に入って行きました。――彼が長靴を履いて、タールで防水した服を着ていたことはわかっています。――でも、アンジェル――彼は、膝までもぐったなんてものではなかったんです、ベルトまでもない。どっぷりと完全に潜ってしまったんです！――あまり震えないで下さいよ。それはわざとしたことなんですから！　鴨からできるだけよく隠れるために、ユベールはすっかり姿を消そうと思ったのです。君は、まあ、いやらしい！　と言うでしょう……そうですよね？　僕だってそう思いました。ただ、その結果、獲物がどっさり来たのです。態勢は整いました。岸に繋がれた小舟の底に腰を下ろして、僕は獲物が飛んで来るのを待ち構えました。ユベールはすっかり身を隠すと、鴨を呼び寄せ始めました。それには二本の笛を使うのです。一本で呼びかけ、もう一本で応える。遠くの水鳥の群れは、それを聞きつけます。応えるのを聞いたのです。鴨は本当に馬鹿なので、自分が応えたのだと思い込み、大急ぎでやって来ました。――だって、アンジェル、もう応えたんですからね。――ユベールは完璧に真似ました。僕らの頭上の空は鴨のなす三角雲で暗くなりました。それから、鳥が下降し始めたので羽音が大きくなって来ました。鳥が十分に近くなったところで、僕は撃ち始めました。

やがて、あまりに数が多くなったので、実のところほとんど狙いませんでした。新たに撃つたびに梨をもう少し強く押すだけで十分でした——それほど発射は容易だったのです。——それは、たかだか戸外で小筒の花火を打ち上げる時の音くらいでした。——あるいは、マラルメ先生の詩にある *Palmes!*（棕櫚《パルム》）という語の音という方がよいでしょう。[35] しかも、しばしば、全然聞こえないこともありました。それで、耳を近づけなければ、鳥がまた落ちて来たのでやっと撃ったことに気がつく、という有様でした。音がしないのですから、鴨は長い間、とどまっていました。そして、くるくる舞いながら、かさぶたのような泥に蓋をされて息の詰まった茶色の水の上に落ちて来るのでした。そして、引き攣《つ》ってもうよく閉じることもできない翼で、草の葉を引き裂くのでした。鳥は死ぬ前に茂みに逃げ込みたいようでした。葦では身を隠せないからです。羽毛が後に残っていました、羽毛は水上にも空中にも漂って霧と同じように軽そうに見えました……一体いつになったら終るのだろうと僕は思っていました。——ようやく、明け方に、最後の生き残りが発ちました。突然、翼の音が強く響いたので、最後の瀕死の鳥にもそれとわかりました。——そこへようやくユベールが戻ってきました。草木の葉と泥とに覆われていました。僕らは小舟の艫綱《ともづな》をほどき、折りひしがれた茎の間をぬって、夜明け直前のおそろしい明るさのなかを、竿で押し進めて、自分たちの糧を拾い集めたのです。——僕は四十羽以上も殺しましたよ。——どれもこれも沼の匂いが染み込んでいるのでした……なあんだ！　アンジェル、眠っているのか」

　ランプは油が切れかかって光が弱まっていた。暖炉の火もさびしく消えそうになっていた。窓ガラスは暁に洗われ、わずかな希望が空の蓄えから身震いしながらやっと降りてくるようであった。ああ！　ほんのわずかでもよい、天のものなる朝露がどうか僕らのところまで降りて来てくれるように。そして、僕らがこんなにも長い間まどろんでいた、あまりにも閉ざされたこの寝室の中に、窓ガラス越しの雨模様のものであるにせよ、曙がついに姿を見せ、積もり重なった影を貫いて、多少なりとも自然の白光を、僕らのところにまで運んでくるように……

　アンジェルは半ばまどろんでおり、話し声が聞こえなくなったので、徐々に目を覚ますと——呟いた。

「お入れになるといいわ、それ……」

「——……君、お願いだから、終わりまで言わないで下さい——それを『ぬた』に入れるとよいなどとね。——第

一、それはもう入っています。――それに、君は聞かなかったんですからね――恨んでいるんじゃありませんよ――本当に、お願いだから、僕が恨んでいるなどと思わないで下さい。――実際、今日は、朗らかに過ごしたいと思っているんですから。いよいよ黎明が生まれ出る、アンジェル！　見てごらんなさい！　町のあの灰色の屋根を、郊外に広がるあの白い光を……それは……ああ！　なんという暗鬱な灰一色から、なんとも微塵に崩れた徹夜から、ああ！　苦い灰でしかないこの思いから――僕らを解放してくれるのは、黎明よ、それはお前の、思いがけなくも滑り込んでくる、無邪気さなのであろうか、――朝のきらきら光る窓ガラスが……いや、そうではない……窓ガラスの白々と色を失う朝が……アンジェル――洗ってくれるだろう……洗ってくれるだろう……

私たちは発つだろう！　私は感じる、鳥どもは酔っていると[36]！

アンジェル！　これはマラルメ先生の一句なのです！――僕の引用は余りよくない――原文は単数なんです[37]――

35　ステファヌ・マラルメ「詩の贈り物」第六句冒頭。ジッドは生涯を通してマラルメを深く敬愛していた。この詩は、一九四九年刊行のジッド選『フランス詩精華集』にも収められている。その師とも恩人とも仰ぐマラルメをやや滑稽に引くところにジッドのマラルメに対する信頼と精神の自由とがある。先にユベールが芝居気たっぷりに語った豹狩の舞台はイデュメーであった。マラルメは同じ「詩の贈り物」の第一句で、夜を徹した苦吟の結果である詩を「イデュメーの一夜の子」とよんだのである。ジッド自身も、自らを象徴主義者と称していた一八九一年には祈りと愛と詩作とをテーマに長詩「イデュメーの夜」を書き、ヴァレリーに送っている（『ジッド＝ヴァレリー往復書簡』1、前出、四一―四五頁）。三年後のこのくだりに見られる諧謔は、『ぬた』の作者が象徴主義から一歩踏み出したことをさわやかに示している。

36　マラルメ「海の微風」第二句に「逃れる！　かなたに逃れ去る！　私は感じる、鳥どもは酔っていると！」とある。この詩も一九四九年刊行のジッド選『フランス詩精華集』に収められている。

37　マラルメは同右、第九句で「私は発とう！」としている。孤高の詩人と、女連れでぐずぐずしている話者の対比がおもしろい。

でも君も発つのだから――ああ！　君、一緒にいらっしゃい！――スーツケース！――急ぎましょう――僕ははちきれそうなリュックサックがほしい！――でも、あまりたくさん持っていかないようにしましょう。「鞄に入れられないものは、すべて我慢がならない！」――バレス先生のお言葉です。――バレスって、知ってるじゃないですか、君、あの代議士ですよ[38]！――ああ！　ここでは息が詰まってしまう。窓を開けましょう！　いいですか。僕はとても興奮しているんです。早く台所に行ってください。旅に出たらどこで夕食を取ることになるのか、わかったものではないのですからね。詰め物をしたパン四個と、卵数個と、セルヴラ・ソーセージと、昨日の夜食の残り物の仔牛の背肉を持って行きましょう」

アンジェルは出て行った。僕は、ごく短い間、ひとりでいた。

ところで、この瞬間について、何を語ろう？――なぜ、その後に来た瞬間についてと同じ様に語らないのか。僕らは何が重要なことだとわかっているのだろうか。こんな選択をするとは実に傲慢ではないか！――すべてを同等の執拗さをもって眺めよう。そして、興奮して発つ前に、僕はまだ静かな瞑想をなしうるのだ。眺めよう！　眺めよう！――さて、何が見えるか？

――八百屋が三人通りすぎる。

――もう乗合馬車が通る。

――門番がひとり門前を掃いている。

――お店屋さんが皆店頭の品を飾りなおしている。

――うちの料理女が市場に出かける。

――生徒たちがぞろぞろ学校へ行く。

――街角の新聞売り場に今日の新聞が着く。通りがかりの紳士連がそれを買う。

――喫茶店ではテーブルを並べている……

神様！　神様！　今、アンジェルが戻って来ませんように。僕はまたむせび泣いている……これは、神経のせいだと思う——物を数え上げるといつも起こるのだ。

——それに今は寒くてぶるぶる震えている！——ああ！　この窓を閉めてやろう。朝の空気ですっかり凍えてしまった。——生活——他の人々の生活！——あれが、生活？——生活を見るだって！　しかし、それが生きるということではないのか‼……これ以外に何を言うことができるだろう。感嘆の叫び。——今度は、くしゃみが出る。そう、思考が止まって観照が始まると、僕は寒気を覚えるのだ。——でも、アンジェルの足音が聞こえる——さあ、急ごう。

土曜日
アンジェルまたは小旅行

旅行については詩のある折々のことしか書かないこと——僕がかくあれかしと望んだ旅の性質にはそういう時のほうがよりよく合致するのだから。駅に行く車の中で、僕は朗誦した。

38　『アンドレ・ヴァルテールの手記』（一八九一）のころのジッドは、モーリス・バレスに認められ、マラルメに紹介されるなど、ある種の庇護を受けた。しかし、バレスのエゴティスムが次第に変質し、個人を血と土地に結び付ける傾向が強まり、保守的ナショナリスムに結晶すると、反発する。後に一八九七年刊行の『根扱ぎにされた人々』をめぐってはげしい論争をすることになる。バレスは一八八九年以来、ナンシー選出の代議士。

滝のふちには仔山羊が集い
谷をわたってつり橋が掛かる
カラマツはとおく連なり
ぼくらを追って立ち昇る
樹脂《やに》の香りがすばらしい
どうやらモミとカラマツらしい

「あーら！」とアンジェルが言った。――「なんて美しい歌なんでしょう！」

「君、そう思う？」と僕。――「いやあ、そんなにうまくないですよ――本当に下手だ駄作だとけなす気もないけれど……要するに僕にはどうでもいい――即興したんですから――それに、君の言う通りかもしれないな――実際、よくできた詩句と言えるのかもしれない。作者は自分自身では決してよくわからないものなのだから……」

僕らはやたらに早く駅に着いてしまった。待合室で、ああ、本当に長い間、待たなければならなかった。その時、アンジェルの横にすわっていて、優しい言葉をかけてやるべきだと思った。

「アンジェル――ねえ君」と僕は始めた。「君の微笑には僕にはよくわからない穏やかさがありますね。それは君の感受性から来ているのだろうか？」

「さあ、わからないわ」とアンジェルは答えた。

「優しいアンジェル！　今日は君のすばらしさが今までになくよくわかりましたよ」

僕はこうも言った。「面白い人だなあ、君の連想は何と細やかに結びついて発展するのだろう！」とか、もう思い出せないのだが、他にもいろいろと言った。

ウマノスズクサ[39]に縁どられた小道。


三時ごろ——何ということなく、驟雨がサッと来た。

「ほんの通り雨でしょう」とアンジェルが言った。

「なぜ君は」と僕はたずねた——「こんなにおぼつかない空模様なのに、日傘一本しか持ってこなかったんです？」

「これは晴雨兼用なのよ」と彼女は答えた。

しかし、雨は益々激しくなり、濡れるのがいやだったので、今出てきたばかりの果実圧搾場の軒下に僕らは逃げ戻った。


松の梢から、一匹また一匹と、茶色の線をなして、ゆっくりと下りてくる、毛虫の行列を、眺めていた——松の根本では、長いことお待ちかねの大きなカタビロオサムシどもが、それを食っていた。

「私、カタビロオサムシなんか見なかったわ」とアンジェルが言った（僕がこの文章を見せたので）。

「僕も見なかったのさ、アンジェル——毛虫も見えなかった。——それに、そんな季節じゃないからね。でも、この文章、本当にそう思わない？——僕らの旅の雰囲気をすばらしくよく表わしているでしょう……

結局のところ、この小旅行が失敗に終わったのは、けっこう幸せだったんじゃないかな。——お蔭で君にいい教訓を与えられるわけだから」

39 aristoloche《ウマノスズクサ》の原意は、安産を促す薬草。うまずめのアンジェルとの対比。

「あら！　どうしてそんなことおっしゃるの？」とアンジェル。

「だって、君——旅行が与えるかもしれない楽しみなんて、おまけみたいなものなんですからね。旅行は教育のためにするんです……ええっ！　どうしたんです——君、泣いているの？……」

「泣いてなんかいません」と彼女は言った。

「さあ！　やれやれ——でも、顔が赤くなっていますよ」

日曜日[40]

備忘録にはこう書いてあった。

——十時、礼拝。

——リシャールを訪問。

——五時ごろ、ユベールと共に赤貧のロスランジュ家と穴掘り人夫をしている少年グラビュとを訪ねること。

——アンジェルに僕がどんなに大まじめな冗談を言うか気づかせること。

——『ぬた』完了のこと——重要。

九時だった。この一日、自分の末期の苦しみがぶり返す荘重さを感じた。そっと頬杖をついて、書いた。

「生涯にわたって僕はもう少し明るい光を求めて手を伸べつづけるだろう。僕は見た、ああ！　自分のまわりで、じつに多くの人々が、狭すぎる部屋の中で憔悴しているのを。日光はそこまでは差しこまず、向かいの壁が何枚もの大きな反射板になって昼頃になると照り返しをもたらし、物は色あせて見えるのだ。それは、路地にいると、鬱陶しい暑さのために息の詰まりそうになる時刻だった。広がろうにも場所の見つからない光線は、壁に囲まれた空間に、不健全な気だるさを弥漫《びまん》させるのだった。そのような光線をかつて見たことのある者は、広く開けた空間を、波のしぶきに注ぐ陽光を、平野の穀物を照らす日光を、思うのだった……」

　アンジェルが入って来た。

　僕は「アンジェル！　いらっしゃい」と声を上げた。

　彼女は言った。「お仕事なの？　今朝は悲しいのね。ピンと感じたの。それで来ました」

「アンジェルさん！……とにかく——まあ、おかけなさい——なぜ今朝に限っていつもより悲しいんです？」

「あら！　あなた、悲しいんでしょう？——それに昨日おっしゃったこと、本当ではなかった……私たちの旅行が期待はずれだったのを歓ぶことなんか、あなたにできっこないわ」

「優しいアンジェル！……君の言うことは本当にこころに触れる……そうなのさ、僕は悲しい——今朝、僕の魂は本当に悲嘆に暮れているのです」

「それを慰めに来たのよ」とアンジェル。

「ねえ、僕らはまたなんと落ち込んでしまったのだろう！　何もかも今はずっと悲しくなってしまった。——本音を言うと、この旅を僕は大いにあてにしていたのです。僕の才能に新しい方向を与えてくれるものと思っていた。提案してくれたのはたしかに君でした。でも、僕はもう何年も前から考えていたのです。——こうして一切合財をまた見出してみると、自分の離れて行こうと願ったもののすべてが、僕にはいっそうよくわかる」

「多分、私たち、十分に遠くまで行かなかったのでしょう。——海を見るのには二日かかるのに、私たち、日曜日には礼拝があるものだから、それまでに帰って来ようと思ったのですものね」

40　『創世記』における天地創造のように、七日目の今日『ぬた』が完了する。

「そう、アンジェル、僕らはこんなふうにかち合うことを十分に考慮しなかった。――それに、どこまで行けばよかったのだろう。ねえ君、僕らはまたなんと落ち込んでしまったのだろう！――思い返してみると、僕らの旅はなんとも悲しいものだった！――《ウマノスズクサ》という言葉がその一面を表現しているね。――あのしけっぽい果実圧搾場でとった簡素な食事、そしてその後、何も言わずに、僕らがどんなに震えていたか、君だっていつまでも思い出すでしょう。――帰らないでください――今朝はずっとここに居てください、ああ！　お願いだ、君――もうじき、また、めそめそ泣き出しそうなのです。僕は相変わらず『ぬた』を孕んでいるような気がする。――『ぬた』ときたら、誰にもまして僕自身をうんざりさせることだろう……」

「もうそのままにしておいたら？」とアンジェルは言った。

「アンジェル！　アンジェル！　君にはどうしてもわからないんですね！　僕がそいつをここに放り出して置くとする、するとすぐそこに見つかる、到るところでまた出くわすのです。他の人々を見ると、僕はそれにつきまとわれる。ちょっとばかり旅に出ても、それから解放されることにはならない。――僕らは自分のメランコリーを減少させていくのではない。毎日、限りもない昨日を繰り返して、僕らは自分の抱えた数々の病気を軽減させているのではない、そのために他ならぬ自分自身を消耗させているのです。そして日毎に力を失っていく。――なんと限りもなく過去が延びていくことか！――アンジェルさん、僕は死が怖い。――僕らは何一つ時の外に置くことはできないのでしょう。――繰り返すことを強要されない何ものか――それこそは存在し続けるためにもはやわれわれを必要としない何らかの作品ということになるのでしょうが――僕らの為すことはすべて、手をかけて維持しなくなると、すぐに存在を止めてしまう。そのくせ僕らの行為はおそろしくいつまでも続き、重く圧しかかる。われわれに圧しかかるのは、そういう行為を繰り返さねばならぬという事実なのです。そこには、どうもよくわからないものがある。――失敬――すぐにすみます……」

そこで、紙を取り出し、僕は書いた。われわれは自分の行為が真心からのものでない場合、それを維持しなければならない。

僕は話し続けた。「いいですか、アンジェルさん、わかりますか。それが、僕らの旅行を失敗させたのです……自分の後に、「それ在り」と言って残していけるものが一つもないということ。その結果、僕らは、すべてがまだそこにあるかどうかを確認するために、戻って来たのです。――ああ！　無残な僕らの人生、僕らは他の人々に何一つさせなかったことになるのだろうか！　何一つしなかった！　こうして漂流する片々たる残骸を引きずって行く以外には……――そして、僕らの関係だって、アンジェル！　相当にかりそめのものだ！　しかもまさにそのお蔭で、わかりますか、僕らはこんなにも永く関係を続けていられるんです」

「あら！　あなた、それじゃああんまりだわ」とアンジェルは言った。

「いや、君――そういうことではない――ただ、そこから出てくる不毛な感じ、これが君にもわかってもらいたいんです」

するとアンジェルは面を伏せて、体裁上ちょっとほほえみながら言った。

「今夜、私、泊まります――よくって？」

僕は大声をあげた。「ええっ！　ちょっと、ちょっと、アンジェル！――こういう話をするとすぐに……ってことになるんだとすると……――それに、本音をはくなら、たいして乗り気ではないんでしょう？――それから、君は腺病質で、そうなんですよ、僕は君の事を考えてこういう文章を書いたんですよね、覚えているだろうか、「彼女は、官能を恐れていた、強烈すぎるものとして、命取りになるかもしれないと思って」[41]って。君は、それは言い過ぎだと言っていたけれど……駄目です、アンジェル――駄目ですよ。――二人とも困惑することになるかもしれない。――このテーマで僕はもう詩も作ったのです。

…………

41　この考えは『恋愛未遂　または、むなしき欲求の論』においても、「リュックは愛を望んではいたが、肉の所有には傷を負わされることのように怖気をふるうのだった」という形で表明されている。

…………………………
私たちは違うのだ
親しい君よ、彼ら
人の子を続々と生み出す者とは

（この続きは悲愴なものなのだけれど、ここで引用するには長すぎます）――それに、ぼく自身あまり頑強ではないので、それをこの詩句で表現しようとしたのです。今後、君も思い出すでしょうよ（多少誇張されていますけれどね）。

……しかし、お前、人のうちでも最も虚弱な者よ
お前に何ができるのか、何がしたいのか
お前の情熱によって
力を得ることができるのか
あるいはやはり家にいて
御身大事をきめこむのか

これで、僕がどんなに出て行きたかったかがわかるでしょう……これよりさらに悲しげに――しかも、力落ちした様子で、と言ってもいいでしょうが――僕が次のように付け加えたことも事実です。

出かけるならば、ああ！　何に用心したらよいものか
出かけないならば、もっと悪いことになるだろう。

死がお前の後を追う――死はそこに居て
無言のうちにお前を連れ去るだろう。

……この先は君に関わることで、まだ終わっていないのです。――でも、どうしてもと言うのなら……むしろ、ベルナベを呼びなさいよ！
「あーあ！　今朝は、ひどくつれないのね」とアンジェルは言った――そして、付け加えた。「あの方、臭いんです」
「だって、まさにそれだからいいんですよ、アンジェル！　強壮な男は臭いものなんです。――それを、若い友人タンクレッドは、次の詩句で表現しようとしたのです。

かちほこる　つわものどもは　おとこくさし！

（わかってます。君を驚かすのは、この句の切り方なんですよね）[42]――だけど、君、本当に顔が赤いですね！……僕は、ただ、確認してもらいたかっただけなんです。――ああ！　それから、繊細な君、僕がどんなに大真面目な冗談を言うかも認めさせたかった……アンジェル！僕はおそろしくうんざりしているのです！――間もなくすすり泣きを始めますよ……でも、その前に、二、三口述筆記してください。君のほうが僕より書くのが速いから。――

42　原文 Les capitaines vainqueurs ont une odeur forte !（勝ち誇る武将たちは体臭が強い！）アレクサンドラン十二音綴が六・六に句切れず、七・五になる。この詩句の典拠と反響については、バルバラ・パスカレルによる詳細な検証がある。要は、レオン＝ポール・ファルグが一八九四年に発表した詩「悲劇の序曲」の一句を、ジッドが手直ししてアレクサンドランに仕立て、架空のタンクレッドの作としたものという。www.ouphopo.org/OPP-12-text-Barbara-Pascarel.html

―それに、僕はしゃべりながら歩き回るのです。その方がうまくいくのです。ほら、鉛筆、それに紙。ああ！　優しい友、来てくれて本当によかった！――書いてください、大急ぎで書いてください。それに、これは僕らのみじめな旅のことなのです。

……すぐに外に出て行く人々がいる。自然が彼らの家の扉をノックする。ドアを開けると広大な平野だ。彼らが階下に下りて出るとすぐに、住居などは忘れられ、失われてしまう。彼らは夜になって眠るのに必要になると、また住居を見出す。簡単なことだ。その気になれば、星空の下で野宿することもできよう。一昼夜、家など放り出しておいて――もっと長い間忘れていることもできる。――もし、君が、それが自然だと思うなら、君は僕の言いたいことがよくわからなかったのです。こういうことにはもっと驚かなくてはいけない……断言しますが、僕らはといえば、こんなに自由な人々を僕らが羨んだのは、つまり、僕らが労苦を重ねて雨露から身を護るための屋根を作ると、その度に屋根がくっついてきて、以後、僕らの頭上に位置することになり、たしかに雨からは護ってくれたのだが、太陽を隠してしまったからだ。僕らはその屋根の蔭で眠った。僕らはその蔭の下で、仕事をし、踊り、キスを交わし、考えた。――時には、曙があまりにも素晴しかったので、朝、脱け出して行くことができると思ったくらいだ。忘れたかったのだ。僕らは、藁葺き屋根の下を泥棒のように、滑るように行った。忍び込むためにではなく――こっそりと――脱け出るために。そして、平野のほうへ走って行った。ところが、屋根が後を追ってくる。伝説によると、信仰を捨てようとする人の後を、鐘が飛び跳ねながら追ったそうだが、それと同じことだ。僕らはその重さを常に頭上に感じていた。屋根の資材をごっそり全部運んでいたのだから当然の結果だ。全体の重量を測っていたのだ。それは、僕らをうつむかせ、両肩を屈曲させた。――《海の老人》が全身の重みをかけてのしかかって、シンドバッドを苦しめたように。[43]――はじめは用心もしないのだが、その後がおそろしい。それはひとえに重さというものの効果を用いて、僕らにまといつく。振り払うことなどできない。人は自分の持ち上げた考えをひとつ残さず、最後まで持ち続けねばならないのだ……」

「ああ！」とアンジェルが言った。「可愛そうな――可愛そうなお友達――なぜあなたは『ぬた』など書き始めたのですか？——他にたくさんのテーマがあって——この上なく詩趣豊かなものもあるというのに」「まさにそれだからなのですよ、アンジェル！　書いてください！　書いてください！——（神様！　今日は初めて誠実になることができるのでしょうか？）

僕にはもう全然わからないのです、君がものすごく詩趣があるとかそうでもないとかいう言葉で表わそうとするものが。——狭くるしい寝室に居る肺病病み、日の光に向かってなんとか昇ろうとする坑夫、海の暗い波の全重量に圧迫される真珠採り、そういう人の覚える苦悩のすべてを、臼を回すプラウトゥス[44]またはサムソン[45]の、岩を転がすシシュフォス[46]の感じたはずの息苦しさのすべてを、隷属状態に置かれた民族全体の窒息感——その他もろもろの苦しみのなかでも、特にそれらの苦しみを、ひとつ残さず、僕はすべて味わったのだ」

「あなた、速すぎるわ」とアンジェルが言った。「ついていけません……」

「では、しかたがない！——もう書かないで下さい。——聞いていて下さい、アンジェル！　聞きたまえ——僕の魂は絶望しているのだから。何度となく、何回となく、僕はこういう動作をしたのです。おそろしい悪夢で、寝台の天蓋がはずれ、落ちかかり、僕を包み込み、胸にのしかかってくる——目覚めると、僕はほとんど立っていて——目に見えない仕切りを押し戻そうと手を伸ばしている——それと同じように、あまりに近くから臭い息を吐きか

43　ジッドが子供のころから愛読した『千夜一夜』の一挿話「船乗りシンドバッドの第五の航海」で、漂着した島に住んでいた老人が肩にまたがり両足で首を絞める。重圧に苦しんだシンドバッドは老人を酒に酔わせ、叩き殺して、やっと逃れるという話。
44　Plautus（前二五四頃—前一八四）はローマ時代の喜劇作家。劇作家として成功する前に、一時生活難に直面し、粉ひき業者に雇われて臼を回しながら創作したという。
45　サムソンがデリラに自分の怪力の秘密を明かし、ついに捉えられて臼をひく身になった話は、『士師記』第十六章四—二十二に詳しい。
46　ギリシア神話の英雄。冥府で大きな岩を山頂まで押し上げる苦役をさせられるが、岩はいつも目的に達する直前に転げ落ちてしまう。際限のない労苦を科せられる者の象徴。

けてくる人を遠のけようとするあの動作――じりじりと迫ってくる壁、あるいはそのいかにも重そうな脆いつくりが頭上でぶらりと揺れぐらりと動く壁を手を伸ばして押しとどめようとする動作、そしてまた、重すぎる衣服を、マントや外套を肩から払いのける動作。息が詰まりもう少し空気を得たいので窓を開けようとする動作、こういう動作を、一体、僕は何度したことでしょう。――その挙句、希望を失って止めたのです。なぜかと言うと、ひとたび窓を開けると……」

「風邪を引いたんですか」とアンジェルが言った。

……「ひとたび窓を開けると、それが中庭に――あるいは丸天井に覆われた他の部屋に――面していることに気がついたのです。――太陽も空気もない惨めな中庭にね――そこで、それを見た上で、悲嘆のあまり僕は力いっぱい叫んだ。「主よ！　主よ！　私たちはおそろしく閉じ込められています！」――と、僕の声はそっくりそのまま丸天井から戻ってきました。――アンジェル！　アンジェル！　これからどうしましょうか。この重苦しい経帷子《きょうかたびら》を脱ぎ捨てようと、僕らはさらに試みるのか――あるいは、もうほとんど息をせずに――この墓穴の生を引き伸ばしていくことに慣れるのだろうか」

「私たちはそれ以上によく生きたことなど一度もないわ」とアンジェルが言った。「それ以上に生きることなどできるのでしょうか、ほんとうにおっしゃって。これ以上の豊穣があるという気持をどこで見つけられたのかしら。そんなことが可能だと誰に聞いたのです？――ユベールさん？――あの方は活動なさっているから、よりよく生きているということ？」

「アンジェル！　アンジェル！　ほら、僕は啜り泣きを始めてしまった！　僕の不安が少しはわかってくれたんですか？　君の微笑にようやく多少の苦味を入れたことになるのだろうか。――ええっ！　どうして！　君、泣いているんですか？――これはいいぞ！　僕は幸せだ！　僕は行動する！――『ぬた』を書き終えますよ！」

アンジェルは、泣きに泣いていた。そして長い髪は乱れ崩れた。

その時だった、ユベールの入ってきたのは。僕らが髪を乱しているのを見て、「おや失敬！——邪魔だね」と言い、出て行こうとした。

この慎み深さは僕のこころを強くうった。そこで、僕は大声で言った。「入りたまえ！　どうぞ！　ユベール君！　僕らが邪魔されるなんてことはないんだ！」——そして、悲しく付け加えた。「そうでしょう、アンジェル？」

彼女は答えた。「そうよ、私たち、話しあっていたのです」

「通りがかりに寄ったんだ」とユベール。「それも、二言三言、言うためにね。——明後日、ビスクラに発ちます。——一緒に行くことをロランに納得させたんだ」

突然、僕は憤慨した。

「うぬぼれるなよ、ユベール——僕だよ。ロランに決心させたのは僕だ。僕らはふたりでアベルのところから出て来て——そうだ——その時、この旅行をすべきだと言ったんだ」

ユベールは高笑いし、言った。

「君が？　でも、気の毒な君、ちょっと考えても見たまえ、君はモンモランシー[47]まで行っただけで、もうたくさんだって言うんじゃないか。どうしてそんなことが主張できるだろう？……それに、一番初めにそのことを話したのは君だったかもしれない。でも、他人の頭に考えを吹き込むなんてことが、いいですか、君、何の役に立つんです？　それが人を行動に駆るとでも思っているのかい？　この際ついでに言わせてもらうと、君は奇妙に衝動力を欠いている……君は他の人々に自分の持っているものしか与えられないんだ。——要するに、君、僕らと一緒に来たいのかい？……来たくない？——そうか！　じゃあ、どうする？　……それでは、アンジェルさん、さようなら

47　パリの北方十四、五キロに位置する近郊。アルフレッド・ド・ヴィニーに若い恋人の心中に到る道行をうたった「モンモランシーの恋人」（一八三二）という長詩がある。

ら――あなたにはまた会いに寄りますよ」
　ユベールは出て行った。

「ごらんなさい、恵み深いアンジェルさん！」と僕は言った。「僕は君のそばに居ますよ……でも、恋しているからだなどとは思わないで下さい……」

「もちろんだわ！　わかっています……」と彼女は答えた。

「……おや、アンジェル、ごらんなさい！」僕は多少の希望を取り戻して大声で言った。「もうすぐ十一時ですよ！　あれあれ！　礼拝の時刻はとっくに過ぎてしまった！」

　すると、溜息をもらしながら、アンジェルは言った。

「四時のに行きましょう」

　それで、すべては元どおりにおさまってしまった。


　アンジェルは用事があって外出した。

　僕はふと備忘録を見て、貧者を訪問することという予定を見た。郵便局に駆けつけ、電報を打った。

「オーイ！　ユベール！――ビンボウニンハドウスル！」

　それから帰宅し、『四旬節日曜説教集』[48]を読みながら返信を待った。

　二時に電報が来た。――「クソクラエ！　イサイフミ」とあった。

　すると、さらにどっぷりと悲しみが僕を浸した。

――なぜって、「ユベールが行ってしまったら」と僕は呻いたのだ――「誰が六時に会いに来るのだろう？――『ぬた』が終わって、このさき僕にできることは神様がご存知だ。――詩作も劇作も……自分にはうまくできないとわかっている――そして僕の美学上の原則は小説を構想することに反対する。――前に思いついた『干潟地《ポルダー》』という主題をもう一度取り上げようかなとは、すでに考えた。――それなら『ぬた』をうまく発展させられるだろうし、僕の本性にもさからうまい……

三時に速達便でユベールの返書が来た。そこにはこうあった。「僕の五世帯の赤貧家庭は君に委ねる。彼らの名前と必要な指示事項は別紙で伝える。――他のさまざまな業務は、リシャールとその義兄に任せる。君にはなんにもわからないだろうから。さようなら――あちらから手紙を書こう」

そこで僕は備忘録を開き、月曜日の頁に書いた。「六時に起きるよう努めること」

……三時半、アンジェルを迎えに行き――オラトワール教会[49]の礼拝に一緒に行った。

五時――僕の貧者たちを見舞った。――その後、寒くなって来たので、帰宅した。――窓を閉め、書き始めた……

六時、親友のガスパールが入って来た。

フェンシング道場からの帰りだった。彼曰く、

「おや！　仕事かい」

僕は答えた。「『干潟地《ポルダー》』を書いているんだ」

48　*Le Petit Carême* はクレールモンの司祭ジャン＝バティスト・マシオンが九歳のルイ十五世を前に述べた「聖母マリアの御潔の祝日」の説教。パリのオラトリオ教会で行った説教によって、弁の立つ説教家として名声を確立した。

49　パリのリヴォリ街、ルーヴル宮の脇にオラトリオ会の教会として十七世紀初頭に建立され、一八一一年以降は改革派プロテスタントの総務局をおく教会、いわば総本山として重要な役割を果たす。ジッドの母親ジュリエットはこの教会の常連であった。

献呈の歌

おお！　今朝、陽光はなんと難儀をしたことよ
広い野原を浸すのになんと苦労をしたことよ

私たちはあなたのために笛を吹いた
でもあなたは耳をかそうとしなかった

私たちは歌った
でもあなたは踊らなかった

私たちは踊りたくなった
でも誰も笛を吹いてはいなかった

こんな不運にあって以来
優しい月の方が私はよい

月は犬たちを嘆かせる
音楽好きのガマガエルに歌わせる

善意の沼の水底に
無言の月はそこそこに

赤裸のその身は温かく
とこしえに流れ続ける血は赤く

私たちは導いた　杖も持たずに
羊の群れを　私たちの質素な小屋に

でも羊たちはお祭りのほうへ行きたがった
私たちは畢竟《ひっきょう》無用の預言者であった

預言者たちは水飲み場にでも行くかのように
白い群れを連れて行く　行方が屠畜場でないかのように

私たちは砂の上に築いたのだった

50　この第一句と第四句は、『マタイによる福音書』第十一章十七の引用。ヨハネに関して、イエスが群衆に言った言葉。

それは数々の滅びさるべき聖堂だった

あれかこれか

あるいはまた、もう一度戻って行こうか、おゝ、神秘に満ちた森よ——僕の知っているあそこまで。そこでは過ぎ去った幾歳月の木の葉が、あいらしい幾年《いくとせ》もの春の葉が、茶色い溜まり水に漬かって朽ちて行く。[51]

そこでこそ、僕の固めた数々の無用な決心はどこにもましてよく憩い、僕の想いはついに無きに等しいものに帰するのだ。

『ぬた』の最もすぐれた文章一覧

訳稿本書三一七、三七九頁。――彼曰く「おや！　仕事かい」

三九二頁。――人は自分の持ち上げた考えをひとつ残さず、最後まで持ち続けなければならないのです……

＊頁［各人の特異体質を尊重して、以下、読者の方々に書き込んでいただくことにする。］

51　ジャン＝ミシェル・ウィットマンは、最新のプレイアッド版注解で、「あいらしい春」にボードレールの『悪の華』八三歌「虚無の味」にある同じ表現の響きを聞き、「茶色い溜まり水」にマラルメの『エロディアッド』「古序曲」にある朽ちた水の諦めの反映を見る。AGRRI, p. 1310.　個々の表現の対応以上に、象徴主義文学からの脱出をはかる『ぬた』の反照として、ここにボードレールとマラルメの世界を感じることは可能だろう。

エル・ハッジ[1]

あるいは　偽預言者の論

フレデリック・ローゼンベルクに[2]

これ、使徒よ、神様から啓示されたことを人々に伝達せよ。さもないと、アッラーから託された伝言が伝わらないことになる。

『コーラン』五章七十一[3]

あなたたちは何を見ようと荒野に出て来たのか。風に揺らいでいる葦か。では、何を見ようと出て来たのか。柔らか〔な衣〕に身をつつんだ人間か。……では、何を見るために出て来たのか。預言者か。その通り、私はあなたたちに言う。預言者よりもなお優れた者である。…………

『マタイによる福音書』十一章七―九[4]

沈み行く夕日の脇に、ようやく帰りついた町の、愛してやまぬ祈禱告知の尖塔がふたたび現われた今、疲れ果てた群れなす民が、さまざまな欲求に燃えて笑いをとりもどし町に向かって駆け戻る今……、アッラーよ、私の役割は終わったのでしょうか。もはや彼らを導くのは私の声ではないのです。

ああ！　彼らが自分の家の入り口で、今宵は愛の限りを叫べるように！　やっとまた憩うことができるのだから。――私はまだ荒野に留まっていたい。自分の秘密、私はそれを昼も夜もずっと守ってきた。自分の恐るべき嘘の重荷を、何の助けもないままに、たったひとりで背負ってきたのです。最後まで外面を保ってきたのです。私たちがかくも長い間彷徨を続ける目的はなになのか、それを空しく求めてついに見出せぬとなると、彼ら民草は苦しみに負けて進むことができなくなるのではあるまいか、私はそれを恐れたのです。

さあ、今は、語ろうではないか！　私はひとりだ。だが、絶望のあまり一体何を叫ぶことになるのか。

今の私は知っているのです。昼の間は己《おのれ》の魂の、嗚呼！　不安と迷いとを自分の導いている民衆に押し隠してはいるけれど、過去の己の熱情がもはや冷え切ってしまったことを隠すために今なお燃えている振りをしてはいるけれど――夜が来て、独りきりになると――数も知れぬ星たちと実はもう信じることのできなくなったあまりにも遠い「観念《イデア》」とに辛うじて照らされるときになると、涙に咽《むせ》ぶ預言者たちのいることを、私は知っているのです。

1　El Hadji はイスラム教徒にとって最大の行事である大巡礼、またそれに参加する人。
2　本名は Fédor Rosenberg（1867–1934）。ロシアの東洋学者、ペルシア文明にくわしい。ジッドとは一八九六年に知り合い、同年、北アフリカを新婚旅行中のジッド夫妻に合流。ジッドは、この人物のおかげで、ペルシア詩の造詣を深められた。ジッドは後にこの人物にドストエフスキーの『白痴』のムイシキンの姿を見出して愛したという（AGRRI, p. 1317）。
3　井筒俊彦訳、岩波文庫、上、一五九頁。
4　イエスがヨハネの到来を群衆に告げた言葉。佐藤研訳。

しかし、主君よ、あなたは本当に死なれたのです。私自身が、動いて止まぬ砂の中にあなたを横たえた。風が吹き、砂は大河の波浪のように流れた。今や、流浪するあなたの墓所の在り処を誰が知ろう。――民を砂漠に導いたのはあなたなのか。それとも、あなた自身が他の誰かに導かれていったのか。広野であなたは何に出会ったのか。――そこには何もありはしない。そうでしょうが、あなたは砂漠でなにも見なかった。それなのに、死が来なければ、あなたはもっと遠くまで行くところでした。――殿よ、私は群れなす民を広野から連れ戻しました。

たしかに私は自分が預言者だなどと、はじめのうちは思ってもいませんでした。そういうものに生まれついたという実感が湧かなかったのです。私は、語り物を供する芸人、エル・ハッジでしかなかった。私が雇われたのは歌謡を知っていたからなのです。ところが、人が言うには、私は、神が使徒の証としてつける、そういう印を背中に押されているとのことでした。私は無邪気なものでした。そうでなかったら決して町を離れはしなかったでしょう。彼らについて行くなどということは、神を恐れる気持から絶対にしなかったでしょう。しかし、自分の身の成り行きなどが私に想像できたでしょうか。預言者として、私は専ら他人を相手に預言したのです。――私たちは密集した群れをなして出発しました。何のためにどこに向かって行くのかも知らないままに。私は気晴らしを提供するために給金を貰ったのです。そういうことで、私は彼らと共に行ったのです。長い道中の倦怠のなかで私は彼らに恋歌を歌って聞かせました。連れて来なかった女たちを、彼らと共に涙を流して偲《しの》びました。そのようにして私は人々に愛されていたのです。私たちは砂漠の方に進んで行きました。私たちの前を、閉ざされた輿《こし》に乗って、主君が進んで行く。誰ひとり主君の姿を見ることはできませんでした。夜になると、主君はひとりで自分のテントの中で眠り、誰ひとり近づきませんでした。主君が独りでいられるように口のきけぬ奴隷たちが護っていたのです。どのようにして主君は私たちを引き連れて行けたのか。それは不可思議な従属関係でした。主君の決定は私たち全員に直截に浸透するようでした。なぜなら、主君の命令を誰かが伝えるなどということは一度もなかったからです。私たちには、この主君以外に首領はいませんでした。その主君が沈黙を守っているのでした。あるいは、輿舁《こしかき》たちには話していたのかもしれませんが、その声は私たちのところまでは一度も届きませんでした。ですから、私たちは皆、導いているようには見えない主君に従って行く、そんな感じでした。しかし、それは奇異なことでしたし、次のことに気がついてからは、本当に驚いてしまいました。私たちの旅は予見されていたもののようで、進路も、私たちより前に通過したものが記したかのように、すでに精確に引かれているかのようでした。私たちが進んでいっても、道中、それに驚く者はありませんでした。また、町々に近づいても、いとも易々と食糧を供給してくれ、それだけに私たちに見とれるというようなこともなく、私たちを待つ気持が現実の私たちに先行しているという具合でした。しかし、私たちが、町から町を往復し受け入れられるのになれているありきたりの隊商のひとつでないことは、見るからに明らかだったのです。むしろ、私たちがもっと武器を持っていたら、猛々しい武力集団だと思われたかもしれない——ところが、私たちの穏やかな性質が分る前から、はるかに遠くにいるうちにも、誰も恐怖を覚えなかったのです。

主君の領国を出るとすぐに、私たちは、流儀として、町の中に泊ることはやめて、町の城壁の下、それも東側に宿営するようになりました。町がオアシスに取り囲まれている場合には、夕暮れが迫るともうその木蔭に入ることはしませんでした。そこには健康に悪い冷気が漂っていたのです。私たちは庭園の境のところに陣取り、私たちの魂は自分の前に際限もない広がりしかないことに慣れました。

時には、日の暮れる前に、私は、広場に買い物に行く役割の人々と連れ立って、庭園を通って歩いていきましたが、広場に着いても、売り手が私たちに質問をすることはほとんどありませんでした。それに、しばらく旅を続けると、私たちもそういう土地の人々の言葉が容易に分るというわけにはいかなくなりました。それはまだ、私たちの言葉と同じ言語でしたが、発音があまりにも異なったのです。それに何と答えることができたでしょう？　自分たちが南の都から来たこと、そして北への大旅行を続けるに従って、日毎に、砂漠の性格を帯びてくるのを目にしたことぐらいしか言うことはなかったのです。時おり、私は歌いだして、夜、眠くなるまで歌い続けるのでしたが、それは、異郷の人や子供たちのためにというよりは、むしろ同胞のために歌ったのです。異邦人は言葉がよく分らないし、子供たちは、私たちの宿営地が町からあまり離れていない時には、私たちについて来て、私たちが藪を焼き払う火の傍で、黙って、あるいは小声で囁きながら、宵になっても帰らずにいるのでしたが、私たちの旅の装具にも駱駝の首に掛けてある豪華に刺繡した布にも、指でちょっと触ってみる以上には驚くこともない様子だったのです。さて、その歌というのは、

私たちの出てきた町は
　豊かで、広く、美しい、いや美しかったと言うべきか。
その町を出て来なかったら
　名前をつけることもなかっただろう。
他の町などは知らなかったのだから。
今はバブ・エル・クールと呼ぼう、
　私たちの間でその話ができるように、
そして、その評判を
　到るところに伝え広めて行けるように。
私たちの町は、通ってきた
　どの町よりも美しい。
宵ともなると、お喋りを楽しみ、
　きれいな女たちの踊りが見られるお茶屋を私は知っている。
あとに残してきた女たちは
　待ちくたびれて、恋しさに泣いている。
私たちは皆それぞれに何人も妻を持っている、
　一番栄えない女だって、まだけっこうに美しいのだ。

町の外にはトウモロコシと麦が植えてある。
私たちの土地は豊かな穀倉地帯だ。
主君はあらゆる君主のうちでもとくに強いお方だ。
誰も近づくことはできませぬ。
誰一人お顔を拝んだ者もない。
ああ！　お幸せなお方、お妃様は
主君のお顔が見られるでしょう。
主君にふさわしいほど豊かとは、そのお方は一体何を持っておられるのか？
髪にはどんな香水をかけられるのか？
祝宴はどこであげるおつもりなのか？
そこが私たちの行くところなのだ。
そのお方は待ちくたびれておいでなのだ。
広い庭の泉水のほとりにお出ましになって。
主君のほかには誰一人御妃さまを拝むことはできない。
それでも結婚の宴の夕べには、私たちにも
椰子の乳がたっぷり供され
甘い葡萄酒もふんだんに注がれるだろう。

このように、他人の前では、虚栄から、自分たちの町を賛美する歌を歌い――軽蔑されないように、輝かしい運命を予告していました。しかし、夜になって、他の人々がいなくなると、私たちはこのように確信していることはできず、こう言いあったものです。なるほど、私たちの町が広くて美しいのは事実だ、ただ、それは私たちが離れて来た町の話だ。その後に辿った道のりはじつに長かった。この先のことなど、何が知れよう？　主君に従って行かなければならない、それは多分そうだろう、しかし、一体、いつまで、そしてどこまで、ついていくのか。――何をするために、主君は私たちを連れて行くのか。多分、主君はそれをご存知だ。しかし、主君は、一体、誰に話されるのだろう。

そこで、この悲しい問いに彼ら自身も答えは期待していなかったのですが、

「この私におっしゃるだろう」と私は言いました。

「どのようにして？」と彼らはたずねました。「近寄ることもできないではないか」

「待つことを知らなければいけない。夜歩くものは、昼間、蔭を享受することができる」と私は答えました。

そう言いながら、自分でもそうなることを望んでいたのです。

翌日、私たちが広野を進んでおり、物の影がいよいよ消えようとしていた時、私は思いました。主君のために歌うのでなかったら、歌って何になろう？――今夜、主君のテントの傍に行こう。民衆は皆疲れて眠っているだろう。主君は苦労なさらなかったのだから、短時間しか眠られないだろう。主君は私の歌を聞かれるだろう。そして、私がとても甘美に歌うので、もう一度聞きたいと思われるだろう。こんなことを、一日中考えていたのです。私の歩みは一種の熱情に支えられていました。夜よ、はやく来い、ああ、待ち遠しい。今夜は私の歌で埋めつくすのだ。

夜になると、

「おお、夜よ！」と私は歌い始めました――宿営地ではすべてが静まりかえっていました。主君のテントは、宿営地の外に、孤絶した岬のように突き出ていて、その先には広大な砂漠が広がっていました。

「おお、夜よ！」と歌って、私は、風にかき消されたように間を置きました。全体を聞くことができなかった、と主君が残念に思われることを狙ったのです……

「砂漠に張られたテントよ、
波に浮かぶフェラッカ船よ！」

「しかし、砂については、エル・ハッジよ、さて何と歌おうか？」……こうして私は巡礼としての自分の名を引いたのです。そうすれば、主君が思い出して、私を召しいだされるだろうと思ったので。事実、それは後にそのとおりになりました。ちょうどその時、大きな月が無言のうちに崩れ始め、それを見ているうちに強い不安に捉えられたので、私は、砂が暑い日中の名残として光を含んでいて紺青に染まったように見えるのに感嘆して、歌いました。

砂は海の波よりも青い。
空よりも輝きに満ちていた……

そして、突然、悲嘆する者のように、私は大声を上げました。

「あれから何日になるのだ、お前が「こうして故郷の丘陵は遠のき、私たちの忠誠を支えるものとしてはあまりに遠い思い出しかない」と言ってから。あれ以来、私たちは広野に何を見たか。広野だって！　エル・ハッジよ、広野についてお前は何を語るのか。何もありはしない。そうではないか、お前は広野で何も見なかったのではないか。

——私は見た、幾筋もの河が、大きな河が、砂の中にそっくり消え去るのを。そういう河は、思うに、滔々と注ぎ込んだのではない。ゆっくりと沈み込んでいったのだ、諸々の希望のように、消え去っていった。——時により、河はもっと先で再び現われた。それは、思うに、どっと湧き出るというのではなかった。ただ、ごく自然に、さらに細やかな、よりよく濾過された水となって、砂から出てくるのだった、希望と同じように再び現われるのだった。その先には、砂しかなかった。あれらの河がどうなったかはもう誰にも分らなかった。——河よ、大いなる河よ、私たちはお前たちを見に来たのではないのだ。

言いたまえ。あなたがたは広野で何を見たのか。
隊商の大群がそこを通った。

砂の上に彼らは何を見たのか。
曝された白骨、空洞になった貝殻、
痕跡、痕跡、痕跡、
その一切を砂漠の風が消していた。
巨大な砂漠の風が吹き過ぎた。
ああ！　あなたがたは砂漠に何を見に行ったのか。
風に揺れる一茎の葦を、か。
いったい、何を見に行ったのか。
何も見に行ったわけではないというのか……

夜が明けたとき、私は歌がうるさかったと皆から苦情が出るのではないかと心配しました。しかし、彼らには聞こえもしなかったのです。

私たちは砂漠を進んで行きました。

また夜が来ると、私はふたたびテントに近づき、砂漠の上に真紅の月が現われると、

「おお、夜よ！　大いなる夜よ！……」と大声で言い、その先はぐっと声をひそめて続けました。

「波に浮かぶ舟のように、殿よ、一張りのテントがあなたを進ませる。それはどこまでお連れ申すのか」と。そして、その夜はヴィオラを携えていたので、合間にそれを奏でて、問いに答える振りをしました。

「眼前の陰気な広野よ、お前は、太陽に、十分に陶酔したのか。

砂漠よ！　夜が来てもお前は止まらないのか。

おお！　風が両の翼に乗せて、燃え上がるこの海の向こう岸に、私を運んでくれたらよいのだが！

おお！　そここそは、天の羊飼い、血を流すあの月が、牧場に羊を連れだす前に、沐浴するところであるように。

水際の、広大な庭園で、婚礼の夕べの花嫁のように、月は、夜の装いをし、水に映る自分の姿に見入る。

花婿は、殿よ、秘められた泉のほとりで、婚礼の夕を待っている」

このように私の言葉は次第に大胆なものになり、断言するまでに到りました。だが、しかし、私は何を知っていたのか。あれが予言するということだったのでしょうか……しかも私はいよいよ優しく、よりいっそう情熱を籠めて、ますます倦み果てた調子で歌ったのです。

「殿よ、この旅はどこで終わるのか。

死の憩いのうちに終わるのだろうか。

多分、北方にはもっと別の庭園もあるだろう、
温暖な空の下で、椰子は生気を失ってしまうだろうが。

何を想っておられるのか、殿よ、眠っておられるのか。

殿よ、一体、何時になったら、お目にかかれるのでしょう？ そして、幾夜過したら、子供たちに、エル・ハッジ！ エル・ハッジ！ 広野に何を見に連れて行かれたの？ 立派な服をまとった君主さま？ と問われて、——そのとおりさ、と答えられるようになるのでしょう？

殿よ！ 私は魂の底から嘆息をもらしている、あなたに想い焦がれている……」

こう言葉を重ねているうちに、私は次第に自分が主君に夢中になっていくのを感じていたのですが、ようやく、三日目の夜になって、私が歌いだすとすぐに、主君が、明るい夜空のもとで、豪奢な衣装を纏い、顔はヴェールで覆って、テントから出てくるのが見え、——しかもなお、私は「殿よ、砂漠に何を見に来られたのですか」と問い続け、空しく問い続けていると思っていたとき、——私がそれまでに聴いたどんな歌よりもさらに繊細な声で、「預言者だ——しかも、預言者を超える者なのだ——エル・ハッジよ！ 良き巡礼よ、それはお前だ！ 明日、私のテントに来るがよい」と答えられるのが聞こえたとき——私は口を噤み、曙が来るまで、夜どおし、溢れる愛にすすり泣いたのです。

しかし、その翌日、砂漠は蜃気楼に覆われました。久しく前から、オアシスは姿を見せなくなっていて、わずかに淀んだ水の腐っているところには貧相な椰子林がありました。それが、蜃気楼となって現われると非常に繁茂して、遠くから見ると立派なオアシスがあるように思えるのでした。そして――高く聳える町にせよ、椰子にせよ、水にせよ――アラーよ、断言しますが、我々にとってこういう蜃気楼以上に期待はずれのものはありませんでした。私たちは、時には早暁からそれを目指して歩き始め、夕刻それが先ずゆっくりと遠ざかり、太陽が没すると共に、消え去ってしまうのを目にして落胆するまで、歩き続けて行くのでした。「このように、徳から徳へと、私たちは歩いて行くのだ、エル・ハッジよ、死に到るまで、希望を懐いて、そして、最後まで、私たちは何か正体はわからぬ至福の、蜃気楼のようなヴィジョンに身を支えて――ちょうど、最後の眠りにむかって怠ることなく夢をととのえ、なんとかその内に眠り込もうとする者のように」――おお、今は亡き主君よ、ヴィジョンのない眠りのうちで、今も泉の水に渇いておられるのだろうか。――おお、楽園《パラダイス》のヴィジョンよ！　死の暗黒が消さない限りそのヴィジョンを持ち続けうる者は幸いなるかな。アッラーよ、唯一の真実なるものよ。それは決して非現実のものではない、それは他所にあるので、最後には見出せるのだ――と言う者のいることは私もよく承知しています。――何らかの熱気によって物体から引き離された見かけの表象がこうして浮遊しているので――それが、近くにやって来て、私たちの手に取れるものであるかのように騙すのだとは。しかし、私たちには摑むこともできなかったのに、アッラーよ、なぜあんなものを提供されたのです？――しかも、朝になって、地平の彼方が縁飾りをつけて現われる時、私たちは戸惑ってしまうのでした。――過去のことさえも、もう間違いなく確実なものとは思えなくなった。それほどに、太陽の方を振り返ってみると、すべてが融解し、ほとんど流動化するように見えたのです。――しかし、ああ！　気の毒な民よ、お前の信頼はなんと大きかったことか、それゆえにこそ私も同情したのだが、今になってそれを想うと、私は賛嘆の念を覚え、どこまでも忍耐づよくなる……民衆は自分たちに何が求められているのか、一体どこまで分っていたのだろうか。そして彼ら自身何を期待していたのだろうか。――彼らにとっては、ある目的に向かって行くのだと信じ、少なくとも主君が目的を知っている以上、確実に導いてくれると信じるだけで、歩きつづけるのに十分だったのです。知ることなく、何と従順に従ったことか。——私は、主君の言われたことは、一切、彼らに明かしてはならないと思っていました。それに、言ったところで、彼らは分りもしなかったでしょう。しかも、主君自身、自分の描き出す将来を、どこまで確信していたのか。婚礼のことを信じるようになったというのも、私がそれを歌うのを聞いてからのことではなかったか。ただ、その結婚の結果として生まれてくるはずの王子のことを、主君の若返った名、誰もまだ知ることはできなかったけれども民心をすっかり魅了するに違いない名を帯びるはずの王子のことを、主君は、実に優しく、もう確実なことのように、すっかり信じきった様子で話すのでした。主君がそのことを実に重々しい自信を持って語るので、それまでの経緯にもかかわらず、また私の理解を絶することでもあったために、私はそれを信じていました。

「エル・ハッジよ」と主君は言われました、「よいか、力の限りをつくして、私を信じなくてはいけない。来るべきものが実際に来るには、それが必要なのだ」

「殿よ、愛の力で、私はあなたを信じたのだ」

「歌え、エル・ハッジ！　さあ、私の恋人の待っている庭を歌え。だが、あの人自身については何も言うな」

椰子の常に単一形態であることを想って、私は考えました。砂漠の人々に夢見させるためには、北方の数多い枝葉と木々の幹の多様なすがたを語ろう、と。そこで私は奥深い森を、狭くて深い谷底を、木の葉や苔の香を、朝霧と夕霧を、夜の爽やかさを、昼の芳艶な快さを、そして牧草の上の甘美な湿り気を、歌った。主君はゆったりと聞いておられました。私は、人々の仕事はもっと楽で、官能の悦びはもっとほほえみに満ち、紺青はもっと明るく、空気はこれほど熱くなく、夜はこんなには燃え立たない、と語りました。

「我々はまもなくそこに着くのか」と主君は尋ね、

「私たちはまもなく着きます」と私は答えました。

「もっと歌え、親愛なエル・ハッジよ！」

「あちらでは」と私は歌いました。「水が流れているが、塩辛くはない。ああ！　氷のようにつめたい川底の小石は私たちの足にどんなに心地よいだろう……」

歌っているうちに、夜の半ばは過ぎました。

自分の歌が主君を安心させたかどうかは知りませんが、私自身はそれで非常に心強くなりました。自分が歌うと、そのようになってくるのです。歌ったあとで、私はそれを信じました。ただ、民衆のまえでは、私はほとんどの場合、沈黙を守っていました。民衆は主君に導かれていると信じていれば十分だったのです。そして話すときには、次のように言いました。

「主君が導いてくださる。主君はどこに行きたいのかご存知だ。しかし、それについて、私に何が言えるだろう。私が主君にとって何者だというのか。皆の前では、たしかに、預言者だ。しかし、主君の前では、下僕でしかない」そして私は、テントに向かってひれ伏し、服従の手本を示すのでした。

そうこうしているうちに、午後の時間は日毎に少しずつ耐え難いものになりました。蜃気楼が萌え出てこないときなど、眼前には平原の赤茶けた砂しかなく、それがときどき盛り上がって砂丘をなすだけでした。退屈させないために、私は生活をもっと厳格に律することを考え出し、特殊なかたちで禁欲させることにしました。宿営地に着くとすぐに女を何人か連れ込むのでしたが、触れることのできる時間を限定したのです。しかし、彼らは私のように主君への愛にあふれるこころをいだいているのではありませんでした。彼らの前で私は充足した自分を示していました。余計な質問をされないように、首尾一貫しないことしか断言しないようにしました。服従するものには褒美を約束し、反抗するものには懲罰をちらつかせる。それからテントの傍に戻っていったのですが、夜にならなければ入らせてはもらえませんでした。――夜になるまで、私は自分の確信が揺らいで行くのを感じていました。それは主君の傍にいると戻ってくるのでした。――なぜかよく分らなかったのですが、私が昼の間に弱気になると、主君は夜それを知っていました。

そのような時、ますますか細い声で、主君は言われました。「エル・ハッジよ。お前が信頼しているお蔭で、私は安心できるのだ。お前が私を信じているからこそ、自分の生活に自信がもてるのだ」と。

その頃は分らなかったのですが、私が昼間疑いにとらえられると、そのたびに、夜、主君はまたすこし弱くなっているのでした。嗚呼！　そしてまた、まさにそのために、私の信頼感は朝毎にいっそう薄らいでいました。それに、私は主君のもとで夜通し信頼を快復させているのに、主君のほうは少しも力を取り戻さないのでした。

「エル・ハッジよ！」と主君は言われました、「頼りない預言者よ！　お前の愛はなんとちっぽけなのだ！　そんなもののために生きる価値があるだろうか」

「おお！」と私は答えました、「殿よ、お慕いしております。可能な限り愛しもうしております。ただ、真昼にはすべてがよろめくのです。夜は、お傍にすわって、熱情で身を焦がしております。なぜ私は一日中ずっとこのテントにいられないのでしょう。そうすれば、ゆっくりと慰めあえるでしょうに。昼の間もお慕いしております。私は、夜を待って、お姿の見えないのを泣いているのです。なぜ、もっとよくご自分をお示しにならないのですか。私はひたすら殿のことが知りたいのです。ああ！　殿のお顔を見ることができたら、殿よ、私の心はすっかり堅固になるでしょうに」すると、主君が私の手をにぎったのです。私はおそろしく動揺してしまいました……　私の殿に対する優しい気持はそれでふくらみましたが、私の信頼感は悲しく揺らぎました——それほどに、その手は熱でやけるようだったのです。

翌日、一日歩き続ける合間に、まだ広げられたままのテントの傍で、主君の聞いてくれることを期待しつつ、私は歌いました。

　　私のテントは砂漠を漂っていく、
　　燃えあがった海を行くように。
入り口の戸張よ、風にさっと吹き上げられろ、
私のテントの戸張よ、光はお前を透して入っているね。
　　さあ、吹き上がれ、降ろされた戸張よ、

私の欲求を入らせておくれ。

しかし、船の帆のように、垂れ幕が風にばたついただけでした。主君は一日中眠っていて、私の歌は耳に入りませんでした。そこで私はもっと呟くような調子で続けました。

私の優しい友はテントの中で眠っている。
友が眠れるように私は見守っているのだ。
ひとりでいる時、私は彼を待っている。
傍に行けるのは夜だけなのだ。
今は南国の光という光が燦然と輝く時刻で
大地は渇きと恐れと期待とにぐったりしている。
今は、勇敢な男たちの意志も震撼とさせられる時刻で
賢者たちの考えも変調をきたし、
純潔な者の徳も堕落する――
それほどに渇きは、即、愛の欲求であり、
愛は、即、触りたいという渇きなのである――
今は、火につながらないものは、すべて
この熱気の下に色褪せる。
こんな人がいる、夕刻になっても勇気をとりもどせない
あまりに暑かったので性根尽きた人たちだ。
こんな人もいる、夜になってから砂漠に沿って、

さ迷い出た自分の考えを空しく探し歩いた人たちだ――

友のおかげで
私は恐れずに心地よい夜を待つ。
夕刻になれば友は目覚める。
私は傍に行き、長い間、慰めあう。
友は星々のきらめく園で私の目を導いてくれる。
私は彼に語る、北方の大きな木のことを、
また、天の羊飼いである月が、恋する女のように
沐浴しにいく冷たい泉水のことを。
彼は私に説明する、滅び去るものだけが
そのものだけの言葉を作り出したことを、
また、けっして滅び去らぬものは
話す時間はいくらでもあるので、ずっと黙っていることを――
彼らの永遠に続く存在が彼らを語っていることを。

理由はほとんど分らぬままに、こう歌いながら、私は恐怖にとらわれていました。砂漠の静寂ゆえに、また自分が歌に織り込んだ主君のこうした異様な言葉ゆえに。
その夜、ほとんど明かりのないテントのなかで主君に会うと、主君は倦み果てていました。
「殿よ」と私は言いました、「絆の証しが必要なのです。殿と私との絆の証しが。殿のおられない時にも持っていて、昼間も見られるようにしたいのです」

「何と、エル・ハッジよ」と主君は言われました、「わからないのか、お前自身が民と私との間の証しであることが。お前と私との間には何の印もありえないのだ。私はお前には何も隠していないのだから。私自身のほかに、一体何が必要なのだ？　お前は私に尽くしている、それは私も承知している。ただ、お前はお前の人民に尽くしていない。ところが、民衆は私に関してはお前しか知らないのだ。お前の顔を通して私は民の前に現われ、お前の声を通して民に語る。お前は民衆に十分に語りかけない。とすれば、どうして民草が私を愛することなど望めよう」。そうして、悲し気な、といってもよい面持ちで、やや変わった声で主君は続けられました。「よろしい、私の顔を見せよう。しかし、それを見たとて、お前の愛は満たされはしないだろう」――そして、床を出ると、すっかり衰弱した病後の人のようによろめきながら、主君はテントの戸張を掲げ、蒼白い天を前に、その蒼白い顔をしめされました。それは自然を超えた美しさでした。主君は我々とは人種が違うようにさえ見えました。――しかし、表現しがたいほど蒼白で、あまりにも倦み果てた表情だったので、無条件に信じる私の気持は消え去り、そのかわりに純粋に人間としての愛が心を満たしてくるのでした。そこで、私は主君の前に言葉もなく身動きもせずにいたのですが、ついにはひざまずいて、そのか弱い膝を両の腕で抱きしめ、自分の熱すぎる額に主君のあまりに熱気のない手のおかれるのを感じて、優しさと疑いと悲嘆とで気をうしないそうな気持になりました。

それはその翌日の夜のことでした。長い間歩き続けたのち、一番高い砂丘を乗り越えると、湖であろうか、あるいは海であろうか、息を切らせて希求している私たちの前に、穏やかに青みを帯びた平原が現われました。すると、最前列に居た人たちの熱狂した叫びが皆を急がせ、群がる民の中に、名指しがたい動きが生じたのです。あたかも、もうすぐに涼しさを享受できると目にしただけで、希望に燃え立つ彼らのこころがすでにおさまり、一晩はそれで渇きを癒すに足りたかのようでした。――ひれ伏し、かつ祈りながら、彼らは水に向かって叫びました。彼らの渇きは、まもなく癒されるはずだと思うだけで、悦楽に満ちたものになったのです。それは、解放され感謝に満ちた官能の歌であり、叫びでした。踊っている者もいました。誰一人先へ行こうとはしませんでした。あたかも充足そのものよりも約束だけで十分であるかのように、渇きが塩水で、愛がヴィジヨンで、希望が幻影で癒されえたかのように。――岸辺はもうわずかに一里ほど隔たっているだけでした。しかし、猛烈に疲れた後に猛烈に喜びを感じて、皆は疲労困憊していました。主君は、相変らず先頭を進んでいく閉ざされた輿の中で、民草の熱狂した叫びを聞いたにちがいありません。輿舁《こしかき》たちは砂丘の斜面で止まり、王のテントが張られました。太陽は立ち昇った霧の方に傾いていました。霧というよりは斜めにさす陽光に赤みを帯びた塵埃であったかもしれません。海の向こうで天と海の接するあたりはすばらしい金箔となって溶けあっていました。一瞬の間、空を映して大海原は燃え上がったように見えました。が、突如として、太陽は消えさり、完全に閉ざされた夜が来ました。

私は、起伏のない土地では潮の満ち干が広範囲に広がりうること、未知の海辺はしばしば危険であることを知っていました。――ですから、私たちがまだ海からは離れたところで、丘の上に止まったことを嬉しく思いました。宿営地が設営され、夜の火が輝いていました。主君のテントはほとんど明かりを受けておらず、宿営地の前に突出した岬をなしていました。海が夜をすっかり満たしたような感じでした。――私は主君のテントに近づきました。

主君は、入り口の戸張を掲げ、テントのそとに身を乗り出して、立っていました。顔にヴェールはかぶっておらず、目は夜蔭をさぐっていました。そして私を見ると、言われました。

「エル・ハッジよ！　私には海が見えない」と。――神秘に満ちた話し振りでした。私の名を言われた時には、恋人のような優しさだと思いました。

「夜がすっかり閉ざしたからです。間もなく月が昇りましょう」と私は答えた。

「エル・ハッジよ、私には海が聞こえない」

「ああ！　それは海がとても穏やかで、私たちが遠くにいるからです」

「エル・ハッジよ！」と主君はゆっくり話し続けました。「私の婚礼が準備されているのはこの海の向こう側で、向こうでは私たちを待つ気持がたかまっているのだ。エル・ハッジよ、夜ではあるが、誰もお前を見ることができない夜のうちに、お前は海の方へ下っていかなくてはいけない。岸辺につく頃には月が昇るだろう。向こう岸が見えるかどうか、向こうに何が見えるのか、見てくるように。木々が識別できるかどうか、お前が歌の中で語っていたあの大きな木が見えるかどうか、見てくるように。さあ、行くがよい、私のエル・ハッジよ！　親愛なエル・ハッジよ、早く行って、またすぐに私のところに戻ってくるように」

私は出かけました。からだがだるかったけれども出て行きました。しばらく砂丘の斜面を下っていくと、夜にずっしりと包まれているような感じがしました。宿営地の方を振り返ってみましたが、明かりはチラとも見えませんでした。ほとんど不透明の霧が炎をすっかり隠していたのです。私はさらに深くそのなかを突き進み、海の方へ下りて行きました。帰りの道は月が導いてくれるものと安心していました。私は、倦み果てていました。自分の期待しているものを忘れるほど倦み疲れていたのです。私は驚きました。今でも覚えていますが、空気があまりにあっさりしているのに驚いたのです。大気は湿気をしっとり含んでいるのですが、当然そうであるように、海の塩気のえぐい感じがせず、むしろ沼の瘴気を思わせるものだったのです。と、突然、歩いている私の前で、その蒸気がかすかに震え、よろめき、銀色に変わり、さっと開き、羊小屋にいる牧人のように、重々しく月が仕事に専念しているのでした。

月は、今まで私の経験したことのないような静けさに満ちた平原の上に浮いていました。私は、広がる神秘の縁にいるのでした。そこでは波一つ立たず、ただ無限に広がった月の美しいイメージが笑い、かつ輝いていました。陸地は滑らかに終わっていました。平らな砂が単になにか別のものになって延びていくのでした。それは孤影を映しており、水ではないと分りました。私は進みました、入っていったのです。それは、まだ創造されていない物質のような感じで、完全に固体でもなく、完全に液体でもない、踏むと動くので、静止しているというのではないけれども、完全には固定されていないようなのです。左手では、砂が突出して崩れずにそのまま場を占め、狭い岬をなしており、そこには弱々しい藺草《いぐさ》が生えていました。私はそこを歩きました……が、先へ行くと、もう陸でも水でもなく……一種の沈泥、水底に溜まる軟泥のようなもので、塩の薄い覆いが固まっており、それを月がかすかに銀色に染めているのでした。私はもっと先へ行こうとしました。するとその弱い覆いは割れてしまいました。私は実に気持の悪いぐにゃぐにゃした泥のなかに落ち込んでしまったのです。そこに腰をおろし、眺めました。そこに腰をおろし、眺めました。藺草にしがみついて、ひざまずいたり匍《ほ》匐《ふく》したりしながら、砂の上に戻って息をつきました。そこに腰をおろし、眺めました。私の重さで穴の開いた塩の覆い、その下に隠された泥の海、この荒涼とした海を前にして私はすっかり驚いてしまったので――心中に絶望も覚えませんでした。もうそれすら感じなかったのです。倦み疲れ、呆然として、打ちひしがれた私は、明るく広がる空間のうえに、静謐な月を眺めていました。月は、陰鬱な不可測の平面、砂漠よりもさらに陰鬱な平面の上で、笑ってでもいるように、輝いているのでした。

さて、月はさらに高く昇り、視界の果てをより強く照らすようになりました。するとあまり遠くないところに海の向こう岸が見えるのでした。そして、そこでは大きな木が頂を傾げているようでした……しかし、私のすわっていた砂地が崩れそうになりました。私は岬を去って、海の終わっている岸辺まで後戻りしなければなりませんでした。そこで、私は仰向けに寝転びました。そして、自分の孤独と周囲の広大さとを余すところなく感じました……この海は狭いとはいっても、だから超えられるというものではあるまい、と私は思いました……　すると私の徳力は急に抜けてしまいました。それは、私から逃げ去ってしまったというのではなかったと思います。砂の中に水が滲みこむように消えてしまったのです。それはすっかりなくなってしまいました。突然、私は、勇気を失い、完全に信仰を失った者のように感じました。私のなかに入り込んできて、広がっていき、口を開ける涙もない悲嘆、砂漠よりもさらに広く、同じように陰鬱な悲嘆、そういう感じがしていたのです。

そのまますぐテントに戻るにはあまりに倦み疲れていました。主君に何と言えばよいのでしょう？　こうした一切にもかかわらず、その夜の輝きはあまりにも純粋で、あまりにも味わい深かったので、私の途方にくれた精神はそこに心地よさを感じていました。しかし、暁前の夜に酔ってはいましたが、宿営地から海の方へ下ってきて海が偽物だと気づき惨めな泣き言を繰り返して私の苦しみを乱すような連中に出会わないために、夜がついに弱り出して、はや白み始めた砂丘の上に座礁するやいなや、私はテントの方向に足を踏み出しました。

空の四方八方から溢れ出る明るさよ！　おお、膝を曲げ、手を差しのべ、影を不安げに抱擁して……預言者よ、私は預言者だ、それは私なのだ。——主君よ！　あなたの民草にあなた自身が何も言うことがないとなると直ぐに、私は話すことができたのです。ああ！　砂漠を行く大行進だって？　もはや何を期待していたのかも分りはしない、膝はがくがくし、喉はいやがうえにも渇く、なんの驚きもない時が流れ去る、夜毎の物憂さ、日毎のつれづれ、夕刻になっても姿を見せぬオアシス……——北方の木々、何となく待たれる小枝、ああ！　岬はどうだ、空に向かって突き出る岬、そこからさらに進んでいく、もっと進んでいく、もうその先へは行けないところまで……　テントの上の月の白光！　終焉に達した夜、空の四方八方から溢れ出る明るさ……　すると、入り口の帳は掲げられ、神秘のテントに私は入った！　入り口の帳はまた下ろされた、秘密を沈黙がふたたび閉ざすように。私は身を屈めて寝床を見た。消えいりそうな炎が照らしていた。おそろしく窪みこんだ寝床には誰もいないようだったが、主君が息絶えて横たわっていた。

主君よ、あなたは問違ったのだ。私はあなたを憎む。私は預言者などに生まれついたのではないのだから。あなたの死によって私は預言者になった。あなたが話さなくなってしまったので、私が民草に話さなければならなくなったのだ……　砂漠に捨てられた群れなす民よ、お前たちのためにだけ私は涙を流す——あなた、消え去った主君よ、私があなたを憎んでいるなどと、本当に分っているのだろうか……　とにかくあなたをあれほどまでに愛したが故に、私は退屈と、飢えと、倦怠とに憔悴するのだ。そしてあなたと過した夜の思い出が、私の孤独を一層荒涼としたものに感じさせる。

それまで私は民衆などまったく愛していなかった。しかし、それ以来、憐れみを覚えた。あなたは愛していたのだろうか。一体、どのような良き物を求めて、あなたは、町々から民衆を引き出して遠くまで来たのか。あなたの婚礼の噂は我々のところまでは届かなかったのだから。我々には笛の奏でるメロディーもシンバルの響きも聞こえなかった。私の両耳は期待で一杯だった。婚礼はどこで祝われたのだ、こんなふうにすでに噂が消えてしまうとは。主君よ、私は言いますまい、誰も知らないのです。死の内にあればこそ、婚礼はあんなにも静まり返っていたのです。

主君よ、私は民を騙さねばならなかった。それはあなたがすでに騙していたからだ。それは私が知っていたからだ、あなたの嘘を知っており、憐れに思ったからだ。主君よ、私はあなたの悲惨な状態を死後にまで延ばした。私はあなたの辿った道をまた完全にやり直したのだ。あなたは民を砂漠に導いて行った。私は町に連れ戻した。私は民衆を飽食へと導いた。これは乾き切った砂また砂を渡って行く間に、あなた、無気力の牧人が私たちに食《は》ませた飢餓の償いとしてなのだ……

早暁の空気が震え立っていました。普段なら、私が主君のもとを去る時刻でした。私は、涙の乾いた目をして、顔つきを整えて、テントから出ました。誰もまだ浜辺の方には下りて行っていませんでした。私は彼らのこれから味わう絶望の準備をしたいと思いました。彼らが海に近づく場合に感じるはずの恐ろしい失望を懲罰と思わせること、従って、何らかの過誤をでっち上げること、この懲罰の原因となる罪を犯す機会を民衆に対して仕掛けること――そうして、彼らが多少はそういう目にあうに値すると考えうるようにし、その結果、悲しみが減ると言うのではないにせよ、少なくとも私に服従し、私を恐れるようにすること。私自身は愛によってのみ導かれてきたのですが、私は彼らに恐れられなければ連れ戻せないのでした。そこで、彼らが渇きでじりじり待ち遠しがっているにもかかわらず、あるいはむしろそれゆえに、私は彼らに告げました。

「主君はお前たちの忠誠心を試練にかけられる。主君はこれほどまでに待ち焦がれていた浜にお前たちより後になって下りて行く気持はない。私は筆頭者ではないのか、と言われた。私こそが、最初に、そこで身を洗い、沐浴し、水を飲むべきではないのか。私をさしおいて海に下って行くものに災いあれ。そのような者はその越権行為を残酷な形で罰せられるだろう。しかも、懲罰を受けるのは彼一人ではないだろう。一人でも罪を犯すものがあれば、お前ら全員が過誤の報いを受けなければならないだろう。なぜなら、私の怒りはあらゆる予測を超え、犯した罪をはるかに超えるように見えるだろうが、私は人民を恐れさせる必要があり、彼らの完全な服従を期待しているのだ、と主君は言われた。過誤が犯されれば、それがたった一人の行為であっても、私にとっては全員の不服従を意味する。よく聞くがよい、私は今日浜辺に下りていくつもりはない。明日も行かない。明後日の朝に下りていくだろう。そこに試練があるのだ。いかに喉が渇いても、お前たちは待たねばならぬ。水に近づく前に、神への感謝の徴として供犠ができるように、神のために祭壇を築かねばならぬ。そのためにお前たちは二日間働かなければならぬ。祭壇は水際にほど近いところに建立すべし。それが流砂の上であることは心配するに及ばぬ。石膏を得るためのギブスは見つかるだろうし、砂丘の麓に膠着した砂の塊もある。祭壇は、その下に、地下室のように掘るがよい。さあ、行け。皆そろって働くのだぞ。私は早く供犠をしたいのだ」

二日間の退屈のうちに、また悪条件にもかかわらず、仕事は急速に進みました。私の命令を民衆のうちの誰かがすでにもう密かに破っていたのかもしれません。しかし、それはどうでもよかったのです。彼らが全員服従しても、海はやはりあるがままに留まるだろう、と私は考えました。そこで、彼らのうちの誰か一人のしたかも知れぬことをすべての者が知るわけにはいかないのですから、ひとりの罪人をでっち上げ、そのために全員が苦しむようにすることはかならずできるわけです。

その二日の退屈の間、海は紺青に染まっていました。対岸もかすかに見え、蜃気楼を戴いており、それは時の流れとともに変化するのでした。私は、彼らが罪を犯しやすいように、主君のテントの傍に残っていました。夜には、浜辺まで降りていきました。それがどんなに期待を裏切ったかは十分に承知していました。波打ち際から遠からぬところに腰をおろし、もっぱら眺めることに夢中になっていました。月が昇りました。前夜よりもさらに満ちていました。前の晩ほどは驚かなかったので、もっとよく見ることができました。そこは静寂が、本当に現実の物としてあるような気がしました。私は賛嘆おくところを知らずという心境でした。それ以前には、夜がこんなにも美しいものでありうるとは知らなかったのです。そして、自分のうちの今まで考えたこともなかったほど深いところに、主君に対していだいて愛とはもう一つ別の愛を感じていました。その愛は千倍も熱烈で優しく穏やかなもので、それに対してはこの巨大な静けさが応えているように思えたのです。

従って、もっと安らかに、この三日目の夜は、月が岸辺に行く私の足下を照らしに来た時、疲れた巡礼の私が、夜の泥棒のように、顔までまくれ上がったマントの一端を握って、主君を、運び、引きずっていった時——主君の裸身を今は見ることもできたであろうが、もはや屍骸と成り果てては、そのようなことを考えるにも値しなかった——、私が主君の遺骸をその翌日には民衆がそろってとるに足らぬ悔悛の徴として供犠の式を行うはずの祭壇の下に安置した時、そのために掘らせた狭い地下の室に寝かせた時……まさにその時、とうとう慰めがたくも解放された魂の愛につきうごかされて、夜中ただひとり、私は、歓びの叫びを上げ、死んだ過去を押し戻して、希望を思うがままに歌わせることができたのです。それまでは、自分がどれほどこの巡礼の旅に倦み疲れているか、考えてもいませんでした。しかし、その夜、これを最後に、浜辺を進んで行ったとき、私は格別の恐怖感もなく海を眺めました——結局のところ、それを渡らなければならないと思っているものにとってのみ、海は恐ろしかったのです——すると、海があまりにも美しくみえたので、前夜の信念が非常にゆっくりと場所をかえていくのが感じられました。私の賛嘆の念は、あいかわらず生き生きしたものでしたが、主君が逝去してからは、常軌を超えたものとなり、無限の砂漠の果てまでぐんぐん広がって行くのが感じられたのです。すると、深みを増した私の魂に荘厳さが浸透してきたので、私はそれが幸福というものだと思いました。

今ではそれは不可能だと思っているので、本当に幸福に達したのかどうかはわかりません。思い出すのですが、あの時、私は歌いたかった、しかし、誰のためでもなかったので、私は歌えなかった、そこで、心の中で、自分が何を考えているのかももう分らぬままに、何度も、ただ繰り返したのです。主君よ！　いったい誰が死んだのか？どうして私はこんなに生き生きしているのか、と。

歓び？　そうかもしれません。その時には、まさにその瞬間に主君がどれほど勝ち誇っていたのかが、私には分らなかったのです。彼は私にとってのみ、まさにただ一人彼を愛していたこの私にとってのみ、死んだのですから。民草の前では、あいかわらず、空になった輿があたかも満たされているかのように、進まなければなりませんでした。私は絶えず主君に見《まみ》えたと証言しなければならず、主君の言葉を伝えるためにのみ口を開くのでした。私は、はじめ、自分の嘘というこの現実がどれほど重くのしかかってくるものかも、死んだ主君が私の嘘の中で生き延びていることも、分っていませんでした。絶えず主君を想い描くことによって私の愛は掻き立てられていたのですから。私は死んだ彼のことしか知りませんでした。そして生きている彼のことしか想像できませんでした。時により、夜の間、主君のテントの中で、今はただひとり、眠りました。そして夢見ることもない私の眠りは彼の死の再現のように思われました。そういう時には、共に過した夜を思い出して、彼の顔を見たことを悲しく想いました。私は苦痛のあまり彼を完全に生きているものにしようと必死の努力をしました。生者にたいしてするように、毎日食べ物を運んできました。他の人々に彼が生きているように見せかけるために自分のしていることのすべてが、私にはますます彼の不在を嚙みしめさせるのでした。彼が生きているべきであったと感じれば感じるほど、私は彼が存在しないことを知っているのでした。

その時から、私は、欲求のように強力で執拗な思いにとりつかれているのです。たしかに、私は、魂の幸福を味わうだろう、それはすでに用意されているのだ。しかし、味わえるのは、魂が、人民からも愛からも、しかも完全に、解放されたときのことだ、と。

今や、群れなす民は、私を離れていきました。やっと町に戻ったのです。私は彼らを砂漠から連れ戻しました。私の予言は、こころの憐憫に流れるのを恐れて、優しさを欠いたものだったので、彼らは私を愛しませんでした。彼らはまた、主君も愛しませんでした。私が主君の言葉として荒々しいことしか伝えなかったからです。嘘をつくためだったので、私は愛を語ることができなかったのです。最後まで、その嘘を押し付ける必要があったのです。私の弱みを示さないこと。私には力がなかったのですから、強いふりをしなければならなかったのではないでしょうか……しかし、今の私は知っています。預言者が存在するのは、彼らが自分の神を失ったからだと。なぜなら、もし「かの人」が口を閉ざさなかったら、私たち預言者の言葉などなんの役に立つでしょうか。

たしかにまた、私も偽りの奇跡をやってみせました。岩から水を迸り出させたり、辛い泉の水を甘くもしました。

そして鶉の群れが飛んできたときなどは、私が祈ったからだと言ったりしました。ブバケルが私に対して立ち上がった時には、私は絶望の挙句に行動したので、そうでなければどうして彼の反抗を治められたか分りません。私は脅したのです。それ以後は、誰も私の力を疑わなくなりました。説得されていなかったのは私だけでした。

私の牧人としての義務は終わりました。私の魂はようやく解放されました。今は、歓びから叫び出すのでしょうか。私はもう小歌《シャンソン》だけ歌っているわけにはいかないのです。私はもう、愛に浸って、夕方、広場の傍らで詩句を吟じていることも、子供たちを踊らせていることもできないのです。町しか知らないように、砂漠を横切らなかったかのように振舞うことはもうできない。――さあ、エル・ハッジよ、どうしようか。主君が死んだことを――私は知っているのか？　私は彼を待っている婚礼を思い出す。主君にまつわる何一つ死んではいないかのように……さて、さて、この「町」の宮殿の中で、主君の弟が成長していることを私は知っている……彼もまた私の声が導くのを待っているのだろうか、そして私は彼とともに、新しい人民とともに、新しい話を始め、その一歩一歩を再び確認していくことになるのであろうか……あるいは、また、どっぷりと喪に服し苦い灰を糧とする人々のように、たったひとりで出て行くのであろうか――秘密を隠して、墓地の周りを徘徊し、人気ない地に、叶《かな》わぬ憩いを空しく求める者のように。

地の糧

親しいモーリス・キヨに[1]

これこそ私たちが地上で糧とした果物だ
『コーラン』第二章、二十三節[2]

ナタナエル、[3]この本にはあえて粗暴な書名[4]を選んだのだが、その意味を取り違えてはいけない。私は好んでそうしたのだ。これは『メナルク』[5]と題することもできたであろうが、メナルクも君と同様に実在したことはないのだ。この本全体に対応しうる唯一の人名は私の名だろうが、それを題名にしたら、私は著者を名乗ることができまい。

1　Maurice Quillot（一八七〇—一九四四）はジッドが高校卒業資格試験《バカロレア》の受験準備をしていた一八八九年以来の友人。その頃のキヨは文学に志し、ジッドやピエール・ルイスも寄稿した同人雑誌 *Potache-Revue* を主宰した。『地の糧』出版当時（一八九七）、キヨはすでに文学から退き、家業の酪農農園の経営難に苦しんでいた。ジッドはその友人に大地の豊かな糧を謳ったこの作品を捧げるとともに、数度にわたり多額の資金を融通している。

2　『コーラン』第二章「牝牛」、二三［二五］では、次の通り。（ここでアッラーはマホメットに直接言いかける）だが信仰を抱き、かつ善行をなす人々に向かっては喜びの音信《たより》を告げ知らせてやるがよいぞ。彼らはやがて潺々《せんせん》と河水流れる緑園に赴《おもむ》くであろうことを。その（緑園の）果実を日々の糧《かて》として供されるとき彼らは言うことであろう、「これは以前に（地上で）私たちの食べていたものとそっくりでございます」と。井筒俊彦訳『コーラン』（上）、岩波文庫、二〇〇三年、十五頁。

3　ヘブライ語で「神の賜物」の意。『ヨハネによる福音書』第一章四十五—五十一にナタナエルがイエスの弟子になった時の様子が描かれている。イエスは、ナタナエルを見るなり「この人には偽りがない」と言う。

4　キリスト教徒にとっては「天から降って来て、世に命を与えるパン」、「命のパン」としてのイエスが重要であるのに、ここでは、そのような「霊」のための糧ではなく「肉」にとっての地上の糧を書名にしたことをさす。言語 brutal には、「乱暴な・粗暴な」という意味の底に「天使と対極にある動物のような」という意味が含まれる。

5　牧人メナルカスは、前作『ぬた』でもすでに引かれたウェルギリウスの『牧歌』（第二、第三、第五、第九章）にあらわれ、作者ウェルギリウスを代弁するともいえる人物だが、本作の主要人物メナルクはそれにとらわれず、想像上の「師」の役割をはたす。

私はこの書に衒《てら》いも恥じらいもなく自分を投入した。時によって、自分の見たこともない地方、嗅いだこともない芳香、したこともない行動——あるいは、まだ会ったこともない君、ナタナエル——について語るとしても、それは決して人をあざむくためではない。それらの事物は、ナタナエルというやがて来るべき読者の名、つまり君の実名を知らぬままに私が君に与えるこの名以上に、虚妄というわけではないのだ。

それに、読み終わったら、この書は投げ捨てたまえ。——そして、出て行きたまえ。この本を読んで君が出て行きたいという気持になるようにしたいのだ。——出て行くのは、どこからでもよい。君の町から、君の家庭から、君の部屋から、君の考えから出て行くのだ。この本を持って行ったりしてはいけない。——私がメナルクだったら、君を導くために君の右手をとっただろう。しかし君の左手はそれに気づかずにいただろう。また私は、その握った方の手も、町から遠ざかったら、できるだけ早く放しただろう。そして、君にむかって、さあ私を忘れたまえ、と言っただろう。

どうか本書が、それ自体よりも君自身に——さらに、君自身よりも他のすべての事物に——興味を持つことを君に教えるように。

第一の書

私の怠惰な幸福は長いこと眠っていたが
ようやく目を覚ます。
ハーフィズ[6]

一

ナタナエル、神はいたるところに見出せるのだ。どこか特別の場に神を見つけようなどとしてはならない。

どの被造物も神を指し示しているが、どれひとつとして神を顕《あらわ》してはいない。

6　Hâfiz（一三二六頃―九〇）は、現在のイラン南西部シーラーズ出身。本名はシャム・ウッディーン・ムハンマド。雅号ハーフィズとは「コーランを暗記している者」の意。近世ペルシア文学最高の抒情詩人と目される。「おお酌人《サーキー》よ！　酒杯《さかずき》をまわして授けよ！」で始まり、「酒」と「愛人」を歌う長編の詩は今日でもイラン人に愛唱されているという。蒲生礼一訳「抒情詩」（筑摩世界文学大系9『インド・アラビア・ペルシア集』前出、一九七四年、三六七―三八六頁）

ジッドはゲーテの『長椅子―西東詩集』でかれの存在を知り、ヨゼフ・フォン・ハンマー＝プルグスタルによるドイツ語訳で読んだ。神秘的象徴主義者としてよりは、偽善を排して現世の感覚の喜びを歌い上げる詩人として評価している。自分の好む思考法は、ハーフィズの酒杯のように単純な個物から一般を示唆することだ、と言っており（『文学とモラル』、一八九七）、本作品では繰り返しこの詩人に言及する。また、翌一八九八年に妻マドレーヌとともにローマに滞在した際の『日記』でも、ハーフィズの詩を読む喜びを記しており、後の『背徳の人』（一九〇二）にも登場させるなど、共鳴はながく続く。

どの被造物も、私たちの目がそこに固定するやいなや、私たちを神から逸《そ》らせてしまう。

*

他の人々が本を出したり仕事をしたりしているのに、私は頭で覚えたことを一切忘れようと三年の歳月を旅に過した。この脱知識には時間がかかり困難があった。しかし、それは他人に強要されるあらゆる知育よりも有効であり、たしかに、ひとつの教育が始まったのである。

君には決してわからないだろうが、私たちが生に興味をおぼえるためには並々ならぬ努力をしなければならなかった。しかし、興味を引かれるようになった今は、あらゆることと同様に——情熱をもって生にかかわっていくのだ。

私はよろこんで肉体を痛めつけていた。倫理上の罪を犯すよりは、戒めに服するところに官能の充足をおぼえたのだ。——それほどまでに私は、容易には罪を犯さないという誇りに酔っていた。7

功徳《くどく》に値するか否かなどという考えを自分から除去すること。そこには精神にとって大きな躓きの石がある。

……とるべき道がはっきりしないということが生涯私たちを悩ました。どう言おうか？　考えてみると、選択とはいかなる場合にも恐るべき行為だ。もはや義務に導かれない自由とは恐るべきものだ。それは、誰にも知られていない僻地で選ばなければならない一筋の道だ。そこでは各人が自分ひとりの発見をする、いいかい、自分ひとりのために発見するのだ。だから、もっとも人知れぬアフリカ奥地のもっともあてにならない一筋の足跡もこれほどには疑わしくない……小さな林が木蔭をなして私たちを惹きつける、まだ涸《か》れていない泉の蜃気楼も見える……いや、むしろ泉は私たちの欲求がそれを流れ出させるところにある。実際、ある土地とは私たちが近づいて形成するにつれて存在するようになるにすぎないのだし、周りの景色は私たちの歩みにつれて少しずつひらけるので、地平の果てまで見とおすことはできず、近いところでさえも、変容をつづける一連の表象にすぎないのだから。

しかし、こんなに重大なことに関して、なぜ比喩など用いるのか。私たちは皆、「神」を見出さなければならないと思っている。ところが、ああ！「それ」が見つかるまでの間、祈りをどこに差し向けたらよいのか分らない。そこで、しまいには、この「見つけられないもの」は、いたるところに存在する、どこにでもいる、などと言う。そして、あてずっぽうにひざまずく。

そこで、ナタナエル、君は自分を導くのに自分の手に掲げる明かりを追っていく者と同じようになるだろう。

どこへ行こうとも、君は神にしか出会えないのだ。――メナルクは言っていた、「神とは私たちの前にあるものだ」と。

ナタナエル、君はすべてを通りがかりに見るのだ。そしてどこにも立ちどまらないことだ。神だけがかりそめのものでないと、肝に銘じておきたまえ。

肝心なのは君の眼差しであって、眺められる物ではない。これこそ私が君に望むところだ。

君が異物として抱え込んでいる知識は、すべて、未来永劫に、君にとっては異物にとどまるだろう。なぜ、そのようなものに、それほどまでに高い価値を認めるのか。

欲求にはそれなりの利益がある、欲求の充足にも利益がある――なぜなら欲求は、充たされることによってさら

7　これはまさに『アンドレ・ヴァルテールの手記』の主人公に集約される青年ジッドの生き方であった。

に強まるからだ。なぜなら、ナタナエルよ、よく聞いておきたまえ、私の場合、欲求の対象を所有したなどと思うのはきまって空しい幻想で、それよりも欲求そのものの方が私を豊かにしてくれたのだ。

＊

甘美な数多くのことに、ナタナエルよ、私は愛を注いで自分を消耗した。それらの事物が輝かしかったのは、私がそのために常に燃焼していたからなのだ。私は飽くことを知らなかった。すべての熱情は私にとって愛の消耗、甘美な消耗なのであった。

異端者中の異端者、この私をつねに惹きつけたのは、常道からかけ離れた意見、極端に迂回する思想、相異なる見解であった。ひとつの精神はそれが他の精神と異なる点においてしか興味を引かなかった。私は、ついには、自分から共感というものを追放してしまった。共感とは共通の感動を認めることでしかないとみなしたのだ。

共感ではない、ナタナエルよ――愛なのだ。

その行為が善いか悪いかなどと判断せずに行動すること。それが善か悪かなどと心配せずに愛すること。

ナタナエルよ、私は君に熱情を教えよう。

悲壮な生活、ナタナエルよ、無事安穏な生活よりもその方がよい。私は死後の眠り以外には安息を望まない。あらゆる欲求とすべての精力を生きているうちに充足させなかったりすると、それがなおも生き延びようとして、死後の私を苦しめにくるのではないかと心配なのだ。自分のうちに待機していたものをこの世ですべて表現して、満足し、文字通りこれ以上に望みなどないという意味で完全に絶望して死ぬことを私は望む。

共感ではない、ナタナエルよ、愛なのだ。それが同じものでないことは、わかるだろう。時に、悲しみや倦怠や苦痛を他者と共に感じられたことはある。ただ、それは愛を失うことを恐れたからだったので、そうでなかったら、そのようなものに、私はほとんど耐えられなかっただろう。各人の生は各人にまかせたまえ。

（今日は書くことができない。穀物倉で脱穀機の輪が回っているのだ。昨日見たところ、油菜を脱穀していた。菜種の鞘が飛び散り、種子が地面をころがっていた。埃で息ができないほどだった。女がひとり、ひき臼を回していた。美少年がふたり、裸足で、種子を拾っていた。

これ以上に言うことがないので、私は涙を流す。

こんなことしか書けないときには書き始めないものだ、とわかってはいる。それでも私は書いた。同じ主題で、もっと別のことを書くだろう）

＊

ナタナエル、私は今までに他の誰も与えたことのない歓びを君に与えたい。どうやって与えたらよいのか、それはわからないのだが、その歓びを私は所有している。今までに誰もしたことがないほど親密に、君に話しかけたい。夜更けの一刻、君がさらなる啓示を求めて、すでに多くの本を一冊又一冊と開いては閉じた頃、君がまだ何かを待っている頃、君の熱情が支えを感じられなくて悲しさに変じようという頃、そんな時刻に君のところに行きたい。私は君のためにしか書かない、そういう時刻のためにしか君に向かって書かない。いかなる思索もいかなる個人的感動もないように君には見え、君自身の熱情の投影以外のものは何もないように見える本、そういう本が私は書きたい。君に近づき、君に愛されたい。

メランコリーとは燃え落ちた熱情にすぎない。

すべての存在は素裸になりうる。すべての感動は充足しうる。

私の感動はすべてひとつの信仰のように花開いた。わかるだろうか、感覚でとらえるものはすべて無限の現存性を帯びている。

ナタナエル、私は君に熱情を教えよう。

私たちの行為は、燐光が燐に発するように、私たちにつながっている。たしかに、それは私たちを消耗する。しかし、それこそが私たちを輝かせるのだ。

私たちの魂が何らかの価値を持ったとするなら、それは他のあれこれの魂以上に熱烈に燃えたからなのだ。広大な原よ、私はお前たちが曙の白々とした光を浴びているのを見た。青い湖よ、私はお前たちの波を浴びた。――笑いさざめく大気に愛撫されるたびに私はほほえんだものだ。ナタナエル、こういうことを私は飽くことなく繰り返して君に言うだろう。君に熱情を教えてやろう。

私がもっと美しいことを知ったのならば、私はまさにそれを君に語ったであろう――まちがいなくそれであって、他のことではない。

メナルク、あなたは私に叡智を教えはしなかった。叡智ではなく、愛を教えた。

＊

ナタナエル、私はメナルクに友情以上のものを感じていた。もう一歩で愛になる感情だった。私はまた彼を兄弟のように愛していた。

メナルクは危険だ。恐れるがよい。彼は賢人には非難されるようなことをするが、子供には恐れを感じさせない。

彼は子供たちにもう自分の家庭だけを愛するのではなく、徐々に家庭を離れていくことを教える。彼は子供たちの心を野生の酸っぱい果実を求める気持で矢も盾もたまらなくし、常とは異なる愛に心をくだかせる。ああ！　メナルク、あなたとは、もっと別の道も駆けめぐりたかった。しかし、あなたは弱さを憎み、あなたから離れることを私に教えるのだと言っていた。

どの人にも、常の自分とは異なるさまざまな可能性がある。現在は、過去がそこにひとつの歴史を投影していなかったら、ありとある将来で満ちているだろう。しかし、ああ、唯一の過去が唯一の将来を提供し――空間に無限に進んでいく一点[8]のように、それを我々の前に指し示す。

人は、まちがいなく、自分に理解不可能なことしかしないものだ。理解するとは、自分が実行しうると感じることだ。**可能な限りの人間性を敢然と引き受けること、**これこそ良いモットーだ。

生のとる様々な形よ、すべてが私には美しく見えた（ここで言うのは、メナルクに言われたことだ）。

私は、自分がすべての情熱、すべての悪徳を知り尽くしたようにと願っている。少なくともそのために手を尽くした。私の存在はあらゆる信仰に身を挙げて突き進んだ。夜によっては、ひどくもの狂おしくなって、自分の魂の存在を信じかけたくらいだ。それほどまでに、魂が自分の身体から離れて行きそうになっているのを私は感じた――とは、これもメナルクの言ったこと。

そして私たちの生は、私たちにとって、氷のように冷たい水をなみなみと湛えたグラスのようなものであった、

8　底本では un point であるが、旧版のプレイアッド版他 *un pont* とする版も存在する。その場合には、「無限に伸びていく橋」となる。

ということになるのであろう。熱のある者は、両手でこの濡れたグラスを握り、それを飲みたいと思い、一気に飲み干してしまう。実は待つべきだとわかっているのだが、こんなにも唇に快いグラスを退けることはとてもできない。それほどにその水は爽やかで、それほどに熱に焼かれた身は喉が渇いているのだ。

二

ああ！　だから私は夜の冷気をどんなに吸い込んだことだろう。ああ！　十字格子の窓よ！　月から流れでる淡い光が、霧のせいで、まるで泉から湧き出るもののように思え、——それを飲んでいるような心地がした。

ああ！　十字格子の窓よ！　何度私は涼を求めてお前のガラスに額を押し当てたことだろう！　静まり返った広大な空を見ようと、熱すぎるベッドからバルコンへ走っていったときに、何度私の欲情は霧のように消え去ったことだろう！

過ぎし日々の熱よ、お前たちは私の肉体を致命的に消耗させた。それにしても、神から気を逸らすものがまったくないとき、魂はなんと枯渇するのだろう！

凝り固まった崇敬の念、それは恐るべきものであった。私はそのためにすっかり虚ろになっていた。[9]

君はこの先まだ長いこと魂どもの実現不可能な幸福を捜し求めるだろう、とメナルクが言ったものだ……

あやしげな恍惚にみちた最初の日々が過ぎ去ると——これはメナルクに出会うより前のことなのだが——期待に不安のつのる一時期があって、沼地を横切っていくような感じだった。つきまとう眠気に疲労困憊していたのだが、眠ってもことは改善されないのだった。食べおわると床につき、眠り、一層けだるい感じで目を覚まし、あたかも変態の最中とでもいうように頭はぼんやりと重かった。

存在の闇につつまれた営み、密かに進行する働き、未知なるものの生成、困難な分娩。半睡状態、待機。蛹のように、また若虫《ニンフ》のように、私は眠っていた。自分がやがてそれになる新しい存在、もはや自分に似ていない存在が、自分のうちに形成されるのを、なるがままにまかせていたのだ。光は、すべて、緑を帯びた水の層を透して、木の葉と枝とを通りぬけて、私のところまで射してくるようだった。知覚は、ぼんやりと鈍く、酔い痴れたとき、あるいは極度に動顛したときの感覚に似ていた。——ああ、はやく来てくれ、と私は願った、鋭い発作よ、病よ、激痛よ！　実際、私の脳髄は雷雨をはらんだ空に似ていた。重苦しい雲でふさがり息もつけぬほどで、すべてが、稲妻が奔って煤けた山羊革の袋を（じっとり湿り紺青を隠してしまう袋を）引き裂いてくれるのを、待っている。

かずかずの期待よ、お前たちはいったいいつまで続くのだろう。期待が終わった後、私たちにはまだ生きながらえる糧があるのだろうか？——期待だって！　いったい何を期待しろというのだろう、と私は叫んだ。私たち自身から生まれ出るのでないような、何が生起しうるのか。また、すでに知っているのではないような、いったい何が私たちから出来《しゅったい》しうるのか。

アベルの誕生、私の婚約、エリックの死、生活の大変化、それらのことは私の無気力状態に終止符を打つどころか、よりいっそう引き延ばすようだった。この半睡状態は考えが錯綜しており意思が一向に定まらぬところから来ているようだった。できることなら土の湿気に浸って、植物のように限りもなく眠りたかった。時には官能の充足が苦痛を終焉させてくれるだろうと思った。肉体を疲れ果てさせて精神を解放しようとしたのだ。そしてまた長い間眠った。真昼間なのに暑いので眠くなって、賑やかな家の中で、寝かしつけられる幼児のように。

その後で、私は遥かに遠いところから目覚めて戻って来るのだった。じっとり汗をかき、心臓をどきどきさせて、まだ夢うつつの頭をかかえて。閉ざされた板戸の隙間をくぐって下から差し込んでくる光は、白い天井に芝生の緑の反映を投げかけており、この夕刻の明かりは私にとって唯一の快いものであった。それはちょうど木の葉と水の

9　Se décontenancer は、通常「ろうばいする、うろたえる」を意味するが、ここでは「内面が空になる、虚ろになる」se vider de tout contenu の意とするクロード・マルタンの説に従う。ジッドは他の文章でも、その意味でこの言葉を用いている。Claude Martin, *André Gide : Les nourritures terrestres*, Bordas, Paris, 1971, p. 79, note 1 参照。

層とを透りぬけてやって来るいかにも柔らかく魅力のある光、永いあいだ洞穴の深い闇に包まれていた後に、出口のところで震えているのが見えるあの光と同じだった。

家の中の様々な音が微かに聞こえて来た。私はゆるやかに生に戻って来るのだった。ぬるま湯で体を洗い、退屈しきって野原の方に出て行き、庭のベンチで、何もしないで、宵になるのをただ待っていた。話すのにも、聞くのにも、書くのにも、私は常に疲れていた。私は読んだ。

［……］彼の目に入るのは
人影もない野末の道、
水を浴び、羽を広げる
海の鳥［……］
私はここに住まねばならぬのだ［……］
森の木蔭に住むように、
樫の木の下に、この地下蔵に、
蟄居させられているのだ
土をかためたこの宿はひどく寒い。
私は疲れ果ててしまった。
谷間は暗く
丘は高い
わびしい柴垣に囲まれて
茨に覆われ――
歓びとてない生活だ［……］。

［The Exil's Song「流竄の歌」――『イギリス文学史』中に引用されたテーヌによる仏訳にもとづく］[10]

可能なのだが、まだ手に入れてはいない、充足した生の予感。それは、初めは時々感じられる程度のものだったのだが、立ち戻ってきて次第に執念のようになる。ああ！　もういくらなんでも、窓いっぱいに光がさすように！と私は叫んだ。こうして絶えず報復し分捕ってはいるのだが、その只中に、ぱっと輝くように！

私の全存在が新たなものにひたって生気を取り戻す必要を強烈に感じている、そんな気がした。私は第二の青春を待っていた。ああ！　この両目に新鮮な視力をとりもどすこと、目から書物の汚れを洗い去ること、目を眼前に広がる空の青ともっと近いものにすること――今日、空は最近の雨ですっかり清められているのだから……

私は病に倒れた。旅に出て、メナルクに出会った。快復期はすばらしいもので、まさに復活であった。私は新たな存在として、新たな空の下に、すっかり新たになった事物の只中に、再生した。

三

ナタナエル、さまざまな期待について君に語ろう。夏の野原が、待っているのを、私は見た。わずかな雨を待っているのだ。道の埃は軽くなりすぎて、風が吹くとすぐに土埃となって舞い上がる。それはもう欲求でさえなかった。恐ろしいほどの予感であった。地面は、乾き切って、できるだけたくさん水を飲み込もうというかのように、

10　Hyppolyte Taine, *Histoire de la littérature anglaise*, Paris, Hachette, 1866–1878, p. 30.　ジッドはイポリート・テーヌのこの書を一八九一年に読み、七世紀から八世紀ごろのサクソンの古謡に関心を持った。主君に死なれてさすらう若い家臣たちの歌で、恋情にも近い男同士の友愛の喪失を悲痛な思いで謳いあげたものであるが、ジッドは意気阻喪の原因の部分は伏せて引用している。同書第一巻第四章参照のこと。

ひびわれていた。荒れ野の花の香りは耐えられないほどに強かった。陽光の下にすべてが絶え入らんばかりになっていた。私たちは毎日午後になると庭のテラスの下に行って、途轍もない日の輝きから少々身を隠して、憩いを求めた。それは、花粉をいっぱいにつけた針葉樹が悠々と枝を揺り動かして、遠くまで授精しようとする、そんな季節だった。空は雷雨をはらみ、自然全体が待ち構えていた。あまりにも荘重で胸苦しいような一瞬だった。鳥さえも、皆、黙ってしまったのだ。地表から、実に熱い、燃えるような風が吹き上がり、なにもかも萎えてしまいそうな感じだった。針葉樹の花粉は金色の煙のように枝から流れ出た。——ついで、雨が来た。

空が暁を待って震え立つのを、見た。一つまた一つと、星が淡くなっていった。牧草は露にしっとりと濡れていた。空気の肌ざわりは氷のようだった。しばらくの間、混沌とした生はまどろみ続けたい様子だった。私の頭脳はまだ倦み疲れていて重く鈍かった。私は林のはずれのところまで登って行き、腰を下ろした。動物たちは日が必ず昇ると信じてそれぞれに活動し始め、喜びを取り戻した。そして、生活の神秘は、木の葉の縁のあらゆる切り込みから、ざわざわと存在を伝えはじめた。——ついで、日が出た。

もっと別の曙も、私は見た。——夜に対する期待も、見た……

ナタナエルよ、ひとつひとつの期待が、君のうちで、欲求ですらなく、たんに迎え入れる心の傾きであるように。やって来るもののすべてを期待したまえ。しかし、やって来るものしか欲求しないように。君の持っているものしか欲求しないように。日々の一瞬一瞬に神をそっくり所有しうることを理解したまえ。君の欲求が愛にもとづくものであるように、君の所有が愛に満ちたものであるように。そもそも実効のない欲求とは何なのか。

何としたことか、ナタナエル！　君は神を所有しているのに、気づかなかったとは。所有するとは、それが見えることなのだが、人は見ようともしない。バラムよ、ろばは、回り道をする度に、神の前で立ち止まったのに、お前には一度も神が見えなかったのか。お前は神をちがった風に想像していたからだ。[11]

ナタナエル、待ち望むことのできないのは、神だけなのだ。神をいまさら期待するとは、君がすでに神を所有しているのを知らないことになる。神を幸福と別のものと思ってはいけない。そして君の幸福のすべてを一瞬一瞬のうちに籠めたまえ。

私は自分の富をすべて自分のうちに宿している。ちょうど、薄明のオリエントの女たちが、頭の上に、自分の全財産を載せているように。私は、人生の一瞬ごとに、自分の持てる富の総体を自分のうちに感じることができた。それは数多くの個々の事物を合計することによってなされたのではなく、私の唯一無二の熱烈な愛によってなしとげられた。常に自分の持てるもののすべてを完全に自分の手中に収めていたのだ。

夕べには日がそこで死に絶えるものと心得て、朝には万物がそこに生まれ出るものと思いたまえ。

君の視覚が一瞬ごとに新たなものをとらえるように。

賢者とはあらゆる事物に驚く人だ[12]。

頭脳の疲労は、ナタナエルよ、すべて君の持っている富のあまりに多様なことから来ているのだ。君は、それらすべてのうち、どれをとくに好むのかも知らず、唯一無二の富が生であることも知らない。生の最も短い瞬間ですら死よりも強く、死を退ける。死は他の諸々の生が可能になるということに過ぎない。すべてがたえず更新されるように、生のいかなる形も自分を表現するのに必要な時間以上にそれを保持しないようになっているのだ。君の言

11　旧約聖書『民数記』「バラムと雌ろば」第二十二章二十二―三十五参照。
12　西欧古代哲学では、キケロの『トゥスクルム談義』に代表的に示されるように（同書、第五巻二十八章）、あらゆることが起こりうるとこころえて、何物にも驚かないことを最高の叡智とするが、ジッドはそれを完全に逆転している。

葉が響きわたる瞬間は、幸いだ。それ以外のときは、じっと聞くがよい。しかし、自分が話すときには、もう聞いてはいけない。

ナタナエルよ、君のなかにあるすべての書を焼き捨てなければいけない。

輪舞の歌[13]

私の焼き捨てたものを崇めるために

こんな本がある。小さな木の椅子に腰かけて、
小学生の机にむかって読む本だ。

こんな本がある。歩きながら読む本で、

(大きさにもよるのだが)

これは森の中で、これは野原で、
そして、*nobiscum rusticantur*(吾ラトトモニ田園ニ行ク)[14]と、キケロが言ったように、振り分けるのさ。

こんなのもある。駅馬車の中で読んだ本。

あるいはこんなのもある。秣《まぐさ》小屋の奥に寝ころんで読んだ本。

こんなのもある。自分には魂があると信じさせるためのもの。

あるいはこんなのもある。魂を絶望させるもの。

こんなのもある。これは神の存在を証明する。

あるいはまた、信じさせるに至らない本。

こんなのもある。私蔵本としてしか
認められそうもない本。
こんなのもある。権威ある評論家たちの
お褒めの言葉を山と受けた本。

こんなのがある。ここには養蜂のことしか書いてない。
これはやや特殊だと思う人もいるだろう。
あるいはこんなのもある。自然のことばかり書いてある。
読み終わったら、散歩などは無用だろう。

こんなのもある。賢者たちには軽蔑されるが
子供たちの心をかきたてるのが。

こんなのがある。詞華集といって
あれこれについての名言を一切合財詰め込んである。

13　グレゴワール・ドゥ・トゥール（五四〇—五九四）の『フランクの歴史』が伝えるところによると、聖レミギウスがフランク王クローヴィスに洗礼を施し、改宗させるに際して「シカンブル人よ、謙虚に頭を垂れよ、汝の焼き払ったものを崇め、崇めたものを焼き捨てよ」と言ったという。ジッドにとって『地の糧』は、改宗にも通じる大きな転機であった。

14　キケロの *Pro Archia poeta*『詩人アルキアース弁護』第七章。詩人アルキアースに市民権を認めるべしという弁論で、書物のもたらす人文的教養の意義をたたみかけて強調する件の一句。

こんなのがある。読んだら人生が好きになるように書いた本。
またこんなのもある。書いてから作者の自殺してしまった本。
こんなのがある。憎しみを播いて
自分の播いたものを刈り入れる本。
こんなのもある。読んでいると光を発しているように思える本。
恍惚とさせるものをいっぱいに含んでいて、甘美なまでに謙譲なのだ。
こんなのもある。兄弟のように好きになる本。
彼らは僕らよりも純粋で、よりよく生きたのだ。
また尋常ならざる文字で書いてあって、
いくら勉強しても、よくわからないようなものもある。
ナタナエル、いつになったら私たちはすべての書物を焼き尽くせるのだろう!

三文の価値もない本がある。
とおもうと、非常に価値ある本もある。

王さまや女王さまのことを語っている本がある。
また、ごく貧しい人のことを語っている本もある。

こんなのもある。その言葉は優しい
真昼の木の葉のそよぐ音よりも優しい。
これはヨハネがパトモスで食べた本だ、

まるで鼠のように。でも私は木苺のほうが好きだ。
これでヨハネは腹の底まで苦さでいっぱいになり
その後に数々の幻視を得た。[15]

ナタナエル、いつになったら私たちはすべての書物を焼き尽くせるのだろう!!!

浜辺の砂は心地よいと読むだけでは私は満足できない。裸足でそれを感じたい……まず初めに感覚によって捉えられたのでないような知識は、私には一切無用だ。

この世で艶に美しいものを見ると、自分の愛情のすべてを挙げてそれに触れたいと即座に願わずにはいられない。大地の官能に満ちた美よ、大地よ、お前の面が咲き初めるさまは驚くほどすばらしい。私の欲求の突き入った景観よ! 私が欲するままに歩きまわる無防備の土地、水面を閉ざすパピルスに縁取られた路、川面にしなだれかかる葦、林間に開く明るく日のさす空間、切り開かれた枝のあいだに現れる平野、限りない可能性の提示。私は、岩に、また草木に囲まれた隘路を進んで行った。さまざまな春のくりひろげられるのを見た。

諸々の現象の変幻極まりないこと。

その日以来、私の生活の一瞬一瞬は、絶対に表現不可能の賜物として新鮮な味わいをもたらすようになった。こ

15　使徒ヨハネはローマの迫害をのがれ、パトモス島に逃れ、そこで終末の啓示を得て、黙示録を書いた。『ヨハネの黙示録』第十章九―十には、天使のもってきた小巻物を命じられるままにヨハネが食べると「それを口にしたときは、蜜のように甘かったが、それを食べるや、私の腹に苦みが走った。すると、私にこういう声があった、「お前は、多くの国民、民族、国語〔の違う民〕、また王たちについて、もう一度予言しなければならない」」(小河陽訳)とある。

うして私はほとんど常に情熱を帯びた茫然自失のうちに生きた。あっというまに陶酔に到り、一種の眩惑のうちに歩くのを好んだ。

そう、唇に浮かんだ笑いに出会えば、かならず口付けがしたくなり、頰に上る血、目に湛えられた涙は、飲みたくなった。枝の差し出す果物はすべて果肉をがっぷり嚙みたくなった。どの宿でも着けば飢えを覚えた。泉の前ではかならず渇きを感じた——それぞれの泉の前で、それぞれに異なる渇きを——

自分のさまざまな欲求を記すためにもっと別の表現がほしいと思った。

道が開けていれば、歩きたい
木陰が招けば、休みたい
深い水の縁に出れば、泳ぎたい
ベッドに出会うたびに、誰かと寝たい、あるいは眠りたい。

私は大胆にも出会うものことごとくに手をつけた。自分の欲求の対象なら、自分は何に対しても権利があると思ったのだ。（それに、ナタナエル、私たちが望むのは所有よりは、愛なのだ）私の前では、ああ、すべてのものが虹色に彩られ、すべての美が私の愛をまとい、私の愛で飾られるように。

第二の書

糧よ！

私はお前たちを待っている、諸々の糧よ！

私の飢えは道半ばでは止まるまい。

充足するまでは黙るまい。

いくら説教をしてもおさまるまい。

禁断によっては魂しか養うことができなかった。


充足よ！　私はお前たちを求める。

お前たちは夏の朝ぼらけのように美しい。


夕べにはもっと繊細微妙な魅力に満ち、昼には甘美な味わいに陶然とさせる泉。暁の凍ったような冷水。波打ち際の微風。帆柱の群れ立つ湾。律動する岸辺のなまあたたかさ……

おお！　さらに広野に出る道を行くならば、正午の息詰まるような暑さ、野辺で潤す喉、そして夜を過ごすには藁塚の窪み。

東方に向かう道をとるならば、気に入った洋上にひかれる航跡、モスル[16]の庭、トゥーグルト[17]の踊り、ヘルヴェテ

16　イラク北部のティグリス川南岸の町。古来、隊商交易路の要所。同地の名高い庭園は、本作品「第三の書」でも謳われる。

イアの牧人の歌。[18]

北に向かう道をとるならば、ニジニー[19]の大市、雪を吹き上げる橇、氷結した湖、たしかに、ナタナエルよ、私たちの欲求は退屈などしないだろう。

何艘もの船がどことも知れぬ浜から熟した果実を港々に運んできた。

もう少し急いで積荷を降ろしたまえ、私たちがやっと味わえるように。

諸々の糧よ！

私はお前たちを待っている、諸々の糧よ！

充足よ！　私はお前たちを求める。

お前たちは夏の笑い声のように美しい。

すでに答えの準備されているような欲求を

自分は持っていない、と私は知っている。

私の飢えのどれをとっても、みな、自分の報酬を待っている。

諸々の糧よ！

私はお前たちを待っている、諸々の糧よ！

空間のいたるところに、私は求める

私の欲求のすべてが満たされるのを。

＊

この地上で私の知った最も美しいものは

ああ！　ナタナエル！　それは私の飢えなのだ。

飢えは常に忠実だった
常に自分を待っていたものに。

鶯はぶどう酒に酔うのだろうか。

鶯は乳に、鶇《つぐみ》は杜松《ねず》の実に酔うのだろうか。

鶯は自分の飛翔に酔うのだ。鶯は夏の夜に酔うのだ。広野は暑さに震える、ナタナエル、すべての感動が君にとって陶酔になりうるように。君の食べるものが君を酔わせないとしたら、それは君が十分に飢えていなかったということなのだ。


完璧な行為というものは、いつでも官能の喜びを伴う。この官能の喜びを感じることによって、君はその行為がなすべきものであったと知る。苦しみながら仕事をしたからそれに価値があるように思う人が、私はきらいだ。苦しかったのなら、他のことをするほうがよかったのだ。仕事に見出される喜びこそは、その仕事が自分に適合したものであったことの証だ。そして、ナタナエルよ、心から楽しめるということが、私にとって最も信用できる道案内なのだ。

私は知っている、自分の体が日毎に官能の喜びをもって何を欲求しうるか、そのうちで私の頭が何に耐えうるかを。その後で、私は眠くなるだろう。そうなれば、地も天も、私にとって、もう何の用もない。

17　アルジェリア南方、サハラ砂漠中の集落。ジッドは後に『背徳の人』の舞台としても活写する。
18　現在のスイス連邦をさす用語としても用いられるが、ここではライン川からレマン湖にかけてひろがる古代ローマ時代以来の地方名。
19　ニジニー＝ノヴゴロド。ヴォルガ川沿岸に栄えた都市で、毎年夏にたつ大市で有名。十九世紀には「ロシアの財布」と評された。

*

理不尽な病というものがある。

自分の持っていないものを求めるという病だ。

——私たちも、と彼らは言った。私たちも、自分の魂の嘆かわしい悩みを知ったことになるだろう！　ダビデよ、アドラムの洞窟で、お前は貯水槽の水を冀《こいねが》ったではないか。お前は言った——「おお！　ベツレヘムの壁の下に湧き出る新鮮な水を、誰か汲んできてくれ。子供の頃、私はそこで喉を潤したのだ。ところが今、あの水は囚われている、私の熱がこんなに求めているのに[20]」。

ナタナエルよ、過去の水をふたたび味わいたいなどとは決して望まないことだ。

ナタナエルよ、いつか、これから先になって、過ぎ去ったことをまた見出そうなどと願ってはならない。何物にも似ていない瞬間ごとの新しさを捉えたまえ。そして自分の歓びを準備などしないことだ。あるいはこう言ってもよい、その準備された場所で、予想とは別の歓びが君を驚かすはずだ、と承知しておきたまえ。

では君は、ほんとうにわからなかったのだろうか、すべて幸福というものは出会いから生じるので、君の行く途上に乞食が現れるように、一瞬ごとに君の面前に出てくるものだということが。君が、自分の幸福は霧散してしまった、自分の夢見ていた幸福はこれとは違うものだったのだし——自分は自分の原則と願《ガン》とに合致したものでなければ幸福とは認めないなどと言うとしたら、まったく不幸なことだ。

明日を夢見ることは一つの歓びだ。しかし明日の歓びはまた別の歓びだ。そして幸いにして、何ものも人が夢に描いたそれには似ていない。なぜなら、それぞれのものに価値があるのはまさに異なっていればこそなのだから。

来たまえ、君のためにこういう歓びを準備したから、と言われるのは嫌だ。私は、予期されない出会いから生じる歓び、自分の声が岩から迸り出させる歓び[21]以外には、もう好きになれない。そのような歓びは、私たちのために、新鮮で強烈なものとして、圧搾機からどっと搾り出される新しいぶどう酒のように、流れ出るだろう。

私は自分の歓びが準備されることを好まない、シュラムの女[22]が宮殿の広間を幾間も通ってきたとしたら、それも嫌だ。彼女にキスするのに、私はぶどうの房が自分の唇に残したあとを拭わなかった。何度もキスした後、私は口も漱《すす》がずに甘いぶどう酒を飲んだ。蜂の巣の蜜を蠟ごと舐めた。

ナタナエルよ、君の歓びはいっさい準備してはならない。

＊

それはよかった、と言えない時には、まあ、いいさ、と言いたまえ。これだけでも幸福になる可能性は大いにある。

幸福な時を神の賜物のように考える人がいる――他の人はいったい「誰」の賜物だと思うのだろう?……

ナタナエルよ、神を君の幸福と別のものと思ってはいけない。

――私は、自分が生まれていなかったら――自分の存在しないことを神に対して恨むことができないだろうが、それにもまして、私を創造したことを「神」に感謝することはできない。

ナタナエルよ、神については、ごく自然に(自然神学のように)しか[23]、語ってはならない。

20 『サムエル記上』第二十二、ダビデは、サウル王に追われて、アドラムの洞窟に逃れ、以後、勢力をまして、イスラエル王になる道を歩みだす。ダビデの洞穴での嘆きは『詩篇』百四十二にもある。また、ダビデがベツレヘムの井戸の水を求めた挿話は、『サムエル記下』第二十三章十五―十七に語られている。

21 モーセが岩から水を迸り出させた(『出エジプト記』第十七章六)挿話を喚起する。

22 『雅歌』第七章にあるシュラムのおとめ。ジッドは爽やかで純潔な肉体の喜びを象徴するものとして、『地の糧』ではここだけでなく、第四の書、第五の書、第八の書とくりかえし、このおとめのイメージを喚起する。

存在という事実が一度認められたら、この地上と人間と私自身との存在が、自然のものに思われるのは結構なことだ。ただ私の精神を困惑させるのは、それに気づいて呆然としていることだ。

たしかに私も讃歌を歌った。こんな円舞の歌を書いたのだ。

輪舞の歌

神の存在の立派な証拠を歌い上げるために

ナタナエルよ、もっとも美しい詩的な動きは、神の存在を明かす千と一つの証拠についてのものであることを、君に教えよう。わかるだろう? ここでそれをあらためて述べ立てようというのではない。ましてやそれを単純にもう一度数え上げようなどというのではない――それに、たんに存在するという事実を証明するに過ぎない証拠もある。――ところが私たちに必要なのは、その《常在性》[24]なのだ。
ああ、そう、聖アンセルムスの論述のあることは、もちろん知っている。[25]
それに完璧無欠の至福の島の寓話もある。[26]
しかし、残念ながら、ナタナエル君、皆が皆そこに住むわけにはいかないのだ。
大多数の合意というものがあることもわかっている。
しかし、君は、少数の選ばれた者[27]を信じるのだね。
二たす二は四で証明する手もある、
が、ナタナエル、皆が皆、計算上手ではない。

第一動者[28]の証明というものもある。

しかし、それよりもっと前に存在していた者がいる。

ナタナエル、その時に、私たちが居合わせなかったのはまったく遺憾だ。

男と女を創るところが見られただろうにね。

彼らは、小さい子供として生まれなかったので驚いているってわけさ。

エリブルース山の杉の木は、樹齢何百年かで生まれて疲れきっている、
しかも、すでに水流にうがたれた山の上で。[29]

ナタナエルよ！　そこにいて曙の到来を見たのだとしたら、どんなによかっただろう！　それなのに起きずに居たとは、また何と怠惰だったのだろう。君は生きようとは思っていなかったのか。ああ、私はたしかにそう願って

23　フランス語の naturellement には二重の意味がある。ここでは、「自然に、素朴に」の意味に訳したが、「自然」Nature について語るように、の意味が含まれている。つまり自然神学的な神の存在証明である。Claude Martin, *André Gide : Les nourritures terrestres, op.cit.*, p. 93, note 2 参照のこと。
24　恒常的に存在するという意味で、permanence といえば普通の表現だが、ジッドは哲学めいた permanéité という言葉を造語している。クロード・マルタンはここに哲学論議に対するパロディを読む。
25　カンタベリーのアンセルムス（一〇三三—一一〇九）の『モノロギオン』で説かれた神の存在論的証明。
26　古代以来、人が神々と共に住むと信じられた島。シャン＝ゼリゼと同一視する場合もある。
27　少数の選ばれたものに属するという意識は、自伝その他によれば、幼年時代以来ジッドに一貫している。
28　不動の動者ともいう。「動かされて動くもの」の根源にある「動かされることのない」第一の動因。トマス・アクィナスは神の存在の第一証明として、第一動者＝神を置く。
29　大カフカス山脈のヨーロッパ最高峰。聖なる山として信仰の対象になっている。ジッドは多雨で樹林の繁茂するイラン北方のエルブルズ山脈と重ねている。

いた……が、その頃、神の精神は、時間の外で、水の上で眠った後で、ようやく目覚めたばかりだったのだ。[30] 私がそこにいたのだったら、ナタナエルよ、私はすべてをもう少したっぷりと創ってくれるように頼んだであろう。いやいやナタナエル、何もそんなことには気づかなかっただろうなどと、ちゃちゃを入れてはいけない。*

目的因による証明というのもある。

しかし、皆が皆、目的が手段を正当化すると認めるわけではない。

神に対して我々の懐く愛をもって神の存在を証明する者もある。ナタナエル、それで私は自分の愛するものの一切を神とよんだ。また、それ故に、すべてを愛したいと思った。数えあげるのかなどと心配しなくてもよろしい。第一、私は君の名を筆頭に挙げはしない。実に多くのものを人間以上に好んだのだ。この世で私が特に愛したのは人間ではないだろう。思い違いをしてはいけない、ナタナエルよ、私の中でもっとも強い特性は、どうみても善良さではない。それは最良の特性ともいえないようだ。人間たちの特性として私が特に高く評価するのも、善良さなどではない。ナタナエルよ、人間よりも自分の神を好みたまえ。私も神を讃えることができた。「彼」のために讃歌を歌い上げもした――しかもその際に、「彼」を少々持ち上げすぎた気味さえあるようだ。

＊

「そんなに面白いのかい、そうやって体系を組み立てるのが」と彼は言った。

「倫理学ほど面白いものはない」と私は答えた。「そこで精神を満足させるのさ。歓びを感じると、僕はかならず倫理に結び付けたくなるのだ」

「それで歓びが増大する？」

「いや、歓びが正当化されるのだ」と私は言った。

たしかに、ある教義なり秩序だった思想の一体系なりが自分の様々な行為を理にかなったものと認めることは、多くの場合、快かった。しかし、時にはそのようなものも自分の官能の隠れ家としか見なせなくなった。

＊

すべてのものは、ナタナエルよ、どれも来るべきときに来る。万物はいずれも欲求されると生じる。いわば外面にあらわれた欲求でしかないのだ。

木が言った、「私は肺が必要だった。すると、私の樹液が葉になって、それで呼吸できるようになった。そして私が呼吸すると、葉は落ちた。が、私は枯死などしなかった。私の結んだ実が生についての私の考えを全部含んでいるのだから」と。

ナタナエルよ、私がこのような寓話を乱用するのだろうかなどと、余計な心配をしないように。私自身、そんなものはあまり高く評価していない。私は君に生以外の叡智などは教えたくない。なぜなら、考えるというのは大いに心労を増やす行為なのだ。私は、若い頃、自分の行為の行く末を遠くまで追っていこうとして疲労困憊したものだ。自分が宗教上の罪を絶対に犯さないと言い得るためには、もう一切の行為をやめる以外にない、そんな感じだった。

それから、私は書いた。私の肉を救うためには、魂を回復しがたいまでに毒する以外にない、と。それから、それで何が言いたかったのか、まったくわからなくなった。

30 『創世記』冒頭のもじり。

＊ 原注「私は、二たす二が四にならない、別の世界を構想することもちゃんとできる」とアルシッドは言った。——「よろしい、ではお手並みを拝見しよう」とメナルク。

ナタナエルよ、私はもう宗教上の罪などというものは信じない。

しかし、君にはわかるだろうが、大量の歓びを投入してこそ、ほんのわずかに考える権利を入手できるのだ。自分は幸せだと言い、なおかつ思考する人、それこそは本当に強い人というべきだろう。

＊

ナタナエルよ、各人の不幸は、眺める主体が常に彼自身にとどまり、見えるものを自分に従属させてしまうことに由来する。それぞれの事物は、私たちにとってではなく、それ自体にとって重要なのだ。願わくは、君の目が眺められた物であるように。

ナタナエルよ、私は君の甘美な名前を喚起せずには、ただの一句も書き始められなくなった。

ナタナエルよ、私は君を生に蘇らせたい。

ナタナエルよ、君は私の言葉の帯びている悲壮な味が十分にわかるだろうか。私はもっと君に近づきたい。

そして、たとえば、蘇生させるために、エリシャがシュネムの女の息子の上に身を横たえてやったように——「自分の口を子供の口に、目を子供の目に、手を子供の手に重ねてかがみこんで」[31]——私の光り輝く大きな心をまだ闇に閉ざされた君の魂に押し当て、君の上に全身を重ね合わせる。自分の口を君の口に、自分の額を君の額に、君の冷たい手を自分の燃えるような手に、脈打つ自分の心臓を……（「すると子供の体は温かくなった」と書いてある）、こうして、君が官能の歓びのうちに目覚め——次いで私を打ち捨て——胸ときめく常軌を逸した新しい生をはじめるように。

ナタナエルよ、これが私の魂の熱気のすべてだ——持っていくがよい。

ナタナエルよ、私は君に熱情を教えたい。

ナタナエルよ、君に似ているものの側に留まってはいけない。決して留まらないことだ、ナタナエルよ。環境が君に似ているようになりだしたら、あるいは君が環境に似ているようになってしまったら、そういう環境はもう君の役に立たない。君はそこを去らなければいけない。何が君にとって危険かといって、君の家庭、君の寝室、君の過去以上に危険なものはない。それぞれのものから、それが君に教えるものだけを受け取りたまえ。官能の歓びがどっと流れ出て、それぞれのものを涸渇させてしまうように。

ナタナエルよ、私は君に瞬間について語ろう。君は瞬間の現在性というものがどれほどの力を帯びているか、わかったのだろうか。死に関して十分に恒常的に考えなかったので、君の人生のもっとも短い一瞬間の十分な価値がわからなかったのだ。そして君は理解できないのだろうか、各瞬間は、言うなれば死の非常に暗い底から引き離して見るというのでなければ、あのようにも見事に輝くことはできないのだということが、わからないのだろうか。もしそれをするに十分な時間が自分に与えられていると言われ、また証明されているのだったら、私はもう何事もしようとしないだろう。他の数々のことも、同じ様に、する時間があるのだから、私は、あることを始めようと思ったというだけで、まず休息するだろう。私がこの生の形は終わらなければならないと承知していなかったら、私のすることはいつでもどうでもよいことに留まるだろう——そして、それを生きたのだからといって、私は休息するだろう、私が毎晩期待している眠りよりもう少し深く、もう少し忘れがちの眠りのうちに……

＊

こうして私は自分の生活の一瞬一瞬を分離する習慣を身につけた。これもまたそれぞれに切り離した歓びのすべてに捧げるために。そこに、その一瞬に固有の幸福のすべてを、瞬時に集中するのだ。その結果、もっとも最近の

31『列王記下』第四章十八—三十七、池田裕訳参照。

思い出のうちにさえ、私は自分を認めることができないのだった。

ナタナエルよ、次のように断言するだけで、すでに、大いに楽しいではないか。

＊

ヤシの実は、ダットといって、なかなかおいしいものだ。

ヤシから作る酒はラグミという。樹液を発酵させたもので、アラブ人はこれでいい気分に酔うが、私はあまり好まない。ウアルディ[32]の美しい庭であのカビリアの牧人が私にすすめてくれたのはこのラグミの杯だった。

＊

今朝、レ・スルス[33]の道を散歩していた時、奇妙な茸を見つけた。

それは、白い鞘に包まれて、橙色の木蓮の実に似ていて、灰色の規則正しい模様があるのだが、その模様は内部から出てくる胚子状の微粒によってつけられているのだった。割ってみると、中には泥のようなものが一杯に詰まっていて、中心は色の薄いゼリー状になっていた。吐き気をもよおしそうな臭いがするのだった。

この茸の周りにあるもっと開いた形のほかの茸は、古木の幹に見られるような平たく押しつぶした菌性ポリープのようなものでしかなかった。

（私はこれをチュニジアに発つ前に書いた。君のためにここに写したのは、私が眺めるや否や、個々の事物が私にとってどのように重要なものになったかを示すためなのだ）

オンフルール[34]（の路上）で

そして時には、他の人々は、私が自分だけの生活を送っているという気持ちを強めるためにのみ、私の周りでやたらに動き回っているように思えるのだった。

昨日、私はそこにいた、今日、私はここにいる。
神様！　ああいう人たちが私にとって一体何だというのでしょう。
言うわ、言うわ、みんな言う。
昨日、私はそこにいた、今日、私はここにいる……

私は知っている、日によっては、二たす二は今でも四だと繰り返すだけで、ある種の幸福感で胸が一杯になったことを——また、自分の拳《こぶし》をテーブルの上に置いて、それを眺めるだけで……
またある日には、そんなことはまったくどうでもよいような気がした。

32　アルジェリアのサハラ砂漠北端部にあるオアシス都市ビスクラに近いオアシス。
33　南仏ニームから東南に十数キロ離れたベルガルド村にある叔父シャルル・ジッドの屋敷。
34　北フランス・ノルマンディ地方の港町。若いころジッドと親交のあったアンリ・ド・レニエの出身地。

第三の書

ヴィラ・ボルゲーゼ[35]

あの泉水の水盤では……（薄明かりのなかで）……一滴の水、一条の光線、一個の存在も、みなそれぞれに、快楽の内に息絶えようとしていた。

快楽！　この言葉を私はたえず繰り返したくなる。それが充足感（安楽な‐存在）と同意語であることを私は欲する、いや、存在の一語で同じ意味になればよいと思う。ただ一言、そう言えばよいというぐあいに。ああ！　神がそれだけを念頭に置いて世界を創ったのではないなどとは、あれこれと自分に言い聞かせなければ、とうてい納得しえない話だ。

*

そこは甘美なまでに爽やかな場所で、あまりにも快く眠りに誘われるので、それまで誰にも知られずにいたところのような感じがした。

そこでは、味の良い糧のかずかずが、私たちが飢えを覚えるのを待っていた。

アドリア海（朝の三時）

綱具を操りながら歌う水夫たちの声がうるさい。

おお！　おまえが知っていたら、あまりにも老い且つ若い地球よ、苦く甘いこの味を、かくも短い人生のこの甘美な味を、お前が知っていたら！

おまえが知っていたら、表象についての永遠の観念よ、死が間もなく来るという事実が瞬間に与えるこの価値を！

おお、春よ！　一年しか生きない草木の開くはかない花は、なおのこと急いでいるのだ。人間は一生に一度の春しかない。そして歓びの思い出はあらたな幸福が近づいてくることを意味しない。

フィエゾーレの丘で[36]

美しいフィレンツェ、真剣な学問の、豪華な、花の町。とくに生真面目な町。桃金嬢《ミルテ》の実と「たおやかな月桂樹」の冠[37]。

ヴィンチリアータ[38]の丘。そこで私は紺青の中に雲の消え去るのを生まれてはじめて見た。私はおおいに驚いた。こんなふうに雲が空に溶け込めるものとは思っていなかったし、しまいには雨になり雲はこのまま厚くなるに違いないと思っていたのだ。全くそうではなかった。よく見ていると、雲は一片また一片と消え、後には紺青が残るばかり。これはすばらしい死だった。空の真ん中で消散してしまうとは。

ローマ、モンテ・ピンチオ

35　八十ヘクタールの敷地内にベルニーニ、ティツィアーノ、ボッティチェリなどの傑作を蔵する美術館のあるローマ市中の大庭園。
36　フィレンツェの北八キロほどにあり、起源は前八―九世紀にさかのぼる伝統の町。フィレンツェを一望のもとにおさめる。
37　ゲーテ『タッソー』第一幕第一場で、レオノーレがプリンセスに言う台詞。桃金嬢《ミルテ》と月桂樹は同じくゲーテの詩『ミニョン』にも歌われている。
38　フィレンツェ北東の村。

その日私の感じた喜びは、なにか愛に似たものである――が、愛ではない――あるいは少なくとも人々が語り且つ求めるような愛ではない。――それにまた、美を感じたというのでもない。それは一人の女性から来たのではなかった。また、私の考えに由来するのでもなかった。ただ光が昂揚したためであったと書こうか、君はそれで私の言いたいことがわかるだろうか。

私はその庭に腰を下ろしていた。太陽は見えなかった。しかし、大気は、空の紺碧が液体になって降り注いでくるように、朧な光に輝いていた。本当にそうなのだ、光が波をなし、渦を巻いていた。苔の上に水滴のように煌《きらめ》き散って、本当にそうなのだ、あの広い散歩道ではまるで光が流れているようで、金色の飛沫が淋漓《りんり》と流れる光のなかで枝先にかかっているのだった。

…………………………………………………………………………………

ナポリ。海と太陽を前にちっぽけな床屋。酷暑の海岸通り。日よけのすだれをかきあげて入る。あとは一切まかせる。ながく続くのだろうか。安穏至極。こめかみに大粒の汗。頬に震える石鹸の泡。床屋は一度剃ってから剃刀を砥ぎ、剃刀さばきも一段とあざやかに、もう一度剃る。お湯を含ませた海綿を使って肌を柔らかくし、唇をつまみ上げる。それから、いい香りがして肌触りの柔らかい化粧水で、ひりひりする所を洗ってくれる！　そのうえに軟膏を塗って、さらに刺戟を押さえる。そこで、まだ動かずにいるために、調髪させる。

アマルフィ[39]（夜）

夜、期待し待ちかまえることがある
まだ、どんな愛かわからぬままに。

海の上に張り出した狭い寝室。目が覚めたのは、月があまりに明るいせいだ。海の上に昇った月が。

窓に近づいたときには、もう夜も明けて、やがて日の出が見られるのだろうと、思っていた……ところが全然そうではなかった……すでに満ち完全に成就されたもの――月――『ファウスト第二部』でヘレナの迎えられた時のように、優しい、優しい、優しい月[40]。無人の海。死んだような村。夜の底で遠吠えする一匹の犬……窓にはぼろ布。人間の占める場はない。これらの一切がどのように目覚めうるのか、もうわからない。あの犬は過度に悲嘆にくれている。日はもう昇るまい。睡眠不可能。お前は（あれを、またはこれを）……するのであろうか。

　誰もいない庭に出て行くのか？

　浜におりていって、水浴するのか？

月に照らされて灰色に見えるオレンジを採りにいくのか？

　愛撫して、犬を慰めるのか？

（何度となく、自然がある動作を私に求めているのを感じたのだが、何をしてよいのかわからなかった）

来るあてもない眠気を待つこと……

*

ひとりの男の子が、塀に囲まれたこの庭園まで私の後を追ってきた。階段すれすれに伸びている枝にしがみついてやってきたのだ。階段はこの庭に沿って作られているテラスまで続いていた。入れるようには見えなかったのだ

39　イタリアのナポリ南方の風光明媚な港町。
40　ゲーテ『ファウスト』第二部、第一幕、合唱隊の描き出す情景に「深い静寂と安らかな幸福を湛えて、水のように流れるまどらかな月の光です」とある（大山定一訳『ゲーテI』「筑摩世界文学大系24」前出、一九七二年、一一一頁）。ただし、ヘレナが登場するのは第三幕のことで、直接には月下の風景に結びつかない。

が。

茂みの蔭で愛撫した小さな顔よ！　どんなに蔭を重ねてもお前の輝きを覆いつくすことはできないだろう。そしてお前の額におちる巻き毛の影はいや増しに濃く見える。

私は、蔦や枝にしがみついてこの庭に下りていくだろう、そして網に囲まれた鳥小屋よりもさらに囀《さえず》りに満ちているこの植え込みの下で、優しさ窮まってすすり泣くであろう——夕闇の近づいてくるまで、泉水の神秘に満ちた水が黄金に染まり、さらに深みを増して、夜を告げるまで。

そして枝蔭でぴたりと寄り添った華奢なからだ。
私は華奢な指でその真珠母色の肌にふれた。
その華奢な足先が
音もなく砂の上に下ろされるのを見た。

シラクーザ

平底の小舟、雲の垂れ込めた空、それは時おり生温かい雨となって私たちのところまで降りてきた。水草の腐植化した泥のにおい、茎のこすれる音。

水が深いので青い水源から湧き出る水の豊かさは目につかない。何の物音もしない。それは、パピルスのあいだから水が生まれ出るように、この寂しい野のなかで、この末広の自然の水盤のなかでのことだ。

チュニス

紺青一色のなかで、帆には白、水に映えるその影には緑、の二刷毛のみ。

夜。物蔭にきらめく指輪。

月明かりのなかを、人がうろつく。昼間のものとは異なる想い。

荒野のなかの不吉な月明かり。墓地を徘徊する魔性ども。青い敷石におろされる裸足。

マルタ

夏の黄昏時の広場でおぼえる異様な陶酔、まだとても明るいのに、もう影はできない、そんな時刻のことだ。とても特殊なこころの昂《たか》ぶり。


ナタナエルよ、私の見たもっとも美しい庭園のかずかずについて話してやろう。

フィレンツェでは、薔薇を売っていた。日によっては町全体が芳香にひたっていた。私は毎日夕方にはカッシーネ公園を散歩し、日曜日には花のないボボーリ庭園に行った[41]。

セビーリアではラ・ヒラルダ塔のそばに回教寺院の古い中庭がある。ところどころにオレンジの木が左右均斉に植えてあり、中庭の他の部分は石畳になっている。日差しの強い日にはごく限られた日蔭しかできない。真四角の中庭で、壁に囲まれている。実に美しい。なぜそうなのか君に説明はできないのだが。

41　なぜ「花のない」と明記するのか、一読したところ不思議であるが、その裏には一八九六年一月一日の日記に書きつけられたジッド自身の思い出があるようだ。元旦の朝、ジッドは妻のマドレーヌとカッシーネ公園を散策し、素晴しかったと記した後に、その際にマドレーヌがくれたバラの花束をめぐる思いを語る。それはいかにも貧弱な花束で、とても自分への贈り物とは思えず、はじめは、貧乏人におしつけられて妻はことわりきれなかったのだろうと想像する。しかし、前日に自分が妻に贈った見事なオーカー色の高級なバラと思いくらべて、意図してささやかな贈り物を選んだ妻の心に思い至り、強く打たれる。「このマドレーヌが離れていったら、僕は放浪の者になるだろう」とまで言うのだ。JAGL p. 208. このように妻とのきずなを強く意識すると同時に、本作品（とくに第五の書）に見られるように自由な放浪に強烈に惹かれるところに、作者のこころの振幅の激しさが感じられる。

町を出ると、柵で閉ざされた広大な庭の中に、暑い地方の木がたくさん茂っている。中には入らなかったけれども、柵越しに眺めた。ほろほろ鳥の駆け回るのが見えた。人に馴れた動物がたくさんいるなあと思った。

アルカサルについてどう語ったらよいだろう。庭園はペルシアの一大不思議といったおもむき。君に話していると、これこそ他のどれにもまして自分の好きな庭だという気がしてくる。ハーフィズ[42]を再読しながらその庭を想う。

さあ葡萄酒を注げ
服に染みをつけるのだ
私は愛によろめくのだから
それなのに他人は私を賢者と呼ぶ[43]

散歩道には噴水がいくつも設置してある。道は大理石で舗装してあり、桃金嬢《ミルテ》と杉の木が縁どる。その両側は大理石造りの泉水になっていて、王の寵姫たちが沐浴したのだ。薔薇、水仙、それに月桂樹のほかに、花はない。庭の奥には巨木があり、そこにはペルシアの夜鶯《ブルブル》でもピンで止められていそうに見える。宮殿の近くにはひどく悪趣味の泉水がいくつかあり、ミュンヘンの王宮《レジデンツ》の中庭にある泉水、貝殻だけでこしらえた彫像などのいくつも立っているような代物《しろもの》を思わせる。

あれはミュンヘンの王宮庭園でのことだった。ある春の日に、私は《五月の草《クルマバソウ》》[44]風味のアイスクリームを味わいに行ったのだ。脇では軍楽がしつこく鳴っていた。洗練されてはいないけれど音楽好きの聴衆がいた。夕べともなれば、悲愴な趣のナイチンゲールの声で、魅惑の度をますのだった。その囀りはドイツの詩と同じように私を悩ましい気持で満たした。美妙で強烈な魅力には、その先まで行くことがほぼ不可能な、涙なしには行けないような限度というものがある。この庭園の強烈な魅力も、自分は他のところに居たかもしれないのだと思うだけで、胸に痛みを感じさせるほどのものであった。私が様々な気温というものを状況に応じて個々に味わうことができるようになったのもこの夏のことだ。まぶたは見事にそれに適している。ある夜、汽車に乗っていたときのことを思い出す。車窓を開けはなして、その前で夜を過したのだが、車内より爽やかな空気に触れる感じを享受しようと、私はそれだけに専念していた。目を閉じていたが、眠るためではなく、もっぱらそれのためだった。一日中息苦しいような暑さの続いた日で、夜の空気もまだ生暖かかったけれども、それでも焼けたような私の瞼には、爽やかでさらっとした感じを与えた。

グラナダでは、ヘネラリーフェ離宮のテラスには、夾竹桃が植えてあったが、私の見たときには、花が咲いていなかった。ピサのカンポ・サントにも花はなかった。またサン・マルコの小回廊にも、薔薇が一杯に咲いていればよいと思ったのだが、花はなかった。しかし、ローマではモンテ・ピンチオをもっとも美しい季節に見た。うだるような午後に、人々は涼を求めてここに来るのだった。私は、その近くに滞在していたので、毎日のように散歩をした。病気で何を考えることもできなかったが、自然が浸透してくるのだった。神経の具合がおかしかったお蔭もあって、私は時に自分のからだの限界というものを感じなかった。からだはもっと遠くまで続いていく。あるいは、陶然として、角砂糖のように小孔だらけになり、溶けるようだった。腰をおろしていた石のベンチからは、私を疲れ果てさせたローマは見えなかった。ボルゲーゼ公園を見下ろす感じで、その低いあたりを見ると、なかでも一番高い松の木のやや遠い梢がちょうど足下の高さにくるのだった。おお、テラスよ！　テラスよ、空間はそこから立ちのぼっていった。おお、空中の航行よ！……

42　四〇七頁注6参照。
43　ジッドはゲーテの『長椅子――西東詩集』所収のドイツ語訳から意訳しているが、黒柳恒男訳では「酒を持ち来たれ、偽善の衣を紅く染めよう／高慢の酒に酔っても素面で知られるゆえ」とある（『ハーフィズ詩集』東洋文庫、平凡社、二〇〇八年、五二頁）。
44　ジッドは文字通り「五月の草」l'herbe de mai と記しているが、これはドイツ語の Maikraut の直訳で、別名 Waldmeister。芳香物質クマリンを多く含むクルマバソウである。クマリンは香水や食品の香料として使われる。

夜、ファルネーゼ公園を歩きたいと思ったが、入園禁止だった。この隠された遺跡には草木がみごとに繁茂している。

ナポリには、海岸通りのように海に沿っていて、日あたりのよい下町の公園がある。

ニームでは、堀割に澄んだ水をたたえた《泉水公園《ラ・フォンテーヌ》》、

モンペリエでは、植物園。思い出すのだが、アンブロワーズ[45]と共に、ある夕べ、ちょうどアカデモスの庭でのように、糸杉に囲まれた、昔の墓石に腰を下ろしていた。そして薔薇の花弁を噛みながら、ゆっくりと話し合った。ある夜のこと、私たちは、ル・ペイルー公園[46]から、はるか遠くに海を見た。月明かりで銀色に光っていた。そばでは、町の貯水池の水が段をなして流れ落ち、滝のような音をたてていた。白い羽の縁飾りのある黒鳥が何羽か、静かな泉水で泳いでいた。

マルタでは、総督府の庭園に本を読みに行った。チタ・ヴェッキア（古都）には、レモンの小さい林があった。《茂み《イル・ボスケット》》と呼ばれていた。私たちはそこが気に入り、そこで熟したレモンをかじった。最初はひどくすっぱかったけれど、さっぱりした香りが口に残った。レモンは、シラクーザで、残酷な過去をもつラトミー（石切り場・牢獄）でもかじった。

デン・ハーグの公園では、人によくなついた雌鹿が歩き回っている。

アヴランシュの公園[47]からは、モン＝サン＝ミシェルが見える。遠くの砂浜は、夕方になると、燃え上がっているように見える。とても小さい町で、魅力のある庭園のあるところがいくつもある。ただ、町を忘れてしまい、その名を忘れてしまう。庭をもう一度見たいと思っても、戻っていくことができない。

私は、モスルの庭園を夢見る。薔薇でいっぱいだということだ。ニーシャープールの庭園は、オマル[48]が謳った。シーラーズの庭園は、ハーフィズが。私たちはニーシャープールの庭を見ることはないだろう。

しかし、ビスクラではウアルディの果樹園を知っている。子供たちが山羊の番をしている。

チュニスでは、墓地以外に庭はない。アルジェでは、（あらゆる種類のヤシがある）エセ植物園で、それまでに

見たことのない果物を食べた。ところで、ブリダーときたら、ナタナエルよ、君に何を語ろうか。

ああ！　サヘル地方[49]の草は柔らかい。そしてお前のオレンジの花！　お前の木蔭！　甘《うま》しかな、お前の庭園の香りは！　ブリダー！　ブリダー[50]！　かわいらしい薔薇の花！　冬になったばかりのころ、私にはお前の価値がわからなかった。お前の聖なる林[51]には、春が来ても再生することのない木の葉しかなかった。お前の藤も蔦も焚き木にする蔓枝のようだった。山の麓の方まで雪が下りてきて、お前に近づいていた。私は寝室の中でも暖まることができなかった。お前の雨に濡れがちの庭ではなおのことだった。私はフィヒテの『全知識学の基礎[52]』を読んでいて、また宗教心を起こしつつあるように思っていた。私は穏やかだった。諦めてその悲しさに従わなくてはいけないと

45　ジッドはポール・ヴァレリーとの語らいを、プラトンのアカデミーの園における会話になぞらえて、何度も回想している。ここで墓石というのは、アーサー・ヤングの夭逝した娘のものと伝えられる *Placandis Narcissae Manibus*（ナルキッサの鎮魂のために）と銘打った記念碑のことで、ナルシスをテーマにした作品を二人が創作し、互いに捧げる契機にもなった。

46　モンペリエの市内に十七世紀末からほぼ一世紀かけて構築された公園で、地平はるかに広がる展望がすばらしい。

47　英仏海峡を望むノルマンディの町。西南十キロほどに位置するモン＝サン＝ミシェルの眺めが絶景で、この植物園はモーパッサンの好みの地でもあった。

48　オマル・ハイヤーム（一〇四八―一一三一）はペルシアの大科学者で詩人。イラン北東部の町ニーシャープール出身。ジッドは代表作「ルバーイヤート」のフィッツジェラルドによる英訳でその存在を知った。

49　北アフリカのアルジェリア北東部からチュニジア東部にひろがる地中海性気候の温暖な地域。

50　アルジェの南西五十キロ弱に位置する町。本作品では、第七の書にもあらわれ、話者の感覚と官能の解放に密接に結び付いた経験が語られる。「「お前は小さい町と呼ばれているが、私はかわいいバラと呼ぼう」かつての旅行ガイドブックは、ブリダーをこのような魅力満点のマドリガルで紹介していた」という（*Algérie–Tunisie*, Paris, Guides pratiques Conty, 1904, p. 8）。Pierre Masson, AGRR I, p. 1332, note 25 参照。

51　ブリダーの入り口にある林は、町を創設したイスラム教聖者の廟があるところから「聖なる林」と呼ばれている。

52　*Wissenschaftslehre*（*La Doctrine de la science*）。初期のジッドにとって、フィヒテはショーペンハウアーと並んで、大きな存在であった。Renée LANG, *André Gide et la pensée allemande*, Paris, Plon, 1949, p. 65, 75 et 210 参照。

考え、その一切を徳とすべく努めていた。いまや私はサンダルの埃をその上に払い落とした[53]。その埃を風がどこへ運んでいったか、誰が知ろう。私が預言者のようにさまよい歩いた荒野の埃、あまりに乾ききって風化した石、私の足にそれは焼きつくようだった（太陽にひどく焼かれたのだ）。サヘルの草の上で、今は、足が休まるように！　私たちの言葉がすべて愛を語るように！

　ブリダー！　ブリダー！　サヘルの花！　かわいらしい薔薇の花！　ほのかに暖かく芳香を帯び、葉と花とをいっぱいにつけたお前を私は見た。冬の雪は逃げ去っていった。お前の聖なる苑では白い回教寺院が秘教の色を帯びて光り、蔦は花の下にたわんでいた。オリーヴの木は藤の織りなす花飾りの下に隠れていた。オレンジの花から立ちのぼる芳香を甘美な風が運んできた。か細い蜜柑の木さえも薫香をはなっていた。高い枝の一番高いところから、自由になったユーカリは古い樹皮を落とす。それは使い古しの覆いとして、日差しが強まるとともに無用になった衣服のように、冬の間しか価値のない私の古い道徳感と同じように、ぶらさがっていた。

ブリダー

茴香《ういきょう》のとてつもなく長く太い茎（黄金色の光の下で、また不動のユーカリの紺青の葉の下で、緑がかった金色に咲き誇る花の輝き）、夏になったばかりの今朝、サヘルで道すがら見かけたその素晴しさは、あらゆる比較を絶するものだった。

　そしてまた、驚き、あるいは平然と落ち着いた、ユーカリの木々。

　すべての事物は自然に参加し、自然を離れることは不可能なのだ。すべてを包み込む物理的法則。列車は、夜の中を突き進み、朝には露に覆われる。

船上で

幾夜、ああ！　船室の丸い窓ガラス、閉ざされた船窓よ——幾夜、私は簡易ベッドに寝転んで、次のように言いながら、お前を見やったことか。そう、あの目玉が白くなったら、夜明けだ。そこで僕は起き上がり、船酔いを払い落とす。夜明けは海を洗い清める。そこで僕らは未知の陸地に接岸するだろう。曙は来たが、それで海が鎮まりはしなかった。陸はまだ遠く、動いてやまぬ大海原に私の思考はふらつくのだった。

肉体全体が思い出す船酔い。ゆらめく檣楼《トップ》に考えの一つも掛けようか、と私は思った。大波よ、私は夕風に飛び散る水しか見ることができないのだろうか。私は波の上に愛を播く。不毛の海原に私の思いを投げかける。私の愛は、次々に生じどれも似かよった波浪のうちに、沈み込む。波は過ぎ去り、目はそれをもう識別することができない。——形が定まらず絶えず荒れている海。人間から遠く離れたところでは、お前の波浪も黙り込む。波浪の流動に逆らうものは何もない。が、誰も彼らの沈黙を聞くことはできない。この上なく脆い救命艇の上でさえ波はすでにぶつかり合って、その音は暴風雨とは音の激しいものだと思わせる。大波は、何の音も立てずに進み、相次ぐ。大波は相次ぐが、それぞれが順番に同じ水滴を持ち上げるので、ほとんど移動させることはない。形だけが進んでいく。水は波に身を貸し、波を去る。決して波とともには行かないのだ。すべての形はほんの僅かの間しか同じ存在に留まらない。その各々を貫道して、形は続き、個々のものは捨てていく。私の魂よ！　如何なる思念にも執着するな。一つ一つの思念は、お前からそれを取り上げる沖の風に投げ与えよ。お前自身でそれを天の極みまで持っていくことは決してないだろう。

動きに動く波浪の性《さが》、私の思考をあんなにもよろめかせたのはお前たちだ！　君は波の上には何も構築できまい。波は、重さをかけると、そのままに逃れ去ってしまうのだ。

このようにも勇気を挫く漂流の後、これほどまでにさまよい続けた後、穏やかな港に至れるのだろうか。そこで

53　『マタイによる福音書』第十章十四。自分を受け入れようとしない人々や社会に対する決定的な絶縁を示す行為。

なら、私の魂もようようやすまって、回転する灯台のそばの堅固な防波堤の上で、海を眺めるのであろうが。

第四の書

一

(フィエゾーレに面した)フィレンツェの丘の上で
——その夜、私たちはある庭園に集まった。

しかし、アンゲール、イディエ、ティティールよ、君たちは私の青春を焼き尽くした情熱を知らない、知ることができないのだ、とメナルクが言った(それを今、ナタナエルよ、私は自分の名であらためて君に言う)。時の流れ去るのに私は激昂していた。選択しなければならぬということが、私にとっては、常に、我慢ならなかった。「選ぶ」というのは「選り抜く」という意味ではなくて、自分の選り抜かないものを「拒む」ことのように思えた。私には時間の狭さというものが、時間には一次元しかないということが、愕然とするほど、よくわかるのだった。その一筋の線がせめて幅広いものであればよいと私は望んだのだが、私の様々な欲求はそこを駆け出すと、当然のことながら、お互いに踏みつけ合う羽目におちいった。いつでも、これをするかあれをするかでしかなかった。これをすれば、すぐにあれが惜しまれる。そして私はしばしば、茫然自失、まったく何をすることもできなくなり、あたかも何かを捉えようとして腕をおろせば、たった一つのものしか捉えられないのではないかと心配するあまり、常に両手を広げているような具合だった。そこで私は生活上の失策を犯した。ほかの数多くのことをあきらめる気になれないため、いかなる学習も長期にわたっては続けられなかったのだ。何にしても、代価が高すぎた。そしていくら理屈をこねて納得しようとしても、私の悲嘆は解消しないのだった。悦楽の市に、こんなに僅かな金しか持たずに入りこむとは（いったい誰[54]のせいなのだ？）自分の思いのままに使うだって？　選ぶだって？　それは、それ以外のすべてを、永久に、未来永劫に、諦めることではないのか。どんな品にせよ、一つだけ選んでみれば、大量なそれ以外の方が好ましいのだった。

　それに、どのようなものであれ、この世で所有することを私が嫌うのも、多少はそこから来ていた。所有すればたちまちそれしか所有していないことになるのが、心配だったのだ。


　商品！　買い置きの品！　山とある掘り出し物！　なぜお前たちは文句なしに私のものにならないのか。私とても地上の産物が（限りなく埋め合わせ可能ではあるが）無尽蔵でないことは知っている、そして、君、弟よ、私が杯を飲みほせば（水源はすぐそばにあるが）君にとっては空になってしまうこともわかっている。しかし、お前たちはどうだ！　物質ではない様々な観念たちよ。まだ所有されていない様々な生の形、諸々の学問、神についての認識、真理の杯、無尽の杯よ、お前たちは私たちの唇をうるおして流れ出るのをなぜ損得づくで取引するのか。私たちの渇きのすべてを充たしてもお前たちが涸れることはなく、新たな唇がさしだされるたびにお前たちの水は常に新鮮に溢れ出るであろうに。――今の私にはわかっている。神のものなるこの大いなる泉の水はどの一滴にも同じ価値があること、ほんの一滴でも私たちを十分に陶酔させ、完全無欠の神の総体をあらわすことが。しかし、その頃、私の狂熱は何を願わなかったであろうか。私は生のあらゆる形が欲しかった。何にせよ誰か他の人がしているのをみると、自分ですることができればよいのにと思うのだった。――いいだろうか――「前にしたことがある」のではなく、「現に実行する」ことを望んだのだ。私は疲労や苦痛はさして恐れず、それには人生の教訓が籠められていると考えていた。トルコ語を勉強しているというので、私は三週間というものパルメニデスに嫉妬していた。二カ月後には天文学を発見したテオドシオスの番だった。こういう次第で、私は自分の姿としては最も漠然とした最も不確かな素描しかできなかった。まったく限定したくなかったのだから当然の結果だ。

「メナルク、いままでどのように生きてきたのか、語ってくれたまえ」とアルシッドが言い――メナルクは続けた。

「十八歳、学問の基礎過程を終えた時、頭は勉強に飽き飽きし、心はがらんどうで、存在していることに倦み疲れ、体は拘束に激昂していた。そこで私は、目的も定めずに、自分の放浪熱を利用して、旅路についた。君たちの知っているものを私はすべて知った。春、土の匂い、野原に咲きこぼれる草花、川面に立つ朝霧、牧場を這う夕靄。私は町々を通り過ぎ、どこにも留まりたくなかった。幸いなるかな、この世の何ものにも執着せず、常に動いて永遠の熱情を運び行く者は、と思った。私は憎悪していたのだ。家庭を、家族を、安息が見出せるなどと思わせる一切の場を、継続した愛情を、忠実な恋心を、観念への固執を——これら公正を損なうものの一切を、憎んだ。新しいものに接するたびに、私たちはあらゆる可能性に開かれていなくてはいけないと、主張していた。

諸々の書物は、自由がいずれの場合にも臨時のものであることを説いたのだった。自由とは、結局は隷属あるいは少なくとも献身を選ぶまでの仮のものでしかない。アザミの種はたしかに空を飛び動き回るが、それは肥沃な土地を見つけてそこに根をおろすためであって——不動にならなければ花を咲かすことはできない。自由もそれとおなじことだ、というのだ。しかし、理屈などは人間を導くものではなく、いかなる理屈に対してもその反対を見つけさえすればよいと学校で学んだので、私は、ときには長い旅路の途中でさえも、もっぱら反対意見を見つけようと心を砕いたものだ。

私は絶えず期待のうちに生きていた。いかなる未来をも待ち受ける、実に甘美な、期待のうちに。待ち構えている返答をまえに発せられる質問のように、快楽を前にするとそれを享受したいという渇きがまず生じ、快楽の享受自体に一刹那先行するようにすることを、私は覚えた。私の幸福感は、泉という泉が私に渇きを覚えさせること、渇きを癒すことのできる水もない砂漠の中でさえ、太陽に心かきたてられて、なおも自分の熱から来る情熱の昂揚を好んだこと、そういうところから来ていた。夕べになると素晴しいオアシスがあった。一日中期待していただけに、なおのこと爽やかだった。渺茫《びょうぼう》として続く砂原の上で、太陽に打ちのめされて巨大な眠りのようになった砂漠

54　原文では Qui と大文字で記され、神を暗示している。

で――それほどまでに暑さは激しく、また大気は震えたっていたのだが、その真っ只中で――私は感じた、眠りこむこともできない生命のなおも打つ鼓動が、はるかな地平の果てで絶え入らんとして震え、足下で愛にはちきれそうにふくらむのを。

一日また一日、一刻また一刻、私は自然がますますすんなりと浸透してくることしか求めなかった。私は自分自身にあまり拘束されないという貴重な才を持っていた。思い出は人生に統一を与えるのに必要な程度の力しか持ってはいなかった。それはテセウスをかつての恋につなぎつつも、彼が新しい景色を次々に横切って進んでいくことを妨げなかった神秘的な糸のようなものであった。[55] しかもこの糸でさえも断たれねばならなかった……くりかえされる素晴しい再生！　朝、健康維持のために走っていて、生まれかわったような気分になり、知覚が微妙繊細に感じやすくなるのを、私はしばしば味わった。――「天性の詩人の才よ」と私は言った。「お前は絶えず新たなものに出会う才能だ」――そして私は到るところからやって来るものを迎え入れていた。私の魂は四辻にひらかれた宿屋だった。入りたいものが入ってきた。私は、柔軟に延びることができ、相手と折り合い、あらゆる感覚を通してしかるべく対応することができ、もはや自分一個の考えなどなくなるほど身を入れて注意深く相手の話を聞き、通りがかるすべての感動を捉えるのだった。そして、自分個人の反応というものが最小限になった結果、何に対しても抗議しなくなった。いや、何も悪とは思わなくなったのだ。それに、やがて気がついたのだが、私が美を愛する気持は醜を憎む気持にほんの僅かしか支えられていなかった。

私は倦怠感を憎んでいた。それが退屈からきていると知っていたのだ。そして、事物の多様性に賭けることを主張していた。私はところかまわず休んだ。畑でも寝た。広い野原でも寝た。麦の大束の間で暁の震えるのも、山毛欅《ぶな》林の梢で鳥の目覚めるのも、見た。朝、草の中で身を洗うと、昇ったばかりの太陽が濡れた衣服を乾かしてくれた。私の見たあの日以上に美しい田園を知っているなどと誰に言えよう。あの日、私は、歌声の最中《さなか》に戻っていく豊かな収穫物を、重い荷車を牽く牛を、見た！

ある時、自分の歓びがあまりに大きくなったので、私はそれを伝えたい、私の中でその歓びを生かしているものを誰かに教えたい、と思った。

夜、私は、見知らぬ村で、日中は別れ別れになっていた家族がふたたびまとまるのを目にした。父親は仕事に疲れて戻ってきた。子供たちは学校から帰ってきた。家の戸は、一瞬の間、光と暖かさと笑い声をもって迎えいれるために開き、あとはまた夜の間ずっと閉ざされるのだった。放浪するものは、外の震える夜風を避けて屋内に入ることがもうできない。——家族よ、私はお前を憎む！ 閉ざされた家庭、再び閉められてしまう戸、幸福を嫉妬深く独り占めにするこの態度。——時に、私は、夜蔭にかくれて、ガラス窓から覗き込み、一家の普段の生活ぶりを長いこと眺めるのだった。父親はそこに、ランプの側にいる。母親は縫い物をしている。祖父の席が一つ空いている。子供がひとり父親の側で勉強している。——そして、私のこころは、その子を連れ出して共に旅路を続けたい気持で、大きくふくらむのだった。

翌日、私はその子をふたたび見かけた。学校から出てくるところだった。翌々日、私は話しかけた。四日後、その子はすべてを捨てて私についてきた。私は平野の素晴しさを前に、目をひらいてやった。子供は平野が自分に開かれていることをさとった。私はその子の魂がもっと放浪を好み、ついには朗らかになり——ひいては私からも離れて、自分自身の孤独を知るように、導いてやった。

ただ一人で、私は誇りのもたらす強烈な歓びを味わった。私は夜明け前に起きるのが好きだった。切り株畑で太陽を呼んだ。雲雀の囀りは私の幻想を奏《かな》で、朝露は私にとって曙の化粧水だった。私は、極端なまでに粗食を好んだ。ほんのわずかしか食べないので、頭は軽く、感覚のとらえるすべてが一種の陶酔になるのだった。あれ以来、そうなのだ、葡萄酒はかなり飲んだが、どれ一つ、この断食から来る眩暈を、太陽が昇って私が藁塚のくぼみで眠

55 ギリシア神話で、テセウスがミノタウロス退治のためにクレタ島に来た際に、ひとめぼれしたアリアドネが、与えた糸玉。テセウスはミノタウロスを殺したのち、その糸をたぐって迷宮から出られた。ただし、結婚を約束したにもかかわらず、テセウスが後にナクソス島でアリアドネを捨てた経緯には諸説ある。

る前の、朝まだきの平野が揺れ動くあの感じを、与えてはくれなかった。

持参したパンも、時には、半ば気を失いそうになるまで、手をつけなかった。その時には、自然は自分と異なるという感じが弱まり、よりよく浸透してくるのだ。外界がどっと流れ込んでくる、そんな感じだった。開かれたすべての感覚を通して、私は外の存在を迎えた。すべては、私の内で、客として招かれていた。

私の魂は終いには詩的情緒に満たされた。それは孤独によって掻き立てられ、夕刻ともなると私を疲れさせた。自尊心から弱気はださずにいたが、そういう時にはイレールのいないのが残念だった。彼はその前年、極端に人嫌いとまでは言えないにしても私の気分の持っているそういう傾向を忘れさせてくれたのだ。

イレールとは、夕刻になると、よく話し合ったものだ。彼も詩人だった。彼はすべての諧調《ハーモニー》がわかるのだった。自然に生じる結果の一つ一つは、私たちにとって一つの開かれた言語のようになって、その原因を読むことができるのであった。昆虫はその飛翔によって見わけられるようになり、鳥はその囀りによって、女たちの美しさは砂浜に残る足跡によってわかる。彼もまた冒険への渇きによって貪《むさぼ》られていた。渇きの強さが彼を大胆にしていた。私たちのこころの青春よ、確かに、いかなる栄光もお前には値しまい！　私たちは恍惚としてすべてを吸いこみ、自分たちの欲求を倦み疲れさせようとしたが無駄だった。私たちの考えはいずれも一つの熱情であった。感じるということは私たちにとって特殊な刺激を与えた。私たちは輝かしい将来を待ちながら、自分たちの素晴しい青春を消耗していた。そして、そこまで行く道のりがもっと限りなく続けばよいと思っていた。私たちは生垣の花を噛みながら大股にその道を歩いていったが、花は口に蜜の味と妙なる苦味とを残すのだった。

時折、またパリに寄ることがあって、かつて勤勉な幼年時代を送った住居《アパルトマン》で、数日あるいは数時間過すことがあった。そこではすべてが黙り込んでいた。今はいない女性のこころづかいで家具はシーツで覆ってあった。ランプを持って、私は部屋から部屋へ歩いていったが、数年前から閉めきったままの雨戸を開けようともせず、また樟《しょう》脳《のう》臭いカーテンを擡《もた》げようともしなかった。屋内の空気は重く、臭いがこもっていた。私の寝室だけは相変わらず寝られるように整えてあった。書斎はもっとも暗くもっとも静かな部屋だが、書架とテーブルの上の本は、私がかつて並べたままに並んでいた。時にはその一冊を紐解くこともあった。そして昼間なのにともしたランプの前で、時を忘れるのは幸せだった。時にはまた、グランド・ピアノの蓋を開けて、記憶のうちに昔のメロディーのリズムを見出そうとした。しかし、あまりに不完全にしか思い出せないので、そこで悲しい思いをするよりは、弾くのを止めてしまうのだった。そのつぎの日、私はふたたびパリから遠いところにいた。

自ずからものに惹かれやすく液体のような私のこころは、いたるところから流れ出るのであった。いかなる歓びも私個人に属するものとは思えなかった。出会いのままに人をそこに招いた。そして自分が一人の時には自尊心から無理をして享受するのでしかなかった。

ある者は私がエゴイストだといって非難した。私は彼らを愚か者として非難した。私は、男にせよ女にせよ、ある個人を愛することはない、自分の愛するのは友情であり、愛情あるいは恋愛であると主張していた。誰かにそれを与えることで、別の者から取り上げたくはなかった。私は自分を貸すことしかしなかったのだ。同様に誰かの肉体なり心なりを専有したくはなかった。自然に対するのと同じくここでも私は放浪の民で、どこにも留まらなかった。選び取るということは、一切、公正に反すると思っていた。万人のものでありたいと思い、誰か一人に自分を与えることはしなかった。

どの町の思い出にも、私は放蕩の思い出を一つ結びつけた。ヴェネチアでは、仮装舞踏会に加わった。私が色事に耽っている小舟ではヴィオラとフルートの合奏が雰囲気を盛り立てていた。後ろから娘や青年の大勢乗った小舟が何艘もついてきた。私たちはリド島の方にいって夜明けを待つ予定だった。しかし、音楽もすっかり止んでしまったので、日が昇ったときには、疲れ果てて、眠っていた。私は仮初の歓楽が後に残すこの疲労をも好んだ。そして歓びが萎んでしまったことを感じさせる目覚めの眩暈さえ好きだった。――別のいくつかの港では、大型船の水夫たちと共に行くこともできた。私たちは薄暗い路地に入り込んだ。しかし私は、ひたすら体験のみを求める自分の気持はよくないと思っていた。実際、それが私たちにとって唯一の誘惑だった。船乗りたちはいかがわしいキャバレーの方に残して、私は静かな港に戻った。そこでは夜の言葉少ない忠告の意味が、路地のことと思い合わせるとよくわかった。路地の奇異で悲愴味を帯びた喧騒が、恍惚感を貫いて聞こえてくるのだった。私は田園の幸《さち》の方が好きだった。

　しかし、二十五歳になったとき、旅に飽きたというのではないが、この放浪生活が自尊心をあまりに強くしてしまったのに悩んで、私は自分が新しい生き方をするだけに成熟したとわかった、というか、自分をそのように説得した。

　どうして、一体どうして、と私は彼らに言った、また旅に出ろなどと言うのです？　どの道端でも、もう新しい花が咲いたことはわかっていますよ。でも、その花は、今度は君たちを待っているのです。蜜蜂が花から花に飛び回って蜜を集めるのは一時期のこと。あとは、財産を管理するのです。――私は空いたままにしておいた自宅に戻った。家具を覆っていたカバーを取り除け、窓を開けた。まるで吾が意に反してという具合に、放浪しているうちに、いつの間にか、かなりの蓄えができていたので、それを利用して、高価な品、あるいは壊れやすい品、壺や、稀《き》覯本《こうぼん》や、特に絵画などを買えるだけ買いこみ、身の回りに集めた。私には絵の素養があったので、絵画は非常に廉価に入手することができた。[56]十五年間というもの、私はまるで守銭奴のように金を溜め込んだ。全力を挙げて金持ちになったのだ。私は教養も身につけた。いろいろな楽器も習った。毎日の時間は、それぞれに実りある勉強にあてられていた。歴史学と生物学がとくに興味を引いた。私は様々な文学も知った。また多くの友情も得た。寛闊《かんかつ》な心と生まれのよさとのおかげで、友情をこっそり盗み取るような必要もなかった。友情はその他のなによりも貴重ではあったが、それにさえも私は執着していなかった。

　五十歳になり、いよいよ時が来たので、私はすべてを売却した。趣味はしっかりしたものだし、それぞれの品についてもよく知っていたから、所有していたものはすべて値が上がっていた。そこで、わずか二日で莫大な財産を成し、全額をいつでも引き出せるかたちで投資した。私は徹底的にすべてを売り払った。自分個人に属するものはこの世に一つもとっておきたくなかった。思い出の品も一切残さなかった。

　田園までついて来たミルティルに、私は言った。「この気持ちのよい朝、この霧、この光、朝風のこの爽やかさ、君の存在のこの脈動、君がすべてをそれに捧げることを知ってさえいたら、これらを感じてとって、君はさらにどんなにか多くの甘美な歓びを得られるだろうに。君はここに居ると思っている。しかし、君の存在の最良の部分は壁に囲まれ閉じ込められている。奥さん、子供たち、蔵書、学問、そういうものが君の最良の部分を拘束し、神からそれを横領してしまうのだ。

君は、今のこの瞬間に、強烈な、完全な、直截の生の感覚を——それ以外のものを忘れることなしに——味わうことができると思うのか？　君の思考の習慣が君を妨げる、君は過去に生き、未来に生きている。そのまま素直には何も知覚しない。ミルティル、私たちは生の一刹那のなかに居るにすぎないのだよ。過去のすべてはそこに死に絶え、未来はまだ生まれていない。一瞬一瞬！　ミルティル、君にはわかるだろう。それぞれの瞬間の現存が、どれほどの力を帯びたものであるか！　私たちの生涯の一瞬一瞬は本質的にかけがえのないものなのだ。時には、そこにだけ完全に集中できるようにしたまえ。ミルティル、もし君が欲するなら、もし君にできるなら、今のこの瞬間に、もはや妻も子もなく、君は神の前にただひとりいることになろう。しかし、君は彼らのことを思い出す。そして、まるで失うことを恐れているかのように、自分の過去の一切を、君の愛のすべてを、この世でのありとあらゆる心配ごとを、一切合財抱え込んでいる。私はといえば、私の愛は一瞬ごとに全的に私を待ちうけ、常に新たな驚きを引き起こす。私はそれを認知するのであって、決して再認などしない。ミルティルよ、君は神がとりうるすべての姿を考えてみることもできない。一つの形をあまりに長いこと見つめ、それに夢中になると、目が見えなくなる。君の崇敬の念が一つのものに固定しているのには、まったく胸が痛む。もっとひろく撒き散らせばよいのだ。君の閉ざされたすべての扉の向こう側に、神がいる。神のとる姿はすべて愛するに値する。そしてすべては神の姿なのだ」

56　一九三五年三月二十四日付の「日記」で、ジッドはこの文章を取り上げ、これがメナルクに対する作者の皮肉であることを明記している。続いて自分の寛闊な心や高貴さを押し出すあたりにも、メナルクの自尊心過剰に対する作者の批判がこめられている。

……築き上げた財産で、私はまず船を一艘借り、友人三名、乗組員、見習い水夫四人と共に海上に乗り出した。私はそのなかの一番容貌の醜い水夫に夢中になったが、彼の心地よい愛撫よりも、波の動きを眺める方を好んだ。夜になると、この世のものとも思えないような港にここかしこで入り、時には漁色の一夜をすごした後に、夜の開ける前に去ることもあった。ヴェネチアでは非常に美しい娼婦に出会った。三晩というもの、その女と情交を重ねた。その女のそばでは他の諸々の艶事の悦楽を忘れていられたのだ。それほど女はきれいだった。私の船は彼女に譲った。売ったのか無償で与えたのか覚えていないが。

私は数カ月間コモ湖畔の大邸宅に住んだ。そこには、この上なく人当たりの柔らかい楽人が集まった。私は慎ましやかで話し上手の美女も呼び集めた。そして、夜になると、会話を楽しんだ。その間、楽人たちが艶な雰囲気を盛り上げていた。それから、大理石の階段を下りていくと、その最後の数段は水に濡れているのだった。そこで数隻の小舟に乗り込んで櫂の心休まるリズムのままに湖上をさまよい、色好みの心を眠らせるのだった。戻りは半睡状態だった。急に岸に着き、舟は目を覚ました。と、イドワーヌは、私の腕にすがり、黙って、石段を登った。

次の年、私はヴァンデー地方の広大な屋敷に居た。それは浜の近くにあった。詩人を三人迎えいれると、彼らはその宴の頌歌を作った。詩人たちはまた、魚が居て水草の生えている沼、ポプラの並木、孤立して聳える何本かの樫の木、トネリコの植え込み、庭の美しい構成を語った。秋が来て、私は最も大きい木々を切り倒させた。屋敷を荒廃させて良い気分だったのだ。雑草の生えるままにさせた小道から小道を、大勢の客人がさ迷い歩くこの大庭園の趣は何ものにも表現できないだろう。広い並木道は端から端まで樵《きこり》たちの斧の音で覆われていた。ドレスが道を塞いでいる枝に引っかかるのだった。横倒しになった木の上にのびのびと広がる秋は素晴しかった。そこがあまりに絢爛豪華だったので、後々までも、私は他のことを何も考えられなかった。これは自分も老いたな、と思った。

それ以来、私は次々に違う場所に逗留した。オート・アルプ地方の山荘、マルタ島の白い大邸宅（これはチタ・ヴェッキオの芳香を放つ林のそばにあったが、その林ではレモンがオレンジのように甘酸っぱいのだった）、ダルマチアではあてもなく行く四輪馬車《カレーシュ》、そして今、ここにこうして、フィエゾーレの丘に面したフィレンツェの丘の上にあるこの庭に、今宵、君たちに集まってもらったのだ。

私の幸福がさまざまな出来事のお蔭だなどとあまり強調しないでくれたまえ。たしかに幸運ではあったが、私はそれを利用したのではない。私の幸福が豊かな財産のお蔭で得られたなどとも思いたもうな。この世に何の絆も持たない私の心はあいかわらず貧しい。そして、私はやすやすと死ぬだろう。私の幸福は熱情から成っている。あれこれと識別することなしに、あらゆるものを通して、私は狂ったように渇愛したのだ」

二

私たちのいた高台《テラス》は記念大建造物といった感じで（階段が螺旋状にそこまで続いているのだが）町全体を見下ろしており、深い木立を超えて、停泊中の巨船の趣があった。時には町に向かって進んでいるようにも見えた。想像上のこの大船舶の高い船橋の上に、この夏、私は、町の喧騒を離れて、夕べの瞑想に満ちた落ち着きを味わいに上っていった。巷のざわめきは上昇するにつれてすべて弱まり、波のような感じで、ここまで押し寄せては砕けるのだった。それはまたやってきて、堂々と波状をなして上り、塀にぶつかって広がった。

しかし、私はもっと高く、波の及ばないところまで上った。高台の一番上まで行くと、聞こえるのは木の葉の震える音と夜の狂おしいほどの呼びかけだけであった。

柊樫《ひいらぎがし》と月桂樹の巨木が規則正しく植えられて並木をなしており、天の際で終わりに達するのだが、そこで高台自体も終わるのだ。しかし、円形をなしている欄干は、時によってはさらに先に延びて、紺青の空に突出したバルコンになっているように見えた。そこに行って私は腰をおろし、思索に酔った。航海しているような気分だった。町の向こう側に連なる暗い丘の上では、空が金色に染まっていた。軽やかな枝には、私のいる高台から、見事な夕陽の方に傾くのもあり、あるいはほとんど葉も落ちつくして夜の方に伸び上がっているのもあった。町から煙のようなものが立ち昇っていた。それは光を浴びた埃で、もっと多くの光に輝く広場のほんのわずか上方に昇り、漂っているのだった。そして時おり、自然に飛び出たというように、暑すぎるこの夜の恍惚のうちに、どこからか、花火が打ち上げられた。それは、線を引いてすばやく昇り、空間を一つの叫び声のように延びて行き、振動し、旋回し、神秘的にぱっと開く音と共に、解体して落ちる。私がとりわけ好きだったのは、その淡い金色の火花が、実にゆっくりと落下し、実にさりげなく四散するので、後になって、星はあんなに見事なのだから、星もこのように突然演じられた妖精劇から生まれ出たのだろうと思われるくらいで、火花の散った後で、星がなおも留まっているのを見ると、まずは驚き……次いで、ゆっくりと、一つ一つの星がそれぞれの星座に結びつくのを認めるという具合で——恍惚感がながく続く、その手の花火だった。

「さまざまな出来事に」とジョゼフが続けた。「どうにも承認しがたいぐあいに巻き込まれてしまったんだ」

「まあ、いいさ！」とメナルクは言う。「存在しないことは、存在し得なかったことだ、と言う方を私は好むね」と。

三

さてその夜、彼らは果物を謳った。メナルク、アルシッド、さらに集まった者数名を前に、イラス[57]は次のように歌った。

石榴《ざくろ》の輪舞の歌

たしかに、プロセルピナに
思い出させるのには、石榴の実が
三粒もあれば十分だ。[58]

あなたがたはまだ長い間探し求めるだろう、
魂の実現不可能の幸福を。
肉体の歓びと感覚の歓びよ、
誰か別の人ならばその気になればお前たちを断罪するだろう。
肉体と感覚との数々の苦い歓びよ——
断罪したい人はするがよい——ただ僕はその気になれぬ。

——たしかに、熱烈な哲学者、ディディエよ、君は立派だ。
君の思想にたいする信念が、精神の歓び以上に好ましいものはない
と君に思わせるのならば。
しかし、あらゆる精神においてそれほどの愛が可能なわけではない。

57　ギリシア・ローマの古典を喚起する名。テオクリトスの『牧歌』第十三歌によればヘラクレスに愛された少年の名。ウェルギリウス『牧歌』第六歌にも現われる。
58　ジッドは一八九三年以来、ギリシア神話のペルセポネ（ローマ神話ではプロセルピナ）を題材に作品を書く意図を表明、これが後のオペラ台本『ペルセポネ』（一九三三）に発展する。この台本によれば、ジッドは神話を自分流に解釈し、冥界におりたペルセポネが、ヘルメスの企みで石榴に籠められた日の光を見て、地上の歓びを思い出す。「石榴を齧って、忘れていた地上の味を思い出した」永遠の乙女は、冥界から地上に戻る。

たしかに、僕も好きだ、
魂が絶え入るほどに震えるのが、
心の喜び、精神の歓びが——
しかし、僕が歌い上げるのは、お前たち、快楽なのだ。

肉体の歓びは、草葉のように柔らかく、
生垣の花のようにあいらしい。
牧場の苜蓿《うまごやし》よりも、あるいはまた触るとすぐに葉の落ちる
あわれな下野草《しもつけ》よりも、もっとはやく萎れて刈り取られるのではあるが。

視覚——五感のうち最もあわれなもの……
触ることのできないものは、どれもこれもあわれをもよおす。
目の羨望するものを手が摑むのよりも
精神が思想を把握するほうがやさしい。
おお！　ナタナエルよ、君は自分の触れられるものを欲求するように。
そして、それよりも完璧な所有などは望まぬように。
僕の感覚にとってもっとも心地よい歓びは
癒された渇きだった。

たしかに、快いものだ、牧場に日の昇る時の朝霧は。

また、太陽も快い。
快いものだ、僕らの裸足の触れる湿った大地は、
そしてまた、潮に濡れた砂浜は。
快いものだった、水浴した時の泉の水は、
見知らぬ唇に物蔭で僕の唇が触れるのは……
しかし、果物は——果物は——ナタナエルよ、何と言おうか。
おお！　どうして君はそれを知らなかったのか。
ナタナエル、そのことがまさに僕を絶望させる。
その果肉は微妙繊細で汁がたっぷりあった。
血を流す肉のように味が良かった。
傷から流れ出る血のように赤かった。
これらは、ナタナエルよ、特殊な渇きなど少しも求めていなかった。
金の籠に入れて供されたのだ。
その味はまず胸をむかつかせた。較べようもなく味気なかった。
僕の知っている土地のどの果物の味も思い出させなかった。
それは熟れすぎたバンジロウの実を想わせた。
果肉は熟しすぎているようだった。
そして口に渋い後味を残した。
それを消すには、もう一つ新しいのを食べなければならなかった。
享受できるといっても、ほんの束の間のことで、
果汁を味わう間だけのことだった。

そして、その瞬間は短いだけになおさら好ましかった、
食べ終わるとその味気なさはますます吐き気をもよおすものになったのだから。
果物籠はすぐに空になった。
最後の一つは分かちあったりはしないで、
そのまま残しておいた。
嗚呼！　その後で、ナタナエル、誰が私たちの唇について語るだろう、
その苦く焼け爛れる感じがどんなものであったのかを。
いかなる水もそれを洗い清めることはできなかった。
この果物を食べたい一念で僕らは魂の底まで苦しんだ。
三日間というもの、市場で、それを探し求めた。
が、その季節は終わっていた。
どこにあるのだろう、ナタナエルよ、私たちの旅で
また別の欲求を引き起こす新しい果物は？

*

テラスの上で食べる果物がある、
海を前に、夕陽を前に、食べるのだ。
アイスクリームに入れるのがある、
すこしリキュールも入れて甘みをつけるのだ。

木に登って採る果物がある。

塀をめぐらして、他人は入れない庭で
夏ともなれば日蔭で食べる。
小さなテーブルを設《しつら》えよう。
枝を揺すぶりさえすれば
まわりじゅうに実は落ちるだろう。
そこでうとうとしていたハエも目を覚ますだろう。
実が落ちたら、いくつもの碗に集めよう。
その匂いだけでもう魅力満点だ。

皮が唇に染みをつけるので、ひどく喉の渇いたときにしか食べないのがある。
砂地の道を行ったときに見つけたのだ。
それは棘のある葉を通して光っていた。
採ろうとすると、手を傷つけた。
そのくせ僕らの渇きはあまりおさまらなかった。

太陽の熱にさらしておくだけで
ジャムの作れるようなのがある。
冬になっても果肉の酸っぱいものがある。
齧《かじ》るとあとで、歯がびりびりする。
果肉のいつでも冷たいものがある、夏でもそうなのだ。
ちいさな飲み屋の奥で

茣蓙《ござ》の上にしゃがみこんで食べるのだ。
思い出しただけで喉の渇くのがある。
見つからないとなると、すぐにそうなのだ。

＊

ナタナエル、君に石榴のことを話そうか。
オリエントの市で、二束三文で売っていた。
葦の簀《す》の子の上に山積みになっていたのが崩れたのだ。
埃の中に転がり出たのがあって、
裸の子供たちが拾い集めていた。
その汁は熟していない木苺のように少し酸っぱい。
花は蠟細工のようだ。
実と同じ色をしている。

秘められた宝、蜂の巣のような仕切り、
風味の豊かさ、
五角形の建築、
皮がはじけ、実の粒が落ちる、
紺青の杯に血の粒が散る。
そしてまた、別の石榴は、琺瑯《ほうろう》びきのブロンズの皿に容れた、金の滴。

——さあ、シミアーヌ、無花果《いちじく》を歌いたまえ。
無花果の恋は秘められているのだから。

——では、無花果を歌います、とシミアーヌは言った。
無花果の美しい恋は秘められていて、
その花は内側に畳み込まれて咲くのです。
婚礼の祝われる閉ざされた寝室。
どんな香りも婚礼の様子を外に語り伝えはしません。
なにも発散しないからです。
香りのすべては豊かな果汁と味わいになるのです。
美しさを欠いた花、悦楽の実。
熟した花にほかならない実。

私は無花果を歌いました、とシミアーヌは言った。
さあ、今度は花という花を歌ってください。

「たしかに、私たちはすべての果物を歌いはしなかった」とイラスが言った。
詩人の天賦の才とは、意味もナシに（李《すもも》なんぞに）感動する才能をいう。
（花は実を約束するものとしての意味しか私にはない）
君は意味ナシの李について語らなかった。

さて生垣のリンボクの実は酸っぱいけれど、
冷たい雪で甘くなる。
セイヨウカリンは傷んではじめて食べられる。
そして枯葉色の栗の実は
火に近づけてはじけさせる。

「私はある厳寒の日に雪の中で採った山の苔桃《こけもも》を思い出す」

「私は雪が好きではない」、とロテールが言った。「あれはまったく秘教的な物質で、まだこの世の営みに参与していないのだ。私はあの突拍子もない純白さを憎む。景色はそこで静止してしまう。雪は冷たくて、生を押し戻す。雪が生を覆い保護することは私も知っている。しかし、生が再誕するのは、雪を溶かしてのことなのだ。だから、私にとって雪は灰色で汚れている方が良い。もう半ば解けて、草木のためにほとんど水になっているのがよい」

「雪についてそんな風に言うのはよしたまえ。雪も美しいことがあるのだから」、とユルリクが言った。「雪が悲しく苦痛に満ちているのは、過剰な愛がそれを溶かす場合なのだ。そして、君は愛を特に好むのだから、雪が半ば解けているのを好むのさ。雪は勝ち誇っている時に美しい」

「それは、どうもいただけない」、とイラスが言った。「それに僕が「それはけっこう」と言うのに、君が「まあ、いいさ」などと水を差すことはないんだ」


その夜、私たちは皆それぞれに、バラードの形で、讃歌を読み上げた。まず、メリベが歌った。

もっとも有名な恋人たちのバラード

スレイカよ[59]！　おまえのために私は飲むのをやめた、
酌取の注ぐ葡萄酒を。
あなたのために、ボアブディル[60]よ、グラナダで
私はヘネラリーフェ宮殿の紅花の夾竹桃に水をやった。
私はソレイマーン王[61]だった、バルキス[62]よ、あなたが南の地方から私に謎をかけに来た時に。
タマルよ、私は兄のアムノンだった、おまえを自分のものにできないで死ぬ思いだった。[63]
バト・シェバよ、金色の鳩に牽かれて宮殿の一番高いテラスまで来て、沐浴しようと裸身で降りていくおまえを見た後、私は自分のためにおまえの夫を死なせたダビデだった。[64]
シュラムのむすめよ、私はおまえのために歌ったのだ、ほとんど宗教的とも思われる歌を。[65]

59　詩人ハーフィズの恋人の名。ゲーテは『長椅子　西東詩集』（一八一九）でハーフィズに葡萄酒を注ぐ酌取を歌い上げている。また、同詩集所収の「スレイカ」は、当時のゲーテの恋人、マリアンネ・ウィレマーの恋心を歌ったもの。
60　スペインにおけるナスル朝グラナダの最後の王（在位一四八二―八三、八六―九二）。アルハンブラ脇のヘネラリーフェ宮殿はムーア王家代々の根拠地。
61　トルコ、アラブ、ペルシアでソロモン王を呼ぶ名。
62　伝統的にキリスト教とイスラム教でシェバの女王を指す名。旧約聖書『歴代誌下』第九章一―十二にソロモンがシェバの難問のすべてに答えた話があるが、シェバはソロモンの叡智に感嘆したのであって、この二人が愛し合ったという記述はない。
63　『サムエル記下』第十三章にアムノンの異母妹タマルへの熱い思いが語られている。
64　同右第十一章にウリヤを死に追いやり、妻バト・シェバを手に入れたダビデの恋物語がある。

フォルナリーナよ[66]、私はおまえに抱かれて愛の叫びを上げた男だ。

ゾベイダさま[67]、私は、ゾベイダさまが、広場まで行かれる通りで、朝、出会われた奴隷でございます。空っぽの籠を頭の上に載せておりました。するとあなたさまは、私をお供にして進んでいかれ、大ぶりレモン、酸っぱいレモン、胡瓜《きゅうり》、各種香辛料、種々様々な砂糖菓子なんぞを、籠いっぱいに詰めさせました。それから、あなたさまは私がお気に召して、私が疲れを訴えますと、それでは、姉妹さまお二人と王子さまで回教托鉢僧になっておられる三人の方々とご一緒に、夜もあなたさまのおそばにいるようにとのお言葉。そこで、皆様それぞれにご自分のお話をなさり、それ以外の方は順番に聞き手にまわって、時を過すことになりました。いよいよ私にも番がまわってまいりまして、「ゾベイダさま、お目にかかるまで、私の人生にはお話といって何もございませなんだ。それで今、どうしてお話などございましょう。あなたさまが私の生活そのものではございませんか」――こう言いながら、荷物運びの男は果物を腹いっぱい貪った。(思い出すのだが、ごく幼い頃、『千一夜物語』にしきりに出てくる干し果物を、私は夢見ていた。その後、薔薇のエッセンスで味をつけたのをいろいろ食べた。ある友人は、茘枝果《れいしか》で作ったものの話をしていた)

アリアドネよ、私は旅ゆくテセウスだ。
自分の道を続けていくために
おまえをバッカスに捨て与えたのだ。

エウリュディケよ、美しい女《ひと》、私はおまえのオルフェウスだ。
地獄で、一瞥をもって、おまえと絶縁した私。
後を追ってこられるのが、耐えられなかったのだ。

ついで、モプシス[68]が歌った。

不動産のバラード

川が増水し始めたとき、
山の上に避難した人たちがいた。
ある人々は言った、「酸っぱいレモンが肥料になって畑を豊かにするだろう」
ある者は言った、「これで破産だ」
またある者は、まったく何も言わなかった。

川がすっかり増水した時、
まだ木の見えるところがあった。
またあるところでは、家の屋根が、
鐘塔が、塀が、そしてもっと遠くには丘が見えるのだった。
また、もう何にも見えないところもあった。

65　シュラムの乙女は前出。『雅歌』第七章参照。キリスト教の伝統的解釈では、『雅歌』を単にエロチックな表現とせず、神のイスラエルに対する愛のアレゴリーとみなす。
66　ラファエッロはこのローマのパン屋の娘を愛し、肖像画の傑作「ラ・フォルナリーナ」を残した。
67　『千一夜物語』の「三人の回教托鉢僧になった王子とバグダッドの五人のご婦人」。
68　ウェルギリウス『牧歌』第五歌でメナルカスの対話相手。

百姓のなかには家畜の群れを丘の上に登らせた人たちがいた。
ある者は船に孫たちを乗せていった。
またある者は宝石類、
食い物のたぐい、書類、浮くことのできる銀器一切などを持ち出した。
またある者は何一つ持っていかなかった。
小舟で逃げ出した者は流れにひきこまれて
まったく見知らぬ土地で目を覚ました。
アメリカで目を覚ました者もいた。
ある者は中国で、またある者はペルーの岸辺で目を覚ました。
また全然目覚めない人々もいた。

ついでギュズマンが歌った。

病いの輪舞の歌

これは、終わりの部分だけ伝えよう。

……ダミエッタ[69]で、私は熱に取り付かれた。
シンガポールで私は自分の体が
白と薄紫との燐光に飾られるのを見た。
フエゴ島で、私の歯は全部抜け落ちた。

コンゴ川では鰐に片足を食われた。
インドでは、無気力症に捉えられた。
お蔭で肌は素晴しく緑色になり、透き通っているようだった。
私の目は、感傷を帯びて大きく見開かれていた。

私は光に満ちた都市に住んでいた。毎晩のように、そこではありとあらゆる犯罪がおかされた。が、港に近いところに、いつでも徒刑船《ガレール》が何艘も停泊していて、囚人でいっぱいになるには到らないのだった。ある朝、私はその一艘に乗り込んで出かけた。市長が私の奇抜な考えを受け入れて、四十人の漕ぎ手を提供してくれたのだ。三晩と四日、私たちは航海した。彼らは私のために見事な力を発揮した。この単調な疲労は彼らの凶暴な精力を眠り込ませた。波の水を限りもなく掻き回すのに飽き飽きしたのだ。彼らはより美しくなり、夢見がちになった。彼らの過去は広々とした海のかなたに遠ざかった。そして私たちは、夜になると、運河の縦横に走る町に入った。金色の町あるいは灰色の町であった。それが茶色か金色かによって、アムステルダムあるいはヴェネチアと名づけるのだった。

四

夜、フィエゾーレの丘の麓にある庭園に（それはフィレンツェとフィエゾーレの中間の辺りにある庭で、ボッカチオの時代にはパンフィロとフィアンメッタの歌ったところだが）[70]、——明るすぎる日中が終わり——まだ闇に閉ざされてはいない宵のうちに、シミアーヌ、ティティール、メナルク、ナタナエル、エレーヌ、アルシッド、その

69　十三世紀半ばに十字軍の破壊したエジプト北部の都市。

他数名のものが集まった。

非常に暑かったのでテラスで軽く味のよい夕食をすませた後、私たちは小道を下ってゆき、そして、今、音楽を聴いてから、月桂樹と樫の木の下をあちらこちらとそぞろ歩き、そろそろ頃合を見て、柊樫《ひいらぎがし》の植え込みの蔭になっている泉のそばで草の上に寝転んで、長い一日の疲れをゆっくり癒《いや》そうかというところであった。

私は一つのグループから別のグループへと渡り歩き、脈絡のない言葉を聞いたに過ぎない。もっとも、皆それぞれに色恋について語っていた。

「官能の歓びは、すべて良いものだ」とエリファスが言っていた。「どれも味わわれる必要がある」

「いや、すべてが万人に良いとはいえない」とティビュルが言った。「選択しなくてはいけない」

もう少し先では、フェードルとバシールを相手に、テランスが喋っていた。

「僕は、カビリア人の女の子を愛していた。肌が黒くて、肉付きは完璧、熟したばかりという感じだった。その子の色気は、いかにもあどけないと同時にすっかり盛りを過ぎた態のものだったが、底には人を惑わせる真剣さがあった。彼女は、日中は悩みの種、夜は悦楽の源だった」

そしてシミアーヌはイラスに
「それは本当に小さな果実でしきりに食べたくなるんです」と言う。

イラスは謳いあげた。

——官能のちょっとした歓びというものがある。私たちにとっては、ちょうど、道端でこっそりつまみ食いする小さな果物のようなものだ。酸っぱくて、もっと甘ければよいのに、と思うのだった。

＊

泉のそばで、草の上に、私たちはすわりこんだ。

……夜鳥が側で囀って、私は一瞬、他人の話よりもそれに気をとられた。また耳を傾けると、イラスが喋っていた。

……そして、僕の感覚の一つ一つは、それぞれに自分の欲求を持っていた。僕が自分の家に戻ろうとすると、僕の下男・下女が食卓についており、僕はすわろうにもまったく席がなかった。上座は「渇き」の大将が占めていた。他の渇きたちがその席をねらって争っていた。食卓にいる者は互いに喧嘩腰だったが、一致して僕に反感を示した。僕が食卓に近寄ろうとすると、彼らは僕に反抗して一斉に立ちあがった。連中はすっかり酔っていた。そして、僕を僕の家から追い出した。外に引きずり出したのだ。そこで僕はまた出かけ、連中のために、葡萄の房を摘みに行った。

欲求よ！　美しい欲求どもよ、僕はおまえたちにつぶれた房を持っていこう。おまえたちの大きな杯をもう一度いっぱいにしてやろう。だが、僕が家の内に入る邪魔をするな。――僕がまた、おまえたちの酔いつぶれて眠っている間に、緋布と紅葉した蔦とで冠を作り――額の憂愁の影を赤い蔦の冠で覆うことができるように。

私自身も酔ってしまい、もう話をよく聞くことができなかった。時々、鳥が鳴きやむと、夜は、私がたった一人で眺め入っているかのように、静まり返っているように思えた。また時によっては、至るところから声が湧き出て、私たち大勢の仲間の声と混ざりあっているような気もした。

私たちも、私たちも、とそれらの声は言った。私たちも魂の嘆かわしい悩みを知った。

70　ジョバンニ・ボッカチオ『デカメロン』（『十日物語』）の五日目と十日目の語り手。女性七名男性三名の友人が、ペストが猛威を振るうフィレンツェを逃れて郊外に集い、一日十話ずつ十日にわたって、百話を語り合うという体裁。

欲求に妨げられて心静かに働けないのだ。

――……この夏、私の欲求という欲求が渇いていた。

あたかも砂漠を横切ってきたかのように。

しかし、私は飲み物を与えようとはしなかった。

飲んだら最後、彼らがどんなに気分が悪くなるか知っていたのだ。


（中で忘却の眠っている葡萄の房があった。そこで蜜蜂が食をあさる房もあった。陽光がいつまでも留まっているような房もあった）

夜毎に私の枕元に一つの欲求がすわった。

曙が来る度に、またそこにいるのだった。

一晩中、私を見守っていたのだ。

私は歩いた。欲求をうんざりさせようと思ったのだ。

が、疲れたのは体だけだった。


さあ、クレオダリーズ、歌いたまえ。

私の欲求という欲求の輪舞の歌

昨夜、いったいどういう夢を見たのかわからない。

目が覚めてみると、私の欲求はみな喉を渇かしていた。

眠っている間に、砂漠をいくつも横切ったとでもいうように。

欲求と悩みの間を
私たちの不安は揺れ動く。
欲求たち！　おまえたちは、もうこれでよいということがないのか。
おお！　おお！　おお！　おお！　過ぎていくこのちょっとした官能の愉しみよ！——これは、もうじき、過ぎてしまったことになるのだろう！——
嗚呼！　嗚呼！　私は自分の苦しみをどのように引き伸ばすかを知っている。でも、自分の楽しみはどのように手なずけてよいのかわからない。

欲求と悩みの間を、私たちの不安は揺れ動く。

そして人類全体が何とかして眠ろうと寝床の中で寝返りをうつ病人のように思われた——休息を求めているのに、睡眠さえ得られないのだ。

私たちの欲求はすでにいくつもの世界を横切った。
しかし、一度として、十分に潤されたことがない。
そして自然全体が苦悩している、
安息への渇きと官能充足への渇きの間で。

索漠とした住居《アパルトマン》で、
私たちは、悲嘆の叫びを上げた。
私たちは、塔の上に登ったが、

見えるのは夜ばかりであった。
雌犬となって、私たちは、乾ききった堤に沿って
苦痛のあまり遠吠えした
雌獅子となって、私たちは、オーレス山地[71]で吼えた。また雌の駱駝となり、塩湖の灰色のヒバマタを食《は》み、空ろの茎の汁を吸った。砂漠では水が豊富にはないのだから。
燕となって、私たちは、
食べ物とてない広い海を渡っていった。
飛蝗《ばった》となって、私たちは、食をとるためにすべてを食い尽くさねばならなかった。
海藻となって、私たちは、雷雨に揺すられた。
雪片となって、私たちは、風にまろばされた。

おお！　広大な安息として、私は死による救いを望む。そして、疲労困憊した欲求がもはや新たな転生に力を貸せないことを望む。欲求よ！　私はおまえを道から道へ引き回した。畑でおまえを悲嘆に暮れさせた。大都市では泥酔させた。——満月の夜に浸らせもした。到るところに、私はおまえを連れ歩いた。波の上でやさしく揺すってもやった。波浪の上で眠り込ませてやりたかったのだ……欲求よ！　欲求よ！　おまえを如何せん。おまえは、一体、何を望んでいるのか。おまえには、もうこれでたくさんだということはないのか？

月が出た、樫の枝越しに、いつもと同じように、何の変哲もなく、しかし美しく。いくつかのグループになって、彼らは喋っていたが、私には片言隻句が散り散りに聞こえるだけだった。皆それぞれに他の全員に向かって愛を語っているようで、たとえ誰も聞いていなくても気にとめないようだった。

そのうちに、会話は途切れ、月も樫の一層厚い枝葉の影に隠れたので、彼らは寄り添うように草の上に寝転び、草葉のなかで、遅ればせにまだ話している男や女の声をもう意味も解せぬままに聞いているのだが、その声はいよいよ秘められて、やがては、苔の上を流れる水の囁きと混ざってやっと私たちの耳に届くのだった。シミアーヌは、そこで立ち上がると、蔦の冠をこしらえ、私は引き裂かれた葉の匂いを感じた。エレーヌは髪をほどいてドレスの上に広げ、ラシェルは湿った苔を採りに離れていった。それで目を湿らせて、眠る支度をしようというのだった。

月の残光も消えてしまった。私は手足を伸ばしていた。重いほどに魅惑を感じ、悲しいほどに酔っていた。私は色恋については話さなかった。朝を待って出発し、道に誘われるままに駆け巡るつもりだった。疲れた私の頭はもう大分前からうとうとしていた。私は数時間眠った。――やがて朝が来て、私は出発した。

71　アルジェの東南三百五十キロほどにある岩肌も荒々しい山塊。ジッドの好んだ美しいオアシス都市ビスクラはこの山塊とサハラ・アトラス山脈の間にある。

第五の書

雨の多いノルマンディの地、
飼いならされた田園……

一

君は言った。僕らは、春には、互いに相手のものになるだろう。僕の知っているあの木の枝の下で、あの木蔭の苔むすところで。それは昼の何時ごろだろう、空気はこんな具合に肌にやさしいだろう、そして去年そこで鳴いていた鳥が鳴くだろう、と。――ところが、今年は春が遅く来た。冷たすぎる空気が別の歓びを提供した。

夏は物憂く生暖かかった。――しかし、君は、来もしない女性をあてにしていたのだ。そして言った。秋には、少なくとも、この期待はずれは償《つぐな》われ、僕の憂愁も癒されるだろう。あの人は、まず、来ないだろう――でも、少なくとも、広い森は紅葉するだろう。まだ暖かい日には、沼の畔に腰を下ろしに行こう。そこでは、去年、実に多くの枯れ葉が落ちたっけ。僕は夕暮れの忍び寄るのを待とう……また別の夕べには林沿いの道を下っていこう、そこには最後の夕陽が穏やかに射しているだろう、と。――しかし、今年の秋は雨が多かった。腐った森はほんのわずかにしか色づかなかった。そして、溢れ出た沼の畔に、君は腰を下ろしに来られなかった。

＊

今年、私は、絶えず農作の現場の仕事に追われていた。収穫と耕作にも立ち会った。秋の深まるのを見ることができた。季節にしてはいつになく暖かく、それなのに雨が多かった。九月の終わりごろ、恐るべき突風が十二時間も吹き続けて、樹木の片側だけひからびてしまった。間もなく、風のあたらなかった側の葉が黄葉した。私は人々の生活からあまりにかけ離れて生きていたので、こんなことでも他のどんな事件と同様に語る価値があるように思われた。

＊

日が経ち、また別の日が経った。朝があり、夕べがあった。

夜明け前に寝ぼけまなこで起きる、そんな朝がある。――おお、灰色の秋の朝よ！　魂はまだ休まらぬままに目覚めるのだが、あまりにも倦み果てて、寝ずの夜をあまりにも熱烈に過ごしたので、もっと眠りたいと思い、死の味もこんなものかと予想する。――明日になったら、私は、寒さに震えているこの田園を去る。草は霜に覆われているではないか。私は知っているのだ。パンと骨とを空腹に備えてこっそり土の中に埋めておいた犬のように、とっておいた官能の歓びをどこに見つけられるか、私は知っている。暖かい空気が川の曲がる窪みのところに少しは残っているのを、林を塞ぐ柵の上にまだ完全には葉の落ちていない黄金色の菩提樹のあるのを、学校に行く鍛冶屋の坊やにちょっとほほえんで撫でてやることのできるのを、知っている。もっと先では、大量に落ちた枯葉の匂い、笑いかけることのできる一人の女、小屋のそばで、その小さい子にする頬擦《ほおず》り、秋にはとても遠くまで聞こえる鍛冶場の槌の音…………これで全部かな。――ああ！　眠ろう！――これではあまりに取るに足りない――それに、何かを望むのにも飽きてしまった……

＊

かわたれ時にひどい状況で出発したことが何度もある。魂も肉体も震え上がる。眩暈。まだ何か持っていける物はないかと探す。――メナルク、そういう出立のどこが好きなんです？　彼は答えた。――死の味を事前に感じることさ。

いや、たしかに、出かけていくのは、他のものを見ようというよりは、自分にとって不可欠ではない一切のものから離れるためなのだ。ああ！　ナタナエルよ、私たちはどれだけ多くのものをなしに済ませることだろう！　魂は、決して十分に身軽になっていない。そうしてこそ初めて十分に愛を容れることができるのに――愛、期待、希望、これこそが私たちにとって真の所有なのだ。

ああ！　そこで生活することもできたであろうにと思われる、かくも多くの場所よ！　幸福が豊富に溢れ出るような場所。骨身惜しまぬ農場、誉め言葉もないような畑仕事、疲労、睡眠のもたらす広大な静謐……

出かけよう！　止まるところなどは、行き当たりばったりに限る！

二

駅馬車の旅

私は町の生活の衣を脱ぎすてた。町ではよけいな体面を保たなくてはならなかったのだ。

＊

彼はそこに居た、私に寄りかかって。心臓の打つ音でそれが生き物であることが感じられた。そして、その小さな体の温かさが私を燃え立たせていた。彼は私の肩にもたれて眠っていた。呼吸の音が聞こえた。吐く息の生温かい口臭が気になったけれど、目を覚まさせるといけないので身じろぎもしないでいた。すし詰めの馬車が大きく揺れるたびに、子供の繊細な頭は右に左に揺れ動いた。他の人々もまだ眠っていた。夜の残りを消耗しつくそうというのだ。

たしかにそう、私は愛を知った。さらにも愛を、そのほかにもじつに多くの愛を、知った。しかし、あの時のやさしいこころもちについては何もいうことができないのだろうか。

たしかにそう、私は愛を知った。

＊

うろつき回るすべてのものに接しうるように、自分もうろつき回ることにした。どこで暖を取ったらよいのかわからない一切のものに対する愛情で、私は夢中になった。そして、放浪するもののすべてを愛した。

＊

今から四年前のことだ。思い出すのだが、一日ももう終わりという頃、私は、今ふたたび横切っているこの小さな町を通った。季節は、今と同じく、秋であった。その時も日曜ではなく、暑い時刻はもう過ぎていた。

私は散歩して行った。思い出すのだが、ちょうど今のように、通りをいくつかぬけ、町はずれにあるテラスになった庭で美しい景色を見晴るかすことのできるところまで行った。

私はおなじ道筋を辿り、すべてを再認する。

かつての足跡、かつての感動にあわせて、足を進める……

石のベンチがあって腰を下ろしたのだったが――そう、ここだ――ここで本を読んだのだ。何を？――ああ！ウェルギリウスだ。――そして洗濯女たちの布を打つ音が立ちのぼってくるのが聞こえたっけ。――や、今も聞こえる。――風はなかった――今日とおなじように。

子供たちが学校から出てくる。思い出すねえ。通りがかりの人が通りがかる、かつて通りがかったのとおなじように。日が沈もうとしていた。夕暮れだ。そして昼間の歌は黙り込む……

これで終わり。

「でも」とアンジェールが言った。「それだけでは詩を書くのに足りないわ……」

「じゃあ、これはこのままにしておこう」と私は答えた。

＊

私たちは夜明け前にあわただしく起きたことがある。

御者が中庭で馬を車につなぐ。

桶の水で敷石を洗う。ポンプの音。

あれこれと思いあまって眠れなかった者の酔い痴れた頭。立ち去らねばならぬ場所。狭い寝室。ここで、ほんの瞬時、私は頭を枕に当てた。私は感じた、私は考えた、私は夜を明かした。——死ぬがよい！　死に所など、どこでもよい（生きるのをやめたが最後、それは、どこでもよく、また、どこでもない）。生きている者として、私はそこに居た。

立ち去ってきた数々の寝室！　私が決して悲しいものにはしまいと思っていた出立の摩訶不可思議。これを、今、現に所有しているということに、私はいつでも昂揚を感じた。

この窓から、もうすこし覗いてみよう……出発する瞬間が来た。この一瞬が、出発に先立つものであればよいと、私はすぐに思う……もう一度、このほとんど終わった夜を、幸福の無限の可能性を覗き込むために。

魅惑の一瞬、広大な紺青に曙光が流れ込む……

駅馬車の準備が整った。出発しよう！　私の今考えたことの一切が、私共々、轟々たる逃走のうちに失われるように……

森を過ぎて行く。それぞれに特有の香りを帯びた気温帯。もっとも生暖かいところは土の匂いをしている。もっとも冷たいところは、水にひたされて繊維だけになった葉の匂い。——私は両目を瞑《つむ》っていた。その目を開ける。そう、これが木の葉だ。これが掻き回された腐葉土だ……

ストラスブール

おお、《とてつもない大伽藍《カテドラル》！》——宙に浮いたおまえの塔はどうだ！——おまえの塔の頂から、ゆらゆら揺れる気球の籠《ゴンドラ》から見るように、家々の屋根に鸛《こうのとり》が見えた。
本家本元の、杓子定規な
長い脚をして
なんとまあ、ゆっくりと——なにしろあの脚は使い勝手が悪いのだ。

宿屋で

夜、穀物倉の奥に眠りに行った。

御者が秣《まぐさ》の中まで私を探しに来た。

宿屋で

……三杯目の桜桃酒《キルシュ》を飲むと、頭蓋骨の下を一段と熱い血が流れ始めた。

四杯目で、やや酔い心地になり、万物がこちらに近づき、手を延ばせば取れるような感じになった。

五杯目となると、私の居た部屋、私の世界がようやくより崇高な寸法になり、私の崇高な精神が、より自由に、闊歩するようになった。六杯目では、やや疲労を感じ、眠り込んだ。

（私たちの感覚のすべての歓びは嘘と同じ様に不完全であった）

私は宿屋で出す濃い葡萄酒を知った。それは菫の味を帯びてこみあげてきて、真昼に深い眠気をもたらした。私は夕べの酔いも知った。地球全体がこちらの強力な思考の重さで傾くような、そんな夕べの。

ナタナエルよ、君に酔いを語ってやろう。

ナタナエル、しばしば、ほんのわずかの満足を得ても、私にとって、それは酔いであった。それほど、前もって、私はすでに欲求に酔っていたのだ。私が旅の途上に求めていたのは、まず、宿屋ではなく、飢えだった。

様々な酔い——断食の酔い。朝とても早く歩き始め、空腹がもはや食欲ではなく眩暈を引き起こす時に感じる。渇きに酔うのは、夜になるまで歩き続けた時。

ごく軽い粗食でも、そうなると、私には放蕩しているように感じられ、自分の生の強烈な感覚を歌いだしたくなるような気持で味わうのだった。すると、感覚が官能的に作用して、五感に触れるほどの物を、手にとって感じることのできる幸福に変える。

私は思考の結果を少々変形する酔いを知った。考えが遠眼鏡の筒のように段々細くなっていった日を思い出す。最後から一つ前のものがすでに最も細いように思えるのだが、そこからさらに細い筒がもう一本かならず出てくる。また、考えがどれもすっかり丸くなって、これはもう本当に、転がるままにしておくほかはないような日のあったことも思い出す。またこんな日もあった。考えがどれも伸縮自在になり、それぞれが他のすべての考えの形になり、その逆もまた起るのだった。また別の折には、二つの平行した考えが、そんな風にして、永遠の底の底まで、生長したいようだった。

私はこういう酔いも知った。現実の自分よりも——より優れているように、より偉大であるように、より尊敬に値するように、より徳があるように、より豊かであるように、その他もろもろであるように、思い込ませる酔いだ。

平野ではおおわらわで耕していた。夕方になって畝は湯気を立てていた。馬は疲れて歩みが遅くなっていた。私は、毎晩、はじめて土の匂いを嗅ぐかのように、酔い心地だった。耕作の歌を聞きながら、力尽きた太陽が広野の果てに眠り込むのを眺めながら、森のはずれの斜面で、枯葉の上に腰を下ろすのが好きだった。

湿った季節、雨の多いノルマンディの地……

散策——曠野、だが不快な荒々しさはない——断崖絶壁——森——氷のように冷たい小川。木陰での休息、お喋り——赤い羊歯《しだ》。

——ああ！ と私たちは思った。牧場よ、なぜ旅の間におまえに出会えなかったのだろう。どんなにか馬に乗って横切りたいと思ったであろうに（牧場は森にすっかり囲まれていたのだ）

夕方の散歩。
夜の散歩。——

散策

……存在することが私にとって極めて官能的なものになってきた。私は生のあらゆる形を味わいたいと思った。魚の形、草木の形。五感の歓びのうちで私は触覚がもっとも欲しかった。

秋の広野に、ただ一本立つ、一ツ木。驟雨に包まれている。その紅く色づいた葉が落ちていた。深く水を含んだ地下で、その根は長いこと水を吸い続けるのだろうと、私は思った。

あの年頃の私は、裸足で、濡れた土、水溜りの跳ね返り、泥の冷やっこさや生温かさに触れるのが大好きだった。なぜ、水と特に濡れたものとを好んだのか、私は知っている。空気にもまして水はその様々な温度の差を直截に感じさせるからなのだ。私は秋の濡れた息吹が好きだった……雨の多い、ノルマンディの地よ。

ラ・ロック[72]

荷車はみな、薫り高い収穫物を積んで戻ってきた。

穀物倉は秣で一杯になった。

道路わきの斜面にぶつかり、轍《わだち》に落ちこんで跳ねあがる、重い荷車よ。何度おまえたちは私を畑から連れ戻してくれたことか、乾いた草の束の上に寝転び、秣干しの作業をするごつい少年たちにまじった私を！

いつまた、ああ！　藁塚の上に寝そべって、夕べの来るのを待つことができるのだろう？……

夕刻になり、穀物倉に着いた。——農家の中庭では最後の陽光がまだ立ち去らずにいた。

三

農家

農夫よ！


農夫よ！　おまえの家を歌え。

私はそこで一時《ひととき》休みたいのだ——そして、穀物倉の脇で、秣の香りが思い出させてくれる夏を夢見たいのだ。

鍵束を持って、一つ、また一つと、次々に戸を開けてくれ……

最初の戸は穀物倉の戸だ……

ああ！　もし季節《とき》が忠実であったなら！……　ああ！　熱に浮かされて、放浪の身になり、干上がった砂漠を克服しようなどとするかわりに！……　秣の熱さに包まれて私が穀物倉の側で休んでいるのだったら！……　私は刈り入れをする農夫たちの歌を聞き、落ち着いて、安心して、収穫物が、何よりも価値のある蓄えが、つぶれそうな荷車に積まれて――私の欲求の問いかけに対する待ち構えていた返答のように――戻ってくるのを見るだろう。私は欲求を満たすものを求めて、広野になどもう出かけて行かないだろう。ここで、私は欲求に腹いっぱい食べさせるだろう。

笑う時がある――そして、笑った時がある。

笑う時が、たしかに、ある。――それから、笑ったことを思い出す時がある。[73]

間違いない、ナタナエル、あれは私だった。この同じ草がざわめくのを見たのは私であって、他の誰でもない。――いまは秣の香りのするこの草は、切り取られたものの常として、萎れている。――でも、この草が生きているのを、緑になり金色になり、夕風に揺れるのを、私は見たのだ。――ああ！　草原の縁に横になり……深い草が私たちの愛を迎えてくれたあの時に戻ることができたらどんなにいいだろう。

野性の動物が木の葉の下を行き来していた。その一筋の小道はどれをとっても彼らには表参道だった。身をかがめて地面に目を近づけ、葉を一枚一枚、花を一つ一つ、眺めると、無数の虫が見えた。

私は土の湿り具合を、緑の輝きと花の性質から知った。ある草原にはマーガレットが星のようにちりばめられて

72　北仏ノルマンディ地方カルヴァドスの小村、ラ・ロック・ベニャールにジッドの母方所有の館と土地があり、アンドレ・ジッドは子供の頃からこの城館によく滞在した。『地の糧』出版の前年、一八九六年には、この村の村長に選出され、農村管理の実態を経験する。

73　旧約聖書『コーヘレト書』第三章に「日の下では、すべてに時期があり、すべての出来事に時がある。〔……〕泣くに時があり、笑うに時がある、云々」とあり、ジッドはそれを自由に発展させている。

いた。しかし、私たちが特に好み、恋の出会いの場にした草原は、どこも散形花序《オンベル》[74]の花で白かった。あるものは軽やかで、あるものは大ハナウドの花のように艶がなく目立って大きく広がっていた。夕方になると一層深くなった草の中で、発光する海月《くらげ》のように、自由に、茎から離れて、立ち昇る霧に乗って、漂うように見えた。

＊

二番目の戸は、納屋だ。

山積みになった穀物、おまえたちの讃歌を歌おう。穀類、赤茶の小麦、待機している富、何にもまして貴重な蓄え。

パンなどは底をついてもよいぞ！　納屋よ、私はおまえたちの鍵を持っている。山積みになった穀物の粒、おまえたちはそこにある。私の飢えが満たされる前に、おまえたちは全部食べられてしまうのだろうか。畑では空の鳥、納屋ではネズミたち、そして私たちの食卓には、貧しいものが揃ってやって来る……私の飢えが満たされるまで、おまえたちは残っているだろうか……？

穀物の粒、おまえたちを一握りとっておこう。それを私の肥沃な畑に播こう。よい季節に播こう。一粒が百粒を産み、また別の種は千粒にもなる……

種よ、私の飢えがたっぷりあるのなら、種よ！　おまえたちはそれ以上にたっぷりある！

はじめは緑の若草のように芽生える麦、おまえたちの茎がどのような黄ばんだ穂をつけて撓むことになるのか、言いたまえ！

金色の藁、種の冠毛と麦束――私の播いた一握りの種……

＊

三番目の戸は酪農小屋だ。

休息、静けさ、チーズが縮んでいつまでも水分の滴り落ちる簀子《すのこ》、金物の乾燥用円筒に詰め込んだチーズの塊、七月の暑さの盛りには、凝固した牛乳のにおいがもっと爽やかに、もっと味気なく……いや、味気なくではない、ほんのかすかにえがらっぽく、とても水っぽいので、鼻の一番奥でしか感じられず、香りというよりは、もう味になっているのだった。

この上なく清潔に保たれる攪拌器。キャベツの葉にのせたバターの小さい塊。農夫の赤い手。いつも開け放してある窓、でも猫と蠅が入れないように金網が張ってある。

椀が並べてあって、牛乳が一杯に入っているが、脂肪分が完全に浮上するまで次第に黄色くなっていく。クリームはゆっくりと表面に上る。それは膨れ上がり、皺がより、乳漿《にゅうしょう》が剝がれる。牛乳の脂肪分が十分に減ったら、取り除く……(しかし、ナタナエル、こういうことを何から何まで君に話してやることはできない。私には農学をやっている友人があるが、[75] 彼はこういうことも見事に語る。彼はそれぞれの物の有益性を説明してくれる。乳漿でさえもそれなりに捨てたものではないことを教えてくれるのだ)(ノルマンディでは豚にやるが、もっと気の利いた用途もあるそうだ)

＊

74　ジッドは動植物に格別の興味を持っていて、かなり専門的な知識もあったが、ここで花序分類上の専門用語を用いたのは、ombelle(オンベル)というフランス語の美しさに惹かれたものであろう。語源からラテン語「日傘 *umbella*」にもつながる。

75　ジッドが本書を捧げたモーリス・キヨは農学専門。また、一八九三年以来の親友で、『ぬた』を捧げたウジェーヌ・ルアールも国立農学校の出身。

四番目の戸を開けると牛小屋だ。

ここは我慢ならぬほどむっと生暖かい。しかし、牛はいい匂いがする。ああ！　汗をかいた体がいい匂いをしていたあの百姓の子供たちと一緒にいたあの頃に、皆で牛の脚の間を駆け回っていたあの頃に戻れたらどんなによいだろう！　私たちは秣棚の隅に卵を探した。牛の糞が落ちて、砕け散るのを見ていた。どの牛が最初に糞をするか、賭けたりもした。ある日、私は恐怖に捉えられて逃げ出した。なかの一頭が急に子を生むと思ったので。

＊

五番目の戸は果物貯蔵庫だ。

射しこむ一条の陽光をまえに、葡萄が紐に吊るしてある。一粒一粒が瞑想し、熟し、ひそかに光を反芻する。香りのよい砂糖をこしらえているのだ。

梨。林檎の山。果物！　私はおまえたちの汁の豊かな果肉を食べた。種を地面に吐き出した。芽を出すがよい！

また、喜びを与えてくれるように。

繊細なアーモンド。素晴しいものの約束。核仁《かくじん》。待機して眠っている小さな春。夏と夏の間の種。夏から夏に貫かれた種。

その後、ナタナエル、私たちは苦痛に満ちた発芽を夢見るだろう（種から出ようとする草の努力は賞賛に値する）。

しかし、今は、次のことに賛嘆しよう。受胎はすべて官能の歓びを伴う。果物は風味を纏《まと》っている。そして、生への粘り強い執着はいずれも快楽を伴っている。

果肉こそは、愛というものの風味豊かな証拠だ。

＊

六番目の戸は圧搾室のものだ。

ああ！　なぜ、今、――ここでは暑さも和らぐ――吹きぬけの天井の下で、君のそばに、林檎の圧搾の最中《さなか》に、圧搾されたえがらっぽい林檎のなかに、大の字になって寝ていられないのだろう。私たちは試してみただろうに、ああ！　シュラムの女よ！[76]　私たちの体の官能が濡れた林檎の上では普段ほど早く凋れないのではないか、林檎の上では――林檎の甘い匂いに支えられて――もっと長持ちするのではないか、と……

臼の音が私の思い出をあやすように揺すっている。

＊

七番目の戸は蒸留場に開く。

薄暗がり。かっかと燃える炉。闇に没した装置。受け釜の赤銅が急に見えてくる。

蒸留器。その中に大事に収集された神秘に満ちた化膿物。（私は、同じように、松脂、甘果桜桃の病んだゴム液、しなやかな無花果の果乳、梢を切った椰子の酒が集められるのを見た）細いガラス瓶。漠たる酔いの一切が、おまえの中に凝縮し怒濤のごとく打ち広がる。果物の中に籠められたすべての甘美にして強力なもの、花の中の甘美にして芳しいものを集めたエッセンス。

蒸留器。ああ！　滲み出る金の一滴。（さくらんぼの濃縮ジュースよりもっと風味の濃いものがある。また牧

76　注22参照。

場のように香りの高いものもある）ナタナエル！　これは本当に奇跡的なヴィジョンなのだ。春がそっくりそのまま凝縮されてここに入っているようなのだ……ああ！　私の酔いよ、今は晴れ舞台に上ったようにその春を繰り広げろ！　さあ、飲もう、このひどく暗い部屋に閉じ込められて、しかもそれはもうさだかに見えまいが——肉体に自分の望むありとあらゆる他所のヴィジョンをそっくり与えるために——そして精神を解放するために、さあ、飲もう……

＊

八番目の戸は車庫だ。

ああ！　私は自分の金の杯を割ってしまい——目を覚ます。酔いは幸福の代用物でしかありえない。四輪馬車！どこに遁走していくことも、すべて可能だ。橇、氷結した地方、私はおまえたちに私の欲求を繋ぐ。

ナタナエルよ、万物に向かって行こう。次々とすべてのものに触れよう。私の鞍の拳銃いれには金《きん》が入れてある。長持ちには寒さが好きになるくらいにも毛皮の服が入っている。車輪よ、遁走中のおまえたちの回転数を誰が数えるのだろう。四輪馬車、軽やかな家、私たちの宙に吊るされた歓楽のために、私たちの奇想天外な思いがおまえたちを持ち上げるように！　犂《すき》よ、私たちの畑の牛がおまえたちを牽いていくように！　削り鑿《のみ》のように鋭く土を掘れ。物置小屋で使われずに眠っている犂の刃は錆びる。他の道具もみな同じことだ……私たちの存在の遊んでいる可能性よ、おまえたちは、皆、予備役だ、最も美しい地方を希求する者のために——一つの欲求が繋がれるのを——待っているのだ……

私たちの迅速な動きに吹き上げられて、舞い上がった雪が後を追ってくるように！　橇よ、私はおまえたちに自分の欲求のすべてを繋ごう……

＊

最後の扉を開けると、平野だった。

第六の書

リュンケウス

Zum sehen geboren
Zum schauen bestellt.
GŒTHE（*Faust, II*）[77]

＊

神の戒律よ、おまえは私の魂に痛い思いをさせた。

神の戒律よ、おまえは十戒になるのか二十戒になるのか。

どこまで枠を狭めようというのだ。

ますます禁止事項は多くなると教えようというのか。

私がこの地上で美しいと認めるもののすべてに対して覚える渇きに、また新たな懲罰を科そうというのか。

神の戒律よ、おまえは私の魂を病気にした。

私の渇きを癒しうる唯一の水源をおまえは塀で囲ってしまった。


……………しかし、ナタナエルよ、私は今、人間たちのおかす微妙な過ちに、心から憐れみを感じているのだ。

＊

ナタナエル、すべてのものは神々しくも自然であることを教えてやろう。

ナタナエル、私は君にあらゆることについて語ろう。

小さな牧人よ、君の手に金具のついていない牧羊杖を托そう。私たちは、いままで主人というものに従ったことのない羊たちを、いたるところへ優しく導いてやろう。

牧人よ、私は君の欲求を地上のありとある美しいものへ導いてやろう。

ナタナエルよ、私は君の唇を新しい渇きで燃え上がらせたい。そして、その唇へ清涼の溢れる杯を近づけたい。私は飲んだ。唇が渇きを潤おすことのできる泉を私は知っている。

ナタナエル、君に泉の話をしてやろう。

岩から迸り出る泉がある。

氷河の下から湧き出るのが見える、そういう泉もある。

とても青いので、実際より深そうに見える泉がある。

(シラクーザのキュアネの泉は[78]、その意味ですばらしい。

77 リュンケウスはギリシア神話で千里眼をもち、地下の鉱脈さえ見つけ出す能力があったとされる。この台詞はゲーテの『ファウスト』第二部を締めくくる第五幕で、物見番のリュンケウスが望楼のうえで歌う長い歌の冒頭。「見るために生まれ、見張る役を託された」の意。ジッドは一八九四年十月の「日記」に「僕の魂は、演習場だ。力を尽くす美徳と悪徳。リュンケウスたること」と記し、見る人としての共感を表明している。

紺青に染まった泉、風からまもられた水盤、パピルスから湧出する水。私たちは小舟から身を乗り出して覗き込んだ。サファイアのような小石の上を紺青の魚が泳いでいた。

ザグアンでは、かつてカルタゴを潤おした水が妖精を祀った洞窟の泉から迸り出る[79]。

ヴォクリューズ[80]では、水が地中から出てくる。ずっと前から流れていたように水量が豊かだ。すでに河といってもよいくらいで、地下で溯ることもできる。それは洞穴をいくつも通り過ぎ、夜をどっぷり吸い込んでいる。松明の光が揺らめき、息詰まる。やがて、あまりに暗いので、もう駄目だ、これ以上に溯ることはできまい、というところに行きつく）

鉄分を含んだ泉もある。岩を豪華に彩っている。

硫黄分を含んだ泉もある。緑色の湯ははじめ毒が入っているように見える。しかし、ナタナエル、そこで湯浴みすると、肌が実にしっとりと和らぐので、その後で触るとさらに快いのだ。

夕方になると靄が滴り出てくる泉もある。靄は夜の間はその辺に漂い、朝になるとゆっくりと四散していく。

きわめて質素な泉で、苔と藺草の間で、力萎えているのもある。

女たちが洗濯に来る泉で、水車を回すのもある。

無尽蔵の蓄えよ！　水の湧出。泉の下にある水の豊富さ。隠された貯水源。口を開けた壺。硬い岩は割けるだろう。山は灌木に覆われるだろう。乾ききった地方は喜びに湧くだろう。そして苦渋の荒野も花を開くだろう。

私たちの覚える渇きでは呑み尽くせないほど、地中から泉が湧き出るだろう。

絶えず更新される水、また天から降ってくる蒸気。

平原で水が足りないのなら、平原が山に呑みに来るように――あるいは地下の運河が山岳の水を平原に運ぶように――グラナダの驚嘆すべき灌漑――貯水池、妖精を祀った洞窟の泉――たしかに、泉には並々ならぬ美しさがある――そこで沐浴する並々ならぬ楽しみがある。水浴場よ！　水浴場よ！　私たちはきよめられておまえから出てくるだろう。

曙光の中の太陽のように
夜露の中の月のように、
流れていくおまえたちの湿り気の中で
私たちは疲れた手足を洗うだろう。

泉には並々ならぬ美しさがある。また、地中に浸透する水もそうだ。それは後になると、あたかも水晶を通過したかのように、澄んで見える。それを呑むのは、類まれな楽しみだ。その水は空気のように淡く、存在しないもののように色もなく、味もしない。その存在に気づくのはただ極端な清涼感からで、その爽やかさは隠れていた徳のように思われる。ナタナエル、泉の水が飲みたいと冀《こいねが》う、そのようなことがありうるとわかっただろうか。

私の五感にとって最高の歓び
それは潤おされた渇きであった。

さあ、ナタナエル、この歌を聞かせてやろう。

78　シチリアのシラクーザにある泉および川。ギリシア神話のニンフ・キュアネに由来する。オウィディウスの『転身譜』にハデスによってペルセポネが誘拐されたのを悲しんでこのニンフが泉の水に溶け込む経緯がくわしく書かれている。
79　自伝『一粒の麦もし死なずば』（一九二〇）によると、チュニスの南方五十キロほどのザグアンに行ったジッドは、実際にはこの洞窟を見ずに去った。「見なかったおかげで、世界で最も美しい景観のひとつとして想像することができる」、云々……
80　南フランスのアヴィニョンから東に二十五キロほどのところに湧くソルグ川の水源。

潤おされた私の渇きの輪舞の歌

なみなみと注がれた盃を近づけるために、私たちは
接吻を求めるのよりもさらに強く唇を差し出していたのだから。
なみなみと満たされ、かくも速やかに乾《ほ》された盃よ。

私の五感にとって最高の歓び、
それは潤おされた渇きであった……

＊

オレンジを絞ってつくる
飲み物がある。
　ふつうのレモン、もっと酸っぱい小柄のリモン、
これで喉が爽やかに潤うのは
　甘酸っぱいからだ。

私はとても薄手のグラスで飲んだ。
歯が触れることもないうちに、
口で割ってしまいそうだった。
それで飲むといっそうおいしく感じるのは、

唇と飲み物がほとんど直《じか》に触れるからだ。
弾力のある大コップでも飲んだ。
両手でにぎりしめて
葡萄酒を唇までのぼらせるのだ。

宿屋のごついコップでやたらに濃いシロップを飲んだ。
朝からずっと陽に照らされて歩いた日の夕刻だった。
そして時には貯水槽のとても冷たい水が
夕暮れの影を、飲んだ後で、いっそうよく感じさせた。
皮袋に容れてあった水も飲んだ。
タールを塗った山羊革の臭いがするのだった。

私は川岸にほとんど横になって水を飲んだ。
その小川で水浴したいくらいだった。
流れる水にむき出しの両腕を差し入れ、
白い小石の動いているのが見える水底まで伸ばした……
すると爽やかさが両肩からも沁み込むのだった。

羊飼いたちは手で掬って水を飲んだ。
私は藁を使って飲むことを教えてやった。
ある日には強い日差しの下を歩いた。

夏の、最も暑い時刻に
大いなる渇きを覚えて、後で潤おそうというのだった。

それに、友よ、覚えているだろうか、ある夜のこと、僕らの共にした、ひどい旅の間のことだが、僕らは、一度寝たのに、汗をかいて、起き上がり、素焼きの水差しから、凍ったように冷たくなった水を飲もうとした、あの時のことを。

貯水槽、女たちの下っていく隠れた井戸。一度も光を見たことのない水。影の味。とても軽やかに泡立つ水。異常なまでに透き通った水。青ならばよい、緑ならもっとよい。そうすれば、もっと凍ったように見えるだろうから、と思った。――しかもその水はほのかにアニスの香りがするのだった。
私の五感にとって最高の歓び、
それは潤おされた渇きであった。

いやいや、そうではない！　空にあるすべての星、海にあるすべての真珠、湾岸にあるすべての白い羽毛、私はまだそれらのすべてを数え上げたわけではない。
木の葉の囁きのすべて、曙光のほほえみのすべて、夏の笑いのすべてに関しても、同じことだ。そして今さらに何を言おうか。口が黙したからといって、心も休んでいると思うのだろうか。
おお、紺青を浴びた野よ！
おお、蜜にひたった野よ！

蜜蜂たちは来るだろう、重いほどに蜜蠟を集めて……

私は薄暗い港を見た。暁は帆桁と帆のなす格子棚の裏に隠れていた。小舟が何艘も、朝、大きい船の船体の間をすり抜け、逃げるように出港して行く。巨船を繋ぐ係留索の下を、私たちは身を屈めて通るのだ。

夜になると、数知れぬガリオン船が出かけていくのを見た。夜に深く突入し、太陽に向かって突進して行くのだった。

＊

それには真珠のような輝きはない。それは水のようには光らない。それでも、小道の石は輝いている。私は草木の棚に覆われた小道を辿ったのだが、それは光を穏やかに受け止めていた。

しかし、燐光については、ナタナエル、ああ！　何と言おうか。これは多孔質物質が水を吸収するように精神を限りなく受け入れる。すべての法則に同意して、なんと従順なことか！　どこからどこまで透明なのだ。君はあの回教都市の塀が夕方になって赤味をおび、夜にはかすかに明らむのを見なかったね。昼の間その部厚い塀には光がたっぷり注がれたのだ。金属のように白い塀よ、お前たちには真昼に光が蓄積されて、夜になると、お前たちは、それを繰り返し言い、ひそやかに語っているようだ。――町よ、お前たちはまるで透明のように見えた！　向こうの、丘の上から見ると、包み込む夜の巨大な影の中で、お前たちは光っていた。雪花石膏の笠の深いランプのように、信仰の厚い心の形をして――それを一杯に満たしている光にとっては多孔質で通り抜け自由のようで、そのほのかな明かりが、まわりに、乳のように、ねっとりと流れ出るのだ。

陰になっている道の白い小石、明かりの受け皿。荒野の黄昏に沈む白いヒース、回教寺院の大理石の敷石、海の洞窟の白い花、イソギンチャク……すべての白は蓄えられた明るさだ。

＊

私はあらゆる存在を、明かりを受け入れる容量に従って評価することを覚えた。昼間に陽光を迎え入れることを知っているものは、後で、夜になって、明るさを含んだ細胞のように思われた。——私は見た。真昼に平野を流れていた水が、先に行って、光を通さぬ岩の下に滑り込んで、蓄えておいた金箔の宝を溢れ出させるのを。しかし、ナタナエル、私はここではものについてしか語りたくない。——**不可視の現実**は語りたくないのだ——なぜなら、……あのすばらしい藻のように、水から取り出すと、くすんでしまうのだから……

かくて……云々、ということになる。

——風景の無限の多様性は、形というものが包み込むことのできる幸福や瞑想や悲しみのすべての形を、私たちはまだ知らないと、たえず証明していた。今でも覚えているが、私の幼かった時分で、時折まだ悲しくなるような頃のこと、ブルターニュの荒野で、突然、悲しみが私から抜け出ていった。それ程までに、私の悲しみは、その風景にならなら理解され受け入れてもらえると感じたのだ。その結果、私は、甘美な思いにひたりながら、自分の悲しみを目前にまざまざと眺めることができた。

永遠の新しさ。

彼は何かごく簡単なことをしてから、こう言う。

私は、それが、今までに一度もされたことがなく、考えられたことも、言われたこともない、と気づいた。——すると突然、すべてが私にはまったく原初のものに見えた（現在の瞬間に完全に吸収された世界の全過去）。

七月二十日、午前二時

起床——顔を洗いながら、私は叫んだ。「神は待たせてはならぬ最たるものだ」と。どんなに早く起きても、すでに還流している生が見られる。私たちより早く就寝した生は、私たちほど待たせなかった。

曙よ、お前は私たちのもっとも好む歓びであった。
春よ、巡り巡ってくる夏の曙よ！
日毎にその日の春である、曙よ！
空が虹色にそまった時に……
私たちはまだ起きていなかった。
…　さほど早起きではなかったし、
さりとて、月を待つのにほどよいほどの……
夕暮れ時でもなかった。[81]

睡眠あれこれ

私は、夏の、正午《まひる》の睡眠を知った。——一日の真ん中での睡眠——あまりに朝早くから働いた後の、疲れ果てた

81　最後の三行…*et jamais assez matinales/Ou pas vespérales alors/Autant qu'il faudrait pour la lune*…は解釈がむずかしい。Matinales（早朝の）とvespérales（夕刻の）とは女性複数名詞にかかるはずで、そうなるとaurores（曙）以外にないが、それでは意味がとりにくい。修辞的文彩のひとつhypallage（換置法）とみて、同文中のnous（私たち）にかかるものと解釈する。ここでnousは男性代名詞複数であるから文法上は無理があるが、無理をおして一種の眩暈を作り出すところが文の綾である。
また、月を（夜の）太陽に見立てる手法は、ロマン派の詩人ラマルティーヌなどの好むところで、長詩「夕べ」*Le Soir*に好例が見られるが、月が先触れする宵の明星、いわば「宵の曙」のイメージが使われている。ジッドはこの詩を『フランス詩精華集』に採録して（AGA, p. 407-408）、同書序文（p. 30）で若い頃にラマルティーヌの「湖」「谷間」等も愛読したと記している。青春の情感の溢れ出る『地の糧』において『瞑想詩集』の詩人につながる発想がおのずから湧き出たとも言えそうだ。

睡眠。

午後の二時。——寝ている子供たち。息詰まる静かさ。楽器を奏でることは可能だ。でも、やめておく。クレトン地のカーテンのにおい。ヒヤシンスとチュウリップ。納戸。

午後の五時——汗だくの目覚め。激しい鼓動。身震い。軽快な頭。何にでも応じられる待機の姿勢にある肉体。多孔質にでもなったように、物があまりにも甘美に浸透してくる肉体。傾いた陽光。黄色い芝生。一日の終わりに花のように開いた眼。おお、宵の口の思考のリキュールよ！　ほどけて開く夕べの花。ぬるま湯で額を洗い、出かける。……果樹牆《かじゆしよう》、塀に囲まれ陽に照らされた庭、道路、牧草地から戻ってきた家畜、見る必要もない日没——これにはもう十分に賛嘆した。

家に帰る。ランプのそばでまた仕事を始める。

＊

ナタナエル、寝場所について何を語ろうか。

私は藁塚の上で眠った。麦畑の畝の間で眠った。草の中で、陽に曝されて眠った。秣《まぐさ》小屋で夜を過ごした。ハンモックを木の枝に吊るしもした。波に揺すられながら眠った。船橋に横になって眠った。あるいは、船室の狭い簡易ベッドで間抜けな目玉さながらの船窓を前に眠った。遊び女が待ち構えている寝床も度々あったし、また、私の方が少年の来るのを待つ寝床も何度かあった。あるベッドにはいかにも柔らかい布が敷いてあって、私の体同様、すっかり色事と調和しているようだった。野営地ではじかに板の上に眠った。そこでは眠りは喪失のようなものだった。進行中の列車でも眠ったが、運動の感覚を少しも失わないのだった。

ナタナエルよ、睡眠にはすばらしい支度がある。すばらしい目覚めがある。しかし、すばらしい睡眠はない。そして私はそれが現実だと思っている間しか夢を好まない。もっとも美しい眠りも目覚める時の価値には及ばないからだ。

開け放した窓に向かって、直接空の下にいるような感じで眠る習慣を身につけた。七月の暑すぎる夜には、月に照らされて素裸で眠った。早暁から鶫《つぐみ》の歌に眼が覚めた。私は、冷たい水にどっぷりつかり、一日を非常に早くから始めるのを誇りに思っていた。ジュラ地方に居た時、私の部屋の窓は小さな谷に向かって開かれるのだったが、谷はやがて雪に埋まった。ベッドから森の縁が見えた。カラスが飛んでいた。あるいは小柄のハシボソガラスだったかもしれない。牛の群れの鈴の音が早朝から私を起こした。家のすぐそばに泉水があり、牛飼いたちが水を飲ませに牛を連れてくるのだった。なにもかも、よく覚えている。

ブルターニュの宿屋ではごわごわしていて洗剤のよい香りのする敷布の肌触りが好きだった。ベル・イールでは船乗りたちの歌声に眼が覚めた。窓辺に駆けつけると、小舟の遠ざかっていくのが見えた。それから、私も海の方へ下りていった。

すばらしい住み家というものがある。そのどれにも、私は長いこと留まりたくはなかった。自分を閉じ込めてしまう扉と落とし罠とが心配だったのだ。精神を封じてしまう独房。放浪生活こそが羊飼いの生き方だ。――（私は君の手に自分の牧羊杖を托そう。今度は、君が私の羊を導いていくのだ。私はもう倦み疲れた。さあ、発って行きたまえ。どこの地も広く開かれている。そして群れなす羊は決して満ち足りることなく、常に新たな牧羊地を求めて啼く）

ナタナエル、時には奇妙な家が私を引き止めた。あるものは森の真ん中にあった。水際のこともあった。広いものもあった。しかし、慣れてしまってそれらの特徴に気づかなくなると、窓から見えるものに誘われて家自体には驚かなくなると、そして思考がはじまりそうになると、私は即座にそのような家を離れるのだった。

（ナタナエルよ、極端なまでに新奇を求めるこの気持を君に説明することはできない。どれひとつとして、それに軽く触れただけで、花だけ摘んで捨てていく、という風には思えなかった。ただ、突如として生じるその感覚が、最初の接触からあまりにも強烈なので、あとはいくら繰り返してもそれ以上にはならないのだ。だから、私が同じ町、同じ場所に立ち戻ることがよくあるにしても、それはそのようなすでに輪郭のわかっている所ならば、日や季節による変化がよりよく感じられるからなのだ。私がアルジェに暮らしていた時、一日の終わりを毎日同じ小さなムーア茶屋で過したのは、一晩また一晩と一人一人がほとんど感知できないほどわずかながら変っていく、それを捉えたかったからであり、また、一つのごく限られた空間を時がゆっくり変化させるさまを眺めるためでもあった）

ローマのピンチオの丘のそばで一階の部屋にいた頃、その窓には格子がはまっていてまるで牢獄のようだったが、花売り女が薔薇はいかがと言ってやってくるのだった。あたりはその香りにすっかり薫じられていた。フィレンツェでは、テーブルを離れないでも、黄色いアルノー川の溢れ出ているのが見えた。ビスクラの高台では、メリエム[82]が月の光に照らされて、広大な静寂のうちにやってきた。彼女は大きな白いハイク[83]に全身をすっぽり包んできたが、その破れた布をガラス張りの戸口のところに、笑いながら脱ぎ捨てた。部屋の中では甘い菓子が待っていた。グラナダでは、部屋の暖炉の上に、燭台のかわりに西瓜が二つ置いてあった。セビーリアにはパティオがある。それは明るい色の大理石でつくった中庭で、蔭と水の涼しさとに満ちている。水は流れ、あふれ出て、庭の中央の水盤でぽちゃぽちゃ音を立てる。

北方の風を防ぎ、南方の光は透す厚い壁。車輪に乗って移動し、南欧のあらゆる恵みをそっくり受け入れる家[84]……私たちの部屋とは、ナタナエル、どんなものだろう。風景の中で雨風を避けるだけのもの。

窓についてもう少し語ろう。ナポリでは、バルコンで続けるお喋り、夕方、女性たちの明るい色のドレスのそばで追う夢想。半ば降ろされたカーテンが舞踏会の騒がしい人々から私たちを隔てていた。交わされた言葉には、心苦しいほどに微妙なニュアンスもあって、その後、しばらくは無言でいたほどだった。ついで、我慢しがたいようなオレンジの花の香りと夏の夜鳥の鳴声とが庭から立ち昇ってきた。やがて、その鳥も黙りがちになってしまう。すると、幽かに波の音が聞こえた。

バルコン。藤と薔薇との花籠。夕べの憩い。生暖かさ。
(今夜は、嘆かわしい突然の風雨が私の部屋の窓ガラスにぶつかって、すすり泣き、流れ落ちている。私はそれを他の何よりも好もうとする)

＊

ナタナエルよ、町の話をしよう。

私は、イズミール[85]の町が横になった女の子のように眠るのを見た。ナポリは、水浴びをする婀娜《あだ》っぽい女のようだ。ザグアンは、暁が近づくと頬の赤くなるカビリアの羊飼いのようだ。アルジェは、日に当たると愛に奮え立ち、夜になると愛に恍惚とする。

私は、北欧で、月下に眠る村々を見た。家々の壁は青と黄とのくりかえしだった。その周りには平原が広がっていた。畑には、大きな藁塚がとりいれられないままに残っていた。人影もない原に出て、眠り込んだ村に戻るのだ。

82　メリエム・ベン・アタラ。アルジェリア北東部のオアシス町、ビスクラ滞在中にジッドの出会ったウーラッド・ナイルの若い娼婦(一八九四年一月)。『地の糧』ではこの一箇所に現われるだけだが、ジッドの実生活では、禁欲に凝り固まっていた青年に性の手ほどきをしたという意味で重要。『背徳の人』の末尾にも登場する。
83　オリエントの、とくにイスラム教徒の女性が頭から足まで全身を覆う薄地の衣。
84　アルフレッド・ド・ヴィニー作の長詩「羊飼いの家」の「エヴァに」を思わせる。ジッドは、この詩が好きで『アンドレ・ヴァルテールの手記』にも引用し、『フランス詩精華集』、にも収録している。
85　スミルナ(トルコ名はイズミール)。西暦紀元前十一世紀創建で、小アジアでも最も古い都市のひとつ。ギリシア、ローマ、トルコ文明が重なっている。

町にもいろいろある。時には、なぜそんなところに構築したのか分からないことがある。——おお！　オリエントの町、南欧の町。屋根の平らな町、テラスは白く、そこには夜になると浮かれ女たちが夢をもとめてやって来る。快楽、色恋の宴。それらの広場の街灯は、脇の丘から眺めると、夜に浮く燐光さながらに見える。

オリエントの町よ！　燃え上がる宴、そのような通りは、あちらでは聖なる通りと呼ばれているが、茶屋には浮かれ女が一杯で、ひどく高調子の音楽につれて踊りだす。白い衣を纏ったアラブの男たちが歩き回っており、子供もいた。——それにしても、色恋に通じるにはまだまだ幼すぎると思うのだが（なかには、まだ親鳥に覆われている雛よりも、もっと熱い唇をした子もいた）。

北欧の町よ！　船場、工場。吐き出す煙が空を隠してしまう町。記念建造物、動く塔《クレーン》、凱旋門のうぬぼれ、表参道の騎馬行進。熱狂する群集。雨の後で艶々したアスファルト。マロニエのもの憂げな大通り、常に人待ち顔の女たち。あまりにもふやけた夜で、ちょっとでも声をかけられればよろめいてしまいそうな、そんな夜も何度かあった。

十一時——閉店。鎧戸の鋭い音。旧市街。夜、人影のない通りを歩いていると、鼠が何匹も、すばやく、下水道に駆け戻った。半裸でパンを焼いている男たちが、地下室の換気窓から見えた。

＊

——おお、茶屋よ！——そこで私たちの乱行は夜更けまで続いた。飲み物と言葉に酔って、とうとう眠気を追い払ったのだ。茶屋！　絵と鏡がたくさん掛かっていて、とても上品な客しかいないところ。これは金持ち相手の店だ。そうかと思うと、狭い店で、滑稽な歌を繰りかえし歌ったり、踊るとなると女たちがスカートをとても高くたくしあげたりするところもあった。

イタリアでは、夏の夜、広場に張り出す店があって、そこではおいしいレモン味のアイスクリームを食べる。アルジェリアでは、マリファナを吸う店があって、私はあやうく殺されるところだった。次の年、警察が営業を禁止した。そこにはいかがわしい客しか来なかったのだ。

もっと茶屋の話をしよう。……おお！　ムーア茶屋よ！――時には、朗誦詩人が延々と物語ったりする。意味はわからないままに、幾夜私はそれを聞きに行ったことだろう！……しかし、他のどの茶屋にもまして、私は、静寂の場と一日の終わりを過ごすところとして、オアシスのはずれにある土を固めた小屋、バブ・エル・デルブの小さな茶屋を好む。その先には、はるかに砂漠が広がり――そこからは、息切れのするような一日の後、もっと和やかな夜の降りてくるのが見られたからだ。傍では、単調な笛の音が恍惚として流れていた。――そしてまた、私は、お前、シーラーズの小さな茶屋を夢見る。ハーフィズが称えたあの茶屋だ。酌人の注ぐ酒と愛とに酔いしれ、薔薇がそこまで伸びてくるテラスの上にいる無言のハーフィズ、眠り込んでしまった酌人の脇で詩を作りながら夜通し日の出を待っているハーフィズが称えたところ。

（あらゆるものを単に名指しで数え上げるだけで、詩人の歌う行為として十分だという時代に生まれたい。私の賛嘆の念が一つ一つの事物に捧げられ、それを称賛することによって、賛嘆の正当性が証明されるような、それだけで十分条件であるような、そういう時代に生まれたいものだ）

＊

ナタナエルよ、私たちはまだ草木の葉を一緒に眺めなかったね。葉という葉のすべての曲線を……

樹木の葉の繁《しげみ》。いくつも出口の開いている緑の洞窟。その奥底はそよ風にも場所をかえる。可動性。形の動揺。千々に裂かれた内壁、枝でできた弾力のある骨組み、丸みを帯びた往復運動、薄片小体と小孔質体……

枝は一様には動かない……小枝の弾力性が様々で、風に対する抵抗力も様々で、ひいては、風の枝を押す力も様々だからである……以下略。――別の話題に移ろう。……どれにしようか。作品構造などはないのだから、ここで選択をしてはいけない……何にでも対応できること！　ナタナエル、何にでも対応できる状態でいることが肝心なのだ！

――そして、突然それもすべての感覚機能を同時に集中して、（これをうまく言うのがむずかしいのだが）生の感触そのものを意識するようにし、外界から触れてくるものの一切を凝縮した感触として捉えること……（この意識と感触の関係は）あるいは逆に言ってもよいだろう）。――わかった。そこで、私はこの穴を占める、と、そこにどっと入り込んでくるのは、

耳には、絶え間ないこの水音、いったん大きくなったのちに和らいだ松風、途切れ途切れにバッタの音、等々。

眼には、小川に輝く太陽の煌き、あの松の木の動き……（おや、栗鼠《りす》がいる）……苔に穴を開ける私の足、等々。

肉体には、（感覚として）この湿り気、苔の柔らかさ、（ああ？　どの枝が私を刺すのか……）、手のひらの中の額、額の上の手、等々。

鼻の穴には、……　（シーッ！　栗鼠《りす》が近づいてくる）等々。

そして、それら一切合財をひとまとめにして、小箱に収める。――それが生だ。――それだけか？――ちがう！まだまだ他のものがいろいろとある。

では、君は私が感覚の出会いの場でしかないと思っているのか？――私の生は、いつでも、**それ**プラス私自身だ。――別の機会に、私自身について語ろう。今日は、

精神の相異なる形の輪舞の歌

も

最良の友の輪舞の歌

も

あらゆる出会いのバラード

も

言わないでおこう。この最後のバラードには例えばこんな文章があるのだが。

　コモで、レッコで、葡萄は熟していた。私は非常に大きい丘に登った。古い城が崩壊しつつあった。そこでは、葡萄があまりに甘たるい香りを発していたので、気分が悪くなった。それは、鼻腔の奥の奥まで味として入り込み、後で実際に食べても、これといった新しい発見はなかった——が、私はあまりに渇きかつ飢えていたので、酔うには幾房かの葡萄で十分だった。

……しかし、このバラードで、私は何よりも先ず、男たちと女たちのことを語った。今それを朗誦したくないのは、この第六の書では人物を作りたくないからなのだ。第六の書には誰もいないことに君は気づいただろうか。私にしても、知覚であるに過ぎない。ナタナエル、私は塔にのぼった見張り、リュンケウスなのだ。夜はずいぶん長いこと続いた。私は塔の上からあんなにもお前を呼んだのだ、曙よ！　どんなに明るくても決して明るすぎることのない曙よ！

夜の終わりまで、私は、新しい光はきっと到来すると思っていた。まだ、何も見えないが、希望は失わない。どちら側から暁がやってくるか、私は知っている。

たしかに、人々は皆それに備えているのだ。塔の頂でも町のざわめきが聞こえる。日は昇るだろう！　祭り気分の民はすでに太陽を迎えに歩いていく。

「夜の何時か。夜の何時か、見張り番よ？[86]」

「上昇する一世代が見える。下降する一世代が見える。大いなる一世代が上昇する、すっかり武装して上昇する、人生への歓びですっかり武装した世代が[87]」

「リュンケウス、我が兄弟よ、塔の頂から、何が見えるのか？　何が見えるのか？」

「嗚呼、嗚呼！　もう一人の預言者などは泣かせておけ。夜が来て、昼も来る」

彼らの夜が来る、我々の昼が来る。眠りたい者は眠り込むがよい。リュンケウス！　もう、塔から降りて来い。夜が明ける。平原に降りて来い。一つ一つのものをもっと近くから見るがよい。リュンケウス、来たまえ！　もっとこちらに来たまえ。日は昇り、私たちは信じている。

第七の書

Quid tum si fuscus Amyntas.
VIRGILE

アミュンタスの肌は日焼けしているが、そのほかには？
ウェルギリウス[88]

一八九五年二月、地中海横断

マルセイユを出帆。

強風、すばらしい大気。季節にしては早すぎる暖かさ。帆柱の揺れ。

86　ここで呼びかけられている見張り番は、ゲーテのリュンケウスではなく、『イザヤ書』第二十一章十一、「ドマへの予言」に現われる見張り役である。ジッドはすでに一八九〇年に、聖書のこの句を引いて新しい文学世代の台頭を告げたド・ヴォギュエの評論に感激して、新世代の作家としての自負を読書録に記している。

87　旧約聖書『コーヘレト書』第一章四—五に「世代は去り、世代は来《きた》る。だが、地は永遠に立ち尽くす。日は昇り、日は沈む。己の場所を喘ぎ求め、そこに、日はまた昇る」（月本昭男訳）とある。

88　『牧歌』第十歌三十八句。失恋の痛手をアルカディアに癒しに行く恋愛詩人ガルスの言葉。アミュンタスの日焼けした肌の次には、黒いスミレ、クロミノフナスグリと田園生活の楽しみが続く。ジッドは、自分は褐色の肌に残る太陽の痕跡を好んだのだ、と『一粒の麦もし死なずば』（第二部第一章）に同じ句を引用して語る。

光輝ある海、羽飾りをつけた海。波浪に激しく罵られる船。何よりも、光輝という印象が強い。過去のすべての出帆の思い出。

横断航海

何度私は暁を待ったことか……

……意気阻喪した海の上で……

やっと暁の来るのを見た。それで海が和みはしなかったが。

顳顬《こめかみ》の汗。衰弱。諦めの気持。

夜、海上で

躍起になる海。船橋を流れる水。スクリューの空回り……

おお！　極度の不安の汗！

割れたような頭の下の枕……

今宵、船橋で見る月は満月ですばらしかった。——ところが、私はそこへ行って見もしなかった。

——波を待ち受ける。——大量の水が突如として砕ける。息が詰まる。ふたたび盛り上がる。ふたたび落下する。——自分の無力。ここで私は一体何ものなのか？——瓶の栓だ——波に漂う哀れな栓。

波を忘れようと身を任せる。諦めの官能的歓び。物であること。

夜の終わり頃

涼しすぎるこの朝、桶で汲み上げた海水で船橋を洗っている。空気を入れ替える。——甲板をこするたわしの音が船室まで聞こえてくる。物凄い衝撃。——船窓を開けようと思った。額と汗をかいた顳顬に海の風をひどく強烈に受ける。船窓を閉めようと思った。……ベッド、また身を投げ出す。ああ！　港に着く前にこんな転覆騒ぎをまだまだ何度も繰り返さなくてはならないとは！　白い船室の壁に影が繰り広げる円舞。船室の狭いこと。

見るのに飽いた目……
ストローで、アイス・レモネードをチビチビ飲む……

その後で、新しい陸地で目覚める。病後の養生のように……　——夢にも見なかった事物。

アルジェ

＊

朝。やっと浜辺で目を覚ます。
夜通し波に揺られていたのだ。

丘陵がゆるやかに平らになる高原。
日の消え去っていく西の空。
海波の寄せては砕ける浜辺。
われわれの恋の眠りに来る夜。
夜は巨大な錨泊地のようにわれわれの方にやって来るだろう。
思索も、陽光も、哀しげな鳥たちも
昼間の明るさを逃れてそこに憩いに来るだろう。
すべての影の鎮まる藪の中……

そして、また、草地の静かな水、草に埋もれた泉。

……そして、長い旅から戻ってみると、
岸辺は静まり――船は港に舫《もや》う。
和らいだ波の上に見えるのは
眠っている渡り鳥、そして繋がれた小舟――
夕べがやって来てその巨大な錨泊地を、
沈黙と友情との錨泊地を開く。
――さあ、万物の眠る時が来た――

一八九五年三月

ブリダー！　サヘル地方の花！　冬には優美さもなく色あせていたが、春には美しく見えた。それは雨模様の朝だった。どんよりとした、穏やかで悲しげな空。木々に咲く花の香りが幾条もの並木道にただよっていた。お前のもの静かな泉水の噴き上げる水。遠く、兵営のラッパの音。

これはまた別の庭園だが、木立は手入れもされておらず、オリーヴの木の下で、白い回教の僧堂が幽かに光っていた。――聖なる林！　今朝は、私の倦み果てた思いと、恋のなやみに憔悴した肉体とが、憩いを求めてここまで来た。蔓木よ、この冬に見た時には、お前たちが見事に花開くこの様は想像もつかなかった。揺れ動く枝の間に見える紫の藤の花、傾いた釣香炉のような花房、そして小径に敷かれた砂の金色《こんじき》の上に散る花びら。水の音。濡れた音。泉水の縁の立てる軽い水音。オリーヴの巨木、白い下野《シモツケ》の花、リラの植え込み、山査子《サンザシ》の叢生、薔薇のしげみ。ただ一人ここに来て、冬を追憶する。と、あまりにも倦み果てた自分は、嗚呼、春にさえも心を驚ろかされることなく、もっと厳しくあれとさえ思うのだ。なぜなら、これほどまでの優美さは、嗚呼、孤独な者に誘いかけ、笑いかけ、ただ欲求のみがぞろぞろと、諂《へつら》い顔をして、人影もない庭園の小道を行くのだから。そして、あまりに静かな泉水で水の音はするものの、あたり一面、注意怠りない静けさがあまりにもありありと不在のものを指し示すのだから。

わかっているのだ、どこの泉に瞼を冷やしに行けばよいのかは、
聖なる林よ、私はよく知っている、道も
木々の葉も、林間にひらけた明るい場所の爽やかさも。
夕方になったら、そこに行こう。なにもかも黙り込み、
肌を撫でる空気さえ
もう色恋よりは眠りに誘う頃合に。
夜がどっぷり浸かりこむ冷たい泉。
氷の水、そこには朝が透けて見えるだろう、
白々と身震いする朝が。純粋の泉。
曙が姿を現わすその時に
私はまた見出すのではなかろうか、
まだ驚きをもって、明るさと事物とを見ていた頃に
曙の持っていたあの味わいを。
焼けつくような両の瞼《まぶた》を洗おうと、私がそこにやって来るその時に。

ナタナエルへの手紙

ナタナエル、このように光を呑みこんだ結末がどうなるのか、また、この執拗な暑さのもたらす官能的な恍惚が

どんなものなのか……君には想像もつかないだろう。オリーヴの一枝が空にむかって伸びている、丘の上に空が広がっている、茶屋の入り口で笛の音が聞こえる……アルジェはあまりに暑く、祭り続きのようだったので、私は三日ほど離れたいと思った。ところが逃げ込んだブリダーで私は花盛りのオレンジの木を見出したのだ……

朝になるとすぐに出かける。散歩するのだ。これといって何も眺めないのだが、すべてが見える。耳とは別の感覚の捉えたものから、すばらしい交響曲が私のなかで形づくられ、組織される。時が経つ。私の興奮はゆるやかになる。傾くにつれて太陽の進行も足をゆるめるのとおなじだ。それから、私は、人間か事物か、熱中する対象を選ぶ。――ただ、それが動くものであることを望む。私の感動は一度固定されてしまうと、すぐに生気を失うのだから。そこで私は新たな一瞬ごとに、まだ何も見たことがない、何も味わったことがないように思うのだ。私は逃げ行くものを秩序もなく追い求めるうちに自分を失う。昨日はブリダーを見下ろす丘の上まで走っていった。太陽をもう少し長い間眺めよう、日が沈み燃え上がる雲が白いテラスを彩るのを見ようと思ったのだ。木陰に影と静寂とを不意に捉える。月明かりのなかを徘徊する。私は泳いでいるような感じをよく受ける。それほどに光に満ちた熱い大気が私を包み込み、やわらかく私を持ち上げる。

……私は、自分の辿っている道が私自身の道であり、自分はそれをしかるべく辿っていると思っている。これが誓いを立てた上のものならば信仰と呼ばれうるような、大いなる信頼感を習慣として身につけている。

ビスクラ

女たちが戸口のところで待ちかまえていた。その背後にまっすぐ上る階段がある。女たちは、そこで、戸口のところにすわっていた。重々しく、偶像のように彩られて、頭には硬貨を付けた王冠のような髪飾りをかぶって。夜、この通りは賑わっていた。階段の上ではランプがいくつも灯されていた。女は、一人一人、階段が光に満ちた壁龕《へきがん》をなす、そのなかにすわっていた。煌《きらめ》く髪飾りの金の下で顔は蔭になっていた。どの女も私を待っているようだった、特に私を待っているように思えた。上っていくには小さい金貨を女の髪飾りに加える。階段を上るときに娼婦は明かりを全部消していく。女の狭い部屋に入ると小さいカップでコーヒーを飲み、それから低い長椅子のようなものの上で、つるみあうのだった。

ビスクラの庭

アトマン、お前は書いてきたね。「あなたを待っている椰子の木の下で僕は山羊の群れの番をしています。また来てくださいね。春は枝に宿っているでしょう。一緒に散歩をして、何も考えたりしないことにしましょう……」

——アトマン、山羊の番人よ、もう椰子の木の下に行って私を待つことはない。そして、春は来ないのではないかなどと見守ることもない。私は来た。春は枝に宿った。私たちは散歩をし、頭にはもう何もない。

ビスクラの庭

今日は灰色の日だ。香り高いミモザ。濡れた生温かさ。厚く、また幅広く、空中で形成されたように浮いている雨滴……葉に留まり、重みを加え、それから急に落ちる。

……ある夏の雨を思い出す。——しかし、あれでもまだ雨だったのだろうか——どっと降りかかってきたあの生温かい水滴は。それは、あまりにもたっぷりとしていて、手ごたえがあり、実に重たかったので、緑と薔薇色の光に満ち椰子の生えた庭に降り注ぐと、それを受けた葉や花や枝は、愛を込めて贈られた花飾りの輪が大量に解きほぐされたように、水の上を転がっていた。細い流れが花粉を運んで、遠くまで肥沃にしようというのだった。その水は濁っていて黄色だった。泉水では魚が恍惚としていた。水面で鯉が口を開く音が聞こえた。

雨の降る前に、吹きまくる南の風が地面に深い火傷を引き起こしていた。それで庭の並木道は、今度は、枝の下に湯気を一杯に溜めていた。ミモザが、宴たけなわのベンチを雨風から守るような具合に、枝を広げていた。——それは至楽の園であった。毛織の衣をまとった男たち、縞模様のハイクをまとった女たちは、湿り気が沁みこむのを待っていた。彼らは、相変わらずベンチにすわっていたが、声は途絶えた。夏の最中に通り過ぎる雨水がまとった布を重くして差し出した肉体を洗うにまかせて、驟雨の雨音を聞いていたのだ。——空気の湿気、草木の葉の重さが非常なものだったので、私も、愛の誘いに抗うことはせずに、その人たちの脇でベンチにすわっていた。——そして、雨が上がると、枝だけが水を滴らせていたが、皆は靴やサンダルを脱いで、裸足で濡れた土に触れるのだった。その柔らかさは実に官能にひびくものだった。

誰も歩いていない公園に入った。白いウールの服を着た子供が二人、私を案内していった。とても細長い庭で、奥に門がある。扉を開けると、木々はさらに高く、さらに低くなった空は木に引っかかるようだ。——塀。——村がそっくり雨の下にある。——そして、向こうは、山だ。生まれつつある細流。樹木の糧。重々しく恍惚とした受精。移動してゆく芳香。

覆いのある小川。（葉や花も混じっている）運河。——ここでは水の流れが遅いので「セギア」[89]と呼ぶ。危険な魅力に富むガフサの浴場[90]、*Nocet cantantibus umbra*（影は歌い手に害がある）[91]——雲はもうなくなり、深い夜、靄もほとんど立っていない。

（アラブ人の風習で白いウールの服をまとっているとても美しい子は、アズースという名で、最愛の者という意味だ。もう一人はウアルディという名で、これは薔薇の季節に生まれたという意味である）

——そして空気と同じく生温かい水、

私たちはそこに唇をひたした……

暗い水——月がそれを銀色にするまでは、夜の底で見分けがつかなかった。それは木の葉の間から生まれ出るようだった。そこを夜の生き物がうごめいていた。

夜が明けるとすぐに、出かける——飛び出るのだ——すっかり新しくなった大気のなかに。紅色の夾竹桃の一枝が、かすかにそよぐ朝のうちに、震えるだろう。

ビスクラ——朝に

＊

ビスクラ——宵に

その木の中には、鳴いている鳥がいた。鳥たちは鳴いていた、ああ、鳥にそんな力があるとは思ってもいなかったほど強く、囀っていた。木そのものが叫んでいる、葉のすべてを挙げて叫んでいる、そんな感じだった——鳥は見えなかった。死んでしまうだろう、と私は思った。これはあまりにも強烈な情熱だ。一体、今宵はどうしたというのだろう。この夜が過ぎればまた新しい朝が生まれてくると知らないのだろうか。ずっと眠り続けるのが心配なのだろうか。一夕で愛の力を消耗し尽くしたいのだろうか。あたかも、その後は無限の夜のうちにいなければならないかのように。春の終わりの短い夜よ！——ああ！　夏の暁がこの鳥たちを目覚めさせる歓喜よ！　それで鳥は自分たちの眠りについては、次の夜に眠っている間に死ぬことをわずかながら前夜ほど恐れなくなる、それに必要な程度にしか思い出さないのだ。

89　灌漑用水路。
90　チュニジア中部のオアシス都市。ローマ時代の浴場が温水をたたえている。ジッドは一八九六年の『日記』所収の紀行文で、メクラウナギやアオヘビも泳いでいると、この浴場の様子を語っている。
91　正確な引用ではなく、ウェルギリウス『牧歌』の末尾、第十歌七十五―七十六句の要約。

ビスクラ――夜

静まり返った茂み、でもまわりの荒野はイナゴの恋の歌でふるえている。

シェトマ

日が長くなる。――そこで、身を伸ばす。無花果の葉はまた広くなった。揉むと手に香りが移る。茎は乳液の涙をこぼす。

暑さが戻ってくる。――ああ！　なつかしい山羊の群れが戻ってきた。私の好きな羊飼いの笛が聞こえる。来るだろうか。あるいは私のほうから近づいていくことになるのだろうか。

時の歩みの遅いこと。――去年の石榴《ざくろ》の実が乾き切って枝についている。それはすっかり口を開けて、小さく固まっている。その同じ枝にすでに新しい芽がふくらんでいる。椰子の間を雉鳩が何羽も通る。蜜蜂が野原で働いている。

（アンフィダ[92]の近くにある井戸を思い出す。美しい女たちが下っていくのだった。ほど近いところに、灰色と薔薇色の巨大な岩があった。その頂には蜂がつきまとっているということだった。実際、蜂の大群がうなりを立てていた。巣が岩の中にあるのだ。夏になると、巣は熱さに割れて、蜜が岩に沿って流れ出る。アンフィダの男たちがそれを集める）――羊飼いよ、こちらに来い！――（私は無花果の葉を噛みしめる）

夏よ！　とろりと流れるとけた金。過剰な横溢。強まる光のすばらしさ。愛の大氾濫！　誰か蜂蜜をなめないか。蜂の巣の蠟がとけたぞ。

その日見た一番美しいものは、牧舎につれもどされる雌羊の一群だった。小走りに進む足音が驟雨のたてる水音に聞こえた。日は砂漠に沈もうとし、羊たちは埃をあげていた。

＊

オアシス！　それは砂漠の上に島のように浮いている。遠くから見ると、椰子が緑なので、根が水を吸う泉のあることが期待される。時には水量豊かな泉があり、紅花の夾竹桃が水面をのぞきこんでいた。――その日、十時ごろに着いた時、私はそれより先へ行くのをことわった。そこの庭園の花の魅力は非常なものだったので、離れたくなかったのだ。――オアシス！（アーメットは、次のオアシスの方がずっときれいだ、と言った）

オアシス。次のオアシスの方が、なるほど、ずっときれいだった。花も、もののざわめきもより豊かだった。もっと高い木々がさらに豊かな水のほうに傾いていた。正午だった。私たちは水浴をした。――そのあとで、そのオアシスも離れなければならなかった。

オアシス。その次のオアシスについて、何と言おうか。それはさらに一段と美しかった。そこで私たちは夕べを待った。

庭よ！　それでも私はもう一度言おう。夕暮れになる前に、お前たち、庭の一時《いっとき》の静けさがどんなに甘美なものであったかを。庭よ！　そこに入ると、身を洗われているような感じのする庭があった。あるいは、杏《あんず》が熟しているだけの単調な果樹園のようなものでしかない庭もあった。またある庭では、花と蜜蜂とが一杯で、香りがとても強烈に漂っているので、山盛りの食べ物の代わりになって、リキュールと同じほどに私たちを酔わせるのだった。

翌日、私はもう荒原しか好まなかった。

92　チュニジア中部の肥沃な土地。チュニスとスースの中間に位置する。

ウマシュ[93]

岩と砂の間にこのオアシスがあった。私たちは正午に着いたのだが、あまりに熱く炎が燃えるようだったので、疲れ果てた村は私たちを待っていた様子も見せなかった。椰子の木も挨拶に身を傾けはしなかった。年寄りたちは戸口の蔭で話し合っていた。壮年の男たちはうとうとしていた。子供たちは学校でおしゃべりをし、女たちの姿は見えなかった。

土を固めたこの村の通りは、昼間は薔薇色、日の沈む頃は紫に染まった。正午には人影もなく、宵には賑わうのだろう。その頃には茶屋は満員になるのだろう。子供たちは学校から戻り、年寄り連中は相変わらず戸口で話し合い、女たちはテラスに上り、花のように、ヴェールをぬいで、悩みごとをながながと話すのだろう。

*

このアルジェの通りには、正午になると、アニゼットリキュールとアプサントの匂いが充満していた。ビスクラのムーア茶屋ではどこでもコーヒーかレモネードかお茶しか飲まなかった。アラブの茶、胡椒味の甘さ、生姜、もっと度を越えもっと極端な——しかも風味のない——ある種のオリエントを想わせる飲み物もあるが、とても茶碗を飲み干すことができない。

トゥグールの広場では香料を売っていた。私たちはそこでいろいろな樹脂を買った。あるものは匂いを嗅ぐ。またあるものは噛む。焚くのもあった。焚く香料は、大方、ドロップのような形をしていた。火をつけると、もうもうといがらっぽい煙を立て、そこにとても微妙な香りが混ざっているのだった。この煙は宗教的法悦を引き起こすのに役立ち、回教寺院の儀礼で焚くのはこのお香である。噛む香料は、噛むとすぐに口中を苦い味で一杯にし、歯に不愉快にねちゃつく。吐き出してからもながいことその味は残っていた。匂いを嗅ぐ香は、ただ嗅げばよい。

テマシヌ[94]のイスラム隠者のところでは、食事の終わりに香りをつけた菓子を出してくれた。それは金色と灰色と薔薇色の葉で飾られていた。パンの中身を捏ねて作ったもののようだった。口に入れると砂のようにくずれるのだった。それでも、ある種の旨さはあった。あるものは薔薇の香りがし、またあるものは石榴の香りだった。他の菓子は風に曝されて完全に風味を失っているようだった。——こういう食事では、無理やりにタバコをふかす以外に酔いに到る方法はなかった。うんざりするほど大量な料理が出され、皿がかわるたびに話題もかわる。——、その後で、ニグロが香りのついた水を水差しで客の指に注ぎかけ、水は盥《たらい》に落ちる。ちなみに、あちらでは、女たちもこんな風にして情事がすむと洗ってくれるのだ。

トゥグール

広場にテントを張って野営するアラブ人たち。火がともり、夕べの大気にほとんど目につかぬほどの煙が漂う。

——隊商《キャラバン》だ！——夕方にやってきた隊商。朝出立した隊商。恐ろしく倦み疲れ蜃気楼に酔った隊商は、いまや、絶望している！　隊商よ！　なぜ私はお前たちと共に行くことができないのか、隊商よ！

東方に発つ隊商があった。白檀と真珠とバグダッドの蜜菓子、象牙、それに刺繍した布を求めて行くのだ。琥珀《こはく》と麝香《じゃこう》、金粉と駝鳥《だちょう》の羽とを求めて南方へいくものもあった。

夕刻、西方に向かって発ち、太陽の最後の輝きに目眩んで道を失う隊商もあった。

疲れ果てた隊商が戻ってくるのを見た。駱駝は広場に膝をついていた。やっと重荷を下ろしているのだ。それは厚い布でくるんだ包みで、中に何が入っているのかは見当がつかなかった。他の駱駝は輿《こし》のようなものに身を隠し

93　ジッドはOumachと綴っているが、ビスクラ南方二十キロほどのオアシス、Oumacheと思われる。
94　砂漠の町トゥグールからさらに一四、五キロ南下したところにある小規模なオアシス。

た女たちを背に載せて運んで来た。また別の駱駝はテントの設営用具を運んできて、夜を過ごすためにそれを広げているのだった——おお！　測りがたい砂漠の中の、巨大な、すばらしい疲労よ！——広場では夕べの憩いのために火が熾《おこ》される。

*

ああ！　何度、私は、暁と共に起き、栄光よりもさらに光に満ち真紅に染まる東方に向かって、——何度、私は、オアシスのぎりぎりの境で、生命が砂漠に対して勝ちを占めることはもはやできず椰子の木も生気を失ったその瀬戸際に立って、——すでにあまりにも輝きに満ち、まともには見ることもできないその光の源に身を乗り出すようにして、何度、私は、お前に向かって自分の欲求を差しのべたことか、溢れ出る光と——酷なまでの暑さとに覆われた平原よ……砂漠の熱烈さに打ち克つほどにも昂揚した恍惚とは、それほどまでに激烈かつ熱烈な愛とは、なんとすばらしいものであったことか。

苛烈な土地、善良さも優しさもない土地、情熱と熱狂との地、預言者がこよなく好んだ地——ああ！　苦痛に満ちた砂漠、栄光の砂漠よ、私はお前を情熱をこめて愛したのだ。

私は見た。蜃気楼に満ちた塩湖のうえに、白い塩の塊が水の姿になるのを。——空の青がそこに映えるのなら、私にもわかる——海のように紺青の塩湖なら。——しかし、なぜ——イグサの茂み、そしてさらに遠くには、崩れ落ちそうな結晶片岩の断崖——なぜ、揺らめく小舟の姿、さらに向こうには宮殿などが姿をあらわすのか。——形を変えられ、想像上の深い水のうえに吊るされた、これら一切のものが見えてくるのは、一体、なぜなのか。（塩湖の縁の臭いは吐き気をもよおすものだった。それは塩が混ざり焼け付くような恐るべき泥灰岩だった）

私は見た。朝の斜めの陽光の下に、アマル・カドゥの山々[95]が薔薇色になり、燃え上がった物体のようになるのを。

私は見た。風が地平の底から砂を吹き上げ、オアシスをあえがせるのを。オアシスは雷雨に仰天する舟でしかないようだった。オアシスは風に動顛していた。そして、小さな村の通りでは、痩せた裸身の男たちが熱病の強烈な渇きに身を捩《よじ》っていた。

私は見た。荒涼とした道に沿って、駱駝の骸骨が白々と打ち捨てられているのを。疲労のあまり足を引きずって行くこともできず、隊商に置き去りにされた駱駝が、先ず腐り始め、蝿に覆われ、驚くべき悪臭を放っているのを。

私は見た。虫の鋭い鳴声以外には、何の語るものもない夕べを。

――もっと、荒原の話がしたい。

エスパルト草の荒原には、青大将がうようよしている。風に波打つ緑の大平原だ。

石の荒原は、かさかさだ。結晶片岩が光っている。ハンミョウが舞う。イグサが乾く。太陽に照らされて、すべてがはじける。

粘土の荒原。ここなら、少し水が流れさえすれば、何でも生きることができそうだ。雨が降るとすぐに、すべてのものが緑になる。乾きすぎた土地はほほえむ習慣を失ったようではあるが、ここでは、他所よりも、草がもっと柔らかく、もっとよい香りを放つようだ。種を結ぶ前に太陽に焼かれて萎れてしまうのを心配して、他所でより、急いで花を開き、急いで芳香を放つのだ。その愛は急かされている。太陽が戻ってくると、土はひび割れ、ぼろぼ

95　オーレス山塊の南、ビスクラから東北に五、六十キロ行くと広がる山岳地帯。

ろに崩れ、到るところから水が流れ去ってしまう。地面には恐ろしいほど亀裂が入り、大雨が降っても水はすべて細溝に流失してしまう。土はからかわれたようなもので、水を引き止めることができない。絶望的に渇いた土地だ。砂の荒原、つまり砂漠。——海の波のように動く砂。絶えず移動させられる砂丘。ピラミッドのようなものが、ひどく間隔をおいて隊商を導く。一つの頂上に登ると、地平の遥かにもう一つのが見えるのだ。風が吹くと、隊商は歩みを止める。駱駝引きは駱駝の影に風を避ける。

砂漠——生命はそこから閉め出されている。そこには風の脈動と暑さしかない。砂は陰では微妙にビロード状になる。夕方には燃え上がり、朝には灰のようになる。砂丘の間に真っ白な谷がある。私たちは馬で通っていった。私たちの通り過ぎた後は、砂がまた覆ってしまう。疲労のため、新たな砂丘に出くわす度に、もうこれは越えられまいと思うのだった。

私はお前を熱愛したであろう、砂漠よ。ああ！　お前のもっとも小さな砂粒が、それ自体の場において宇宙全体を再表現してくれるように！　——砂塵よ、いかなる生をお前は思い出すのか。いかなる愛が解体してこうなったのか。——砂塵は讃えてもらいたいのだ。

私の魂よ、砂の上に一体何を見たのか。

白い骨——空になった貝殻……

ある朝、私たちは日の光を避けられるほどに高い砂丘の傍に着いた。そこに腰を下ろした。砂は爽やかに冷たいといってもよいくらいで、イグサが細々と伸びていた。

しかし、夜については、夜については、何を言おうか。

それは緩やかな航海だった。

波浪は砂ほどに青くない。砂は空よりも光っていた。——一つ一つの星が、一つまた一つと、格別に美しく見えた、そういう夕べを、私は知っている。

＊

荒原で、雌驢馬を探す、サウル——お前は、お前の驢馬は見つけられないだろう——しかし、探してもいなかった王国を見出すだろう。[96]

自分の体の上で害虫どもを養う歓び。

生は私たちにとって

野性を帯び、にわかに味わいを生じるものであった。

そして私は、幸福が、ここでは、
死の上に花開く趣のものであることを嬉しく思う。

96　『サムエル記上』第九章—第十章参照。

第八の書

私たちの行為は、燐光が燐に発している様に、私たちにつながっている。行為が私たちの栄光をなすことは事実だ。しかし、それは私たちを磨り減らしてのことだ。[97]

わが精神よ、あなたは、この世のものとも思えない散策の間、途方もなく昂揚していた！

おお、わが心よ！　私はあなたにたっぷりと水をやった。

わが肉体よ、私はあなたを愛で酔わせた。

私は、今、休息して、自分の財産を数え上げようとするのだが、それは無駄だ。そのようなものは持っていないのだから。

私は時おり過去を顧み、なんらかのまとまりのある思い出をいくつか取り出し、それをもとに一つの話を造ろうと思うのだが、自分をそこに見出すことができず、結局、私の生は溢れ出てしまう。私は、常に新しい一瞬ごとに、即刻に生きるようにできているらしい。いわゆる瞑想に耽るということは、私には実行不可能な拘束なのだ。私はもう孤独という言葉の意味がわからない。自分のうちで自分一人であるとは、誰でもないことなのである。私の中には人が大勢住んでいるのだ。――それに、私はどこにいてもそこが自分の場だと思うので、それ以外に自分だけの場はない。しかも常に欲求が起きてその場からも立ち去ることになる。最も美しい思い出も、私には幸福の一破片としか思えない。そのかわり、ほんのわずかな水滴でも、たとえそれが涙であっても、実際に私の手を濡らすならば、私にとっては即座に最も貴重な現実のものとなる。

＊

私は、君のことを想う、メナルクよ！

言ってくれたまえ、いかなる海の上を、波の飛沫に汚れた君の舟は進んで行こうというのか。君は、今、戻って来るのではあるまいか、メナルクよ、人を小馬鹿にしたような豪華さを抱え込んで、それで僕の欲求に渇きを再発させるのを楽しみに。僕が今休んでいるとしても、君のような豊かさのうちに憩っているのではない……いや——君は決して休まないことを教えてくれた。——ところで、君は放浪に放浪を重ねる恐ろしいような生活にまだ飽きないのだろうか。僕はといえば、時には苦しさのあまり叫んだことはある。しかし、何ものにも疲れることはない。——肉体が飽きてしまうと、僕は自分の弱さを責める。もろもろの欲求は僕がもっと勇敢であることを期待していたのだ。——そう、今の僕が後悔するとすれば、それは、私たちに糧をもたらす愛の神よ、せっかく薦めてくださった果物、実に多くの果物を、嚙みもせずに傷むにまかせ、自分から遠のけてしまったことなのです。——なぜなら、『福音書』に書いてあるといわれるように、今日自分に禁じることは、後に百倍にもなって戻ってくるのだから[98]……ああ！　私の欲求が捉えられる以上の良き物など、一体どうすればよいのだ。——私はすでに、少しでも度を過ごせばかえって味わうことのできないほどに強烈な官能の歓びを知ったのだから。

遠くでは、私が悔悛しているなどと言った……
が、悔恨など私に何の関係があるのか。
サーディー[99]

97　本作品「第一の書」には「私たちの行為は、燐光が燐に発するように、私たちにつながっている。たしかに、それは私たちを消耗する。しかし、それこそが私たちを輝かせるのだ」とあり、前半は共通だが、ここでは後半の重点のおきどころが逆になる。

98　『マタイによる福音書』第十九章二十九他に信従の報いとして「また、私の名のゆえに家々、兄弟たち、姉妹たち、父、母、子供たち、または農地を棄てた者は誰でも、〔それらの〕百倍を受けるであろうし、また永遠の生命を継ぐであろう」とある。

それは事実だ！　私の青春は。闇に閉ざされていた。

私はそれを悔恨する。

私は地の塩を味わわなかった。

塩辛い大海の塩も味わわなかった。

私は自分が地の塩だと思っていたのだ。

そして自分の味を失うのが怖かったのだ。[100]

海の塩は決してその味を失わない。しかし、私の唇はそれを味わうにはすでに老い過ぎている。ああ！　私の魂がそれに飢えていた時、なぜ私は海の空気を吸い込まなかったのか。今となってはどんな酒に酔えるのだろう。ナタナエル、ああ！　君の魂がそれでほほえむ時、君の歓びを満足させたまえ。――そして、君の唇がまだ接吻するにたるほど美しい時、君の抱擁が歓びに満ちている時、君の愛の欲求を満足させたまえ。

なぜなら、後になって君は次のように思い、かつ、言うだろうから。――もろもろの果実はそこにあったのだ。その重さでもう枝は疲れ、撓《しな》っていた。――僕の口はそこにあり、欲求でいっぱいだった。――それなのに、口は閉ざされていた。そして手を差しのべることもできなかった。祈るために合わされていたのだ。――そして、僕の魂と体とは絶望的に渇ききっていた。――時は過ぎ去ってしまい、もう望みは絶たれた。


（シュラムのおとめよ[101]、本当なのか、本当なのか？――

あなたは私を待っていたのに、私はそうとは知らなかった！

あなたは私を探し求めていたのに、私はあなたの近づく音を聞かなかった）

ああ！　青春よ――人は青春をほんの一時しか所有しない。残りの時は、それを思い出すだけだ。

（歓びは私の扉を叩いていた。私の心の中で欲求は応えていた。それなのに私はひざまずいていて、戸を開けな

かった)

流れる水はたしかにまだ多くの畑を潤おすことができよう。そして多くの唇の渇きを癒すだろう。しかし、私はその水について何を知りうるのか――過ぎ去っていく爽やかさという以外に、水とは私にとって何なのか――しかも、過ぎ去ってしまうと、また焼けるような熱さだ――私の快楽の外見《すがた》よ、お前たちは水のように流れるだろう。もし水がふたたびここに湧き出るのなら、それが常に爽やかなものであるように。

尽きることのない川の爽やかさよ、限りない小川の湧出よ、お前たちはあのわずかばかりの捉えられた水ではない。かつて私はそのような少量の水に手を浸し、生ぬるくなると捨ててしまったものだ。囚われの水よ、お前は人間の叡智のようなものだ。人間の叡智よ、お前には川の尽きせぬ爽やかさがない。

眠られぬ夜

待ち焦がれ、待ち焦がれ、熱に浮かされ、往きて帰らぬ青春の季節《とき》……、宗教上の罪と呼ばれるもの一切への熱烈な渇き。

犬が一匹、哀れっぽく月に向かって遠吠えしていた。

猫が一匹、泣いている乳飲み子を思わせた。

町はやっと少しばかり静けさを味わうようだった。翌日になったら若返った希望をそっくり取り戻すために。

99 ペルシアの大詩人サーディー(一二一三頃―一二九二)の傑作『薔薇の園』(一二五八)をジッドはとくに好んだ。詩と散文をまじえて独自の道徳を説くこの名作と『地の糧』との間には、構想上の共通性も指摘されている。

100 『マタイによる福音書』第五章十三他に「大地の塩」の重要性が説かれている。

101 「第二の書」注22参照。

私は往きて帰らぬ時を思い出す。石の床に裸足で立ち、額をバルコンの濡れた鉄柵に押し当てていた。月影に、私の肉体の輝きは、十分に熟したすばらしい果物のようだった。待て待てだって！　それは私たちをしおれさせるだけだった。……爛熟した果実よ！　渇きがあまりにもひどくなり、焼きつく喉に耐えられなくなった時、そうなってやっと私たちはお前を噛んだ。傷んでしまった果物よ！　お前たちは私たちの口を、毒を含んだ味気なさで満たし、私の魂を深く動揺させた。――若いうちに果物のまだ歯ごたえのある肉を噛み、愛の薫り高い果汁をすすった者よ、君たちは幸せだ。無駄に待たず……果実を味わったら生き生きと路上を走り出すのだ。――私たちはそこで辛い日々を終えるであろうに。

（たしかに、魂の無残な消耗を押さえるために自分にできることはした。しかし、魂の注意を彼の神から逸らすことができたのは、ひとえに感覚を消耗させることによってであった。魂は、昼も夜も、神にかかりきりだった。むずかしい祈りを見つけることに意を凝らし、熱意のあまり衰弱していた）

今朝、私はいかなる墓から逃れ出たのか――（海鳥が何羽も水を浴び、羽を広げる）そして、ああ！　ナタナエルよ、私にとって生のイメージは、欲求に満ちた唇に押し当てられる風味に満ちた果物なのだ。

どうしても眠り込めない夜があった。

手も足も疲れ果てて、愛欲によって無理やりに歪められたような感じで、むなしく眠りを求めているベッドの上には、大いなる期待の数々があった。――何を待っているのか分からないことが多かったのだが――時には、肉欲を超えてもっと秘められたいわば第二の官能の充足を求めてもいた。

……飲むにつれて、渇きは刻々に激しくなった。ついにはあまりに強烈になり、欲求不満で泣きたいほどだった。

……感覚は消耗しつくして透明になってしまった。朝、町に出て行った時、空の紺青が私の中に入った。

……歯がひどく疼いて、唇の皮を噛み切ってしまう——歯の先がすっかり摩滅しているようだ。それにこめかみが、内側から吸引されたようにへこんでいる——花盛りの玉葱畑の臭いが、ほんのわずかなきっかけで吐き気をひきおこしそうだ。

不眠

……それに、夜中に、泣き叫ぶ声が聞こえた。「ああ！」と泣きながらその声は言う。「これが嫌な臭いを放つあの花の実だ。これは甘い。これから先、私は自分の欲求の漠とした倦怠を引きずって道をさまよって行こう。雨風から護られたお前の数々の部屋に私は息苦しくなってしまう。お前のベッドにはもうどれにも満足できない。——お前の際限もない彷徨に目的を求めることはもう止めたまえ……」

私たちの渇きがあまりにも強烈になっていたので、私はその水をコップ一杯飲み干してしまったのだが、後になって、嗚呼！　それが吐き気をもよおす代物であることに気がついた。

……おお、シュラムのおとめよ！　あなたは私にとって閉ざされた狭い庭の木陰で熟した果実だったということにもなりえよう——

ああ！　人類全体が、眠りへの渇きと官能充足への渇きとのあいだで倦み疲れている、と私は思った。——恐ろしいほど緊張し、燃えるように集中した後、肉体がふたたび落ち着くと、もう眠ることしか考えない。——ああ！　眠りよ！——ああ！　様々な欲求の新たな躍動が私たちを生に向かって目覚めさせたりしないならば——

ところが人類全体が、なんとか苦痛を和らげようと寝床で寝返りを打つ病人のように、もがいてばかりいるのだ——

……そして、数週間の労苦を重ねた末、永遠の憩いに至る。

……死んでも、なにか衣服をとっておけるとでもいうように！（単純にすること）そう、私たちは死ぬだろう——眠るために服を脱ぎ捨てる人のように。

メナルク！　メナルク！　僕は君を想う！——

僕は言ったものだ、それは承知している。どうでもよいではないか——ここでも——あちらでも——僕らは同じようによいのだろう、と。

……今、彼方では、日が暮れた……

……おお、もし時がその源に遡りうるものなら！　そして、もし過去が戻って来られるものなら！　ナタナエルよ、君を私の青春の恋に満ちた時期に連れて行きたい。その頃、生は私のうちを蜜のように流れていた。——あんなにも多くの幸福を味わったことに、魂はいつか慰められるのだろうか。なぜならそこに私はいたのだ、あそこに、あの庭に、この私がいたので、他の誰でもない。私があの葦の歌を聞いたのだ。私はあれらの花の香りを吸い込み、あの子を眺め、その子に触れた。——そして、春がやって来るたびにこのような楽しみを伴っていたことは事実なのだ。——だが、かつて私であった者、あの他者に、ああ！　どうしたら戻ることができるのだろう。——（今、町の家々の屋根には雨が降り注ぎ、私の部屋はひっそりとしている）あちらでは牧童ロシフ[102]の家畜の群れが戻ってくる時刻だ。山から戻って来るのだった。荒野は夕陽の下で金一色だった。今は……静かな夕べだ。（そう、今は）

パリ——六月の夜

アトマンよ、私はお前のことを想っている、ビスクラよ、私はお前の椰子の木を想う——トゥグールよ、お前の砂に想いを馳せる……——オアシスよ、砂漠の乾燥しきった風は、あちらでは、いまでも、お前のざわめく椰子の葉をゆすっているのだろうか。暑さにはじけた石榴よ、お前は苦く酸っぱい粒を落ちるがままにしているのだろうか。

シェトマよ、私はお前のひんやりした水の流れを、また、その傍で汗をかいた、お前の熱い湧き水を思い出す——エル・カンタラ、金の橋よ、お前の響きわたる朝と恍惚とするような夕べとを思い出す——ザグアンよ、お前の無花果《いちじく》と紅花の夾竹桃が瞼に浮かぶ。ケロアンは、団扇サボテン、スースは、オリーヴの木。——私はお前の悲嘆を想う、崩壊した町、ウマシュよ、お前の城壁は沼地に取り巻かれていたね。——そして、また、暗鬱なドローの悲嘆を想う、お前は、鷲のつきまとう、凄まじい村、荒々しく狭い谷底だ。

上《かみ》のシェッガ、お前はいまも砂漠に眺めいっているのだろうか。——ムレイエ、お前は細々とした御柳《ぎょりゅう》を塩湖に浸しているのかい。——メガリーヌ、塩辛い水を飲んでいるか？——テマシーヌ、相変わらず太陽に曝され、萎れているか？

アンフィダの傍にある不毛の岩を思い出す。春になると蜂蜜が流れ出すのだった。その近くには井戸があって、とても美しい女たちが、全裸に近い姿で、水を汲みに来ていたっけ。

お前は、ずっとあちらで、そして今は月光に照らされているのだろうか、アトマンの小さい家よ、相変わらず半ば崩れた姿で。——その家で、お前の母さんは布を織っていたね、アムールと結婚したお前の姉さんは、いろいろな話を歌ったり語ったりしていた。そこでは——眠っているような灰色の水の傍で——一緒に孵《かえ》った雉鳩の雛たちが夜になると小さな声で歓びを歌っていた。

おお、欲求よ！　幾夜私は眠れなかったことか、夢想が眠気の場を奪ってしまったのだ！　おお！　霧が立ち昇るなら、夕べになって、椰子の葉蔭に笛の音が流れ、小道の奥深くに白い衣が見え隠れ、熱い光の傍に穏やかな影が見えるなら……私は行くだろう！……

土と油の小さなランプよ！　夜の風がお前の炎を搔き乱す。窓はもうなくなってしまい、壁は空にむかってただ口を開けている。屋根に降りてくる静かな夜。月。

102　この牧童は、後に『背徳の人』にも魅力ある姿で現われる。

聞こえるのは、混雑から解放された街路の奥から、ときおり走るバスの音、あるいは車の音、そしてずっと遠くからは、町を離れながら汽車の鳴らす汽笛、汽車の逃げ去る音、目覚めを待つ大都会の音……

寝室の床にバルコンの影、本の白い頁に揺らめく炎。息の音。

もう月は見えなくなった。眼前の庭は緑の泉水のようだ……。啜り泣き。固く結んだ唇。強すぎる信念。思考の極度の不安。何を言おうか。正真のことどもをだ。——**他者**——他者の生活の重要性。他者に話すこと……

賛歌　結びに代えて

M.A.G. に[103]

あの女《ひと》は生まれたばかりの星たちに目を向け――「星の名は全部知っています」と言った。「どの星もいくつも名前をもっている。星たちはそれぞれ徳性が違うのです。星の歩みは静かなように見えるけれども、とても速くて、それで星は燃えるように熱いのです。不安に満ちた熱気から、あんなにも激しく進むので、その結果としてあのような輝かしさが生じるのです。内的な促しが星たちを押しすすめ、また導くのです。甘美な熱意が星を焼き、消耗させる。だからこそ、星は光り輝き、美しいのです。

星たちはみな徳性と力との絆によって結びつけられているのです。一つの星はもう一つの星に依存し、その星はまたすべての星に依存しています。それぞれの星の道はすでにひかれていて、それぞれの星は自分の道を見つけるのです。どの道もそれぞれの星によって占められているので、自分の道をかえると他の道を乱さずにはいられません。そして、それぞれの星は自分の道を、まさにそれを辿るべきだから、選ぶのです。つまり、自分の義務を自分から望まずにはいられないのです。そして、私たちから見て運命付けられているように思えるその道は、星から見ると自分で好んだものなのです。星は完璧な意志を持っているからです。目のくらんだ愛が星を導いていきます。星たちの選択が法則を作り、私たちはそれに従属するのです。逃れることはできないのです」

103　Madeleine André Gide の頭文字。マドレーヌはアンドレ・ジッドの妻の名。

献呈の反歌

ナタナエルよ、さあ、この本を捨てたまえ。君自身を発展させ、私を去るがよい。去りたまえ。今では、君は邪魔になる、私を引き止めるからだ。いやが上にも盛り立てた君への愛情が重荷になり過ぎた。他人を教育するふりをするのには、もう、うんざりする。君に私のようになれなどと、いつ言ったかね。——君が私と異なるからこそ、君を愛するのだ。私は君のうちで私と異なるものしか愛さない。——教育する！　自分以外の誰を、教育などするものか。ナタナエルよ、君に言おうか、私は際限もなく自分を教育してきた。これからも続ける。私は、自分にできるはずのことにおいてしか、自分を評価しない。

ナタナエル、私の本を捨てたまえ。それに満足してはならない。君の真理が他の誰かによって見つけられうるなどと思ってはならない。他の何にもまして、それを恥としたまえ。私が君の食べ物を探しなどしたら、君は、それが食べたいという空腹感を持てないだろう。私が君の床を準備したら、君はそこで眠りたいという眠気を感じないだろう。

私の本を捨てたまえ。それは、人生に対する態度として可能なものの何千分の一しかあらわさないと、よくよく承知しておきたまえ。君自身の姿勢を探し求めよ。他の誰かが君と同様によく為しうるようなことは、するな。他の誰かが君と同様によく言えるようなことは、言うな。同様によく書けるようなことは、書くな。——君のうちで、君のほかにはどこにもないと感じられること以外には、こだわるな。そして、君自身を、待ったなしに、あるいは辛抱強く待ちに待って、ああ！　あらゆる存在のうちでもっとも掛け替えのないものにしたまえ。

序文　一九二七年版[104]に寄せて

この脱走と解放との手引きに私を閉じ込めるのが世の定石になっているが、今回こうして、再版する機会に、新しい読者に、私の考えるところをいくつか伝えたい。本書をより正確に位置づけ、動機を示すことによって、本書の重要性を減じることができるかと思うからである。

一、『地の糧』は、病人の書いたものとまでは言わないにしても、少なくとも病後の静養中の人間、病気から快復した者――病気だった者の書いた本である。その叙情性自体のうちに、あやうく失いそうになった何物かに対するように生を抱擁する者の度はずれなところがある。

二、私がこの本を書いたのは、文学がいかにも作り物に堕し、籠《こも》ったような臭いを猛然と立てていた時代である。そこで、文学をもう一度地面に触れさせ、その裸足をとにもかくにも地上に置かせることが、緊急の任務に思えたのである。

この本が、どれほど当時の趣味に逆らったかは、これが完全に失敗作とみなされたことを見れば分かる。批評家は誰一人取り上げず、十年間でやっと五百部売れただけだった。

104　この版はルイ・ジュウの挿絵入りの豪華版（Claude Aveline 刊）で、この際に、著者は一八九七年版に加筆・訂正を行った。以後の諸版はすべてこの版に基づいており、本翻訳もそれに従った。

三、私は本書を、結婚して自分の生活を固めたばかりの頃に書いた。つまり、自分の意志によって自由を手放したわけで、それだけに、芸術作品としての本書は、ただちにそれを取り戻そうとしたのである。そして私は、この本を書いている間、言うまでもなく、完全に誠実であった。しかし、心情としてそれを否定する点でも、誠実だった。

四、さらに言うなら、私は本書に留まりはしないと明言していた。私の描き出した浮動する自由な状態、その特徴を私は小説家が主人公に関して行うのと同じやりかたで定めた。作品の主人公とは作者に似てはいるが、作者の作り出したものなのである。今から見ると、言うなれば、自分から切り離さずにはその特徴を設定しなかったように思われる。あるいは私自身がそれから離れた上で設定した、と言ってもよいだろう。

五、通常、私は、この青春の書を根拠に批判される。あたかも『地の糧』の倫理が私の全生涯のものであったかのように、あたかも私自身が若い読者に与えた忠告、「この書を捨てよ、私を離れよ」という忠告を他の誰よりも先に実行しなかったかのように。そう、私は『地の糧』を書いていた時の自分とはいち早く別れたのだ。私の生活を吟味するなら、私の主な特徴は変わりやすさどころか、逆に、忠実さにある、と言えるほどなのである。心と思考とのこの深い忠実さはこの上なく希少なものだと思う。死ぬ前に、自分が実現しようと願ったことを完遂したと言える人がいたら、その名を教えてもらいたい。私はその人たちの傍に私の場を占めよう。

六、もう一言。ある人々は、この本を、欲求と本能とを栄光で包むものとしてしか読み取れない、あるいは読もうとしない。それは少々狭い見方だと思う。私は、本書をあらためてひもとくとき、そこにむしろ清貧を擁護する思想を認める。それこそが、他を捨てて私の保持したものなのであり、その考えには今なお忠実なのである。そして、いずれ後に述べるつもりであるが、そのお蔭で、私は『福音書』の教義にふたたび賛同したのであり、自己を忘れることのうちに、自己の最も完璧な実現を、最も高度の欲求を、この上なく無限に幸福であり続ける許しを、見出そうとしたのである。

「どうか本書が、それ自体よりも君自身に——さらに、君自身よりも他のすべての事物に——興味を持つことを君に教えるように」これはすでに序文で言い、巻末で繰り返したことだ。なぜ無理にもう一度言わせようとするのか。

一九二六年七月

解説

〔書誌〕

本巻には、『アンドレ・ヴァルテールの手記』*Les Cahiers d'André Walter*（一八九一）、『アンドレ・ヴァルテールの詩』*Les Poésies d'André Walter*（一八九二）、『水仙《ナルシス》の論（象徴の原理）』*Le Traité du Narcisse (Théorie du symbole)*（一八九一）、『ユリアンの旅』*Le Voyage d'Urien*（一八九三）、『恋愛未遂　または、空しき欲求の論』*La Tentative amoureuse ou Le Traité du vain désir*（一八九三）、『ぬた《パリュード》』*Paludes*（一八九五）、『エル・ハッジ　あるいは　贋預言者の論』*El Hadj ou Le Traité du faux prophète*（一八九九）及び『地の糧』*Les Nourritures terrestres*（一八九七）の八編をおさめる。

底本としては、現在の主だったジッド研究者の編集したガリマール書店・プレイアッド文庫新版 André GIDE, *Romans et récits Œuvres lyriques et dramatiques*, Tome I, Gallimard, Bibliothèque de la Pléiade, 2009を用いた。このプレイアッド版は、『アンドレ・ヴァルテールの手記』と『アンドレ・ヴァルテールの詩』に関しては、一九三〇年刊行の決定版 *André Walter. Cahiers et poésies*, Éditions Crès を底本としているので、翻訳にあたっては、この一九三〇年版、さらに、注解の詳しいクロード・マルタン Claude Martin 編纂の文庫版 André GIDE, *Les Cahiers et les Poésies d'André Walter avec des fragments inédits du Journal*, Gallimard, 1986もあわせて参考にした。一九三〇年版は作者の意図を本のかたちにもあらわす周到な割り付けである。作者の意を汲んで、頻繁にあらわれる改頁を☆で示すなど、原本の趣をできるかぎり忠実に伝える工夫をした。

他の諸作（『水仙の論（象徴の原理）』、『ユリアンの旅』、『恋愛未遂　または、空しき欲求の論』、『ぬた』、『エル・ハッジ　あるいは　贋預言者の論』及び『地の糧』）は、すべて、ジッド自身が目を通したN.R.F.版『ジッド全集』（全十五巻、一九三二—一九三九年）*Les Œuvres complètes*, Éditions de la N.R.F., 1932-1939 を基本とし、明らかな誤植その他を訂正したものである。

　プレイアッド版の編者は、『アンドレ・ヴァルテールの手記』、『アンドレ・ヴァルテールの詩』、『地の糧』がピエール・マソン Pierre Masson、『水仙の論（象徴の原理）』、『ユリアンの旅』、『恋愛未遂　または、空しき欲求の論』、『ぬた』及び『エル・ハッジ　あるいは　贋預言者の論』がジャン＝ミシェル・ヴィットマン Jean-Michel Wittmann である。編者による注解は、生成上の仔細、間テクスト性、伝記的情報を重視した詳細なもので、作品解釈の上で貴重な示唆を受けたが、日本の読者には別種の注が必要であるから、すべてを訳書に盛り込むことはしなかった。

『聖書』からの引用は基本として、旧約聖書翻訳委員会訳『旧約聖書』、全四巻、岩波書店、二〇〇四—二〇〇五年、及び新約聖書翻訳委員会訳『新約聖書』、岩波書店、二〇〇四年に依拠したが、ジッドの原文との関係上必要な場合には多少の手直しを加えた。

　訳注における典拠略号は次の通りである。

AGJ I : André GIDE, *Journal I 1887-1925*, Bibliothèque de la Pléiade, Gallimard, Paris, 1996.
AGJ II : André GIDE, *Journal II 1926-1950*, Bibliothèque de la Pléiade, Gallimard, Paris, 1997.
AGRR I : André GIDE, *Romans et récits Œuvres lyriques et dramatiques*, Tome I, Bibliothèque de la Pléiade, Gallimard, 2009.
AGRR II : André GIDE, *Romans et récits Œuvres lyriques et dramatiques*, Tome II, Bibliothèque de la Pléiade, Gallimard, 2009.
AGEC : André GIDE, *Essais critiques*, Bibliothèque de la Pléiade, Gallimard, 1999.
AGSV : André GIDE, *Souvenirs et voyages*, Bibliothèque de la Pléiade, Gallimard, 2001.
AGA : André GIDE, *Anthologie de la poésie française*, Bibliothèque de la Pléiade, Gallimard, 1949.

*

この巻にはジッドの最初期作品を創作年代順におさめる。ジッドの原点とその後の急速な変貌を示す作品群である。変貌は、倫理観と言語観の両面で成し遂げられる。一言で言えば、唯一絶対と信じる「真理」から、相対的な多様性に自分をひらくのである。いかに生きるかの次元で言えば、厳格なプロテスタンティスムと極度の精神主義・理想主義の下に自己を厳しく矯正しようと努めていた青年が、感覚と官能を通じて自分の本性を発見し、それを是認するに至る。キリスト教が基盤ではあるが、それを超えたユマニスムに踏み出す動きがここに始まるのだ。いかに書くかの次元では、言葉に関してジッド自身が後に反省しているように、特異な自我を表現するために恣意的に言葉を折り曲げる態度から、言葉に従うことによって多くを学ぶ方向に進む。そうしてこそ作家は豊饒な多様な文化の流れに具体的に接することができるのだ。

ジッドがこのように自己を超えて自己をまっとうする道に進みえたのは、そしてそれに対応する文学のありようを長い伝統の上に確立しえたのは、彼の強烈な esprit critique（批評精神）のおかげである。批評は単に外に向けられるのではない。また単に内に向けられるのでもない。人間の懐いている様々な可能性、相反する志向を、真摯に己のうちに感得し、その上で、自分をも批評の対象として検証し乗りこえる力として発揮されるのである。

ここに収録する作品群は、その「批評精神」が徐々に発現して、作者自身の脱皮を可能にし、ひいては閉塞状態にあった十九世紀末のフランス文学に生気をもたらし、新しい時代の幕開けを告げる過程を示している。

『アンドレ・ヴァルテールの手記』

二十歳のジッドが、この一書で生涯の総まとめを行い、最初にして最後の作品、いわば《大全》とする覚悟で書き上げた力作である。実生活のうえで直面していた恋愛問題を土台に、ジッドは「愛」をめぐる魂の苦悩を真正面からめんめんと書き記す。執筆は一八九〇年であるが、それ以前の日記、書簡、読書ノート等からの引用を大量に含み、少年時代以来の経験が様々な思いとなって随所に織り込まれており、ジッド文学の源泉というにふさわしい。

この作品は、他の諸作にもまして、ジッドの実生活に密着しているので、まず、伝記上の背景を素描しておこう。アンドレ・ジッドは、一八六九年に、パリに生まれた。ポール・クローデル（一八六八年）、ポール・ヴァレリー（一八七一年）、マルセル・プルースト（一八七一年）と、後に二十世紀フランス文学を四天王のように代表する作家たちと同世代である。

アンドレは、知識階級に属する裕福な家庭に生まれ、ひとり息子として何一つ不自由なく育った。父ポール・ジッドはかつて新教徒ユグノーの根拠地でプロテスタントの多い南仏ユゼスの出身で、古代ローマ法を専門とするパリ大学法学部教授。論文に『ローマ法における私生児及び内妻の地位』(一八八〇)などがある。叔父のシャルル・ジッドも傑出した経済学者で、とくに連帯主義に基づく消費組合運動の理論家として重要な役割をはたした。ただ、父親はアンドレが十一歳の時に世を去り、感受性の過度に強い内向的少年はとくに母親の庇護のもとに成長した。母ジュリエットは、フランス北部のノルマンディー出身の資産家で、厚い信仰心をいだくプロテスタントであった。とくに夫の死後、ピューリタンといってもよい謹厳な倫理に基づいて息子を養育し、いわば過保護の教育ママの趣きがあったが、息子と交した膨大な書簡集をみると、かなりの教養人であった。古代ギリシア・ローマ以来の西欧文化に根差した広く深い教養と、聖書に基づくプロテスタント精神の厳格な倫理観の二つが青年ジッドの精神的土台をなしている。

このような環境にあって、ジッドは、虚弱な体質で、幼年時代から神経性の《戦慄》の発作をおこすこともあり、自分は他の者と異なるという強い特殊意識を懐いていた。文学に強く惹かれ、読書を主な糧として成長した。さらに、音楽を好み、ピアノは欠くことのできない日々の伴侶であった。十代半ばで、二歳年上の従姉マドレーヌ・ロンドーに神秘的といってもよい強烈な愛をいだき、生涯を彼女に捧げようと決心する。しかし、母親も、マドレーヌ自身も、この強い愛情が「魂」の次元にとどまり、肉体を度外視していることを感じており、結婚を望むアンドレを引き止め、退けるのだった。真剣に「愛」の成就を求め結婚を願うアンドレにとって、これは耐えがたい状況であった。『アンドレ・ヴァルテールの手記』では、現世の愛を失った青年が、迫りくる狂気とその先に来る死とを見据えつつ、鏡に映る己の分身を主人公に仕立てて作中作を執筆し、その作中人物を追うように自分も狂い死にするが、この創作過程を《遺作》のかたちで残すことによって、ジッドは後世に生き延びようとする。これが、マドレーヌ宛ての《脅迫状》めいたメッセージであることは明らかだ。一八九〇年末に書き上げると、特製の紙を用いた豪華版を作らせ、誰よりも先にマドレーヌに贈り、あらためて求婚するのだが、彼女は態度をかえない。実生活上の効果から言うと、この《大全》は作者の期待に応えず失敗作であったが、文学作品の価値は、もちろん、そのような次元にとどまらない。

ヴァルテールの名が、ゲーテの若きウェルテルを喚起するように(事実、ジッドはゲーテに深い感銘を受けており、本作品執筆時にも『若きウェルテルの悩み』を仏訳だけでなく、ドイツ語でも読んでいる)ロマン主義の色濃い恋愛小説であるが、外界への強烈な自己投影も際立った行動もなく、一途に思いつめた魂の内側で演じられる悲劇である。筋立ての枠がきわめて限定されているのに反比例して、この白と黒との二冊の手記には、己に誠実な青年が十九世紀末のブルジョワ階級のフランスでどこまでも真摯に生きようとする姿が克明に描かれている。霊的な愛と肉欲の葛藤、限りある肉体と永遠の魂、精神と肉体を拘束する禁欲主義、等々……、いずれも人間いかに生きるべきかに直結する倫理上・哲学上の大問題であるが、それが詩や小説、そして特に聖書からの豊富な引用を手がかりに、大きな文化の流れの中でくりかえし追求される。特に聖書からの引用は非常に多く、草稿では決定稿の三倍もあったという。ジッドのキリスト教に関する考えは年とともに変っていくが、聖書は全生涯にわたって魂の糧であった。

　このように、本作品は数多くのテクストの引用を通じて、文化の伝統との紐帯を強く感じさせるが、その一方、将来、ジッドが書くことになる作品のテーマも凝縮した形で含まれており、その萌芽の詰まった苗床と言える。右にあげた倫理上の諸問題は、いずれも後に、ジッドが一つずつ取りあげて徹底的に追求するテーマである。十数年後に『背徳の人』（一九〇二）や『狭き門』（一九〇九）に成長する種はすでに播かれている。

　さらに、この「恋愛」小説は、文学の本質に関する様々な考察も含んでおり、その意味でも重要である。ゾラの小説を好んで読み、テーヌの文学理論にも通じていたジッドは、ここで自分なりの「実験」を行っているのだ。その作品を書いている作者自身を作中人物に据える小説の「二重構造」、いわゆる《中心紋》の導入という斬新な小説技法は、後に『贋金つくり』（一九二五）で大規模に実現されるが、ここにすでに原型が見られる。複数のテーマを一作に集め、書くこと自体をも主要要素として作品に組み込んでいるという意味で、この『アンドレ・ヴァルテールの手記』は、単一テーマに照準をあてたレシ（『背徳の人』、『狭き門』、『田園交響曲』（一九一九））等と異なり、また「皮肉」を武器とするソチ（『ぬた《パリュード》』、『法王庁の地下牢』（一九一四）等）とも異なり、後に唯一の小説《ロマン》と呼ぶことになる『贋金つくり』に通じる野心作なのである。

　ところが、ジッド自身は、後年、初版以来初めて再版を認めた一九三〇年版の序文などで、手厳しい評価を下している（本書五―七頁）。ただし、この自己批判には一九三〇年代のジッドの考えを考慮すべきであり、額面通りにはうけとれない。すでに一九二六年以来、フランスの植民地政策の現状告発を行い、一九三二年以後はコミュニスムに接近する状況にあったジッドが、自分一個の恋愛問題を宗教的倫理の強い影響下に描き出した第一作をあまり高く評価しなくなったのは、当然といえば当然であるが、それが作品の真価を決定するものではない。また、自伝『一粒の麦もし死なずば』（一九二〇）などにおいても、本作が出版当時には文壇からほぼ完全に無視されたかに誇張した記述があるが、実際には、発表当時の社会的反響は、友人ピエール・ルイスの尽力もあって、確実な手ごたえのあるものだったのだ。

一八九一年初めに自費で少部数刊行したこの書が、モーリス・バレスの目にとまり（当時のジッドは、自我崇拝を説く『自由の人』（一八八九）の作者に敬意を懐いており、出版社もその関係で選んだのだった）、バレスの紹介でマラルメの知己を得て、文壇に乗り出す貴重なきっかけとなった。マラルメは、一八九一年二月八日の書簡で、『アンドレ・ヴァルテールの手記』を次のように評する。「わが親愛なる詩人／死せる青春の面に投げ掛けられた、この上なく甘美な被衣《かずき》。それをあなたの書は推察にほとんどまかせきっている。また沈黙に包み隠されていますが類まれな知性の人のそれとわかる顔」云々（拙訳『ジッド＝ヴァレリー往復書簡』1、筑摩書房、一九八六年。『マラルメ全集Ⅴ　書簡Ⅱ』、筑摩書房、二〇〇一年に菅野昭正氏の全訳がある）。ジッドが、親友ヴァレリーに書き送った手紙によると、マラルメは、面談した際には「あなたの本はいくつもの沈黙からなる書です。もっともむつかしいことをやってのけましたね。つまり黙るということ――すべての考えは行間にあるのです」と語ったという（前掲書、二八―二九頁）。さすがに本作の本質に触れる評語である。これを機に、ジッドはさっそくマラルメのサロン《火曜会》に通うようになり、そこで、後に強い影響を受けるオスカー・ワイルドほか、数多くの文人たちと交流するようになる。さらにメーテルリンク、ユイスマンスほか知名の作家の称賛も受け、書評も三十ほど出たというから、作家ジッドにとって記念すべき出発点なのである。もちろん、すべてが賛辞だったわけではなく、評論家ベルナール・ラザールなどは、凡庸な名句集ではないかと酷評もした。作品として、構造があまい、混沌としている、あいまいな文体で締りがない、等々の批判もあり、ジッドが期待していたように文壇人がこぞって誉めそやす大成功とは言えなかったが、無名作家の第一作としては、十分に手ごたえのある反響を呼んだのだ。

そのなかで私にとって最も興味深いのは、ジッドと知り合ったばかりのポール・ヴァレリーの読みである。ヴァレリーは、作品中の引用というものの役割を十分に把握し意味を引きだしており（今日なら《間テクスト性》とでもいうのであろうが）、断片的なテクストの価値もみぬいている。同年三月十一日の長文の手紙を見よう。

「僕自身の内的な存在と一知性人の苦痛に満ちた青春とを――貴兄の『アンドレ・ヴァルテール』の中で感じた以上に深く感得したことも未だ嘗てありません。

短調で始まるあの冒頭、絶妙なページからなる意想外の冒頭の部分に心から感謝します。それは帷《とばり》の向うですでに始められていたもののような感じがします――そこにふっと神秘の風が吹き帷を引き裂く――……そして貴兄が語るのです。

夢見る者をテーマとしてこのようにまとめてみようと考えたのは貴兄が初めてです。朗々と鳴り響くフロベールの一句がある、ぱっと輝くボードレールの一詩句がある――それから弱音でいくつかの和音が奏される、そして貴兄は頭の内に潜在する伴奏とアルペジオとを発展させる――伴奏はしばしば涙からなり、アルペジオは熾天使のごとく浄らかで、また婚礼を思わせる並々ならぬ優しさからなる。〔……〕

象徴の庭が、花咲き薫り、豊かに、われわれの足下に開かれます。もうその外に出ることはないのです。しかし、花を摘むとなると？　同時に三種の花を摘むためにアンドレ・ヴァルテールになること、白蓮、薔薇そして百合と！　そして必滅の己が存在中にアラン、エマニュエル、スピノーザの三人物を負っていくこと！　それでヴァルテールは気がふれるのでしょうか。彼がこんなことになってはならなかったのです。おそらくは！……」（前掲書、五七―五八頁）。

やや遠慮がちに、気取った語り口ではあるが、先に触れたラザールが引用の多いのを欠点としているのに対し、ヴァレリーは「象徴の庭」でこだまのように応えあう断片の魅力に注目し、作中人物のアラン、実在の恋人であるエマニュエル、そして歴史的人物である哲学者スピノーザを己のうちに同時に存在させている作者ジッドの内的世界の底の深さと広がりをとらえて、ラザールとは格段にことなる時代に先がけた鑑識眼を示しているのだ。

さらに、メーテルリンクは、まだ作者ジッドの何者かを知らないうちに、「この作品はまったく比類のないもので、おそらくフランス文学の傑作に特有の《日付なし》で、不滅という性格を一挙に獲得しているのではあるまいか」と象徴派の詩人かつ理論家アルベール・モッケルにもらし、この新人作家を高く評価したという（AGRR I, p.118）。

さて、現代の日本の読者としては、アンドレ・ヴァルテールが、メーテルリンクの言うように、時代を超えた不滅の者として語りかけるかどうか、虚心坦懐に読む以外にないだろう。その際に、ほぼ同じころ、一八九〇年に、森鷗外が『舞姫』を刊行していることを思い起こすのは無駄ではあるまい。身をもって経験した実現不可能の恋の悲劇をテーマとしながら、ジッドが繰り広げる考察は、鷗外が巧みに構成して描きだした悲恋物語（これも身をもって経験した話であるが）、国のため、家のため、立身出世のために、涙ながらに恋人を犠牲にして狂い死にさせた話と、非常に異質の、規模の異なるものであることがわかるだろう。優劣が問題ではない。相違を確認することが、両作をよりよく理解する手掛かりになるであろう。ジッドの作の根底では「愛」そのものに時をこえて内在する問題、天使と獣とを必要とする愛の本質が問われている。

『アンドレ・ヴァルテールの詩』

『アンドレ・ヴァルテールの手記』とほぼ同時に、ジッドの言によれば、「ほとんどすべてを、『手記』の出版後まもなく一週間足らずで書いた」と言うが、実際の創作期間はより長く、『手記』の一年後、一八九二年に、アンドレ・ヴァルテールの遺作として、匿名で出版された。刊行時期から言うと『水仙の論《ナルシス》』（一八九一）のほうが早いが、『アンドレ・ヴァルテールの手記』と対になるものとして読むほうがよいので、順序を入れ替える。『手記』のいくつかの場面を《象徴的に》とりあげて詩に仕立てているのだが、ここには、『手記』にみられなかった批評精神があきらかにはたらいている。先に引いた一九三〇年版の序文につけた原注で、ジッドは、これらの詩を『手記』と同じくヴァルテールの遺作としたが「彼はすでに私の中で死んでいたのだし、『手記』のアンドレ・ヴァルテールにこういう詩を書くことができたとも思えない。私はすでに彼を超えていたのだ」と言う（本書五頁）。また、一九四九—一九五〇年にジャン・アムルーシュを聞き役として行ったラジオ対談では、『手記』に欠けていたのは「官能性と批評精神だ」と自己批判する。自分の本性にはこの二つが重要な要素として含まれているのに、それを抑え込むところに徳を見出していた、その克己こそが自分の本性だと思っていたが、それは借り物だった、という意味である。実際には、『手記』に官能性は何度もあらわれるのだが、退けるべき悪の誘惑としてあらわれたのであり、ひたすら理想にはしり、純粋な魂の愛（肉体を欠いた愛）に執着する主人公に自己批判をするゆとりはなかった。マドレーヌを説得する意図で情熱をこめて仕上げた作品が、私生活上では何らの成果ももたらさず、完全に空振りにおわった反動として、『詩集』においては、この内的ドラマをイロニーの目をもって見直したということもあるだろう。さらに、文学上の野心においては多くの詩人・作家等と交渉を持つようになり、作家としての自信をもち始めた今、ヴァルテールとは距離を置いて、自分の分身の悲劇を批判的にみるこころが働きはじめたとも言えよう。この意味で、ジッドはたしかにアンドレ・ヴァルテールを超えていたのだ。

ここで、ジッドの特性とされるイロニーの性質を考えるために、永井荷風の感想を引いておきたい。荷風は「訳詩について」（一九二七）という小文に、『アンドレ・ヴァルテールの詩』を「二十年来今もつて時々諷詠することを忘れない」フランスの三つの詩文の一つであると記し、こう述べているのだ。「ヂツトの詩篇「アンドレーワルテルの詩」は同棲してゐる年少の詩人と其恋人の二人が眠られぬ或夜、過去現在と又未来とに渉るさまざまの冥想と憂悶と、また果敢き希望とを語合ふ其情景を叙したものである。此詩篇の構想と情調とはそが短篇小説パリユードPaludesと殆同じきものである。而して又、パリユードの一篇を一貫する神秘的なる憂傷の情味は後年の傑作なる「狭きとぼそ」の篇中にも多分に看取し得られるものである。」(『荷風全集』、岩波書店、一九六四年、第十六巻、三六九頁)ここで、荷風は、ジッドの批評精神、イロニーというようなことは一言も言っていないし、「パリユードの一篇を一貫する神秘的なる憂傷の情味」という表現を見ると、荷風が読みをあやまっていたかという感じを与えかねない。しかし、『アンドレ・ヴァルテールの詩』を『ぬた《パリユード》』、『狭きとぼそ』(『狭き門』)と一貫するものとして高く評価するところを見ると、とくに『ぬた』で鮮明に発揮されるイロニーの作用を荷風も感じとっていたにちがいない。『狭き門』も一つにはこの世の愛を不可能にする信仰上の理想主義・精神主義の行き過ぎに対する皮肉であり批判である。それを称して「憂傷の情味」とはどういう意味か。簡単にまとめると、こう言えるのではないだろうか。これらの作品に働いている批評精神は外側から揶揄するシニックな冷笑ではない。批評の対象となる生き方を、現実に、あるいはひとつの可能性としてすくなくとも心の実験室で、ジッド自身が真摯に突き詰めて血を流して経験したうえでの批判なのだ。自己に内在する一方向を非常に真摯に極限まで追究した後に来るイロニーなのだ。『アンドレ・ヴァルテールの手記』と『詩』の関係はまさにそういう質のものだ。そうなると、荷風のいう「憂傷の情味」がイロニーとむすびつく。

　ジッドのイロニーがシニスムでないという点は、すぐれたジッド論を残したヴァルター・ベンヤミンも右に引いた荷風と同じ時期(一九二八年)に指摘しており、この「真摯さ」に裏打ちされたイロニーゆえに、ジッドをフランスのモラリストの流れに位置づけ、特に「パスカルのタイプに属する、(中略)最後のフランス人」とみなしている(「アンドレ・ジッドとの対話」、『ベンヤミン・コレクション2　エッセイの思想』所収、ちくま学芸文庫、二〇一二年九刷、四五七頁)。

　もちろん、詩歌の評価には、このような論議とはべつに、詩句の音楽性に基づく魅力がおおきくものをいう。ジッドは、これらの詩を書くに際して、フランスの伝統的韻律である十二音節詩句《アレクサンドラン》に近いものを含みながら、それを壊して、ドイツ語(および英語)の詩のように、強拍・弱拍の明瞭にあらわれる新しい韻律法を求めていたという(アムルーシュとのラジオ対談、一九四九年——Eric Marty, *André Gide Qui êtes-vous ?* Editions La Manufacture, 1987, p.150-151参照)。ジッドが朗誦した録音を聴くと、ゆっくりと波打つように、うねるように、緩急を誇張して詠みあげ、独特の音楽性をねらっていたことがわかる。荷風の「諷詠」ははたしてこの音楽を再現していたのではあろうか。拙訳をたたき台にして、読者諸氏がパフォーマンスを実現してくれることを期待する。

『水仙《ナルシス》の論』（象徴の原理）』

ナルシスをテーマに文学論を書く意図は『アンドレ・ヴァルテールの手記』以前の一八八九年からあったが、具体的に構想が進展しはじめたのは、一八九〇年十二月に、ポール・ヴァレリーを知り、ただちに深交を結ぶようになってからである。二人の交わした書簡が、互いに刺激を与えながら、ヴァレリーは「ナルシス語る」を、ジッドは『水仙《ナルシス》の論（象徴の原理）』を書き上げる様子を示している。一八九一年初頭にマラルメの知己を得たジッドは急速に文学観を明確にかため、象徴主義の流れに積極的に参加した。一月二十六日付のヴァレリー宛の書簡において、ジッドは自分がマラルメを領袖《りょうしゅう》とする象徴主義の流れに属することを高らかに告げて、「詩においてはマラルメ、戯曲においてはメーテルリンク、――そしてこの二人と並ぶとやや矮小な感じがしますが、小説においては「ぼく」と付け加えます」（前掲書、一六―一八頁）と誇らかに語っているのだ。

リアリズムを排し、イデア（観念）を顕すことを理想とする文学観を《象徴の原理》として表明したこのテクストは、わずかに十数頁の小品ではあるが、象徴主義文学原論として、おなじくマラルメの《火曜会》に来ていたルネ・ギルの『言語論』*Le traité du Verbe*（一八八六）と並んで、もっとも優れたものとされる。本作はジッドが本名で刊行した最初のものである。

考えとしては、すでに、テーヌの「観念」論、ショーペンハウアーの「表象」論などを論拠に、『アンドレ・ヴァルテールの手記』で論じられていたのであるが、ここでは、それが非常に緊密な堅固に構築された形で表明されている。中心の考えは一八九一年十一月三日のヴァレリー宛の書簡にある。

「ぼくの『ナルシス』は書きおえました。［……］

これで君の気に入るだろうか。

それでもこの作品を書くためにした努力は無駄ではなかった。ぼくの美学、倫理、哲学がすべて明瞭になったのだから。あらゆる作家は固有の哲学、倫理、美学を持たねばならぬという考えをぼくは決して捨てないだろう。それなくして創造はない。作品とはそれを顕在化させることでしかないのだから」（前掲書、一九〇―一九一頁）

この考えは、後に「文学と倫理」（一八九六）と題してまとめたエッセーでも強調されている。「芸術作品の存在理由を検討してみると、その十分な理由、作品の象徴は、その構成 composition であることがわかる。／よく構成された作品は必然的に象徴的である。各部分はなにを中心に集まるであろうか？　何がその配置を象徴的なものとする、作品の観念《イデア》以外にないではないか。／芸術作品とは、誇張された観念である。／象徴とは、それを中心に一書の構成されるものだ。／フレーズとは観念の過剰増殖したものだ〔……〕」（AGJI p.258）

実際、この『水仙《ナルシス》の論（象徴の原理）』これはジッドの全作品の要石、ジッド流の文学原論とよぶにふさわしい。ジッド自身が、この点をはっきり意識していたことは、一八九四年に、マドレーヌ・ロンドーに宛てた手紙にもあきらかである。「『水仙《ナルシス》の論（象徴の原理）』以後、ぼくは自分の『全集』を書き始めたのです――この小論はその全集のいわば序詞であり続けるでしょう」（Claude MARTIN, *La Maturité d'André Gide* ＊DE PALUDES A L'IMMORALISTE, (1895-1902), Klincksieck, 1977, p.12)

最新のジッド伝の作者フランク・レストランガンはこの作に《聖マラルメによる福音書》を見いだしているが(Frank Lestringant, *ANDRÉ GIDE l'inquiéteur*, Tome I, Flammarion, 2011, p.180)、あらゆる道徳的・倫理的原則を超越して芸術による救済に一切をかけるジッドは、狭義の象徴主義と距離を置いてからも、ここに表明した考えを捨てることはない。

「詩人」は、まず、オウィディウスの『変身物語』のナルシスに己の姿を見るが、そのナルシスは、アダムの、さらにキリストの姿に己を見るという形で、ギリシア神話の一挿話に旧約・新約聖書が重なり、ヘレニズムとヘブライスムを源流とする西欧文明の爛熟の果てに咲き出た象徴となっている。後に、知り合ってまもないポール・クローデルも、オウィディウスの伝えるピタゴラス派の神話とキリスト教とを内密に結び付けたものとして、この作を称賛している（一八九九年八月二十八日付書簡）。ジッドの世界観は非常に広いのである。

『ユリアンの旅』

『水仙《ナルシス》の論（象徴の原理）』にすぐ引き続いて、一八九二年に執筆され、翌一八九三年にモーリス・ドニの挿絵三十枚を入れ、共著として刊行された。挿絵は、話を解説するものではなく、文章と交感する自由な発想で、文と石版画とが響きあって共同の表現の場を持つことを狙っている。先に引いたヴァレリー宛の手紙で、自分こそは象徴派を代表する小説家と宣言したジッドは、当時流行していたイデアリスム文学の流れに立って、ノヴァーリスの『サイスの弟子たち』のはるかなる後裔として、「聖杯物語」さながらに大いなる理想を求めて、自己の真理を見出そうと勇んで旅に出かける若者たちを描くのだが、この冒険旅行は尻つぼみになる一方で、何の輝かしい成果ももたらさず、真理の発見と欲求充足への強い期待から、倦怠の虜に堕し、最後は、歓びさえも萎れた弱弱しいものになってしまう。象徴主義の「聖杯騎士」たちは、どこに往きつくのであろうか。問いを発するが解答は与えないのは後のジッドの特徴で（『背徳の人』の序文）、ここでもはっきりした解答はないのだが、氷に閉ざされた屍骸から響き出る「絶望せる者ここにあり」という言葉は、完全に出口なしの終局で、著者の意図をあきらかにしている。並はずれたイデアリスム、厳格そのもののピューリタリスムが「無」に行きつくという意味では、ここに『アンドレ・ヴァルテールの手記』からはすでに離れて、いわゆる象徴主義文学のイデアリスムの袋小路にもすでに疑問を呈するイロニーの表現を見ることができるだろう。その意味で『法王庁の地下牢』まで続く一連の「ソチ」（狂言）の先駆けと言える。ただ、この段階では、ジッドのイロニーは、審美上も、倫理上も、まだためらいがちである。

『ユリアンの旅』に関しては、ヴァレリーが著者宛に長文の批評を書き送っている（前掲書、二八三―二八七頁）。青年ヴァレリーの鋭利な批評眼が感じられ、私たちが今この長い旅物語を読み進む場合にも参考になるので、要点を紹介しておこう。先ず、テクスト全体に関しては描写と倫理の割合に関しての分析があり、「一言で言うならば、この書の性格は継続的であり不連続である。君は君にとって久しく前からなじみ深い表現を用いた。例えば、氷、純粋、――熱意、熱情というような。しかし、あまり長いことそこにとどまっていてはいけない――同様に、《心の風景》をいつまでもこう悲しげにもてあつかっていてはならない」とある。ついで、八点にわたって、細かい指摘が続く。「(1)数カ所の、同じ意図にもとづいていると思われる部分にみられる皮肉な調子に、何らかの剝き出しの荒々しさを付け加えるとよいのではないか［……］」たしかに『アンドレ・ヴァルテールの詩』におけるイロニーも、『ユリアンの旅』における皮肉も、ことさらに力なく、しおたれたものが多い。ヴァレリーの言は正論であろうが、ジッドは段階を追って、次第に強烈なイロニーの表現を用いて、最後に『法王庁の地下牢』の強烈なイロニーに至るだろう。「(2)ある種の……断章好みあるいは断片趣味があり、それに類するものは、ぴたりとはまった一句をなす文、またそれ自体で実効をもつものとして個別にとりあげられた単語の断片そのものの内に見出される［……］」。ヴァレリーはすでに『アンドレ・ヴァルテールの手記』に関しても、ジッドの断片好みを指摘しており、正鵠を射た感想になっている。同時に、これを濫用すると、「危険は［……］形而上学の水位において言葉の遊びを行なう傾きにある」とも警告している。「(3)調子は全体としてよく把握されており、実現されている。時に、旅人たちの人間関係の特徴をなす倦怠［……］を実にうまく、実に場所をえた形で模倣している。⑷心象は屢々やや――大まかで……大きい音を立てすぎるとでも言おうか。幾つかとても美しいのもある。ノヴァリスのは駄目だ。⑸種々の香り。フロベール、passim（諸所に）バレス。メーテルリンク。ところによってはほとんど……『ヴァテク』だ!!! 君はそのことを考えたのだろうか。とても興味がある。⑹文体！ 比類ない品格、そして誠実さ。ただ、あえて詭弁を弄するなら、抑揚と言葉とに十分の変化がない――十分に相違をつけられていない［……］⑺細工が少々見えすぎる……。⑻おお、心理よ！」

長い引用になったが、才気あふれるヴァレリーが、どういう点に注目して、この『ユリアンの旅』（無の旅）を辿ったかを知ることは、古典作家の作品として、いわばかしこまって読む弊害から私たちを救い、生まれたばかりの若い作家の、完成したばかりの作品をもっと自由に楽しみながら読む手助けとなるであろう。手紙の末尾で、ヴァレリーは「ある作品について他人の言うことなどは、その作品の内に自分の把握したことを言っているにすぎないのだから、その点を忘れないように。しかも人は自分に把握しうることしか、つまりその人物にとってすでに明らかで出来上っているものしか把握しないのだ」と注をつけている。

そうとすれば、「絶望せる者ここにあり」に至る作品が、反動として、一体いかなる希望を引きおこすのか、という大きな疑問符を残したままに、解答は二十一世紀日本のそれぞれの読者の判断にまかせて、ジッドの次の作品を見ることにしよう。

『恋愛未遂　または　空しき欲求の論』

一八九三年に書かれたこの小品は、規模は異なるが『アンドレ・ヴァルテールの手記』と倫理観のうえで対をなすものである。先に引用したマドレーヌ宛ての書簡の続きで、ジッドは、自分の『全集』から『アンドレ・ヴァルテールの手記』を削るなら、この『恋愛未遂　または　空しき欲求の論』も存在理由がなくなるから削除しなければならないと明言し、この作品は『ユリアンの旅』の「献呈の歌」（本書三〇九―三一一頁）と同じくマドレーヌに宛てられたものだと言っている。つまり、両作品で貴女《マダム》と呼びかけられているのが、マドレーヌ自身だというのである。また、『手記』で試みた小説の「二重構造」が、ここでは紋章の中心にその紋章自体をはめ込む《中心紋》の形でさらに精密に用いられている。リュックとラシェルの物語は話者と貴女《マダム》の話に嵌めこまれているのだ。

『アンドレ・ヴァルテールの手記』で，ピューリタンの道徳律に従い、精神の愛、魂の融合を理想化して、禁欲・克己を自分の本性と心得て、肉体の欲求、肉欲の充足を断固として退け続けたものが、ここではいとも軽々と、こころよく、この世の愛と肉体の欲求を満足させるが、それはまた、いともやすやすと燃え尽きて、灰燼と化し、恋人たちは倦怠と幻滅のうちに別れていく。何やら神秘的な魅力に惹かれてたずねて行った「園」は、かつては閉ざされていて入れなかったのだが、今は廃園になって自由に入れるのだった。しかし、ふたりは入ってもなんの歓びも感じられないのだ。禁欲一筋に魂の愛を求めたアンドレ・ヴァルテールは狂死し、軽やかな欲求充足と睦み合いは、倦怠の灰燼に帰する（因みに、このテーマは、後の『イザベル』（一九一一）で大きく膨らませられるだろう）。

ジッドは、日記で、この作品を書いた狙いは、書くことによって、作者が反動として作品からどのような影響を受けるかを試してみたかったのだ、と述べているが（AGJ I, p.170-171）、その影響は、作者を解き放つところまでは、まだ行かない。

ただ、この年、ジッドは実生活上で決定的な経験をし、人生の大きな転機をむかえた。『ユリアンの旅』と『恋愛未遂　または　空しき欲求の論』が出版された一八九三年秋には、すでに友人ポール＝アルベール・ロランスとアルジェリアに旅立っており、それまで抑え込まれていた肉体の次元で強烈な経験をして、翌一八九四年春、フランスにもどり、生まれ変わったようにあらたな創作活動を始めたのだ。アフリカでの経験とは、結核の再発によって死の危機に瀕した後、まさに起死回生の歓びを味わい、さらに、異性・同性と、初めての性体験をもったことである。『ユリアンの旅』と『恋愛未遂　または　空しき欲求の論』を書いた反動としての作者への影響で、頭の中である程度用意のできていた自己解放が、肉体も巻き込んで具体化したと言えるだろう。

『ぬた《パリュード》』

感覚の解放・官能の充足から湧き上がるこころの躍動は、すでにアフリカ滞在中に書き始められたが、それが後の『地の糧』にまとまる前に、ジッドはまず知的に、それ以前に自分のこもっていた世界に決着をつける必要があった。死から蘇生した者の感じをいだいてパリにもどったジッドは、すでに二年前から芽生えていたイロニーを発揮してこの諷刺作品を猛然と書き始め、一八九五年に刊行する。

ここでは、ジッドの批評精神が最大限に活動し、閉塞した世界に安閑と満足している主人公を話者に、社会の様々な階層の、様々なタイプの人間を描きだし、文壇との関係、かつての師匠との関係、男女関係を再検討し、そしてこのよ

1894年、アフリカから帰国した当時のジッド

うな作品を書きつつある話者・及び作者自身に対するイロニーをも存分に発揮する。最小限に切り詰めた適確な表現で最大限の効果をあらわす筆法で、洒落た機知に富んだ滑稽感を至る所に産み出すのである。皮肉は時に辛辣であるが、ツボを押さえた素早い機知が笑いを誘い、傷を残さない。まさにエスプリの神業を思わせる。中でも、師と仰ぐマラルメに対する皮肉、文壇サロンに対する諷刺など、ジッドが象徴派の世界に距離を置こうとする姿勢ははっきり表明されているが、このことは、ジッドが人間としてマラルメを敬愛することを少しも妨げない。実際、その愛情はますます強くなっていくのだ。

荷風がこれを「神秘的なる憂傷の情味」と評した意味については先にも書いたが、それ以外にも何度か言及しているので、紹介しておこう。一九二一年には、フランス語で読み最大級の賛辞を捧げている。「七月四日。アンドレヱジイドの小説パリユードを読む。感歎措く能はず」(『断腸亭日乗』、『荷風全集』、第十九巻、二〇一頁)とある。さらに、『濹東綺譚』に関しては「扨拙作につき御過賞唯只汗顔の至りに候御手紙の通パリユードの体裁一度拙作中に取入度と多年願望にて有之候パリユードには精霊の悩みとも申度き神秘の色候へども拙作にてはどうやら隠居の戯作らしく相成候然しこれが作者の持前故如何んとも致難しと存居候」(平井呈一「永井荷風論——読『濹東綺譚』」、『文学』一九三七年十一月号)という書簡も知られている。

話は飛んで、ロラン・バルトもまた、『ぬた』《パリュード》ファンである。「一九七五年の対話」にこういう一節がある。「ジッドには昔からずっと深い共感を懐いてきました。少なくとも、ジッドは一冊の偉大な本を書きました。近代的な偉大な本です。『ぬた』《パリュード》こそは、疑いもなく、その近代性故《モデルニテ》に再評価されるべきものです」(Roland BARTHES, *Œuvres complètes* IV, p.860, *Entretien de 1975*, Seuil,2002)

「近代性故に」とはやや大上段に振りかぶった評語だが、たしかに『ぬた』の序文には、作者に対して読者の役割を強調するいわゆる「作者の死」論に数十年先だった発言もあり、作品全体が「書くこと」écritureに関する透徹した思索に導かれていて、アンチ・ロマンの先駆とよぶにふさわしい近代性を帯びている。さらに、バルトがジッドの作品の特徴をもっと軽やかに、ぴたりと押さえている賛辞としてもうひとつ引いておこう。『恋愛のディスクール・断章』の一句である。「愛の手紙。ジッド。『ユベールについて考えること』と無の書『ぬた』の話者はコミックにも手帳に書きつける」と(*Fragments d'un discours amoureux*, 1977 *dans R.B Œuvres complètes* V, p.198, Seuil, 2002)。これは言いえて妙である。『ユリアンの旅』*Voyage d'Urien* が「無の旅」Voyage du Rien とも聞こえるのにかけて、『ぬた』はひたすら書くために書く無の書であるからこそ近代性を帯びていると言いたいのだろう。

さらに、ベルトラン・ポワロ＝デルペシュの好エッセー「『ぬた』を書いているんだ」(Bertrand POIROT-DELPECH, « *J'écris Paludes* », Gallimard, 2001）にも語られているとおり、きわめて知的でありながら、チャップリンのコミックにもまして繊細微妙なユーモアのみなぎる本作の愛好者は現在にいたるまで数多くいる。訳者もその一人である。

『エル・ハッジ　あるいは　偽預言者の論』

合本の形で出版されたのは一八九九年で、『地の糧』（一八九七年）よりも後だが、一八九六年の夏に『地の糧』と並行して書き上げられ、その秋には雑誌 *Centaure* に掲載されたので、ここにおさめる。砂漠を舞台に、オリエントの預言者の朗誦を思わせる文体でつづられたコントである。題名はアラブ語で年に一度の大巡礼、及び、それに参加する者を指す。ジッドは後者の意味で使っているが、突然イスラム教そのものに関心をいだいたわけではない。もっと広く、神または精神的指導者の存在とその言葉を伝える使命を持った預言者の関係、正確には、真の指導者没後に、いわば《影武者》として、《指導者の声》を伝え続ける預言者の役割を主題とするものである。ジッドは当時「キリストに背くキリスト教」という論文を構想中であったから、当然、信仰と神の言葉の問題が裏には考えられるが、宗教の次元ではなく、むしろ言葉をもって他者に働きかけ動かそうとする作家の使命を問うものとして読むのが、作家ジッドの歩みから見て、さらに重要であろう（このテーマはすでに『ぬた《パリュード》』で作中人物バルナベが皮肉な批判の形でとりあげている。本書三五八―三五九頁参照）。

『アンドレ・ヴァルテールの手記』で文壇に出て以来、秘色を帯びた「書物」の完成を窮極の目的とするマラルメの膝元で、象徴派の洗礼を受けた後、「ナルシス神話」の意味を読み解いてみせる祭司の役割を果たし、「無の旅」、「無の書」を語ったのち、アフリカでの生の経験を契機に、いよいよ自分の本性を認識し、それに根ざした作品『地の糧』を書きつつある今、代弁ではなく自らの「ことば」によって現実に他者（ここでは民衆）を行動に導く作家とはなにか、という根本的な反省がおこなわれているのである。

反響としては、またまた、親友ヴァレリーの辛口の批評がある。「『エル・ハジ』覚え書。／岬の孤絶せる、神秘の拡がりたる（筆者注・ヴァレリーは、修飾語と被修飾語の順序を逆にするジッドの癖をからかっているのである）／＊／重要な指摘。作中人物と主題とが抒情的な散文の内に融合しており、識別しがたいほどだ。両者が何かこう腫れとでもいったものの内にどっぷり浸かっている。例えば、主君の死に際してエル・ハジのおぼえる困惑はきわめて興味深いものだが、それが際立ってこない。読む方は一向に困惑しないのだ、文章が流れて行きさえすれば、努力せずに――いわば自動的に――事態が解決するとわかりきっているので。読者にこういう感じを与えることは避けるべきだ。これは文学の一切をぶちこわしてしまう。／＊／奇妙なことに、このコントには現実性が欠けており、それが幻想性の欠如に応える。だから可能には違いないが、本当にありうることとは全く思えない。ここで最も重要な人物は、結局、人民であるが――その姿は見えない。／＊／熱狂によってのみ存在しうるものに用心したまえ。／＊／過度なまでに守られている釣り合い、非常に快い構成。文体は、それにしても、内容にややそぐわない。君は言葉を配置する前にクロロホルムで麻酔にかけている。／Ｅ・Ｔ（筆者注・エドモン・テストつまりテスト氏の頭文字）」（一八九七年一月一日の消印付書簡。『ジッド＝ヴァレリー往復書簡』、2、三一―四頁）

まさに歯に衣着せぬテスト氏の批評であり、親友であればあるほど甘い世辞はいわないヴァレリーの面目躍如たるものだが、ジッドはジッドで、「熱狂」の書たる『地の糧』を書き続ける筆を休めはしない。

『地の糧』

一八九三年秋から一八九四年春にかけて初めてチュニジア、アルジェリアに滞在して以来の四年間は、ジッドの長い生涯の内でも特別に重要な出来事が続いた。最初の旅行中に瀕死の重病から立ち直る経験をして、それが大きな転機になったことはすでに述べたが、ジッドはその後も二度三度とアフリカ北部に長期間滞在した。一八九五年の二度目の滞在中には、ワイルドに再会する。帰国後に、強い絆でむすばれていた母親が死去、マドレーヌとの婚約がようやく成り立ち、秋には結婚。翌年初夏まで、新婚旅行でまたもやアルジェリアに行く。その間に書き続けられた『地の糧』は、一八九七年三月刊行、ジッド夫妻はパリに居を構える。

こう見ただけでも、二十代半ばの新進作家が実生活と創作との関係において、非常に刺激が多いが問題も多い状況に身を置いたことは明らかである。病後の回復期に酔ったように鋭さをました感覚、第一回のアルジェリア滞在で知った性の解放、とくに同性愛経験は、結婚した後にはまさに隠さねばならない《非合法》のものになる。常に disponible であることは（欲求にしたがって、自由に、状況に応え、誘いに応じうることは）妻帯者の新生活と両立しがたい。『地の糧』がそれにもかかわらず、いたるところで、たえず、自由に反応し、いたるところに生の歓びを発見する新しい倫理を表現しえたのは、私としては、「にもかかわらず」ではなく、むしろ、新生活からくる制約のおかげだったのではないだろうかと思う。ジッドが『恋愛未遂』の冒頭に掲げたカルデロンの言葉「欲求は輝く炎のようなものだ。触れたものをすべて灰燼と化し、――微風にも四散する塵埃と変じてしまう。されば永久《とわ》なるものにのみ想いを凝らそう」は、逆説的に『地の糧』の陰にも生きているのではないだろうか。ジッドは、この自由の享受を、刹那刹那に全的に対応しうる開かれた感覚を、ひらかれた心身の歓びを、文章の上で実現した。素早く感覚のとらえたものを言い表し読者の感覚に訴える言葉、矢のように放たれる適確な成句、そして常に動いていく文章……　一言で言うなら、『地の糧』は「自由なことば」からなる詩篇として生きているので、作者自身がメシスラフ・ゴールベルク宛ての長文の手紙で断言したように「現実の伝記」などではないのである（『ジッド＝ヴァレリー往復書簡』、前出、2、二六―二七頁）。

　ここでも、まず、ヴァレリーの反応を見よう。例によって辛辣である。「君の小ベデカーで面白いのは、何もかも少しずつ入っていることだ。ダヌンツィオがある、アラブの市場がある、ドナテルロがある、流行の果物がある。［……］実にしばしばこれでいよいよ始まるなって感じがする。それと同じほどしばしば、君はそれを止めてしまう、そして一つの文章しか残らない。しかし、感触は残存する。マッテマシタ illico とばかり、君は言う「これは本なんかじゃない」とくる。そして、フン、ナーンダ……」（一八九七年九月二十一日の消印。『書簡』、前出、2、四二頁）。ベデカーとは当時有名な旅行ガイド・ブックである。辛辣ではあるが、先に述べたジッドの文章の刹那性、流動性を的確にとらえている。それはまさにジッドの求めたものだ。

　この作品が、後の世代に大きな反響を呼び、暗誦する若者さえ多かったことは周知のことであるからここでは繰り返さないが、アルジェリア生まれのアルベール・カミュの反応を見ておこう。ジッドの死を悼んで書かれた「アンドレ・ジッドとの出会い」でカミュはまず十六歳の時の不発に終わった出会いを語る。肉屋の叔父さんが貸してくれた『地の糧』には興味が持てなかった。自然の豊かさを賛美するところに、つまずいたのだ。そんなものに十六歳の少年は飽き飽きしていたし、ブリダーなどは良く知っていたのだ。最初の出会いは失敗した。本は、面白かったと言って、叔父さんに返した。しかし、翌年知りあったジャン・グルニエの貸してくれた本のおかげで、カミュは読書に惹かれた。自分の生活条件に近い、苦しみを語った作品だったのだ。それが契機になり、再びジッドの作品を読んだ。ある朝、ジッドの『論集』を手に取った。二日後には『恋愛未遂』のいくつかのくだりは空で言えるようになっていた。『放蕩息子の帰宅』には読んだことを他人に言いたくないほどの感動を与えられ、自分で脚色までした。ついで、『地の糧』に、他の人々と同じように、ゆすぶられた。二度目になって衝撃を受けたのは、それが感覚を通してのものでなかったからだ。カミュは『地の糧』の中に、自分が必要としていた赤貧の福音書を見出したのだ。（*Hommage à André GIDE*, nrf, Gallimard, novembre 1951, p.223-225)

カミュはこのように自分の条件にあった読み方をしたことを正直に語っており、それは、先に引いたヴァレリーの「ある作品について他人の言うことなどは、その作品の内に自分の把握したことをいっているに過ぎないのだから、その点を忘れないように。しかも人は自分に把握しうることしか、つまりその人物にとってすでに明らかで出来上がっているものしか把握しないのだ」と言う意見に完全に合致し、読書というものの微妙な働き方を示している。

こうなると、現在の日本においてこの書をどう読むかということも、一概に言えないわけだが、積極的に常に生の歓びに目をむけ、地の糧の豊かさを賛美するこの作品は、人類全体が疲弊し傷ついた地球の将来を危惧している今こそ、いよいよ真価を発揮するものだと、私は思う。

付記

本『集成』全五巻は、一九九九年に企画が正式に発足する以前から、岩川哲司さんと、二人三脚のように寄り添い、語り合い、策を練りあって進めてきたものである。訳者の筆が遅々として進まないうちに、時が流れ、本巻第三回配本の仕上がり直前に、岩川さんは職を退かれた。何年にもわたって訳者を励まし、訳語の端々にまで忠告を与え、何とかして自分の手で全巻を刊行したい、それが楽しみだ、とまで言って、美しい本造りに力を尽くしてくれた同氏にはお詫びのしようもないが、あえて言うなら、仕事を完結させずに開いておくのがジッドの流儀であったから、これもジッドの意に沿うのではあるまいか。

幸い、岩川さんの意を汲んで、この巻はベテラン編集者の豊島洋一郎さんがきちんと方をつけてくださることになった。とんだ荷厄介かと思うが、感謝にたえない。また、残る二巻は別の編集者が担当してくれる見通しである。ジッドの醍醐味をともに味わいたいものである。

アンドレ・ジッド集成《しゅうせい》　第Ⅰ巻（全5巻）

二〇一五年三月二十日　初版第一刷発行

☆

訳　者　二宮正之《にのみやまさゆき》

発行者　熊沢敏之

発行所　株式会社筑摩書房

〒一一一－八七五五　東京都台東区蔵前二―五―三

振替　〇〇一六〇－八－四一二三

印刷　三松堂印刷株式会社

製本　牧製本印刷株式会社

装幀　神田昇和

乱丁・落丁本の場合はご面倒ですが左記にご送付下さい。送料小社負担にてお取替えいたします。
ご注文・お問合せも左記へお願いします。

〒331－8507　さいたま市北区櫛引町二－六〇四

ＴＥＬ　〇四八－六五一－〇〇五三

筑摩書房サービスセンター

ISBN978-4-480-79101-6　C0397

Printed in Japan